细雪

[日] 谷崎润一郎 著　储元熹 译

译文名著精选

YIWEN CLASSICS

谷崎潤一郎

細雪

上海译文出版社

图书在版编目(CIP)数据

细雪/(日)谷崎润一郎著;储元熹译. —上海:
上海译文出版社,2011.5 (2023.5 重印)
(译文名著精选)
ISBN 978-7-5327-5372-7

Ⅰ.①细… Ⅱ.①谷… ②储… Ⅲ.①长篇小说—日
本—现代 Ⅳ.①I313.45

中国版本图书馆 CIP 数据核字(2011)第 027155 号

谷崎润一郎
細雪

细雪
〔日〕谷崎润一郎 著 储元熹 译

上海译文出版社有限公司出版、发行
网址:www.yiwen.com.cn
201101 上海市闵行区号景路159弄B座
上海华顿书刊印刷有限公司印刷

开本 890×1240 1/32 印张 17 插页 2 字数 393,000
2011 年 5 月第 1 版 2023 年 5 月第 10 次印刷
印数:26,201—28,200 册

ISBN 978-7-5327-5372-7/I·3120
定价:44.00 元

译本序

谷崎润一郎是日本文坛具有代表性的唯美派现代小说家，1886 年 7 月 24 日出生于日本东京桥蛎壳町，兄弟姐妹八人，他排行第二，因哥哥早逝而取名润一郎。其父仓五郎成为谷崎久右卫门家的入赘女婿后，继承了相当可观的家产。童年的谷崎是个地道的公子哥儿，后来，由于仓五郎不善经营，家道中落，生活陷入窘境。此时的谷崎连上学都困难，幸亏在老师和亲友帮助下得以继续求学。高中阶段靠做家庭教师赚取学费。这段经历激发了他发愤图强的精神。

少年时期的谷崎曾在秋香私塾攻读过《大学》、《中庸》等中国古籍，打下了较为深厚的汉语基础，十几岁时即能赋诗吟句，经常在校友会杂志发表自编故事和汉诗等，显示了出众的才能，被誉为"神童"和"秀才"。

1908 年考入东京大学国文系，读到三年级时因拖欠学费而退学，从此开始了他的创作生涯。1910 年，他和剧作家小山内薰、诗人岛崎藤村一同发起创办了《新思潮》杂志（掀起日本文坛上的"第二次新思潮"），并在上面发表了描写中国春秋时代孔子游说卫灵公遭奚落的小说《麒麟》（1910），写一个以刺青为业的青年画工采取诱骗手段迫使原本善良的美女变成"魔女"的《刺青》（1910），剧本《诞生》（1910），小说《帮闲》（1911）、《少年》（1911）等作品。《麒麟》、《刺青》因构思新颖、文笔流畅而受到日本唯美主义鼻祖永井荷风的青睐，永井发表专论赞赏他为日本文坛开拓了一个不曾有人涉足的领域，给予高度评价，谷崎从此正式登上日本文坛。此后十几年中，他先后发表了《恶魔》（1912）、《续恶魔》（1913）、《正是为了爱》（1921）、《痴人之爱》（1924）、《食蓼虫》（1928）等一系列剧本和小说，描写男女情感世界中的变态心理和背德行为。当时，日本靠甲午战争和日俄战争的胜利跻身帝国主义列强，经济发展迅速，社会变化加剧，许多出访欧美的文人墨客，不惜笔墨大肆宣扬西洋文明和生活方式，于是日本国内也刮起崇洋媚外、追求精神和物质享乐之风。谷崎的上述作品，包括中晚期的同类作品，正是在这种时代背景下写出来的。反映了当时社会上的颓废行为和享乐主义倾向。

这一时期，谷崎曾两度(1918、1926)游访中国，结识了郭沫若、田汉、欧阳予倩等中国知名文人。回国后撰写了《苏州纪行》、《西湖之月》、《上海见闻》等散文名篇。

1923 年关东大地震后，谷崎一家迁居关西。京阪一带秀美的自然景色、纯朴的风土人情、浓郁的古文化氛围再次激发了他的创作热情。在连续发表多部长篇后，又别开生面地拓展题材范围，创作了从古代建筑艺术方面描绘日本传统美的散文式小说名篇《阴翳礼赞》(1933)，同年还发表了描写盲女琴师与其弟子纯真爱情的代表作《春琴抄》。1941 年出版了他花费六年心血完成的日本古典长篇名著《源氏物语》的现代语译本。译注这部描写近千年前平安朝贵族生活中妇女的不幸命运的画卷式爱情小说，对谷崎后来的创作，特别是《细雪》的构思，产生了深刻影响。1942 年开始《细雪》的写作。

一些日本评论家认为谷崎有脱离政治的倾向，但其实在对待日本侵华战争的问题上，他的态度非常明确。欧阳予倩逝世后，谷崎在 1962 年 11 月号的《日中文化交流》月刊上发表了《忆旧友欧阳予倩君》，文章中写道："中日关系陷入了可悲的不幸状态，日本军阀作威作福，迫害中国人民。我曾经有机会到中国去，但我不愿受军阀利用，更不愿意看到军人那种耀武扬威的样子，所以再也没有到中国去。……知道了欧阳君逝世的消息，我充满了深切的悲哀。"由此可见，在大是大非的原则问题上，谷崎谴责日本侵华的立场是多么鲜明!

晚年的谷崎仍保持着旺盛的创作欲望，发表了《少将滋干的母亲》(1950)、《钥匙》(1958)、《疯癫老人日记》(1961)等多部长篇，最后因病不能提笔转而口述的绝笔作有《七九岁之春》(1965)等。1965 年 7 月 30 日病故，享年 79 岁。

谷崎生前曾任日中文化交流协会的顾问、日本艺术院会员，多次获日本各种文化奖项。1949 年荣获日本政府授予的文化勋章。1964 年成为第一位被全美艺术院、美国文学艺术学会聘为名誉会员的日本作家。

《细雪》的写作和出版经历了一段艰难曲折的过程。1942 年是日军侵华战争的第六年，太平洋战争爆发后第二年。中国和全世界人民历尽艰辛，奋起抗击侵略者。此时，美军已经开始大规模轰炸日本，日本国内形势也极度紧张，军部穷凶极恶地强化法西斯统治，尤其对媒体和作家严加控制，强令他们鼓动战争，讴歌所谓的“大东亚圣战”。在高压政策下，有些作家掷笔赋闲，或者被迫走上前线，而谷崎则坚决予以抵制，坚持走自己的路。1942 年开始写作他一生中篇幅最长也是艺术水平最高的《细雪》。翌年初，在日本最大的综合性杂志《中央公论》上连载了《细雪》中相亲、看花赏月等章节，由此激怒了法西斯当局，从第三期起便遭到封杀。但是，丧失发表机会的谷崎在兵荒马乱中依然笔耕不辍，于 1944 年上半年完成上卷，并无视当局禁令，自费出版两百册分赠亲友。此后在更加严酷的战争环境下，四处藏匿中写完中、下两卷，表现出难能可贵的勇气和毅力。日本战败后不久，三卷本《细雪》全部问世，受到各国文坛好评。日本著名作家井上靖说，《细雪》不仅是谷崎个人作品中的高峰之作，也是整个昭和文坛的优秀代表作之一。法国文学家萨特盛赞这部作品是“现代日本文学的最高杰作”。

《细雪》是一部描述日本中产阶级青年男女之间爱情故事的风俗小说。讲述了大阪的富豪莳冈家族四姐妹的生活故事。故事围绕着二女儿幸子夫妇为操办三女儿雪子和四女儿妙子的婚恋为主要情节展开，最后以雪子相亲成功结束。

自私平庸的大女儿鹤子和入赘女婿辰雄作为长房继承家业。鹤子长年守在家中相夫教子，因经营不善，辰雄不得不卖掉店铺，重新做回银行职员。活泼热情、乐于助人的二女儿幸子和诚直厚道、从事会计业务的贞之助婚后独立门户住在芦屋，夫妇俩一年到头为雪子和妙子的婚事操碎了心。雪子和妙子由于和长房夫妇性情不合，一直住在幸子夫妇家。四姐妹中最漂亮的雪子温柔贤惠、知书达理，但性格内向，是个具有日本式古典美的女性。她为人处事有主见、有洞察力，然而在婚姻大事上受传统观念束缚，总是委曲求全听凭别人摆布，一次次相亲均因家庭、财产、性情等原因告吹。光阴荏苒，雪子从妙龄少女变成了年过三十的老姑娘。幸子和妙子陪同雪子与从美国学成归来的贵族后代御牧见面，结果双方满意，雪子总算觅到了如意郎君。妙子的婚事也令全家头痛。俊俏的妙子性格开朗、聪明能干，在为人处世和婚姻问题上同雪子相反，她主张女性自强自立，亲自开办布娃娃厂、筹办西服店，还业余学习舞蹈。妙子敢于打破门第观念，坚持自由择偶。曾和一个富商子弟订婚，当发现对方吃喝玩乐不务正业后，便毅然脱离关系，而和一个在洪水中救过自己的平民摄影师板仓私订终身，板仓不幸病故。继而和一名调酒师相爱，并未婚先孕。妙子的表现在上流社会看来是大逆不道败坏门风的行为，为此曾一度被逐出家门。后来又和家人言归于好，并同调酒师正式结为夫妻，过着平凡的生活。

小说把雪子描绘成纯洁美好的日本女性典范加以颂扬，把妙子视为不安分守己、有损门风的女性予以贬斥，而其实二者都是门第观念的牺牲品。值得一提的是，妙子自强自立、自由恋爱的主张恰恰符合了时代潮流的发展，这或许是作者始料未及之处吧。

小说采用以情为主、情与景、情与事交融的写实主义手法，成功塑造了以雪子为首的众多人物形象。作者善于选择和安排情节，真实生动地表现了这些人的思想感情和独特命运。人物对话采用大阪方言，别具特色。河畔捕萤以及洪水泛滥等情节的刻画精彩动人，仿佛将一幅栩栩如生的生活画卷展现在读者面前，给人以美的享受。小说对京阪一带的风土人情、重大社会事件也作了真实细致的描写。

这部构思宏大、文笔优雅、具有很强艺术感染力的巨作充分显示了“谷崎美学”的价值和艺术风格，现已被译为多国文字，成为各国读者喜爱的作品。《细雪》展示出了日本文学独有的韵味，堪称日本现代文学名著之一。

周祥仑

2007 年 2 月 20 日

上 卷

一

"细姑娘[①]，劳驾帮个忙！"

从镜子里看到妙子从过道走进来，幸子头也不回地把自己正在擦脖子的粉扑儿递了过去，她像瞧陌生人那样目不转睛地凝视着自己映在镜子里的风姿——穿着长衬衣、后颈裸露着。同时询问道："雪子妹妹在楼下干啥？"

"在守着小悦练钢琴吧。"

楼下果真有弹练习曲的声音，原来雪子一打扮好就让悦子拉去看她练钢琴了。悦子这孩子只要雪子守在她身边，哪怕她妈妈外出也能乖乖地呆在家里。可是今天她妈妈和雪子、妙子三人一块儿出去，她就有些不高兴。后来知道两点钟开始的音乐会一结束，雪子在晚饭前先单独回家陪她，她才勉强顺从了。

"哦！细姑娘，雪子妹妹的亲事又有一门了。"

"是吗？"

妙子给姐姐抹粉，从脖子一直抹到肩膀，留下鲜明的粉痕。幸子的背并不驼，由于长得丰满，双肩到背上隆起滑腻的肌肉，在秋阳下显得色泽丰润，看去精神得很，不像三十开外的人。

"井谷老板娘来说的亲。"

"是吗？"

"是个挣薪水的，据说是MB化学工业公司的职员。"

"收入有多少？"

"月薪一百七八十元，加上奖金大概有二百五十元左右吧。"

"MB化工是法国人开办的公司呀。"

"是呀，你什么都知道呢，细姑娘。"

"这点儿事情总知道吧。"

对于这类事情，两个姐姐都赶不上年纪最小的妙子那样精明。她几乎有点儿瞧不起两个姐姐对外界的一无所知，说起话来倒像自己是老大姐。

“这家公司的名称我从来没有听说过，据说总公司在巴黎，资本很雄厚。”

“就是在日本，神户的滨海大街不是还有他们的大厦吗？”

“是呀。据说他就在那里上班。”

“他能讲法语吗？”

“能。大阪外语学院法语系毕业，在巴黎又呆过一阵子。白天上班，晚上在夜校教法语，月薪大概是一百元，两项加在一起，每月有三百五十元的收入哩。”

“财产呢？”

“没有什么财产。乡下有一所老宅子，老娘住着，还有他本人住的六甲方面的房子和地皮。六甲方面的房子是分期付款买的小小的文化住宅，没什么大不了。”

“尽管这么说，省下房租，每月四百元以上的生活有着落了。”

“这门亲事对雪子究竟怎样？家累仅仅一个老娘，又住在乡下，来不了神户。本人四十一岁，据说还是第一次结婚。”

“四十一岁还没结过婚，为什么？”

“据说是挑长相耽误下来的。”

“嘿，靠不住！得仔细调查调查。”

“对方起劲得很呢。”

“雪姐的照片给人家了吗？”

幸子上面，长房还有一个姐姐鹤子。妙子从小管幸子叫“二姐”，管雪子叫“雪子姐”，叫快了听起来就成了“雪姐”。

“照片先前给过井谷老板娘一张，井谷自作主张给了对方。对方看了似乎很中意。”

“家里有对方的照片吗？”

---

①“细”这个词有“排行最小”的意思，我国南方地区多用。

楼下的钢琴声还没有停止，幸子估计雪子一时不会上楼。

“喏，就在最上面靠右边那个小抽屉里，你打开吧。”幸子拿起口红，像要和镜子里的人亲嘴那样努努嘴。“在那里吧？”

“有了。这张照片给雪姐看过没有？”

“给她看了。”

“雪姐怎么说？”

“还不是从前那个老样子，不表态。只说了一句‘啊！这个人。’细姑娘，你觉得怎么样？”

“这样的人，我看平庸得很。也许有几分可取之处。不过，总的看来还是小职员类型的人。”

“那还用说，本来就是这样的人嘛！”

“对于雪姐倒有个好处，可以跟他学点法语。”

幸子脸部的妆容已大体就绪，她刚要解开印有“小槌屋绸缎庄”店号的纸包上的带子，突然又想起一件事来。

“对了，我是‘缺B’的。细姑娘，请你下楼去吩咐一声，让谁把注射器消消毒。”

脚气可以说是阪神地区①的一种地方病，也许由于这个缘故，这一家人从当家的两口子到刚上小学一年级的悦子，每年夏秋两季都闹脚气，注射维生素B就成了习惯。近来连医生那儿也不去了，家里常备有高效维生素注射剂，连没有什么毛病的时候也互相打针。只要什么地方有点儿不舒服，就归之于缺少维生素B。也不知是谁先说开的，碰到这种情况，就称之为“缺B”。

钢琴声停止了。妙子把照片放回抽屉，走到楼梯口，但没下楼，站在那里向楼下瞧了瞧，高声喊道：“喂！下面有人吗？太太要打针，把注射器消一下毒。”

① 大阪、神户两地合称阪神地区。

二

井谷是神户东方饭店附近一家美容院的老板娘，幸子姐妹是那里的老主顾。由于听说这位老板娘爱替人做媒，幸子早就托她为雪子找个对象，还给了她一张雪子的照片。前几天幸子去她那里做头发，做完头发，井谷说："太太，去喝杯茶好吗？"便抽空邀幸子去了东方饭店的休息室，和幸子谈起这件事。她说："一个半月以前我把雪子小姐的照片给男家看了，因为生恐磨磨蹭蹭会错过良缘，事前没有和您商量，非常抱歉。后来很久没有消息，这件事也就被淡忘了。大概对方在那段时间里调查了府上的情况，包括大阪的长房、二房您这里、雪子小姐本人以及她读书的那个女子中学，还有雪子小姐的书法老师和茶道老师那里，也都去调查了，对于府上的家庭情况了解得一清二楚，连那次报道有误一事，也特地去报馆作了调查，弄清了事情的原委。不过，我还劝对方莫如先见一面，看看人家是不是那种闹桃色新闻的小姐。对方却谦虚地说，一个靠低薪生活的人，本来高攀不上莳冈先生家那样的大家闺秀，何况嫁到穷人家来要操劳吃苦，实在于心不安。不过万一天假之缘，能结成婚姻，那就太好了，所以希望说合一下试试。据我所知，对方的祖父过去是北陆一个小诸侯的宰相，目前乡下还留着一所邸宅，门第上双方相差不大。您府上自然是世家大族，提起'莳冈'，当初在大阪几乎是无人不晓。可是，请勿见怪，恕我说句直爽话，要是一味惦念着过去，到头来只能耽误雪子小姐的前程，我看能将就还是将就一下，您觉得怎样？男方现在钱虽挣得不多，可是人家才四十一岁，工资还有希望提高。再说，那家公司和日本公司不同，本人比较空闲，夜校教书的时间可以大大增加，每月四百元以上的收入毫无问题，所以结婚以后家里可以雇女佣。至于人品方面，他是我二弟中学里的同学，从小就很了解，所以我弟弟说他可以打保票。尽管如此，您最好还是亲自调查一下。至于晚婚的原因，完全是由于挑长相，这一点是可信的。对方到过巴黎，年纪又四十开外，大概不可能完全没近过女色。不过，据我上次见面的印象，确实是个正派的职员，丝毫也没有寻花问柳那种人的样子。类似这种规规矩矩的人，往往爱挑长相。对方又是到过巴黎的，正因为这样，反倒想挑一个纯日本式的美人做太太。洋服穿得不合式倒不在乎，性格要温柔，举止要稳重，仪态要大方，和服穿得要合身，相貌当然不用说，首先手和脚要长得好看。以上这些条件，对于雪子小姐来说，根本不在话下。”

井谷一边供养着因中风而长期卧床不起的丈夫，一边经营着美容院，还把她的一个弟弟培养成医学博士。今年春天，又把女儿送到目白[①]去上学。她这个人脑筋动得比一般妇女快得多，万事都深得要领，没大有那种女商人的气质。说起话来开门见山，不转弯抹角，有什么说什么，无非是说出必要的实情，所以听的人也没什么反感。幸子最初听到井谷口若悬河的长篇大论，心里觉得这个人未免太那个，可是听着听着，就听出她那气质胜似男子的大老板派头的谈吐，完全出于一片好心。她的话不仅条理井然，无懈可击，而且把听话的人说得服服帖帖。最后分别的时候，她还叮嘱幸子赶快和长房的人商量，男方的身世由她负责调查。

幸子下面挨肩的妹妹雪子，年纪已经三十岁，还没有结婚。人家怀疑其中说不定有什么深刻的原因，其实并没有什么特殊的理由。最大的原因乃是她们姐妹三个——长房的大姐鹤子、幸子、连同雪子本人，都执着于她们父亲晚年那种豪奢的生活，以及过去莳冈家的名望地位，总想找个门当户对的攀亲。最初来做媒的人一个接一个，她们总觉得不满意而谢绝了，从而引起人家的反感。后来渐渐地没有人登门求婚了，同时她们的家运也一天不如一天。所以井谷说的“千万不要老惦念过去”，确实是为她们着想的金玉良言。莳冈家的全盛时代，至多不过持续到大正末年，现在也只有很少一部分大阪人记得他家当初的情况。更坦率点说，即使在大正末年他们家门鼎盛的年代，由于她们父亲生活和营业上没有节制，致使各方面已逐渐露出破绽。不久父亲一死，营业规

---

① 属东京文京区，日本女子大学所在地。

模缩小，接着就把开设在船场[①]的百年老铺拱手让给了别人。幸子和雪子永远忘不了父亲在世时的那段日子，每当姐妹俩走过那依稀保留着往年面貌、附设有仓库的老铺——现在已经改建成洋楼的门口，总要恋恋不舍地向暗沉沉的门帘里觑上几眼。

她们的父亲没有生男孩，晚年退休以后就把家业交给赘婿辰雄掌管。次女幸子也招了一个女婿独立居住了。三女雪子很不幸，一则因为当时她已到了结婚的年龄而终于未能由父亲给物色个美满的婚姻，再则她和大姐夫辰雄意见不合。辰雄是银行家的儿子，入赘前一直在大阪一家银行里工作。尽管名义上继承了岳家的产业，实际工作仍然由他岳父和掌柜在干。岳父一死，他不顾小姨和亲戚们的反对，把一爿加把劲也许就可以支撑下去的店铺拱手让给莳冈家的一个伙计，他自己却回银行去干他的老本行。辰雄的性格和他那位讲究排场的岳父不同，他作风稳健，甚至有点儿胆小怕事。要他克服经营上的困难，重振自己不熟悉的家业，他觉得很不在行，出于赘婿的责任感，他选择了一条比较安全的道路。可是雪子却一味留恋过去，对姐夫的做法心怀不满，认为已故的父亲一定和自己同样想法，在九泉之下也会怪怨姐夫没有魄力。正好在这个时候——父亲刚死不久，姐夫非常热心地为雪子物色到一个对象，竭力怂恿她结婚。男家是丰桥市的大财主，本人是当地一家银行的董事。姐夫任职的银行是那家银行的后台老板。由于这样一种关系，对方的人品和财产，姐夫都非常清楚。提起丰桥市的三枝家，气派也着实不小，对于目前的莳冈家来说，简直是高攀。男的本人忠厚老实，在相亲以前，事情差不多已经说停当了。等到两下一见面，雪子说什么也不肯嫁过去。推究其原因，并不是男的相貌猥琐，而是给人一种乡下绅士的印象，土头土脑，没有一点儿秀气。据说中学毕业时害了一场病，从此就没有升学，看来读书一定不聪明。雪子这方面呢，从女子中学到英专毕业，成绩一直很优秀，即使嫁了过去，只怕将来也很难相敬如宾。再说有产家庭的后代，生活上尽管有保障，可是在丰桥那样的小城市过

---

①大阪市商业中心。

日子，将会寂寞不堪。幸子特别同情雪子，说什么决不能让她去受那个罪。姐夫这方面呢，觉得小姨子尽管学习上很不错，为人却考虑太多，过分因循守旧，耽于日本趣味；所以让她到刺激较少的小城市去过悠闲岁月，是比较合适的，想必本人也不至于反对。哪里知道出乎他的意外，雪子的为人，看上去怯生生的，怕羞害臊，谈锋又不健，其实人不可以貌相，她并不是那种百依百顺的女子，从这桩婚事上，她姐夫才第一次了解雪子的性格。

不过，雪子既然内心决不同意这桩亲事，早该坦率声明，不该吞吞吐吐含糊其辞，使人误解，直到最后还不对她大姐夫和大姐说明，只对幸子表了态。那是因为姐夫太热心了，当面拒绝难以启齿；沉默寡言又是她的老毛病。因此她姐夫就误认为本人内心并不反对。男家相亲以后，忽然变得积极起来，派人来表示求婚的诚意，事情发展到骑虎难下的地步时，雪子才断然拒绝。一旦表示拒绝后，任凭她姐夫和姐姐苦口婆心地劝说，她始终不答应。最初，她姐夫以为这桩婚事如能成功，岳父在九泉之下也会高兴，哪里知道结果使他大失所望。最难堪的是他无话可以应付男家以及为这桩婚事说合的他银行里的上司。为此，急得他直冒冷汗。要是能举出拒婚的正当理由倒也罢了。现在吹毛求疵，说人家长得不秀气，把一桩不可再得的大好良缘一口回绝，只能怪雪子太任性了。要是恶意猜测的话，甚至可以认为雪子是存心使她姐夫进退两难。

从此以后，她姐夫吃一堑，长一智，对于雪子的亲事，人家要是来做媒，他还是高高兴兴地倾听，至于主动插手或者提什么具体意见，能避免他就避免了。

三

雪子迟迟没有结婚的另一个原因，就是井谷上回提到的“见报事件”。

那是五六年以前的事情了，当时还只有二十岁的小妹妙子，和船场另一大户——开银楼的奥畑家的儿子恋爱，两人离家出走。两个年轻人认为，要抢在雪子前面结婚，一般是不可能的，因此两下商定好采取这样的非常手段。动机似乎很单纯，可是双方的家庭决不容许有这样的事情，所以马上把他们找了回来。事情到此表面上似乎简单地结束了，可偏偏不走运，让大阪一家小报把它登载了出来。更糟的是把妙子误作雪子，而且年龄也错成雪子的了。当时辰雄是一家之主，为了这件事，他大伤脑筋。如果为了雪子而要求报馆收回那则消息，结果无异于证实那件事是妙子干的，这一办法很不高明；那么置之不闻不问怎么样呢？他左思右想，拿不定主意。后来他觉得不管犯错误的人会有什么下场，也不该平白让无辜的人背黑锅，最后还是要求报馆收回那则消息。岂知报上刊登出来的不是否认，而是更正，妙子的名字也上了报。辰雄本想事先征求一下雪子的意见，后来觉得即使去征求意见，平常特别不轻易和他谈话的雪子，决不会有什么明确的答复；而且一旦和小姨子们商量起来，说不定反而要在利害关系不一致的两姐妹中间引起纠纷。因此，向报馆申请收回错误消息这件事，他只和自己的妻子鹤子讲了，没有和两个小姨子商量。这一举动，他想由他单独负责。说实在话，他的下意识里也许有不惜牺牲妙子以清洗雪子的冤屈，来博取雪子欢心的意图。因为在辰雄的心目中，表面上稳重老实的雪子，从来不肯对自己讲真心话，永远不知道她葫芦里卖的是什么药，是个最不好对付的人，所以想趁此机会讨她的好。可是这次又落了空，雪子和妙子对他都产生了反感。雪子认为报上登出错误的消息，只能怪自己倒楣，登报否认，往往总是在不显眼的犄角旮旯里刊出几个字，起不了什么作用。否认也罢，别的什么手段也罢，总之，从她们姐妹俩的立场来说，都不愿再多一次见报，最明智的办法是置之不闻不问。雪子想，姐夫给自己恢复名誉，自己很感激。可是这样一来，细姑娘又将怎么办？细姑娘的行为固然有缺点，但毕竟是年幼无知犯下的错误，要是追究起责任来，倒应该归罪于双方家教不严。至少在细姑娘这件事情上，不仅姐夫有责任，连自己也推脱不了。这样说也许有点儿那个，本人的无辜，知道的人一定能够谅解，这种小报上的消息，对自己并不见得能起多大的损害作用。倒是细姑娘如果因此而破罐破摔，以致堕落成为女流氓，那将怎么办？姐夫做事，件件摆大道理，就是缺少人情味。这样一件大事，和自己利害关系最密切，可是姐夫一句话也没有和自己商量就行动起来，实在太专横了。妙子又有妙子的看法，她认为姐夫要为雪子洗刷污名，那是理所当然。可是难道没有别的方法可想，一定要在报纸上登出她的名字来吗？对方是一张小报，完全可以设法使之屈服，姐夫在这种地方舍不得花钱，就是不对。——这在她那个年龄来说是个早熟的见解。

为了这桩登报事件，辰雄当时觉得没脸见人，甚至要提出辞呈，后来经过劝说，总算平安无事。可是雪子所受的损失实在太大了。偶尔有少数几个人注意到那则更正的消息，知道她的冤屈。她本人尽管白璧无瑕，社会上却普遍知道她有那样一个妹妹，无论本人怎样自负，由于这件事，雪子的婚事也就更加无人问津了。不管雪子心里怎样想，表面上她始终认为小报上那点儿误传无损于己，并没有因为这件事和妙子伤感情，在姐夫面前反而处处袒护妙子。过去她们姐妹两个总轮流居住在上本町九条的长房家和阪急芦屋川的二房幸子家，自从出了那件事情以后，两人不约而同地一道来到幸子家，一住就住上半个月。幸子的丈夫贞之助是个会计师，每天去大阪会计师事务所上班，用岳家分到的一部分遗产贴补家用。贞之助这个人和长房大姐夫的一味严格不同，不像一个商科大学的毕业生，他爱好文学，平常还喜欢写写和歌[①]。在两个小姨子面前不摆家长的架子，从任何方面讲，都不是两个小姨子所畏惧的人。不过有时雪子姐妹俩住得太久了，他顾虑到长房那方面，往往会提醒幸子说："让她们回去住几天怎么样？"幸子每次总是这样回答："这事大姐是谅解的，您就不用担心了。如今长房孩子多，房子也挤，她们两姐妹常来这里住住，大姐倒能多歇息，她们爱住多久就让住多久，没有关系。"从此，他们不知不觉地就习以为常了。

---

①五句三十一音的日本诗。

这样过了几年，雪子的境况没有什么大变化，妙子这方面却有了意外的发展，到头来或多或少影响雪子的命运。妙子从中学生时代起就擅长做布娃娃，一有工夫，她就摆弄碎布玩儿，日积月累，技术进步了，作品竟然陈列到百货公司的货架上去了。她的作品花色繁多，有法国式的洋娃娃，也有纯日本趣味的歌舞伎式的娃娃，无论哪方面的作品都显示出她匠心独运的才能，是别人难以效仿的。这也说明她平时对电影、戏剧、美术、文学等其他方面的爱好和素养。总之，她手里做出来的小巧玲珑的艺术品，越来越博得人家的赏识。去年，幸子还为她租借到心斋桥附近的一家画廊，开了一次个人作品展。起初她嫌长房孩子多，嘈杂不安，就在幸子家里制作；后来想有一间更像样些的工作室，于是就在夙川的松涛公寓租了一间屋子，那里离幸子家不到半小时的路程，而且又在同一电车线上。长房的大姐夫不赞成妙子变成女职工，更不赞成她租屋子。这些都被幸子说服了。她说妙子过去犯了点错误，婚姻问题比雪子更难解决，也许还是让她有点儿事情干干比较好；至于租屋子也只是为了工作方便，不是去住宿。碰巧有个死了丈夫的女朋友开设一家公寓，便托她搞到一间屋子，那里离家又近，自己可以经常去察看情况。经过幸子这样一解释，先斩后奏获得了认可。

妙子的性格和雪子相反，本来比较开朗，常爱说几句俏皮话或开个玩笑。自从闹了那次私奔，她就变得阴郁了，整天阴阳怪气地想心事。新天地的开辟挽救了她，近来又恢复了以前那种开朗的性格，在这一点上幸子的估计是正确的。妙子每月从长房那儿拿零用钱，此外，她做出来的洋娃娃又能高价出售，手头也就自然宽裕起来。经常不是提着一个新奇的手提包，就是穿了一双进口的高级皮鞋。她大姐和二姐看在眼里，为她担心，曾劝她把挣到的钱存入银行。其实哪用姐姐们叮嘱，她早就机灵地把钱存进邮局，存折只给幸子看，还叫她不要让大姐知道。说什么“二姐要是缺零用钱，我借给你”。弄得幸子张口结舌，不知所对。有一次，人家提醒幸子说：“看到你家细姑娘和奥畑家的启哥儿在夙川的大堤上散步。”幸子不由得吃了一惊。不久以前，幸子发现妙子口袋里除了手绢而外，还有打火机，觉察到妙子背着她吸起烟来了。其实二十五六岁的人吸几支烟，也是情理之中，无可厚非的事。她当下把妙子叫来一问，答称确有这件事。再追问下去，说是那次出事以来，两下一直不通音信。上次开展览会的时候，奥畑来参观，而且买了妙子最得意的杰作，从此以后，两下又来往了。尽管来往，但双方都很清白，而且见面的次数也不多。还说她已经长大成人，不比以前了，要姐姐相信她。可是，经她这样一解释，幸子对于她在外面租屋子就不放心了，而且觉得对长房也不好交代。至于妙子的工作，完全取决于她的兴致，再加上本人以艺术家自居，干活不是每天排定进程，有时接连休息几天，兴致来的时候，一干就干个通宵，第二天浮肿着脸回家。本来不让她在公寓里过夜，后来渐渐行不通了。她什么时候去上本町长房那儿或夙川公寓，什么时候应该回芦屋，从来没有事前和自己联系过，一想到这些，幸子觉得自己真太糊涂了。一天，她窥探到妙子不在公寓，就去那里找那位老板娘朋友，不露痕迹地打听出许多情况。据那位老板娘说，细姑娘近来发迹了，她招收了两三个跟她学手艺的徒弟，看去都是人家的太太和小姐，男客大抵是经常来取货或者送原材料的。细姑娘干起活来非常专心，往往一干就干到早晨三四点钟。由于没有被褥，只能抽烟等天亮，赶头班电车回芦屋，这番话在时间和地点上都对得上号。还有原来租的是六铺席大的日式房间，最近换了宽敞的屋子。去到那里一看，是西式房间附带一个四铺席半的日式屋子，里面摆满了参考书、杂志、缝纫机、碎布以及其他原材料和未完成的作品，墙上还用针钉着许多照片。虽然像一个艺术家的工作室那样，显得有些杂，但毕竟是年轻姑娘工作的地方，给人一种新鲜的感觉。屋子里打扫得干干净净，收拾得整整齐齐，烟灰缸子里连烟头都没有，抽屉和信插里也没有发现任何可疑的东西。

幸子本来以为也许能发现物证一类的东西，离家时还有点儿怕怕缩缩的，鼓不起劲。及至进入公寓一看，毫无所得，才放下了心，觉得幸而亲自来察看一趟。对于妙子，反而比以前更加信任了。这样又过了一两个月，这件事在她已经淡忘了。一天，妙子不在家，到夙川去了，奥畑突然来访，求见当家太太。船场时代他们两家就是近邻，幸子不是全不相识，只能接见。一见面奥畑就说："突然拜访，很失礼。不过有件事特地来恳求您体谅。"他先表白了一番，然后接着说："几年前我们的举动太不择手段，但决不是出于一时的轻浮；尽管当时我们被隔离，不过我和细姑娘（"细姑娘"是"小姑娘"的意思，大阪人一般都这样称呼家里最小的女儿。当初奥畑不仅管妙子叫"细姑娘"，还管幸子叫"姐姐"）已经约好，不管等多少年，我们决心等候家长们的谅解。家父家兄最初误认细姑娘是阿飞，现在方才知道她人品正直，而且富于艺术才能，知道我们的恋爱是健康的，所以他们今天不再反对我们结婚了。不过，细姑娘对我讲，雪子姐姐还没有许配，要等她的婚姻问题解决之后，我们的婚事才有指望。所以我们两个商量了，由我来向您陈情。我们决不着急，准备一直等下去，等到适当时机的到来。只不过想让姐姐了解我们已经订了约，并且相信我们。有机会还想请您对长房的姐夫和姐姐适当关说一下，使我们能如愿以偿，那就更加感激不尽了。姐姐最理解我们，而且同情细姑娘，所以我才敢冒昧地说出自己的愿望。"经他这样一讲，幸子只能回说大体上明白了，不置可否地敷衍几句就把他打发走了。奥畑的话倘若句句属实，那是想象所及的，并没使幸子感到那么意外。老实说，他们两人的关系既然闹到登上了报，最理想的出路就是让他们结婚，长房的姐夫和姐姐到头来也会得出同样的结论。不过顾虑到这事对雪子的心理影响，所以能拖总想往后拖一下。

幸子有个习惯，一到无事可干就弹钢琴。那天，她送走了奥畑觉得无聊，就独自走进客厅，坐在钢琴前翻看琴谱，东挑西拣地弹起来。她一面弹琴，一面心里在琢磨去夙川的人也该回来了，不料妙子已经坦然地走了进来。幸子一见到她，停下手来叫了一声"细姑娘"，接着就说："奥畑家的启哥儿刚刚走。"

"是吗？"

"你们的事情我知道了。……现在暂时搁一搁，我给你们办吧。"

"嗯。"

"如果现在就提出来，雪子太可怜了。"

"嗯。"

“你明白了吧，细姑娘？”

妙子有点儿不好意思，强作镇静地只管“嗯”、“嗯”的随声附和。

四

妙子和奥畑最近来往的情况，幸子最初没有告诉雪子，也没有对任何人讲。有一天，妙子和奥畑又一道出去散步，从夙川去香栌园，中途要穿过阪神公路，凑巧雪子乘公共汽车路经该地下车，两下碰见了，雪子没有声张出去。过了半个月，妙子把这件事告诉了幸子。这样一来，他们两人的来往如果再瞒住雪子不讲，妙子会遭到不必要的误解，因此幸子就把前些日子奥畑来访的情形对雪子讲了，并且告诉她将来只能让他们结婚，目前不急，要等她订婚以后再办这件事。那时，为了取得长房的谅解，还得仰仗她出把力。幸子一边解释，一边暗暗察看雪子的面部表情。雪子照常平心静气地听完幸子的话，回答说自己认为让他们两个先结婚好，不要单为顾虑次序颠倒的问题而把这事往后拖，自己决不会由于妹妹先结婚而受到什么打击，也不会抛弃希望。自己有这样一种预感，幸福的日子自会到来。幸子觉得她的话既不是讥讽，也不是逞强。

可是，不管本人怎样想，姐姐先出嫁是天经地义的。再说妙子的婚事几乎已成定局，所以雪子的亲事更应该赶快办。雪子的晚婚，除了以上举出的那些原因而外，还有一个使她不幸的原因，就是她是未年出世的羊婆。一般丙午年出生的女子嫁不出去[①]；可是羊年出生的女子不受欢迎这个迷信，关东地方没有，所以东京人对此会觉得奇怪。在关西地方，人们认为未年生的女子命苦，到老无人要，特别是做生意的人忌配

---

①日本人迷信丙午年（马年）出生的女子要杀夫。

属羊的老婆，甚至还有“不教羊婆当家”的谚语。大阪这个地方商人特别多，历来不愿娶羊婆，因此，长房的大姐常说雪子妹妹的晚婚是受了这个迷信的影响。这样一误再误，姐夫和姐姐们渐渐明白再也不该提出苛刻的条件了，比如女方是第一次结婚，要求男方也是第一次结婚，就不合理；即使做人家的填房也可以，只要没有孩子，或者有孩子也可以，只要不超过两个；至于年龄，比二姐夫贞之助大一两岁也可以，只要外表不衰老，一步一步地把标准降低下来。雪子本人也说，只要姐夫和姐姐们都同意，叫我嫁到哪家就去哪家，上面那些条件自己不反对，只是如果嫁到有孩子的人家去，最好是一个面貌招人喜欢的小女孩，过门以后，自己能真心疼爱她；嫁的如果是四十岁以上的人，眼看对方已经没有多大前程，经济状况也不会有什么改善，自己做寡妇的可能性很大，所以尽管不要求对方家财百万，但也必须要有安度晚年的生活保障。雪子这两条补充意见，长房和二房的人都认为很有道理，就一并提了出来作为择配的条件。

井谷介绍的这桩亲事，就是在这样的情况下提出的。衡量起来，除了财产一项不符合条件外，其余大体上都和女方的要求相差不远。而且年龄才四十一岁，比贞之助还年轻一两岁，前途还大有可为。最初尽管说年龄比姐夫大几岁也无妨，现在反倒比姐夫年轻，那就再合适也没有了。最突出的一点，对方是第一次结婚，这在女方是一直认为没有这种可能，不抱任何幻想的，现在居然遇到这种今后决不可能再得的机会，因此就成为最有吸引力的一条。总之，虽然别的条件还稍有些不足之处，只此初婚一条，就足以弥补一切欠缺而有余。尽管那个人是靠工资生活的，但他受过法国的教育，对于法国的美术、文艺多少知道一些，在这方面幸子估计雪子也许会中意的。不知道的人都以为雪子是纯日本趣味的姑娘，那只是对她的服饰、体态以及谈吐举止方面的表面认识，其实并不是这样，眼前她就在学法语，她对西洋音乐的理解比对日本音乐的理解还深。幸子暗地里还走了 MB 化学工业公司的门路，托人打听濑越这个人的名声，又从其他方面作了调查，对于这个人的人品，没有一个人说不好的，因此幸子觉得也许良缘就在眼前，打算过几天去和长房商量。不料一星期前，井谷突然坐了出租车来到芦屋，动问这桩亲事考虑过没有，催促赶快进行，同时把对方的照片也送了来。面对井谷滔滔不绝的谈锋，幸子不能告诉她正要去和长房商量，因为这样就显出对这事抓得不紧，所以只能对她说是桩非常理想的良缘，长房正在调查对方的情况，估计再过一星期就可以奉告了。井谷就说，这种事情越快越好，要是有意的话，务请赶快进行。濑越先生天天打电话来催问有没有消息，而且把他的照片送上过目，还要我顺便到府上了解一下情况，因此我才赶来一趟，一星期后听这里的好消息吧。井谷只坐了五分钟，简明扼要地讲了这一番话，就坐上等在门口的汽车回去了。

幸子的生活作风一切都是上方[①]方式，遇事从容不迫，慢悠悠的；对于雪子这件终身大事，她觉得如果把它当作日常事务那样处理，未免鲁莽轻率。可是，这次让井谷催逼得她一改往常行动迟缓的作风，第二天马上就去上本町长房那儿看她姐姐，把事情的大致经过讲了一遍，并且说明对方急等回音。可是遇到行动比她更迟缓的那位姐姐，对于这类事情尤其慎重，尽管觉得条件还不错，也得先和丈夫商量，认可以后委托信用调查所去调查，然后再派人去乡间调查对方的家庭情况，这样一来，所费的时间就多了。长房的姐姐既然这样主张，那么这件事情就决不是一星期内所能解决的了，至少得花一个月的时间，幸子正打算设法再拖上个把月。到了约定期限的前一天，门外又停了出租车，一想起当天有约，果然是井谷到来了。幸子连忙告诉她，昨天再一次催促长房的人，据说大体上没有问题，不过还有几处调查得不周到，请再等四五天。井谷不等幸子辩解完毕，就不容推诿地接口说："要是大体上同意的话，细节可以放到以后调查，双方当事人先见一次面怎么样？不用摆什么正式相亲的排场，由我出面邀请双方吃顿晚饭，长房的姐夫和姐姐不光临也可以，只要你们夫妇俩陪同出席就行，男家正在殷切盼望着呢。"

井谷心想这姐妹几个也未免太骄傲了，人家那么热心为她们奔走，她们却推三阻四地不给答复，究竟打算怎么样。不正是由于这种拖拖沓

---

① 日本关东地方对京都和大阪两地的称呼。

沓的作风，才把婚期耽误下来了吗？必须给以当头棒喝才行。所以，她说起话来就显得更加咄咄逼人了。幸子也约略看出了她的心意，就动问见面日期。井谷回说日子也许定得太仓促了一点，明天是星期天，假如能定在明天，濑越先生和她都很合适。幸子说明天已经有了别的约会，对方马上说那么就后天吧。这样一来，幸子只能答应暂定后天赴约。至于去得成去不成，明天中午打电话给回音，这才把井谷送走。昨天约好今天得打电话给人家确定日期。

“喂！细姑娘……”

幸子不满意试穿在长衬衣外的那件衣裳，把它脱下扔在一边，刚要打开另一个纸包的时候，楼下停了半晌的钢琴声又响了起来，她又想起了什么似的说：“这件事真为难！”

“这件事究竟是什么事？”

“外出以前必须给井谷老板娘打个电话。”

“为什么？”

“她昨天又来了，要求今天相亲。”

“她这人老是那么着急。”

“她说不是正式相亲，只是一道吃顿便饭，不用太拘束，而且一定要我们应承。我对她说今天不成，她就问明天怎么样，我实在无法再推托了。”

“长房那边怎样说的？”

“大姐来接的电话，她让我们陪同你雪姐去。她说如果他们去了，以后就没有退路。井谷老板娘也说这样就行了。”

“雪姐是什么态度？”

“怎么讲呢，问题就在这里了。”

“她不愿意去吗？”

“她没有这样说。不过，她觉得昨天提出今天就相亲，太不郑重了。她不愿这样草率做事，可不是吗？总之，她不明确表态，不知道她的真意如何，只说莫如多调查一下对方的人品，无论我怎样劝说，她都没有答应说去。”

“那么怎样回答老板娘呢？”

“就是呀。如果不说出充分理由，对方一定会寻根究底的。……不管这次的结果怎样，要是惹恼了她，今后休想再要人家做媒，真为难哩！……喂，细姑娘，你也替我劝劝你雪姐，让她在这四五天内答应去和对方见见面，不一定今明两天。”

“说是可以说，不过，雪姐既然那样主张，我想说了也没用。”

“那倒不一定，她只是不满对方这次的要求过于突然，内心里似乎并不讨厌，只要你说得婉转一些，我看她会同意去的。”

幸子刚讲到这里，纸槅扇拉开了，雪子从过道里走了进来。幸子心想，刚才的几句话说不定让她听见了，就此再也没有开口。

五

雪子看到妙子在姐姐背后给系腰带，就问：“二姐系这条带子去吗？记得上次出席钢琴演奏会时，系的不正是这条带子吗？”

“嗯，是系的这条。”

“那时我坐在旁边，二姐呼吸的时候，它就吱吱地作响。”

“我不知道呀。”

“声音虽然很轻，但每次呼吸都听到吱吱地响，真难受。我看系这条带子去参加音乐会不行。”

“那么系哪条带子呢？”

幸子边说边打开衣柜，取出几个纸盒摆在手边，刚揭开纸盒，妙子从中挑出一条千堆雪图案的带子说：“用这条吧。”

“这条合适吗？”

“这条好，这条好，就用这条吧。”

雪子和妙子早已穿戴好，只等幸子一个人了。妙子像哄孩子似的拿了那条腰带又走到姐姐背后，好不容易给系上身。幸子重新坐到镜台前，刚一坐下就怪声叫了起来。

“不行！这条带子也不行！”

“为什么？”

“还问哩，你仔细听听，这条带子也吱吱地响呢。”

幸子说着故意吸了一口气，让带子的中央部发出吱吱的声音。

“真的在吱吱地响。”

“那就系那条草茵图案的吧。”

“不知究竟怎样，细姑娘，请你找出来试试看。”

姐妹三个，只有妙子穿的是西装，她伶俐地在那堆杂乱的纸盒里东挑西拣，终于找到了那条带子，又走到她姐姐背后给系上。幸子一手按住系好的带垛，站立着呼吸了两三次，说道：“这下似乎行了。”边说边取出衔在嘴里的带扣，穿进带垛，才一收紧，又吱吱地响了起来。

“怎么这条带子也响。”

“真的！呵呵呵呵！”

幸子腰部一发出响声，姐妹三个就笑得前仰后合。

“呵呵呵呵！筒式腰带系不得，这种带子不行。”雪子说。

“不，不是带子不行，而是质地的问题。”妙子说。

“可是，近来的筒式腰带不都是这种质地的吗？这种质地做成筒式的，非吱吱地发出声音来不可。”

“明白了，二姐，我明白了。”妙子又取出另一条腰带。

“系这条试试，我看这条不会再响了。”

“你那条不也是筒式的吗？”

“先照我说的试试看，发出响声的原因我知道了。”

“已经一点多钟了，不赶快去就听不上了。像今天这样的音乐会，正式演奏的时间是很短的。”

“怎么，雪妹，腰带问题不是你自己提出来的吗？”

“是我提出来的呀，专程去听音乐会，要是耳边响起这样的声音，不是白去了吗？”

“哎！多费事！系了解，解了又系，折腾得汗都冒出来了。”

“笑话！我才费劲呢。”妙子跪在她姐姐背后，一头收紧腰带一头说。

“针在这里打吗？”阿春捧着盘子走了进来。盘子里盛着消过毒的注射器、维生素药盒、酒精瓶、脱脂棉以及胶布那类东西。

“雪妹，劳驾给我打一下。”幸子说完这句，又冲着阿春的背影吩咐说：“喂！你去叫汽车吧，让车子十分钟以后开来。”

针每次都是雪子给打，她熟练地用砂轮划断瓶颈，把药水吸进注射器，拉过幸子的左臂，——幸子那时正站在镜台前把衬垫塞进带垛里，雪子用蘸着酒精的脱脂棉使劲擦了擦，灵巧地把针头扎了进去。

“哎呀！好痛！”

“今天许是有点儿痛，因为没有时间，不能像往常那样慢悠悠地打了。”

维生素 B 的强烈气味一瞬间充满了整个屋子，雪子给她贴上胶布，在进针处又拍又揉，使肌肉松弛下来。

“我这里也好了。”妙子说。

“这条带子配哪个带扣合适？”

“你那个就行，快点吧，快点吧。”

“别这样使劲催，越催就越糊涂，弄得我晕头转向的。”

“二姐，这条带子怎么样？你吸口气试试。”

幸子听了妙子的话，接连呼吸了几次。

“真的，这下子不响了。细姑娘，这是怎么回事？”

“因为是新带子，就吱吱地响；这条带子是旧的，使用久了，所以就不响了。”

“真的，原来是这个道理。”

“稍稍想一下就明白了。”

这时，阿春从过道跑进来说：“太太，您的电话，是井谷老板娘打来的。”

“哎呀！糟了！忘了给她打电话了。”

“听！汽车好像来啦。”

“这怎么办？这怎么办？”幸子急得直喘气，雪子却纹丝不动，仿佛和她全不相干似的。

“我说，雪妹，怎么答复人家呀？”

“怎么答复都行。”

“可是，那个人要不好好应付，她是不会罢休的。”

“那就请你酌量着办吧。”

“不管怎样，明天的那个约会请她暂缓一下吧。”

“嗯。”

“这样可以吧？”

“嗯。”

雪子低着头坐在那里，站着的幸子无论怎样也看不到雪子的面部表情。

六

临出门时，雪子向那间西式屋子张望了一下，只见悦子正和小使女阿花在玩“过家家”，她就对悦子说：“小悦，我出去一趟，你要看好家，知道吗？”

“阿姨，我要的东西别忘了呀。”

“知道了，是前些日子看中的那套‘过家家’玩具吧？”

悦子只把长房的大姨叫“姨妈”，而把两个年轻的姨妈叫成“阿姨”和“细姨”。

“阿姨，天黑以前一定回来呀。”

“好，一定回来。”

“一定啊！”

“一定。你妈妈和细姨去神户吃晚饭，你爸爸在那里等她们。我回家和小悦一块儿吃。学校里留下作业了吧？”

“要写作文。”

“那么玩一会儿就去写吧，我回家后给你改。”

“阿姨，细姨，再见。”

悦子送她们到门口，脚上还穿着拖鞋，就走下泥地，在铺石上蹦蹦跳跳，一直追到大门口。

“要回来呀，阿姨，骗我可不行呀！”

“一件事要讲多少遍呀？我知道了。”

“阿姨，你不回来，悦子要生气的，知道吗？”

“啊！真讨厌。我知道了，知道了。”

悦子这般寸步不离地依恋雪子，雪子心里其实很高兴。不知怎么的，即使妈妈外出，这孩子也从来没有这般追踪过。可是雪子一旦外出，她就左一个条件，右一个条件，缠住不放。雪子经常住在芦屋，不愿呆在上本町的长房家，主要是由于她和大姐夫相处不好，再就是两个姐姐当中，她和二姐的性情脾气最相投。外界不用说，连她自己也深信不疑。不过最近她发现，对悦子的疼爱实际上也许超过了上面的两个原因。等到她觉察到这点时，她疼悦子疼得更是无微不至了。长房的大姐为此曾埋怨说，雪子妹妹只疼幸子妹妹的孩子，一点儿也不疼我家的孩子，弄得雪子无话可答。说心里话，雪子就喜欢像悦子这种类型的女孩子，长房家孩子固然不少，女孩却只有一个才两岁的婴儿，其余都是男孩，他们都不可能像悦子那样引起雪子的关注。雪子老早就死了母亲，十年前又死了父亲，如今她在长房家住住，在芦屋住住，没有一个固定的安身之处，所以即使明天就许配出去，也没有什么特别值得留恋的。不过，如果一旦结了婚，和一向最亲近而且作为靠山的幸子就见不到面了；不，幸子也许还能见到，悦子就见不到了；即使能见到，大概也不是先前那个悦子了。——先前自己对她的潜移默化，倾注在她身上的爱，也许会被忘得一干二净，她会变成另外一个悦子。一想起这些，她就羡慕幸子身为母亲而能永远独占这个少女对母亲的爱，心里觉得苦恼。由于这样一个原因，她曾提出，如果嫁给人家做填房，希望对方有一个讨人喜欢的女孩。不过，即使嫁到符合这种条件的人家去，自己成了比悦子更可爱的女孩的母亲，也不见得能像爱悦子那样爱那个孩子。想到这层，尽管婚期一再蹉跎，自己并不像别人想象的那样感觉凄凉。她甚至想到，如果能让自己长此留在芦屋，代替做母亲的幸子所做的那份工作，以慰孤独，要比屈身嫁给一个不中意的男人强得多。

凭良心说，把雪子这样紧紧地和悦子拴在一起，也许和幸子的安排有些关系。例如，芦屋原先安排一间屋子给雪子和妙子姐妹俩住，由于妙子始终利用那间屋子做她的工作室，幸子趁机安排雪子和悦子同住在一个屋子里。悦子那间六铺席大的日式屋子在楼上，屋子里放了一张小孩用的矮木床。过去一到夜里，女佣把被褥铺在床下，陪伴悦子睡。现在雪子来陪悦子，把原来用在折叠式床上的草垫铺在悦子那张矮床旁边，上面再加两个木棉垫褥，铺得和悦子那张床一样高。从此以后，悦子生病时的护理、复习学校里的功课、练钢琴、以至上学带的饭菜和点心这类本是幸子做的事，都渐渐移到雪子手里去了。那是因为雪子干起这类事来比幸子更加胜任。悦子这孩子白白胖胖的，看起来很健康，其实体质像她母亲，抵抗力较弱，一会儿淋巴腺肿了，一会儿扁桃腺发炎了，还经常发高烧。遇到这种时候，换冰袋，换湿布，要通宵护理两三夜，这类事情除了雪子谁都受不了。三姐妹中，雪子的体质最弱，膀子只有悦子的那么粗，外表简直像个害了肺病的人，这也是她迟迟没有许婚的原因之一。尽管这么说，消极抵抗力之强，却数她第一。全家人一个接一个害了流行性感冒，唯独她没传染上，而且从来没有生过什么大病。在这方面，表面上很结实的幸子其实和悦子一样，徒有其表，最不争气，护理病人稍稍累了点儿，自己反倒病倒了，结果给别人增添麻烦。原来幸子是生长在家门鼎盛、亡父的宠爱集中在她身上的时代，现在尽管成了七岁孩子的妈妈，却依然是急躁任性的脾气，无论在精神上或体质上都缺少忍耐功夫，动不动就会受到两个妹妹的交口指责。正因为这样，她不仅不善于护理病人，更不善于管教孩子，经常会和悦子一本正经地吵起架来。因此，外界甚至传说幸子把雪子当家庭教师对待，不放她走，所以亲事总谈不成，即使有了好对象，幸子也从旁加以破坏。风声传到长房那里，长房的大姐尽管不信幸子会干出这种事情，背地里还是埋怨幸子不让雪子来长房住，说什么雪子已经成了幸子的宝贝疙瘩了。贞之助顾虑到这点，曾经劝说过幸子。他说："雪子妹妹住在这里倒无所谓，要是因此在我们家庭三人中间造成裂痕，就不妙了。让她和悦子稍稍疏远一些如何呢？要是悦子疏远你而倾心雪子妹妹，那就麻烦了。"幸子却认为这是贞之助的杞忧，她说："悦子年纪虽小，但很机灵。尽管她和雪子妹妹很亲热，本心还是最爱我。遇到什么事情，她知道非缠住我不行，也懂得雪子阿姨迟早是要出嫁的。有雪子妹妹照顾孩子，省了我许多事情，的确帮了我的大忙；不过毕竟是暂时的，雪妹总是要出嫁的。我想既然她这样喜欢照料孩子，目前就把悦子交给她管，让她多少排遣一下婚期被耽误的不幸。细姑娘会做布娃娃，而且有一定的收入（似乎还有悄悄地私订了终身的人），雪子妹妹呢，这些东西一样也没有，说得过分一点儿，几乎连容身之地都没有，我十分同情她的境遇，所以存心让悦子充当她遣愁解闷的玩具。"

雪子是否理解她姐姐的这番苦心，不得而知。可是，每当悦子生病的时候，她护理病人的那种献身精神，决不是母亲或护士所能做得到的。每逢全家外出，悦子不出去，必须留下一人看家的时候，雪子总是自觉自愿地留在家里，让幸子夫妇和妙子去。像今天这样的星期天，以往总是雪子留在家里，不过，今天是阪急御影①的桑山私邸招待她们三姐妹去听列沃·希罗泰的钢琴演奏。别的聚会雪子都甘心放弃，唯独钢琴演奏会非去不可。演奏会结束后，幸子和妙子约好要和去有马②远足的贞之助会合，然后在神户吃晚饭。雪子放弃了去神户吃晚饭，独自先回家。

七

"唔！二姐怎么还不出来。"

---

①② 均为地名。

姐妹两个早就等候在大门口了，幸子却迟迟不出来。

“快两点钟啦。”妙子走向司机打开的汽车门。

“好长的电话！”

“怎么还不挂断呢。”

“想挂也不让挂呀，真急死人。”雪子又置身事外地打趣说。“小悦，去跟你妈妈说，少讲几句，快出来吧。”

“雪姐，我们坐上去吧。”妙子握住车门上的把手。

“等等吧。”这些地方恪守礼节的雪子应了一声，没有上车。妙子没办法，只能站在汽车前面等着。她看到悦子跑进了屋子，就说：“井谷老板娘做媒的事我已听说了。”她的声音很低，不让司机听见。

“是吗？”

“照片也让我看了。”

“是吗？”

“雪姐，你觉得怎么样？”

“光看照片怎么知道呢？”

“所以说两下见见面好嘛。”

“……”

“对方既然提出这样的要求，雪姐如果不去，二姐就为难了。”

“可是，哪有催得这样急的道理呢？”

“得啦，我们早就猜到你会这样推托的。……”妙子刚讲到这里，橐橐的步履声和“哎呀！手绢忘掉了，谁给拿条手绢来！”的嚷嚷声同时并作，幸子一头整理露在外面的长衬衫袖子，一头冲到门口说：“让你们久等啦。”

“等了半天啦，真的！”

“有那么久吗，可是要编出话来推托……所以弄到现在才挂断的呀。”

“好了！好了！这事以后再讲。”

“快上车吧。”跟在雪子后面的妙子说。

从幸子家到芦屋川车站约有七八百米路，像今天这样时间紧迫，得坐汽车，平常往往慢悠悠地散步走着去。遇到天气晴朗的日子，三姐妹穿了出客衣裳一同走在那条和阪急铁路并行的、当地人称之为水道路的山边大路上，她们那种风采，见到的人谁都得看上几眼。那一带街道上的人，个个都熟悉三姐妹的面容，经常谈论她们，但却很少有人知道她们的真正年龄。幸子身边有悦子这样一个女儿，本人的年龄也就不大容易隐蔽，尽管如此，看去顶多也不过二十七八，不会再多，何况还没出嫁的雪子，多说点也不过二十三四；至于妙子，往往让人家误认作十七八岁的少女。本来从年龄上说，如果人家把雪子称为“小姐”或者“姑娘”，的确有些可笑；但是，实际上大家都这样称呼她，谁也不觉得奇怪。再说颜色鲜艳、花样入时的衣裳对她们三姐妹特别相称，并不是说穿了那些漂亮衣裳人就变得年轻了，而是她们的姿容体态太娇艳轻盈了，不穿那些漂亮衣裳，就不相称。去年贞之助带她们三姐妹和悦子一同去锦带桥赏樱花时，曾拍了一张三人并立在桥上的照片，还写了一首诗：

> 丽影翩翩三姐妹，
> 锦带桥上斗红芳。

半点也不假，这三姐妹决非一味相像，她们各有特长，相互辉映，但又有其明显共同的地方，使人一眼就看出她们是一母所生的同胞姐妹。先说身材，幸子个儿最高，其次是雪子，再就是妙子，一个比一个略矮些。三个人一同走在路上的时候，光这一点就值得一看。再说衣裳、饰物和人品，最富日本趣味的是雪子，最有西洋趣味的是妙子，幸子则不偏不倚，适得其中。妙子的脸圆圆的，五官端正，肌肉丰满结实；雪子恰好和她相反，长长的鹅蛋脸，身材苗条；把两个妹妹的长处集中在一身的是幸子。穿着方面，妙子一般多着西装，雪子总穿和服，幸子夏天穿西装，其他季节穿和服。说到三姐妹的相似之处，幸子和妙子都像她们的父亲，常常是容光焕发，唯独雪子不一样，看去总是愁容满面、不胜凄楚的样子，可说来也奇怪，她的衣裳倒是贵族人家侍女穿的那种织有花鸟草木图案的绉绸衣服最为合适，东京式的素净条纹料子完全不相称。

平常她们去参加音乐会，也总是穿戴得整整齐齐的，更不用说要出席今天这种私人公馆的招待会，那就非打扮得格外漂亮不可了。又碰上个秋高气爽的好天气，当这三姐妹走下汽车，跑上站台的时候，站台上的人谁都得回头瞟她们一眼。那天正好是星期天的下午，开往神户的电车里空荡荡的没有几个人，姐妹三个依次坐了下来。这时，雪子发现自己对面坐着一个中学生，中学生羞答答地低下了头，忽然双颊绯红，羞得就像一团火似的。

八

悦子玩够了“过家家”，叫阿花到楼上替她拿来了练习本，在那间西式屋子里写她的作文。

原来这幢住宅大部分是日式建筑，只有两间屋子是西式的。那两间屋子连在一起，一间是餐厅，一间是会客室。全家在一起团聚或者接待客人时，都用这两间屋子，一天里大部分的时间都在这里消磨。再说那间会客室里摆着钢琴、收音机和留声机，冬天还生洋炉子取暖。一到冷天，大家都集中在这个屋子里，所以格外热闹。悦子平常除非家中来了许多客人或者自己生病睡倒，否则她不到夜里决不去自己的卧室，总是呆在这间会客室里。她楼上的那间日式卧房里摆了一套西式家具，是卧室兼书房。可是无论学习或玩“过家家”，她都爱在会客室里，还把学习用品以及“过家家”的玩具扔得一屋子，一旦来了客人，就闹得手忙脚乱。

傍晚时，门铃响了，悦子扔下铅笔出去迎接。雪子手里提着讲定给她买的一包玩具，走进会客室。悦子紧跟着跑了进来，把练习本合在桌子上说：“不要看我的作业，让我看看买给我的东西吧。”她马上解开纸包，把里面的玩具摆满在长沙发上。

“谢谢阿姨！”

“没错吧？是这个东西吧？”

“嗯，是这个。谢谢您。”

“作文写好了吗？”

“不行，不行……”悦子拿起练习本，把它紧紧地抱在胸口，逃离雪子身边。

“……不让你看是有道理的。”

“什么道理呀？”

“呵呵呵呵，因为里面写了阿姨的事情。”

“那怕什么，写就写吧。给我看呀！”

“等一会儿，……等一会儿给你看，现在不行。”

悦子说她写的作文题为“兔子的耳朵”，里面写到了阿姨，要是现在就拿出来看，觉得不好意思。她想等自己睡了以后让阿姨细细地看，错误的地方希望给纠正。第二天自己起个早，在上学以前把改过的作文誊清一遍。

雪子知道幸子她们吃过晚饭还要去看看电影什么的，回家一定很晚，所以吃完晚饭她和悦子一同洗了个澡，八点半钟就到卧室里去了。悦子年纪虽小，睡觉却不容易一下子睡着。睡进被窝以后，还要兴奋地讲上二三十分钟的话，这是她的习惯。为了使她安静地熟睡，雪子得费老大一番劲，往往一边陪悦子闲扯哄她入睡，一边自己也睡下，有时竟然睡个通宵。平常她总是睡一会儿便偷偷地起身，在睡衣外面披上一件褂子，到楼下去和幸子他们喝茶聊天。有时贞之助也参加进来，取出干奶酪和白葡萄酒，陪大家喝上一杯。雪子有肩膀酸疼的老毛病，今晚疼得特别厉害，睡不着觉，想到幸子她们回家还早，莫如利用这段时间给悦子看作文。她见悦子呼呼地睡得很香，便起身翻开放在床头灯旁边的练习本，看起了那篇作文。

兔子的耳朵

我养了一只兔子。这只兔子是人家送给我的。因为家里有狗和猫，所以就把兔子放在门口和猫狗分开养。我每天早晨去上学时，总要抱起那只兔子爱抚一番。

这是上星期四的事。那天早晨我去上学，走到门口一看，兔子的两只耳朵只有一只竖着，另一只倒在一边。我对它说："唷！怎么回事呀！把那只耳朵也竖起来吧。"可是兔子不理我。"那么让我给你扶起来吧，"我用手扶起了它的耳朵。可是一放手，那只耳朵马上倒下了。我就对阿姨说："阿姨，请你把兔子的耳朵竖起来。"阿姨就用脚夹起了兔子的耳朵。可是阿姨的脚一松开，那只耳朵一下子又倒下了。阿姨说："多奇怪的耳朵呀！"说着她就笑了。

看到这里，雪子连忙用铅笔把"阿姨就用脚夹起了兔子的耳朵"那句话里的"用脚"二字涂掉。

悦子的作文在学校里是优等，这篇作文写得也很出色。雪子借助词典才给她改正了几个错别字，别的语法修辞上的错误根本找不出，就是拿不定主意怎样改"用脚"那句话。最后雪子把"阿姨用脚"到"倒下了"那几句话改成：

"……阿姨攥住兔子的耳朵，让它直立，可是阿姨一放下那只耳朵，它就又倒下了。"

本来最简单的办法是把"用脚"改为"用手"，但实际上当时确实是用了脚，考虑到不应该教孩子写假话，所以才模棱两可地改成那样的。雪子想到如果不是自己早发现，让悦子拿到学校里给老师看到了，多寒心呀。再一想悦子竟然把这种不相干的事情也写进作文，不由得独自笑了起来。

"用脚"这桩公案，原来是这样的。

半年以前，芦屋比邻——说是比邻，还莫如说两个院子紧紧相连的两户人家——搬来一户名叫舒尔茨的德国人。两家院子的交界处，只隔着一道疏孔的铁丝网。悦子不久就认识了舒尔茨家的孩子们，最初双方像互相辨别体臭的动物那样，把鼻子凑在铁丝网上互相瞪视着；后来双方就越过铁丝网交往起来。那家的大孩子叫彼得，是个男孩；老二是女孩，名叫罗茜玛丽；最小的男孩名叫弗利兹。老大彼得看上去有十岁或十一岁，罗茜玛丽和悦子差不多岁数，不过西洋人个儿高大，实际年龄也许比悦子小一两岁。悦子和他们兄妹三个都合得来，和罗茜玛丽特别友好。每天放学回家，她们总一道在院子里的草坪上玩。罗茜玛丽起初管悦子叫"悦子"，后来不知是谁提醒了她，才改称为"悦子姐姐"。悦子则借用她的爱称，管她叫"露宓姐姐"。

舒尔茨家养了一条圣日耳曼向导猎犬和一只欧洲血统的纯黑猫，另外在后院还用木箱养了安哥拉兔子。悦子家里也养着狗和猫，她并不觉得稀罕，兔子却难得见到，所以她经常和罗茜玛丽一道去喂食，有时还拎起兔子的耳朵抱着玩儿。后来她自己也想养兔子，就向她母亲提出要求。幸子最初有点踌躇，她并不反对饲养小动物，可是，从来没有养过的东西要是养不好，死了太可惜。光养一只约翰尼和一只铃，已经嫌费事，要是再养兔子，那就更麻烦。首先，为了防止被约翰尼和铃咬死，就得把兔子圈起来分开养，可是要圈开又找不到合适的地方。正在这个时候，经常来扫烟囱的工人不知从哪里弄来一只兔子，说是送给悦子的。那只兔子不是安哥拉种，是普通品种，但浑身雪白，也很好看。悦子和妈妈、阿姨们商量的结果，在门口的泥地上圈了一块地饲养兔子。因为那里最安全，猫狗不会去咬它。兔子和猫狗完全不一样，只张开两只红眼睛，不解人意，和它讲话，丝毫也没有反应。大人们都忍俊不禁，觉得它只是一只胆小如鼠而又奇妙的小动物，和人类一点关系也没有，怎么也引不起他们像对狗和猫那样的感情。

悦子那篇作文写的就是这只兔子。雪子每天早晨得叫醒悦子，照顾她吃早饭，检查她的书包，送她上学，然后重新钻进热被窝躺一会儿。那天早晨，深秋的寒气沁人肌肤，雪子在睡衣上面还披着一件纺绸睡袍，脚上只穿一双袜子，袜扣都忘了别，就把悦子送到门口。悦子只管扶起兔子的耳朵，可是那只耳朵怎么也竖不起来，因此她要求雪子试试。雪子为了不让她迟到，本想快些扶起兔子的耳朵，但又不愿用手去碰那软绵绵的东西，所以就提起穿着袜子的脚，用脚趾夹起了兔子的耳朵[1]。可是一松开脚，那只耳朵又落在兔子的脸上了。

“阿姨，这个地方为什么不行？”第二天早晨悦子看到雪子改过的作文，开口就问。

“小悦把阿姨用脚夹兔耳朵也写进作文，多讨厌！不写也可以嘛。”

“可是，你不是用脚夹的吗？”

“嘿！用手去碰那东西多恶心……”

“噢。”悦子露出怀疑的神色，“那么可以写出原因的呀。”

“但是，这种没规矩的样子怎么能写进去呢？老师看了会认为阿姨举动粗野的。”

“噢。”尽管雪子这样解释了，悦子似乎还没有完全明白。

九

“要是明天不方便，十六号大吉大利，定在十六号那天怎么样？”前几天幸子冷不防接到这样一个电话，逼得她无法推托，只能答应下来。可是，最后从雪子嘴里套出“那就去试试也可以”这样一句话，却费了两天的工夫，而且还附带一个条件，就是井谷得遵守原来的诺言，由她出面请双方吃顿便饭，尽量避免造成相亲的印象。时间是当天下午六点钟，地点在东方饭店，出席的人除了女主人井谷而外，还有她在大阪铁厂国分商店工作的二弟房次郎夫妇。房次郎是濑越的老同学，这桩亲事就是他牵的线，所以当夜的会面他非到不可。濑越方面呢，要是单身赴会，未免有些冷清，可是这种场合又不宜特地去邀请故乡的亲戚，

---

① 日本式的布袜拇趾和其余四个足趾是分开的。

幸好国分商店有一位董事名叫五十岚，是他的同乡，经过房次郎的斡旋，请来做了陪客。女方是贞之助夫妇和雪子三个人，宾主总共八人。

十五号那天，幸子为了第二天的约会，陪雪子去井谷开设的那爿美容院烫头发。幸子自己只想把烫过的头发梳理一下，于是就让雪子先烫，她在一旁等着。井谷抽空来到她跟前，弯下腰凑到她耳边轻声说："有件事情得请您谅解，其实这种事情不说您也明白。就是明天无论如何请您尽量打扮得素净些。"

"噢，这个我明白。"

井谷不让她说完就抢着说："稍许素净些还不行，真的，要尽量少施脂粉。雪子小姐固然很美，不过她是鹅蛋脸，而且常带愁容，和您一比，就比下去了。尊容又特别光艳夺目，即使不浓妆艳抹，也容易引起人家注意，所以明天无论如何得请您少施脂粉，要打扮得比现在看老十岁或十五岁，要把自己当作绿叶来陪衬令妹。不然的话，一桩本来可望成功的姻缘，由于您的陪伴，说不定就此吹了。"

像井谷这种警告，幸子并不是第一次听到。到现在为止，她已经多次陪同雪子去相亲，经常听到人家说什么"那位姐姐倒很开朗时髦，妹妹却有些腼腆阴郁"，"那位姐姐青春焕发，光照四座，她妹妹的脸容就黯然失色了"。有的甚至劝告说："单让长房那位姐姐陪同相亲好了，二房那位姐姐莫如回避一下。"每次听到这样的话，幸子总觉得说话的人不懂得雪子容貌的妙处。不错，像自己这种开朗的姣好的脸容也许可以说是现代型的；可是，这样的脸今天多得很，并不稀奇。赞美自己的妹妹也许有些滑稽，不过，从前真正娇生惯养的深闺少女都具有那种弱不禁风、楚楚动人的风韵，我家的雪子妹妹不就是那样的容貌吗？如果不懂得那样的美，不积极求婚，就决不把雪子妹妹许配给他。尽管幸子给雪子大肆辩护，毕竟抑制不住内心的优越感，她在丈夫面前不无骄傲地说："我陪同妹妹去相亲，会帮倒忙的。"贞之助也说："那么我一个人陪她去好了，你就回避了吧。"有时他看到幸子的打扮和衣着过于艳丽，就说："不行，那样还不行，要更素净些，否则人家又要说你代替了你妹妹的地位了。"催促她重新化妆换衣服。幸子却看得出她丈夫因为有这样一个如花似玉的妻子，也掩饰不住他心里的高兴。为此，幸子有一两次就回避同雪子一道去相亲。不过，一般总是她充当长房大姐的代表，非出席不可。再说，如果她回避着不出席，雪子往往会拒绝去相亲。遇到那样的时候，她尽量打扮得很朴素，陪妹妹一起去。尽管这样，由于她的衣裳饰物一向华丽，主观努力有一定的限度，所以事后往往还是被指摘："那样还是不成。"

"……好，好，大家都这样提醒我，我知道了。不用您吩咐，明天我准备真正荆钗布裙去赴约。"

等候理发的那间屋子里只有幸子一个人，没有别人会听到她们的谈话。可是，这间屋子和邻屋之间的布帘正揭在一边，雪子就在隔壁理发，她坐在椅子上，头上罩了一架烘发机的样子反射在镜子里，她们两人从正面看得清清楚楚。井谷本来以为雪子头上罩着烘发机，不可能听到她们在谈什么，可是她们两人说话的样子，雪子在镜子里也看得很清楚，她翻起眼珠尽瞅着她们，猜疑她们在谈些什么。幸子甚至担心雪子会不会从她的口形里推测出她说话的内容。

赴约的当天雪子让姐妹俩从三点钟就开始帮着她打扮，贞之助也紧张得提早下班，赶回家挤在化妆室里。他对于妇女服饰的花样、穿着方法以及发型抱有兴趣，喜欢看她们梳妆打扮。还有一点，她们没有时间观念，总是因此而吃苦头，今天的约会时间是下午六点，他得在旁监督，以免误点。

放学回家的悦子一放下书包就跑上楼来，冲进门就说："听说阿姨今天去相亲哩。"

幸子吓了一跳，从镜子里看到雪子的脸色顿时变了，她装出若无其事的样子问道："这事听谁说的？"

"今天早晨听春倌说的。有这事吧，阿姨？"

"没有这回事，"幸子说，"今天井谷老板娘请妈妈和阿姨去东方饭店吃饭。"

"可是，爸爸怎么也去呢？"

"也请你爸爸了。"

“小悦，你下楼去！”雪子对着镜子说，“叫春倌来一下，小悦不用上来了。”

平常雪子叫她走开，她总不听，可是这次雪子的口气不寻常，她看出了苗头，乖乖地应了一声，下楼去了。

不一会儿，阿春怕怕缩缩地打开拉门，两手支在门槛上，俯首请示有什么吩咐。其实她早已看出悦子刚才说了什么，脸色也变了。这中间，贞之助和妙子看到情况不妙，早就躲开了。

“春倌！今天这件事你干吗对小姐讲？”今天相亲这件事，幸子记得从来没有对使女们讲过，不过她也有错，错在没有小心提防她们暗中偷听，所以她觉得自己有责任当着雪子的面质问阿春。

“春倌，我问你……”

“……”

阿春只管俯倒了头战战兢兢地说：“都是我不好。”

“你什么时候对小姐讲的？”

“今天早晨。”

“讲它什么意思？”

“……”

阿春今年才十八岁，十五岁那年她到这里来当使女，现在当上了使女头儿。大家对她很好，几乎把她当作家属看待。她初来时，在她名字后面加了一个“倌”字，习惯了就一直这样叫（悦子有时叫她“春倌”，有时光叫“阿春”）。悦子每天上学要穿过阪神公路，那里交通事故多，必须来回接送，这差使一般都派在阿春头上。经过幸子一再盘问，知道是今天早晨她送悦子上学时，在路上对悦子讲的。这个使女平常能说会道，一经斥责，顿时垂头丧气，一副可怜相，反而使旁观者感到好笑。

“……咳！前几天我打电话时，你们都在场，这是我一时疏忽。不过，既然听到了，就更不应该随便讲。今天的约会不是一本正经的相亲，对外不公开，这个你应该知道。再说，无论什么事情也有个该讲不该讲的区别。……把那样一桩全无把握的事情讲给孩子听，能这样做吗？你又不是才来我家，难道这点道理也不懂吗？”

“不光是这件事情，”雪子插嘴说，“你平常嘴快，用不着你讲的事情也爱多嘴，这个毛病要不得。”

姐妹两个你一句我一句地数落了一番，阿春俯着身体，一动也不动，也不知道她到底听清楚了没有。叫她走开，她还像死人那样一动也不动，直到再三催促，她才低声认罪，起身走了出去。

“平常一再指出她这个毛病，实在太爱搬嘴弄舌了。”幸子看出雪子还在生气的脸色，就说：“毕竟是因为我不小心，电话打得教她们听不懂就好了，哪里想到她会对孩子讲呢。”

“电话固然如此，前些日子常说起相亲的事，没有提防春倌，我就担心被她听去。”

“有这样的事吗？”

“有过多次了。……正当谈论的时候，春倌进来了，那时谁都不再说什么了，可是她刚走出屋子，人还在门外，这里又高谈阔论起来，我想一定是那个时候被她听去的。”

实情是前些日子有几次在夜里十点钟左右，趁悦子睡熟了，贞之助、幸子、雪子，有时还有妙子，几个人聚集在会客室里谈论今天相亲的事情，阿春不时送茶送水，通过餐室进来。餐室和会客室是用三扇拉门隔开的，门缝有手指般粗，人在餐室里，可以清楚地听到会客室里的谈话，何况又是夜阑人静的时候，除非把说话声压得很低，否则全让餐室里的人听去了。但当时谁都没有注意到这点，只有雪子注意到了。幸子心想现在说出来已经迟了，当时提出来不就好了吗？雪子本来嗓音就低，所以那时谁都没有觉察到她说话时有意压低嗓音，可是她不说，别人怎么能晓得。的确，阿春这种饶舌的人固然讨厌，像雪子那样沉默寡言的人也教人为难。可是一想到“高谈阔论起来”这句话她用的是敬语，可见那句话是专门批评贞之助的，那时她没有提意见，是对贞之助客气，所以再也不能埋怨她当场不提意见了。事实上贞之助说起话来声如洪钟，在那样的场合最容易被人听去。

“雪子妹妹既然发现了问题，那时早提出来就好了。”

“但愿今后不要在那些人面前讲这一类话，我不拒绝相亲。……可是每次让那些人以为这次又吹了，实在受不了。”雪子说话的声音一下子带了鼻音，从镜子里可以看到一滴眼泪从她脸上掉了下来。

“话是这么说，不过历次相亲，哪次都不是男方提出拒婚。……这个你是知道的，每次相亲后，总是对方积极求婚，反倒是我们不中意而告吹的，不是吗？”

“可是，她们那些人不会这样想。这次如果又不成功，那些人又要以为是被男方回绝了，即使不这样想，也一定会加油添醋，说三道四……所以……”

“好了，好了，不提这事了。……都是我们的不是，以后一定照你说的那样办。别把眼睛哭肿了。”幸子还想走过去给雪子抹眼泪，又怕那样一来更加引起她伤心，所以就没过去。

十

躲避在侧屋书斋里的贞之助，看到时间已过四点，太太小姐们似乎还没有打扮停当，担心将要误点了。忽然听到院子里八角金盘的枯叶上啪嗒一声掉下了什么东西，靠着桌子伸手打开拉窗一看，刚才还晴朗的天空忽然下起阵雨来了。微弱的雨脚像断线似的淅淅沥沥地打着屋檐。

“喂！下雨啦。”贞之助跑进正屋，走在楼梯半中间就嚷嚷着冲进了化妆室。

“真的下起来了，”幸子望着窗外说，“不过这是阵雨，马上就会停的，天边不是还蓝蓝的吗？”

话声还没停，窗外的屋瓦全都湿透了，哗哗地正式下起大雨来了。

“汽车如果还没有雇，非马上去雇不可。得讲明五点一刻必须开来。下雨我穿西服去，藏青色的可以吧？”

一到雨天，芦屋当地的汽车就应接不暇了，经贞之助提醒，马上打电话雇了车。姐妹三个梳妆完毕，到了五点二十分汽车还不来。雨越下越大。电话打遍所有的出租汽车站，得到的回答是："今天是吉日良辰，有几十对结婚的，又碰上下雨天，车子都租出去了，一回站就开来。"今天车子直开神户，只要五点半能开出，半小时也就到了。可是车子过了五点半还没有来，贞之助焦急得坐立不安。为了不使对方久等，在对方催促之前，必须打个电话去说明一下。电话打到东方饭店，方知对方人都到齐了。这样一直折腾到六点差五分，车子才开来。正碰上倾盆大雨，只能靠司机给他们打着伞一个一个地上车。幸子在风雨里溅了一脖子冰凉的水珠，等到在车子里坐定，她想起了上两次雪子相亲时，都遇着这样的雨天。

"哎哟！迟到了半小时……"贞之助在存衣处碰上了出来迎接他的井谷，首先道歉，"今天是黄道吉日，结婚的人多，加上突然下雨，等汽车就等了半天，所以迟到了。"

"是啊，我来的时候，路上遇见许多辆坐着新娘子的汽车。"趁幸子和雪子在寄存外套，井谷向贞之助递了个眼色，把他叫到一旁说："我们到那边去，把你们介绍给濑越先生他们。……先请问一下，府上的调查是不是结束了？"

"噢，情况是这样的，对濑越先生本人的调查已经结束，知道他是一个很出色的人，大家非常高兴。只是长房还在调查他家乡的情况。……已经粗粗了解到一些，据说大体上没问题。只是还有一个托某方面调查的报告没收到，再等一星期就有分晓了。"

"啊，原来是这样……"

"承蒙您的照拂，事情拖延了许久，非常抱歉。长房的人还是过去那套作风，凡事都慢悠悠的不着急。……我很了解您的好意，对于这次的事情也很赞成。如果现在再提出过去那套老格式，只会把婚期一再延误，所以我竭力主张只要本人出色，其余的调查不妨马虎一点。今晚会面以后，只要双方当事人没有异议，我看这次很有希望成功。"

贞之助和幸子事前对好了口径，把话说得很圆妥；不过后半段话却坦率地说出了他自己的心境。

时间已经不早，在休息室里简单地介绍了一下，宾主双方八人随即乘电梯来到二楼的小宴会厅。餐桌的两头分别坐着井谷和五十岚，桌子的一边是濑越、房次郎夫人和房次郎，另一边是雪子、幸子和贞之助。昨天在美容院井谷提出的席次一边是濑越坐在中间，濑越的左右是房次郎夫妇，另一边是雪子坐在中间，雪子的左右是贞之助夫妇，今天的席次是按照幸子的提议改成这样的。大家依次入了席。

“兄弟今天不期有幸参加这个盛会……”五十岚看出时机已到，一边喝着汤一边开口说，“濑越君和兄弟本是同乡，从年龄上说，各位也可以看出是我痴长了几岁，不妨说是他的老前辈，但并非同学。硬要拉关系的话，过去我们两家住在一条街上，而且是近邻。今天能列席这样的盛会，非常荣幸，不过觉得有些不敢当，惶恐得很。说实话，硬把我拉到这里来的不是别人，而是村上君。村上君的这位令姐井谷老板娘能言善辩，胜过男子，她这位弟弟也旗鼓相当，口才不亚于他的姐姐。他说：‘一旦被邀请出席今天这种极有意义的宴会，如果不痛痛快快地答应下来，那成何体统！那不是在泼凉水吗？这样的时候必须有个老头儿参加，倚老卖老、借口推托是不允许的。’我就这样被他硬拉来了。”

“哈哈哈哈，董事先生尽管这样说，可是光临之下，您决不会不愉快吧。”房次郎说。

“哎呀！你这个‘董事先生’的称呼，在这个宴席上可是要不得。今天晚上只谈风月，不谈正经，我准备舒舒服服地叨扰一顿啦。”

幸子想起她做闺女的时代，船场的莳冈商店里也有这样一个滑稽可笑的秃头掌柜。现在一般大商店都改成了股份公司，“掌柜”升为“董事”，西服取代和服，船场话不说，改说标准话。不过从气质以及心情上来看，与其说是公司里的董事或监察，莫如说是商店里的职员。过去哪个商店都要安置一两个态度谦恭、说话伶俐、善于迎合主人的心情而又能引人发笑的掌柜或伙计，今晚井谷把这个人请来，可以看出她是有心让他串演这样一个角色，免得冷场。

看到濑越笑嘻嘻地在听五十岚和房次郎两人你一言我一语的对答，贞之助和幸子姐妹觉得他本人的相貌和照片上的差不多，还比照片年轻些，看去至多三十七八岁。他五官端正，却缺少英俊气，挺朴实的，正是妙子所评论的“相貌平庸”的人。从他的仪表、高矮、胖瘦、服装以及领带的嗜好上看，任何方面都很平庸，丝毫也不像曾经在巴黎受过熏陶的人；但也没有令人生厌的地方，是个地地道道职员类型的人物。

贞之助觉得第一印象还算合格，就开口问道：“濑越先生在巴黎呆了几年？”

“只呆了两年整，不过那已经是很久以前的事了。”

“这么说来，是什么时候去的？”

“已经有十五六年了，学校毕业后不久就去的。”

“那么，毕业以后就到这家公司里任职的吧？”

“不是的。现在这家公司是回国后进去的。当初去法国是漫无目的的。——那时因为父亲去世，留下了一点儿微不足道的遗产，内中有一部分可以由我随意使用，于是我就拿了这笔钱出国了。勉强要说出国的目的，一则是想学好法语，其次如能在法国找到工作，就想在那里工作下去，这就是我当初的糊涂想法，可是两个目的都没有达到，所以完全成了一次漫游。”

“濑越君与众不同，”房次郎从旁解释说，“一般人去了巴黎，都说不愿再回国。濑越君却视巴黎如同镜花水月，害了严重的思乡病回来的。”

“嗨！那是为什么？”

“自己也讲不出什么原因。总之，最初抱的希望也许太大了吧。”

“到过巴黎，才知道日本的妙处，从而翩然回国。这决不是一件坏事。因此濑越君才中意纯日本式的小姐吧？”坐在餐桌另一头的五十岚边取笑濑越，边飞快地朝低着头的雪子瞟了一眼。

“可是一回国就到现在那家公司工作，法语长进也很快吧？”贞之助说。

“也没长进多少。公司尽管是法国的，职员却大部分是日本人，只有两三个大头头是法国人。”

“这样的话，讲法语的机会就不多了吧？”

“一般只在MM的船开到时，去那里讲上几句法语。至于商业上的法文信，一直是由我写的。”

“雪子小姐现在还在学法语吗？”井谷问道。

“是的。……因为姐姐在学法语，我是陪着去的。”

“老师是谁？日本人呢还是法国人？”

“是法国人……”雪子讲到一半，幸子接下去说：“是一位日本人的太太。”

本来雪子就很少说话，在大庭广众面前更是不会说话，像今天这样的宴会上，要用东京话讲，但是硬邦邦的说不出口，后半句话自然就吞吞吐吐的了。虽然幸子的东京话说得并不流畅，往往把语尾蒙混过去，可是她能巧妙地不使自己的大阪口音过于刺耳，无论什么话都能比较自然地说出来。

“那位太太会讲日语吗？”濑越一本正经地瞅着雪子的脸说。

“喔，最初她不会讲，后来一点点会讲了，现在已经讲得很好……”

“那样反倒没有什么好处，”幸子又接下去说，“本来约好学习的时候不讲日语，可是毕竟行不通，结果还是说了……”

“我曾在隔壁屋子里听过你们的学习，三个人几乎全都在说日语。”

“哎哟！哪里有这种事。”幸子回过头来用大阪话对丈夫说。“我们也讲法语，您在隔壁屋子里听不到。”

“可能是这样。偶尔也说几句法语，不过那时声音低得吱吱的像寒蛩，而且还羞答答地说不出口，隔壁屋子里自然听不到了。这样的学习一辈子也学不好。太太小姐们学习外语，大概哪里都是这个样子的吧。”

“嘿！看您说的！……可是我们不光是学法语呀。老师还教给我们许多东西呢，例如怎样做菜、做点心，怎样织毛衣等等，这些都是用日语讲的呀。前些日子您对乌贼这个菜非常满意，不是还要我们多学些别的做菜方法吗？”

夫妇两人的对话一时变成了余兴，引得大家都笑了。

“您刚才说的乌贼这个菜究竟是怎么回事？”房次郎夫人一提出这个问题，围绕着怎样做好这个别有风味的法国菜——西红柿烧乌贼加少量大蒜——大家又谈论了一会儿。

十一

幸子早已发现濑越酒量相当大，无论给他斟多少酒，他都能一饮而尽。房次郎看去似乎根本不能喝酒，五十岚也喝得红到耳朵根了，侍者每次斟酒斟到他跟前，他总是摇手表示已经够了。只有濑越和贞之助旗鼓相当，脸上既不红，态度也和平常一样。据井谷说，濑越不是每晚都喝酒，可是他并不反对饮酒，遇到机会，他喝起来酒量是相当大的。幸子认为能喝酒并不是坏事，因为她们姐妹几个早年丧母，父亲晚年每顿饭都要她们侍候，晚上喝酒，她们也陪着喝，从长房的姐姐鹤子数起，姐妹几个都能喝几口酒。再说赘婿辰雄和贞之助都算得上“晚酌党”[①]，对滴酒不喝的人，他们总觉得有些美中不足。喝了酒发酒疯固然要不得，不过还是多少爱喝几杯酒的丈夫好。雪子虽说没有提出这样的条件，幸子从自己的心情推测出雪子大概也是这种想法。再说像雪子这种把自己的思想感情闷在肚子里不吐露出来的人，如果不经常让她陪着喝两杯酒，心情会变得更加消沉；男人娶了这样的妻子，如果不喝两杯酒，会郁闷得受不了。幸子想到雪子如果嫁给一个不会喝酒的丈夫，将会多么寂寞可怜。今天晚上幸子为了不让雪子过分沉默，便使了个眼色指指放在她面前的那杯白葡萄酒，低声说：“雪子妹妹，稍稍喝点怎么样？”自己也喝了两口给她看，回头又悄悄地吩咐侍者：“给邻座斟点儿葡萄酒。”

---

① 日本人称每晚喝酒的人为“晚酌党”。

雪子暗暗看到濑越喝酒的那个劲头，自己也想振作精神更开朗一些，不时地背着人喝几口酒。只是被雨淋湿了的袜头，湿嗒嗒的套在脚上很不舒服，醉意只管冒上头来，却始终没有达到陶然的境地。

濑越早就注意到雪子在喝酒，只装作没有看到的样子问道："雪子小姐爱喝白葡萄酒吗？"

雪子笑了笑，低下了头。

"是的，能喝一两杯的。"幸子接口说，"濑越先生酒量洪大，能喝多少？"

"怎么说呢，真要喝起来也许能喝上两三斤吧。"

"喝醉了要露一手余兴节目吧？"五十岚说。

"我一向不懂风雅，喝醉了大概会比平常多说几句话。"

"那么，莳冈先生家的这位小姐呢？"

"小姐会弹钢琴。"井谷回答说，"莳冈先生家的几位小姐在音乐方面都是西洋趣味。"

"哪里，也不全是西洋趣味。幼年时候曾经学过古琴，现在正想复习一下，因为最下面的妹妹近来在练习山村舞，所以接触古琴以及歌谣的机会也多了。"幸子说。

"喔！细姑娘会舞蹈吗？"

"是的，她从小学过舞蹈，现在仿佛赶时髦，其实她是逐渐在恢复幼年时代的趣味。您知道我那个妹妹人很聪明，跳起舞来非常优美，也许是从小就学的缘故吧。"

"专门的知识我不了解，不过山村舞的确好得很。什么都依样画葫芦学东京，并不见得好，我们应该大力提倡这种乡土艺术……"

"是啊，是啊。这样说起来，我们的董事先生——不，五十岚先生呢？……"房次郎边挠挠头边说。

"五十岚先生擅长'歌泽节'①，已经练了多年了。"

"这类歌曲学得像五十岚先生那样好，自当别论。可是，据说初学

---

①用三弦伴奏的近代俗曲之一，创始人笹本彦太郎。

的时候非常想唱给人家听，所以得去妓院走动走动，是不是这样呢？”

“是呀，是呀，确实是这样。日本乐曲的缺点就在于它不是家庭的。当然，我是例外，本人学‘歌泽节’的动机决不是要让妇女迷恋，我没有这种野心。在这方面我的心肠是非常硬的。村上君，你说呢？”

“是的，因为我们是开铁厂的嘛。”

“哈哈哈哈……我又想起一件事来了，这得请教太太们。就是诸位随身携带的那个粉盒，里面装的是普通香粉吗？”

“是呀，里面装的是普通的香粉。……您问这个干吗？”井谷说道。

“一星期前我乘坐阪急电车，邻座一位盛装的太太从她的手提包里取出粉盒，在鼻尖上啪嗒啪嗒地扑粉，我正巧坐在她下风，接连打了两三个喷嚏，这是怎么回事？”

“哈哈哈哈，那时候到底是五十岚先生的鼻子出了什么毛病还是粉盒子的关系，可就弄不明白了。”

“嗳！要是只此一次，我也会这样想，可是不久以前又有过同样的一次经历，这是第二次了。”

“啊！这是真的。”幸子说，“我在电车里打开粉盒子扑粉，有两三次坐在旁边的人都打喷嚏了。据我所知，越是高级的香粉，越会发生这样的事情。”

“哈哈！原来是这样。不过，不是这回遇见的，上次在电车上遇见的那位太太，弄不好会不会就是您呢？”

“真的，说不定就是我。那时真是失礼了。”

“这样的事我还是第一次听到。今后无论如何要在粉盒子里装些高级香粉试它一下。”房次郎夫人说。

“别开玩笑了，这种事情如果流行起来，那可受不了。从今以后，妇女乘电车，下风要是有乘客，希望千万不要用粉盒。莳冈太太刚才打过招呼了，可是上次那位太太害得我连打了两三个喷嚏，却装作若无其事的样子，真正岂有此理！”

“噢，细姑娘告诉我，有一次她乘电车，看到一位男乘客的西装领子上露出了马鬃，就想给他拔掉。”

“哈哈哈哈！”

“哈哈哈哈！”

“记得小时候棉袄里的棉絮露了出来，还尽想往外揪哩。”井谷说。

“人似乎都有这种奇妙的本能。喝醉了酒就想按人家门上的电铃。车站的月台上明明写着‘禁止按揿此铃’，可是反而想去按一下，因此必须提防走近它。”

“咳！今晚真的笑够了。”井谷舒了口气说。饭后的水果都已搬上餐桌，大家似乎还没有谈够。

“莳冈太太，”井谷喊了一声，“您发现这样一个问题没有？近来的年轻太太们，不，称太太实在太年轻了，还是两三年前才结婚的二十多岁的人，该说是下一代的太太吧，她们真是了不得，无论在家庭经济方面还是在抚育孩子方面都非常讲究科学，脑子实在灵敏，教你深深感到她们真是一代新人。”

“是呀，正像您说的那样，现在女子中学里的教育方法和我们那时候的教育方法完全不同了。看到今天的年轻太太，会觉得她们和我们这些人是两个不同时代的人了。”

“我有个侄女儿，年轻时从乡下来我家，在我监护之下毕业于神户女中。最近她结了婚，在阪神的香栌园组织了新家庭。她的丈夫在大阪某公司任职，月薪九十元，另外还有些红利，乡下老家每月贴补他们三十元的房租，全部收入平均每月一百五六十元。我老为他们担心那点儿收入怎样够开支，去到他家一看，月底发下九十元工资，她丈夫拿回家后，马上把它分别放进准备好的信封里，信封上标明煤气费、电费、服装费、零用钱等项目，这样来解决下个月的生计，日子过得很撙节。可是，我被邀请去她家吃晚饭的时候，他们竟出乎意外地做出许多精美的小菜招待我。屋子里的摆设也很得体，并不怎样寒碜。不过另一方面却非常精明，上次和我一同去大阪，我把钱包交给她，让她替我买票，她居然买了回数券[1]，把余下的回数券留下给她自己用。这件事的确叫我佩服得五体投地，这样我还在监护她，担心她的经济情况，简直是愚蠢透顶，想起来实在惭愧。”

“一点都不错，比起近来的年轻人，反倒是老一代的母亲们大手大脚地乱花钱。”幸子说。

“我们的近邻有一位年轻太太，她家里有一个两岁的女孩。前些日子因为有事去她家，我站在门口没进去，经她一再邀请，走进屋子一看，家里连女佣人都没有，可是屋子里却收拾得井井有条。还有，我想这类年轻太太在家大抵总穿西服，坐的是椅子，不知道是不是这样。总之，那位太太平常总穿西服。那天屋子里放着一辆婴儿车，孩子被巧妙地放在车子里，不让爬出来，当我逗着孩子玩儿的时候，那位太太说了声对不起，让我照顾一下孩子，她自己去沏茶了。过了一会儿，她端出沏好的红茶和煮过的面包屑拌牛奶，先向我致谢，然后请我喝茶。刚一坐到椅子上，她看看手表说：‘下一个节目就是肖邦了，太太听吗？’她拧开了收音机，一边听音乐，一边拿起调羹喂孩子吃东西，一举三得，脑子实在灵敏……”

“现代的育儿方法也和以前完全不一样了。”

“那位太太也谈起了这事。她说奶奶要常来看看孙子，这是好事情。孩子已经养成不抱的习惯，可是奶奶来了就一味把孩子抱在手里，过后不抱他就哭。不知要费多大的劲才能恢复原来不抱的习惯，真为难呢。”

“真的，近来的婴儿不像以前那样爱哭了。带着孩子上街的时候，如果孩子绊倒了，只要他能自己站起来，就不要去抱他。做妈妈的只当没看见，直往前走，孩子反倒不哭，自个儿爬起追了上来。……”

宴会结束后，他们来到楼下的休息室。井谷对贞之助夫妇说：“濑越先生希望能和雪子小姐单独谈一二十分钟，不知方便不方便？”由于雪子不反对，他们两个就去别处谈天，其余的人又闲扯了一阵。

---

① 乘车的本票，每本十张到三十张，每张票比零售便宜百分之十到二十。

“刚才濑越先生和你谈了些什么？”幸子坐在回家的汽车里问。

“他问了许多话……”雪子吞吞吐吐地说，“可是，并没有系统地讲什么……”

“搞了一次智力测验啦。”

“……”

车外的雨下小了，像春雨那样淅淅沥沥地下着。雪子先前喝下去的白葡萄酒这时发作了，她只觉得脸上发烧。汽车行驶在阪神公路上，她那双带点醉意的眼睛，出神地望着车窗外面柏油路上纵横交错的灯光。

十二

第二天傍晚，贞之助回家一见幸子就说：“今大井谷老板娘到我事务所来了。”

“干吗到你事务所去呀？”

“她说什么：‘本来应该到府上去拜访，今天因为来大阪办点事情，想到去看您太太还不如直接看您，问题解决得快，所以顺便来拜访，事前没有联系，突然到来，请勿见怪。’”

“那么到底是什么事情呀？”

“大体上是好消息，我们去那边谈吧。”贞之助把幸子带进他的书斋。

据井谷说，昨天晚上贞之助他们三人回家以后，其余的人又在饭店里谈了二三十分钟。总之，濑越本人非常积极，对于雪子的人品、容貌十分满意，只是看到她弱不禁风的样子，担心她会不会有什么病。再说前些日子井谷的弟弟房次郎去女中调查雪子的学习情况，看到成绩表上缺课比较多，便猜测她学生时代是不是经常闹病。对于以上的一些问题，贞之助作了如下的答复：女学生时代的事情他不知道，缺课多的问题不问妻子和小姨本人，也无可奉告。据他所知，雪子从来没有生过什么毛病。从外表看，雪子弱不禁风，瘦骨一把，这是事实，所以决不能说体质强壮。可是姐妹四人中，她从来不伤风。吃苦耐劳，除了长房的大姐而外，谁都比不上她，这一点他说他可以保证。但是她那弱不禁风的样子，以前就有人怀疑她有肺病，所以对方的担心也是有道理的。为了使对方放心，回去以后马上和内人及小姨商量，同时征得长房的同意，劝她请医生检查一下身体，必要时拍一张 X 光照片送上。经他这样一解释，井谷说用不着那样周到，听了这说明就够了。贞之助又说："这种事情还是弄清楚的好，自己虽然说过保证没问题，但毕竟没有特地听取过医生的意见，借此大好机会检查一下身体，大家都放心，相信长房也是同样的想法。你们几位大媒人要是看到胸部没有阴影的透视照片，心里也会很高兴的吧。"贞之助还对幸子说："万一这次的亲事不成功，为了预防今后再被人家怀疑是肺病，现在拍一张 X 光照片存放着，我认为决非多余，长房也不见得会反对。我看不妨明天就陪雪子妹妹去大阪检查身体。"他又加问了一句："中学时代缺课缺得那样多，是什么原因？难道那时害病了吗？"

"不是的，那时候的女子中学不像现在这样严格，爸爸老让我们赖学，带着我们去看戏。我老是被他带去的，所以如果调查我的学习情况，缺课的日子要比雪子妹妹多得多哩。"

"那么，透视的问题雪子妹妹不会反对吧？"

"可是为什么一定要去大阪呢，不去那里不行吗？栉田先生那里也可以吧。"

"喔！还有一件事儿，这块褐色斑……"贞之助按住自己的左眼梢给幸子看，"也成了问题。井谷说她自己一点儿也没发现，男人们在这些地方特别仔细。昨天饭后就有人指出小姐的左眼梢上似乎有一块小小的褐色斑，随即有人附和说他也看见了，有的反对说那是光线的问题，不是褐色斑，于是就纷纷议论起来，最后就问我究竟有没有。"

"昨天晚上那块褐色斑有些看得出，我心里就嘀咕着真是不凑巧，终于成了问题。"

"对方也并没有把它当作一回事。"

雪子的左眼梢——准确些说是左眼皮上边、眉毛下面——最近常常隐隐约约地出现一块阴影，有时明显，有时不明显。贞之助他们还是三五个月以前才发现这个问题的。那时他曾暗地里问过幸子："雪子妹妹的脸上什么时候长出那样的东西来了？"其实幸子也是最近才发现，以前雪子脸上没有那种东西。即使在最近一段时期，也不是始终如此。平常想仔细看个究竟，它却淡得几乎分辨不出，有时甚至完全消失；不过，忽然有个把星期又会变得浓起来。幸子注意到褐色斑浓的时候，大概是雪子月经前后的那一个星期。她最担心的是雪子自己对褐色斑的想法，因为脸上长出那样的东西，第一个发现的一定是本人，她希望这不会对雪子造成什么心理影响。原来雪子对于自己婚期的一再延误，并不怎么悲观绝望，主要是由于她心里对自己的容貌抱有信心；可要是发现了这意外的缺点，又将会产生什么样的心情呢？幸子暗地里担心这件事，可又不便冒冒失失地当面询问，只能不露声色地随时察看本人的脸色。雪子的态度表面上始终没有什么变化，好像没有看到自己的脸上有块褐色斑一样，毫不在乎。有一次，妙子拿来一本两三个月以前的妇女杂志，问幸子看过没有。幸子一看，那本旧杂志的生活顾问栏里刊登了这样一则报道，一个二十九岁的未婚女子患有和雪子同样的症状，向编辑诉说她最近才发现这个问题。一个月里，褐色斑时浓时淡，有时完全消失，大体上月经期前后特别明显。编辑的答复是：您这种症状是过了适龄期的未婚女子常见的生理现象，不必为此担忧，大抵一结婚就马上会好的。即使不结婚，连续注射女性激素一个时期，多数也能治愈。幸子懂得了这个原因，也就放下了心，其实她自己就有过类似的情况。那是几年以前她结婚后的事了。当时，她嘴唇周围长出一圈褐色斑，就像孩子吃了豆沙包，抹了一嘴馅儿似的。找医生一看，说是吃了阿司匹林中的毒，无须治疗，自己能好，因此也就不去管它了。过了一年，完全消失了，从此再也没有复发。想到这件事，幸子觉得姐妹两个说不定都是那种爱长褐色斑的体质。幸子既然自己有过这样的经验，而且自己嘴唇上的褐色斑比雪子眼皮上那块要浓得多，不久也痊愈了，因此她对于雪子的毛病并不怎样担忧，再说又看了旧杂志上的那则消息，心里就更加放心了。不过，妙子之所以拿出那本杂志，目的是想让雪子看到。雪子表面上一如既往，不改常态，可是肚子里说不定闷闷不乐呢。所以妙子很想让她看到旧杂志上的那则报道，让她不要担忧。虽然结婚以后就可以痊愈，可能的话，莫如婚前就积极加以治疗，彻底把它治好。不过妙子深知姐姐的脾气，她是不轻信别人的，所以打算找个机会劝劝她。

幸子从来没有和谁谈起过雪子脸上的褐色斑，这次和妙子也是第一次谈起。对于这件事，幸子知道妙子也同样在为雪子难过。这里面除了同胞姐妹的爱心而外，妙子还有一个想法，那就是如果雪子不赶快结婚，她和奥畑的婚事就要拖延下去。那么这本杂志究竟由谁去交给雪子看呢？姐妹俩商量之后，认为还是妙子比较妥当，要是由幸子出面，就显得小题大做了，说不定要让雪子误会连贞之助也是共谋者了，还不如由妙子轻描淡写地提出来的好。后来有一天，正好遇着褐色斑特别明显，雪子一个人在化妆室里照镜子，妙子装出偶然看见的样子，凑上去轻轻地说："雪姐，你眼梢上的那块东西不用担心。"雪子只在鼻子里"嗯"了一声。

"这事妇女杂志上已经登出来了，雪姐看到没有？要是没看到，我拿给你看好吗？"妙子竭力避免和雪子的视线相接触。

"说不定看过了。"

"哟，已经看到了吗？……那本杂志上说一结婚就会好的，打针也会好的。"

"嗯。"

"雪姐知道吗？"

"嗯。"

妙子看出雪子不大愿意别人谈起此事，所以就采取淡然置之的态度；可是她那个"嗯"毕竟是肯定的"嗯"，只是觉得让人家知道她背地里看那样的杂志，有些不好意思，才装出一副不知道的样子来。

妙子提心吊胆地捅了雪子一下，觉得一块石头落了地，轻松多了。于是她开口劝道："既然看到了那则报道，为什么不去打针呢？"可是雪子对打针似乎并不积极，依然"嗯"、"嗯"地用鼻音对付妙子的忠告。一则固然是由于雪子生来就是这种性格，如果别人不拉着她的手硬叫她去，她自己就不愿意去找不熟识的皮肤科医生看病；再则就是尽管旁人暗暗地在为她操心，本人对自己的褐色斑却并不在乎。举个例子说，在妙子提出忠告以后的某一天，悦子也发现了这个问题，她好奇地注视着雪子的脸，高声问道："哎呀！阿姨，你眼圈上怎么搞的？"当时除了幸子而外，女佣们也都在场，屋子里一下子变得鸦雀无声。可是雪子那时却意外地冷静，叽叽咕咕地胡答应了两声，面不改色地对付过去了。幸子她们最为担心的是雪子的褐色斑明显的时候同她一起上街散步或买东西。在她们眼里，现在的雪子正是婚前最紧要的时刻，犹如一件等着出售的商品，即使不是去相亲，打扮得整整齐齐地出去，也会让人撞见，所以在月事前后的一星期内，她最好躲在家里不出去。如果出去的话，得想办法化妆得不让人家看出那块褐色斑，可是雪子本人对此一向毫不介意。照幸子和妙子的看法，雪子的脸宜于多抹香粉，可是在褐色斑明显的期间，香粉抹多了，反而会看出底下有一圈轮廓分明的阴影，所以那时宁可少抹香粉，多涂些胭脂在脸颊上。但是，雪子平常不爱在脸上涂胭脂（她被人家怀疑害了肺病，就是由于她平常不涂胭脂只抹粉，而妙子却恰恰相反，香粉可以不抹，胭脂非涂不可），外出时仍然抹了一脸香粉，倒运的是恰恰碰上了熟人。有一次妙子和她一道乘电车，那天她脸上的褐色斑特别明显，妙子悄悄地把胭脂递给她，说："涂上点儿这个吧。"尽管妙子从旁指使，本人却似乎仍然无动于衷。

十三

"那么您是怎样讲的呢？"

"有什么说什么，我老老实实都讲了。——褐色斑并非经常出现，无须担心，某某杂志上登出来了，其他杂志上也读到过。我考虑到既然要去拍X光，还是顺便去大阪找皮肤科医生诊断一下，搞清楚究竟是不是像杂志上说的那样能治好。我说，既然出了问题，这是应尽的义务，我会劝她这样做的。”

由于雪子一个月里大部分时间都住在二房家，长房的姐夫、姐姐自然不会注意到这件事；贞之助觉得自己既然知道了这件事情而又置之不理，这只能说明自己没有尽到责任。可是，这毕竟是新近出现的问题，以往的几次相亲从未发生过这种事情。再说贞之助有鉴于幸子以前嘴唇上那块褐色斑不药自愈的事实，也就没有重视这件事。幸子呢，她认为雪子脸上的那块东西是周期性的，什么时候出现，可以事前计算好日子作出预测，相亲的日期只要避开那几天就可以了。哪里知道一则由于井谷催促得紧，再则由于幸子自己的大意，她估计相亲那天雪子脸上的褐色斑即使还留下一点儿痕迹，也不至于过分惹眼。结果造成了这次的失误。

今天早晨幸子在丈夫上班之后，便悄悄探问了一下雪子对于昨天相亲的感想，知道雪子愿意听从姐夫和姐姐们的安排。难得事情进展顺利，幸子担心说话不当而出岔子，当天晚上等悦子睡着了，便让贞之助也回避了，她独自把要拍 X 光和去看皮肤科这两件事情提出来和雪子商量，不料雪子满口应承，说什么只要二姐同去，找个医生诊断一下也行。讲定了以后，雪子眼圈上的褐色斑却又一天天消褪了下去，几乎都看不出了。幸子想一样是找医生看病，莫如等下次褐色斑明显的时候去。可是，井谷的策略如愿以偿了，这次是贞之助急如星火，为了报告相亲的经过以及催促从速调查男家的身世，他第二天就赶到上本町长房家，向大姐汇报准备带雪子去大阪医科大学就诊。过了一天，他故意对女佣们说要同雪子去三越百货公司买东西。去大阪就医的结果，内科和皮肤科都一如预料，没有什么问题，X 光透视的软片当天就洗了出来，胸部一点儿阴影也没有。过了几天，诊断报告寄到了，血沉十三，其他反应全是阴性。在皮肤科受诊时，医生把幸子叫到一旁，开口就说这位小姐应该赶快结婚。问起注射疗法，医生回答说打针固然也能治好，不过像她这种程度的褐色斑也很难说，与其打针远不如早结婚，结婚是治疗褐色斑的唯一良法。就此结束了诊断。看来杂志上读到的那篇报道不假。

“那么，这些东西你去送给井谷老板娘怎么样？”贞之助问幸子。

“我送去也行，只是人家既然看中您办事迅速，专门找您打交道，还是您送去的好。并不是因为我被冷落了，就生人家的气，我实在是干不了这种鸡飞狗跳的活儿。”幸子说。

“没有关系，那好办。我也来个官样文章得了。”第二天，贞之助在他的会计师事务所里打了一个电话给井谷，大致讲了一下去大阪就医的经过情况，然后把X光照片和诊断报告书用快信挂号寄出。过了一天，下午四点钟左右井谷打来电话，说一小时后拜访。到了五点钟，井谷准时来到贞之助的事务所，一来就说：“昨天很快就接到回音，多谢多谢！邮件当下就转给了濑越先生。濑越先生说：‘承蒙寄来这样详细的报告书以及特地拍摄的X光片，非常过意不去。看到了报告书和X光片，不用说已经完全放心了，只怪自己当初信口开河，十分失礼，务望代为多多道歉。’”客套一番之后，井谷又说：“实在不好意思开口，濑越先生想和雪子小姐再见一次面，从从容容地谈上个把钟头，不知府上能不能同意。”她又补充说：“濑越先生尽管已是不惑之年，可是没有恋爱经验，还有点儿天真未凿的味道，上次相亲时，不知怎么的犯了怯场的毛病，讲了些什么话，连他自己都不记得了。再说雪子小姐又是害羞的性格……不，害羞倒也没什么，上次是第一次见面，也许不好意思多开口吧。这回要是能见面，双方可以畅谈一番……还有，如果府上同意，不嫌简陋，可否就到阪急冈本舍下会面，因为旅馆或酒家之类的地方容易惹人注目。至于会面日期，对方希望能在下星期天前后。”

“你看怎么样？雪子妹妹能答应吗？”

“雪妹倒也罢了，不知道长房会说些什么。会不会说事情还没有确定，还是避免深入为妙呢？”

“对方的用意可能是想再观察一下脸上那块褐色斑的程度如何。”

“真的，一定是这样。”

“既然如此，还是见一次面的好。现在会面，那块斑痕不是淡得一点儿都看不出吗？让人家看一看平常就是这个样子，对我们也没有什么损失。”

“这倒也是啊。要是拒绝了人家，就显得咱们不愿让人家看到这个缺点。”

夫妻俩有了这番谈话之后，第二天幸子就到附近的公用电话亭给长房的姐姐打了电话。因为她怕在家里打会引起麻烦。不出她的预料，长房的姐姐质问为什么必须再见面，说来说去，幸子付了五次电话费才把原因解释清楚。可是姐姐仍然推说在婚事尚未决定以前，能不能让双方单独会面，她不敢做主，要等今晚姐夫回家后商量决定，明天再给答复。为此，第二天早晨不等长房来电话，幸了先去了公用电话亭。好不容易获得了姐夫的许可，但是附有时间、地点、监督等等条件。回到家里和雪子一谈，雪子很快就领会了意思，随即应允了。

到了约定的那天，幸子捧了一束鲜花作为礼物，陪同雪子来到井谷家。井谷端出红茶招待他们，四个人先在一起扯了一会儿，然后井谷把濑越和雪子带上楼，自己又回到楼下和幸子边谈边等。本来约好只谈一小时，后来超过约定时间三四十分钟，两人才从楼上下来。回家的时候，幸子姐妹俩先走一步，濑越留了下来。那天是星期天，顾虑到悦子在家，因此幸子和雪子就直接去了神户，到东方饭店休息室又喝了一次茶，幸子便询问雪子双方会面的情况。

“今天确实谈了不少话。”

雪子这回也比较轻松地一一作了说明。濑越先问起四姐妹之间的关系，为什么雪子和妙子老住在二房，很少住长房；又问到妙子的那次登报事件，对后来的发展情况问得尤其仔细，雪子在可以答复的范围内都作了答复，但对那些会引起人家误解长房大姐夫的话则只字未提。濑越还说不能由他一个人提问题，希望雪子也问问他。由于雪子客气不肯问，他就主动自我介绍，说什么他所追求的是“古典美”而不是“现代美”，所以一直拖到今天还没结婚。要是能娶雪子小姐这样的人为妻，真是三生有幸，他还一再地说什么“高攀不上”。至于和女人的关系，他说他过去从来没有和谁有过什么沾染，只是有一件事情要告诉她，接着他就讲了一件意外的事：在巴黎的时候，他曾结识过一个百货店里的女售货员。详情虽则没有细讲，最后似乎是他被那个女的欺骗了。他的思乡病和追求纯日本趣味的想法，都是那次受骗的反作用。濑越还告诉雪子这件事只有他的老朋友房次郎知道，雪子是听到这件事的第二个人，其他的人谁都不知道。他还要求雪子相信他和那个法国女子的交往是纯洁的。幸子从雪子嘴里听到的大体上就是这些，至于濑越为什么要对雪子讲出他在国外的艳遇，其用心是不言而喻的。

第二天，井谷紧跟着给贞之助打来了电话，说昨天给了那样好的机会，濑越先生已经没话可说了，昨天他才看清楚小姐脸上的那块褐色斑，诚如您所说，根本不成问题。现在他只有静候府上的回音，看他能不能雀屏中选。井谷在传达对方意思的同时，还催问长房调查的结果如何。在井谷看来，这桩亲事从开始介绍到现在已经一个多月了，前些日子她来芦屋拜访时，以及几天以后在东方饭店相亲时，两次向她打招呼都说“请再等个把星期”，现在已经等得不耐烦了。实际上幸子最初去长房商量这桩亲事，还是十天或半个月以前的事情，而且长房在这些事情上又喜欢小题大做，不可能马上作出答复。总之，由于井谷催促得紧，幸子随口说了一句“一星期后答复”，贞之助又不得不随声附和，因此就把事情弄僵了。其实，长房去向濑越原籍的乡公所索取他家户口本的副册，两三天前才寄到，至于信用调查所关于男方家乡情况的报告，需要更多的时间，最后在定局之前，还得郑重其事地派人去男方的家乡实地调查。所以弄得贞之助夫妇特别尴尬，除了一再推说“再等四五天”、“再等四五天”而外，没有别的办法。这中间，井谷到芦屋来催了一次，又到大阪会计师事务所去过一次，说什么好事多磨，这种事情办得越快越好，要是合适的话，年内就可以举行婚礼。到后来她实在等得不耐烦了，竟然直接打电话给从未谋面的大姐鹤子，催问这件事。受惊的大姐事后打电话来告诉幸子。幸子一想起比自己更慢条斯理、要考虑五分钟才回答人家一句话的大姐，在接到井谷电话时的那副狼狈样子，不禁哑然失笑。据说井谷在电话里又搬出好事多磨这句话，滔滔不绝地劝说了大姐一番。

十四

日子就这样不知不觉地过去了，到了十二月的某一天，女佣来说长房的太太来电话了，幸子去接了电话，电话里说："上次那桩亲事，调查研究耽误了许多时间，最近才大致搞清楚，今天我去芦屋看你。"电话刚要挂断时，又听到里面说："不是什么好消息，你甭高兴。"其实没有最后那两句说明，幸子一听到大姐电话里的声音，马上就觉得这次又要吹了。她挂上电话回到会客室，独自叹了口气，一屁股在沙发里坐了下来。过去这样的事情发生过不止一次，每到关键时刻就吹，已经习以为常了，当时并不像今天这样泄气。这次不知是什么原因，尽管觉得这并不是特别值得惋惜的一桩亲事，可是内心深处却感到相当失望。也许是因为过去几次自己总是和长房站在同一立场上，都是不赞成的，而这次自己倒觉得颇有圆满缔姻的把握吧。毕竟这次的亲事有井谷这样一位总干事，女方的处境就特别不一样。贞之助他们过去一直置身事外，只是被动地当当差而已，这次他却奔走斡旋，非常卖力。再说雪子本人的态度也不同往昔，那么仓促的相亲她同意去，两次单独谈话的要求她也答应了，甚至连X光透视和皮肤科的诊察都不厌其烦地接受了。这些都可以说是雪子从来没有的态度。是不是急于成婚的心情暗中有些抬头，以致产生这样的心境变化呢？还有，对于眼皮上的那个阴影，她表面上似乎若无其事，其实也可能影响到她的情绪。总之，由于种种原因，幸子觉得这次无论如何希望其成功，而且一定要成功。

因此，幸子在没有和姐姐见面听取详情以前，尽管知道事情不妙，但是总觉得还可以想点办法，没有完全绝望。等到她听了详情，才不得不承认事情确实无可挽回。大姐和幸子不一样，身边有许多孩子，她是趁上中学和小学的孩子们回家以前，利用下午的一两个小时，抽身来到芦屋的，正巧她又得知这天下午两点钟雪子要出去学习茶道，便和幸子在会客室里谈了一个半小时。看到悦子放学回家，她就告辞说："至于怎样回绝人家，一切拜托你们两位，请和贞之助妹夫好好商量着办吧。”

据大姐说，濑越的母亲十多年前死了丈夫，从此一直呆在老家，因为有病，不见外人，濑越也从来不回家探亲，日常生活由母亲的寡妇妹妹来照顾。老太太的毛病对外说是中风，可是，经常在她家出出进进的商人说不像是什么中风，实际上是一种精神病，见了儿子也不认识是自己的儿子。这事在信用调查所的报告里也隐隐约约地透露了一点，总觉得有些放心不下，又特地派人去乡下作了调查。大姐还说：“至亲好友们出于关心都来做媒，结果给人家的印象每次都是让长房的人从中破坏了，实在不是滋味儿。我们何曾要破坏，当今这种时势，决不能再斤斤计较什么门第和财产。就拿这次的事情来说，我们也认为非常合适，正因为想使这桩亲事成功，才派人去乡下调查，哪里知道对方有精神病的血统，这就不是一般的问题，只能死了这条心了。一提起雪子妹妹的亲事，不知为什么老会碰到这样那样不可逾越的障碍，弄得非吹不可，实在奇怪。雪子妹妹这个人实在没有缘分，我就觉得‘羊年生的’这句话不能一概斥之为迷信。”

大姐刚走，雪子抱着一块茶道用的绸巾回来了。刚巧悦子到舒尔茨家院子里玩儿去了，幸子见雪子走进会客室，就对她说：“大姐来过了，刚回去不久。”说了一句就停下来，等雪子开口。可是雪子照旧应了声“嗯”，没有下文。幸子没办法，只得接下去说：“那件事情据说不成。”

“是吗？”

“他家的老太太……说是得了中风病，其实是精神病的样子。”

“是吗？”

“如果是精神病，那就完了。”

“嗯。”

“露宓姐姐，来呀。”远处传来悦子的声音，看见两个小姑娘在草坪上朝这边跑，幸子压低嗓门说：“详情以后再讲吧，先告诉你一声。”

“阿姨回来啦。”悦子跑上露台，站在会客室门口的玻璃门外，罗茜玛丽肩并肩地跟着站在她旁边，穿了奶油色羊毛袜子的四条灵巧的腿排列在一起。

“小悦，今天外面风冷，到屋子里来玩儿吧。”雪子走到门口，从里边打开玻璃门，“露宓姑娘也请进来呀。”她说话的声音和往常没有一点两样。

雪子这方面算是交待过了，可是贞之助那儿却没有这样好说话。傍晚时他回到家里，听到幸子告诉他长房的姐姐不答应，还亲自跑来了一趟，他心里想这次又要拒婚，脸上就露出一副不满意的神色。这次由于井谷看中他作为交涉对手，他对这桩亲事也一点点积极起来，如果长房仍然搬出过去那套落后的排场格式、门当户对的理论，他就打算亲自出马去劝姐夫、姐姐改变他们的想法。因为目前这桩亲事有它的特点，一则濑越是第一次结婚，再则岁数看去比实际年龄还轻，和雪子站在一起，不觉得有什么不自然；其余的条件将来也许有比濑越更好的，可是，仅此两条就十分难能可贵了，这是他准备竭力说服长房的。及至从幸子那里听到了详情，他仍然一下子转不过弯来。不过，他考虑再三，觉得长房是决不会同意的。假如姐夫反问：“既然这样，你能保证和这种血统的人结婚后，丈夫和未来的孩子绝对不发生问题吗？”贞之助就不好回答了。去年春天还有过一次类似的情况，对方也是一个四十多岁的未婚男子，家里相当有钱，女家那时很积极，连订婚的日期都决定了，忽然听到一个消息说男的另外结识了一个女人，两下关系密切，为了要掩盖这件丑事才娶媳妇的。女家知道了这事，连忙取消婚约。看来雪子的亲事弄到最后总要碰上这种奇怪的阴暗面。长房的姐夫、姐姐为此更加抱有戒心。不过推究起原因来，毕竟是女家提出的条件太苛刻，想从条件悬殊的人选中挑一个理想的配偶，反而上了人家的当。看来那些年过四十而第一次结婚的有钱人，一般都不妨认为是怪僻的。

拿濑越来说，也许就因为有这样一个血统上的弱点，直到今天都没有结婚吧。不过，他决没有存心欺骗女家，这是很明显的。设身处地为他着想，他可能认为事情拖得那样长久，家乡的情况早该调查清楚，女家当然是知道了那种情况后再来攀亲的，这才一再说什么“高攀不上”

啦、“三生有幸”啦等等的谦虚话，以表示他那片感激的心情。当时在MB公司他那些同事们中间，就流传着濑越快要和名门闺秀结婚的消息，濑越本人也不否认；女家甚至听到外间流传着“那样一位一本正经的好好先生，近来慌慌张张的连工作都不安心做了”的议论。贞之助每次听到这类话，就觉得濑越实在可怜，一位相当出色的绅士就这样平白无故地受到了屈辱。总之，如果早作调查，早日回绝对方，那就什么事情都没有了。先是幸子抓得不紧，转到长房手里以后，也决没有迅速办理。最最要不得的是为了不让事情中断，在这段时间里一直对人家说调查大致已经结束，十之八九可望成功，这倒并不是贞之助他们信口开河，而是出于主观上希望这桩婚事圆满成功，才这样讲的。但是，从客观结果来看，这几乎等于对男家犯了恶作剧的罪。从这一点上说，如果贞之助要责备幸子或者长房，莫如责怪他自己的轻率。

贞之助和长房的姐夫一样，都是赘婿身份。过去他对于小姨子的亲事是尽量避免深入，这次偶然被卷进漩涡，偏偏又弄得非吹不可，这固然是由于自己的笨拙，给相关人员留下了不愉快的印象；进而会不会造成小姨子今后更加不幸呢，一想到这一点，嘴里当然不能说，可是心里实在觉得特别对不起雪子。不只限于这一次，在相亲这件事情上，男家回绝女家，本来没有什么；要是女家回绝男家，不管你言辞多么委婉，总是男家的一种耻辱。为此，莳冈家到今天不知让多少人怀恨在心了。这都是由于长房的姐姐和幸子她们处事不懂世故，拖拖沓沓，竭力想拉住对方，直到最后关头才回绝人家，这就更加招人怨恨。贞之助担心，这样的事情一次又一次地发生，不仅招来怨恨，而且众口铄金，雪子会不会因而终生不偶。看来这次拒婚，幸子不愿出面，这是明摆着的。贞之助因此不得不肩负起这个倒楣的差使去和井谷周旋，请求她的谅解。可是怎样开口好呢？事到如今，得罪濑越是不用说的了，可是对于井谷，今后还要打交道，无论怎样也不能伤害她的感情。再说这次的事情她确实花费了许多时间和精力，这中间光是跑腿——芦屋私宅以及大阪会计师事务所，就跑了许多次。她经营的那爿美容院雇用着大批学徒，生意非常兴隆，可是她仍然抽出时间来为这桩亲事说和，的确像人家讲的那样，是个爱做媒的人，而这又不是一般的亲切和义气所能办到的。举个小例子来说，光是出租汽车以及其他车钱就破费了她不少。前次晚上在东方饭店约会时，贞之助在临回家前提出一切招待费用应该由男女双方分担(名义上由井谷出面)，可是当下就被她拒绝，分文不肯接受，说这次是由她招待的。后来考虑到这桩亲事如能办成，还得靠她作桥梁操一番心，将来会有机会算笔总账送她一份厚礼的，所以那时就搁置了下来，可是现在就不能再搁置了。

“真的，送钱吧，人家不会接受，除了送礼品，没有别的办法……”幸子说，“可是现在也想不出送什么东西好。这样办行不行？你先空着手去打招呼，送礼的事，我和大姐商量后，买她心爱的东西亲自送去。”

“你专挑美差使干！”贞之助有些不服气，“好啦，就这么办吧。”最后还是同意了。

十五

进入十二月后，井谷那里突然停止了催促，也许是看出几分形势之非吧，这反倒有利于女方拒婚。贞之助怕风声泄露，因此不去美容院，先打电话给井谷说想去她家拜访，并且问明她什么时候在家。到了傍晚，他推迟下班时间，从事务所直接去冈本。

他被让进屋子，屋子里已经上了灯。台灯上罩着深绿色的大灯罩，使室内上半部显得暗沉沉的，只看到坐在沙发里的井谷的脸，看不清她脸上是什么表情，对于贞之助这个没有会计师习气而具有文学青年气质的纯朴善良的人来说，正是开口的好时机。

“今天是为了一件非常不便启齿的事情来拜访您的。……对濑越先生乡间的情况后来又作了调查，别的都可以，就是老太太的毛病……”

“是？”井谷微微歪着她的头。

“本来听说是得了中风病，可是，派人去乡间一调查，哪里知道是精神病的样子。”

贞之助这样一讲，井谷顿时慌慌张张地说：“哦！原来是这样。”接着又连连点头说了几次“原来是这样”。

井谷究竟知道不知道精神病这件事，贞之助最初只是怀疑，不过一想到前一程子她那样使劲地催促，今天又看到她这副狼狈的样子，就不得不认为她本来就知道此事了。

“您要是不谅解就不好办了，今天把这件事告诉您，决不是责怪什么。我也考虑过本来应该搬出一些无关痛痒的话作为拒婚的口实，才符合常识。可是这次承蒙您这样鼎力斡旋，如果不举出能让您谅解的理由，我们就太对不起您了……”

“是啊，是啊，您的心意我完全明白，哪里会误解呢。应该怪我没有好好调查，轻率地做媒，非常抱歉！”

“哪里，哪里，您这样讲就太不敢当了。我们痛心的是社会上总以为莳冈家讲究门当户对那套老格式，即使遇到合适的良缘也一个个地拒绝掉。……其实完全不是这样，这次的事情也出于万不得已，社会上的批评且不去管它，至少得请您谅解，千万不要因此生气，今后还望多多照拂。这些话只是向您交底，濑越先生那里就请您代我们婉言谢绝吧。”

“您说得太恳切了，不敢当。我本来在猜测府上的意图，精神病的情况还是第一次听到，以前完全不知道这件事，幸亏府上作了调查。不，既然是这样一个缘由，您的意见就十分有理，对方当然很扫兴，可是，我会好好解释的，这个请您放心。”

贞之助听了对方机敏的对答，一块石头落了地，谈话一结束，就匆匆告辞了。井谷一边送他到门口，一边还再三声明自己一点都没有不高兴，反倒觉得很抱歉。还说她一定再给物色一个良缘，弥补这次的失败。请等着吧，像雪子小姐这样的人品，根本不用担心，一定能找到如意郎君，而且要贞之助回去对他太太也这样讲。从井谷平常的作风可以看出她这些话不像口头禅，并没有因为拒婚而大大伤害了她的感情。

几天以后，幸子去大阪三越百货公司买齐了送礼的和服衣料，亲自送到井谷家，井谷还没有回家，就请她家里的人转达来意，留下礼物走了。第二天幸子收到井谷寄给她的一封恳切的道谢信，信的正文说事情没有办成功，由于自己做事不周到，结果白白浪费了府上许多精力，现在反倒教您这样破费，委实于心不安；附笔还一再说一定要弥补这次的失败。又过了十天左右，剩不了几天就要过年了，傍晚时候，一辆出租汽车匆匆忙忙地停在芦屋家门口，井谷在门口叫了声“特地拜访，不进屋了”。不巧那天幸子正好伤风躺着，贞之助在家，他把站在门口准备辞去的井谷硬邀进会客室，聊了一会儿天。贞之助问起濑越的近况，称他是人才，由于这样一个问题而未能攀亲，可惜得很……他的身世实在值得同情……他也许还以为女家早已知道了他母亲的病状。井谷就说：“濑越先生最初莫名其妙地谦虚客气，并不积极，后来才一点点热心起来，说不定最初就是因为他母亲那个病症而有所顾虑吧。”“这样讲来，还是由于我们这里没有抓紧调查，才发生了那样的误会，我们就更加不是了。”贞之助说完又搬出和上次同样的台词：“千万请勿因此而抱有戒心，今后还得请您多照顾。”听到这句话的井谷，一下子压低声音试探说：“如果不嫌人家孩子多，眼下就有一门现成的亲事。”贞之助看出她的来访也许是想介绍另一门亲事，就追问其究竟。原来是大和下市某银行的一个分行经理要续弦，家里有五个孩子，最大的男孩在大阪上学，第二个是已成年的姑娘，不久就要出嫁，家里只剩三个孩子，因为是当地的首富，生活自然不成问题。可是家里有五个孩子，而且又在下市，贞之助觉得根本谈不到一块儿去，只听到半中间就露出意兴索然的样子，井谷看到他这种态度，就说：“这样的人家我知道你们是决不会同意的，”就此住了口。不过，为什么她要介绍这种明知不会接受的、条件恶劣的对象呢？也许是她心里不愉快，有意提出这种坏条件的人选来暗暗讥讽这才是半斤对八两的姻缘吧。

贞之助送走了井谷，上楼去看幸子。幸子正躺在床上用毛巾盖着脸，在做蒸汽吸入。吸完以后，用毛巾擦擦眼睛和鼻子，问道：“听说井谷老板娘又来做媒啦。”

“嗯。……听谁讲的?”

“刚才悦子来告诉我的。”

“哦! 这还了得! ……”

刚才贞之助和井谷在会客室里谈话时，悦子悄悄地掩了进来，坐在椅子上注意地听着。贞之助对她说:“小孩子不该听这些话，你到别处去吧。”把她撵走了。她准是退到餐室里去偷听的。

“女孩子毕竟对这类事情抱有好奇心。”

“有五个孩子吧。”

“这也对你讲了?”

“是呀，是呀，大儿子在大阪上学，大女儿不久就要出嫁……”

“呃?”

“大和下市人，什么银行的分行经理……”

“真想不到，全给偷听去了。”

“真是呀，今后如果不加倍小心，要出大乱子啦，幸好今天雪子妹妹不在家。”

每年年底到正月初三那几天，雪子和妙子都回长房过年。雪子比妙子先走，昨天就回去了。想到要是她在这里的话，不知道会闹出什么样的乱子来，夫妇俩好容易才松了一口气。

每到冬季，幸子老闹支气管炎，医生警告说弄得不好会变成肺炎，因此她往往一睡就睡上个把月。只要稍稍有点儿感冒，就加紧提防。幸好这次只犯到咽喉部就被控制住了，体温也逐渐恢复正常。年关越来越近，已经是二十五号了，她打算再在屋子里呆一两天，坐在床上翻看新年的杂志。这时妙子走进来向她告辞，说要回长房去了。

“怎么啦，细姑娘，不是还有一星期才过年吗?”幸子带着几分诧异说。“去年你不是大除夕才回去的吗?”

“是大除夕回去的吗? 我记不得了……”

妙子近来为了开春举办第三届个人作品展，一直在忙着制作布娃娃。一个月以前，每天大部分时间都呆在夙川公寓，同时又不肯放弃舞蹈学习，每星期还得去一次大阪的山村舞传习所。幸子觉得似乎好久没有和这个妹妹好好地拉一次家常了。幸子知道长房要把两个妹妹叫回大阪去过年，她决不想把她们留在身边。可是妙子比雪子更不愿意回长房，现在她突然提早来辞年，这就有些奇怪了。倒不是恶意猜测她和奥畑之间有什么约会，只是淡淡地有些怅然，觉得这个早熟的小妹一年年成长起来，真的变成大人了，今天竟然要从最最推心置腹的人的身边离去了。

“我的活儿刚干完，回大阪后，打算每天去学舞蹈。”妙子直截了当地说。

“现在学的是什么？”

“因为要过新年了，正在教我们万岁舞啦。二姐能伴奏吧？”

“嗯，大概还记得。”幸子随即哼着三弦曲唱了起来：“谨祝永葆青春，万寿无疆，圣代繁荣盛昌。叮叮咚，万众欢腾的新年呀……”

妙子合着拍子，立起身来做出一个姿势。

“二姐，请等一下。”她急忙跑进自己的卧室，脱下西服，迅速换上和服，拿着舞扇回来了。

“……叮当，叮当，当，叮当，叮当，美女，美女，京都街上的美女……请尝尝大鲷鱼小鲷鱼、大鰤鱼、鲍鱼、蝾螺、蛤蜊呀蛤蜊，美女在叫卖。走过一段路，瞧那路旁的货架上，金线编织的花缎子、红绫罗红绉绸子，应有尽有。咚咚叮叮，咚咚叮……”

这里面的“美女，美女”的歌词以及配合着三弦的和音唱出来的“咚咚叮叮，咚咚叮”的歌词很有趣，幸子姐妹小时候就把它当作口头禅似的唱着，所以到今天还记得。这时一唱起这歌曲①，二十年前船场时代的往事历历在目，已故双亲的容貌依稀如在眼前。当初妙子被指定学这种舞蹈，每逢新年，妈妈和姐姐弹着三弦，妙子跳万岁舞，她一边唱着“正月初三，东方的天空，叮咚，出现一位东国武士……”，右手的食指一边直指着天空，她那天真可爱的舞姿，就像昨天的事情那样出

---

① 原文为“地呗”，是日本京都、大阪地方流行的一种用三弦合奏的歌曲的总称。载歌载舞，还穿插道白。

现在眼前。现在拿着舞扇在自己面前跳舞的人，就是二十年前那个小妹妹吗(这个妹妹和她上面的那个妹妹，到今天还都是“大姑娘”的身份，九泉之下的父母将用怎样的眼光看待这事呢)？想到这里，幸子不由得热泪盈眶了。

“细姑娘，新年你几时回来啊？”幸子听凭自己的眼泪簌簌地掉着。

“初四那天回来。”

“那么新年你来跳万岁舞吧，得好好练呀。我也把三弦练一练。”

自从在芦屋成家以后，就不像以前在大阪那样有许多客人来贺年，何况两个妹妹又都回大阪去了，所以近年来每逢新年，总是冷冷清清地仿佛脱了节似的。两夫妇之间偶尔闺房静好，倒蛮不错。可是悦子就非常寂寞，日夜盼望阿姨和细姨早早回来。元旦那天下午，幸子取出三弦，用指甲套弹奏“万岁”，接连温习了三天。最后连悦子都把歌词记住了，每奏到“红绫罗红绉绸子……”的地方，她也齐声合唱“咚咚叮叮，咚咚叮”。

十六

妙子这次的个人作品展租了神户鲤川方面的一个画廊连续举办三天，由于在阪神地方交游较广的幸子为她暗中活动，大部分作品第一天就预售一空。第三天傍晚，幸子连同雪子和悦子到会场帮助拾掇，等到残余事务收拾完毕，走出会场的时候，幸子说：“小悦，今晚叫你细姨请客，细姨是大财主啦。”

“该请客，该请客。”雪子从旁帮腔，“去哪里好？小悦，吃西餐还是吃中国菜？”

“可是，钱还没有到手啊……”妙子想推脱也推脱不了，笑嘻嘻地说。

“那好办，细姑娘，钱我先替你垫上。”幸子知道除去一切费用之外，妙子手里还有许多当场卖出的现款，所以想让她请一次客。可是，妙子这个现代派的老练姑娘——井谷没有这样议论过她，只议论过自己的侄女——不像幸子，这种场合让人家一抬捧，就轻易破钞。

“好吧，那就去东雅楼吃中餐吧，那儿最便宜。”

“细姑娘真小气。大方点，请我们去东方饭店吃顿烤肉怎么样？”

东雅楼在唐人街[①]，是一家广东小饭馆，店头还零售熟的牛肉和猪肉。她们四人走进饭馆，一个站在账台旁边付账的年轻的西洋女子招呼她们说：“晚上好！”

“啊！卡德丽娜小姐，巧遇巧遇。我给你们介绍一下。”妙子说，“这位就是我上次说的俄国人。……这是我二姐，这是我三姐。”

“噢，是吗。我叫卡德丽娜·基里连科。……今天我去展览会参观了。妙子小姐的布娃娃全部卖光啦，恭喜恭喜。”

“细姨，那个西洋人是谁？”悦子见她走了，就问道。

“那个人是你细姨的徒弟，”幸子说。“真的，我常在电车里遇见她。”

“长得怪招人爱的吧？”

“这个西洋人爱吃中餐呢。”

“她是在上海长大的，吃中餐是大行家。她说吃中餐要到一般西洋人不去的腌臜铺子里去吃，那里的菜可口。在神户，东雅楼可数第一。”

“她是俄国人吗？看去不像是俄国人。”雪子说。

“嗯。她是俄国人。她在上海英国人开办的学校读过书，当过英国医院的护士，一度曾和英国人结过婚，还生过孩子。”

“嗨！多大年纪了？”

“这就不知道啦，不知她到底比我大呢，还是比我小。”

---

①原文为“南京町”。

据妙子说，白俄基里连科一家住在夙川松涛公寓附近的一栋简易的小洋房里，楼上楼下总共四间屋子，有一个老母亲和一个哥哥，一家三口人在一起生活。过去妙子和基里连科只是在路上遇见时点头招呼而已；有一天，基里连科突然来到妙子的工作室拜访，说是想学做布娃娃，特别是日本式的布娃娃，要求妙子收她做徒弟。妙子应承以后，她当场就称妙子为“老师”。妙子反倒不好意思了，请她改称为“妙子小姐”。这事发生在一个月以前，从此以后，两下就亲近起来。最近妙子去松涛公寓时，常到她家串门。

“‘我经常在电车里遇见您的两位姐姐，已经很面熟，她们长得太漂亮了，我喜欢她们，无论如何请您给介绍一下。’前几天基里连科就要求我介绍你们了。”

“他们靠什么生活呀？”

“据说她哥哥在贩卖毛织品，不过从家庭情况看，境况不见得怎么宽裕。只是基里连科本人和她的英国丈夫离婚时，拿到了一笔钱。据她自己说，她就靠那笔钱生活，不依赖她的哥哥。她的服饰也相当整洁。”

桌子上有悦子爱吃的炸虾卷和鸽蛋汤，幸子喜欢的烤鸭，那是把烤鸭皮和蘸了黄酱的大葱卷在薄饼里吃的，这些菜肴都盛在锡器里，摆满了一桌子，她们边吃边谈论着基里连科一家的事。卡德丽娜的孩子从照片上看是个四五岁左右的女孩，由她父亲收留着，现在已经回到英国去了。卡德丽娜为什么要学做日本风俗的布娃娃，究竟出于她个人的兴趣还是另有打算，想将来靠此营生，那就不得而知了。不过，作为一个外国人来说，她那双手是灵巧的，脑子也是机敏的，对于和服的质料以及色调的配合等等，理解得都很快。怎么说她是在上海长大的呢？那是因为大革命时期全家分散，她跟着她的祖母逃到上海，她哥哥由她母亲带到日本，在日本的中学里读过书，多少有点儿汉字的知识。因此，她崇奉英国，哥哥和母亲则崇拜日本，而且崇拜得很厉害。走进她家，楼下一间屋子里挂着日本天皇和皇后的照片，另一间屋子里挂着尼古拉二世和皇后的照片。哥哥基里连科的日语当然讲得很好，而卡德丽娜来日本没有多久，日语也讲得相当纯熟了。最最滑稽而且难懂的是她那位老妈妈的日本话，妙子对此也很头痛。

“那位老太太的日本话实在没办法听，有一次她本来想说‘对不起您’，由于她的发音古怪，说得又快，结果成了‘您的家乡是哪里？’我就回答说‘我是大阪人。’”

妙子最善于模仿，学谁像谁，每每引得大家都发笑。“这位基里连科家的老太太”的言语举动被她模仿得太滑稽了，尽管幸子她们从未见过这位西洋老太太，但是完全可以由此而想象得出，大家都大笑了。

“那位老太太可了不得呀，她是帝俄时代的法学士。她说：‘我的日语很差，我能说法语和德语。’”

“过去可能是富豪，她有多大年纪了？”

“怎么说呢，大约六十多岁吧，可是一点也不衰老，挺精神的。”

两三天后，妙子回家又搬出“老太太”的故事逗两个姐姐笑乐。妙子那天去神户元町买东西，回家时在“尤海姆”[①]喝茶。不一会儿，老太太领了卡德丽娜走了进来，告诉妙子她们要到新开地[②]聚乐馆的屋顶溜冰场去滑冰，并再三怂恿妙子和她们一块儿去。妙子不会滑冰，老太太说她们来教，一教就会。妙子对于这类运动颇有自信，真的跟着她们去了。练了一小时光景，大体上已经掌握了其中的诀窍。老太太大加夸奖说：“您滑得很好，我不信这是您第一次滑冰。”尤其使妙子吃惊的是老太太一踏上冰场，立即英姿飒爽地滑开了。她来势迅猛，凌驾于壮年人之上。到底是久经锻炼的斲轮老手。她姿势准确，不仅稳稳当当，而且还时不时表演一些惊人的绝招儿，使在场的日本人都为之瞠目结舌。

后来又有一次妙子深夜回到家里，说是卡德丽娜今天邀请她去吃晚饭了。又说俄国人食量惊人，最初端出一道冷盆，随后端上几盘热菜，肉和蔬菜的分量都特别丰富，面包花式繁多，妙子吃了一个冷盆就差不

---

① 德国侨民在神户元町开设的高级咖啡店，以店主的姓命名。
② 神户闹市区。

多已经饱了，尽管妙子再三说自己已经够了，吃不下了，但主人还“这个怎么样，那个怎么样”地劝她吃菜，责怪她吃得太少。他们自己也大吃特吃。中间还喝大量的日本酒、啤酒和伏特加。长兄基里连科这样吃喝倒也罢了，卡德丽娜也是又吃又喝，连老太太也能吃能喝，不亚于她的儿子和女儿。到了九点钟，妙子打算回家了，主人不放她走，拿出扑克牌来打了一小时扑克。到了十点钟，又搬出夜宵来，光看看就看饱了。可是，主人们照样又吃又喝。他们喝酒的方法是把酒倒在喝威士忌酒用的那种小玻璃杯里，与其说是一口咽下去，莫如说是把酒泼进喉咙的。日本酒不用说，连伏特加这类烈性酒也是直着脖子往嘴里倒，说是不这样喝就没有味儿，他们的胃腑实在骇人。菜肴并不怎样可口，别致的倒是用面粉捏成像中国馄饨又像意大利饺子的一道汤菜。她们说下次要招待姐夫、姐姐们去吃饭，无论如何要我带同你们去。妙子最后说：“她们要我代为邀请，你们愿意不愿意应邀去一次呢？”

那时，卡德丽娜正热心于请妙子充当模特儿进行创作，妙子扮成一个头上梳了岛田髻，身上穿了长袖和服，手里拿着毽子板的日本小姑娘站立着的姿势。妙子不去夙川的时候，卡德丽娜就到芦屋的家里来接受妙子的指导。这样一来，自然就和全家的人亲近了。贞之助也和她熟识了，还说她那样的姿质，不妨去好莱坞碰碰运气。可是，她缺少美国佬那种粗野作风，却具备一种和日本妇女周旋酬酢的安详柔顺的气质。纪元节那天下午，他们说要去高座赏瀑布，路过幸子家门口，顺便来串门。长兄基里连科穿了一条灯笼裤，跟着妹妹，两人没有进屋子，绕到了院子里，在露台的椅子上坐了下来。他和贞之助是初次见面，互相寒暄了一番，喝了两三杯鸡尾酒，谈了半小时就分手了。

“这样一来，那位发音古怪的老太太也想见见面了。”贞之助开玩笑说。

“真的，细姑娘常常学她的样子给我们看，尽管还没见面，倒像已经见过面了的。”幸子一面表示赞同，一面自己也好笑起来。

十七

这样你一言我一语地说说笑笑，最初谁也没有当真想应邀去做客，可是，由于妙子的吹嘘，好奇心一点点增长起来，而且人家又再三邀请，弄得不好意思推却，最后终于到基里连科家去了。那时虽则已经交春，正当汲水节的寒冷天气，对方邀请全家都去，想到回家一定很晚，不能让悦子去，雪子要陪伴悦子留在家里看家，所以只去了贞之助夫妇和妙子三人。他们三个在夙川站下车，朝山冈方向走去，穿过旱桥，向前一直走了五六百米，走到别墅住宅区的尽头，就是田垄了。对面山冈上有一片松林，山冈下有几栋简易的小洋房望衡对宇地排列在那里，其中一栋最小的、可是白墙刚粉刷过、看去仿佛童话里的插图那样的房子，就是基里连科家了。卡德丽娜一见他们到来，马上出来迎接，把他们让进楼下那两间通连屋子的里间。宾主四人围着铁炉一坐下来，挤得转身的地方都没有了。四个人分坐在长椅子的两端和唯一的一张沙发椅以及硬木椅子里，要是不小心转动一下身体，很可能碰到火炉的烟囱，或者把桌子上的东西碰到地上。楼上大概是母子三人的卧室，楼下除了这两间屋子而外，里面大概还有一间厨房。外边那间似乎是餐室，大小几乎和里间完全一样。贞之助他们真担心那里怎么能坐得下六个人，可奇怪的是家里只见卡德丽娜一个人，她的哥哥基里连科和那位经常提到的老太太始终没有露面。西洋人晚饭时间一般都比日本人迟，由于最初没有问明进餐时刻，也许来得过早了，但此时窗外已经漆黑，家里还静悄悄的，餐室里也一点准备都没有。

“这是我第一次的作品，请指教。”卡德丽娜从三脚架下面的格子里取出她初次试制的舞姬布娃娃让客人看。

“啊！这真的是您做的吗？”

“是的。不过缺点很多很多，都是妙子小姐给纠正了。”

“姐夫，你看那条腰带的图案，”妙子说，“那不是我教给她的，是卡德丽娜小姐自己设计，自己画出来的。”

布娃娃系的那条两端垂到地上的腰带，她哥哥基里连科大概也给她出了主意，那是在黑底子上用特种油性颜料画出来的将棋桂马和飞车等棋子的图案。

“请看这个。”卡德丽娜取出她在上海时拍的相片簿，“这是我以前的丈夫，这是我女儿。”

“这小姑娘活像卡德丽娜小姐，是个美人哩。”

“您觉得是这样吗？”

“是的，真像得很。您不想见见您的女儿吗？”

“现在她在英国，没法见面。”

“在英国什么地方，您知道吗？您要是去英国，能见到这个孩子吗？”

“那就不知道了。可是我想见她。说不定我要去英国和她见面。”

卡德丽娜并不怎么感伤，这些话是随随便便说的。

贞之助和幸子早就觉得饿起来了，两人偷偷地看了一下手表，互相以目示意，等到谈话中断的时候，贞之助开口就问：“令兄怎么样，今晚没有在家？”

“哥哥每晚回来得很迟。”

“令堂呢？”

“妈妈去神户买东西了。”

“噢！是这样……”

贞之助心想，老太太会不会是去采购做菜的食物了呢？可是，墙上的挂钟已经打过七点，人还没有回来，真像让狐狸迷住了似的。妙子也觉得今晚是她把姐夫、姐姐拉来的，她该负责，心里也一点点不安起来，顾不上规矩不规矩，只管偷偷地觑隔壁那间毫无准备的餐室。卡德丽娜也许觉察出来了，她看到小火炉里的煤烧得很快，不时地一块块往炉子里加煤。如果大家都不说话，肚子就越觉得饿，总想找个什么话题谈谈，可是又觉得无话可说，四个人一时都不开口，只听到炉子里呼呼的燃烧声。一条保因脱种的混血狗用它的鼻子推开房门进来了，它挑选炉边最近火的处所，把头伸在前腿上，热乎乎地伏在人们脚边。

“保利斯！”卡德丽娜叫了一声。可是，那条狗只翻眼看了她一下，没有移动它选定的位置。

“保利斯！”贞之助也无聊地叫了一声，抚摸了一下弯屈的狗背。又过了三十分钟，他突然开口说：“卡德丽娜小姐！会不会是我们搞错了？”

“什么呀？”

“细姑娘，怕是我们听错了话吧？如果是我们听错了话，那就给主人添麻烦啦。……总之，今晚还是告辞回去怎么样？”

“我决没有听错话……”妙子说。“喂，卡德丽娜小姐……”

“什么呀？”

“那个……还是让二姐说吧。……我都不知道怎样讲才好了。”

“幸子，这种时候法语不是很有用吗？”

“细姑娘，卡德丽娜小姐懂法语吗？”

“她英语讲得很好，但不懂法语。”

“卡德丽娜小姐，I……I'm afraid……”贞之助结结巴巴地说出一句英语，“you are not expecting us tonight……”①

“为什么？”卡德丽娜睁大了眼睛用流畅的英语质问道，“今晚我们招待贵客，我一直等候诸位的光临。”

一到八点钟，卡德丽娜立起身来走进厨房，里面传出咯笃咯笃的声音，一会儿工夫她就把许多菜肴搬进餐室，然后把三个客人请了进去。贞之助他们看到桌子上已经摆满了熏马哈鱼、咸鳀鱼、油焖沙丁鱼、火腿等冷盘，还有干酪、苏打饼干、肉饼以及各色各样的面包，简直像变戏法似的转眼之间都端整好了，贞之助看到这副光景才安下心来。卡德丽娜一双手忙个不停，光红茶就沏了许多次。饿着肚子的三个客人迅速地但又并不惹眼地吃着，由于菜肴过于丰富，再加主人

---

①意为：恐怕今晚您没有预期我们到来。

殷勤劝客，所以一下子就觉得饱了，吃剩的东西还偷偷地扔给桌子底下的保利斯。

这时外面砰的一响，保利斯飞奔到门口去了。

“可能是老太太回来了。”妙子低声对姐夫、姐姐说。

走在头里的老太太手里提了买回的五六包零碎东西，穿过门口悄悄地走进厨房去了。随后哥哥基里连科领了一位五十来岁的绅士走进餐室。

“晚上好，我们已经叨扰了。”贞之助说。

“请便，请便。”基里连科搓着手连声招呼。他的体格瘦瘦的不像一般西洋人，那张羽左卫门[①]型的长脸的双颊被料峭的夜风吹得通红，他和他妹妹说了两三句俄语，日本人只听出“妈妈奇卡、妈妈奇卡”这几个发音，猜想大概是俄语中母亲的爱称。

“刚才我和妈妈在神户碰头一道回家的。还有这位……”他边说边拍拍那位绅士的肩膀，“妙子小姐认识他吧，……是我的朋友渥伦斯基先生。”

“是的，我认识。……这是我姐夫和姐姐。”

“大号是渥伦斯基先生吗?《安娜·卡列尼娜》里面有这个人啊。”贞之助说。

“噢，是呀。您记得很真。您爱读托尔斯泰的作品吗?”

“托尔斯泰和陀思妥耶夫斯基的作品，日本人都爱读。”基里连科对渥伦斯基说。

“细姑娘，你和渥伦斯基先生是怎样认识的?”幸子问道。

“这人住在附近的夙川公寓里，最喜欢小孩子，随便哪家的孩子他都爱，他是当地有名的‘爱孩子的俄国人’。谁都不称他‘渥伦斯基先生’而称他‘爱孩子的俄国人’。”

“他太太呢?”

“他没有太太。大概有过什么伤心的事情吧。”

---

① 日本传统戏剧“歌舞伎”的名演员。

不错，渥伦斯基真像一个爱孩子的人，他性情温和，一副怯生生的样子，凄凉的眼神含着微笑，眼梢带点皱纹，默默地听着别人谈论他。他的身材长得比基里连科魁梧，肌肉坚实，皮肤让太阳晒成红棕色，一头灰白的浓发，漆黑的眼珠子，看去近似日本人，还带有几分船员出身的样子。

"今晚悦子姑娘没有来吗？"

"是的，因为她要做课外作业。"

"这真可惜。我告诉渥伦斯基先生，今晚要让他看到一个非常可爱的小姑娘，所以才带他来的。"

"啊！太不巧了！……"

这时，老太太走进屋子来打招呼了。

"今晚我太高兴了。……妙子小姐的另外一位姐姐和小姑娘怎么没有来呢？"

贞之助和幸子听到她发音不正确的日语，对着妙子就要笑出来，所以尽量避免和妙子的眼光相接触。可是看到妙子面对别处拼命装傻的那副样子，还是忍俊不禁起来。这位老太太说是老太太，其实不像一般西洋老太太那样肥胖，她的背影看去很轻盈，脚上穿的是高跟鞋，两条纤细的腿，走起路来咯噔咯噔地像只鹿那样轻快，甚至不妨说是有点儿粗犷。按照妙子的说法，可以想象出她在滑冰场上是多么英姿飒爽了。笑的时候看出她缺了几个牙齿，从颈项到肩膀的肌肉有些松弛，脸上也有许多皱纹，不过皮肤异常洁白，远远看去不见皱纹和肌肉松弛，乍一看比她的实际年龄几乎年轻二十岁。

老太太把桌子上的杯盘拾掇一番后，摆出她刚买来的牡蛎、咸鳟鱼子、酸黄瓜、猪肉鸡肉和肝脏等做成的香肠，还有几种面包。最后酒上来了，又是伏特加又是啤酒，还有装在啤酒杯子里的烫热的日本酒，他们杂七杂八地向客人劝酒。俄国人里，老太太和卡德丽娜爱喝日本酒。正如贞之助他们担心的那样，宾主七人一桌子坐不下，卡德丽娜站在没有生火的壁炉前面，侧身靠着炉台，老太太一头张罗，一头也从人背后伸手拿吃的喝的。由于刀叉等餐具不齐全，卡德丽娜时时用手抓着吃，偶尔让客人看到这个情景，她就涨红了脸，因此贞之助他们也竭力装出没看见的样子。

“您不要吃那牡蛎……”幸子偷偷地对贞之助说。虽说是生牡蛎，却不是经过特别挑选的深海牡蛎，从颜色上可以明显地看出是从附近市场上买来的那种货色，这些俄国人都满不在乎地大嚼着，这种地方就比日本人野蛮得多了。

“啊，真的饱得什么都吃不下了。”日本客人避开主人的眼光，偷偷地把吃剩的东西扔给桌子底下的保利斯。贞之助由于喝了杂七杂八的各种酒，已经有点儿醉意了，他指着墙上挂在沙皇旁边的那幅壮丽建筑物高声问道：“这张照片是什么呀？”

“那是皇村的宫殿，是彼得格勒（他们那些人从来不说‘列宁格勒’）附近的沙皇的宫殿。”基里连科说。

“啊！原来是著名的皇村……”

“我家离皇村很近很近。我每天都看见沙皇坐在马车里从那里出来，还听得到沙皇说话的声音。”

“妈妈奇卡……”基里连科喊了一声，请他母亲用俄语解释，然后又说：“并不是真正听到坐在马车里的沙皇的说话声，而是两下接近得当马车经过时，仿佛能听到车中人的说话声似的。因为我们家就在皇村的旁边。那时我还小，只隐隐约约地记得是这样的。”

“卡德丽娜小姐呢？”

“那时我还没有上小学，什么都不记得了。”

“隔壁那间屋子里悬挂着日本天皇和皇后的玉照，诸位的用意是什么？”

“啊！那是应该的呀。我们白俄靠天皇陛下的福才能生活啦。”老太太的表情突然严肃起来。

“白俄都是这样想的，和共产主义斗争到最后的就是日本。”基里连科说了一句又继续下去，“你们觉得中国将会怎么样？这个国家将来会不会变成共产主义呢？”

“这个……政治方面我们是外行，总之，日本和中国关系搞得不好，这很不幸。”

“你们觉得蒋介石怎么样？”渥伦斯基手里一直在玩弄着空酒杯，听人家讲话，这时他开口了。“您对于去年十二月的西安事变有什么感想？张学良不是把蒋介石捉起来了吗？可是，为什么又把他放了呢？”

“这个……似乎不像报纸上说的那样简单吧。……”

贞之助对于政治问题特别是国际上发生的突变事件非常感兴趣，报章杂志上发表的那些知识他都具备，可是由于时局关系，他始终站在第三者的立场上，警惕着不轻易发言表态，以免招致无妄之灾。特别面对着这些不知底细的外国人，他就更不会随便讲出自己的意见了。但是，对于他们这些被逐出祖国的流亡者来说，这类国际上的大事件是和他们的命运息息相关的，一天也不能置之度外。他们相互之间对这类问题又讨论了好一会儿，渥伦斯基似乎最了解这方面的消息，而且有一定的主张，其余的几个人只是在倾听他的议论而已。

为了让贞之助和其他人都听懂，他们尽量说日本话，可是，渥伦斯基在讲到比较复杂的问题时，还是讲俄语，基里连科就充当翻译。老太太也很健谈，她不仅倾听男人们发议论，自己也积极参加进去，每当她谈得起劲时，她的日本话就更加支离破碎，谁都听不懂了。

“妈妈奇卡，你说俄语吧。”基里连科提醒她。

后来不知为了什么，议论发展成为母女之间的争执了——贞之助他们当然不知道。老太太开始攻击英国的政策和国民性，卡德丽娜奋起反驳。她所持的理由是自己虽然生在俄国，但被逐出国外，到了上海，在英国人培养之下长大成人，英国的学校给了她知识，没有收受过她一分钱的学费。学校毕业后当上护士，挣了工资，一切都是靠的英国，英国为什么不好呢？老太太的理由是卡德丽娜还年轻不懂事。母女俩争得越来越激烈，脸色都变得苍白了，幸亏哥哥和渥伦斯基从中调停，两下嘟囔了一阵才算完事。

后来贞之助他们又换到隔壁那间屋子里去闲扯了一阵，打了一会儿扑克，不久又被叫回餐室。可是，即使是山珍海味，日本人也吃不进了，只能扔在桌子底下去喂饱保利斯。唯独酒没有让步，贞之助始终和基里连科以及渥伦斯基真刀真枪地应酬到底。

“得多加小心呀！您的脚步摇摇晃晃走不稳了。”打过十一点钟，穿过田野走回家时，幸子提醒贞之助说。

“啊！凉风吹在脸上真舒服！”

“真的很凉快。一开始我心里忐忑不安，家里只有一个卡德丽娜，等了半天，吃的喝的什么都没有，肚子却越来越饿……”

“就在这个时候，东西一样一样地摆出来了，结果我们都成了饿鬼。……俄国人的胃口怎么这样大。酒还喝得过他们，吃东西实在甘拜下风了。”

“不过，我们都应邀去了她家，老太太似乎很高兴。他们住在那么小的房子里，还请客吃饭，俄国人真好客！”

“他们这些人过的生活毕竟有些寂寞，所以愿意和日本人交朋友吧。”

“姐夫，渥伦斯基这个人……”跟在两三步路后面的妙子在黑暗中开口了，“听说有过一件伤心事。他年轻的时候有个爱人，革命爆发后，两下音信不通了。……过了几年，方知他那个爱人到澳洲去了，他赶到那里去找，终于找到了她的住址，和她见了面。可是，不久她生病死了，因此他立志终生不结婚。”

“原来是这样，听你一解释，觉得他的确是这样一个人。”

“他在澳洲历尽艰辛，做过矿工，后来经商发了财，据说现在有五十万块钱。卡德丽娜的哥哥的买卖多少是由他出资的。”

“哎呀！哪里来的丁香花的香气？……”走到别墅区的冬青篱笆处，幸子闻到一阵丁香花的香气。

“哎！樱花还得等一个月才开，等得我都心焦了。”

“我等得焦心了。”贞之助学着老太太不正确的发音说。

十八

原籍　兵库县姬路市竖町二十号。
现住　神户市滩区青谷四丁目五五九号。
野村巳之吉
明治廿六年九月生
学历　大正五年东京帝大农科毕业。
现任　兵库县农林课水产技师。
家庭及亲属关系　大正十一年娶田中家次女德子为妻，生一男一女。长女三岁死亡。妻德子昭和十年患流行性感冒死亡。其后昭和十一年长男于十三岁时死亡。父母早已去世。有一妹，嫁在太田家，现住东京。

三月下旬，幸子中学的同学阵场夫人寄来了上面这样一个履历表。这个表写在一张四寸照片的衬纸背面，是照片上的本人亲自用钢笔写的。幸子在收到这张照片之前，其实已经把这件事情忘掉了。记得还是去年十一月底濑越那桩亲事中途搁浅，有一天在大阪樱桥十字路口遇见阵场夫人，站在路上谈了三十分钟话。那时谈到了雪子，阵场夫人说："哦，这样说来，你那位妹妹还没有结婚吧？"幸子就说："要是有门当户对的，还望给介绍一下。"两人就此分了手。不过那时濑越那桩亲事还有可能成功，幸子托阵场夫人做媒，一半是出于应酬敷衍。可是，阵场夫人似乎是放在心里了，写信来问雪子的近况，并且讲到那天自己一时疏忽，忘了告诉幸子一件事，就是她丈夫的恩人、关西电车公司总经理滨田丈吉的表弟野村巳之吉死了妻子，眼下正在物色续弦对象，滨田把野村的照片交给了她，重托她做媒，一时就想到令妹身上。她丈夫和野村不熟识，由于是滨田作保，人品看来没有什么问题。野村的照片另件寄上，有意的话，可根据本人亲笔写的履历表详细调查，如认为合格，请来信通知，以便随时介绍。信上还说，这种事情本来应该到府上来当面求婚，又怕强人所难，所以先写信动问一下。第二天就收到了她寄来的那张照片。

幸子收到照片后，马上回信表示感谢。可是，有鉴于去年井谷做媒那次教训，这回无论如何不能轻易许诺，所以回信说："承蒙关心，至感盛情，但需待一两个月以后方能答复，因为不久以前刚拒绝了一门亲事，考虑到舍妹的心理状态，还是暂时搁置一下，再提第二桩，比较合适。而且这次希望慎重一些，经过充分调查之后，如果觉得合适，再请您费神介绍。舍妹婚期延误已久，早蒙明察，相亲之举，如果一再进行而无结果，做姐姐的总觉得当事者实在可怜。"这样一封开诚布公的信寄出以后，幸子和贞之助合计，这次要从从容容地亲自仔细调查，合适的话，再和长房商量，然后告知雪子。不过，老实说，幸子对于这桩亲事并不怎样积极。当然，未经调查研究，谈不上好坏，对方有没有财产，只字未提，只读一读照片背面那段履历，就可以看出具体条件比濑越差得多。首先对方的年纪比贞之助大两岁，第二是续弦，前妻生的两个孩子虽说早已死了，这方面用不着操什么心，可是在幸子看来，雪子对这桩亲事决不会有好的反应，因为从相貌来说，只看照片，就觉得十分衰老，一副腌臜的面孔。实物也许和照片有些出入，可是，为了求婚寄来的照片是这个样子，本人也许比照片更加衰老，肯定不会比照片年轻。并非要求对方是个美男子，年龄比贞之助大也无妨，只是等到喝合卺酒的时候，新郎竟是那样一个老态龙钟的人，不仅雪子太可怜，连为这件事奔走的幸子夫妇，对着列席的亲戚朋友，脸上也不光彩。要求新郎翩翩年少固然不现实，但还是希望对方是一位精力充沛、面色丰润而有干劲的人。……想来想去，幸子对于照片上这个人始终不积极，也没有起劲去调查，这样一搁就搁置了一星期。

可是，幸子又想起上星期封皮上注明"内有照片"的邮件送来时，雪子曾看到一眼，她会不会觉察出来了呢？要是她已经知道有这样一件事而不对她讲，反倒变成故意隐瞒，从而招致她的误解。濑越那桩亲事的告吹，雪子表面上还和往常一样，看不出有什么变化，可是在精神上多少会给她留下些创伤，幸子的本意是不想马上搬出另一件亲事去刺激她。可是，现在雪子已经见到那邮件，如果她知道什么地方寄来了照片，怀疑二姐为什么不大大方方地对她说明，把幸子的一片苦心误解为在玩弄什么花招儿，反倒不妙。因此她想莫如一开始就拿出来让雪子看，看她本人如何表态，也不失为一种方法。有一天，幸子要去神户买东西，在楼上化妆室里换衣服，看到雪子走了进来，幸子仿佛一下子想起什么似的说："雪妹，又来了一张照片。"不等雪子回答，马上从衣柜的小抽屉里取出照片递给她，还加上一句"照片背面的履历也可以看一下"。

雪子默默地接过照片看了一下，又看了背面的履历，问道："这是谁寄来的？"

"你认识阵场夫人吧，她是我中学里的同学，那时她姓今井。"

"嗯。"

"不久以前在路上遇见她，谈到你的婚事，我托她物色对象。她放在心上，寄来了这张照片。"

"……"

"用不着马上答复。说实在话，这次本来打算先调查清楚了再对你讲，又怕你以为我隐瞒着不对你说，所以还是先让你看一下。"

雪子把手里的照片放在另一个格子里，走到廊下靠着栏杆呆呆地往下看庭院。幸子对着她的背影继续说：

"你现在不用想什么，要是看不上眼，干脆不理会这件事得了。由于是对方特地来说亲，原来打算调查一下的……"

"二姐！……"雪子似乎想起了什么，慢慢地转过身来朝向幸子，嘴角上勉强挂了一丝微笑说："如果是求亲方面的事，请对我讲好了。人家一个一个地来求亲，对我来说，总比谁也不上门求亲要强，这样的日子过得才带劲……"

"是吗？"

"只是相亲一事，希望充分调查以后再进行，别的就不用为我考虑得太周全。"

“不错，不错。经你这样一讲，我奔走效劳也值得了。”

幸子装束停当后，说了声晚饭以前回家，就独自出去了。雪子把她姐姐脱下的日常衣服挂在衣架上，把腰带和带扣收拾好放在一边，然后靠着栏杆观看院子里的景色。

芦屋这一带原先都是山林和耕地，大正末年才逐渐开辟为市区。就如这个院子尽管并不怎么大，可是还留下以前的山林面貌，长着两三棵参天的松树。西北角上是邻家的庭园，透过那里的树丛可以看到六甲一带的高山和丘陵。雪子偶尔回到上本町长房家住了四五天回到这里，就有一种心旷神怡的感觉，仿佛转世重生一般。这时她站在那里往下看的院子，南边是草地和花坛，往前是座小小的假山，开着小白花的珍珠梅，从假山石中间成为垂盆倒挂在干涸的池子上。右边沙汀上开满了紫丁香和樱花。樱花是幸子爱好的，院子里即使只种了一棵，她也愿意在自己家里赏花，所以两三年以前就种上了。每当开花的时候，樱花树下就摆好矮几，铺好毛毡。可是不知什么原因，花树生长不好，每年稀稀落落地只开几朵花。丁香今年却像春雪一样地盛开着，散发出扑鼻的香气。紫丁香的西面有两棵还没发芽的白檀和梧桐树，白檀的南面有一种被法国人称为山梅花的灌木。教雪子姐妹法语的法国人塚本太太来到日本后，从来没有见到她祖国随处都有的山梅花，后来知道这个院子里有这种花，觉得非常稀罕，而且引起了她的乡愁，因此雪子他们特别关心这种花。打开《法和辞典》一查，这种灌木在日本称为萨摩水晶花，属于水晶花一类。这种花在珍珠梅和紫丁香开过以后，和侧屋女墙旁边的棠棣花同时开，现在只透出几片嫩叶。萨摩水晶花对面就是舒尔茨家的后院，中间只隔着一道铁丝网围墙。午后的阳光照射在围墙一带梧桐树下的草坪上，悦子和罗茜玛丽正蹲在那里玩“过家家”。雪子靠着栏杆从楼上望下去，板床、衣柜、椅子、桌子、洋娃娃等杂七杂八的玩具一览无余，两个少女高声说话的声音也听得清清楚楚，可是她们两个都不知道雪子在看她们，只管忘我地玩着。

罗茜玛丽左手拿着一个男娃娃说：“这是我爸爸，”右手拿了一个女娃娃说：“这是我妈妈。”她把两个娃娃的脸合在一块儿，嘴里

“咂”的一声，最初不知道那是什么意思，仔细一看，原来是让两个娃娃接吻，她自己发出那个舌音来表示接吻的声音。接着又从代表她妈妈的女娃娃的裙子底下取出一个婴儿娃娃，连声说：“孩子来了，孩子来了。”她那句日本话里的“来了”，听得出是“生出来了”的意思。据说西洋人一般总对孩子说婴儿是鹳鸟衔来放在树枝上的，可是看样子罗茜玛丽她们已经知道婴儿是从肚子里生出来的了。雪子一直悄悄地看着两个孩子的举动，自个儿忍俊不禁。

十九

幸子和贞之助以前新婚旅行时，住在箱根的旅馆里，谈起吃东西的好恶，贞之助问幸子最爱吃什么鱼，幸子说最爱吃鲷鱼，引起贞之助的讪笑，因为他觉得鲷鱼太平凡了。可是，在幸子看来，无论在形状上或者风味上，只有鲷鱼才够代表日本，不爱吃鲷鱼的人就不配当日本人。她所以这样主张，因为她心想她的家乡关西是日本最好的鲷鱼产地，因此也就是日本最有代表性的地方，这是值得骄傲的。同样，如果有谁问她最爱什么花，她将毫不踌躇地回答说最爱樱花。

《古今和歌集》以来，有千万首吟咏樱花的诗歌，古人多渴望樱花开放，惋惜它的衰谢，一遍又一遍地吟咏同一事物，少女时代的幸子无动于衷地读过，觉得平淡无奇。可是随着年龄的增长，就深深体会到古人的盼望花开和惋惜花落决不是字面上的“风流”。所以每年一到春天，她就怂恿丈夫、女儿和两个妹妹去京都赏樱花，几年来从未缺过一次，仿佛已经变成例行的公事。贞之助和悦子为了工作和学习，还有不去的时候，幸子、雪子和妙子三姐妹则从来没有不去的。这在幸子来说，惋惜樱花的衰落也含有惋惜两个妹妹青春不再的意思。每年赏樱花时，她嘴里尽管不说，但心里总暗暗思忖和雪子一同赏花，怕只有今年这一次了吧。幸子这种心情，雪子和妙子似乎也觉察到了。虽然她们两人不像幸子那样关心花事，可是内心里也暗暗把赏花当作一种享受。连旁人都看得出一过汲水节，她们就等候着樱花的开放，暗地里准备到那时穿什么外褂、系什么腰带，甚至穿什么长衬衣了。

樱花季节一到，京都方面就有信来通知哪几天花开得最好看，可是为了方便贞之助和悦子，她们必须挑星期六和星期天，还要担心凑得上凑不上盛开的日子，像古人那样“老一套”地悬念着会不会遭到风雨。照说芦屋当地也有樱花，坐上电车，从车窗望出去，哪里都可以看到，并不是只有京都才有樱花。但是，对于幸子来说，鲷鱼如果不是明石出产的，就不好吃；樱花如果不是京都的，看了也和不看一样。去年春天，贞之助反对去京都，提出不妨偶尔换个地方试试，于是她们改到锦带桥去赏花。可是回家以后，幸子就像遗失了什么东西一样，觉得这一年仿佛没有碰到春天就白白过去了，于是逼着贞之助再去一次京都，好不容易才赶上看到御室的晚樱。往常他们总是星期六下午动身，在南禅寺的瓢亭提早吃夜饭，看了一年一度必不可少的京都舞，归途去祇园看夜樱，当夜就住在麸屋町的旅馆里。第二天，她们去嵯峨和岚山，在中之岛附近的临时茶棚里打开带去的盒饭吃饭。下午再回到市区，去平安神宫的神苑里看花。赏花的惯例到这天就算结束了，不过有时斟酌情况，让两个妹妹和悦子先回芦屋，贞之助和幸子留在京都多住一晚。她们所以要把游平安神宫作为赏花的最后一个节目，因为神苑的樱花是洛中①最美的樱花，最值得欣赏。圆山公园的垂枝樱已经老了，开出来的花，颜色一年比一年淡；在今天，除了神苑的樱花而外，确实没有其他地方的樱花足以代表京洛的春天了。因此，他们每年来京都赏花，第二天下午从嵯峨一带看了花回到市内，春天的太阳快要落山，她们挑选这样一个最最留连难舍的黄昏时候，拖着两条玩儿了半天而又疲惫的腿，来到神苑的樱花树下徘徊踯躅。每逢池边沙渚、桥边路角、回廊的檐下，只要有樱花的处所，她们就停下步子，一棵一棵地观赏赞叹，对它献出无

① 日本把京都比作洛阳，常用“洛中”、“京洛”来代表京都。

限的怜惜。回到芦屋的家里，一直等到第二年的春天，整整一年中间，只要一闭上眼睛，神苑里每棵樱花的颜色和树枝的姿态都能描绘出来。

今年，幸子他们挑选了四月中旬的一个星期六到星期日这两天去京都。印着花鸟草木山水等图案的长袖礼服，悦子一年中穿不上几次，去年赏花时穿的衣裳今年已经嫌小了，平常穿惯西服，现在让她穿不合身的和服就更加拘束。这天又特别给她淡淡地施了一点儿脂粉，容颜也改了样，走起路来还得提防漆皮草履脱落。让她坐在瓢亭狭窄的茶室里，穿西服的习惯又漏了出来，跪坐不好，大襟一敞开，两个膝盖就露了出来。

“小悦，看你！像个男扮女装的‘辨天小僧’①。”大人们取笑她。

悦子还不善于拿筷子，总是孩子们那种古怪的拿法。再加穿的是长袖的和服，袖子缠住手臂，和西服大不一样，吃东西很不方便。盛在八寸盘里的慈姑，悦子举筷去夹，一下子滑在地上，从廊檐一直滚到院子里，在青苔上滚个不停，悦子和大人们都哈哈大笑起来，这是今年赏花闹出来的最初的笑话。

第二天早晨，她们先到广泽的池边，那里有一棵樱花树的树枝覆盖在水面上，幸子、悦子、雪子和妙子四人依次并立在那棵樱花树下，贞之助取出莱卡照相机给她们拍了一张照，背景取的是遍照寺山。提起那棵树来，还有一段回忆。有一年春天，她们来到广泽的池边时，一位手里提着照相机的绅士请求让他给她们姐妹拍个照，拍了两三张之后，他再三道谢，并说如果拍得好，一定把照片寄上，当场就抄录了她们的地址。十天以后，果然如约寄来了照片。内中有一张拍得特别好，那张照片里幸子和悦子伫立在樱花树下，出神地凝视着池面，借池水的涟漪作为背景，拍出母女俩的后影，拍得异常精彩。母女俩神情恍惚地凝视着池水的样子，花瓣掉落在悦子衣袖花纹上的那种风情，不假雕琢地显出春天即将逝去的惋惜心情。从此以后，她们每年来赏花时，总忘不了要

① 河竹默阿弥（1816—1893）所作的歌舞伎世话物狂言《青砥稿花红彩画》中的男主角，常扮成女装。

到广泽池畔那棵樱花树下去凝视一番池水，而且当场拍下照片。幸子还记得池边路旁的墙根下有一株好看的山茶树，每年开出深红色的花，所以她每年也要去那里转一下。

她们又登上大泽池的堤岸浏览，走过大觉寺、清凉寺和天龙寺的门口，今年又来到渡月桥堍。京洛地方的樱花时节人山人海，其中有一特殊风景，那就是人群中夹杂着许多朝鲜妇女，她们穿的都是单纯深颜色的民族服装。今年一过渡月桥，河滩的樱花树下，三三五五的朝鲜妇女都蹲在那里吃午饭，其中有几个居然喝酒喝得兴高采烈。幸子她们去年是在大悲阁、前年是在桥堍下的三家轩打开饭盒子吃饭的，今年选择了十三处朝山进香中有名的法轮寺——那里供奉着虚空藏菩萨——的山上吃午饭，然后再往回走过渡月桥，穿过天龙寺北面的竹林，她们一面对悦子说："小悦，这里是'麻雀宫'①呀！"一面朝着野之宫那个方向走去。下午刮起风来，天气突然有些冷了。走到厌离庵时，庵堂门口的樱花纷纷飘落在三姐妹的衣袖上。然后，她们再次经过清凉寺的山门前，从释迦堂前的电车站坐上爱宕电车回到岚山，第三次来到渡月桥北堍，稍稍休息了一下，雇一辆出租汽车开到平安神宫。

一进神宫大门，就看到正面的太极殿。从西边的回廊跨进神苑的第一步，她们就担心着那里的几株名闻海外的红垂樱今年开得究竟如何，会不会已经来迟了。每年来到这里，跨进回廊门之前，就感到不安和兴奋，今年也抱着同样的心情走进门，抬头看到西边天空一片红云，她们不约而同地发出"啊"的一声赞叹。这一瞬间成了两天赏花的顶点，这一瞬间的欢欣，正是去年春天过后一直等到今天的终极目的。她们心里都如释重负，觉得真正不虚此行，碰上了盛开的红垂樱，但愿来年春天也能看到此花。只有幸子一人心里思忖等到明年赏花时，雪子说不定已经出嫁，樱花来年照样会怒放，雪子的处女时代说不定是最后一年了。自己固然寂寞，但是为雪子着想，但愿能够如此。说实话，去年和前年幸子立在这棵樱花树下时，就产生过同样的感慨，而且每次都默念但愿

① 指日本童话中的"麻雀宫"。

此行是和这个妹妹一道赏花的最后一次，可是今年又能这样地站在这棵樱花树下看雪子，实在是不可思议，想到这里，幸子觉得雪子太可怜，连她的脸都不忍正视了。

樱花树的尽头，有几棵刚发芽的枫树和槲树，还有修剪得圆圆的棂桂。贞之助让她们三姐妹和悦子走在头里，自己拿着莱卡照相机跟在后面，走到白虎池畔菖蒲丛生的地方，或者人影从苍龙池的卧龙桥石上倒映在水面的处所，以及她们从栖凤池西侧的小松山走向通道，四个人并立在那一片繁花似锦的樱花树下时，照例一定给她们拍照。以上这些地方，她们一行每年总要让许多不相识的人拍照。懂道理的人预先打个招呼征得她们的同意，不懂道理的人则看准机会偷偷地拍。她们对去年在什么地方做过什么样的事情，连最无聊的细枝末节都记得，例如在栖凤池东边的茶馆里喝过茶，在楼阁那顶桥的栏杆旁边扔麦麸喂过金鲤。

"喂！妈妈，瞧新娘子。"悦子突然叫喊起来。

幸子抬头一看，原来是一对刚刚举行了神前结婚仪式的新婚夫妇从斋宫走出来，新娘在上汽车，跟在后面看热闹的人排列在两旁觑着。老远望去，只能看到玻璃车窗里闪烁着新娘白色的头巾和穿了华丽礼服的背影。其实在这里遇见神前结婚的新婚夫妇不是今年第一次，以前也遇到过，每次遇见，幸子总有所感触，可是雪子和妙子却意外地平静，有时还夹杂在看热闹的人群中等候新娘从斋宫出来，过后告诉幸子新娘的容貌和服饰。

这天晚上贞之助和幸子留在京都过夜。第二天，夫妇俩同去访问幸子父亲全盛时代在高尾的山寺境内修建的尼庵不动院，和院主老尼交谈亡父生前的事迹，过得半天清闲的日子。这里是赏枫叶的名胜处所，现在季节还早，枫叶还没有透青。院子前面引水管旁边有棵花梨树，树上只有一朵含苞待放的花蕾，真个是地地道道的尼庵环境。夫妇俩一面看光景，一面品尝山泉，一杯又一杯地贪喝着，直到太阳落山以前，走了两公里的坡路才到山脚下。归途经过御室的仁和寺，知道那里的复瓣樱还没有开，幸子要求贞之助去樱花树下歇歇脚，尽管看不到复瓣樱，但还是想吃一次花椒芽酱烤豆腐串再回去，就这样磨磨蹭蹭地弄到天黑，只得在京都再住一夜，这是屡试不爽的老经验。最后扔下嵯峨、八濑大原、清水等几个樱花胜地，赶到七条车站乘上电车，已经是下午五点多钟了。

两三天后的一个早晨，贞之助上班去了，幸子到他书斋里整理屋子，看到桌子上摊着写坏的信笺，笺末空白的地方用铅笔写了这样两行诗句：

佳人翠袖蔚云霞，
京洛樱花嵯峨繁！
　　　　四月某日于嵯峨

幸子在中学时代也曾一度热衷于写诗歌，近来受了她丈夫的影响，想到什么就在笔记本里写下几句以自娱。现在读到这两句诗，顿时诗兴发作，把前几天在平安神宫赏花时吟咏了一半但没有汇总的诗意，经过一番思索，凑成如下的两行：

为惜春光逝去早，
落花襟袖暗中藏。
　　　　（平安神宫见落花）

她用铅笔把这两行诗写在她丈夫那两行诗的后面，照旧放在桌子上。贞之助傍晚回家，不知他有没有注意到，他什么也没有提，连幸子也把这事忘了。可是，第二天早晨，她去书斋拾掇屋子时，那张信笺还像昨天那样摊放在桌子上，她写的那两行诗后面，贞之助又写了如下的两行，似乎建议她可否改成这样：

正是樱花怒放时，
暗藏花瓣寄春思。

二十

“悦子她爹，马马虎虎算了，像你那样拼命干，会累垮的。”

“可是，干起来了就放不下手呀。”

贞之助本来想利用今天这个星期日邀同幸子再去欣赏京都的初夏风光，尽管他们上个月已经去那里赏过樱花。可是，今天幸子从早晨起就不舒服，觉得手足乏力，所以只好作罢，下午他就埋头在院子里薅草。

当初买下这所住宅的时候，这个院子里本来没有草坪。业主说这块地即使铺了草坪也长不起来，贞之助不听他的忠告，硬是种上了矮草。由于他的精心栽培，最近好不容易才像个样子。不过比起别人家的草坪来，毕竟发育得不好，草色比普通的绿得迟。贞之助因为自己是首创者，拾掇草坪比别人都认真。矮草发育不良的原因之一，就是每当春初嫩草透芽的时候，麻雀就来啄食它的幼芽。这事被发现以后，每年初春就严防麻雀，一见到它飞来，就扔石子儿把它撵跑。贞之助要求全家把驱散麻雀当成一种工作来干，因此他的小姨子们常说：“瞧！姐夫扔石子儿的季节又到来了。”遇到像今天这种风和日暖的天气，他戴了一顶遮阳帽，穿上劳动服，拔去繁殖在草坪上的荠菜和车前草，推了一架刈草机，喀嚓喀嚓地修割草坪。

“悦子她爹，马蜂，马蜂，一只大马蜂。”

“在哪里？”

“你瞧，飞到那边去了。”

露台上像往年一样搭盖了遮阳的芦棚。幸子坐在芦棚下一张白桦圆木制成的椅子上，一只马蜂掠过她的肩头，围绕着摆在江西瓷墩上的芍药花盆嗡嗡地飞了两三圈，飞向红白百合花那边去了。贞之助埋头薅草，沿着铁丝网逐渐钻进大明竹和槲叶茂密的树荫中去了，从幸子这边望去，只看到百合花丛上露出那顶大遮阳帽的帽边。

“马蜂倒没什么，蚊子才厉害。戴着手套还给咬了。”

“就是嘛，歇歇手吧，不要再搞了。”

“没事儿。你说身体不舒服，到底怎么样？”

“躺在床上反倒乏力，这样坐在屋外，似乎稍稍舒畅些。”

“你说乏力，到底是怎么样的乏力？”

“头重……恶心想吐……手足无力……像要生大病的样子。”

“胡说什么，你神经过敏！”突然，贞之助像松了一口气似的高声说：“唉！算了，不干了。”

他哗沙哗沙地拨开竹叶挺起身，扔下手里掘车前草根的小铁铲，脱下手套，用他那被蚊子咬过的手背拭去额上的汗，使劲伸伸腰，转过身走到花坛旁边，拧开水龙头洗手。

“有没有红花油？”他搔着红肿的手背走上露台。

“春倌，把红花油拿来。”幸子对着屋子里高声喊道。贞之助抽空又走到院子里去摘花圃里枯萎的百合花。四五天以前这里的百合花开得极盛，现在已经大半枯萎，蔫儿得不堪入目了。特别是那白花枯萎得犹如黄纸屑，他看不入眼，把它一朵一朵地摘掉，剩下像长须那样的雄蕊也仔细地摘去了。

“喏！红花油拿来了。”

“唔。”他应了一声，又揪去一些残花败蕊。“这个地方得扫干净呀。”

贞之助走到幸子身边，刚把红花油拿到手，瞅着幸子的眼睛突然叫了一声“哎呀！”

“什么呀？”

“你到明亮地方来一下。”

太阳快要落山，芦棚下面更加阴暗，贞之助把幸子拉到露台边上，让她立在落日余晖之中。

“哎！你的眼睛里有黄颜色。”

“黄颜色？”

“嗯，眼白发黄。”

“那么，会不会是黄疸？”

“也许是黄疸，吃过什么油腻的东西了吧？”

“昨天不是吃的牛排吗？”

“是了，就是这个道理。”

“嗯，嗯，我明白了。……胸口老是这样恶心想吐，准是得了黄疸。”

幸子最初听到丈夫那声“哎呀”，不由得吃了一惊，不过想到要真是黄疸，那就用不着那样担忧，一块石头马上落了地。说来似乎滑稽，她的眼睛反倒露出一种高兴的神色。

“好、好，”贞之助把自己的脑门子凑到妻子的脑门子上，“热度并不高。可不能乱来，否则病会加重，还是去睡吧。不管怎么样，得让栉田大夫来诊断一下。”

栉田是芦屋川车站附近的开业医生，他精通脉理，医术卓越，因此成了附近一带的红医师。每天晚上过了十一点钟还吃不上晚饭，东奔西走地出诊，因此很不容易请到他看病。要争取他出诊时，贞之助还得亲自打电话给一个姓内桥的老资格护士，请她协助。尽管这样，要不是什么重病，一般他不会在指定的时间内到来，有时甚至爽约，所以打电话时必须夸大病情。这天夜里等到十点钟过后还不见医生到来，贞之助说：“栉田大夫说不定又要爽约了。”正在猜测，快到十一点钟时，门外有汽车停止的声音。

“毫无问题，这是黄疸病。”

“昨天吃了一大块牛排。”

“这就是病因，牛排吃得过多了。……每天喝些蚬子酱汤就会好的。”

他说话就是这样直爽，一则也由于他太忙，所以总是粗粗地诊察一下，像一阵风似的走了。

第二天起，幸子就在病室里时而躺躺，时而走动走动，既不太难受，也没有迅速好转。原因之一是天气闷热，既不下雨又不放晴的入梅以前的季节，闷热异常；即使不这样，接连晴了几天，那就更是热得无处容身。幸子两三天没有洗澡了，换下沾满臭汗的寝衣，让阿春取来洒上酒精的热毛巾给自己搓背。这时悦子从外边走了进来，开口就问："妈妈，壁龛里供的是什么花？"

"是罂粟花。"

"我怕那花。"

"为什么？"

"我一见那花，就像被它吸了进去似的。"

"真的。"

小孩子真会说话。这几天幸子呆在这个病室里，脑袋老像受到重压似的不舒服，让悦子这样一讲，原因仿佛就在眼前，可是自己觉察不出，却被悦子一言道破了。看来壁龛里那朵罂粟花确实是造成幸子精神上不愉快的原因。这花开在田野里很美，可是，单独一朵插在花瓶里，摆在壁龛中，对在眼前，不知怎的有些令人害怕，"像被它吸了进去"这句话说得恰如其分。

"真的，我也有同样的感觉，可是大人反倒讲不出这样的话来。"雪子也很欣赏悦子这句话，连忙把罂粟花拿开，把燕子花搭配着山丹花盛放在水盆子里拿了进来。可是幸子对这盆花也觉得厌倦，索性什么花也不要，要她丈夫给她挂上一幅清爽的和歌立轴，尽管季节早了一点儿，终于挑了香川景树[①]写在诗笺上的一首《山头骤雨》——爱宕山头下骤雨，清泷川里泛浊流——挂在壁龛里。

病室里的这种陈设也许产生了些效果，第二天幸子的心情就愉快多了。下午三点多钟，门口的电铃响了，似乎有来客的足音，阿春上楼来说："丹生先生的太太来了。还带来两位太太，一位姓下妻，一位姓相良。"

幸子和丹生夫人好久不见面了，她两次过访，幸子都不在家，没有碰到，要是她单独一人来访，本来可以请她到病室里来，可是，幸子和下妻夫人并不那么亲密，尤其相良夫人，以前连姓名都没有听到过，当下不知怎样应付才好。这种时候，让雪子代她去会客，本来是最合适

---

① 香川景树(1768—1843)，日本江户后期诗人。

的，可是雪子决不愿意去见不熟识的人。如果推说生病，把来客拒之门外，又太对不起一次两次来看自己的丹生夫人，而且幸子本来也因为困守在病室里感到十分无聊，就叫阿春去说明主人身体不舒服，在家养病，衣着不整齐，先把客人请进楼下会客室。自己急急忙忙坐到梳妆台前，在久不梳洗的脸上抹了一层香粉，换上一件整洁的单衣，等她下楼接见客人时，已经让客人等了半小时了。

“我来给您介绍，这位是相良先生的夫人。”丹生夫人指着身穿纯美国式服装、一眼就看出是刚从国外回来的那位夫人说。“她是我中学里的同学，她先生在轮船公司工作，他们一直住在洛杉矶。”

“久仰久仰。”幸子一面招呼，一面立刻后悔不该接见这些客人。她最初就踌躇自己因生病而憔悴到这副模样的时候，会见生客究竟合适不合适，不料见面之下，竟是这样一位极时髦的夫人。

“您生病啦？哪儿不舒服？”

“得了黄疸病，您看！眼睛发黄吧。”

“真的，黄得很。”

“您很不舒服吗？”下妻夫人问。

“是呀。……不过今天好得多了。”

“真对不起，这样的时候来打搅。丹生姐，您不机灵，我们在门口告辞就好了。”

“哎呀！怎么埋怨我呢，你真刁。莳冈姐，实情是相良姐昨天突然到来，她不熟悉关西的情况，因此我专门给她当导游，问她愿意去哪里看看，她说她想认识一位阪神地方有代表性的太太。”

“喔唷！你说代表性，指哪方面的代表性呢？”

“给你这样一问，我倒不好回答了，总之是多方面的代表性吧。我考虑的结果，挑选了您。”

“没来由！”

“正因为这样，既然被看中了，即使您有点儿不舒服，我想您也会委屈一下接待我们的。噢，还有……”

丹生夫人去解开一进屋子就放在琴凳上的包袱皮，拿出两筐其大无比的西红柿，说：“这是相良姐送的。”

“喔唷！多出色。这样的西红柿哪儿出产的？”

“这是相良姐自己家里种的，哪儿都不可能有这种西红柿出售。”

“可不是吗。……请问相良姐府上哪里？”

“在北镰仓。我是去年回来的，在家里只住了一两个月。”

相良夫人说话有一种奇怪的语调，幸子不会模仿，要是让善于学舌的妙子听到了才有意思，想到这里，她自己也觉得好笑。

“这么说起来，您去什么地方旅行了吧？”

“有一阵子住医院了。”

“怎么，生的是什么病？”

“极度神经衰弱。”

“相良姐生的是富贵病。”下妻夫人插嘴说。

“不过，那儿的圣路加医院可以长期住院吧？”

“由于靠近海边，地方很凉快，特别是夏天更好。不过离中央市场近了些，往往有一股腥风吹来。再加本愿寺的钟声也太刺耳。”

“本愿寺改成那样的建筑①以后，还撞钟吗？”

“是的，还撞钟。”

“总觉得像是哪儿在拉汽笛。”

“而且教会也打钟。”

“唉！”下妻夫人突然叹了一口气说，“我去圣路加医院当个护士怎么样？”

“那也可以嘛。”丹生夫人轻描淡写地搪塞了一句。

幸子早就听说下妻夫人闹家庭问题，觉得她们两人的一问一答中大有文章。

“听说把饭团子夹在胳肢窝里能治好黄疸。”

“哎呀，你懂得许多古怪的事情呢。”相良夫人一面点燃打火机，

① 本愿寺在 1923 年大地震时烧毁，重建时采用了印度寺院的建筑式样。

一面诧异地看着丹生夫人的脸。

“把饭团子夹在两个胳肢窝里，饭团子会变成黄色。”

“试想那饭团子有多脏呀。”下妻夫人说。

“莳冈姐用过这偏方没有？”

“没有，我还是第一次听到有这样的偏方。只知道喝蚬子酱汤能治好黄疸。”

“反正不是什么费钱的病。”相良夫人说。

幸子大体上觉察到三个人送来这样一份厚礼，总以为主人要留她们吃晚饭了。一想到吃晚饭还得等两小时，和最初的估计相反，幸子觉得这两小时的时间实在难于应付。幸子最不善于和相良夫人这种言谈举止、体态服饰一切都是地道东京型的太太周旋，她在阪神地方的那些太太们中间，也算得上是能操东京话的一群人中间的一个，可是，和相良夫人见面时，不知怎的反倒怯场起来。不是怯场，而是觉得东京话乏味，所以故意避免说出口，反倒说当地的话。还有，丹生夫人平常和幸子总说大阪话，今天也许是为了做陪客吧，竟然满口东京话，仿佛变成了另外一个人，简直无法说一句知心话了。诚然，丹生夫人是地道的大阪人，可是她中学是在东京上的，和东京人交游很广，东京话自然讲得好，可是幸子和她交往了半辈子，一直不知道她的东京话竟然说得这样好。今天的丹生夫人完全不是往常那个稳重的丹生夫人了，眼睛的流眄，嘴唇的弯曲，以及吸烟时食指和中指夹着卷烟的姿势，一举一动都异于往常，大概东京话首先就应该这样地表现在动作和表情上，否则就不合拍，可是在幸子看来，她的人品仿佛突然变坏了。

幸子这个人，平常身体即使有点儿不舒服，也能耐着性子敷衍人家。唯独今天听着三个人说话，她就烦躁，心里一不高兴，身体更加疲乏，终于露到脸上来了。

“喂！丹生姐，不成呀，我们告辞吧。”下妻夫人看出苗头，边说边立起身来，幸子也没有勉强挽留。

二十一

幸子的黄疸病并不严重，可是一直没有痊愈，直到入梅才有了起色。一天，长房的姐姐打电话来探问病情，还告诉幸子一个意外的消息，就是姐夫将升任东京丸之内分行经理，长房不久就要收拾家财离开上本町，全家搬去东京居住。

“那么什么时候走呢？”

“你姐夫下个月就走，因为必须先去找房子，我们随后走。不过，孩子们要上学，至迟八月底以前也得走了。”

从电话里听出姐姐说话的声音一点点变成呜咽了。

“这消息早就知道了吧？”

“哪里，真是太突然了。你姐夫都说，事前他一点儿也不知道。”

“下个月就走，太仓促了。……大阪的房子怎么办？”

“到底怎么办好，一点也没有考虑过。……因为做梦也没有想到要去东京呀。”

平常打电话就没完没了的鹤子，快要挂断时又讲了起来。说她从小一步也没有离开过大阪这片土地，到了三十七岁却非离去不可，她嘟嘟囔囔地说了半个钟头，倾吐她离乡背井的辛酸。

依鹤子的说法，亲戚和丈夫的同事们全都祝贺这次的高升，能体谅她心情的一个也没有。即使她偶尔对人家吐露一言半语，就被指为不合时宜的旧脑筋，付之一笑，谁都不认真搭理她。的确像人家指出的那样，又不是远远调赴国外或者交通闭塞的乡僻地区，而是调到东京的中心丸之内去工作，叨光迁居到天子的脚边去，还有什么可悲的呢？连她自己都这样想，自譬自解安慰自己。可是，一旦真的要和大阪这块住惯了的土地告别，不由得要伤心落泪，连孩子们都耻笑她。鹤子这样一讲，幸子也觉得好笑起来。她并非不理解鹤子的心情，作为一家的大姐，她很早就代替母亲照管爸爸和三个妹妹，后来父亲去世，妹妹们长大成人的时候，她已经结了婚有了孩子，和丈夫一起尽力挽回日趋衰败的家运，在四姐妹中她吃苦最多。另一方面她接受的是最陈旧的教育，她身上到现在还原封不动地保留着旧时代千金小姐的气质。现在大阪中流以上的家庭妇女，如果说三十七岁一次也没去过东京那将会是件奇闻，可是鹤子事实上是一次也没有去过。本来大阪地方的家庭妇女就不像东京的妇女那样能到东到西去旅行，幸子和她下面的两个妹妹，足迹几乎没有跨过京都以东。尽管如此，在学校举办修学旅行或有其他机会的时候，她们姐妹三个也去过一两次东京。可是鹤子由于很早就主持家务，根本没有空闲时间去旅行。再说她觉得哪里都比不上大阪，看戏可以看雁治郎[①]，上馆子可以去播半或鹤屋，对她来说，这就心满意足了，不愿意去陌生的地方。即使有机会，她也让给妹妹们，自己宁可留在大阪看家。

这样一位姐姐现在住的上本町的住宅，完全是大阪式的古老建筑。走进高高的围墙门，就是一栋带有棂子窗的正屋，从门口的泥地到后门，中间穿过一个中庭，庭院里光线微弱，即使在大白天，屋子里也是暗沉沉的，只有那擦得铿亮的铁杉柱子在暗中发光。幸子她们不知道那栋房子是什么时候修建的，说不定是一两代以前的祖先盖了作为外宅或者退休后居住的，又像是安排子孙分居或者租借给别的亲属居住的。到了父亲晚年的时候，原来住在船场店铺里的姐妹们，追随当时住宅和店铺分开的社会风气，搬到这所住宅里来了。其实他们住到这里没有多久，因为幼年时亲戚们寄寓时曾经来过几次，父亲又是死在这个宅子里的，所以这所宅子有它的特殊意义。幸子看出她姐姐对大阪恋恋不舍的乡土感情，其中对这所住宅的执着恐怕将占很大的比例。尽管幸子实际上在笑她姐姐的旧脑筋，可是，当她突然接到那个电话时，也未免吃了一惊，因为她心想今后连那个宅子都去不成了。平常尽管背地里和雪子、妙子议论这所房子没有太阳光，很不卫生，大姐一家不知道为什么愿意住在这样的房子里，要是我们的话，住到第三天脑袋就要发胀了。不过，一旦要是完全失去大阪这所住宅，对于幸子来说，似乎完全失去

---

① 雁治郎是关西歌舞伎的头号名角。

了故乡的根据地，从而产生一种难以言传的寂寞心情。按理来说，从长房的姐夫放弃世代经营的祖产而去当银行职员的时候，就应该明白他随时可能转到别的地方的分行去工作，姐姐也随时可能离开现在的这所住宅。可是无论大姐本人也罢，幸子下面的几个妹妹也罢，都颟顸得从来没有想到有这样的可能性。八九年以前，姐夫曾一度要调到福冈去当分行经理，那时辰雄打报告说由于家庭关系离不开大阪，宁可不提薪而留在目前的位置上。这个申请获得了认可，以后银行方面照顾辰雄的赘婿身份，似乎默认唯独他可以不调赴外地任职，尽管他并没有明确得到这种谅解，但他自己却一心以为可以永久呆在大阪了。所以他这次调动对于她们姐妹几个来说，无异于晴天霹雳。推究其原因，首先是银行当局换了人，方针政策改变了，再就是辰雄本人觉得这次虽说离开了大阪，可是希望职位上能够提升。因为在他来说，同辈们一个个高升了，唯独自己还是吴下阿蒙，实在太窝囊了。再说后来孩子生得多了，生活费一个劲地往上涨，经济形势变动大，岳家的遗产不像以前那样可以赖以为生了。

幸子本来打算立即去探望自以为离乡背井而心情不愉快的姐姐，同时也想看看那值得留恋纪念的老宅子，可是一直抽不出时间，磨磨蹭蹭地过了两三天。姐姐又打来了电话，告诉她这一去不知哪天能再回大阪，这里的住宅暂时交给“音老头”一家看管，稍许收他们一点儿房租；再则八月已近在眼前，行李非收拾不可，近来每天都钻在仓库里讨生活。自从爸爸去世后，家财什物都堆在仓库里，对着这些乱七八糟、堆积如山的东西，只是呆呆地看着，不知从哪里着手才好。其中有些东西自己肯定不需要，可是幸子妹妹看到了，也许有用处，所以希望能来查看一下。她电话的内容大致就是这些。电话里提到的那个“音老头”，叫金井音吉，是父亲在世时滨寺别墅里的仆人，现在他的儿子娶了媳妇，在南海高岛屋百货公司工作，他自己在享老福了。后来两家也一直有来往，所以这次老家的住宅就交给他看管。

幸子接到这第二个电话后，第二天下午就去了上本町。到那里一看，中庭对面的仓库门敞开着，走到向左右分开的两扇门那里，幸子叫了一声“姐姐”，进去一看，那时正当郁闷的入梅天气，鹤子蹲在霉味浓重的二楼，用手巾包着头发，只管拼命收拾东西。她前后左右堆着五六只旧木箱，箱子上贴了“春庆漆胡桃脚食盘二十副”，“汤碗二十副”等标签，旁边有一只开了盖子的长方形衣箱，内中摆满了一只只小盒子。鹤子仔细地解开每只盒子上的绦带，内中有的是志野窑的茶点盘子，有的是九谷窑的酒壶，检查过后，一一放回原处，分别出哪些要带走，哪些存放起来，哪些该处理掉。

每当幸子问她“姐姐，这个不要了吗？”的时候，鹤子心不在焉地“嗯”、“嗯”答应了两下，依然一个劲地整理着。幸子无意之间看到她姐姐从盒子里取出一方端砚，想起了父亲当初买这方端砚的情景。父亲一向缺乏书画古董的鉴别能力，只要价钱大，就认为是真的，因此常常受骗上当。这方端砚就是一个经常来往的古董商送来的，要价几百元，没有还价就买下了，这是幸子当场看见的。在她幼稚的心眼里，怀疑这一方砚台竟然要卖几百元，父亲既不是书法家又不是画家，买了这砚台有什么用处。还有一桩比这更荒唐的事情，幸子清清楚楚记得在买这方砚台的同时，还买了两块刻图章用的鸡血石。当时父亲买下这两块鸡血石，准备送给一位后来成为他的好友、能做汉诗的医学博士，祝贺他花甲诞辰，而且选好了吉祥的词句请人雕刻。岂知篆刻家把石头退了回来，说这两块鸡血石夹有杂质，不能雕刻。花了大价钱买来的东西，舍不得扔掉，长期塞在一个什么处所，后来还曾见到过几次。

“姐姐，不是还有两块叫做鸡血石的东西吗？”

“嗯……”

“那是怎么处理的呀？”

“……”

“喂！姐姐。”

“……”

鹤子膝上放了一只小木盒，上面写着高台寺描金文卷箱字样，她用手指使劲插进盒盖的缝隙，一心想把它打开，幸子这些话压根儿没有进入她的耳朵。

鹤子这种作风幸子并不是第一次遇到，不管人家和她说什么，她都分秒必争地只顾干她自己的活，不熟识的人看到她这种样子，都佩服她是个精明能干的勤劳主妇。其实姐姐并不是那么精明的人，平常发生了什么事情，开始总是茫然失措，不知怎样办才好，过了一阵子，就会鬼使神差似的干起来。这种情况要是让旁人看到，总觉得她是个奋不顾身的积极能干的妻子，其实她只是兴奋过度，昏头昏脑地蛮干罢了。

傍晚时分，幸子回到自己家里，和两个妹妹谈到鹤子时说："大姐这人真可笑，昨天还在电话里呜呜咽咽地告诉我，她眼泪汪汪地向人诉苦，谁都不理睬她，无论怎样希望我去谈谈。可是今天去到她那里一看，她在仓库里埋头整理行装，我叫了几声姐姐，她连一声都没有搭理我。"

"大姐就是这样一个人！"雪子说。

"可是，你瞧着吧。等她一松劲，准保又要哭出来的。"

过了一天，鹤子打电话给雪子，让她回去一下。雪子说这回就让她回去看看是什么样子吧。一星期后，雪子回来说："行李大致都整理好了，不过大姐还在鬼使神差似的蛮干着。"说完自己也笑了。

据雪子说，这次把她叫回去，为的是姐夫、姐姐要去名古屋姐夫的父母家辞行，所以请雪子回去看家。雪子去后，夫妻俩第二天星期六的下午就动身，星期天深夜回到家里，到今天已经五六天了，这几天里，鹤子做了些什么事情呢？她每天坐在桌子前面练字。问她干吗练字，她说这次去名古屋辞行，辰雄家以及其他亲戚朋友家都设宴招待了他们，所以非写信道谢不可。对于鹤子来说，这是一件大事。特别是辰雄有个嫂嫂——辰雄胞兄的妻房，字写得很好，道谢信上的字要写得不比她差，那就非抓紧练字不可。平常给名古屋那位嫂嫂写信时，桌子上总是摆满了辞典和尺牍文范，草书的使转都一笔不苟地查清楚，措辞用语也仔细斟酌，而且还先打草稿，一封信得写一整天。何况这次要写五六封信，光打草稿就不易，所以大姐整天在抓紧学习。有时还把她的草稿给雪子看，问雪子这样写成不成，有没有疏漏，征求雪子的意见。直到今天雪子离开她家时，才写好一封信。

“总之，大姐这个人即使去银行董事家辞行，两三天前就要自言自语地背诵她所要说的话。”

“可是，她说的话也真妙，说什么去东京这件事太突然，前些日子伤心得尽流泪，可是现在早已做好精神准备，去东京一点儿也不在乎了，要去就趁早去，非教亲戚朋友大吃一惊不可。”

“大姐就是这样一个人，只有这样她活得才有劲。”姐妹三个你一言我一语地拿鹤子作为话柄来打趣。

二十二

辰雄七月一日去丸之内分行上班，六月底先动身去了东京。他暂时寄居在麻布区的亲戚家里，一面自己找房子，另外还托人代找。不久来信说在大森找到了一栋房子，大体上就决定住在那里。家属过了地藏菩萨节后，乘八月二十九日星期日的夜车去东京。辰雄星期六提早一天回大阪，动身当夜，在车站上和送行的亲戚朋友话别。

八月初开始，大姐鹤子就每天到一两家亲戚或丈夫银行方面的熟人家里去辞行，等到该去的地方都去过以后，最后来到芦屋二房的幸子家住上两三夜。这不同于官样文章的辞行，而是她们姐妹四个难得亲密无间地欢聚一堂，她可以从容不迫地和关西依依惜别；前一阵子，为准备迁居她鬼使神差似的忙了一阵，借此机会也可以休息一下。因此，在这几天里她把一切都置之度外，房子交给音老头的女人看管，自己只带一个三岁的小女儿让保姆背着，轻轻松松地来到芦屋。姐妹四个像这样聚在一块儿，不受时间的限制，悠闲地聊天谈心的机会，真是多少年来才碰上一次。回想起来，过去鹤子来芦屋的次数，屈指可数；即使来了，也不过呆上一两个小时，还是抽家务空闲时来的。幸子到上本町去，也因为被长房的许多孩子缠住，总没有时间和鹤子谈谈。至少姐妹俩结婚以后，就没有过亲密谈心的机会。因此，这次姐妹俩都热切地盼望着这一天的到来，可以把她们从闺女时代起直到现在十几年来积压在心里想说想问的话谈个痛快。可是，等到姐姐来芦屋住下以后，几乎把她十几年来做妻子的辛苦一股脑儿倒了出来。首先让叫来一个按摩师，白天就呆在楼上卧室里无拘无束地躺在床上享受按摩。幸子想到大姐不大熟悉神户，本来打算请她去东方饭店或唐人街的中餐馆吃顿饭，姐姐却推辞说无拘无束地呆在家里比去任何地方都舒服，山珍海味也比不上家里的茶泡饭，哪里都不愿意去，天气炎热固然也是原因之一。连头带尾的三天里，根本没有好好谈一谈，只是无所事事地虚度过去了。

鹤子回去以后又过了几天，动身的日期已迫在眉睫，只剩下两三天了。一天，亡父的妹妹大家管她叫“富永姑母”的一位老太太突然到来。幸子从没见过这位姑母，在那么炎热的骄阳之下，她从大阪来到芦屋，一定是有什么事情，这点幸子早就看出来了，而且对她的来意也大致觉察到了。果然像幸子猜测的那样，她是为了雪子和妙子的事情而来的。就是说长房在大阪，两个妹妹以前东住住西住住的，本来没有什么问题，可是今后就不能这样了，因为她们姐妹俩既然是长房的人，就该趁搬家的机会和长房一起搬去东京。雪子用不着另外准备什么，明天就可以回上本町，和全家一道动身。妙子因为有工作，需要收拾安排，多少得耽搁些时候，那也没有办法，不过一两个月以后，也得离开神户。这并不是不让她继续搞她的工作，去东京后仍然可以埋头做她的布娃娃，按说在东京干这种工作反倒比较有利。姐夫认为既然妙子的工作已被社会所承认，只要制作态度认真，在东京也同意她有自己的工作室。老姑母说：“其实，这事本来鹤子小姐上次住在这里的时候就应该提出来商量，那时因为是让她来休养的，不愿提出这种麻烦的事情，所以什么也没有说。后来她对我说，‘希望姑母去说一下，辛苦您老人家了。’今天我是受了鹤子小姐的委托才来的。”

姑母这番话，早在听到长房要迁居东京那天起，就知道总有一天要提出来的。作为当事人的雪子和妙子，尽管嘴上没说什么，可是心里都很愁闷。按说当初明明知道鹤子一人忙着搬家，姐妹俩本来不用吩咐就该去上本町帮助大姐收拾行李，可是她们却尽量回避着不去。雪子总算被叫去一星期，妙子却推说近来特别忙，埋头在自己的工作室里，连芦屋都很少来；还是鹤子住在芦屋的那几天里来过一个晚上，至于大阪，她一次也没有回去过。原因是她们两人都想借此机会先发制人，表示她们不愿去东京而愿意留在关西的志向。姑母后来又对幸子说："这些话只在你这里讲讲，雪子小姐和细姑娘为什么不愿回老家，据说是和辰雄姐夫合不来，可是辰雄姑爷决不是雪子小姐她们所想象的那种人，他对两个小姨子并没有恶感，只因为出身于名古屋的世家，思想方法比较古板。像这次搬家，如果她们姐妹俩留在大阪，不和长房一块儿搬到东京去，让人看起来很不像样，说得不好听些，这似乎关系到他这个当姐夫的脸面问题，所以要是她们两人不听劝说，鹤子小姐夹在中间就左右为难了。这次我专程来恳求你，因为她们只听你的话，可否请你婉转地劝劝她们？这样说决不是把她们不回去的原因完全推在你幸子小姐身上，这一点请你千万不要误会。她们两个是懂事的大人了，从年龄上说已经可以做太太了，她们要是不愿回长房去，旁人无论怎样劝说，也不可能像对付小孩子那样轻易地把她们领回去，这是不用说的。商量之下，还是决定请你去劝劝她们，因为任何人的话都比不上你的话有效，所以请你千万别推辞。"最后，姑母还用过去船场时代的语言问道："今天雪子小姐和细姑娘都不在家吗？"

"妙子近来一直忙着做布娃娃，很少回家……"幸子让姑母的老古董语言吸引住了，也跟着回答说："雪子在家，把她叫来好吗？"

雪子刚才听到姑母在门口说话的声音时，就躲藏起来了。幸子估计她可能躲在楼上的屋子里，上楼一看，隔着帘子就看到她果然躲在六铺席的那间卧室里，坐在悦子床上，低头沉思着。

"姑母终于来了。"

"……"

"雪妹，你打算怎么样？"

尽管日历上已经是立秋了，可是这两三天来又复回暖，燠热得和伏天没有什么两样。呆在不透气的屋子里，雪子身上难得穿了一件乔其纱的连衣裙。她知道自己这种弱不禁风的身体穿西服不适宜，所以普通的热天她都是穿和服，腰带系得端端正正的；整个夏天里只有十天左右热得无可奈何时，才像今天这样穿上西服。尽管这样，这件衣服她从中午穿到傍晚，只穿半天，而且只在姐妹面前穿，连贞之助都不让看到。不过，有时贞之助碰巧看到雪子穿了这身衣服，他就体会到当天的天气确实热得厉害。看到她那藏青色乔其纱下面瘦削的肩胛和臂膀上寒气逼人的白皮肤，顿时觉得汗都收敛了。她自己当然不知道，可是在旁人眼里，她这种装束无异于一帖清凉剂。

“姑母要你明天就回去，和大家一道动身去东京……”

雪子默默地低着头，两条袒露的臂膀像剥光了衣服的日本布娃娃那样耷拉在两边，光着的双脚踩在悦子玩的橡皮大足球上，脚底热了，便翻滚着踩到另一边去。

“细姑娘呢？”

“细姑娘因为工作关系，没有叫她立刻回去，不过随后也非去不可，据说这是姐夫的意思。”

“……”

“姑母的话虽很圆滑，却总以为是我留住你不放，她是来说服我的。尽管这样亏负了你，不过，也请你为我的处境想想……”

幸子也怜惜雪子，可是，由于动不动就被人指摘自己利用雪子来代替家庭教师，从而生出一种强烈的反拨心情。长房那么多孩子，都凭大姐一双手拉扯大了，二房的妹妹只有一个女儿，却照管不了，得请帮手，要是人家都这样认为，雪子本人如果也多少有这种想法，以为她在施恩，那就伤害了幸子做母亲的自尊心。不错，眼前雪子确实是个得力的帮手，可是一旦雪子走后，不见得自己就教不了悦子。何况雪子迟早总要出嫁，不能永远依靠她。雪子一走，悦子自然要寂寞，但她也不是一个全不懂事的孩子，暂时的寂寞显然是可以克服的，决不会像雪子单方面所顾虑的那样又哭鼻子又撒娇。自己不过是想安慰耽误了婚事的妹妹，并不想留住雪子和姐夫对抗，现在长房既然派人来领雪子回去，还是劝她听从命令才是道理。再说，莫如让雪子先回去试试，让雪子和其他的人看看，没有雪子自己也照样过得挺好，这样做说不定比较妥当。

“我说这次你还是看在富永姑母的面上回去吧。”

雪子只是听着不说话，她想幸子的心意既然这样明确，除了服从别无他法，这从雪子垂头丧气的样子也看得出来。

“即使去东京，也不是一去不复返。……不是吗，上次阵场夫人来做媒，一直搁到现在还没有给人家答复，要是相亲的话，你就必须回来。即使不相亲，也一定有其他的机会。”

“嗯。”

“那么我对姑母说雪妹明天一定回去，行吗？”

“嗯。”

“决定这样做的话，打起精神和姑母见一面吧。”

在雪子打扮换衣服、把乔其纱连衣裙换成单衣的时候，幸子先下楼去会客室汇报。

“雪子马上下来，她很懂事，已经答应回去，姑母见了她，那些话就一概不用提了。”

“是吗？那我这次就没白跑一趟了。”

由于姑母心情舒畅，贞之助也快回来了，幸子劝她从从容容地吃了晚饭再回去，她说：“不，还是早点儿回去让鹤子小姐好放心。可惜没有见到细姑娘，幸子小姐给我好好说一说吧。”等到傍晚太阳偏西时，她就回去了。

第二天下午，雪子对幸子和悦子交待了一番，说声“去一下再来”，就告辞走了。她的行李很少，因为住在芦屋，姐妹三个的出客衣裳可以根据需要相互通融，她自己的东西只有两三件单衣和衬衫，她把一册读了一半的小说塞进绉绸包袱，让阿春提着送到阪急电车站，她这轻装上路的样子仿佛不过是外出旅行两三天似的。昨天富永姑母到来时，悦子正在舒尔茨家玩儿，晚上才知道这件事，也许事前告诉了她阿姨暂时回去帮帮忙，马上就回来，所以正如幸子预料的那样，她没有紧紧地追住雪子。

动身那天，辰雄夫妇带着十四岁打头的六个孩子和雪子，全家九人，连同一个女佣、一个保姆，总共十一个人，来到大阪火车站乘晚上八点半开的列车。幸子本来应该到车站送行，可是如果她去了，说不定大姐更要一把眼泪一把鼻涕地闹出笑话来，所以她故意避而不去，只去了贞之助一人。候车室里早就安排了接待处，将近百名送行的人，内中有受过上代照顾的艺人，还夹杂着新町和北新地的老板娘和老艺伎，虽然这气派赶不上从前，但毕竟不失为货殖世家离别故乡的场面。妙子躲躲闪闪始终没有到长房那儿去，直到临行前才赶到火车站，在人群里和姐夫、姐姐简单地告别一下。回家时她从月台走到剪票处的路上，听到有人在她后面招呼说："失礼得很，您是莳冈先生的令嫒吧？"

妙子回头一看，原来是新町有名的舞蹈好手老艺伎阿荣。

"是的，我是妙子。"

"妙子小姐，您排行第几？"

"我是最小的妹妹。"

"哎呀！原来是细姑娘。长这么大啦，中学已经毕业了吧？"

"是啊……"

妙子答应了一声，笑笑支吾过去了。妙子经常被人家当作中学刚毕业不满二十岁的小姑娘，这种场合该怎样应付，她已经很老练了。不过，在父亲全盛时代，这个老艺伎——实际上当时她已经是半老徐娘了——就常常到船场的家里来，全家人都亲热地叫她"阿荣姐，阿荣姐"，那时妙子不过十来岁，差不多已是十六七年前的事了，从那时起，屈指一算，可以算出妙子现在决不可能那样年轻，这是谁也估计得出的。妙子这样一想，不觉好笑起来。不过今天晚上她头上的帽子和身上的服装都特别穿戴了少女型的，这点她自己很清楚。

"细姑娘今年几岁了？"

"已经不像你说的那样年轻了……"

"您还认识我吗？"

"认识，您是阿荣姐吧。……您到现在还一点也没变，还是以前那个样子。"

"哪能不变呢！已经变成一个老太婆了。……细姑娘为什么不去东京呀？”

“暂时要在芦屋二姐家住一程。”

“哦，是吗。长房的姐夫、姐姐走了，您很寂寞吧。”

妙子走出检票处，和阿荣分了手。走了不到两三步路，又让一位绅士叫住了。

“您不是妙子小姐吗？好久不见了。我是关原。这次莳冈兄高升，我来送行。”

关原是辰雄大学里的同学，他在高丽桥那边三菱系某公司工作。辰雄入赘时，关原还没有结婚，经常到莳冈家来玩儿，和鹤子姐妹们搞得挺熟，结婚后他被调到伦敦的分公司去工作，在英国呆了五六年，两三个月以前才调回大阪总公司。妙子早就听说他回国了，可是已经八九年没有和他见面了。

“我早就看出是细姑娘了，”关原马上恢复以前“细姑娘”这个称呼，不再叫“妙子小姐”。“……好久不见了，最后一次见面到现在有多少年啦？”

“恭喜你这次平安回国。”

“谢谢您！在月台上一眼就看出准是细姑娘，不过实在太年轻了，所以……”

“呵呵呵！”妙子还像刚才对付阿荣那样敷衍过去了。

“这样说来，和莳冈兄一起上火车的是雪子姐了。”

“是的。”

“我连招呼都错过了没打。……你们两位实在太年轻啦。这样讲也许失礼，在国外时老想起船场时代的事情，以为这次回国，雪子姐不用说，连细姑娘怕也早已结婚，成了贤妻良母了。听到莳冈兄说两位还都没有出阁，自己都不相信离开日本已经五六年了，简直像做了一个长梦似的，……这样讲也许要开罪，不过确实有点儿莫名其妙。哪里知道今晚一见面，雪子姐也罢，细姑娘也罢，两位还都那么年轻，又使我大吃一惊，以致怀疑自己会不会看错了人。”

“呵呵呵！”

“真的，决不是当面恭维，确实是这样，像现在这样年轻，没有结婚就不足为奇了。”

关原深有感慨似的把妙子从头打量到脚，从脚打量到头。

“那么说，今晚幸子姐呢？”

“二姐今晚没有来。怕姐妹们分手哭哭啼啼的闹笑话。”

“哦！原来是这样。刚才大姐和我招呼时，眼睛里还噙着眼泪，到现在她的性情脾气还那样好。”

“人家要笑话去东京还要哭鼻子的人了。”

“不，不会的。这么多年，我又看到日本女性的这种性格，真是值得留恋的。……细姑娘留在关西不走吗？”

“对，因为这里还有点儿事情……”

“嗯，是啊是啊，人家对我说细姑娘是个艺术家，了不起呀！”

“去你的吧。这种恭维话是不是你从英国学来的？”

妙子想起关原爱喝威士忌酒，看出他今晚大概已经喝过一两杯了。当他邀请她到附近喝杯茶时，妙子巧妙地脱身奔赴车站方向去了。

二十三

拜启

别后每天忙得写信的时间也没有，好久没有问候，请原谅。

出发当夜，火车一开，大姐的眼泪禁不住夺眶而出，她只能把脸躲进卧铺的帷幕。随后秀雄侄发烧腹痛，半夜里上了几次厕所，闹得大姐和我一夜未能成寐。更糟的是大森那栋房子的房东突然毁约，这事在出发前一天东京就来了通知，可是事到临头，无奈只能动身来京，暂时寄居在麻布区种田姻兄家，到今天还住在这里。您想想吧，全家十一口突然来到他家，给人家增添了多大的麻烦！秀雄侄一到东京就请医生诊治，据说是大肠炎，昨天已渐见起色。住宅问题多方托人分头加紧寻找，好不容易在涩谷的道玄坂找到了一栋。那是新盖的出租房子，楼上三间，楼下四间，庭院、树木一概没有，房租每月五十五元。虽然还没有去看过房子，但其狭小程度也可想而知。这么一大批家眷也许住都住不下。不过顾虑到种田家的困难，即使将来得另外找房子，目前也只好暂时先住进去。所以这个星期天决定搬到那里去住。那里的地名是涩谷区大和町，听说下个月就可以安装电话。姐夫去丸之内上班，辉雄侄去现在的中学上学，都比较方便，而且听说那个地方对健康有利。

先匆匆报告到这里。

幸子姐尊前

雪子敬上

九月八日

贞之助姐夫、悦子、细姑娘请代为致意。

朝来金风刺肌，东京已经完全是秋天了，不知你们那里怎样？务望保重玉体。

幸子收到这封信的这天早晨，关西地方一夜之间变得秋高气爽。悦子已经上学去了，她和贞之助面对面地坐在餐室的椅子上看报，报上登载着“我军舰飞机空袭潮州和汕头”的消息。她闻到厨房里飘来煮咖啡的扑鼻香气。

“秋天啦！”她眼光离开报纸突然抬头对贞之助说。“您不觉得今天的咖啡特别香吗？”

“嗯……”贞之助应了一声，依然专心读着摊开的报纸。这时，阿春送来了咖啡，托盘里还有一封雪子的来信。

幸子正在惦念她们去东京已经十多天了，收到信便立即拆开。看到那忙乱中抽空匆匆写出来的笔迹，马上联想到大姐和雪子过的是多么忙碌的日子。信里提到的那位种田，是姐夫的胞兄，在商工省做官，幸子她们还是十几年前大姐结婚时和他见过一面，现在连他的面貌都记不得了，大姐和他见面的次数大概也不太多。因为姐夫上个月就曾寄居他家，所以这次只得暂时在那里挤一下。姐夫是他胞弟，固然无所谓，大姐和雪子第一次来到陌生的地方，托庇在名古屋男方的亲戚家，又是长辈的家里，该有多么不方便。再加孩子生病，得请医生，就更加麻烦了。

“这封信是雪子妹妹寄来的吗？”贞之助手里拿着咖啡杯，好不容易才放下报纸问了一声。

“我正想着为什么好久都不来信，哪里知道出了大乱子了。”

“到底是什么事？”

“喏，你看看吧……”幸子把三页信递给了丈夫。

又过了五六天，尽管已经过时，却收到了东京寄来的感谢送别以及改变住址的铅印通知。雪子自从写过那封信以后再也没有来信。只是星期六那天晚上去东京帮助搬家兼问候的音老头的儿子庄吉，星期一早晨回到大阪，受委托来芦屋报告情况。他当天就赶了来，报告的内容是：昨天星期日顺利搬好了家；东京的出租住宅建筑质量粗糙，远远比不上大阪，特别是纸槅扇等设备非常低劣；楼下四间屋子，两铺席的一间，四铺席半的两间，六铺席的一间；楼上三间屋子，八铺席的一间，四铺席半的一间，三铺席的一间。因为是东京的建筑尺寸，八铺席只相当于关西的六铺席，六铺席相当于关西的四铺席半，所以房子十分简陋，可取之处就在于屋子是新盖的，给人一种明朗的印象，方向朝南，阳光充足，比上本町的阴暗房子卫生；自己家里虽然没有庭院，但附近都是些高级住宅和花园，环境清静幽雅；还有，一走到道玄坂，就是繁华的商店区，有好几家电影院，看来孩子们对每件事都觉得新鲜，似乎都在庆幸能搬到东京来；秀雄的病也痊愈了，这个星期就要去附近的小学上学了。

“雪子妹妹怎么样？”

“身体很好。秀哥儿闹肚子时，雪子姑娘照顾病人比护士还内行，太太佩服得不得了。”

“以前悦子生病时，她也照顾得很周到，我想大姐一定多亏她帮了忙。”

“不过遗憾的是那住宅没有闺房，目前四铺席半大的那间屋子既是哥儿们的书房，又作为雪子姑娘的卧室。姑老爷也说如果不早日换个大点儿的住宅，给雪子小姐一间专用屋子，她太受罪了……”

庄吉这个人比较饶舌，他讲到这里，压低嗓门说：“雪子姑娘回去以后，姑老爷很高兴，想留住她不再让她脱身。您瞧，他对待雪子姑娘可小心哩，丝毫不敢触犯她，而且拼命讨她的好，我看得很清楚。”

听了庄吉的汇报，幸子对于东京方面的情况也能想象出一个大概了。不过，雪子还是没有信来。想到雪子虽然不像大姐那样，不过也把写信当作是一件大事，平常懒得动笔，再加没有她自己的屋子，不能安安静静地写东西。幸子考虑了一下，对悦子说：“小悦，给你阿姨写封信试试。”便让悦子在妙子的娃娃明信片上写上三言两语寄了出去，可是依旧没有回音。二十号过后的一个赏月的晚上，贞之助建议：“今晚写封集锦信寄去怎么样？”大家一致同意。吃完晚饭，贞之助、幸子、悦子和妙子都聚集在供着赏月果品的那间日本式屋子的廊檐下，让阿春磨墨，摊开卷纸，贞之助写了一首和歌，幸子和悦子每人写一首俳句，妙子在这方面不擅长，她就画了一幅松林悬月的水墨写生画。

待到密云冉冉去，中庭明月挂松梢。　　贞之助
团圞明月下，顾影少一人。　　幸　子
今夜月色好，阿姨东京看。　　悦　子

接着就是妙子的水墨风景画。幸子那首俳句本来在“团圞明月下”后面接了一句“独缺汝一人”，悦子的原作是“月儿亮晶晶，阿姨东京看”，都是贞之助给改成上面这样的。

最后大家说“春倌也得写”，不料阿春竟然提起笔来就写了一首俳句：

团圞中秋月，云中初露脸。　　春

字迹奇小而笨拙。幸子随后拔取一根供月的狗尾巴草，剪下狗尾巴，夹在卷纸中间寄了出去。

二十四

这封集锦信寄出不久，幸子就收到雪子给她的回信。信上说："一遍又一遍高兴地读着来信，感人心脾。中秋那天晚上，独自在二楼赏了月；读了来信，想起去年在芦屋家中赏月的情景，仿佛昨天的事情那样浮现在眼前。"那封信的内容写得比较感伤，此后又好久没有再来信。

雪子走后，幸子决定让阿春睡在那个屋子里，阿春的铺盖摊放在小悦的卧床下。才过了半个月，悦子讨厌阿春，叫阿花代替她，又过了半个月，阿花也遭到悦子的厌恶，换了做饭的阿秋。悦子不像别的孩子那样容易入睡，入睡前她总要兴奋地讲上二三十分钟话，这在前面已经交待过，女佣们奉陪不了这二三十分钟的谈话，总是在悦子未入睡以前就睡熟了，因此惹恼了悦子。悦子越烦躁就越睡不着，半夜跑到走廊里，使劲拉开槅扇，冲进爸爸妈妈的卧室，嚷嚷着："妈妈，我一点儿也睡不着。"边哭边诉苦，"春倌真可恶，她呼噜呼噜地打着鼾睡熟啦。讨嫌！真讨嫌！我要杀死她！"

"小悦，你这样兴奋反倒睡不着。不要勉强睡，要这样想：睡不着也没关系。你试试看。"

"可是，现在要是睡不着，明天早晨困得起不来……不是又要迟到了吗？……"

"嚷什么，这么大的声音！轻点儿讲！"幸子训了她几句，陪她睡到床上，哄她入睡。可是她仍然睡不着，哭着诉说"睡不着呀，睡不着"，惹得幸子也火了，又训了她一顿。这样一来，叫喊得更加响了。屋子里闹成这样，女佣们睡得死死的，一点儿也不知道。这种情形经常发生。

说起来，最近幸子老觉得心里烦躁不安，可是没有抓紧打针。今年也已到了“缺B”的季节，家里的人似乎都带上几分脚气病，悦子会不会是由于这个原因，幸子这样猜测着，用手去按按悦子的心脏部位，号号她的脉，看出稍稍有点儿怔忡。因此第二天不顾悦子怕痛，硬是抓住悦子给打了一针高效维生素。以后隔天打一针，打了四五次，怔忡消失了，走路也轻快了，身体疲软似乎也多少好了些，可是失眠却越发严重了。幸子思忖这毛病还不至于要请医生来诊治，她打了个电话和栉田医生一商量，每晚临睡前给吃一片阿达林试试。一片阿达林怎么样也不见效，给多了又太灵，睡个不醒。早晨睡得很香，听凭她睡个够，她一觉醒来，看到枕头旁边的时钟，就哭喊着说：“今天又迟到了，这么晚去，脸上不光彩，不能上学啦。”既然这样的话，就催她早起，以免迟到，她又说：“昨夜我一分钟也没睡”，使性子把棉被蒙住整个脑袋猛睡，等到一觉醒来，又哭着说迟到了。对于女佣们的爱憎，也是变化剧烈，一旦厌恶，往往说出“宰了！”“我宰了你！”这类极端的话。又如像她这种发育旺盛的年龄，食欲却一向不振，最近更糟，每顿只吃小碗一两碗饭。菜也只爱吃些咸海带、冻豆腐这类老年人吃的东西，把饭泡在茶里硬灌进肚子。她喜欢那只叫“铃”的母猫，吃饭时把它放在自己脚边，给它吃许多东西，稍许带点油腻的东西自己不吃，多半都给“铃”吃。可是，她异常爱干净，吃饭的时候，一会儿说让猫碰着了，一会说飞上苍蝇了，一会儿又说女佣的衣袖碰上了，筷子要让人用开水冲洗两三次，侍候她的人知道她这个脾气，开饭以前就把一壶热茶放好在桌子上。她最怕苍蝇，不用说苍蝇爬过的东西，即使没有爬过，只要飞得近了些，让她看到，就说可能爬过而弃置不吃，或者执拗地追问周围的人苍蝇是否的确没有爬过。还有筷子没夹牢的东西，即使掉在刚洗干净的桌布上，她也嫌脏，不愿吃。

有一次幸子带她到水道路散步，看到路旁有一只长满了蛆的死耗子，已经走过那里一二百米了，这时悦子走到她身边，像探问什么可怕的事情那样低声地说：“妈妈，我踩了那只死耗子没有？……衣服上沾了蛆没有？”

幸子不禁惊讶地察看悦子的眼光。为什么那样吃惊呢，因为母女俩为了躲避那只死耗子，特地绕了五米多路走过来的，怎么想也不可能误认为踩到了它。

还在小学上二年级的一个小姑娘，能害神经衰弱症吗？……幸子最初并没担心，只在口头上数说悦子几句。发生了死耗子这件事后，她才觉得事情不简单，第二天就把栉田医生请到家里。医生说：“小孩得神经衰弱症，没有什么稀奇，悦子姑娘怕也是这个病，不用太担心，没有什么大不了，可以介绍一位专科医生来看看。脚气病由我给治，西宫的神经科医生辻博士很好，我打电话让他今天就来。”

傍晚，辻博士来了，诊察后和悦子一问一答谈了片刻，断定她是神经衰弱症，提出下列几项治疗方案就回去了。辻博士说，首先必须治好脚气病；服些助消化的药以促进食欲，纠正偏食；上学的事可斟酌情况，不妨让她迟到早退，但不应转地疗养荒废学业，因为上了学精神有所寄托，反而可以排除头脑里的各种妄想；不可让病人兴奋；病人即使说怪话，切勿痛斥，要恳切开导说服。

悦子这场病，很难说是由于雪子离开芦屋而造成的后果，幸子也不愿这样想。但是每逢在应付方法上发生困难，不知如何是好，急得想哭的时候，就一再想到如果是雪子的话，这种时候一定能耐心说服悦子，使之听从。事情的性质非同一般，只要讲清楚原委，长房也会同意暂时让雪子来帮一阵子忙；即使不向长房开口要人，只要把悦子的病状写信直接告诉雪子，雪子看到了，不等姐夫同意，飞也会飞回来，这是明摆着的。不过，要是让人家说雪子刚离开不到两个月，就竖起白旗求救，尽管幸子不是那种十分逞强使性子的人，但心里还是感到有抵触的，所以想等一阵看情况……多咱自己能应付下去的话……就这样一天天拖下去。至于贞之助的态度，不用说是反对让雪子回来的。比如吃饭时筷子一遍又一遍地用开水消毒，掉在桌布上的东西不肯吃，这都是幸子和雪子的作风，在悦子养成这种习惯之前，她们自己就这样做，贞之助指出这种做法不妥，会把孩子教成脆弱的神经质，要求她们纠正这种习惯，为此大人得首先不做这类事，尽管带几分冒险，也得把苍蝇碰过的东西吃给孩子看，用实际行动让孩子懂得即使这样也决不至于会生病。现在你们一味强调消毒，不重视有规律的生活，这是错误的，让孩子过有规律的生活比消毒重要得多。尽管贞之助经常这样提醒幸子，可是他的主张怎么样也行不通。幸子认为像她丈夫那样身体健壮、抵抗力强的人，不理解她们体弱而容易生病的人的心情。贞之助则认为由于筷子上有细菌而染病，这样的事千中难一，为此而产生恐惧心理，每顿饭洗筷子，抵抗力就会越来越弱。幸子强调女孩子的优雅风度重于有规律的生活，贞之助就说那是旧思想，即使在家里，就餐和游戏也应该有一定的时间，不可放任散漫。幸子如果讥笑贞之助是不讲卫生的野蛮人，贞之助就说："你们的消毒根本不合理，筷子用开水或茶冲洗，病菌并不会死，而且食物在拿到你们面前之前，谁都无法知道它在什么地方碰上了什么脏东西，所以说你们是歪曲了欧美式的卫生思想；不久以前，难道你们没有看见俄国人毫不在乎地吃生牡蛎吗？"

贞之助一向采取放任主义，特别在女儿的教育问题上，他一切听凭孩子母亲的教育方针。最近由于"支那事变"[①]的发展，有朝一日可能要让妇女参加后勤工作，考虑到这一点，他担心今后如果不把女子培养得刚健一些，恐怕什么事也干不了。有一次，他无意之间看到悦子在和阿花玩"过家家"，悦子拿来一个打针的旧针头，扎进稻草做芯子的洋娃娃的胳膊。他想这种游戏多么不健康，觉得这也是那种卫生教育的余毒，今后必须设法加以纠正。不过，关键在于悦子本人只听信雪子的话，雪子的做法又有幸子支持，干涉不好，很可能引起一场家庭纠纷，所以他一直在等待机会。现在雪子离开芦屋去了东京，从这一点上说，是贞之助求之不得的。为什么这样讲呢？因为对于雪子的境遇，贞之助私底下是同情的，女儿的教育固然重要，如插手干涉，就不得不考虑雪子精神上所受的打击，他既不想让雪子变得乖僻，又不想让她有"从中作梗"的想法而躲避悦子，要两全其美，实在不容易，现在这个问题却

---

① 指 1937 年的卢沟桥事变。

自然而然地解决了，怎么不是一件好事呢。他觉得只要雪子不在这里，妻子是容易对付的。因此他对幸子说：“我和你一样同情雪子妹妹的境遇，如果她自己想回来，我不反对，可是为了悦子而把她叫回来，我不能同意。诚然，在怎样对待悦子的问题上，她是有经验的，如果她来了，目前肯定会处理得很得力。不过，要让我说的话，悦子之所以患这场神经衰弱症的原因，就在你们姐妹俩身上，由于你和雪子妹妹的教育方法不对头，才闹出这场病来。所以情愿暂时忍受些困难，也要趁此机会排除雪子妹妹在悦子身上造成的影响，而后慢慢地、循其自然地改变教育方法；因此在目前这段时间里，雪子妹妹不回来反倒合适。”贞之助就这样劝阻了幸子。

到了十一月份，贞之助因公去东京出差两三天，初次拜访了涩谷的长房。孩子们已经完全习惯了新的生活，东京话也讲得很好了，家庭和学校里说着两种话。辰雄夫妇和雪子也很高兴，大家都劝他如果不嫌地方小而受拘束，务必请他住下。可是地方实在太小，而且贞之助已经在筑地订了旅馆，为了顾全情谊，只得住了一夜。第二天，辰雄和孩子们都上班、上学去了，趁雪子上楼拾掇屋子的时候，贞之助对鹤子说：“雪子妹妹好像也很安心，一切都顺利啦。”

“其实呢，看上去像是挺不错的，可是……”鹤子回答说。

据鹤子说，初来东京时，雪子妹妹高高兴兴地帮助家务，照管孩子们。这种态度现在也并没有改变，不过她常爱独自一人守在楼上那间四铺席半大的屋子里不下楼，因为老见不到她，上楼一看，她坐在辉雄那张矮桌子旁边，有时支着下巴在沉思，有时抽抽噎噎地在哭泣。这种事情最初十天里发生一次，近来次数渐渐多起来。这种时候，她即使来到楼下，也可以半天不说一句话，在人前动不动就会流眼泪。辰雄和我对待雪子妹妹都特别注意方式方法，想不起有什么地方得罪了她。追根究底，大概还是因为她留恋关西的生活，不妨称之为乡愁病吧。为了让她能够解闷，劝她再继续去学习茶道和书法，可是她全然不理睬这些。鹤子还说：“经过富永姑母的劝说，雪子妹妹老老实实地听从了她的话回来了，我们真的都很高兴，没想到这件事对于雪子妹妹却是如此痛苦难受。如果呆在这里难受得竟至吞声饮泣，我们自然也要想个办法。不过，到底雪子妹妹为什么那么厌恶我们呢？……”讲到这里，鹤子自己也哭了起来。“虽说有些怨恨，不过，雪子妹妹这种一味左思右想的样子，可怜得教人不能不同情。既然她这样想念关西，我想莫如遂了她的心愿，尽管辰雄不会同意她一直呆在芦屋，可是目前这里房子小，在搬居较宽敞的住宅以前，可以让她去关西，退一步说，即使让她去个十天八天的，说不定她精神上也可以得到些安慰，也可以振作一下，不过还得找个适当的借口才行。总之，雪子妹妹现在这个样子太委屈了，我实在看不下去，本人倒也罢了，旁人受不了。”

这是大姐当时的一席话，贞之助只能回答说：“那样的话，您和姐夫就太为难了，不过这事幸子也有责任，实在说不过去。”关于悦子生病的事，当然只字未提。回到家里，他和幸子谈起东京的事情，幸子问到雪子的近况，贞之助无法隐瞒，只能把鹤子的话和盘托出。

“我也没想到雪子妹妹竟然这样厌恶东京。”

“归根到底，也许是她不愿和姐夫住在一起。”

“也有这种可能。”

“哦，她想见见悦子哩……”

“这个那个的，原因可真不少。雪子妹妹这个人本来就不服东京的水土。”

幸子想起雪子从小耐性就强，无论遇到什么不称心的事，从不吭声，只是一味抽抽噎噎地哭泣。这时雪子靠着矮桌子吞声饮泣的那副样子，仿佛就在自己的眼前。

二十五

对于悦子的神经衰弱，幸子除了时时给她服用镇静剂溴化钾之外，还采用饮食疗法，中国菜尽管油腻，但知道她爱吃，就让她多吃些以增加营养；入冬以后，脚气病也治好了；学校里的老师让她注意恢复健康，不要担心功课；由于以上种种措施发生了效果，她的病没有出什么严重问题，逐渐好转了，因此也就用不着求助于人了。可是幸子自从听到东京的消息以后，总觉得不和雪子见一面，就放不下心来。

幸子回想起当初富永姑母来芦屋交涉的那天，自己对雪子的做法太冷酷无情了，怎么也不应该用命令式的口气把她撵走。对方既然给了妙子两三个月的期限，在情理上自己也应该为雪子争取些日子，安排一个从容惜别的机会，可是自己却没有那样做。特别是那天，自己莫名其妙地抱着一种没有雪子也照样过得下去的强烈的赌气情绪，结果就表现出那样冷酷无情的态度。可是雪子反而半句牢骚话也没说，老老实实地顺从了。一想起这件事，自己就觉得雪子实在温顺得可怜……而且当时幸子看到雪子比较愉快地、仿佛去作一次短期旅行似的轻装出发，还随口说了一句安慰她的话："马上就找个借口叫你回来"，雪子信以为真，这在今天就看得格外清楚了。幸子既然说了这样一句话，雪子才有恃无恐地跟随着去了东京，以满足长房的要求，可是事后幸子这方面却毫无动静……再说只有她一个人跟了去，妙子并没因此而受到什么影响，到现在依然留在关西……上当受骗的只她一个，她有这种想法就很自然了……

幸子觉得大姐既然是这样一种心情，长房方面不会怎么留难，只是不知自己的丈夫会说些什么，也许会说暂时等一下好，也许会说四个月来悦子已经安定下来，叫雪子妹妹回来住上十天半月也无妨。总之，她想等春天到来后和丈夫商量着办。正巧这时——一月十日左右——收到许久没有音信的阵场夫人寄来的一封信，内容是："去年寄上某人照片一事究竟怎样了？您说不能立即答复，要求暂时等待一下，所以一直等着。是不是令妹无意呢？如果没有缘分，费心您把那张照片寄回。倘若有几分意思，那么现在也还不嫌迟。对方的情况不知你们后来调查了没有，大体上就像照片背面本人亲笔写的履历那样，没有其他值得奉告的，只有一点履历上漏掉没写，就是本人没有什么财产，全靠薪俸生活，这层还祈谅解。由于这个原因，令妹也许不满意。至于府上的情况，对方全都调查了，令妹的容貌似乎也在什么地方见过，所以无论等多久他都等着，他还托滨田先生向我表示，殷切希望我为他说合。所以，要是能让他们见一面，在滨田先生面前我也有面子了……”这样一封信对于幸子来说，正所谓“过河有了船”。幸子因此写信告诉鹤子有这样一桩亲事，要先听听姐夫、姐姐的意见，信里附上前些时候野村巳之吉的那张照片和阵场夫人这次的来信，并且说明阵场夫人急于想让双方相亲，可是雪子妹妹由于上次的失败，便表示不先调查清楚就不愿相亲，姐夫、姐姐如果同意的话，就由我们火速调查怎样？这封信寄出以后，过了五六天，姐姐极难得地寄来一封长长的复信。

拜复

新年好！贺年贺得迟了，祝你们全家过一个愉快的新年。我们这里人地生疏，没有感到什么新年的气氛，忙忙碌碌地就过了正月初七。听人家说，东京这个地方冬天特别难熬，天天刮着出名的朔风，三九以后，那寒冷的劲头真是有生以来第一次碰到，今天早晨连毛巾都冻成一根棍子，格啦格啦作响，这样的情况在大阪从来没有见过。听说旧市区比较好些，我们这里地势高，接近郊区，所以格外寒冷，家里的人一个个都患了感冒，连女佣们也不例外，全都病倒了。只有我和雪子妹妹比较轻些，鼻子塞了几天也就好了。不过比起大阪来，这里尘埃少，空气清洁，这也是事实。何以见得呢？这里和服的下摆不易脏，一件衣服穿了十天，还是干干净净的，你姐夫的衬衫在大阪三天换一次，在这里可以穿四天。

关于雪子妹妹的亲事，一向有劳你操心，实在感谢得很。那封信和照片马上给你姐夫看了，商量之下，你姐夫的心境近来似乎有了变化，不像以前那样吹毛求疵了，大体上听凭你们处理。不过，四十几岁的农学士当个水产技师，今后月薪没有增加的可能，看来其前途是到此为止了。再说家里没有财产，今后生活不见得会宽裕。但是，只要雪子妹妹本人同意，你姐夫决不反对。相亲一事，如果本人有意，可以随时找个适当的时机。关于这个问题，本来应该先仔细调查，对方既然希望早日见面，详细的调查不妨推后，赶快让双方先见见面也好。贞之助妹夫也许已经对你讲过了，我对雪子妹妹正一筹莫展，想找个机会送她去你们那里，昨天稍稍给她透露了点儿口风，真灵验，她一听到能去关西，马上同意相亲，今天早晨一下子精神百倍，笑逐颜开。我简直弄不懂她是怎样一个人了。

你那里只要把日期大致定下来，我这里随时可以打发她动身。我对她说相亲后过四五天就要回来，其实让她多住些日子也无妨，这个我会说服你姐夫同意的。

来东京后一封信也没有给你写过，一写就写得这样长。天气还很冷，背上犹如浇了凉水一般，拿笔的手都冻僵了。芦屋和暖吧？千万保重，不要伤风。

贞之助妹夫代候不另。

幸子妹鉴。　　　　　　　　鹤子正月十八日

幸子不熟悉东京，和她讲涩谷、道玄坂附近什么的，她没有切身体会。她只能凭空想象一度曾经从山手[1]电车车窗里看到的郊区一条条街道——镶嵌在参差错落的溪谷、丘陵和许多杂树林的地形中间那些连续不断的屋宇的远景，以及它们背后那寥廓凛冽的晴空，这些出现在她脑子里的和大阪完全两样的自然环境。当她读到信里“背上犹如浇了凉水一般”以及“拿笔的手都冻僵了”这些句子时，想到一切都墨守成规的长房，在大阪的时候冬天也从来没用过火炉。上本町的会客室里引进热电，装上了电炉，可是实际上只有来了客人的时候才用，而且还必须是极冷的天气，平常家里只用火盆。正月里幸子去贺年，和大姐对坐在一起，总是“背上犹如浇了凉水一般”的感觉，往往患了感冒回家。让

① 东京近郊地名。

大姐说起来，大阪人家开始普及暖气设备，是大正末期的事，连穷奢极侈的父亲还是在他去世前一年才在卧室里装上了煤气炉。装上以后，他说生了炉子会上火，实际上不大使用。无论怎么冷的天气，幸子姐妹都是靠火盆长大的，大姐的话没错。幸子和贞之助结了婚，几年以后搬居芦屋，那时才开始用火炉。一旦用上火炉，没有它简直过不了冬。回想小时候仅凭一个火盆过冬，甚至觉得有些不可思议。可是大姐搬居东京以后似乎还是墨守成规，她想只有雪子那种先天茁壮的人方才经受得住，换了自己，也许早就害上肺炎或者别的什么病了。

关于决定相亲的日期，因为阵场夫人和野村之间，还夹着一个滨田，联系起来很费事。不过既然知道对方竭力盼望在春分以前相亲，因此正月二十九日幸子就写信到东京，要求马上把雪子送来。幸子又想到上次打电话出了乱子，所以这次让丈夫在侧屋书斋里安装了一只台式电话。二十九日才发出的信，三十日下午就收到大姐寄来的一页明信片，信上说两个小的孩子同时得了流感，四岁的小女儿梅子很可能是肺炎，闹得全家不安。本是应该请个护士，可是屋子小，住的地方都没有。雪子妹妹当初照顾秀雄时比护士还强，所以就没有雇护士。很对不起，可否请你转告阵场夫人暂时等几天。不久又来信说梅子终于得了肺炎。看到这种情形，幸子觉得十天八天不见得能解决问题，因此把实情通知了阵场夫人，要求延期。对方早就说过，等多久也没关系，所以用不着担心，只是想到被利用来代替护士的雪子又挨上这个倒楣的差使，就觉得她格外可怜。

就在相亲展期这段时间里，原先委托信用调查所调查的报告书送到了。据称野村的职位是高等官三等，年俸三千六百元，加上奖赏，每月大概三百五十元左右。他父亲那一代在家乡姬路开旅馆，现在那里没留下什么房产。亲戚有一个胞妹，嫁给东京一位名叫太田的药剂师。此外姬路有两个叔父，一个是古董商兼茶道宗匠，一个是注册处的司法文书。另外就是关西电车公司那位总经理、他的表兄滨田丈吉，那是他唯一值得夸耀的亲戚，又是他的靠山（而且还是阵场夫人心中的“恩人”，她丈夫以前据说是滨田家守门的，滨田资助他上学读的书，所以是他的恩人)。报告的内容大致就是这样。此外，又调查出昭和十年他前妻的去世确实是害了流感，如同本人履历上写的那样；两个孩子死亡的原因也决不是遗传病。其次是本人的性情脾气，贞之助通过两三条线索，打听出没有什么显著的缺点，可是有一个古怪的毛病。据在兵库县工作的他的一位同事说，野村往往会突然自言自语，说的话毫无意义，不着边际，大概总在他认为旁边没有人的时候才说；不过，尽管本人认为没有人听到，其实常常被人家听了去。现在他的同事们没有一个不知道这件事，连已故的前妻和孩子也都知道他有这个毛病，都笑着说爸爸这人真会说怪话。举个例子来讲，有一次他的一个同事在官署里蹲坑，隔壁那个厕所里有人进去了，一会儿听到那边接连问了两次："喂！您是野村先生吗？"那个人正想回答："我不是野村，是某某，"但他发觉问话人的声音正是野村的声音，心想他大概又在自言自语了，而且一定不知道隔壁有人，觉得他可怜，就忍耐着不吭声；可是等了好久，等得不耐烦了，就先离开厕所，幸好没有让对方看到脸儿。野村知道隔壁有人跑了出来，说不定会觉得"糟了"，可是他不知道那个人究竟是谁，以后也就若无其事地照常工作。尽管自言自语，由于说的都是些无聊的废话，不带恶意，可是听到的人总觉得突兀可笑。还有他的自言自语虽然是脱口而出，却并非全然无意识，旁边如果有人，他就不自言自语了。要是不用担心被别人听到时，他就拉开嗓门说，那种时候，偶然在背后听到的人就吓得以为他要发疯了。

他的这个毛病并不特别给人添麻烦或者不愉快，因此也不至于酿成什么问题。不过，选来选去，又何必去选这样一个人做女婿呢。尤其是对方那副尊容，说是四十六岁，可是从照片上看比四十六岁要老得多，那老态龙钟的样子看去就像五十岁以上的人。幸子认为这是最大的缺点，可以断定雪子准看不上眼，第一次见面就注定要落选，这是很明显的。由于这个原因，对这次的亲事就没有多大劲头。不过，表面上要借此作为雪子来芦屋的口实，"相亲"一事不得不举行，这就是幸子夫妇的本意。既然明知不会有好结果，夫妇俩商定不必告诉雪子对方有自言自语的怪癖。

二十六

“今天乘鸥号动身。雪子”

悦子从学校回到家里，正在由她妈妈和阿春帮着布置供娃娃的架子，这时，送来了这个等待已久的电报。

关西地方的女儿节习惯上比别处推迟一个月，本来应该再过一个月开始，可是四五天以前幸子收到雪子的来信，说就在这几天里动身，恰好那时妙子给悦子做了一个菊五郎[①]演的道成寺的布娃娃，幸子一下子心血来潮，对悦子说：“小悦，把这个布娃娃和女儿节的娃娃供在一起吧，它们不是也想欢迎你阿姨回来吗？”

“为什么？妈妈，女儿节不是下个月吗？”

“桃花还没开哩，”妙子也插嘴说，“不按照季节供娃娃，不是说对女孩子的婚姻不利吗？”

“对！小时候妈妈经常这样说；一过了女儿节，马上就把娃娃收起来。不过，提前摆供是可以的，推迟就不行。”

“喔，还有这种讲究，我就不知道了。”

“好好记住吧，要不然，就不配为见多识广的细姑娘了。”

家里这套娃娃，还是当初悦子过第一个女儿节时在京都的丸平[②]定做的。迁居芦屋以后，每年节日都把它们摆设在楼下那间全家团聚的会客室里。那间屋子虽说是西式的，可是大家认为摆设娃娃最适当，所以供娃娃的架子每年都摆在那个屋子里。幸子为了博得隔了半年才回芦屋的雪子的欢心，建议提前一个月过女儿节，从阳历三月三日到阴历三月三日，可以供奉一个月节日娃娃，在这段时间里雪子大概能呆在这儿，她的这个建议被接受了，所以阳历三月三日的今天就开始摆设节日娃娃了。

---

①歌舞伎名演员。

②商店名。

“瞧！小悦，你妈妈的话中了吧？”

“真的，今天果然来了。”

“你阿姨和娃娃在节日一同到来了。”

“兆头真吉利。”阿春说。

“这回要结婚了吧？”

“小悦，你这话在阿姨面前不准说。”

“嗯，嗯，这点儿事情我懂。”

“懂就好。春倌也得小心点，否则又要闹出上次那样的事来。”

“是！明白啦。”

“事情本来就瞒不住，只要不在人前乱讲就行。”

“是……”

“打个电话给细阿姨行吗？”悦子兴奋地说。

“我给您去打吧。”

“小悦，你自己去打。”

“嗯。”悦子答应了一声，飞快地跑到电话间，接通了松涛公寓。

“……嗯，是的，是今天。……细阿姨早点回家吧……不是‘燕号’，是‘鸥号’。……阿春去大阪迎接……”

幸子正在把一顶有璎珞的金冠戴到大内娃娃[①]皇后的头上去，听到悦子响亮的声音，就对着电话间喊道：“小悦，对你细阿姨讲，要是有工夫请她去接一下。”

“喂！妈妈说要是细阿姨有工夫，请去车站接一下。……嗯，嗯，……大阪九点钟左右……细阿姨去吗？……那么春倌就不用去了吧？……”

妙子完全懂得幸子叫她去大阪火车站迎接雪子的用意。去年富永家那位姑母来动员雪子回老家的时候，讲好两三个月以后也要把妙子叫到东京去的，可是到了东京，老家一直乱糟糟的，根本顾不上叫妙子回

---

①大内娃娃一组共十余个，有左大臣、右大臣、随从、宫女三名、伴奏五名、杂役数名。

去，就此搁置了下来，妙子因此比过去更自由自在了。正因为如此，她觉得仿佛自己一个人走运，而让雪子倒楣，有点儿对不起雪子，所以在道理上也非去火车站迎接不可。

“要不要也打个电话给爸爸？”

“你爸爸快回家了，不用打了。”

傍晚贞之助回到家里，知道了这件事，觉得一别半年，现在自己也很想念雪子。尽管有一个时期他不愿意让雪子回来，但现在反倒有点内疚了。因此他无微不至地吩咐女佣准备好洗澡水，让雪子一到家就能入浴；又说晚饭一定在火车上吃过了，不过临睡前还得吃点东西，叫人取出两三瓶雪子喜欢的白葡萄酒，亲手抹去瓶子上的尘埃，查看出厂的年代。大家劝悦子早睡，明天好好叙叙，可是她无论如何不听，直到九点半钟，才叫阿春带她上楼。不久大门的电铃响了，悦子听到狗奔向大门的声音，叫了一声“啊！是阿姨”，又下楼来了。

“阿姨回来啦！”

“您回来啦。”

“我回来了。”站立在门口泥地上的雪子“哇！”的一声喝退了摇着尾巴向她扑来的约翰尼，由于坐火车的劳累，她的容颜和提着衣箱跟在她后面走进来的妙子——近来她精力特别充沛——的气色一比，显得格外消瘦。

“给我的纪念品放在哪里？”悦子早已自己动手打开皮包，翻看里面的东西，马上发现一束千代纸[1]和一匣手绢。

“听说小悦近来在收集手绢。”

“嗯，谢谢。”

“下面还有一样东西，你找找看。”

“有了，有了，是这个吧？”悦子边说边取出一个匣子，匣子外表裹着银座阿波屋的包装纸，里面是一双红色的漆皮草履。

“哎呀！多好哇！木屐、草履还是东京的好……”幸子把它拿在手

---

① 女孩子玩的花纸，可以折成各种玩具。

里看了又看，“好好收藏起来，下个月赏樱花的时候穿。”

“嗯。多谢阿姨。”

“怎么，悦子焦急等候的原来只是纪念品吗。”

“好了好了，把这些东西拿到楼上去吧。”

“今晚我和阿姨一块儿睡。”

“知道了，知道了。”幸子说，“阿姨现在要去洗澡，你先和春倌去睡吧。”

“早点来呀，阿姨。”

雪子洗完澡，快十二点了，贞之助和她们姐妹三个难得聚在会客室里，一边听着火炉里的木柴噼噼啪啪的燃烧声，一边围着那张摆了干酪和白葡萄酒的小桌子，喝酒谈心。

“这里真暖和。……方才在芦屋站下车的时候，就觉得和东京不一样。”

“关西的汲水节已经开始了。”

“差得那么远吗？”

“差得远哩。首先东京的空气接触到皮肤上不像这里的空气那样柔和。那出名的朔风毕竟厉害。两三天前我去高岛屋百货公司买东西，回家时走过皇城外壕那条路，一阵风来把纸包刮跑了，赶紧追上去，那纸包只管往前滚，怎么追也追不上，后来下摆又让风刮起，一只手还得按住下摆，东京的朔风可真要命。”

“不过，去年我在涩谷打搅一宿的时候，想到孩子们学东京话学得真快。那是十一月，迁居东京只不过两三个月，长房的孩子们都是一口东京话，而且年纪越小讲得越地道。”

“到大姐那样的岁数大概就学不好了。”幸子说。

“当然不行。首先大姐根本不想学。上次她在公共汽车上用大阪话和我说话。乘客都对她看，弄得我很不好意思。可是，那种场合大姐脸皮真厚，尽管大家看着她，她依然毫不在乎地说她的大阪话，居然还有人称赞‘大阪话满不错’哩。”

“大阪话满不错”这句东京话的语调，雪子学得很像。

“上了岁数的妇女脸皮都很厚。我认识一个大阪堂岛的艺伎，已经四十多岁了，她告诉我，她去东京乘电车的时候，故意用大阪话高声说：‘下车啦！’这样一叫，车子准保为她停下来。”

“辉雄侄就说他不愿意和他妈妈一块儿走路，因为他妈妈说大阪话。”

“孩子们大概都是那样。”

“大姐会不会把去东京当作一次旅游呢？”

“嗯。和呆在大阪的时候不一样了，无论做什么，没有人批评指摘，她爱怎样就怎样，轻松愉快得很。再说东京这个地方尊重女子的个性，不受社会风气的拘束，比如穿衣服吧，可以挑自己合适的穿，这些都比大阪好。”

也许是多喝了两口葡萄酒的关系，雪子像孩子那样活泼高兴，话也比往常说得多了。尽管她嘴上没说，看样子仿佛是隔了半年又能回到关西这块土地的那种幸福感——在芦屋的会客室里和幸子、妙子深更半夜欢叙的幸福感藏都藏不住似的。

“我们可以睡了吧。”贞之助这样建议，可是大家还谈得很起劲，因此他又起身去加劈柴。

“不久我还想请你带我去东京，可是涩谷的住宅太小，究竟什么时候换房子呢？”

“那就说不上了……可不像在找房子的样子。”

“这样说来，房子不打算换了吗？”

“也许是吧。去年还说房子这样小，实在不行，得换个住所。到了今年，这话就不大提了。大概姐夫、姐姐都改变想法了。”

接着雪子又说出一件意外的事情——这是她亲身观察的结果，不是姐夫、姐姐亲口对她讲的。他们夫妻两个最初那么不愿离开大阪，可是终于下决心去东京的动机，完全是由于姐夫想发迹。使他产生这种欲望的原因，乃是一家八口靠亡父的遗产已经混不下去，说得夸张一些，他们开始感到生活困难了。初到东京的时候，还抱怨房子小，住过一阵之后，心境渐渐起了变化，觉得这样住下去也并非不可忍受。最主要的大概是被五十五元一月的房租打动了心吧。姐夫、姐姐并非对谁辩解，他们口口声声说什么房子尽管小，房租便宜极了，讲着讲着，后来大概就上了低廉房租的钩，存心定居下来，不再搬家了。因为住在大阪的时候，还得顾虑名望和气派，到了东京，谁都不知道“莳冈”什么的，无谓的摆阔，远不如留心多增加些财产，姐夫这种实利主义的思想转变是很自然的，证据就在他这次升任分行经理，薪水增加了，经济上当然宽裕了，可是，用大阪时代的眼光来衡量，一切都变得吝啬了。大姐领会姐夫的用心，省吃俭用到了极点，每天厨房里买的东西明显地节省了。要供给六个孩子吃饭，本来就不简单，买一棵菜，动脑筋和不动脑筋相差很大，说得不好听些，家常饭菜的菜单也和在大阪时不同了。土豆烧牛肉也罢，咖喱饭也罢，菜肉酱汤也罢，原料不多，可是大家都能吃饱。吃牛肉就从来没有吃过火锅，只有薄薄的一两片到嘴。尽管如此，有时晚上让孩子们先吃，大人们随后另开一次饭。那顿饭陪着姐夫慢悠悠地受用，菜和孩子们吃的全不一样，东京的鲷鱼虽则不好，可是在这种时候就能吃到生鱼片。实际上那顿饭要说是为了姐夫，莫如说他们夫妇俩看到经常让我陪着孩子们一起吃大锅饭太可怜，才那样安排的。

“看到大姐他们的样子，觉得大概是那么一回事。……总之，瞧着吧，那个家搬不了啦。”

“嗯，原来这样。到了东京，大姐他们的人生观完全改变了吗？”

“雪子妹妹的观察也许是对的。”贞之助说，“趁迁居东京的机会，抛弃过去那种虚荣心，大搞一番勤俭储蓄。姐夫有这种思想是很自然的，说给谁听也是件好事。那个住宅小虽小，甘心忍受的话，也还可以对付过去。”

“不过，既然这样的话，早点讲清楚多好。到现在还时时在说什么没有雪子妹妹的闺房总不合适，见到我就这样辩解，实在可笑。”

“我说，人是一下子改变不了的，多少还得撑个场面嘛。”

“那么小的地方我以后非去不可吗？”妙子提出了她最关心的切身问题。

“这……细姑娘去的话，连睡的地方也没有呀……”

“那么说，目前大概还可以不去吧。”

“总之，细姑娘的事情目前似乎全被他们忘掉了。”

“喂！大家睡吧……”壁炉架上的台钟已经打过两点半，贞之助仿佛大吃一惊地站起身来说：“雪子妹妹今天也累了吧。”

“相亲的事还得商量一下，好吧，明天再说吧。”

雪子没有理会幸子那句话，起身先上楼去了。走进寝室一看，悦子床头那张桌子上摆满了刚才给她的那些东西，连阿波屋的草履匣子也摆在那里，人却睡熟了。雪子看到台灯影里悦子安眠的脸容，又一次觉得回到这个家里的喜悦涌上她的心头。假寐在悦子那张床和自己那个铺了草垫子的被窝中间的阿春，睡得像死人一样。雪子叫了两声春倌，又推了她两三下叫她起来，等她下了楼，自己才就寝。

二十七

阵场夫人来信说，相亲的地点和时间随后奉告，但八号那天是黄道吉日，希望能在那天举行，因此幸子把雪子叫了来，打算八号那天相亲。可是五号夜里出了意外的乱子，又一次申请延期。事情是五号那天早晨，幸子伴同两三个早已约好的朋友去有马温泉，访问一位病后在那里疗养的太太。本来坐电车去就好了，她们却乘公共汽车越过六甲山到达目的地。回家的时候坐了神有电车[①]，可是，当天夜里睡进被窝，突然见了红，开始叫痛。把栉田医生请来一诊断，意外地说可能是流产，马上托他转请专科医生来看，果然和栉田医生的诊断一样，第二天早晨就流产了。

幸子半夜里开始叫痛时，贞之助就卷起了自己的铺盖，一直陪坐在幸子的枕头旁边。第二天在做流产的善后工作时，他才稍稍离开一下。

---

①神户和有马之间的电车。

尽管妻的苦痛逐渐减轻，但他终于没有去上班，一直在病室里呆着。他双肘支撑在圆火盆边，两个手掌叠放在火筷子的头上，整天无所事事地低头枯坐在那里。时而觉察到幸子含着一泡泪水在举目看他，他瞥了幸子一眼，露出一副安慰的脸色说："算了吧……过去的事情由它去算了。"

"您原谅我吗？"

"原谅你什么？"

"是我不小心闹出来的呀。"

"哪儿的话，我反倒觉得前途大有希望啦。"他这样一讲，妻眼睛里那泡泪水鼓了起来，夺眶而出，直往脸颊上淌。

"不过，可惜呀……"

"不用提了。……马上准会再怀孕的……"

这样的话一天中间夫妻两个翻来覆去要讲许多遍。贞之助守视着妻那惨白的脸色，也掩盖不住他自己的沮丧心情。

实情是这样，幸子最近已经连续两个月停经，因此她预感也许是怀孕了，可是悦子出世快十年了，医生曾经指出不动手术也许就不再生育，所以她又觉得未必会有这样的事，麻痹大意而出了这个乱子。可是她知道丈夫还想要个孩子，尽管自己不会像大姐那样儿女满堂，但身边只有一个女儿，也觉得太寂寞，要是怀孕的话，实在求之不得，所以到了第三个月，为了慎重起见，就打算找医生看看。昨天同伴们提议翻六甲山的时候，幸子也曾想到要不要保重一下身体，可是随后又怪自己痴心妄想，否定的念头占了上风，觉得既然大家对这个计划有兴趣，自己也不必反对。由于这样一个情由而造成的麻痹大意，所以也不该完全责备她个人。可是一经栉田医生指出事情可惜，自己就后悔为什么这种时候约人去有马，为什么漫不经心地坐上公共汽车，想着想着就哭了起来。丈夫安慰她说："总以为你不能再生育而死了那条心，不料居然能怀孕，我不但不悲观，反倒对未来满怀希望而高兴。"她看出丈夫嘴上尽管这样讲，内心也非常失望，可是还这样温柔体贴地安慰她，越是这样，就越觉得对他不起，怎么说也是自己的过失——而且还是无法否认的大过失。

第二天她丈夫振作精神，高高兴兴地按时上班去了。幸子独自一人睡在楼上的时候，尽管觉得后悔也没用，可是仍然防止不住自己钻牛角尖。本来正当喜事临门，偏偏遇到这样的事情，虽则竭力不让雪子、悦子以及女佣们看到自己流泪，可是当她一人独处的时候，眼泪不禁又掉了下来。……如果自己不那样粗心大意，十一月份孩子就可以出世了，明年今日，逗弄婴儿时，婴儿就能笑了……这次的胎儿准是个男孩，要是这样的话，丈夫不用说，悦子又将多么高兴呀……如果当时自己全不知道，倒也罢了，可是自己那时已经有一种预感，为什么还要乘坐公共汽车去呢？也许是临时没有找到借口，不过，说声自己随后单独去，不就行了吗，何况要找借口，无论多少都找得出，为什么不那样做呢？千不该，万不该，自己不该那样麻痹大意。要是能像丈夫说的那样有幸再怀孕一次自然很好，不然的话，今后无论经过多少年，自己老会想："唉！要是胎儿活着的话，现在该有这么大了，"想着想着，永远也忘不了。这件事情怕要悔恨一辈子，变成她的附骨之疽了。……幸子就这样地再次强烈谴责自己，悔恨自己对丈夫和失去的胎儿所犯的无法弥补的罪过，觉得热泪又盈眶了。

阵场夫人那边已一再延期，按说只要去个人回绝一下就行，可是，贞之助不认识他们，对方办交涉总是由阵场夫人出马，她丈夫阵场仙太郎一次也没有露过脸。因此，六日晚上由贞之助出面写了一封快信给阵场夫人说："一再要求延期，请原谅。因为内人感冒发烧，抱歉得很，八日之约，只得暂缓。但再次重申这次延期没有别的原因，只是由于内人生病，此层望勿误解；感冒也并不严重，请再等一星期大概就可以了。"信寄出以后，不知对方是怎样理解的，七日下午阵场夫人突然来访，说什么"一则问候，二则听听消息，希望能见到你家太太。"女佣传进话来，只能把阵场夫人请进病室。因为幸子觉得让对方看到自己确实这样卧病着，对方也就放心，不再误会了。性情脾气熟悉的老同学一旦见面，幸子渐渐生出一种亲切感，想把生病的情由索性讲清楚。于是先解释说："正当喜事临门，信上只能那样写，可是我觉得对你不该隐瞒……”接着就把五号夜里那桩意外事故简单地讲了一下，并且向她诉说了一些自己的悲痛心情，然后叮嘱说：“这事只让你知道，男家请你妥为说词，不过实情既然如此，务望对方不要见怪。再说事后经过良好，医生也说一星期后就可以外出走动了，所以希望本着这一精神另订一个相亲的日期。”幸子说完，阵场夫人就说：“这真太可惜了！您爱人多失望呀。”话刚出口，只见幸子快要掉眼泪，她连忙改变话头说：“要是一星期后能好，十五日那天相亲怎么样？”还解释说：“今天早晨收到快信，先去男家商量了才来这里的。这个月从十五日到二十四日是春分节，如果躲开春分节，八日以后只有十五那天还可以，十五日要是不行，那就得拖到下个月去了。从今天起，到十五号刚好一个星期，就决定十五号那天相亲行吗？其实，我也是受了滨田先生的委托来商定日期的。”经她这样一解释，幸子再也不能推托，心想既然医生都这样说，即使稍稍勉强点儿，也许出得了门，所以她没有来得及和丈夫商量，就大致应承了下来，把客人送走了。

哪里知道幸子后来的经过情况虽说比较顺利，可是到十四日还偶尔见红，时而躺躺，时而起来走动一会儿。贞之助最初就说：“这样满口应承了下来行吗”，心里着实有些惴惴不安。情况既然是这样，相亲席上又不可出乖露丑，幸而阵场夫人已经知道内情，贞之助想出一个方法，就是到时候和阵场好好讲清楚原因，幸子不参加相亲，由他单独陪同雪子前去。可是，这个方法也不对头，因为幸子如果不去，就缺少一个给双方介绍的人。雪子担心出乱子，说什么“用不着为我的事情去硬挺，再请求延期一次好了，万一因此而告吹，也没什么大不了，这种时候偏偏发生这样的事情，也许本来就没有缘分”。雪子这样一讲，幸子同情妹妹的心情——前一时期由于伤心而淡忘了——一下子高涨起来。雪子的亲事历来要发生周折，从来不是一帆风顺的。说这次也将发生周折，虽觉可笑，可是正当担心不要出事的时候，首先就遇到长房的侄儿生病，耽误了一个时期，侄儿的病刚好，又碰上流产这样的不祥事情，幸子心里未免有些害怕，觉得连自己一家都卷进那缠在雪子身上的命运中去了。可是雪子本人似乎一点都不在乎，幸子见到她的脸，就更加觉得她可怜而同情她。因此，十四日早晨贞之助上班时，强调不让幸子参加相亲，幸子自己却无论如何要去，两下僵持，悬而未决。下午三点钟左右，阵场夫人打电话来问："您的身体这几天怎么样？"幸子终于回答说："嗯，大概已经不妨事了。"对方马上追问："那么明天行吧。"并且告诉幸子时间定在下午五点钟，会面地点在东方饭店休息室，这是野村决定的，希望能这样办。东方饭店仅仅作为碰头地点，在那里简单地喝杯茶，换个酒楼去吃晚饭，去哪家酒楼，还没有决定。虽说是相亲，但并不铺张，不过是几个人的聚会，所以晚饭地点可以等明天碰头以后再商量决定。野村方面仅他一个，我们夫妇俩作为滨田氏的代表陪同他去，您那里是三位，双方六个人。幸子在听阵场夫人的说明时，终于决心参加。当对方追问"那么，这样办可以吧"的时候，幸子拦住她的话头说："身体差不多算是痊愈了，不过明天还是第一次外出，而且偶尔还有点见红，虽则不便启齿，可否请您多费点儿心，尽可能不让走路，距离再短，也让坐辆出租汽车，只要能谅解这一层，就没问题了。"这件事幸子还再三重托了阵场夫人。

这个电话打来时，正好雪子不在家，为了明天的相亲，她去井谷那爿美容院做头发去了。等她回到家里听了幸子转告的电话内容，别的她都应承，只是会面地点定在东方饭店，她脸上就露出难色。因为前次和濑越相亲也是在东方饭店，现在又在同一个地方相亲，倒不是怕兆头不吉利或别的什么，而是不愿让那些记得去年相亲一事的男女服务员用"喔！那位姑娘又来相亲了"的眼光看她，以致引起不愉快。最初幸子听到阵场夫人提出会面地点定在东方饭店时，也曾想到雪子可能不赞成，现在雪子既然讲了出来，幸子知道不换个地方雪子决不会高兴，因此幸子到丈夫书斋里打电话给阵场夫人，把实际情况对她讲了，请对方考虑改变一下东方饭店这个地点。两小时后，回电来了，她说："和野村先生一再商量，东方饭店要是不行的话，目前就想不出其他适当的地方，照说可以直接去酒楼会面，不过要是这里单独决定了，又怕你们那里再出问题。你们那里要是有更好的方案，请告知一声。说句冒昧话，东方饭店只是个临时会面处，雪子小姐要是能委屈将就，最为合适，可不知道那样行不行？……其实也用不着那样顾虑重重呀……”

恰巧那时贞之助回家了，夫妇俩商量的结果，认为还是尊重雪子的意见为妙，因此打电话请对方体谅这里坚持已见的苦衷，要求让步；对方则说要好好考虑一下，第二天早晨再商量。十五日早晨来电问：“东亚饭店怎么样？”这才最后把地点决定下来。

二十八

相亲当天，已经过了汲水节，天气还有点寒冷，虽则没有风，天色却阴沉沉的仿佛要下雪的样子。贞之助早晨一起身，首先问幸子出血停止没有，因为这是他最关心的。下午他很早就回家，又问：“见红没有，要是觉得不舒服，现在回绝人家也不嫌迟，今天的差使我一个人也干得了。”幸子每次都回答一点点好起来了，血也出得很少。其实昨天几次走到书房里去打电话，走动多了，出血量反倒多了。由于长久不洗澡，只简单地洗洗脸和脖子，坐到梳妆台前对镜一看，一副贫血的脸色，连自己都觉得瘦得不成样了。不久以前井谷还提醒她陪同妹妹相亲时务必打扮得朴素些，她想现在这个憔悴的样子不是正合适吗。

守候在东亚饭店前厅的阵场夫人看到幸子夫妇簇拥着雪子走进来，马上走上前去招呼说：“幸子姐，介绍一下您的先生呀。”然后回头叫了她丈夫一声，向他招招手。她的丈夫仙太郎离她只不过两三步路，拘谨地站在那里。她一招手，他就对贞之助说：“初次见面，我是阵场，内人一向多承关照。”

“哪里，我们倒是受了照顾。……这次又承蒙您夫人关怀备至，感谢得很。特别是今天提出许多片面的要求，实在对不起。”

“我说，幸子姐……”这时阵场夫人压低声音，“野村先生就在那边，可以介绍了，不过我们只是在总经理家见过一两次面，交情并不深，所以很别扭。……关于他的情况我们什么也不知道，所以希望你们直接提出问题问他本人。”

阵场不声不响地立在一旁听他爱人悄悄地说完这番话，他弯下腰仿佛领东西似的伸出一只手对贞之助说：“请去那边吧。”

介绍以前，幸子夫妇看到一个曾经在照片上见过的绅士独自坐在休息室的椅子上。他把烟头扔进烟灰碟子，两三次性急地压灭火星，然后立起身来。他的体格意外地魁梧，看去很结实。可是一如幸子担心的那样，人比照片上的还要老，一副老头儿的面貌。首先是头发虽则不秃，可是大半已经白了，而且稀疏地鬈曲着，非常腌臜。脸上皱纹很多，一见就觉得至少有五十四五岁了。野村的实际年龄只比贞之助大两岁，可是看去却比贞之助大十岁以上。至于和雪子就更没法比，雪子的外貌比实际年龄要小七八岁，看去至多不过二十四五岁的样子。两人在一起，简直就像是父女。把这样一个妹妹带到这种地方来，只此一点，幸子就觉得仿佛做了亏心事似的。

双方介绍完毕，六个人围着桌子谈起来。可是话不投机，谈得不起劲，时时冷场。大概是由于野村这个人似乎不易接近，作为陪客的阵场夫妇对野村又非常客气，因此弄得很僵。从阵场这方面说，对方是他恩人滨田的表弟，态度自然就很客气，可是毕竟有些过于卑屈了。本来在这种场合，贞之助夫妇颇有一套应付冷场的本领，可是今天幸子兴致不高，贞之助受了妻的影响，也多少变得阴郁了。

“野村先生在县政府里的工作主要是哪方面的？”

谈话从这里打开了一个决口，野村介绍他自己的工作主要是指导、视察兵库县香鱼的增产，全县哪里的香鱼鲜美，以及龙野和泷野的香鱼情况等等。这中间阵场夫人一度把幸子叫到旁边，立着讲了几句话，回头又和野村咬咬耳朵，然后去电话室打电话，打完电话又把幸子叫了去，似乎在接洽什么。等阵场夫人回到席上，幸子把贞之助叫到一旁，贞之助问什么事，她说：“就是会餐地点的事，您知道山手的中国餐馆北京楼吗？”

“我不知道。”

“野村先生经常去那里，他希望在那里会餐。中国菜也可以，不过今天我坐椅子不合适，想要个日本式的房间。北京楼是中国人开设的，据说也有一两个日本式房间，现在阵场夫人打电话去预约了，您看这样成吗？”

“只要你觉得可以就成，我去哪里都行。……你不要这样一会儿站起，一会儿坐下，安静一会儿嘛。”

“可是人家叫我去呢……”说完她上了卫生间，过了二十分钟才回来，脸色变得更加苍白了。这时阵场夫人又叫幸子，贞之助忍不住了，立起身来说“我去”。他对阵场夫人说：“内人身体还没有痊愈……有什么事情请您对我说吧。”

“噢，是嘛。现在来了两辆汽车，一辆野村先生和雪子小姐和我坐，一辆你们两位和我先生坐，您看这样行不行？”

“那……是野村先生这样要求的吗？”

“不，不是的。是我一时想到能不能这样才办的。”

“那……”

贞之助不由得涌起一种不愉快的感觉，他竭力隐忍着不让它露到脸上来。今天幸子忍受着肉体上的痛苦，多少冒了点儿风险来出席相亲，这事不仅昨天就告知对方，而且刚才还一再透露出话风，可是阵场夫妇听了，连半句安慰或同情的话也没有，这就使得贞之助十分不满。也许因为今天是个吉庆日子，所以故意回避说那种话。不过无论怎样讲，暗地里对幸子表示一番慰问的心意总是可以的吧，他们夫妇俩也太不通情达理了。这也许是贞之助只顾自己的想法，阵场夫妇暗地里会不会是这样一种心情：相亲一事，一再被迫延期，今天来到这里，幸子那点儿牺牲是应该付出的。何况为的不是别人，是幸子的妹妹。阵场夫妇全凭亲切办事，所以在对方看来，姐姐为了妹妹的亲事忍受点儿肉体上的痛苦，算不了什么，要是把这当作赏给人家的恩典，那就驴唇不对马嘴了。贞之助觉得也许是自己的偏见，他们夫妇俩会不会抱着井谷的那种想法——是他们在给一个耽误了婚期而一筹莫展的大姑娘做媒，正因为这样，赏给恩典的应该说是他们。这样想的可能性也是有的。据幸子说，阵场是关西电车公司——总经理是滨田丈吉——的电力课长，由于这个关系，他拼命奉承野村以表示他对滨田的忠诚，其他一切都不在他心上，这样解释也许最中肯。至于要求雪子和野村同车，究竟是阵场夫人忠心耿耿想出来的主意，或者出于野村的授意，那就不得而知了；不过在目前这种情况下，毕竟有些脱离常识，贞之助觉得这几乎是对他们的一种侮辱。

“您看怎么样？雪子小姐要是不反对的话……”

“怎么讲呢，雪子就是这样的性格，当面也许不反对；要是事情进行得顺利，这种机会今后一定很多的……”

“是的，是的。”阵场夫人已经看出贞之助的脸色，皱着鼻子苦笑了一下。

“……再说他们两人如果坐在一辆车里，雪子就更加害臊，一句话都不肯说，我想结果反倒不一定好……”

“噢，是的。……不，我只是一时想到，提出来请您考虑罢了，那就再说吧。”

可是，贞之助生气不仅在这件事情上，北京楼这家餐馆在国营铁道元町车站靠山那边的高冈上，因此他动问了一下汽车是不是停在酒楼前，得到的回答是“没有问题，请放心”。可是去到那里一看，不错，汽车倒是停在餐馆前面，不过那儿面对着从元町去神户火车站的高架铁道线北侧的那条公路，下了汽车，必须爬上好几级相当陡的石阶，才能走到门厅，从门厅还得上二楼，幸子让贞之助搀扶着，落在后面慢慢地走了上去，一登上二楼，立在走廊里展望大海的野村对于幸子夫妇的最后上楼全不介意，兴高采烈地说：“怎么样？莳冈先生，这里的景色很不错吧？”

“果然不错，这个好地方让您找到了。”站在野村旁边的阵场随声附和。

“从这里往下观看港口的市容，会觉得像到了长崎那样的一种异国情调。”

“就是，就是，的确是长崎的情调。”

“唐人街的中国餐馆我也常去，却不知道神户有这样的酒楼。”

“这里和县公署很近，所以我们经常来。菜也相当可口。”

“噢，是嘛。……提起异国情调，这家酒楼的建筑式样倒像什么中国港市的酒楼，颇为别致，不是吗？中国人开的酒楼大都很俗气，可是这里的栏杆、栏杆上的雕刻以及屋子里的陈设都别具一格，有趣得很。”

“像是一条军舰进港了……”幸子这时无可奈何地打起精神应酬说，“是哪个国家的军舰呢？”

那时去楼下账房打交道的阵场夫人一脸为难的样子匆匆忙忙地上楼来了。

“幸子姐，真对不起，餐馆方面说由于日本式房间客满，要求我们在中国式餐室里勉强将就一下。……先前打电话的时候他们满口应承，保证给我们日本式房间。不过这里的服务员全是中国人，尽管再三叮嘱，他们毕竟没有完全听懂我的话……”

贞之助上楼时看到面对走廊那间中国式房间已经准备好，就觉得有些奇怪，要说是服务员听错了话，那就不能责怪阵场夫人，可是接电话的如果是那样不可靠的中国人服务员，为什么不采取更谨慎的方法呢。归根到底，还是由于阵场夫人对幸子不够体贴，才产生这样的后果。再加她的丈夫也罢，野村也罢，对于酒楼方面的背约，一句辩解的话也不说，只管热心地赞赏这地方的风景好。

“那么，就在这里将就一下好吗？”阵场夫人不容分说地双手紧握着幸子的手，仿佛小孩子死乞白赖地要东西的那副神气。

“可以，可以，这个房间也很不错嘛。真的，让我们知道了这样一个好地方……”幸子反倒担心丈夫不愉快，叫了丈夫一声，说：“几时领悦子、细姑娘她们来一次好吗？”

“嗯，这里能看到海港里的船，孩子们也许喜欢。”贞之助还是一脸不高兴地说。

大家围了一张圆桌子坐了下来，野村坐在幸子对面。日本酒、绍兴酒和冷盆一上桌子，晚餐便开始了。阵场谈起最近报纸上纷纷登载的德奥同盟，趁机又谈了一会儿奥国总理舒士尼格的辞职和希特勒进入维也纳的事情，女家方面的人只偶尔插口几句，往往是野村和阵场两人一唱一和。幸子尽管装出若无其事的样子，可是两次检查——一次在东亚饭店，一次在入席前，出血量都比在家里的时候明显增加了。这自然是由于过分走动的关系，再就是坐在又高又硬的椅子上很不合适，她一面忍耐着心里的不快，一面又担心出洋相，因此心情马上不舒畅起来，可是又毫无办法。贞之助呢，越想越生气，可是他看出妻在拼命忍耐的样子，如果自己再板着脸不说话，就更增加她的负担，因此，他不得不借助酒力尽量不使席上冷场。

“对了，对了，幸子姐洪量。”阵场夫人在给男客敬酒时，顺手来给幸子斟酒。

“今天我喝不了。……雪子妹妹，你来点儿吧。”

“那么雪子小姐请……”

“这样的话，我来这个吧……”雪子边说边尝了尝那杯加了冰糖的绍兴酒。

她看到姐夫、姐姐兴致不高，再加野村从对面不时直盯盯地看她，因此更加羞得她头也抬不起，瘦削的双肩犹如纸娃娃那样缩成一块。野村有了几分醉意，话越说越多，也许是眼前对着雪子这样一个人，由于兴奋而引起的吧。他似乎十分骄傲有滨田丈吉这样一个亲戚，滨田这个名字不离他的嘴，阵场也满口“总经理、总经理”的谈论滨田，暗示滨田怎样地庇护他这位表弟。尤其使贞之助吃惊的是野村不知什么时候把女家的底细调查得清清楚楚，雪子本人不用说，雪子的姐妹、已故的父亲、长房的姐夫、姐姐，以及妙子的登报事件，所有有关莳冈家的情况全都让他知道了。当贞之助说“有什么疑问，无论哪方面都请提出来”的时候，对方真的提出了许多细节。从他们的一问一答中，贞之助发现对方为了了解雪子的情况，各方面都让他打听到了。说不定这是由于滨田在做他的后台，有许多人在帮他调查吧。从野村的口气里听得出，井谷开设的美容院、栉田医生的诊所、塚本的法国太太那里、雪子以前的钢琴老师那里，每个地方都派人去调查过了。关于濑越的相亲为什么没有成功，甚至连雪子在大阪拍X光照片他都知道，除非从井谷那里打听，否则再也想不出别的地方了(这样说起来，井谷有一次曾经对幸子说："某方面派人来了解雪子小姐的情况，在无损大局的范围内，我都向对方讲了。"还有雪子这次回芦屋以后，脸上那块褐色斑完全消失了，因此幸子今天很安心，尽管觉得这种事情井谷不至于向对方讲，但当时还是有点儿提心吊胆)。当贞之助专一承担着应对之责时，野村的严重神经质让他看出来了，贞之助觉得像他这种性格，自言自语的怪毛病就不足为奇了。还有，从刚才的样子看来，野村似乎一点儿也不知道女家的本意，一心以为这桩亲事定能成功，所以才那么寻根究底地细细盘问，他那有说有笑的样子和先前在东亚饭店见面时判若两人，而且越来越兴高采烈了。

贞之助他们的本意只想适可而止地结束这场聚会，早点回家。不料临回家时又发生了一桩为难的事情。原来回大阪的阵场夫妇先用汽车送贞之助他们去芦屋，然后他们自己再乘阪急电车回家。汽车叫来了，出去一看，只有一辆。因为野村的家就在青谷，正好是同一方向，虽则要绕道多走一些路，但对方请求让野村同车回去。贞之助知道打新国道一直线回家和绕道青谷回家的路程相差悬殊，不仅这样，青谷那条公路不平正，坡子又多，颠簸得厉害，想到对方一再不体谅人家的困难，现在又来这一手，贞之助就更加气愤。每当汽车急转弯的时候，他惴惴不安地担心他妻子不知是怎样一副表情，三个男的坐在前排，又不便回头去看。车子开到青谷附近时，野村突然提出"各位就在这里下车，请到我家喝杯咖啡好吗?"他邀客的态度非常热诚，再三推辞，还是推辞不了。他还一再说什么"蜗居简陋，可是风景胜过北京楼，坐在屋子里，可以看到全部港湾，这是不可多得的，请进去观察一下鄙人的生活状况吧。"旁边还有阵场夫妇给他帮腔说："既然这样恳切邀请，无论如何请进去坐一下吧。听说他家里除了一个老婆子和一个小使女之外，没有别的人，用不着顾虑什么，趁此机会看一下居住情况，可供参考。"贞之助心想，尽管这样说，毕竟是缘分，不征求一下雪子的意见，自己不愿采取什么破坏行动，这桩婚事的结果究竟如何，还不知道，说不定将来由于别的什么而要有求于人；还有，不给阵场夫妇留点面子也不妥当……再说这些人吧，尽管不机灵，待人还是亲切的……这些怯弱的想法，贞之助心里不是没有，正在这个时候，幸子先开口说“那就让我们稍稍打扰一下吧”，贞之助趁机屈从了。

可是，从这里下车到野村家也足有一二十丈的距离，而且是又窄又陡的坡路，不好走。野村这人非常浮躁，来了劲就像小孩子那样高兴，急急忙忙叫人打开可以望见大海的那间屋子的木板套窗，让大家参观他的书斋，随后领大家看了所有的屋子，连厨房也没有遗漏。那是一所简陋的专供出租的平房住宅，总共只有六间屋子。野村还拉大家去看设有佛坛的六铺席大的餐室，那里摆饰着他前妻和两个孩子的照片。阵场一走进屋子，马上奉承说：“真是个好地方，眺望海景，比北京楼还强！”其实这屋子几乎盖在高崖边上，人在走廊里，身体仿佛突露在崖石外边一样，叫人产生一种危惧感。像贞之助这些人就觉得要是自己的话，这样的房子无论如何也不能安心住下去。

匆匆忙忙喝过咖啡，坐进等候在那里的汽车。

“今天晚上野村先生十分高兴不是吗？”汽车一开出，阵场就说。

“真的，从来没见过野村先生像今天这样滔滔不绝地说话，毕竟是因为旁边有一位年轻漂亮的姑娘吧。”阵场夫人随声附和，“幸子姐，野村先生的心情不问可知，事情全在你们了。没有财产确实是个缺点，不过有滨田先生做后台，万一有个什么，生活也不至于发生问题，关于这层，要不要让滨田先生作出更明确的保证呢？”

“不必了，谢谢您。真的多多辛苦您了。……早晚等我们商量商量，征求一下长房的意见再说吧……”贞之助回答了两句客套话。不过，临下车的时候觉得稍稍有点儿对不起阵场夫妇，因此再三道歉说：“今晚实在太对不起你们两位了。”

二十九

隔了一天，十七日早晨阵场夫人来芦屋访问，听到幸子由于前天扶病外出又躺倒了，这回她毕竟诚惶诚恐地在幸子枕边谈了半小时左右的话才回去。总之，据她说这次她是受了野村先生的重托才来的，野村先生的生活情况，看过他的家庭以后大概想象得出了，现在因为是独身，所以还住在那种地方，要是结婚的话，他说他要找个像样些的屋子迁居。尤其是雪子小姐要是肯嫁过去，他打算为雪子小姐献出一切。他还说他的境况虽则不宽裕，但使雪子小姐不感到拮据这一点他是做得到的。还有，滨田先生那里她也去过了，滨田先生对她说："野村既然那样执心，就请你鼎力促成这桩亲事吧。他家里没有财产，嫁给他的人可怜，得想个办法，这件事就交给我吧。现在要我作出什么具体保证固然困难，不过只要有我在，生活上决不至于叫对方吃苦受罪。"滨田先生这样的人物既然许下这种诺言，总可以相信了吧。野村先生这个人风采不扬，一副令人生畏的面貌，可是感情非常脆弱温和，据说对前妻很宠爱，前妻去世前他侍病的态度，旁观者都为之掉泪。那天晚上去他家，餐室里不是还摆着他前妻的相片吗？要找人家的缺点，那是数不尽的；不过一个女人能获得丈夫的爱才是莫大的幸福，这层务望好好考虑一下，尽可能早点给个答复。

幸子早已为拒婚安排了一个伏笔，只说"雪子本人一切都听凭我们，她那里没有问题，关键在长房，我们不过起一个代理作用。野村先生的身份调查一概由长房办理……"她把全部责任都推在长房身上，不使对方怨恨雪子，她说完上面这几句话，就把客人打发走了。过后因为她身体还不舒服，听从医生的劝告，保持绝对安静，所以没有机会征求雪子的意见。相亲后第五天的早晨，刚巧病室里只有她姐妹两个，幸子趁机试探说："雪子妹妹，那个人到底怎么样？"

"嗯。"雪子应了一声，没有下文，幸子因此就把大前天阵场夫人来访时说的那些话转述给她听了。

"……虽然对方讲得那么动听，可是雪妹看起来这样年轻，那个人看去那么衰老，这上面到底怎么样？……"幸子边说边察看她的脸色。

"不过，要是那个人的话，我想什么事情大概都会由我说了算的，爱怎样过就怎样过吧。"雪子终于吐露出这样一句话来。

雪子的“爱怎样过就怎样过”这句话，幸子不问也知道她指的是什么。她的意思就是说什么时候她高兴来芦屋玩儿，她就什么时候来。普通一个嫁了丈夫的妇女，不可能有这样的自由，如果嫁给那个老头儿，这点儿任性大概不成问题，雪子那句话的意思也许就是说她有这样一个安慰。抱着这样一种心情结婚，娶她的人就受不了。不过，那个老头儿对于这样的要求说不定也同意，会说：“没有关系，嫁给我吧。”可是一旦嫁了过去，就不会那么轻易让她出来玩儿。再说尽管雪子嘴上讲得那么漂亮，按照她的为人，要是让那个老头儿的爱情一束缚，也许马上就把芦屋这些人丢在脑后了，等到孩子一出世，那就更不用说了。想到对方那样诚心诚意想娶误了婚期而一筹莫展的自己的妹妹，从某种意义上说，是应该感谢的，不屑一顾地嫌恶人家，似乎有点过意不去。

“真的，这倒值得考虑。雪子妹妹要是有这样的心意，其实也不见得不好……”话头一点点转到这方面，正要盘问出一个究竟的时候，雪子笑嘻嘻地说：

“……不过，如果过于执拗地吹捧我的话，那就吃不消了……”话头被她一岔开，就再也不接这个茬了。

至于东京方面，第二天幸子便躺在床上简单地写了封信向他们报告了相亲的经过，大姐没有答复。春分期间，幸子躺一会儿坐一会儿的。一天早晨，她被春天的晴空所吸引，拿了一个坐垫铺在病室的走廊上坐着晒太阳，无意之间看到雪子从露台走向草坪，本想马上叫她，后来发现她是刚送悦子去上学，要在闲静的院子里歇息一会儿的。隔着玻璃窗默默地看出去，只见她围绕着花坛走了一圈，查看一下池边的紫丁香和珍珠梅的树干，抱起走到她跟前的铃，蹲在修剪得圆圆的栀子树下。因为是从楼上往下看，所以只见她一次又一次低着头用自己的面颊亲小猫，不知道她脸上究竟是怎样一副表情。不过雪子现在心里有什么样的念头，幸子是完全理解的。雪子大概预感到不久长房要把她接回去，所以在和这院子里的春光惜别。也许她在祈祷但愿自己能呆在这里，看到马上就要盛开的紫丁香和珍珠梅吧。本来东京的大姐并没有来信叫她哪天回去，可是她却惴惴不安地担心着今天会不会来通知，明天会不会来通知，一心只想在这里多住几天，她的这种心理状态，连旁人都看出来了。人不可以貌相，幸子知道这个害羞的妹妹却很爱外出，如果自己能出去走动的话，也想每天陪她出去看看电影或者吃茶点。可是雪子等待不了，前些日子天气好，她就邀请妙子陪同她去神户，在元町一带无目的地荡马路，似乎不这样就不舒心。而且总是她主动打电话给松涛公寓的妙子，约好碰头地点，然后高高兴兴地出去，对于自己的亲事，似乎全不放在心里。

经常被雪子拉出去的妙子，往往到幸子枕头旁边来绕着圈子诉苦，说什么近来工作正当紧张，下午最宝贵的时间被拉出去陪她玩儿，实在吃不消。有一次她来报告幸子说："昨天出了一件可笑的事情。"内容如下。

昨天傍晚和雪姐一块儿去元町散步，在铃兰店里买西点，雪姐一下慌慌张张地说："细姑娘，怎么办？……来啦！"问她："你说来啦，谁来啦？"她还是慌慌张张地说："来了呀！来了呀！"正在莫名其妙的时候，在里边咖啡室喝咖啡的一个不相识的老绅士走到雪姐跟前，殷勤地招呼说："要是方便的话，请去那边喝杯茶，奉陪坐上一刻钟行吗？"这时雪姐更加慌了手脚，面孔涨得通红，张皇失措地只管"这个，这个……"的说不出话来。那个老绅士立在那里又问了两三次"怎么样？"看到没有希望，便深深地行了一个礼，说声"非常对不起"，然后走开了。雪姐连声催促说："细姑娘，赶快赶快，"急忙让我包好点心，跑出店门。问她："那个人是谁？"她说："就是上次见过面的。"这才明白大概就是上次相亲的那个野村了。

"雪姐那个慌张劲儿真是少有，好好回绝人家不就得了吗，她却一味'这个，这个'的惶惑着。"

"这种时候雪子妹妹全然不成，到了这个岁数了，还和十七八岁的小姑娘一样。"

幸子顺便打听妙子问了雪子什么话，雪子对那个人的看法怎么样，说了些什么。妙子说："我问她怎样想的，她说婚姻问题听凭大姐和二姐做主，她们叫我去哪里，我就去哪里，只有那个人那里不行，并不是自己太任性，这桩亲事得拜托细姑娘给二姐说说，务必把它回绝了。”妙子也是第一次遇见野村，看到他比传闻的还要衰老得多，使她吃了一惊。妙子觉得这样一个老头儿，雪姐当然不愿嫁他，拒婚的理由看来就在这个问题上，可是雪姐对于男方的风采面貌并没有指摘什么，反倒提起相亲那天晚上被野村拉到他青谷的家中时，看到佛坛上供着他前妻和两个已故孩子们的照片，心里很不愉快。雪姐认为尽管明知嫁过去是当填房，可是让人家去看他前妻和孩子们的照片，心里决不会受用。一个单身汉私下供着亡妻和孩子们的照片，为死者祈祷冥福，那种心情是可以谅解的；现在把相亲的对象邀了去，该用不着把那些东西放在显眼的地方了吧。可是野村不仅没有预先收藏起来，反倒故意把她领到供着那些照片的佛坛前，岂非荒唐！仅就这件事来讲，可以看出那个人对于女子的细微心理一点儿都不能理解，因此雪姐就格外嫌恶他了。

又过了两三天，幸子勉强能够外出走动了。一天午饭后，她梳妆打扮了一下，对雪子说：“那么我去阵场夫人那里回绝人家啦。”

“嗯。”

“那件事情前几天细姑娘对我讲了。”

“嗯。”

幸子早就打好腹稿，搬出长房不赞成的那套话，婉转地拒绝了这桩亲事。回到家里，对雪子只说顺利办妥了，别的没有细讲，雪子也不问什么。到了清明节，阵场夫人寄来了北京楼的账单，说：“冒昧得很，账款请分担一半，”因此立即把钱汇了出去，就此了结了这桩亲事。

以上种种情况幸子都写信报告了长房，长房还是音信全无。幸子一点儿一点儿地劝雪子说：“雪妹来这里已经一个月了，长久把你留在这里，弄得以后要来不能来，反倒麻烦，尽管下次还要来，莫如先回去一下。”可是，四月三日的女儿节每年照例要开茶会，招待悦子学校里的那些小朋友，茶会上的馅儿饼和三明治往常总是雪子亲手做的，所以雪子答应一过女儿节就回东京。哪里知道女儿节一过，听说祇园的夜樱再过三四天就要盛开。

“阿姨，看了樱花再回去吧。不看过樱花决不回去，好不好？阿姨。”悦子一遍又一遍地说。

不过，这次挽留雪子最热心的是贞之助。他说：“既然已经住到今天，不去京都看樱花就回东京，雪子妹妹总要觉得遗憾，再说每年的赏花缺少了一个重要角色，未免煞风景。”其实，他有他的心眼儿，自从那次流产以后，幸子一直多愁善感，夫妇俩在一起偶然谈到胎儿的事，她就淌眼泪，为此贞之助很伤脑筋，想借此机会让幸子同两个妹妹去京都赏樱花，稍稍分散点儿她的愁闷。

去京都的日期定在九日（星期六）、十日（星期日）那两天。直到那时，雪子不说走、也不说不走，磨磨蹭蹭的照例不明确表态，等到星期六那天早晨，她随同幸子、妙子走进化妆室，开始打扮起来。脸部化妆一完毕，雪子就取出东京带来的衣箱，从箱底抽出一个纸包，打开带子一看，里面原来是早已准备好的专为看樱花用的和服。

“我说呢，雪姐把赏樱花穿的衣裳都带来了。”趁雪子不在屋子里，妙子走到幸子身后，一边给幸子系带垛，一边取笑说。

“雪子妹妹这个人不声不响的，什么事情都非贯彻她自己的主张不可。”幸子说。

“瞧着吧，一旦有了丈夫，会把她的丈夫管得唯命是从的。”

在京都赏樱花时，贞之助发现幸子即使在人山人海之中遇见手里抱婴儿的人，每次她都会突然掉泪，为此他很窘。由于这样一个原因，夫妇俩今年没有在京都多逗留，星期天晚上就和大家一道回了家。两三天后，四月中旬雪子就动身去东京了。

中 卷

一

幸子自从去年生了黄疸病以后，养成了经常对镜察看眼白的习惯。从那以后，到现在又一年了。今年院子里百合花的盛开期已过，已经到了枯萎的季节了。一天，她闲坐在露台的白桦椅子上，观看傍晚时院子里的初夏景色——露台上还像往年那样搭盖着遮阳的芦棚，忽然她想起去年正是这个时候她丈夫发现她的眼白发黄的，她就走下露台，像她丈夫去年那样把蔫儿的百合花一朵朵揪掉。既然丈夫不愿见到蔫儿的百合花，为了使一小时后即将回家的丈夫看了高兴，她打算把院子预先拾掇干净。才拾掇了半小时，背后响起长齿木屐的声音，阿春一脸装模作样，手里拿了一张名片，踩着踏脚石走了过来。

“这位来客求见太太。”

那是一张奥畑的名片。没错儿，这个青年还是前年春天曾经一度来访，平常本来不许来往，在女佣们面前连他的姓名都不提，可是，从阿春那副装模作样的神气却看得出她显然知道那次登报事件，了解这个青年和妙子的关系，说不定还在加以猜疑。

“我就去，带他到会客室坐。”

幸子的手让花蜜沾得黏糊糊的，便上楼去洗脸室洗去手上的蜜，又在脸上略施脂粉，然后来到会客室。

“让您等得太久了……”

奥畑上身穿了一件一眼就可以看出是纯英国制的手织毛料白上衣，下身穿了一条灰色法兰绒裤子，看到幸子走进会客室，他带几分装腔作势的样子急剧地从椅子上站起，做出一副“立正”的姿势。他比妙子大三四岁，按说今年也有三十一二岁了，上次见面时还带有几分少年时代的面貌，这一两年里似乎胖得多了，一点点变成绅士型的体态了。不过他那笑嘻嘻地窥视幸子的脸色、稍稍抬起下巴像申诉什么似的带着点儿鼻音说话的样子，毕竟还有几分“船场少爷”的娇憨气。

“好久不见。……早该来拜访一次，可是没有得到您的同意，不知道该不该造次……来回走过府上两三遍，始终没有登门……”

“真对不起，为什么不进来坐一会儿呢？”

“我胆子小……”奥畑一下子安心了，皮笑肉不笑地回答说。

奥畑心里的想法无从知道，可是幸子对于奥畑这次的访问，心情上多少和他上次的来访有些不一样。因为最近她几次从丈夫那里听到奥畑的启哥儿已经不是从前那个纯洁的青年了。贞之助由于交游关系，涉足花柳界的机会很多，经常从那些地方听到奥畑的消息。据说奥畑经常出没于宗右卫门町[①]一带，不仅如此，似乎还搞上了相好的艺伎。贞之助说：“启哥儿那种行为，不知细姑娘知道不知道。要是细姑娘现在还打算等雪子妹妹订了婚就和启哥儿结婚，启哥儿也守信，那么你还是去提醒细姑娘一下为妙。启哥儿那种举动如果是出于他和细姑娘的婚事得不到认可，等得不耐烦而自暴自弃的结果，那还情有可原，不过‘真诚恋爱’这块招牌就未免失实，而且在当今这种时势之下，应该说是行为不谨慎。我们一向背地里作为他们的同情者，启哥儿那种行为要是不改，我们就不应该为他们两人将来的结合效劳。”贞之助就这样暗暗地在为这件事挠头，幸子因此也曾旁敲侧击地问过妙子。可是妙子却说：“奥畑家从启的父亲那一辈就和花柳界搞得很熟，启的哥哥和伯父都爱逛窑子，不光是启一人。还有正如姐夫看到的那样，启因为婚姻问题不能顺利解决，因此才走上了那条道，对年轻的启来说，我觉得也是无可奈何的。至于在艺伎中有了相好，这还是第一次听到，说不定仅仅是流言，要是有确实证据，自当别论，可是我不信有那样的事情。不过在战争时期发生这样的事情，难免不谨慎的指责，而且还是招致误解的根由，所以我要忠告他今后千万别再逛窑子了。他这个人我说的话都听，让他别去，他大概不会再去了。”妙子态度沉着，并没有因此而埋怨奥畑，而且表示奥畑那些举动她早已知道，不值得大惊小怪，反而弄得幸子怪不好意思的。贞之助说既然细姑娘这样信任启哥儿，我们又何必多管闲事。他嘴上尽管这样说，可是毕竟放心不下，一有机会，就不放过

---

①大阪高级娼妓区，相当于东京的新桥、赤坂。

向那方面的女人打听启的消息。也许是妙子的忠告产生了效果，最近已不大听到启在花柳界的消息了，贞之助正暗暗为此高兴，半个月以前的一个晚上，十点钟左右贞之助从梅田新道送客去大阪火车站，半路上在汽车的头灯光中，看到喝醉了酒、步履不稳的奥畑，扶着女招待走过去，因此觉察到他近来又偷偷地去那种地方追求享乐了。当天晚上幸子听到这事的时候，贞之助叮嘱她不要对细姑娘说什么，因此幸子没有对细姑娘讲。现在和这个青年面对面地坐在一起，也许是心理作用吧，不知怎么的觉得对方的面貌以至谈吐都缺少诚意，不由得也产生了她丈夫所说的“近来对那个青年没有好感”的想法。

“……雪子妹妹吗？……是呀，各方面都在关心她，做媒的始终不断。”

奥畑一再动问雪子的亲事，可能是间接催促早点儿给解决他自身的问题，这也许就是他来访的目的，幸子这句话讲的就是这件事，可是到底回答些什么呢？上次她始终采取“先听听”的态度，没有给对方许下什么愿。现在她丈夫的想法和以前不一样了，她说话就必须更加小心。尽管他们夫妇俩不想阻止奥畑和妙子结婚，可是已经不愿让奥畑再把他们看成是两个恋人的理解者和同情者，所以说起话来就必须让对方不产生这样的误解。幸子心里正在这样转念，奥畑忽然坐正一下姿势，用大拇指把过滤嘴香烟的烟灰掸在烟灰缸子里，说道：

“其实今天是为了细姑娘的事情不得不来求见姐姐……”他照旧称幸子为“姐姐”。

“哦，什么事情呢？”

“……我想姐姐一定知道，细姑娘近来去玉置德子那个学校学做西服。这倒无所谓，不过因此对于做布娃娃就一点点冷淡下来，最近几乎完全停止了那方面的工作。我不明白她的用意，为此问了她一下，她说她已经不愿再做布娃娃，打算专心学做西服，将来专门搞那一行。现在由于接受了许多订货，而且又有徒弟，一下子不能歇手，不过将来要把这个摊子逐步让给徒弟，自己专搞西服，她说姐姐们都同意她这样干，她还想让家里送她去法国一年半载，在那里弄个专业头衔回来……”

“嗨，细姑娘对你这样说了吗？”

幸子早就听说妙子利用做布娃娃的余暇时间在学做西服，可是奥畑刚才讲的那番话还是第一次听到。

“是呀，细姑娘的行动我本来无权干涉，不过细姑娘凭她个人的才能干出那样一番事业，社会上也确认细姑娘的独创的艺术风格，现在歇手不干，不知道究竟怎样。要是单纯歇手不干，那好理解，改行做西服，就不好理解了。她举出的一个理由是布娃娃做得无论怎样好，毕竟是一时的流行，不久就会过时，无人问津了。西服是人人要穿的日用必需品，永远不会过时。尽管这样说，为什么名门闺秀一定要学做西装赚钱呢？不久就要结婚的人，也用不着寻求什么独立营生的方法了吧。尽管我没志气，不见得会让细姑娘在金钱上不自由。劳动妇女那类工作，还是不干为妙。本来细姑娘这个人手巧，不愿闲着什么也不干，她这种心情是可以理解的。目的不在赚钱，出于一种爱好干点什么艺术方面的工作，既高尚，名声又好。做布娃娃是大家闺秀或太太们的余技，说给谁听也不丢脸，所以我希望她放弃做西服。这也许不是我一个人的意见，说不定长房和您也都是这样想的。我对细姑娘说：‘我预先作出保证，不信你去商量一下试试。’”

奥畑平常说话特别慢，以显示他纨绔少爷的身份气派，听起来叫人很不愉快，今天也许是兴奋了，说话的语调比往常快得多了。

“谢谢您好意提醒我们。不过这件事得好好问一下细姑娘……”

“是呀，务必请您问一下。我提出这种要求也许有点过分，要是细姑娘真想那样干，能不能请姐姐劝她放弃成见？还有出国的事情，我并不反对她去法国。要是学点更有意义的东西，去一次也不妨。说句失礼的话，出国费用由我供给好了。而且我自己也想一道去。不过为了学做西服出国，无论怎样我心里不服，何况也未必能获得姐姐的许可，所以务望姐姐加以劝阻。细姑娘要是想出国，结婚以后去也不迟，对于我来说那就更合适……”

实际上这件事如果幸子不当面问个明白，许多地方都不懂妙子讲那些话的用意何在。再说这个青年说起话来竟公然以妙子未来的丈夫自居，听着不仅有些反感，而且觉得有些可笑。奥畑一心以为他拿这件事情来请幸子帮忙，很可能会博得幸子的同情，开诚布公地和他商量，弄得好也许还会给他介绍贞之助，所以特地选了现在这样一个时机。“求助的事情”说完以后，他不肯干脆告辞，还在变换方法试探幸子的心意。幸子这方面呢，尽量避免接触核心问题，一味敷衍应酬说多谢他对妙子的关怀，竭力用对待客人的口气对答。她听到外边皮鞋的声音，似乎是丈夫回家了，急忙跑出去打开门，说声“喏，启哥儿来了”。

“他来干什么？”贞之助站在泥地上，听完幸子悄悄在他耳边简短的说明，说：“那又何必和我见面呢？”

“我也认为没有这个必要。”

“你随便应付几句让他回去算了。”

可是奥畑又磨蹭了半小时，看到贞之助终于不出来，才恭恭敬敬地客气一番，起身告辞。

“没有好好款待，很失礼……”幸子送他出去时只说了这样一句，故意没有解释丈夫为什么不见他。

二

奥畑的话如果属实，那就有点不好理解。妙子说近来工作还是很忙，她早晨大抵和贞之助、悦子同时外出，晚上最后一个回家。三天里总有一天在外面吃了晚饭才回来。所以当天晚上幸子找不到和她谈话的机会，第二天早晨，贞之助和悦子离家后，妙子随后也要外出时，幸子把她叫住，带她走进会客室，说：“我有话想问你。”

妙子丝毫不否认奥畑对姐姐讲的关于她想以做西服代替做布娃娃，以及打算去法国学习一年半载的计划。可是细细追问起来，才明白其中有一番大道理。在妙子来说，委实是她反复思考的结果。

她厌倦做布娃娃，是因为自己已经是大人，不能老干小姑娘干的那种幼稚的工作，她想干点对社会更有意义的事。从自己的天分、爱好，以及便于掌握技术等条件出发，学做西服对于自己最合适。为什么呢？因为自己老早就喜欢做西服，缝纫机也运用自如，平常参考了《时装园地》和《时尚》之类的外国时装杂志，自己的衣服不用说，连幸子和悦子穿的衣服也是她缝的。要说学习，就不是从第一步学起，而且进步也一定很快，这样干下去，自信将来一定能成为独立工作者。对于奥畑说的做布娃娃是一种艺术，做西服是不登品的职业这种看法，她一笑置之。她说她不贪图虚名，也不计较做西服登品还是不登品，启哥儿说出那样的话，适足以证明他对时局认识不够。今天已经不再是陶醉于做那种欺骗小孩子的布娃娃的时代了，即使是女子，这时不干点紧密结合实际生活的工作，不是很可耻吗？幸子听她这样一讲，觉得很有道理，半句反对的话也说不出口。可是推测妙子居然抱有这样坚决的想法，骨子里大概已经讨厌奥畑这个青年了。归根到底，她和奥畑的关系既然报上都宣传过，对姐夫、姐姐以及社会上也得争口气， 不能干脆把对方扔掉就算完事，嘴巴上尽管不服输，实际上她对那个青年已经绝望，一有机会就打算解除婚约。她要学做西服，就是看到一旦婚约解除后，自己必须独立营生，为此而作的事前准备。奥畑不明白妙子这种深刻的用意，不理解“名门闺秀”为什么想赚钱，想做劳动妇女，幸子就是这样体会的。这样一解释，妙子想去法国的用意也就可以理解了。妙子的本意，做西服固然想学，可是主要目的还是想趁出国的机会离开奥畑，如果奥畑和她一道出国，那就麻烦了，说不定她会找个什么借口独自一人去的。

不过再仔细一谈，幸子这种猜测似乎也只猜中一半，其余的一半并没有猜中。幸子希望妙子不用别人劝说，最好自觉地和奥畑断绝往来，而且相信她有这份判断能力，所以幸子尽可能不说刺激对方的话，总是点点滴滴地绕圈子问些问题。不知道究竟是妙子的本意呢还是她逞强不服输，从她表面上无所谓地讲出来的各点综合起来看，只能得出这样一个结论，就是她目前还不打算抛弃奥畑，不久的将来还准备和他结婚。照她说起来，奥畑这个人是典型的船场少爷，是一个丝毫长处都没有的无聊男人，这点她现在比谁都看得清楚，根本用不着贞之助姐夫和二姐的提醒。本来八九年以前她爱上奥畑的时候，自己还是个思虑不周的小姑娘，确实不知道启是这样一个毫无价值的人。不过恋爱这东西不是单凭对方有没有价值而成立或告吹的，对于有了感情的初恋对象，至少还不能因功利的理由而抛弃他，自己爱上一个像启那种没出息的人，也只能认命，而不后悔。只是想到和启结了婚，生活问题值得担心，启目前是奥畑股份有限公司的董事，要是结婚的话，据说他大哥会分给他一些动产和不动产。他本人把社会想得很天真，一向无忧无虑，可是她却担心他这个人将来要分文无有。就说今天吧，他的经济生活决不是出入相敷，每个月窑子里的账单以及做西服和杂用开支的数额极大，听说他总是缠住他妈妈让拿出压箱底儿的钱弥补亏空。妈妈在世时好说，万一有个三长两短，他大哥决不会听任他那样挥霍无度。不管奥畑家有多少财产，启是他家的三男，当家的既然换了他哥哥的一代，他就分不到很多的钱，特别是他大哥不十分赞成他和妙子结婚，所以更不能抱多大希望。即使分到一笔相当可观的财产，由于他天生就是爱做投机生意而且易于上当的性格，最后说不定会被他的兄弟们抛弃，有朝一日连饭都吃不上。自己就担心他会落到这样一个下场，到那时被人家在背后指指点点说："那个人看到了没有？"所以在生活方面她打算完全不依靠启，学成一套不仅能独立营生而且能长期供养他的职业，根本不依赖启的收入。她想靠做西服自立的动机就在这里。

而且，幸子从妙子的谈话中大致听出她早已抱定决心不让长房领她回东京去。本来在这件事情上长房的姐夫、姐姐对一个雪子都应付不了，目前根本无意叫妙子回去，这是不久以前雪子也提到过的。现在长房即使想叫妙子回去，妙子多半也不会应承，幸子是这样想的。妙子听到姐夫自从迁居东京后更加吝啬的消息，她觉得自己手里多少已经积下几个钱，还有做布娃娃的收入，所以东京方面可以减少每月寄给她的生活费。长房六个孩子都已长大，雪子姐姐又要长房照顾，那笔费用确实不轻，所以她想帮助长房的姐夫、姐姐减轻负担，打算不久的将来完全不要生活津贴，自己独立营生。只是有两桩事情必须得到长房的姐夫、姐姐的应允，一桩是允许她明年去法国学习，另一桩是寄存在姐夫手里的父亲给她的妆奁费，请姐夫拿出一部分或者全部给她做出国费用。她不知道姐夫那里为她存了多少钱，估计在巴黎呆上一年半载的生活费和来回的船钱大概不会不够，所以怎么也希望能给她。万一自己因出国而把那笔钱花光，弄得妆奁费一文不剩，也决不怨天尤人。以上这些想法和计划，希望二姐在适当的时候转告长房，求得谅解。为了请求解决这件事，自己也准备去东京谈一次。至于奥畑说出国费用由他拿出来这类话，她根本不屑一顾。启经常说什么出国费用由他供给，其实他目前有没有那样的实力，自己知道得比他本人还清楚。也许他想哀求他母亲拿出那笔钱，可是自己不愿在婚前受人家那种恩惠。即使将来结婚以后，启的财产自己一概不碰，也不让启碰自己的。自己打算全凭自己的钱单独出国。还要好好说服启今后老老实实地等着她回国，再也别到二姐这里来说讨厌话，所以请求幸子不用管这件事。妙子就是这样讲的。

贞之助说细姑娘既然考虑得那样周到，就不用我们再多嘴了，不过我们得弄清楚细姑娘的决心究竟认真可靠到什么程度，等到看出确实没有问题，再为她向长房积极疏通好了。这件事情到此就算告一段落，以后妙子每天还是忙得不可开交。照奥畑说，妙子近来做布娃娃不热心，可是她本人不承认这一点。她说她自己确实不愿意再做布娃娃，不过，一则因为订货的人很多，再则自己想多积蓄几个钱，三则由于生活费用大，所以她近来比以前更加埋头苦干了。在她来说，这份工作既然迟早要放弃，就想趁现在多做些优秀的作品出来，所以干劲鼓得更足。在这一段时间里，她每天不仅要抽出一两个小时去本山村野寄①那边的西服学院——院长玉置德子——上学，而且还一直在学习山村舞。

她学舞蹈不单是由于兴趣，而且似乎还抱有这样一个野心：将来能获得袭用师傅艺名的证书，成为在舞蹈上独当一面的师傅。那时她大体上每星期去第二代山村作开办的练功房学习一次舞蹈。山村作是第四代市川鹭十郎的孙女，通常人家称她“鹭作师傅”。当时大阪有两三家

---

①均为大阪附近的地名。

号称“山村”的舞蹈世家，山村作是其中传授最最纯古风舞蹈的一家。她的练功房开设在岛之内[①]叠屋町小胡同里艺伎院的楼上。由于在这样一个地点，来学习的人大都是艺伎，只有极少几个外行人、特别是正经人家的“大姑娘”。妙子平常总是提了一个装有舞扇以及和服的小型皮包来到这里，在练功房的屋角换上和服，一边等候着轮到她头上，一边夹在艺伎们中间观看师兄弟们的练习，和熟识的艺人、舞伎攀谈。要是想到妙子的实际年龄，她这种举动就没有什么奇怪的，不过所有在场的人，首先是山村作师傅都把她看成至多二十岁前后的一个既沉着又机灵的小姐，弄得她自己反倒不好意思。到那里学习的弟子们，无论内行或外行，都慨叹近来上方舞有逐渐被东京舞蹈压倒的趋势，长此下去，乡土艺术将一蹶不振；为了想发扬光大这一艺术传统，许多人对山村舞寄予无限的向往。那些热心的援助者还特地组织了一个乡土会，每个月在神杉律师的遗孀家中举行一次练习。妙子也参加了那个会，并且专心致志经常去练舞。

贞之助和幸子他们每当妙子练舞时就带同悦子去观看，因此和乡土会的那些人也就越来越亲密。由于这样一种关系，今年四月底妙子受了乡土会干事的委托，来商借芦屋的住宅作为六月份练舞的会场。实际上从去年七月以来，乡土会的活动因时局关系暂时停止了。近来有人出来说像这种研究性质的集会，只要自己谨慎一些，现在也不妨举行。不过每次集会都去打搅神杉先生家，不大合适，于是就出现换个地方举行的意见。幸子他们因为性之所好，就说只要乡土会不嫌芦屋缺少神杉先生邸中那套设备，同意提供芦屋的住宅作为会场。神杉家里备有音响效果的舞台，从大阪运到芦屋来可不容易。莳冈家只能把楼下那两间连在一起的西式屋子充当会场，把其中的家具搬光，餐室后面围起一道金屏风作为舞台，会客室作为观众席，来宾坐在地毯上观看。化妆室设在楼上那间八铺席大的屋子里。日期定在六月第一个星期日五号那天下午一时至五时。妙子当天的节目是“雪”舞。因此，进入五月份后，妙子每

---

① 均为大阪附近的地名。

星期得去练功房苦练两三次。特别是五月二十日以后的一星期内，山村作师傅每天还亲自来芦屋家里指导。今年已五十八岁的山村作师傅身体本来柔弱，再加长期患肾脏病，从来不肯外出授艺，何况在初夏灼热的骄阳之下，从大阪南部乘坐阪急电车赶来，算得上是破格的好意。看来一则因为妙子是地地道道的“大姑娘”，却和艺伎们在一起专心钻研，山村作师傅被她的学习热情束缚住了；再则是师傅觉悟到如果想挽回山村舞的颓势，像以前那样只打消极主意是不行的了。山村作师傅既来之后，最初因为练功房的关系而死了心的悦子也要求学舞了。“悦子小姐既然想学舞蹈，我今后每月来府上十天好了。”经过能言善辩的山村作师傅一劝说，悦子趁此机会获得了山村作师傅的启蒙教导。

山村作师傅来芦屋的时间一天一个样，没有定规，一般总是在她临走时约定第二天几点钟到来，可是从来没有正点，一误就误上一两个小时；遇到恶劣天气，爽约不来的事情也有。百忙中提前赶到家里等候指导的妙子习以为常了，最后索性让家里等师傅到来后再打电话通知，乘悦子练舞的时候她再从夙川赶回来。不过，抱病的山村作师傅远路来到这里，确实不是一件轻易的事情，她先要在会客室里休息一下，和幸子谈上二三十分钟家常，然后慢悠悠地在那间铺了地板、桌椅搬在一旁的餐室里练舞。当她一边哼着三弦伴唱，一边展示舞姿时，往往上气不接下气，显得很费劲。有时，还说昨夜又犯了点儿老毛病，浮肿着苍白的脸。尽管这样，她还是打起精神说：“我的身体就靠舞蹈支持，”不怎么担心她自己的疾病。说不上是谦虚还是真心，她自称“我口才不好”，其实却是个了不得的谈话能手，特别善于模仿人家说话，三言两语的闲谈就能使幸子她们笑得捧腹。这也许是她祖父第四代市川鹭十郎流传给她的才能。说来身材矮小的山村作师傅却有一张又长又大的脸，一眼就可以看出她继承着明治时代俳优的血统，使人想到要是她剃掉眉毛，染黑牙齿，穿了曳地的长袍，那将多么相称。当她模仿别人的时候，她那张大脸千变万化，把她所模仿的人的表情活灵活现地表达了出来，宛如戴上了假面具。

悦子从学校一回家，就换上每年赏樱花时才穿的那套难得上身的和服，穿起比自己的脚还大的布袜子，系上一条千堆雪腰带，手里拿着画了梅、兰、竹、菊四色图案的山村流舞扇，由师傅教她跳“十日戎”那支新歌舞，歌词的开首是：

阴历三月御室的樱花盛开，
幕中弹着三弦打着鼓伴奏，
两下互相碰了头。

练习是在白天长的时候举行的，悦子舞完，轮到妙子舞“雪”时，院子里还很明亮，晚开的百合花如火如荼，和碧绿的草坪相映成趣。邻居舒尔茨家的孩子罗茜玛丽和弗利兹，近来几乎每天守候着悦子回家，来这里的会客室玩儿。现在适宜他们游玩的地方和伙伴无异都被抢占去了，于是他们好奇地从露台那边向屋子里张望，瞅着悦子她们舞蹈时的手势，最后连他们的大哥彼得也来观看了。一天，弗利兹终于走进会场，学着幸子她们口口声声叫山村作师傅“老师、老师”的，他也叫山村作师傅一声“老师”。山村作师傅逗人发笑地拉长声音回答着：“有——！”

罗茜玛丽觉得有趣，也叫了一声“老师”。

“有——！”

“老师！”

“有——！”山村作师傅始终一本正经地“有——”“有——”的回答，和三个碧眼少男少女周旋着。

三

“细姨，拍照的问可不可以让他进来。”

为了给今天这个集会凑个热闹，第一个节目就让悦子舞“阴历三月御室的樱花盛开”，这个节目结束以后还没卸装，她就来到楼上那间八铺席大的化妆室。

妙子完全穿好了“雪”舞的衣裳，因为怕摔倒，她右手攥住床柱子，站立在那里让阿春给她穿布袜子，悦子叫她时，她那梳着岛田发型的头一动不动，只把她那凝视着空里的眼睛转向悦子那边，回答了一声“请”。尽管悦子知道这位常年穿西服的年轻阿姨为了出席这次集会，十天以前就梳了日本式发髻，穿上和服。不过看到今天这个变化，确实使她目瞪口呆了。妙子身上穿的那件衣裳，原来是长房鹤子姐姐以前结婚时穿的那套礼服中最最里面的一件。妙子想今天这个会是练舞会，人数不多，即使不是如此，战争期间这类集会也必须谨慎从事，不该做新的舞衣。她和幸子商量之下，想起大姐的衣裳还保存在上本町的仓库里，就临时借了来。那套礼服是她们父亲全盛时代让三个画家在衣料上画了日本三景的草稿染制的。一套三件，最上面那件画的是严岛，底子是黑色的，第二件画的是松岛，底子是红色的，第三件是在白底子上画着天之桥立。这些衣裳还是十六七年前大正末期大姐结婚时用过一次，几乎还像新衣裳那样整齐。妙子穿了这件由已故画家金森观阳①绘制的桥立景色的衣裳，配上一条黑色缎子腰带，也许是化了妆的关系吧，平常那种大姑娘的气韵不见了，看去就像一个风华正茂的硕大妇人，经过这样一番纯日本式的打扮，她的脸格外像幸子了，丰满的脸蛋胀鼓鼓的，具有一种穿西服时所没有的气派。

“拍照的……”悦子对一个站在楼梯中部伸头朝向过道张望妙子的二十七八岁的青年说，“……请上楼来吧。”

“小悦，不许叫‘拍照的’，该叫‘板仓老板’。”妙子正说着，板仓一声“借光”，走上楼来，对妙子说：“细姑娘，请这样呆着不要动……”随即蹲到门限上，取出莱卡照相机，对准妙子前、后、左、右接连拍了五六张照。

楼下会场里，继悦子之后挨次演出“黑发”、“提桶”、“大佛”等

① 金森观阳（1883—1932），日本明治、昭和时代的画家，名赖次郎。

节目，一位袭名“作幸”的姑娘舞完第五个节目“江户土产”后，进入休息时间。于是，开始招待来宾喝茶，吃什锦四喜饭。今天这个会，由于故意不发请帖，那间充当观众席的会客室里除了演员家属而外，至多不过二三十个人，夹在里面的罗茜玛丽和弗利兹，占据了最前面的座位。他们有时虽则盘腿坐一会儿，却仍然老老实实地脆坐在那里观看了所有的演出节目。外边露台上还有他们的妈妈希露达·舒尔茨夫人，她从孩子们那里听到今天有演出，就说一定要来观看。早先悦子演出“十日戎”时，弗利兹去通知她，她打院子里到来了。请她进屋子，她说外边好。叫人给她搬去一张藤椅子，她坐在那里朝着舞台这边观看。

“弗利兹小弟弟，今天你很规矩。”穿了一身礼服的山村作师傅从舞台的金屏风背后走出来招呼弗利兹。

“真规矩，是哪个国家的孩子呀？”坐在观众席里的神杉遗孀说。

“是德国人的孩子，这里的悦子姑娘的小朋友。和我挺亲热，还‘老师’、‘老师’的叫我呢。”

“是吗。那样认真地观看，了不起。”

“还挺有礼貌地端端正正跪坐着呢……”不知是谁这样说。

“喂，德国小姐，你叫啥名字呀？”山村作师傅忘了罗茜玛丽的名字，“你和弗利兹小弟弟那样坐着，腿不痛吗？要是腿痛，就把脚伸出来吧。”

尽管这样劝说，不知什么道理，罗茜玛丽和弗利兹今天就像换了一个人一样，摆出一副严肃的面孔，一声不吭地坐在那里。

“舒尔茨太太，您吃这东西吗？”贞之助看到舒尔茨太太膝上有一盘什锦四喜饭，她正笨拙地用筷子夹。“这东西您不能吃吧？要是讨厌它，就不要吃好了。”看到阿花在给座客敬茶，就对她说：“喂！有没有舒尔茨太太能吃的东西？不是有蛋糕和别的什么吗？把四喜饭拿走，拿些别的东西来。”

“不，我吃……”

“真的吗？您吃四喜饭吗？”

“是的，我爱吃四喜饭……”

"是吗，您爱吃这个吗？……喂！喂！给太太拿把调羹或别的什么来。"

舒尔茨夫人似乎真爱吃四喜饭，她拿起阿花送来的调羹，把一盘四喜饭吃得一粒米也不剩。

休息时间一过，就轮到妙子跳"雪"舞了，贞之助早就坐立不安，楼上楼下跑了多次，一会儿在楼下应酬客人，一会儿上楼去看看化妆室。

"喂，时间差不多到啦。"

"你瞧，什么都准备好了。"

八铺席大的那间屋子里，幸子、悦子和板仓摄影师围着坐在椅子里的妙子，四人一起在吃什锦四喜饭。妙子怕弄脏衣裳，膝盖上摊了一条餐巾，张开她那原来就厚、现在变得更厚的O字形嘴唇，把饭团一点点送进嘴里，还让阿春捧着茶碗，自己吃一口饭，喝一口茶。

"悦子她爹，你也来点儿怎么样？"

"我在楼下吃过了。……细姑娘吃那么多行吗？'饿着肚子不能作战'这句话倒听说过，不过舞蹈的时候吃得太饱，不难受吗？"

"她中午的饭都没有好好吃，悠悠晃晃地去跳舞，会跌倒的。"

"不是说文乐[①]的演员在演毕之前什么都不吃吗？舞蹈和义太夫[②]虽然不一样，但还是少吃些好吧。"

"姐夫，我并不想多吃。为了不碰掉口红，才一点点送进嘴的，看去仿佛吃多了。"

"我一直在看细姑娘吃四喜饭的样子，真是佩服。"板仓说。

"为什么？"

"还问为什么，你就像金鱼吞吃麸子那样，把嘴张得圆圆的，看去很不受用，可一口就咽了下去。"

"什么呀，专门瞧人家的嘴巴！"

---

① 指木偶戏"人形净琉璃"。

② "义太夫节"的简称，净琉璃的一种。

“不过，真的是那样，细姨。”悦子笑开了。

“是人家教给我该这样吃的呀。”

“谁教你的？”

“到师傅家里去的艺伎教给我的。艺伎抹了口红，总留心不让唾液沾唇，吃东西的时候，也不让食物碰到嘴唇，必须用筷子送进口中。她们从当舞伎时就练习吃高野豆腐，因为高野豆腐水分最多，要是练成吃高野豆腐也不碰落口红，那就算合格了。”

“哎呀，懂得真多哩！”

“板仓，今天你是来参观的吧？”贞之助问。

“哪里，舞蹈自然得看，主要是来拍照的。”

“今天拍的照也印明片吗？”

“不印明片。细姑娘梳了日本发型的舞姿我还从来没见过，这次拍的照打算留作纪念。”

“今天的照相不收费，是板仓老板奉送的。”妙子说。

板仓是一家小照相馆的老板，他在阪神国道田中车站稍北的处所挂了一块“板仓摄影场”的招牌，以艺术照相作为标榜，经营着一爿小小的照相馆。他原来是奥畑商店的学徒，中学没有毕业，后来去美国，在洛杉矶学了五六年照相。其实，据说他曾想充当好莱坞的电影摄影师而没有获得机会。回国后不久，就在现今那个处所开设照相馆时，奥畑商店的老板、启的长兄曾资助他一些资金，还给他介绍顾客，多方面加以庇护。启也捧他的场，那时正好妙子为了宣传自己的作品，要找个合格的摄影师，经过启的介绍，就委托板仓担任。从此以后，妙子的作品的照片，不管是宣传小册子也罢，美术明信片也罢，都由板仓一手包办。板仓不仅始终接受妙子工作上的订货，还给做推销广告。再加他知道妙子和启的关系，所以他对妙子说话时的口气和对启说话的口气完全一样，在旁人眼里，还以为他们是主仆关系。他和贞之助他们亲近，自然也是由于妙子的关系。再加上他在美国学到一套见缝就钻、无孔不入的圆滑本领，现在成了莳冈家的常客。他对女佣们也一个个讨好巴结，还开玩笑说他马上就将恳求太太把春倌许配给他。

“既然是尽义务，也给我们拍一张怎么样？”

“行，让我来拍吧。大家围着细姑娘排在那儿。”

“怎么排呀？”

“老爷和太太排在细姑娘椅子后面。……对了，对了。悦子小姐站在细姑娘右边。”

“把春倌也拍进去。”幸子说。

“那么春倌就站在左边吧。”

“东京的阿姨要是在这里多美。”悦子突然说。

“真的。”幸子也说。

“将来告诉了阿姨，她一定非常懊恼。”

“为什么妈妈不叫阿姨来呢？今天这个集会不是上个月就知道了吗？”

“并非不想叫她来，她可是四月份才回去的呀。……”

正在检像镜里察看的板仓，发现幸子的眼睛忽然噙着点儿泪水，吓得他把头抬了起来。同时贞之助也觉察到了，可不明白妻的表情为什么突然起这样的变化。自从三月份那次流产以来，她一想到胎儿就要流泪，因此往往叫人平白受惊，不过今天似乎不是为了这个，其原因有点让人难以捉摸。会不会是看到妙子身上穿的那件结婚礼服，联想到很久以前长房的大姐穿了这件衣裳举行婚礼时的情景，感慨无量而流泪呢。不然的话，就是想到妙子什么时候才会穿了结婚的衣裳出嫁，在这以前还有雪子的问题，因而悲从中来呢？贞之助觉得妻的无端流泪，说不定是上面举出的全部因素所造成的。不过，想看到妙子今天这个模样的，除雪子而外，该说还有一个人，贞之助想到这点，觉得那个青年委实可怜。再一想今天板仓来拍照，说不定就是启吩咐他来的。

“里勇姐，”妙子拍完照，招呼对面屋角里一个看上去有二十三四岁的艺伎，她要在“雪”舞之后演出“茶舞曲”，正在对镜梳妆。“……对不起，我想请求你一件事。”

“什么事？”

“请你到那边屋子里来一下行吗？”

今天演出的人当中有四五个行家，——以教舞蹈为职业而且袭了艺名的妇女和两名艺伎，那个名叫里勇的艺伎出身于宗右卫门町，是师傅特别钟爱的徒弟，并且是山村流的台柱子。

“我从来没有穿了曳地长裙跳过舞，担心跳不好，请你到那边去教教我怎样曳下摆的方法行吗？”妙子说完这句话，立起身来走到里勇那里，和她悄悄地说了些什么。

“我也没有把握呀。”

妙子不让里勇说下去，拉了她往过道那边走，只管说“教一下吧，教一下吧”。

楼下的乐工已经就位，响起了胡琴和三弦的声音。

妙子和里勇两人拉紧纸门，在自己的卧室里呆了二十分钟。

“细姑娘，老爷让您快点儿。”去迎接妙子的板仓才喊出口，“嗯，已经好了。”妙子边说边打开纸门，接着说：“板仓老板，这下摆你提着。”她让板仓提起下摆走下了楼。

贞之助、幸子、悦子，一个接一个地跟在妙子后面下了楼。舞蹈一开始，贞之助悄悄地走进观众席，拍拍那拼命注视着舞台上的妙子的德国少年的肩膀，问道：“弗利兹小弟弟，你知道那个人是谁？”

弗利兹依然一副严肃认真的面孔，回头看了贞之助一眼，对他点点头表示认识，但马上又朝向舞台方向去了。

四

事情发生在那次舞会后整一个月的七月五日早晨。

原来今年从五月份开始，雨量就比以往哪年都大。入梅以后，雨下得一直没有停。进入七月，三日那天又开始下起来，四日下了一整天，五日那天清晨，突然变成倾盆大雨，而且不像什么时候会停的样子。不过谁都没有想到一两小时以后就会发生大阪、神户之间有史以来最最悲惨的大水灾[1]。芦屋家里，七点钟左右先是悦子照常由阿春陪同着上学，由于防雨装备很周到，所以并不怎样担心，冒着倾盆大雨去上学了。悦子那个学校在阪神国道南边三四里地，还在阪神电车轨道的南面，已经靠近芦屋川西岸了。平常阿春大抵把悦子顺当地送过国道就往回走，今天这种大雨天，就一直送她到学校，然后回家，到家大概已经八点半了。回家的路上，阿春看到雨下得太厉害，自卫团的青年东奔西走地在防洪，因此她绕道去芦屋川大堤，察看芦屋川涨水后的情况。回家后报告幸子说："业平桥一带水势汹涌，马上就要冲到桥面了。"不过，也还没有料到竟会造成那样了不得的事故。阿春回家后一二十分钟，这回是妙子身穿翠绿色防水绸雨衣，脚上套了橡胶长靴，准备出去了。这时幸子就说："细姑娘，那么大的雨，不要出去了。"尽管这样告诫，可是妙子今天不是去夙川，上午得去本山村野寄那边的西服学院，所以她半开玩笑地说："这点儿雨算什么，闹点洪水反倒有趣。"说着就出去了，幸子也没阻止她。只有贞之助打算等雨下过后再出去，正当他磨磨蹭蹭在书斋里查资料的时候，随即听到刺耳的警报声。

那时雨下得最厉害，书斋东南角梅树下一丈见方的地点是这个宅子里最低的处所，往常一下雨就积水，贞之助看到现在那里已经变成一个小池子，别的地方还没有发现什么异状。再说这儿离芦屋川西岸还有七八里地，并不觉得岌岌可危。可是悦子那个小学和这里相比，离芦屋川就近得多了，一旦堤岸决口，也不知道在什么地点，那个小学校能幸免吗，这是贞之助首先考虑到的问题。为了不让幸子白操心，他故意装得若无其事，稍稍过了一会儿，他从书斋来到正房(侧屋到正房仅仅三四丈的路，他已经浑身淋得湿透)。当幸子问他刚才的警报是为什么时，他回说不知道，大概没有什么了不得。可是他却想出去看看附近的情况，于是他把一件西装雨衣裹在花布单衣外面，正想往外走的时候，脸色刷白、腰部以下全是泥水的阿春跑进来说："了不得啦！"不久以前她看到涨水的样子，正在担心小学校，警报一拉响，她就飞奔出去。山

---

[1] 1938 年 7 月 5 日神户市内发生山洪，大阪和神户之间受害严重。

洪一下子冲到住宅东边那条十字路口，打山脚向海边流。从北往南，滔滔不绝。她试着在激流中往东走，最初水深没胫，才走出一两丈路，水已经没过膝盖，差点儿就要把人冲倒。这时，人家屋顶上忽然有人大喝一声“站住！”气势汹汹地斥责她说：“这样的洪水往哪里走，女娘们别胡来！”阿春抬头看看斥责她的人是谁，认出那个穿了自卫团服装的原来是熟识的菜铺小老板。阿春就说：“还以为是谁哩，你不是菜铺的小老板吗？”对方也发觉是熟人，就说：“春倌，你去哪儿？这么大的水，你发疯吗？再往前去，男人也走不过，河岸上的屋子都被水冲塌了，人也淹死了，可了不得呀。”追问下去，芦屋川和高座川的上游大概是山崩了，阪急线北侧那顶桥周围，洪水冲下来的房屋、砂土、岩石和树木绵绵不绝，堆积如山，河道堵塞了，洪水向两岸泛滥，堤坝下面的道路浊流翻腾，有些地方甚至深达一丈，许多受灾户从楼上呼救。阿春特别担心小学校，问起那边的情况，对方回答说：“那里的情况不大清楚，不过总的说来国道往上灾情严重，下游也许没有那么厉害。东岸灾情严重，西岸据说没有东岸那样严重，不知道小学校那边的情况究竟怎样。”阿春听到这些消息，还是有点不放心，她想绕道去小学校看个究竟。菜铺小老板劝阻说：“不行，无论你绕哪条道，都得淌水走，而且越是往东水越深。水深并不可怕，只是流得太急，脚踏不稳，有被冲倒的危险。上游还有大木材和石块冲下来，要是撞上了那类东西，人就完蛋了，弄得不好，将被卷到海里去。自卫团员还可以拼死拉住绳子走过去，像你这种打扮的女娘们万万去不得。”让他这样一讲，阿春无可奈何只能先回家。

贞之助听了阿春的报告，马上试着给小学校打了个电话，可是电话已经打不通了。他对幸子说：“既然这样，我就自己去。”他已记不起幸子是怎样回答的了，只记得当他走出门口时，幸子噙着眼泪注视着他，一下子扑上来把他抱住了。他脱下和服，换上一身最不好的西服，穿了一双长统胶鞋，披了一件雨衣，戴上一顶防水帽走出了家门。走不到半里路，发觉阿春跟在他后面也来了。先前她身上那件夏季穿的极简单的连衣裙淋了泥水，变成落汤鸡一样回到家里，现在换了件浴衣，卷起两袖，撩起后襟，露出了红内裙。贞之助斥责她说："怎么！你不用跟来，回去好了。"她回答说："是，让我跟到那儿吧。"边说边跟了上来。"老爷，走那边不行，走这里好。"她不向东走，一直向南走去。贞之助跟在她后面，走到国道，然后尽可能往南迂回，没有泡多少水就成功地到达阪神电车线北一二里路的地点。想去小学的话，还得从那里向东横穿过去。幸好那里水不深，只有长统胶鞋那么深，打那儿走过阪神电车线来到旧国道前，不料水就更浅。那时已经可以看到前面小学的房舍，小学生的脸都探在二楼的窗外。贞之助发觉背后有人很兴奋地自言自语："唉！学校没出事，好了好了。"回头一看，阿春跟在他后面也来了。开始贞之助是跟着阿春走的，不知从哪里开始他赶到阿春前面去了。水势很急，他必须一步一步踏稳了走；长统胶鞋里灌进了水，重得难以举步，而且走起路来分心。阿春身材比贞之助矮，她的红内裙几乎全沾了泥水，雨伞打不住，当作手杖用，为了不让大水冲倒，沿路扶住电线杆和人家的围墙，一直跟在后面走了来。阿春的自言自语是有名的，看电影时她一会儿说"啊！真好"。一会儿说"那个人要干啥？"自个儿叹赏、诧异或者鼓掌。因此别人都说和阿春一块儿上电影院受不了。想到今天她在这样的洪流中又犯了老毛病，贞之助不禁好笑起来。

幸子自从丈夫出去以后，一直静不下心来，趁雨下得略小时走到大门外去看看，刚巧碰上芦屋川火车站前出租汽车站的司机驱车经过那里，两下一招呼，首先就向他打听小学方面的消息。据司机说，他自己虽则没有见到，可是小学那方面也许最最安全，尽管那条路上有几处涨水，但是学校地点在最高处，不会淹没，所以大概不会有问题。幸子听到这个消息，略为安心了一些。司机又说芦屋川虽说严重，可是大家都说住吉川的洪水泛滥得更厉害，电车不论是阪急、省线还是国道全都不通，详情不很清楚，但据西面步行来的人说，从这里到省线本山车站那段路，水势不大，只要循着路轨走，一点不泡水。可是从那儿再往西去，就变成一望无际的浊流的海洋。从山上冲下来的洪波，汹涌翻腾，波澜重叠，许多东西都被冲到下游，人们有的站在草垫上、有的抓住树枝呼救，随波逐流，无计可施。听了司机这番话，幸子这回担心起妙子的安全来了。妙子今天去学习的本山村野寄那个西服学院，就在国道甲南女子学校前的公共汽车站稍北的地方，离住吉川河岸不过两三里路，照司机讲的话看来，怎么也属于浊流的海洋的范围以内。妙子上学时，先步行到国道的津知，打那里乘公共汽车去学校。司机就说："这样说来，刚才我碰见你家细姑娘了，她往国道下行的方向走，身上穿了一件翡翠绿雨衣。那个时候出发，到达目的地后不久，山洪大概就爆发了。比起小学来，野寄那方面更值得担心。"幸子听了，不由得慌慌张张地跑进家门，拉开嗓子叫了一声春倌，可是阿春据说跟随着老爷出去后一直没有回来。幸子这时就像小孩子那样歪着嘴角哭了。

阿秋和阿花吓得只管不声不响地瞅着哭丧着脸的幸子，弄得幸子有点不好意思起来，从会客室逃到露台，边抽抽噎噎地哭着边走下草坪。正在这个时候，脸色铁青的舒尔茨夫人从铁丝网那边探出头来，叫了一声"太太"。

"太太，您先生怎么样？悦子小姐那个学校怎么样？"

"我丈夫接悦子去了。悦子那个学校大概没有问题。太太，您的先生呢？"

"我丈夫去神户接彼得和露宓了。我非常担心。"

舒尔茨家的三个孩子，弗利兹年纪最小，还没有上学。彼得和罗茜玛丽都进了神户山手那边的德国俱乐部附设的德国小学。他们的父亲舒尔茨也在神户上班。以前经常看到他们父子三人一道出门，自从卢沟桥事变开始以后，买卖清闲了，父亲有时上班，有时居家，最近总是兄妹两个每天早晨一道去上学。今天父亲本来没有出去，由于担心两个孩子的安全，他说想去神户看一下，所以早就出门了。不过那时还不知道洪水的程度，动身时也不知道电车已经不通。夫人担心他路上会不会出乱子，她的日本话说得没有孩子们好，会话非常费劲。幸子和她说话时掺进一些没把握的英语，好容易才表达出心意。她尽量劝舒尔茨太太放心。

"您先生一定会平安回家。这场洪水只限于芦屋和住吉一带，神户决不会受灾，我真的深信彼得少爷和露宓小姐准定没事，务必请你放心。"她一再鼓励劝说，然后说声"再见"，便告辞回到会客室。不久贞之助和阿春带同悦子打早先开在那里的大门走进来了。

悦子那个小学校完全没有遭到水灾。只是学校外围全被洪水淹没，而且水势时时刻刻在上涨，所以上课停止了，全部学生被集中到二楼，接着那些担心孩子安全、想领他们回家的父兄们来了，校方把孩子一个个交给了家长。所以悦子本人没有受惊，反倒惦念家里的情况不知怎样。正在那个时候，父亲和阿春赶来了。家里派人来接孩子，贞之助他们还算是比较早的，继贞之助之后，各方面来接孩子的都陆陆续续到来了。贞之助慰问了校长和老师，向他们道谢，领着悦子按照来时所走的路回家，那时才发觉阿春这次陪同前来的作用极大。阿春在走廊里看到悦子平安无事，叫了声“小姐”，不顾自己浑身的泥巴，就扑上前去紧紧搂住悦子，把周围的人吓了一跳。回家时阿春冲着水保护贞之助前进。因为那时山洪比来时又涨了一两寸，水势也更凶了，尽管是极短的一段路，但有时贞之助还必须背起悦子走。可是背着人非常不好走，一下子脚就站不稳，要是没有阿春冲在头里挡住水势，在她的庇护下跟随着前进，真是危险得寸步难移。打先锋的阿春也够呛，水深的地方甚至淹到她腰部。洪水从北向南流，他们走的路是从东向西，有两三个地方得穿过十字路，那种地方特别吃紧。有一处中间横贯着一条绳索，可以抓牢绳子涉水渡过，有一个地方是靠防洪的自卫团员帮助着走过的，还有一个地方什么也没有，主仆两个紧紧靠拢着身体，利用阿春手里那把雨伞的力量勉勉强强走过去的。

尽管这样，幸子无暇庆幸悦子的安全回家，也无暇感谢丈夫和阿春。听完丈夫以上这些说明，她急不可待地说：“悦子她爹，细姑娘……”一句话没说完，又哭了起来。

五

贞之助平常去小学一趟，来回要不了半小时，那天却费了一个多小时。在这段时间里传来了住吉川洪水泛滥的消息：国道的田中站以西全成了大河，浊流汹涌；因此野寄、横屋、青木等地受害最惨；国道南面的甲南市场和高尔夫球场都淹没了，和大海连成了一片；人畜的死伤、房屋的倒塌流失很多；以上种种情况约略清楚了。总之，幸子她们听到的消息全都是悲观的。

可是贞之助曾在东京亲身经历过关东大地震，懂得那种时候的传说一般总要被过分夸大些，所以他就举出当时一些例子来宽慰幸子——当时她对于妙子的生存几乎处于半绝望的状态。他对幸子说，只要沿着铁道走，可以到达本山站，总之，能去的地方就去，他要用自己的眼睛亲自去观察个究竟。如果情况确实像传说的那样，自己即使去了也无能为力，不过他认为不见得有那么严重。关东大地震时也是这样，遇到天灾，人的死亡率意外地小。旁人以为十有八九要遭殃的，一般都能脱险，现在就哭哭啼啼起来，为时未免过早。所以他要幸子平心静气地等候他回来。还有，如果他回家迟了，也不用担心会出什么乱子，因为他决不鲁莽冒险，要是认为走不过去，就会返身回家。他叮嘱了一番后，让幸子做几个饭团子防饥，另外他带了少量白兰地酒和两三种药品，放进口袋里，穿长统胶鞋吃了苦头，他便改穿了浅口皮鞋和灯笼裤，再次出去了。

沿铁道线走的话，到野寄大约有七八里路，爱散步的贞之助很了解那一带的地理，西服学院的校舍前面他经常走过。出了国营电车线本山站往西走两三里路，正南面隔了一条马路就是甲南女子学校，从那里稍稍往西走几步路，就是西服学院的校舍了，要是以铁道线为中心，它就在路轨南面直径不到百米的地方。贞之助所抱的一线希望，就是如果沿着路轨能走到甲南女子学校附近，说不定就能到达西服学院，即使不能到达西服学院，他想至少也可以打听到学院校舍受灾的程度。贞之助刚走出家门，阿春又冒冒失失地跟了来。

“不，这次你决不可以跟来，家里只剩下幸子和悦子，我不放心，给我好好看家吧。”贞之助狠狠地吩咐了几句，把她撵了回去。离家不到百步就踏上了电车轨道，随后几百步中间全然没有遇到洪水，只有树林两旁的田圃里浸了两三尺深的水。走出树林来到田边，水只在路轨的北面，南面和平常没有两样。走近本山车站时，南边也逐渐有水了。不过路轨上还是安全的，贞之助在上面走着，并不觉得特别危险和困难。路上时时遇到三三两两的甲南高等学校的学生结伴走来，叫住他们打听一下消息，都回答说这一带没有问题，本山车站再往前去就真正可怕了，只要再稍稍往前走一段路，就可以看到前面全变成大海了。贞之助告诉他们自己想去甲南女子学校的西边，他们回答说："那一带地方受灾可能最严重，我们跑出学校时，还在涨水，现在这个时候，西面的电车轨道说不定已经淹没了。"贞之助来到本山车站一看，这一带的水势真吓人。他从路轨走进车站，打算稍稍休息一下。车站前面的马路已经全是水，水不断往车站里灌。入口处堆了砂包和草席子，车站上的工作人员和学校里的学生们轮流用扫帚扫除缝隙里灌进来的水。贞之助要是在那里徘徊不走，也必须帮着扫水，所以他抽了一支烟，独自一人冒着越下越大的雨走上电车轨道。

山洪全是又黄又混浊的泥水，很像扬子江里的水。黄泥水中时时夹杂着黑黝黝的像馅儿那样黏糊糊的东西。贞之助不知什么时候就走在这样的泥水中了，他吃了一惊，觉察到原来是他散步时曾经走过的田中①的小河泛滥了，现在他已走近架在那条河上的铁桥。走过铁桥不多几步，路轨上又没有水了，但是两旁的水位却高得多了。贞之助站定下来向前方看时，刚才甲南高等学校的学生所说的"和大海一样"这句话，正符合当前的景状。宏大和豪壮这类形容词在这种场合似乎都不合适，可是事实上最初的印象要说是吓死人，反倒莫如宏大、豪壮来得更恰当，那景状不是令人望而生畏，而是茫然相对，令人看了着迷。原来这一带地方是六甲山朝大阪湾那个方向慢慢倾斜的南坡，那里有田园、松林、小河，中间还点缀着旧式农舍以及红屋顶的洋房，如果照贞之助一向的主张，这里是大阪和神户之间地势高旷、景色明媚、散步舒适的地区，可是现在却变成了令人联想洪水泛滥的扬子江和黄河的面貌了。这洪水又和普通的洪水不同，那是从六甲山深处冲溢出来的山洪，白浪

①地名。

滔天的怒涛卷起飞沫，后浪逐前浪地压过来，整个儿就像翻滚的开水。波浪翻滚处的确已经不是河而是海——乌黑混浊的土用波[1]翻滚着的海。贞之助站立的那段路轨，犹如码头那样伸展入泥海，有些处所已碰到水面，快要沉没似的，地基上的沙土已被冲刷掉，只剩下枕木和铁轨像梯子那样浮在那里。贞之助忽然看到他脚下有两只小蟹在爬，大概因为小河泛滥，它们从那里逃到路轨上来的。这时路上如果只剩他一人，说不定他会就此折回。可是这里仍然有甲南高等学校的学生和他同行，他们今天早晨上学后，一两小时内就出了这个乱子，上课停止了，他们从洪水中逃到冈本车站，看到阪急电车不通，又来到国营电车本山车站，哪里知道国营电车也停驶，所以暂时在车站上休息(先前在车站上帮着扫水的就是他们)。不过水位越来越高，他们不安心休息，回大阪或神户的分成两组，决定沿铁道步行回去。这些人都是年轻力壮的青少年，都不怎么怕水灾，其中有一个倒在水里时，笑得大声叫唤起来。贞之助紧跟在他们后面，好不容易越过那漂在水上翻了个儿的一根根枕木。脚下是炫目的激流，在水声和雨声中不知哪里有人"喂！喂！"地呼唤着。抬头看时，几十步外一辆列车抛锚了，同校的学生从车窗里探出头来呼唤这边的人。

"你们打算去哪里？前面危险得很，据说住吉川洪水特大，过不去了，还是到车厢里来吧。"因此，贞之助也无可奈何地跟随他们进了车厢。

那节车厢是下行快车的三等车厢，里面除了甲南的学生而外，还有许多避难的人。内中还有几组朝鲜人家属，大概都是房屋被冲塌，好不容易拣了一条命逃到这里来的。一个脸色像病人的老太太带了女佣，不久嘴里念起佛来。一个背着绸缎贩卖的行商模样的汉子身上穿一件麻布衬衣和一条短裤，哆哆嗦嗦地把他那沾满泥土的大包衣料放在身旁，淋湿了的单衣和毛线围腰则晾在座椅背上。学生们由于同伴增加了，更加精神百倍地谈论起来。有的拿出兜里的太妃糖和朋友们分享；有的脱

---

①即立秋前十八天，无风而起的大浪。

下长统胶鞋，倒出其中大量的泥水和砂土，脱下袜子，瞅着自己那双泡得胀鼓鼓的白脚；还有的人拧去湿透了的制服和衬衫上的水，光着膀子擦身体；有的因为制服湿了，不便坐在座位上而站立着。他们轮流观察窗外，嚷嚷着："瞧！屋顶漂过来了，草垫漂过来了，那是木材、自行车，哎呀！汽车也漂过来了。"内中有一个说："喂，这里有条狗！"

"……把那条狗救出来怎么样？"

"什么？不是条死狗吗？"

"不，不，是活狗。瞧，就在路轨上……"

一条中等大小、浑身沾了泥的杂种犬哆嗦着蹲在车轮下躲雨。两三个学生一面说"救它出来，救它出来"，一面下车把它拖了上来。那条狗一进车厢，使劲地摇了一下头，把它身上的水甩掉，然后乖乖地伏在救它上车的那个少年面前，以受惊后充满恐惧的眼光仰视着少年。不知是谁把一块太妃糖放到它鼻端，它闻了一下不吃。

贞之助由于西服被雨淋湿了，身上觉得冷起来，脱下雨衣和上衣，挂在椅背上，喝了一两杯白兰地酒，点上一支烟。手表上已经指到一点钟，可是根本不觉得饿，不想打开饭盒子吃饭。他从座位上往山那面看，正好看到本山第二小学的校舍浸在水里，一楼南边那些开着的窗子，犹如巨大的闸门那样，浊流从那里滚滚冲出。从这里能看到那个小学校，这列车的停车位置显然就在甲南女子学校西南仅仅数十丈的地点，从这里去西服学院，平常只要几分钟就能到达。这般那般的过了一会儿，车厢里的学生们渐渐失去了先前的那种劲头，大家的脸色不约而同地变得严肃起来。因为实际情况越来越变得非同儿戏，即使在血气方刚的小伙子们的眼睛里也难以否认了。贞之助探出头去一看，先前他和这些学生们走来的那条路——从本山车站到这节列车中间的那条路，已经完全淹没，列车犹如孤岛那样残留着。可是，什么时候这里也将被洪水淹没，谁都不知道。弄得不好，路轨下面的地基说不定也会冲垮。看去这一带路轨的土堤大概只有六七尺高，现在已一点点被淹没。山那面的汹涌的浊流迎面冲来，犹如海波冲击岸边的岩石，轰隆轰隆地碎成飞沫，连车厢里都变得湿淋淋的了。大家忙着关闭车窗。窗外的浊流都在翻腾打旋，卷起雪白的水花。这时邮递员突然从前面的车厢逃进这个车厢，还有十五六个避难者踉踉跄跄地跟了进来。随后列车长马上进来了，宣告洪水已经涨到前面的路轨上，叫大家都到后面的一节车厢里去。于是所有的人急急忙忙拿起行李，收拾晾在那里的衣服，提着长统胶鞋转移到后面那节车厢里去。

“列车长，卧铺可不可以用用？”有人这样问。不错，原来这里是三等卧铺车厢。

“可以吧，这种困难的时候……”

有些学生在卧铺上躺了一下，可是毕竟不安心，又起身瞧着窗外。哗哗的水声越来越大，尽管是呆在车厢里，耳朵也被震聋了。前面提到的那个老太太这时又热心念起佛来，这中间还夹杂着朝鲜孩子的哭声。

“啊！水涨上路轨啦！”

不知是谁这样一讲，大家都站到北窗下去了。洪水虽说还没有来到这列下行车的路轨下面，可是已经淹到土堤边缘，旁边的上行车的路轨下面也快要浸水了。

“列车长，这个地方安全吗？”一个三十来岁像是大阪神户地方的太太问道。

“这个……要是有更安全的处所可逃，还是逃走的好……”

贞之助呆呆地守视着一辆人力车被卷在旋涡中漂了过去。他走出家门时还说自己不做冒险的事，一遇危险，就会中途折回，可是现在不知不觉已经陷进这样的状态之中。不过毕竟还不至于“死”。他心里似乎有这种想法：自己不是妇女或孩子，万一出了什么事，总有办法对付，没什么大不了。这时他忽然想起妙子去上学的那个西服学院的校舍大部分是平房，非常令人忧虑。这才想起刚才妻那副小题大做的担忧样子，当时还觉得反乎常识，其实乃是出于骨肉之亲的一种预感。他脑子里特别亲切生动地跃现出六月五日、一个月以前妙子跳“雪”舞的姿态。那天全家围着妙子拍了照，当时幸子还无缘无故地热泪盈眶了，这些情景一幕一幕浮现在他的回忆里。可是现在这个时候妙子说不定正爬在屋顶上大声地呼救着，自己和她近在咫尺，难道一点办法也没有吗？自己难道只能永远呆守在这里吗？既然已经来到这里，即使稍稍冒点儿风险，无论如何也得想方设法把妙子带回家，否则他觉得对不起自己的妻。……想到这里，妻那满脸感激的笑容和先前那副绝望的哭丧着的脸交替出现在他的眼前。

他心里想着这些事，眼睛却注意看着窗外。正在这时候发生了一件事，令人喜出望外。不知什么时候路轨南面的水渐渐退去，到处露出砂土；路轨北面的水反而上涨了，水波越过上行线的路轨，渐渐向下行线这方面涌来。

“这边的水退啦！”一个学生叫喊。

“啊，真的退啦。喂，这样的话我们可以走了。”

“到甲南女子学校去吧。”

学生们先跳下车，大多数人拿了提包，背着衣包跟着下车。贞之助也是其中的一个。他拼命跑下土堤，这时洪波从北面向列车袭来，发出惊人的声响像瀑布那样从头顶泻下来。一根柱子打横里突然冲来。他好不容易逃出浊流，来到退了水的地方，可是两脚一下子深深陷进砂里，直没到膝盖上。噗嗤一下拔出脚来时，一只皮鞋又掉了。噗嗤噗嗤地拔脚走了五六步，又碰上六尺宽的激流。前面的人涉水过去时几次都差点被水冲倒。水势的湍急没法和背了悦子涉水那次相提并论。有两三次他走到半中间，自己知道要被冲倒了，不行了，好不容易才渡过难关，又噗嗤的齐腰陷进泥淖，急忙抱住电线木爬了上去。甲南女子学校的后门近在三四丈路之前，除了跑进去没有别的办法，可是这三四丈路中间又有一条山洪，后门近在眼前，却过不去。这时后门忽然开了，有人伸出一只熊掌般的大手，贞之助攥住那只手，好不容易才被他拖进门。

六

那天雨势真正衰退是在下午一点钟以后，不过水势始终没有减退，直到下午三点钟左右，雨才完全停止，天上随处露出青空，水势才一点点退下去。

幸子看到太阳出来，就到露台芦棚下去张望，只见雨后的草坪格外碧油油的，两只白蝴蝶在草坪上飞舞，紫丁香和檀香树中间那片杂草丛生、积了水的处所，鸽子飞到那里去找寻食物，那光景简直悠闲宁静得很，山洪暴涨的痕迹这里一点也看不到。停电、停水以及停煤气是受灾区的一般情况，可是这里除了自来水之外，还有水井，所以喝的和用的水全有，幸子估计到丈夫他们回家时一定是浑身泥浆，早已吩咐烧好洗澡水等候。悦子被阿春邀了同去看附近一带的灾情，屋子里静得鸦雀无声。只听到邻居的男仆和女佣一个接一个来后门口讨水，因为马达停了，他们把吊桶扑通一下抛进井里打水；还不时和阿秋、阿花讲些水灾的情况。

四点钟左右，在上本町老宅看家的“音老头”的儿子庄吉从大阪赶来探访，来芦屋慰问的亲友数他最早。庄吉在高岛屋百货公司工作，大阪当地没发生什么灾情，可是大阪和神户中间却遭到这样一场天灾，真是做梦都没有想到。正午时候号外出来了，才知道住吉川和芦屋川沿岸的灾情十分惨重，下午他向公司请了假，急急忙忙赶来，直到这时才赶到。路上有的地方乘坐阪神电车，有的地方换坐国道电车或阪国公共汽车，有的地方硬是恳求搭乘人家的运货车或出租汽车，遇到车辆不通的地方，要徒步或涉水，背上还背着装满食品的旅行包，沾满污泥的西服裤子一直卷到膝盖，手里提着皮鞋，光着脚板子走了来。他看到业平桥一带的惨状，想到芦屋这个家不知变成了什么样子，不由得惴惴不安起来，可是来到这条街上一看，平静得简直让人难以相信，真觉得有点荒唐不经似的。他首先向幸子讲了一通慰问的话。正好这时悦子回来了，庄吉平常嘴就快，说话富有表情，这时故意瓮声瓮气地说：“哎呀，小姐挺好哇。”随后他仿佛好容易想起了什么似的说：“让我做点力所能及的事情吧。”还动问老爷和细姑娘怎么样了。因此幸子就把当天上午自己所担心的情况细细地给庄吉重新讲了一遍。原来幸子这时比上午更加惴惴不安，因为她后来又听到了许多恶消息，例如住吉川上游从白鹤美术馆到野村公馆那一带深达数十丈的山谷，被泥沙和大岩石埋得无影无踪了；架在住吉川上的国道大桥，被几吨重的大石头和擦光了树皮像柱子那样的木材层层堆积着，阻塞了交通；大桥南面数十丈处，比马路还低的甲南公寓前面，许多尸体从上游漂到那里，尸体全身粘了泥砂，面貌体态全都辨认不出；神户市内灾情也相当严重，洪水灌进阪神电车的地下铁道，乘客似乎淹死不少。以上这些传闻固然有些夸张和猜测，不过其中最让幸子惊心动魄的就是甲南公寓前面的那些尸体。为什么这样说呢，因为妙子去的那个西服学院正好和甲南公寓一南一北夹着一条马路遥遥相对，不到半里路。公寓前面既然有那么多的尸体，就说明公寓正北面的野寄那里的死者也一定很多。幸子这个不吉利的猜测，由于带同悦子回家的阿春的报告而更具有确实性。阿春抱着和幸子同样的心情，她碰到谁就打听野寄方面的受灾状况。那些人都一致认为住吉川东岸就数野寄那一带灾情最惨，其他地方的水势已经大大减退，唯独那里的水势到现在还没有减退的征兆，个别地方甚至有一丈多深。幸子深信自己的丈夫不是无谋之辈，出门时他还许下决不冒险的诺言，所以她对丈夫的安危并不特别担忧，可是时间一刻钟一刻钟过去了，她不仅担心妙子一个，连丈夫的安危她都担心起来了。野寄那边的灾情既然那么严重，就决不可能到达目的地，走到半路就应该折回来，可是到现在还没有回家，是什么道理呢？他会不会得寸进尺，不知不觉中进入了危险区，被洪水卷走了呢？或者由于丈夫的性格虽则深思熟虑，不轻易冒险，可是对于决心要做的事情，他不肯轻易放弃，千方百计想到达目的地，这条路走不过，改走另一条路，多方面试探着前进，暂时呆在一个地方等候水势的减退呢？即使走到目的地，成功地把妙子救了出来，回家的时候也要涉水，当然得费去很多时间，到六七点钟回家，一点也不奇怪。幸子想象着最好到最坏的一切可能发生的事情，坏的可能性往往占优势。庄吉听了幸子的说明，就说："决不会有这样的事情，既然您这样不放心，让我去看看情况吧。"幸子觉得庄吉不一定能碰巧遇到她丈夫，不过毕竟也稍稍宽了一下心，因此回答说："那就辛苦你了……"说着就把整装待发的庄吉送到后门口，那时已将近下午五点钟了。

这所住宅的前门和后门不在一条街上，幸子送走了庄吉，顺便活动活动身体，从后门转到前门，今天因为电铃失效，所以大门一直敞开在那里，幸子走进大门，从门口直往院子里走。邻居舒尔茨夫人这时从铁丝网那边探出头来叫了一声“太太”，接着就说：“悦子小姐的学校没发生问题，您放心啦。”

“谢谢您。悦子总算平安回家了，可是我非常担心妹妹的安全，我丈夫这回接她去了……”

幸子于是就把刚才对庄吉讲的那些情况用舒尔茨夫人听得懂的语言复述了一遍。

“噢，是吗。”舒尔茨夫人皱眉咂舌地说，“您的忧虑我懂得。我同情您。”

“多谢多谢。那么，您的先生呢？”

“我丈夫还没有回家，我非常担心。”

“这么说，他真的去神户了吗？”

“我看是去了……不过神户也发水了。滩、六甲、大石川这些地方到处都是水……我丈夫和彼得、罗茜玛丽三个人不知怎么样了……不知道他们在哪里……我非常非常担心。”

她的丈夫舒尔茨身体很棒，一眼就可以看出是个身强力壮的汉子，是一个理智发达的德国人，即使遇到点儿洪水，幸子认为决不至于出什么问题。彼得和罗茜玛丽的学校在神户都是地势较高的处所，估计大概不会遭到水灾，只是归途被洪水所阻罢了。不过从夫人这方面说，毕竟有许多顾虑，无论幸子怎样劝慰，她仍然听不进去，只是回答：“不，我听到神户灾情严重，还死了许多人。”对着她那满面泪痕的脸，幸子也有切身的体会，最后不知怎样劝说才好，只能一再搬出老一套的“一定没有问题……衷心祝愿你们全家平安……”

正当幸子想安慰舒尔茨夫人而感到棘手时，大门外似乎有人来了，约翰尼跑了出去，幸子不由得心里怦怦直跳，以为说不定是丈夫他们回来了。……隐隐约约看见一个身穿藏青西服，头戴巴拿马草帽的人从花木丛中走向门口去。

“是谁呀？”阿春打露台走到院子里，幸子迎上去问她。

“是奥畑先生。”

“哦——”幸子稍稍露出点儿狼狈的样子。她没料到今天奥畑居然能来探望，不过照说他也应该来探望才对。可是，如何对待他倒成了问题。其实自从上次他来访后，幸子就打算即使今后他再来，也不准备把他请进屋子，在门口会见一下就打发他回去，不仅她自己这样想，连她丈夫也这样叮嘱过。可是像今天这种情况，对方说不定要求让他呆在这里直到确实知道了细姑娘平安无事，要是断然拒绝他的这种要求，未免太不近人情。说实在话，今天倒是该让奥畑在这里守候着，让他看到妙子平安回家，和大家一道高兴高兴。

“奥畑先生问细姑娘在不在家，我回说细姑娘还没有回来，客人就要求见太太一面。”

奥畑明明知道他和妙子的关系除了幸子而外是不让家里人知道的，可是平常这个装得一本正经、从容不迫的奥畑，竟然焦急得失去了往常的风度，对着传话的女佣说出这样的话来，幸子不仅觉得唯独今天可以原谅他，甚至对于他这种失于检点反倒抱有好感。

“好吧，请客人进来吧。”

幸子趁机对探头在栅栏处的舒尔茨夫人打个招呼说：“家里来客人了。”说完回到楼上去粉饰一下眼眶，因为今天早晨到现在已哭了几次，几乎把眼睛都哭肿了。

由于冰箱停了电，只能叫女佣把沉在井里凉过的麦茶款客，让客人稍稍等了一会儿，幸子才下楼。她一走进会客室，奥畑又像上次那样站起身来做出一个立正的姿势。他身上那条笔挺的藏青哔叽裤子，折痕笔直，几乎没溅上泥，和先前到来的浑身泥巴的庄吉一比，简直是天壤之别。据奥畑说，他一听到阪神电车由大阪到青木那段路已通车，随即坐上电车赶来芦屋，从车站只走了里把路就到了。中途有些地方水还没有全退，不过并不怎样厉害，脱下皮鞋，卷起裤管儿就走了过去。

“……本该早来问候，但自己一直不知道，出了号外，刚刚才知道。今天正好又是细姑娘去西服学院的日子，但愿她还没有出门就好了……”

老实说，幸子今天请奥畑进屋，内心深处是想抓住一个此时此刻最能体会自己忧虑的人，向他倾吐自己现在坐立不安、殷切盼望丈夫和妹妹赶快平安无事地回到家里来的心情，稍稍排遣一下心中的焦忧。可是隔着桌子一坐下来，又反省到还不宜过于坦率。因为尽管奥畑想知道妙子下落的心情不假，可是他那担心的表情以及说话的方式不知怎的透着点儿做作，带几分想趁此机会打进这个家庭的味道，这就使幸子及早存下戒心。经过一番对答，幸子尽可能不带感情地把下面一系列情况对奥畑讲了。洪水发生在妙子到达目的地以后不久，西服学院附近的灾情特别严重，妙子的安危十分可虑；因为过于担忧，恳求丈夫无论如何到他能去的地方察看一下情形。他是今天上午十一点钟左右出去的，一小时以前从上本町来探望的庄吉也去那里了，到现在谁都没有回来，所以更加不放心。幸子说完后，奥畑果真腼腆地要求让他呆在这里等候一会儿。幸子欣然应允说：“那么，请宽坐吧。”打过招呼，她自己就上楼去了。

因为来客要在这里等消息，得提供些书报让对方消遣，幸子就派人送去两三种新出版的杂志，还给沏上红茶，自己则呆在楼上没有再下去。可是想起悦子一开始就对来客抱有好奇心，时时从走廊里向会客室那边偷看，她因此走到扶梯口呼喊：“小悦，你来一下。”把悦子叫上楼数说。

“小悦，你这习惯很不好，家中来了客人的时候，你为什么要向会客室偷看？”

“我没有偷看。”

“撒谎！我亲自看到了。这对客人多不礼貌。”

悦子涨红了脸，低下头翻起眼珠子看她母亲的脸色，一会儿她又想下楼去。

“不许下楼，给我呆在这儿。”

“为什么？”

“呆在楼上把习题做出来，你们那个学校明天就要上课的。”

幸子硬把悦子关进那间六铺席大的屋子，取出教科书和练习本摆在她面前，桌子下面点上蚊香，自己回到那间八铺席大的屋子的走廊下，守视着丈夫他们即将回家的那条马路。这时，突然听到邻家“喂”的一声大叫，回头一看，只见舒尔茨举起手高叫他夫人的名字：“希露达！希露达！”从大门拐到后院。彼得和罗茜玛丽跟在他后面。他夫人不知在后院干什么，才高声应了一个“噢”，就被她丈夫抱住，接连吻了几下。尽管太阳已经落山，但院子里还很明亮，从刺桐和檀香树叶的缝隙里看到一幕活像西方电影里常见的那种拥抱镜头。夫妻俩放开手以后，这回轮到彼得和罗茜玛丽一个接一个地扑向他们的妈妈。靠着栏杆蹲在那里的幸子从走廊躲进纸槅扇。舒尔茨夫人似乎没有发现这一幕已经被人家看到，当她放下罗茜玛丽时，由于高兴过度，从篱笆对面探过头来，向这边的院子东张西望，并狂喊：“太太！太太！我先生回来了。彼得和罗茜玛丽也回来了……”

“哎呀，那太好了。”幸子不由得从槅扇后面跑出来，站立在栏杆那里。同时，在隔壁屋子里学习的悦子也放下她手中的铅笔，来到窗口。

“彼得哥哥！露宓姐姐！……”

“万岁！”

“万岁！”

三个孩子楼上楼下招着手遥相呼应，舒尔茨夫妇也挥舞着他们的手。

“太太，”这回幸子从楼上高声说，“您先生去神户了吗？”

“我先生是在去神户的路上碰到彼得和露宓的。他们三个就一道回来了。”

“原来是在路上碰见的吗，那真好哇。……彼得弟弟，你在哪里碰到你爸爸的？”因为舒尔茨夫人的日本话听着叫人打瞌睡，幸子就和彼得攀谈起来。

“在国道德井附近碰上的。”

“那么你是从神户一直徒步走到德井的吗？”

“不，不是的。三宫到滩的那段路有国营电车。”

“啊，国营电车通到滩吗？”

“是的。我带着露宓从滩走到德井时，碰上了爸爸。”

“不过能碰上你爸爸可真巧啊。从德井到芦屋走的哪条路？”

“走的是国道。可是别的地方也走了，例如省线的路轨上，更多是走了山地和没有马路的地方。”

“那真不容易啊。洪水没退的地方还很多吗？”

“不是很多。……还有点儿。……东一片西一片的……”

彼得讲的话，细细盘问起来，有些地方毕竟还靠不住，比如某处是怎样走过的，哪些地方的水还没有退，沿路的状况到底怎样，这些他都没有讲清楚。不过看到像罗茜玛丽这样一个小姑娘都平安无事地走回家，父子三人的服装也并不怎样拖泥带水，就看出他们走了那么许多路并没有遇到特殊的危险和困难。这样的话，幸子对于丈夫和妹妹至今没有回家这件事就格外猜疑起来。这样两个少男少女用了半天时间能从神户走到家，那么丈夫和妹妹早该回来了，可是至今没有回来，那就不得不猜想已经出了什么乱子。而且问题就出在妙子身上，自己的丈夫甚至连同庄吉说不定都为了搭救和搜寻妙子费去大量的时间。

“太太，您先生和妹妹怎么样了，还没回家吗？”

“还没回家。舒尔茨先生和您的孩子们都已经回来了，不知他们为什么还不回家，我很担心呢。”

幸子说着说着，自己的声音不由得一点点变成哭声了。面孔让刺桐树叶遮住的舒尔茨夫人，连声“咳，咳”地咂嘴。

“太太，”这时阿春走上楼来，两手支在门槛上，“奥畑先生说他现在想去野寄那边看看，让我禀告太太一声。”

七

幸子来到楼下时，奥畑拄着一根金把手的白蜡木手杖已经站在门口的泥地上了。

“刚才您在楼上讲的话我听到了，那儿两个西洋人的孩子都回家了，细姑娘怎么还不回家呢？”

“是呀，我也这样想。”

“不管怎么样，时候已经太晚了。我想去那边看看，说不定还得来打搅一次。”

“谢谢。……天已经黑了，还是在这里等一下怎么样？”

“可是坐在这里也不放心。有时间在这里等，我想还不如早点去看一下。”

“噢，是吗……”

幸子这时只要是真心惦念她妹妹的人，无论是谁，她都同样感激，所以在这个青年面前也忍不住流下了眼泪。

“那么，我去了。……姐姐也不用这么担心……”

“谢谢你，一路请留神。”幸子自己也走下泥地，问他，“带手电了没有？”

“带了。”奥畑慌忙从木板台阶上的巴拿马草帽底下取出两件东西，把其中的一件迅速塞进口袋，余下的一件就是手电。塞进口袋的那件看出是莱卡或康太斯照相机，洪水泛滥时手里拿了这种东西，他大概也自觉没趣吧。

奥畑走后，幸子独自靠在门柱上凝视暮色，站立了好一会儿，依然看不到丈夫他们回来的征兆，所以她就回到会客室，点上一支蜡烛，坐在椅子里想镇静一下焦躁的情绪。阿春走进来了，怕怕缩缩地察看幸子的脸色，动问要不要开晚饭。幸子知道晚饭时间早已过了，可是怎么也不想吃饭，因此她吩咐阿春：“我现在不想吃，你先开悦子的饭吧。”上楼去的阿春马上回到楼下说：“小姐说她也等一会儿吃。”悦子平常总不愿意孤单单地一人呆在楼上，这时她的功课已做完了，还乖乖地一直守在屋子里不出来，这是少见的怪事。原来她觉得像今天这种时候，再去和妈妈纠缠不清，准会挨骂的，所以才不去接近她妈妈。这样过了二三十分钟，幸子又不安起来，想到了什么东西似的走上楼去，也不招呼悦子，悄悄地走进妙子住的那间屋子，点上一支蜡烛。她走向南面挂着匾额的地方，仿佛被吸引住了似的，对着镶嵌在里面的四张照片一一仔细端详起来。

那几张照片是上个月五日乡土会上板仓给妙子拍的“雪”舞。那天妙子跳舞的时候，板仓把镜头对准她没头没脑地拍个不停。傍晚妙子卸装之前，又让她立在金屏风前面，指定各种姿势拍了许多张。匾额里那四张照片，是妙子亲自从许多冲洗出来的照片中挑选出来让放大的。这四张照片显然是后来指定拍摄的。为了拍这几张照，板仓大事铺张，对光线的效果煞费苦心。值得一提的是，他非常热心地观看舞蹈，在指定舞姿时，他一会儿说：“细姑娘，不是有‘罗衾冰冷’那句歌词吗？”一会儿又说：“请做出‘枕畔微闻雨霰声’那句歌词的舞姿来。”他不仅记住了歌词，还记住了舞姿，而且他自己还做出那舞姿给人看。正因为这样，这四张照片不妨可以说是板仓杰作中的样板。现在想来，当时妙子毫不经心地一举手、一投足、一眨眼、一吐语，幸子竟然都记得清清楚楚的。虽说妙子那天是第一次公开表演“雪”舞，舞得却很成功。不仅幸子觉得这样，连山村作师傅都赞赏了。一方面这自然是要归功于师傅每天远道赶来精心指导，另一方面也是由于妙子从小学过舞蹈，生来就有艺术的天分。这样说也许会被看成是在吹捧自己的妹妹，不过幸子就是这样想的。幸子这个人无论遇到什么事情，只要一激动，马上就会掉眼泪，那天她一面观看妙子的舞蹈，一面被她那精湛的舞技感动得不由自主地掉了眼泪。今天对着这四张照片，她又产生了和上次同样的心情。那四张照片中，她特别爱好“心随夜半钟声远”这句歌词后面过门处那个镜头——打开的雨伞撂在身后，双膝支撑着弯倒的身体，上身侧向左边，两手拢袖，微微歪着点儿头，出神地倾听钟声消失在遥远的雪空。练习的时候，她不止一次地看到妙子合着师傅嘴里哼哼的三弦曲调的拍子，做出这一动作，觉得最中自己的心意。到了公开演出那天，由于衣裳和发型的烘托，姿态显得比练习时更胜过几倍。幸子这样爱好那个舞姿，连她自己都不明白是什么道理，也许因为在这个舞姿中，能看到平常洋气十足的妙子身上所缺少的那种楚楚动人的风韵吧。

幸子觉得她们四姐妹中，唯独妙子类型特殊，是个活泼进取、想到什么就旁若无人地干出来的现代姑娘，她那种作风有时甚至叫人憎恨。可是现在看到这一舞姿的时候，就会发现妙子身上依然有着日本妇女传统的优雅气质，对她生出一种和向来不一样的怜爱。再说她头上梳了从来不梳的旧式发型，面部施了旧式化妆，一张面孔和往常全然变了样，那种天生的活泼劲儿消失了，呈现出符合于她实际年龄的那种“中年美”，幸子对此也产生一种好感。现在想起来，一个月以前这个妹妹打扮出这样一副意态可嘉的模样而且拍了这样的照片，似乎并非偶然，几乎带点不祥的兆头。这样说起来，那天全家围看妙子拍的那张照片，说不定要变成一张纪念照片了。幸子还记得当时自己看到妹妹穿了大姐的嫁衣，不由得伤心起来，想哭又哭不出的情景。自己一心盼望能看到这个妹妹哪天也穿了这样的盛装出嫁，这个愿望终于成了镜花水月，这张照片里的模样难道竟成了最后的盛装吗？幸子竭力想否定这个想法，越是瞅着匾额里的那张照片，心里就越毛，于是就把眼光移到壁龛旁边那个木架上去，那里摆着妙子最近做成的羽毛侍女的布娃娃。两三年前尾上菊五郎在大阪歌舞伎剧场上演这出戏和“浪荡和尚”的时候，妙子去看过多次，她十分仔细地观察菊五郎的舞蹈，这个布娃娃的面貌虽则不怎样像菊五郎，可是她从身段的某些地方巧妙地抓住了演员的特点，使人觉得菊五郎就在眼前。真的，这个妹妹无论干啥都这样灵巧……也许是因为姐妹几个她出世最晚，身世最不幸，人情世故反而比谁都懂得多，幸子本人和雪子几乎都被她当作小妹妹看待。幸子因为过分怜惜雪子，对于这个妹妹多少有些疏远，这是不对的。今后对她也要和雪子一视同仁。飞来横祸当然不至于发生，只要她这次平安回家，自己一定说服丈夫同意她去法国，并且使她能和奥畑结婚。

屋外天全黑了，停了电的屋子，晚上更是漆黑一片。远处传来幽静的蛙声。透过院子里的树叶闪出一线亮光，幸子走到屋檐下一看，原来是舒尔茨家餐室里的烛光。舒尔茨在高声谈话，中间还穿插着彼得和罗茜玛丽的声音。他们一家现在正围着餐桌，父亲、儿子和女儿正在把当天的冒险故事轮番讲给母亲听。从闪烁的烛光中，幸子可以推测出邻家幸福地用晚餐的模样，从而产生不安的情绪。这时听到约翰尼跑过草坪，同时听到庄吉从门口那边发出的威势十足的“回来了”的喊声。

“妈妈！”悦子在隔壁屋子里也发出刺耳的尖叫。

“啊！回来了。”幸子也说。转眼之间母女俩同时跑下了楼。

门口没有灯光，看不清什么样子，可是在庄吉报到之后，接着就是丈夫的一声“回来啦”。

“细姑娘呢？”

“细姑娘也在，”丈夫马上应了一声。由于妙子没有答应，幸子不放心，问道：“怎么啦，细姑娘？……怎么啦？……”

幸子尽往泥地那边瞅，阿春在她背后举起烛台。摇曳的烛光约略照出了泥地上的三个人是谁，幸子终于看到站在那里的妙子和今朝外出时判若两人，她身上穿了一件棉绸单衣，两只大眼睛直瞪着自己。

“二姐！……”

妙子极度激动地颤声刚叫出这一声，就像绷紧的弦突然断了似的“咳”地喘了一口气。幸子总以为她要哭了，她却把脸伏在木台阶上了。

“怎么啦，细姑娘？……受了伤吗？”

“没有受什么伤，”又是丈夫代答的。“……遭到了灭顶之灾，是板仓搭救的。”

“板仓？”

幸子向三个人背后望了一下……板仓不在那里。

“得了，拿桶水来吧。”贞之助浑身泥浆，皮鞋也不见了，赤着脚穿了一双木屐，木屐上、脚上以及腿上全都是泥。

八

妙子遇难的经过，当天晚上由她本人和贞之助轮番对幸子讲了，现在把大致情节记述如下。

那天早晨阿春送悦子去学校，回家不久，妙子在八点四十五分左右离开了家，她像往常那样在国道津知车站乘上公共汽车。那时雨已经下得非常大，可是公共汽车照常行驶。她照旧在甲南女子学校前下了车，从那儿走不到几步路就跨进西服学院的大门，那时大约九点钟左右。西服学院名为学院，其实就像私塾那样悠闲。再说天气又那么恶劣，外界在纷纷传说要发山洪，因此缺席的人很多，到校的也安不下心来，于是决定停课一天，大家都回家去了。只剩下妙子一个，被玉置院长留下喝咖啡，在院长住的另一栋房子里谈了一会儿天。玉置院长年纪比妙子大七八岁，丈夫是个工学士，在住友铜厂当技师，夫妻俩只有一个上小学的男孩，她自己当了神户某百货公司女式西服部的顾问，同时开办了这个西服学院。在学院近旁，盖了一栋西班牙式的漂亮的平房住宅，庭园和校舍衔接，中间有个小门相通。妙子和玉置名分上是师生，却受到玉置的宠爱，经常被邀请去她家做客。那天又被邀进她家会客室，听她讲述可供留学法国作参考的许多情况。玉置院长曾在巴黎学习过几年，她劝妙子无论如何去一次法国，自己将尽力介绍，她边说边点起酒精炉煮咖啡。这时暴雨继续下个不停，妙子就说："这样大的雨要回去也不能回去，怎么办……"玉置说："没关系，等雨下小了我也要出去，再稍稍休息一会儿吧。"两人正在说话，一声"我回来了"，十岁的儿子弘气急败坏地跑了进来。母亲问他："哎呀，学校怎么啦？"他答道："今天只上了一小时课就放学了。说是发洪水，路上危险，这下就可以回家了。""嗨，洪水会发吗？"院长这样一问，弘就说："你知道什么！走回家时，洪水滚滚地跟在后面，为了不让它赶上，我拼命跑回来的。"正讲的时候，哗的一声，泥水的奔流冲进了院子，转眼间就要淹没壁龛，院长和妙子慌忙关闭那边的门。这时又听到走廊那边犹如涨潮那样哗哗的响声，洪流从弘进屋的那个门洞冲了进来。

要是单从屋子里闩上门，马上就会被冲开，于是三个人用身体顶住房门，可是水仍然扑通扑通地打上来，仿佛要冲破房门似的。他们就合力把桌子和椅子充当支柱，顶住那扇门，然后把安乐椅紧靠在门背后，盘腿坐在上面顽抗的弘这时“喔唷”一声，大笑起来。因为房门忽然开了，安乐椅连同坐在上面的弘都漂在水上了。院长就说：“哎呀，这可了不得，不要让唱片沾了水。”急急忙忙取出橱里的唱片，想放在高处，可是没有搁板或别的东西，只能把它堆放在已经泡在水里的钢琴上。这般那般地忙乱了一阵之后，屋子里的水已经齐腹深了，三合一的桌子、煮咖啡的玻璃器皿、糖缸子、石竹花之类的什物，东一个西一个地漂得一屋子。院长担心壁炉架上妙子做的那个法国布娃娃，就问：“妙子小姐，那个布娃娃没事吧？”妙子回说：“大概没事吧，不见得会发那样大的水。”其实，那时他们三个人还叽里呱啦的有说有笑，不当一回事。弘看到他的书包被水冲走，伸手去捞，让漂来的收音机碰痛了头，叫出一声“喔唷”的时候，院长、妙子、连同碰痛了头的弘都捧腹大笑起来。这样吵吵嚷嚷了半个钟头以后，他们三个人突然不约而同地神色严肃、一言不发了。在妙子的记忆里，转眼之间水已淹到胸口，妙子攥住窗帘往墙根靠，大概是让那窗帘碰了吧，一个匾额从头上掉下来，漂浮在她的眼前。那是院长珍藏的岸田刘生[①]的《丽子像》，镜框在水里一起一伏，漂浮到屋角去了，院长和妙子恨恨地盯着它却一筹莫展。

“小弘，你行吗？”院长说话的声音和先前完全不同了。

“嗯。”弘应了一声，身体都立不直了，就爬上了钢琴。

妙子想起幼年看过的西洋侦探电影里的情景：侦探突然掉进了地下室，地下室像箱子那样四面紧闭着，水不停地灌进去，侦探的身体一寸寸地被淹没。那时他们三个人分散在三处，弘站在东边那架钢琴上，妙子在西边窗口的窗帘那里，玉置院长站在桌子上，那桌子原是用来堵门的，后来被水冲回到屋子中央来了。妙子觉得自己也有些站立不住了，她攥住窗帘用脚找个站立的东西，正好碰到一爿三合一桌子，于是把它横倒了站在那上面（过后才知道，那时水里都是泥浆，大部分是砂土，

---

①岸田刘生（1891—1929），日本画家，擅长西洋画。

它起着粘牢什物的作用。洪水退后，看到桌子椅子都被埋在砂土里，固定在一处，移动不得。房屋也是这样，屋子里塞满砂土，很多房屋因此避免了流失和倒塌)。他们不是没有想到逃出屋外的方法，打破窗子往外逃，说不定还是办得到的。可是妙子往窗外一看(窗子是上下对拉的双重窗，早先因为雨打进屋子，所以只把上半截拉开一两寸，其余都闭紧了)，屋外的水位几乎和屋子一样高，屋子里的水就像泥沼似的渐渐沉淀下来，窗外的水却是汹涌的激流。再说屋外除了离窗口四五尺处有一个遮西山太阳的藤棚而外，都是一片既没有大树也没有建筑物的草坪。要是逃出窗外，就必须能泅到藤棚那里，爬上棚架才成，可是在到达棚架以前就将被洪流卷走，这是显而易见的。弘站在钢琴上，伸手摸天花板。的确，要是能打破天花板，爬上屋顶去，这当然是目前最好的方法，不过凭一个十岁的少年和女娘们的力量，是无论如何也办不到的。弘忽然问他母亲，阿兼不知在干啥。他母亲回答说刚才还见她在女佣的屋子里，不知现在怎样了。弘又说："不是一点声音都听不到吗？"他妈妈就此不吭声了。三个人默默地凝视着把他们相互分隔的水面，水面又稍稍上涨了一些，离开天花板只有三四尺光景了。妙子把横倒的桌子重新竖起，然后站在上面(桌子埋在泥沙里，重新竖起时很费劲，脚都被绊住了)。她两手紧紧抓牢窗帘上的铁杆，只把一个头露出水面。立在中央那张桌子上的院长的情形也差不多，她头上恰好有一架硬铝合金做的间接照明的冕形吊灯，它的三根链条很粗，一旦立不住脚，就可以抓住它。

"妈妈，我会死吗？"弘说。因为他妈妈没有搭理，他又问了一遍："我要死了吧，会死吗？"

"哪里会死呢，这种事情……"院长似乎说了些什么，可是没有说出下文，嘟嘟囔囔地只在动着嘴巴，说不定连她自己都不知道说些什么好。妙子看着头露在水面的院长，觉得人临死时候的脸大概就是这副模样，而且完全明白这时自己的脸准和对方一样，懂得人到无可挽救快死的时候会意外地镇静，什么都不怕了。

妙子以为这种状态持续了很久，似乎有三四个小时，其实大概还不到一小时。前面讲到她凭借的那个玻璃窗的上部有一两寸敞开着，屋外的浊流从那里涌了进来，她一手攥住窗帘，一手拼命想关闭那窗子，就在这个时候——不，其实在此以前不久——他们所在的那间屋子的屋顶上似乎有人在来回走动，这时她忽然看到一个人影从屋顶跳到藤棚上。正在吃惊时，那个人影来到藤棚的最东面，也就是最最接近妙子从那里张望窗外的地方，那人抓住棚柱子跳入浊流，全身当然浸在水里，似乎快被洪流冲走的样子，他一手抓住棚柱子不放，转身朝对窗口，和妙子照了一面。他瞥了妙子一眼，接着就在准备什么。妙子最初不明白对方要做什么，后来才知道他一手抓住藤棚，一手穿过激流，想伸到窗口来。就在这时，妙子才认出那上身穿了一件皮的短上衣，头上戴了飞行员戴的皮帽，眼睛在眨巴着的人是摄影师板仓。

听说那件皮的短上衣板仓在美国时经常穿，妙子却从来没有见他穿过这样的上衣，脸又被飞行帽遮盖了，何况在这样的时候这样的地点，连做梦也想不到板仓会到来。再说暴雨和激流弄得周围白濛濛的，尤其是妙子当时心境混乱，一时怎么也认不出是板仓。当她认出是板仓时，就高声叫喊："板仓老板。"她叫的固然是板仓，同时也是通知院长和弘，使他们知道有人来搭救了，给他们打气。随后她施展出浑身的气力，想打开那被水粘牢的玻璃窗，本想把窗往上推，不料反倒拉了下来，窗的缝隙刚够探出一个身体。她好不容易打开那里的窗子，板仓的手立即伸了过来，她上半身探出窗外，用右手抓牢对方的手。这时她的身体受到激流的汹涌冲击，她那紧握着窗钩的左手眼看就要抓不住钩子了。板仓这才开口说："放开你那只手！抓紧我的手，放开你那只手！"妙子当时只能听天由命了。一瞬间，板仓的手和妙子的手犹如锁链那样尽量张开，仿佛将被冲到下游去了，可是转眼之间，板仓一把就将妙子的身体拉到他身边(事后板仓也承认没想到自己有那么大的死劲拉住她)。板仓又说："照我的样子攥住这个地方。"妙子就照他的样伸开两手攥住藤棚的边缘，可是这比呆在屋子里危险得多，眼看就要被洪水卷走了。

“不成呀，我快被冲走了。”

“耐着点儿吧，紧紧抓住那儿不能放手。”板仓边说边在激流中挣扎着爬上棚顶，拨开藤蔓，在棚顶开了个窟窿，从那儿伸手把妙子拉了上去。

自己这条命总算捡到了，这是妙子当时所想到的。水势说不定马上就要涨到棚上来，可是从这里可以逃上屋顶，无论遇到什么情况，板仓总会设法搭救的。妙子先前只在小屋子里折腾，无法想象屋外的样子，这时她站立在棚顶上，才清楚地看到仅仅一两小时之间外界所发生的变化。当时她接触到的情景，正和贞之助走过田中小河上那顶铁桥时，立在国营铁道路轨上所看到的“一片汪洋”的景状相同。只不过贞之助那时是在东岸看那个海，妙子是站在那个海的中央，看到周围全是汹涌澎湃的怒涛。她方才还觉得已经脱险了，可是此刻见到惊涛骇浪的威势，又担心脱险只是暂时的，最后说不定难免一死，想到自己以及板仓要逃出洪水的包围还很成问题。一时又想到院长和弘还在屋子里，她就对板仓说：“院长和她儿子弘还在屋子里呢，请你想办法救救呀。”正在催促的时候，上游漂来一根圆柱子，打着藤棚，发出咚的一声，震得藤棚都摇晃了。板仓叫了声“行啦”，又跳进水去捞起那根柱子，把它当作桥梁，从藤棚通向窗口，柱子的一头塞进窗洞，另一头妙子也帮着把它缚在棚架的柱子上。独木桥架好以后，板仓从桥上走到对面，钻进窗洞。好久不见他出来，后来才知道他在窗口把窗帘扯成长条，编成绳子，先把绳子扔给离窗较近的院长，院长接在手里，再扔给站在钢琴上的儿子弘。板仓让他们两个攥紧绳子，先把他们拉到窗口，然后把弘从木柱上拉到藤棚，抱上棚架，再回到窗口去如法炮制，把院长也救了出来。

板仓的救援活动似乎费了许多时间，又似乎没有多久，实际上到底花了多少时间，事后追想起来也弄不明白。当时板仓手上戴了一只美国买的自动防水手表，那只表浸在水里也没问题，可是不知什么时候失效了。总之，三个人总算都救了出来，在藤棚上站的站，坐的坐，休息了片刻。那时雨下得还很大，水势还在上涨，藤棚也不见得安全，所以又把那柱子作为渡桥，逃上了屋顶(那根柱子旁边又漂来两三根木材，堆叠得犹如筏子，起到了很大的作用)。妙子逃上屋顶后，才有闲心情去追问板仓在这样千钧一发的场合，他怎么会忽然从天而降。据板仓说，那天早晨他预先料到当天要发洪水。另外还有一个原因，今年春天有一位老汉预言大阪和神户之间每隔六七十年要发一次山洪，这在历史上是有记录的，今年恰好逢上这一年。板仓听了这个预言，深信不疑。他脑子里既然有了这样一件事，逢到连日倾盆大雨，他早就惴惴不安了。到了今天早晨，附近果然动荡不安起来，只听说住吉川的大堤要决口了，自卫团在巡逻，弄得他坐立不安，想亲自出去看看形势，于是就来到住吉川附近。他在住吉川两岸来回察看，看出形势不妙，要出大乱子，当他打水道路回到野寄的时候，就遇上了山洪。尽管如此(即使他预料到会发山洪)，他最初就穿上短上衣出门，特别是跑到野寄一带徘徊，那就有点儿奇怪了。妙子今天要去玉置那个西服学院学习，他是知道的，难道他在走出家门时早就抱了这样一个预谋：万一妙子遭难，他第一个扑上去救援。问题就在这里了，现在姑且不去研究它。总之，妙子在藤棚上听到的是当他东躲西闪逃避洪水的时候，偶然想起细姑娘今天要去西服学院，这就排除万难也非去救援不可，于是他不顾一切在浊流中赶了来。在他到达学院以前，中途拼死奋斗的情形，他后来对妙子讲得很多，这里没有详述的必要。不过，他也和贞之助一样，都是沿着路轨奔向甲南女子学校的。只是他比贞之助早到一两小时，所以才有可能突破洪流。照他自己的说法，他是三次被洪水冲倒而没有死，那时除了他以外，没有第二个人投身到洪流中去，这大概不假。等他来到学院的校舍以后，山洪达到了顶点。他在校舍屋顶上茫然失措地呆了一会儿，忽然看到玉置院长家女佣宿舍的屋顶上有人在向他招手，原来是院长家的女佣阿兼。阿兼看到她已被板仓发现，就竖起三个指头指指会客室的窗户，然后在空中用楷体写出妙子的名字给他看。板仓因此知道屋子里有三个人，其中一个是妙子。他一知道这事，立刻再跳进激流，在半受冲击半被淹溺中泗水，终于泅到藤棚。这最后的死斗的确非常冒险，不难看出是他九死一生的拼搏。

九

当板仓在进行上面那些救援工作时，正好是贞之助在列车中避难的时候。贞之助好不容易逃进甲南女子学校，被收容在二楼一间指定为灾民临时休憩的屋子里，一直休息到下午三点钟。不久雨停止了，水也渐渐开始退了，他就向离甲南女子学校不远的西服学院走去。那天的道路当然不像平常那样好走，虽说水已退了，地上却全是沙土。有些地方沙土堆得高过了屋檐，也不算一回事，简直像被暴风雪封闭了的北国市镇的景色。而且最叫人挠头的是到处都是陷人的泥沼，一不小心踩在上面，就会遭到灭顶之灾。贞之助先前已经陷进了一次，等到拔出脚来，皮鞋只剩下一只了。因此他索性把另外那只皮鞋也扔了，只穿一双袜子走路。平常一两分钟就可以走到的地方，这回足足走了二三十分钟。

走到西服学院一看，它周围左右已经变得面目全非了。学校的大门几乎全埋没了，只露出一点儿门柱子的头。平房校舍全都埋在沙土里，只剩下石板瓦盖的屋顶。贞之助一心以为妙子她们会在屋顶上避难，岂知屋顶上连人影也不见一个。学生们到底怎么样了呢？都幸运地逃走了吗？还是被洪水冲走了呢？或者埋在沙土下面了呢？他很失望地穿过校舍的南边（那里也相当危险，每走一步路，沙土都陷到胫部），以前那里是花坛和草坪，玉置院长的住宅就在那个地方。藤棚只剩上面缠着藤的那部分露出在地面上，旁边还有两三根漂来的木材堆叠在那里，无法搬动。这时他出乎意外地发现妙子、板仓、玉置院长、弘以及女佣阿兼五个人都聚集在院长宅的红瓦屋顶上。

板仓把他救出三人的劳绩对贞之助讲了一遍，然后解释说："水已经退得这样，本想送细姑娘回芦屋，一则因为细姑娘过于疲劳，再则因为自己走后，撂下玉置院长和小哥儿不放心，所以暂时再休息一下看看情况。"实际上不是过来人不知道，玉置院长、妙子和弘当时都害了极度的恐惧症，尽管天已放晴，眼看水在一点点地退下去，他们仍然不相信身体已经安全，还在不住地发抖，事后想起来实在很可笑。板仓曾催促妙子说："老爷和太太很不放心，应该早点回府，我送您去。"妙子自己也想到这点，地面上的沙土堆得和屋檐一样高，走下去毫无问题，但不知怎么的总觉得那里也有危险在等待着她，不敢走下去。再加玉置院长胆小，说什么："妙子小姐和板仓老板走后，我们怎么办呢。我先生虽则马上就会赶到，可是不久天就要黑了，今夜说不定得住在屋顶上了。"弘和阿兼也再三恳求板仓多呆一会儿，正在这时贞之助到来了。不过，贞之助一爬上屋顶，反倒松了一口气，累极了的身体一歇下来，连站立的气力都没有了，因此就在屋顶上躺了一个多小时，仰头看着放晴的青天。大概四点半钟左右（贞之助的手表也坏了），御影町玉置院长家的亲戚派来慰问院长和弘的男佣到来了。贞之助和板仓趁此机会照料着妙子往回走。妙子的体力还没恢复，神志也不太清楚，始终要贞之助和板仓搀扶或者背着走。住吉川原来的河道全干涸了，在它的东面出现一条新河道，横亘在国道甲南女子学校前直到田中那一带地方。总之，要穿过那条新河道非常困难。他们走到那条河道半中间的时候，碰巧遇上从东面涉水过来的庄吉，一行变成了四个人。到达田中时，板仓说："我家就在左近，去休息一会儿怎样？其实我还担心着家里的情况哩。"贞之助急于回家，可是看到妙子那个样子，为了让她休息一下，又在板仓家呆了一小时左右。独身的板仓和他妹妹一起过活，楼上是摄影室和作坊，楼下住人。去到他家一看，室内浸水一尺多深，受灾也不轻。贞之助一行被邀到楼上的摄影室，喝了几瓶从泥水中捞出来的汽水。这当儿妙子趁机脱掉被雨水和泥浆浸湿了的袱罗纱西服，擦干肢体，听从板仓的忠告，借了他妹妹的棉绸单衣换上了。原来光着脚丫子的贞之助，离开他家时也借了板仓的萨摩木屐穿上了。板仓不顾贞之助"已经有庄吉伴同，没问题了"的劝阻，坚持要再送一程，把他们送出了田中地界才回去。

幸子以为走岔了路没有碰上妙子的奥畑，说不定还要来探望一次，可是那天晚上他终于没有再来，第二天派板仓作为他的代表来探望。一问之下，才知道昨夜板仓送走妙子回到家里不久，启就来到他家，告诉他说："今晚在芦屋莳冈家守候细姑娘，等了好久不见她回家，因此打算去那边接她，沿国道走着，终于走到这里来了。本想去野寄看看情况，可是天已经漆黑，再往前去，一路都是水，哧噗哧噗地涉水走过去也够呛，想到莫如向你打听一下消息，所以就上你这里来了。”板仓听到他这番话，就把当天上午搭救妙子出险的情况原原本本地告诉了他，请他安心。因此他说：“既然这样，我就直接回大阪了。本来应该再去一次芦屋才对，希望你明天上午就去告诉他们，因为从你这里听到细姑娘平安无事，就放心回大阪，不再去芦屋了。”“他还吩咐我代他问候细姑娘今天好不好，尽管没有受伤，会不会犯感冒，所以我才来的。”板仓这样说。

妙子今天已经全好了，她和幸子一同来到会客室，又一次向板仓申谢昨天救助之恩，你一言我一语地回想那千钧一发的一两小时中间的经历。特别是逃上屋顶后，妙子身上只穿一件夏服，淋着倾盆大雨，最后连感冒都没犯，连她自已都觉得稀奇。板仓指出那种时候由于精神集中，反倒全然无事，谈了一会儿，他就回去了。

可是，妙子在和洪水搏斗时看来使尽了体力，第二天起，浑身关节开始发痛，右边胳肢窝下特别痛得厉害，担心会变成肋膜炎，幸而几天以后就好了。两三天后又发生了一次小小的雷阵雨，妙子听到那哗哗的雨声，又吓得心惊肉跳。遇到雨就怕，真是有生以来第一次体验；毕竟是那次洪灾所造成的恐惧症还潜伏在什么地方，几天之后，半夜里下雨时，又疑心会发洪水，弄得她一夜没睡好觉。

十

大阪、神户两地的民众看到第二天的报纸，方才知道惨祸的全貌，再次吓了一跳。芦屋幸子家里，事后的四五天中，每天都有亲友来探视慰问，忙得她应接不暇。后来电话、电灯、煤气和自来水等设备逐渐恢复正常，混乱也一点点平静下来。不过，到处堆积着的泥砂由于战争中人手和卡车不足，没法迅速清除，大热天人在白茫茫的一片沙尘中来往，这景象有点像往年大地震后东京街头的状况。阪急电车芦屋川站原来的站台被埋在沙土中，只能在沙堆上兴工建造一个临时站台，陆桥上面又架了高高的一顶桥，电车在桥上通行。阪急那顶桥和国道业平桥之间，河床几乎和两岸的马路一样高，稍稍下点儿雨，就会泛滥成灾，一天也不能放置不管。成千上万的建筑工人连日在疏浚，就像蚂蚁搬糖山那样，怎么也解决不了问题。河堤上的松树可惜都让沙尘玷污了。再加洪灾以后偏偏连日天气晴朗，因此沙尘格外弥漫，弄得芦屋这个有名的高级住宅区今年完全失去了它往日的那种风貌。

相隔两个半月雪子从东京回到芦屋，正是这样一个沙尘弥漫的夏天。水灾当天，东京的晚报上就刊登出消息来了，可是不知道详细情形，涩谷家中都很担心这件事。看了报纸，住吉川和芦屋川沿岸的灾情显然最严重，雪子读到甲南小学校的学生遇难死亡的消息时，特别想知道悦子的情况到底怎样。第二天贞之助从大阪会计师事务所打来了电话，鹤子和雪子姐妹俩轮流接听，想打听的消息大体都问了。雪子当时说她非常不放心，马上就想去芦屋看看，征求贞之助的意见。贞之助说想来当然可以来，家里的情况既然是这样，实在用不着特地赶来一趟。再说大阪往西的铁路还没有修通。这样讲了以后，贞之助就把电话挂断了。可是那天晚上他和幸子谈到东京时，告诉幸子说："雪子妹妹想来芦屋，我劝她不用来，可是她借口慰问，说不定还是要来的。"不出所料，几天之后幸子果然收到雪子的来信，信里说她想和九死一生的细姑娘见见面，还想看看这次水灾把印象很深的芦屋究竟破坏到什么程度，不亲自跑一趟，心里总不踏实，说不定一两日内突然就动身。

由于她先打了招呼，所以动身那天故意不打电报，坐上"燕"号特别快车就离京了。在大阪换乘阪神电车，在芦屋下车时刚好碰上一辆出租汽车，不到六点钟就到达姐姐家。

"您回来啦。"

雪子把衣箱递给出迎的阿春，就此走进会客室。家里静得鸦雀无声，因此她问阿春："二姐在家吗？"

阿春把电风扇的风朝对雪子了，回说："噢，太太刚刚去舒尔茨先生家了……"

"小悦呢？"

"小姐和细姑娘都应邀去参加舒尔茨先生家的茶会。也快回来了吧，去叫一下怎么样……"

"不用，不用，春倌，你别管啦。"

舒尔茨家的后花园里有孩子们的声音，阿春打算去叫，被雪子拦阻了。雪子走到露台的凉棚底下，独自坐在白桦椅子上。

雪子刚刚来芦屋时，一路上从汽车车窗里看到业平桥附近灾情惨重得出乎意料，使她大吃一惊。可是坐在这个地方所看到的情景，和平素没有什么两样，一草一木都丝毫无损。正好是傍晚海上风平浪静的时候，风一下子停了。天气仍然很热，静止的树影格外鲜明，如茵的绿草直透进眼帘。今年春天她去东京时，紫丁香和绣球花正盛开着，水晶花和复瓣棣棠还没有开。现在连杜鹃花和百合花都凋落了，只剩一两朵栀子花余香在枝了。和舒尔茨家接境处的檀香和刺桐枝叶繁茂，二层楼的洋房被它遮去了一半。

两家交界处的铁丝网那边，孩子们正在玩开电车的游戏。人虽看不见，只听到彼得学着电车长的口气说："下一站是御影，御影到了……"

"……诸位乘客，这辆电车从御影直达芦屋，中途不停车。到住吉、鱼崎、青木、深江去的乘客们请在这里换车。"他说话的声调和阪神电车的车长一模一样，决不像西洋孩子在学话。

"露宓姐姐，那么我们去京都吧。"这回悦子开口了。

"好吧，去东京吧。"罗茜玛丽说。

"不是去东京，是去京都。"

罗茜玛丽似乎不知道京都这个地名，不管悦子三番五次地给她纠正，她还是说"东京"。

"不对，露宓姐姐，是京都呀。"

"我们去东京吧。"

“不是去东京，去东京得停一百次车啦。”

“是呀，明后日就到了呀。”

“你说什么？露宓姐姐。”

“明后日就到东京呀。”

“明后日”这一日语的发音，罗茜玛丽的舌头转不过来。讲惯“后天”的悦子突然听到这个讲法，大概没有听懂。

“你说什么？露宓姐姐，没有这样的日语呀。”

“悦子姐姐，这棵树日语怎样讲？”

那时刺桐树叶忽然哗啦哗啦响起来，彼得爬上去的时候这样问。这棵刺桐树的树枝叉出到邻家，孩子们平常总爱从舒尔茨家踏上铁丝网篱笆，攀住树枝爬上去。

“那叫刺桐树。”

“叫刺桐桐树吗？”

“不是刺桐桐，是刺桐。”

“刺桐桐。”

“刺桐。”

“刺桐桐。”

不知彼得是开玩笑还是当真，他只管说“刺桐桐”，不说“刺桐”。

悦子又生气地说：“不是刺桐桐，只有一个桐。”

她那句话里的“一个桐”，听去就像“一狗洞”，雪子不由得忍俊不禁，笑了起来。

十一

舒尔茨家的孩子们和悦子不久都放暑假了，每天都相约着聚在一起玩儿。早晨凉爽，他们都在刺桐和檀香树下玩开电车或爬树。中午在家里玩，只有两个女孩子的时候就玩“过家家”，要是彼得和弗利兹也参加的话，就玩打仗。四个人合力搬运会客室里的沙发和安乐椅等笨重木器，把它们连接在一起或堆叠起来作为堡垒或火力点，用气枪瞄准攻击。彼得当军官，号令一发出，其余的三个人同时开枪射击。这种时候，那几个德国孩子，连小学都没有进的弗利兹也包括在内，一定把敌人称作“弗郎克来希，弗郎克来希”。最初幸子她们都不懂那是说的啥，后来贞之助对她们说这就是德语的法国。从这件事上，可以使人看出德国人的家庭教育来。可是，为了做这种游戏，莳冈家西式会客室里的家具摆设始终被搅得乱七八糟，全家对此毫无办法。一旦来了客人，女佣们首先必须在门口挡驾，全体出动来拾掇那些堡垒和火力点。有一次舒尔茨夫人偶然从露台看到屋子里的那副模样，吃惊地问：“彼得和弗利兹来您这里玩儿，总搅成这个样儿吗？”幸子无可奈何，只能照实告诉她。夫人苦笑着回去了，后来她究竟管教过孩子没有，就不知道了，他们那些肆无忌惮的行动却丝毫没有改变。

幸子为首的三姐妹让出那间西式会客室给孩子们，作为他们游玩的场所，白天她们总无所事事地呆在餐室西边那个六铺席大的日本式屋子里。那间屋子正对着浴室，中间只隔一条走廊，换洗的衣服都放在那里。它南面对着庭院，可是由于屋檐深，屋子里总是暗暗的，活像软禁游客的暗室①。那间屋子太阳光射不到，西墙下面又开了一个垃圾窗，中午时分会有凉飕飕的风吹进来，成了全家最凉快的一间屋子，姐妹三个争相来到那窗子下，躺在席子上度过下午最热的两三个钟头。她们每年一到立秋前十八天就吃不下东西，缺少维生素 B 而疰夏。特别是本来就瘦弱的雪子瘦得更明显。她今年六月开始闹脚气病，至今一直没有痊愈，所以趁慰问水灾的机会同时转地疗养一下，哪里知道来到这里后，病情反而更加重了，全靠姐姐和妹妹给她打维生素针剂。幸子和妙子也或多或少犯了同样的毛病，所以近来姐妹们互相打针几乎成了她们的日课。幸子身上早就穿了背脊袒露的连衣裙，到了七月二十五六日，

---

①原文为“行灯部屋”，指妓院里软禁付不出冶游费的嫖客的暗室。

连平素不爱穿西服的雪子也无可奈何地穿起了乔其纱西服来了。三人中最活跃的妙子，水灾给她带来的冲击似乎还没有完全恢复，今年的夏天她不像过去那样精神。西服学院水灾后一直没有开学，夙川的松涛公寓幸而没有受灾，继续做布娃娃本来没有问题，可是她一时还不想干那个活，所以极少到那里去。

水灾以后板仓常常到芦屋来。灾后去他店里拍照的人没有了，买卖暂时停顿下来，因此他去灾区拍摄受灾实况，说是想出一本水灾纪念相册。遇到好天气，他往往穿了一条短裤，提了莱卡照相机东兜西转，带着一副让太阳晒得棕红的汗滋滋的脸，突然跑了来，先到后门口，叫声："春倌，给点水喝。"

阿春在凉水杯子里放进几块冰给了他。他一气喝完冰水，仔细掸去上衣和裤子上的雪白的尘埃，从厨房来到幸子她们那间六铺席大的午休室，摆一回龙门阵才回去。谈话内容大抵是视察灾情方面的，例如说今天去了布引，或者去了六甲山、越木岩、有马温泉、箕面，有时还拿出他在那些地方拍的照片给她们看，穿插说明他那奇警独特的观察和感想。

有时他高声叫着"太太，不去洗海水澡吗？"走进屋子来催促："起身吧，起身吧，只管这样躺着不卫生。"幸子她们爱理不理的，他就说："到芦屋海边去一下，没什么吧，脚气病一游泳就会好的。"几乎要一把拉起幸子似的。还一下子自作主张叫阿春取出太太和小姐们的游泳衣，雇好去海水浴场的汽车，让姐妹三个连同悦子坐上汽车去游泳。有时幸子懒得带同悦子去游泳，往往就让她跟随板仓一块儿去。这样地双方日渐亲近起来，说话的口气也没什么顾虑，变得粗鲁了，他甚至动手乱开壁柜，做出叫人看不入眼的举动来。尽管如此，有什么事情委托他办，他一定不嫌麻烦地给办，方便得很，说话也颇为风趣，这都是他的长处。

一天，姐妹三个躺在那间六铺席的屋子里像惯常那样享受着从垃圾窗口吹进来的凉风，一只马蜂从院子里飞了进来，先嗡嗡地在幸子头顶上飞了一圈。

“二姐，一只马蜂。”妙子这样一说，幸子慌忙立起。那只马蜂从雪子头上飞到妙子头上，又飞到幸子那边，在三个人的头上盘旋。袒胸露臂的三姐妹，在那间屋子里东逃西躲，那只马蜂缠住她们不放，她们逃到东，它飞到东，逃到西飞到西，弄得她们哇哇叫，从走廊逃进餐室，再从餐室逃进会客室。吓得正在那里和罗茜玛丽玩“过家家”的悦子问：“什么事呀，妈妈？”话音才落地，马蜂嗡的一声又飞了来，撞在玻璃窗上。

“啊！马蜂来了，马蜂来了。”

这下子连罗茜玛丽和悦子都凑趣参加了进来，五个人犹如在和马蜂捉迷藏，一边“喔”、“喔”地叫喊，一边在屋子里乱逃。是不是她们把马蜂刺激得更兴奋而促使它乱窜呢，还是马蜂原来就有这种习性，看上去它是向院子里飞，却又飞回来追人。她们五个再从餐室穿过走廊逃进六铺席的那间屋子，就这样翻来覆去在几间屋子里乱折腾。

“怎么回事呀？这个热闹劲。”板仓这时突然走进后门，在分隔厨房和走廊的短门帘处探出了他的头。今天他看来是想邀她们去海边的，游泳衣外面罩着一件单衫，头上戴了顶遮阳帽，脖子上围了一条毛巾。“春倌，怎么回事呀？”

“让马蜂纠缠住不放哩。”

“哦呀，够气派啦……”一句话没说完，五个人像练习赛跑那样晃动着捏紧的拳头在他眼前一拥而过。

“今天。——可真够呛。”

“马蜂，马蜂，板仓老板，快捉住它。”幸子尖声叫着，仍然一步不停地跑过去。她们都张口露齿，眼睛发亮，一本正经的脸上似笑非笑，起着痉挛。板仓随即脱下他的遮阳帽，啪哒啪哒地把那只马蜂从会客室赶到院子里去了。

“啊，真吓人，多倔强的马蜂呀。”

“什么话，吃惊的是马蜂呀。”

“别开玩笑，刚才真的吓死人。”雪子还在直喘气，苍白的脸上装出一丝笑容说。她犯着脚气病，透过她身上的那件乔其纱西服，可以看到她心脏在怦怦悸动。

十二

进入八月没几天，妙子收到她同门姐妹寄给她的一张明信片，告诉她山村作师傅因肾脏病恶化住进附近一家医院里去了。

原来每年七八月份山村舞照例停止训练，今年六月举办了一次乡土会，当时师傅的健康状况就不大好，所以决定继续往后推迟一个月的假期，休息到九月份。妙子对于师傅的健康并非不关心，几个月来一直不通消息，是因为师傅的家在天下茶屋，从阪急芦屋坐电车去，要从北到南穿过整个大阪，还必须在难波换乘南海电车，才能到岛之内的训练场学习，那个地方妙子从来没去过。这时突然接到这样一个通知，而且据说肾脏病已变为尿毒症，可见病情已经相当严重了。

“病情究竟如何，明天细姑娘能不能去探望一下？过几天我也要去。”

幸子担心师傅这次发病的原因说不定是今年五六月份，她每天从远处赶来芦屋指导妙子和悦子学舞蹈，劳累过度而造成的。当时她看到师傅脸色苍白浮肿，指导学习时，上气不接下气，尽管本人说“我的健康就靠舞蹈维持”，可是肾脏病患者最忌劳累过度，幸子本想辞退师傅来家里授课，又怕挫伤女儿和妹妹的积极性，再则顾虑到师傅本人非常热心，终于不好意思说出自己的意见，到今天就后悔当初不该让她来。幸子因为过几天自己要去探访，所以在接到明信片的第二天就先派妹妹去了。

妙子原说趁上午凉快的时候去，由于商议究竟带些什么东西去探访病人，费去许多时间，结果还是在下午太阳最毒的时候才走。下午五点钟，她呼呼地喘着气回到家里，诉说天下茶屋那一带地方多么热。走进家里六铺席的那间屋子，像剥皮那样把那件被汗水贴牢在身上的西服从头剥光，赤条条的只剩一条宽大的裤衩，躲进厕所。过了一会儿，她头上卷了一条湿毛巾，腰里裹了一条大浴巾，走了出来，取出一件宽大的浴衣披在身上，带子也不系，说了一声“对不起”，走到两个姐姐跟前，坐在电风扇旁边，敞开领子让风吹进胸怀，开始讲山村师傅的病状。

——师傅嘴上尽管说近来身体不好，上个月里并不见得特别严重。平常师傅不大愿意发证书给门弟子袭用她的艺名，可是七月三十日那天给某小姐发袭名证书，在师傅自己家里举行了仪式。那天的天气尽管炎热，师傅却整整齐齐穿上礼服，拜祭上代遗像，事先还按照她祖母留传下来的格式一板三眼地敬酒。第二天七月三十一日去那位小姐家道贺时，师傅的脸色就不大好。据说八月一日就病倒了。原来南海电车沿线和大阪神户之间不一样，路上树木极少，东一片西一片盖满了住宅房子，妙子流了一身大汗才找到那个医院。师傅住的那间病房又朝西，一屋子的太阳晒得很热，师傅静静地躺在那里，有一个徒弟在陪床。师傅的浮肿并不怎么厉害，面孔也不像想象中那样虚肿。妙子恭恭敬敬地跪在她枕头旁边问候时，她似乎已经看不出是谁。据陪床的说，有时意识也清醒一会儿，不过多半在昏睡状态中，还不时说胡话，内容全是和舞蹈有关的。妙子坐了半个小时，告辞出来，她的同门送她到走廊里，告诉她医生说这次怕不济事了。这在妙子一眼看到师傅的病容时，也已经觉察出来了。当妙子在烈日之下喘着气、流着汗赶回家时，想到仅仅来回走了一次，就累得这个样子，像师傅那种身体，每天要来一趟芦屋，那种辛苦，就使她更加深深地体会出来了。

幸子听到这个消息，第二天又让妙子陪同她去医院探望了一次病人。过了四五天，师傅病逝的通知寄来了。那时她们姐妹俩才第一次有机会到已故的师傅家去吊唁。当她们看到师傅住的那个凄凉的大杂院时，简直吃了一惊，不敢相信这是大阪历史悠久的山村流舞蹈的唯一传人、继承着由于从前住在南地九郎右卫门町而被称为九山村这样一个家世的第二代师傅的住宅。如此看来，师傅的拮据生活，只能说是潦倒不堪了。原因是死者忠于艺术的良知，极端憎恨人家毁伤上代留传下来的舞蹈规格，不肯顺应时代潮流，一句话，死者是一位不善谋生处世的人。听人家说，第一代鹭作师傅最初是南地演舞场的师傅，负责设计苇边舞的舞姿，第一代祖师死的时候，第二代的作师傅据说曾被聘请去当妓院的舞蹈师傅，可是本人坚决谢绝了。因为当时正盛行藤间和若柳等时髦舞蹈，要是她当了妓院的专属教师，必然会受到妓院方面的种种干涉，不得不按照当时流行的手势改变山村流的舞姿，作师傅决不愿意这样干。死者这种狷介的性格，大大地影响了她的立身处世。由于这种原因，跟她学舞蹈的人也很少。她从小没有父母，是祖父一手抚养大的，艺伎时代虽说曾经有个大财主给她赎身落籍，可是没有和谁结婚，也没有孩子，所以根本没有什么天伦之乐。去世之后，吊丧的亲属一个也没有。火葬那天，正当秋老虎肆虐，仅仅由少数几个人在阿部野[①]举行了仪式。这些人都留下来把遗体送到邻近的火葬场，在等待火化的时候，大家谈了许多追怀死者的话。

师傅讨厌交通工具，特别怕坐汽车和船。她笃信宗教，每月二十六日一定去阪急沿线的清荒神庙进香。还有一百二十八个神社的巡回进香，她每个月要去其中的住吉、生玉、高津三社以及最后那个神社。四时八节还要去上町的许多寺院拜地藏菩萨，供奉相当于自己岁数的糕饼。对于舞蹈训练十分热心，遇到关键处所，一遍又一遍地精心指导。比如在“汲潮水”一曲中，载歌载舞到“有谁来同情你呢？让我们分担汲取满潮吧”的时候，她严格要求演员心中要有数，“一个月亮，两个影子”，水桶里还有个月影。又如“铁轮”舞中的“事到如今，你痛悔前愆了吧，那就好好惩罚一下叫你记住”那个处所，当演员抡起铁锤钉钉子的时候，必须注意弯着腰眼神要集中。山村作师傅万事守旧、消极，可是她看到近来上方舞落后于形势，便再也不能坐视，脑子里产生了一种想法，要是有机会的话，亲自去东京登台演出。再说她本人也没有想到自己会死，曾对人表示到她六十岁时要租借南演舞场举办一次盛大的舞蹈会。妙子本来是她新收的徒弟，近几年来才渐渐亲密，所以她

① 大阪市地名，这里专指该处的火葬场。

和幸子只是小心谨慎地听人家谈论。尽管这样，山村作师傅对妙子特别垂青，妙子自己也企图有朝一日能袭用艺名而传师傅的衣钵，可是现在这一希望落空了。

十三

“妈妈，听说舒尔茨伯伯要回德国去了。”

有一天，悦子被邀到舒尔茨家去玩儿，傍晚回家时这样说。

因为是小孩子的话，幸子觉得有点儿靠不住，第二天上午幸子隔着一道铁丝网遇见舒尔茨太太的时候，就追问说：“昨天听悦子说您先生要回国去，是真的吗？”

“真的呀。”舒尔茨太太回答说。“自从日本发动事实上的战争以来，我丈夫的买卖一点儿也做不成了。神户的店铺，今年几乎完全休业了。最初以为战事马上会结束，直等到今天，也不知道哪天能打完仗。我丈夫考虑来，考虑去，终于决定回国。”她还告诉幸子，她丈夫原先在马尼拉做买卖，两三年前来到神户，总算在东洋立下根据地，这下子把多年来的努力白白丢掉，铩羽回国，惋惜得很。再说有你们这样的好邻居，我们全家都觉得非常幸运，现在不得不和你们分手，委实难受，尤其是孩子们比我更加忍受不了。他们打算让大孩子彼得跟着他父亲这个月先动身，绕道美国回去，舒尔茨太太带罗茜玛丽和弗利兹下个月先去马尼拉，暂时住在马尼拉她的妹妹家，然后从马尼拉回欧洲。这样做的原因是由于她妹妹的家属这次也要回国。她妹妹现在生了病卧倒在本国，舒尔茨太太得去马尼拉收拾她妹妹的家，包装好行李，除了自己的孩子而外，还要带同她妹妹的三个孩子一道回国。因此，她和罗茜玛丽还得等二十天以后再动身。可是舒尔茨先生和彼得，已经预订了八月下旬从横滨起航的加拿大皇后号的船票，简直就是眼前的事情了。

莳冈家呢，悦子从七月底起，又犯了轻度的神经衰弱和脚气病，虽说没有去年那样严重，可是老说吃不下饭，睡不着觉，趁现在病情没有发展的时机，想带她去东京找个神经科专家给诊断一下。她从来没有去过东京，平常总说她的同班同学谁和谁参拜了二重桥①，非常羡慕那些人，所以要是带她去东京见见世面，她一定高兴得很。再说长房搬到东京涩谷以后，幸子一次也没有去过，借此机会去一次，也非常理想。她原来打算一交八月就和悦子、雪子三个人动身去东京，后来因为山村作师傅生病等其他事情拖延了下来，弄得这个月去得成去不成都不知道了。可是，彼得父子这几天里就要从横滨启程，幸子想趁现在动身还可以去送送他们。偏巧启程那天正好是地藏王菩萨生日，幸子必须代表长房的姐姐去上本町的寺院施舍饿鬼，这是每年的例行公事，非去不可。因此，只得在十七日举行一个茶话会给彼得送别，招待了彼得、罗茜玛丽和弗利兹。隔了一天，十九日那天舒尔茨家为孩子们举办了临别纪念茶话会，招待了彼得和罗茜玛丽的德国小朋友，其中唯一的一个日本客人就是悦子。二十日下午，彼得独自来到莳冈家辞行，和全家的人一一握手，告别时他说："明天早晨我和爸爸从三宫动身去横滨，绕道美国回去，估计九月上旬到达德国，定居在汉堡，今后希望你们一定来汉堡玩儿。"还说："路过美国时想买件东西送给悦子姐姐，喜欢什么请对我说。"悦子和妈妈商量了一下，就请彼得给买双皮鞋。彼得因此要了悦子的一双鞋子带回家。可是不久他又拿着纸、笔和卷尺回来说："妈妈说按照悦子姐姐的脚寸大小测量，比借鞋子还好，所以我来量一下。"说着就把纸铺平，让悦子把脚放在纸上，依照他妈妈教的方法画下脚寸，然后回去了。

二十二日早晨，悦子由雪子陪同着去三宫车站送舒尔茨父子。那天晚上吃晚饭的时候，大家围着餐桌谈论起他们父子，讲到早晨送别时彼得十分依依不舍，火车开动之前他还再三问："悦子姐姐什么时候去东京？要是去的话，能不能到船上去看看？起航定在二十四日晚上，要是想见面的话，我们还可以再见一次面。"看他的样子觉得怪可怜的。由

① 东京皇宫前的那顶桥。

于有这样一件事，幸子就说："既然这样，悦子去横滨送送彼得吧。妈妈得过了二十四日才能去。悦子和阿姨明天夜车就动身，后天早晨在横滨一下车，立即去加拿大皇后号好吗？妈妈二十六日左右也要去，悦子先去游览一下东京，在涩谷等着怎么样？……嗯，这样办不错吧……"事情就这样决定了。

"怎么样，雪子妹妹，明天晚上你能动身吗？"

"可是还得买许多东西呀……"

"明天一天不能买齐全吗？"

"那……夜车要是太晚，小悦想睡……后天一大早动身也赶得上吧。"

幸子看到雪子在这种时候都愿在这个家里多呆一天好一天，觉得十分值得同情，就若无其事地说："真的，后天动身也不晚。"

"怎么一下子就动身回去，不是才来不久吗。"妙子在旁边讲风凉话。

"本想多住些日子，为了小悦要去送彼得，没有法子呀。"

雪子七月里来芦屋的时候，心想大概能在这里呆上两个月，后天必须动身去东京，实在出乎她的意料之外，心里未免觉得有些泄气。不过这次是和悦子在一起，过几天幸子也要来，自己没有尝到一个人单独回东京的那种孤寂滋味。可是幸子母子不会长期呆在东京，悦子的学校一开学，就得回去，今后自己又必须留在东京。一想到这点，雪子才明白到自己想呆在芦屋，固然是由于她愿意和二姐一家生活在一块儿，更主要的怕还是她对于关西这片土地的热爱，她讨厌东京，一则是由于和姐夫合不来，另外也是由于她不服关东的水土。

幸子早就看出这点，所以第二天她故意什么也不过问，一切听凭雪子和悦子爱怎么办就怎么办。当天早晨雪子还磨磨蹭蹭的，看到悦子一味地想动身，到了下半天她独自匆匆忙忙地打扮一下，让妙子给她打了一针，一句话也不和谁讲，带着阿春翩然出去了。傍晚六点钟后，提了一大捆神户的大丸百货公司以及元町一带的商店包装好的东西回来了。

"这个买来了。"

雪子从她腰带里取出两张第二天早晨“富士号”特别快车的火车票。那次特快车早晨七点从大阪开出，下午三点钟以前到达横滨，所以三点过几分就能赶到轮船码头。这样的话，双方在那里至少可以会见两三个小时，因此就这样匆匆忙忙地决定了下来，马上动手拾掇行李，还派人去通知了舒尔茨太太。

雪子看到悦子兴奋得不肯去睡觉，就对她说明天一早得上火车，强迫她去楼上睡了，然后整理了一下自己的衣裳和皮包。办完这些事情后，看到贞之助还在书房里钻研什么东西，她就拉了姐姐和妹妹在会客室里谈天，一直谈到十二点过后。

这时，妙子放肆地打了一个大哈欠说：“雪姐，我们睡吧。”三姐妹中数妙子最不讲究礼貌，她和雪子在这一点上恰恰相反，大热天尤其是这样。比如今天晚上洗过澡以后，她只穿一件浴衣，腰带都不系，一边说话，一边时时敞开胸脯承受团扇的风。

“细姑娘想睡就先去睡吧。”

“雪姐还不想睡吗？”

“今天我大概多走了路，似乎过于劳累了，一点也不想睡。”

“再给你打一针怎么样？”

“还是明天早晨动身前打吧。”

“这次你真倒楣呀，雪子妹妹……”幸子看到雪子脸上那块消褪已久的褐色斑又隐隐约约地显现出来了，就说：“我希望雪子妹妹今年年内能再来一次，因为明年是你的灾难年①呀。”

舒尔茨父子上次是在三宫火车站动身的，雪子和悦子为了推迟些早晨起身的时间，决定在大阪乘车。尽管如此，为了不误点，六点钟也必须坐上省线电车。幸子原来只想送她们到大门口就算了，可是舒尔茨太太要带她的两个孩子一直把她们送到芦屋站，所以第二天早晨幸子和妙子姐妹俩连同阿春全都去了。

---

① 日本人把三十三岁这一年称为“厄年”，这和我国某些地方的迷信“三十三，乱刀斩”不谋而合。

“昨天晚上我打了电报到加拿大皇后号，通知他们火车到达的时间。”等电车的时候，舒尔茨太太说。

“彼得哥哥准会站在甲板上等我们的吧。”

“嗳，我想准是这样。悦子小姐太亲切了，多谢多谢。”舒尔茨太太说完又用德语对罗茜玛丽和弗利兹说：“你们得谢谢悦子姐姐呀。”

幸子她们只听懂“多谢”这两个字眼。

“那么妈妈也快点儿来呀。”

“噢，二十六日或二十七日我一定去。”

“一定呀。”

“一定。”

“悦子姐姐早点回来呀！”罗茜玛丽追赶着已经开动的电车用德语说。

“再见！”

“再见！”悦子一面挥手，一面用她不知什么时候学会的这句德语回答。

十四

幸子决定二十七日早晨乘“鸥”号动身。隔夜拾掇行李的时候，发现要带到涩谷去的礼物就有大小三个皮包，自己一个人怎么也拿不了，莫如趁此机会带阿春去东京见见世面。贞之助身边有妙子在家照料，也没什么不放心的。带了阿春去，许多地方都方便。理由是等到学校秋季开学时，说不定可以让阿春陪同悦子先回家，自己暂时留在东京，因为多年不到东京，这次可以从从容容地多呆些日子，看几回戏再回家。这就是幸子私下的打算。

“啊！春倌也来了。”悦子随同雪子和长房的长男辉雄来到东京站，看到阿春跟着她妈妈走下车来，高兴得叫了起来。坐在出租汽车里，悦子也摆出老前辈的面孔指指点点地撒欢儿：“那是丸大厦，那边就是宫城了。”

仅仅几天工夫，幸子觉得悦子的脸色显然健康得多了，两颊也稍稍丰满些了。于是就说：“小悦，今天富士山看得很清楚啦。不是吗，春倌？”

“是呀，真清楚，上上下下没有一片云。”

“前次我们来的时候有几分阴沉，看不见山顶。”

“哎呀，是吗？这样说来，春倌运气可好啦。”只有对悦子说话的时候，阿春才自称“春倌”。

汽车开到皇宫外壕，当辉雄取下他的帽子时，悦子说：“春倌，你看，那儿就是二重桥。”

“上次经过这里的时候，我们都下车行了最敬礼。”雪子说。

“呵呵，确是这样的，妈妈。”

“那是什么时候的事情？”

“就是二十四日那天，舒尔茨伯伯和彼得哥哥，还有阿姨和我，四个人在那个地方排好队行了最敬礼。”

“哦呀！你们和舒尔茨伯伯来二重桥了？”

“是阿姨带他们来的。”

“有那么多的时间吗？”

“时间确实很紧迫，老是看着手表，心里着急得很。”

二十四日那天，雪子和悦子急急忙忙地赶到轮船码头的时候，舒尔茨父子早已站在甲板上等得不耐烦了。雪子问他们什么时候开船，他们说晚上七点钟。雪子一想离开船还有将近四个小时，可以邀他们去新大观西餐馆喝杯茶，不过现在去喝茶，时间又嫌太早，莫如索性去东京兜一圈，带他们见识见识丸之内一带的气派，因此就建议去东京，因为她知道彼得父子都没有到过东京。经她这样一提议，舒尔茨有些踌躇，接连问了两三次“那样行吗？那样行吗？”最后才同意去。四个人立刻在樱木町坐上电车，到有乐町下车，先在帝国饭店喝了茶，四点半钟离开那里，预定一小时内先驱车到二重桥前，下车行了最敬礼，然后到陆军部、帝国议会大厦、首相官邸、海军部、司法部、日比谷公园、帝国剧场、丸大厦那些地方走马看花转了一圈——有些地方坐在车子里看，有些地方下车几分钟。五点半钟赶到东京火车站。雪子和悦子本来打算送他们去横滨，看着开船，由于舒尔茨再三辞谢，又顾虑到那天一清早从芦屋赶来，要是再很晚回家，悦子太累，就听从了对方的话在东京站头分手了。

“彼得小弟弟高兴了吧。”

“他只管赞叹东京的雄伟。是吧，小悦？”

“嗯，他尽东张西望，说什么多么高大的建筑呀。”

“他爸爸熟悉欧洲，可是彼得除了马尼拉、神户和大阪之外，没有去过别的地方。”

“看样子他对东京钦佩得很。”

“小悦也是这样吧。”

“我是日本人，没来东京以前早就知道了。”

“熟悉东京的，毕竟只有我一个，所以费了老大的劲给他们讲解。”

“阿姨用日语讲解的吧？”辉雄问。

“我先讲给彼得小弟弟听，他当翻译讲给他爸爸听，比如帝国议会大厦啦、首相官邸啦，这些话彼得小弟弟不懂，因此，有些处所用英语说明。”

“帝国议会大厦和首相官邸这类英语阿姨全都会讲吗？”辉雄独自操着地道的东京话问。

“日语里有时掺进几句英语。帝国议会大厦的英语是会讲的，首相官邸这个英语词汇没学会，就用日语说‘这里是近卫首相①住的地方’。”

“我讲德语了。”悦子说。

“你讲了 auf wiedersehen 了吧？”

---

①侵华战争时，日本的首相是近卫文麿。1945 年判为战犯，被捕前服毒自杀。

“嗯，在东京站分手时讲了好多遍。”

“舒尔茨先生也用英语一再道谢。……”

幸子想到平常很少讲话、一味思考问题的雪子，穿了花花绿绿的罗衫，一手牵着身穿西装的悦子，陪同外国绅士和青年参观帝国饭店的休息厅、丸之内的官厅街以及高楼大厦的闹市那种光景，显得多么不相称。还有舒尔茨先生紧跟在孩子后面，忍耐着语言上的不自由，顾虑着开船的时间而不停地看表，一声不响地被拉着东奔西走的情景又多么傻，为对方设身处地想一想，也够他为难的了。

“妈妈，那个美术馆你以前参观过吗？”汽车开到外苑前面时，悦子说。

“我参观过。不要把你妈妈当作乡下佬呀。”

幸子嘴上尽管这样说，其实她对东京并不那么熟悉。还是十七八岁少女时代，她父亲带她来过东京一两次，寄寓在筑地采女町的旅馆里，那时确实见识过许多地方，不过那还是大正十二年大地震以前的事情。复兴后的东京，她还是新婚旅行去箱根的归途中在帝国饭店住过两三个晚上。生下悦子后的九年中间，一次也没有到过东京。刚才她还讥笑悦子和彼得，其实当列车从新桥站开到东京终点站那段路中间，她目击高架电车线两旁矗立着的高层建筑时，不由得产生了好久没有接触到帝都威容的想法，因此多少觉得有些兴奋。大阪最近在御堂①一带也大兴土木，从中之岛②到船场③陆续修盖了许多近代式建筑，要是从朝日大厦的十楼或者从阿拉斯加餐厅俯视下方，的确洋洋大观，可是到底比不上东京。幸子上次见到的东京是复兴后不久的东京，她没料到这几年中间发展的情景。坐在高架电车上放眼观看，简直和她原先知道的东京判然不同了。远望展现在列车车窗前矗立着的街衢以及街衢隙缝中闪过的国会大厦的尖顶塔，深深感到光阴荏苒，已经九个年头过去了，这中间不仅帝都的面貌今非昔比，自己和自己周围的情况也发生了许多变化。

---

①②③均为地名。

不过说句真心话，幸子并不那么喜欢东京。提起祥云霭霭的千代田城[④]的好处，固然诚惶诚恐，可是东京的魅力究竟在哪里，那就只有以皇城的松柏为中心的丸之内一带那雄伟的景色——江户时代建都的规模原封不动地保留了下来，有壮丽的高层建筑街作为其前景，以及皇城的城门和护城河边的翠色。那确实是京都和大阪所没有、而且百看不厌的景色，除此而外，也就没有什么吸引人的地方了。银座到日本桥那一带的街道，出色固然出色，可不知怎么的总觉得那里的空气干巴巴的，对于幸子她们来说，决不是什么安居的乐土。她特别厌恶东京郊区的荒凉市容，今天汽车行驶在青山去涩谷的马路上，尽管还是夏天的傍晚时候，却已经觉得冷飕飕的，仿佛到了一个遥远的陌生地方。她已经记不起以前是否到过这里，眼前接触到的市容，和京都、大阪、神户等地全然不一样，不像是在东京，像是到了更北的北海道或者满洲那些新开辟的地方。说是郊区，这一带也已经是大东京的一部分了，从涩谷车站到道玄坂这段路的两旁，店铺很多，形成一个相当繁华热闹的区域。可是，不知怎么的却缺少一种温润的味道。路上的行人，都莫名其妙地带有一副冷冰冰的苍白脸色。幸子联想到自己住的芦屋一带那明朗的天空和滋润的土地，以及肌体所接触到的空气的柔和感，如果是在京都的街上，即使偶然走到陌生地方，也会产生一种似曾相识的亲切感，想和路上的人攀谈几句话。可是每次来到东京，都觉得这个地方和自己无缘。幸子怎么也不相信一个地道的大阪人、自己的亲姐姐，现在竟住在这样一个都市的这样一个区域里……她仿佛做梦似的走在一条陌生的街上，像是到妈妈和姐姐居住的地方去，心里嘀咕着妈妈和姐姐怎么会住在这样的地方……幸子的心境几乎就是这样。可是她佩服姐姐竟然能在这样的地方生活，直到她确实到达目的地为止，她仍然不肯信以为真。

当汽车差不多开到道玄坂的终点，向左拐到幽静的住宅区时，两三个小孩子一拥而上，围住车子，十岁左右的一个孩子打头。

---

④江户城的别名。

“姨妈，姨妈。”

“姨妈，姨妈。”

“妈妈在家里等候您呢。”

“我家就在那儿。”

“危险，危险，走开呀。”雪子在开得很慢的车子里说。

“他们都是姐姐的孩子吧？最大的一个是哲雄吗？”

“他是秀雄。”辉雄回答。

“是秀雄、芳雄和正雄。”

“都很大啦。他们要是不说大阪话，还不知道是谁家的孩子呢。”

“他们的东京话都讲得很好，为了表示欢迎姨妈，才说大阪话的。”

十五

涩谷大姐家的生活情况尽管经常从雪子嘴里听到，可是她家里每间屋子都让孩子们搞得乱七八糟，几乎叫人无处容身，这实在出乎幸子的意料。不错，房子是新盖的，还算爽朗，可是柱子纤细，地板底下是窳败的横木，一眼就可以看出这房子是专供出租而盖的劣等建筑。孩子们跑下楼梯，整个房子就会摇动。纸槅扇和拉门随处都是窟窿，正因为那类东西都是崭新、雪白的便宜货色，所以格外使人惨不忍睹。幸子不喜欢上本町那种格局陈旧、缺少阳光的屋子，可是比起涩谷这种房子来，还是过去那种老式房子住得安逸。大阪的老屋尽管缺少阳光，但是还有一个小小的中庭，呆在后面饭厅里的人透过中庭的树木可以看到仓库门前，那个情景到现在还活生生地跃现在眼前。涩谷这所房子，除了墙边屋角留下一些可供安放盆栽的空地而外，没有称得上是庭院的处所。大姐因为楼下孩子们吵闹，特地给幸子腾出楼上那间八铺席的屋子——她家接待客人的屋子，所以幸子一到，就先把旅行包放了进去，而且看到壁龛里挂着大阪带来的栖凤[1]画的香鱼立轴。已故的父亲有一阵曾收集过栖凤的作品，大姐收拾家财时大部分都转让了，这幅画是仅存的一两幅中的一幅，幸子记得此外还有几幅。她面对着摆在立轴前面那八条腿的红漆供桌、挂在画锦线上的赖春水[2]写的字、靠墙安放的泥金画木架，以及架上摆着的台钟，原先摆着这类东西的上本町长房家的细微情景，像幻影那样一一浮现在幸子的眼前。大姐把这类东西从大阪特地带到东京，也许是把它们作为过去的荣华的纪念品留在身边看看的吧。另外也是由于想点缀一下充当会客室用的这间十分不像样的屋子。可是，不管怎么说，这些东西不仅不能抬高这个会客室的身价，反倒起了相反的作用。正因为有了这些摆设，更加显出这屋子的质量低劣。把亡父的这些遗泽摆在东京郊区这样一个地方，多么奇妙，仿佛正象征着大姐这个人的境遇似的。

“姐姐，你那么多的行李居然都收藏起来了。”

“是呀。当初行李运到这里时，还愁没有地方安放这许多东西，不知把它们放在哪里才好，后来总算勉强把它们收拾完了。房子看去虽小，塞放起来，有多少东西也塞放得下。”

那天傍晚，鹤子把幸子领到楼上，坐定后谈了这样一番话。谈话中间，孩子们上楼来了，他们搂住鹤子和幸子的头颈不放，鹤子无可奈何，一面连声斥责：“热得受不了，你们都下楼去，姨妈的衣裳都给你们弄皱了。”一面继续和幸子谈话。

“喂，正雄，快下楼去叫阿久给你姨妈拿冷饮来。喂，正雄，听妈妈的话。”说完她就把四岁的梅子抱到膝上，接着又说：“芳雄，你下楼去取把团扇来。秀雄，你是哥哥，哥哥得先下楼。妈妈和你姨妈难得见面，有许多话要讲，你们这样缠住不放，我们怎么能谈话呢。”

“秀雄今年几岁了？”

“我九岁啦。”

---

① 竹内栖凤（1864—1942），日本画家，京都人。

② 赖春水（1746—1816），江户末期的儒者赖山阳之父。能做汉诗。

“九岁的人，长得挺高呀。先前在门口见到时，我还以为是哲雄呢。”

“个儿长得挺高大，可一天到晚像这样的缠牢在我身边，一点也不像做哥哥的。……要是哲雄的话，早就忙着准备报考中学，才不会干这种淘气的事……”

“女佣只有一个阿久吗？”

“嗯，前些时候还有一个美代，她要求回大阪，我想梅子自己已经能走路，不用保姆看管，所以就让她回去了。”

幸子本来以为大姐一定要为家务事累得憔悴不堪，今儿看到大姐的发型梳得比她想象中的清爽，衣装打扮也很整洁，就佩服她姐姐在任何情况下都没有忘掉自己的爱好。她既要照管六个子女——最大的十五岁，接下去是十二岁、九岁、七岁、六岁、四岁；还得侍候她丈夫，身边只有一个女佣，总以为她顾不上什么虚荣和名声，蓬头垢脸，衣衫不整，比她实际年龄老上十岁八岁也不足为怪，哪里知道今年三十八岁的大姐，毕竟是她们四姐妹中打头的，看去却比她的实际年龄还年轻五六岁。她们姐妹四人中，大姐和三妹雪子像她们的妈妈，幸子和最小的妙子像她们的父亲。妈妈是京都人，大姐和雪子的相貌有几分京都女子的风韵，不同的地方只是大姐的轮廓什么都是大型的。幸子以下，身材一个比一个矮，同样，大姐的身材比幸子更高，她和矮小的姐夫走在一起，看去比她丈夫还高。正因为这样，她肢体丰腴，尽管是京都型的，可不像雪子那样瘦得楚楚可怜的样子。大姐结婚的时候，幸子以二十一岁的少女参加了婚礼。大姐当时那种出类拔萃的美丽漂亮，到现在还留在她的记忆里。大姐眉清目秀，脸盘子也大，头发就像从前平安朝时代的人，站立的时候长得拖在地上。梳了油光锃亮的岛田髻的姿态，真是仪表堂堂，既艳丽又威严，令人觉得这样一个人要是让她穿上结婚礼服，将是何等风光。幸子她们那时就听到家乡和社会上风传着姐夫要到一位出色的千金小姐家去做赘婿，她们姐妹几个就私下议论说，那点儿风传是理所当然的。此后，大姐经过十五六年的星霜，生了六个孩子，境况一天不如一天，含辛茹苦，当年神采奕奕的丰姿已经消失。可是由于她身长玉立的天赋，到如今还能保留着比她实际年龄年轻五六岁的光艳。幸子一边这样想着，一边贪看她姐姐胸口雪白粉嫩的、一点都不松弛的皮肤，那时鹤子正在啪嗒啪嗒地拍打抱在膝上的梅子。

幸子离家时，贞之助对她说："带了孩子住到涩谷去，对不起你大姐。住上一两夜，以后住到筑地的滨屋去怎么样？我可以抽空打个电话或者写封信给滨屋的老板娘，托她给你准备房间。"幸子心想，要是和丈夫一块儿去倒也罢了，现在母女俩去住旅馆，就不大愿意。再说自己和大姐好久不见面，也想和她海阔天空地谈谈，还是住在大姐家里合适。她这次所以把阿春带来，就是为了母女俩住在涩谷的那段时间里，可以让阿春帮帮厨。可是住了两天之后，就觉得还是应该听从丈夫的话。"平常老说孩子们讨厌，也没有现在这样可厌，正当暑假期间，六个孩子一天到晚呆在家里吵吵嚷嚷的，再过两三天，白天就安静了。"大姐尽管这样说，可是芳雄下面的三个弟妹都还没有上学，大姐永远闲不了，为此她只能抽空上楼来谈谈。可是她一上楼，三个孩子马上跟了上来，缠住她不放。孩子们不听话，妈妈抓住就打屁股惩罚他们，这样一来就更加闹翻了天，震耳欲聋的哭喊声每天总要发生一两次。在大阪的时候，幸子就看到姐姐经常打孩子，而且深知不是这样的话，做母亲的实在照管不过来那么多的孩子。由于这样的原因，姐妹俩从从容容说话的机会就很少。两三天来，悦子让雪子领着去参观靖国神社、泉岳寺等名胜古迹，可是大热天也不能老往外跑，跑了几个地方也就腻烦了。幸子本以为悦子没有尝到过手足深情，此番有机会可以让她亲近亲近难得见面的、年纪比她小的表妹了。偏偏梅子这孩子老爱跟着她妈妈，连雪子都不依恋，所以悦子对她毫无办法。悦子还一点半点偷偷地在她妈妈耳边说："学校快上课了，要是不赶快回去，露宓姐姐要动身去马尼拉了……"再加幸子自己从来没有打过孩子，这几天里她发现每当大姐惩罚孩子的时候，悦子老是怕怕缩缩地偷看姨妈的脸。四姐妹中数鹤子的性格最温和，对于这样一位姐姐，幸子担心因为她打孩子而使悦子对她产生恶感。甚至还担心大姐打孩子对悦子的神经衰弱会不会带来异常的影响，因此幸子觉得最好还是让阿春陪同悦子先回去。不过为难的是栉田医生所介绍的东京帝大的杉浦博士正在旅行，不到九月上旬不回京，因此必须等候，否则，带悦子来京的目的就落空了。

幸子考虑要是滞留日期再拖延下去，也许该搬到旅馆去住。滨屋这家旅馆虽说没去住过，但那里的老板娘曾经做过大阪第一流酒家播半的女招待，和已故的父亲颇为熟识，幸子少女时代也曾和她见过面，所以不是去住什么陌生旅馆。据贞之助说，那里本来是专供招妓女游乐的地方，后来才改为旅馆。客房不多，旅客大部分是大阪人，女招待操大阪方言的占多数，住在那里，就像住在家里一样，不觉得是在东京。幸子心想既然那样，索性住到那里去算了。可是看到姐姐在尽心竭力地款待她，住旅馆的话就说不出口了。加之姐夫也说在家里一顿晚饭都不能好好地吃，就领她们到闻名东京的道玄坂的二叶去吃西菜，有时为了悦子爱吃中国菜，就请她们到道玄坂附近一家名叫北京亭的中国餐馆去吃饭，连自己的孩子们也带了去，开了一个小小的家宴。姐夫本来爱请客吃饭，近来虽说变得俭朴了，但在这些地方也许还是故态依然，或者是他至今还有为小姨子效劳的脾气，因而特别巴结讨好她们，幸子不明白到底是哪种原因。不过在他来说，可能是为了舆论一向认为他和小姨子们感情不洽而大伤脑筋，才用这种方式加以补救的。姐夫说：“幸子妹妹们只知道播半或鹤屋那些第一流的大酒家，其实道玄坂有许多专门以花柳界为对象的小酒家，做出来的菜肴比东京第一流大酒家的还好吃。在那些地方经常可以看到带了太太和小姐去的顾客。东京的风味究竟如何，吃了才知道，你们不妨跟我去试试。”他把大姐留在家里，拉着幸子和雪子轻松愉快地去附近的酒家品尝佳肴。回想起来，这位姐夫刚入赘时，她和两个妹妹串通一气，经常刁难他，大姐知道了就哭鼻子。想到这些，姐夫的软弱忠厚，以及比自己的姐姐更敏感的形象就出现在她眼前。因此，她觉得自己再也不能像做姑娘的时候那样刁难人家，此番来京，只能住在这里，等杉浦博士给悦子看完病，及早回关西去。幸子这样思忖着，八月份终于都住在涩谷的姐姐家里了。

十六

这是九月一日晚上的事情。

那天晚上，六个孩子和悦子先吃完晚饭，姐夫、姐姐两口子和幸子、雪子在家里进餐。当天正好是关东大震灾纪念日[①]，餐桌上的谈话材料从地震扯到两个月前的山洪暴发，妙子遇难的经过以及年轻摄影师板仓的奋力救援。幸子说："我既没交好运，也没遭殃，一切都是听细姑娘讲的……"她先交待了一番，然后详细介绍了山洪暴发的情况。她那句开场白倒成了谶语似的，就在那天晚上，几十年来从未遇到过的猛烈台风袭击了关东一带。单就个人来说，幸子经历了有生以来从未经历过的恐怖的两三个小时。

幸子是在风灾极少的关西长大的，从来不知道有那样可怕的大风，所以格外惊恐。本来四五年前，昭和九年(1934 年)的秋天，关西也发生过一次暴风，当时大阪天王寺的宝塔被刮倒，京都东山上的树木被风刮得精光，这件事幸子是知道的，记得当时仅仅只有二三十分钟的恐慌。不过那时芦屋一带没有遭到很大的损失，当她在报纸上读到天王寺的宝塔被刮倒时，还觉得有些意外，居然会有那么厉害的风。可是，那次风灾和这次东京的经历比较起来，就根本算不上什么了。其实，正由于幸子记得 1934 年那种程度的风都能刮倒五级宝塔，她觉得像涩谷那样的房子无论如何也经受不住这次的台风，所以她格外提心吊胆。还有，那天晚上的风势的确很大，住的又是廉价的建筑，因此她觉得风势要比实际上的大五倍甚至十倍。

台风开始的时候，孩子们还没有睡，大概是晚上八九点钟吧。风刮得最厉害的时候，大约是十点左右。幸子、悦子和雪子三人已经在楼上那间八铺席的屋子里睡下了。因为屋子摇晃得厉害，悦子紧紧地搂住她妈妈，叫了声"阿姨也到这里来"，把雪子也拉到她妈妈的卧铺旁边，

① 关东大震灾发生于 1923 年 9 月 1 日。

自己夹在她们两人中间，两只手各拉住一个脖子不放。每逢悦子惊呼“我怕”的时候，幸子和雪子起初都哄她说：“不用害怕，风马上就停止了，放心吧。”随后，悦子就把她们搂得更紧，她们也使出同样的劲搂抱着她，三个人头并头搂在一起，抱成一团。楼上总共有三间屋子，八铺席的旁边是一间三铺席的，还有一间四铺席半的屋子在走廊那边。辉雄和哲雄就睡在那间四铺席半的屋子里。辉雄起身来到八铺席的那间屋子觑了一下，催请说：“姨妈，到楼下去吧。楼下好像比较安全些，我们下去吧。下面的人也在慌乱着哩。”——由于停电，屋子里漆黑一片，分辨不出辉雄的面貌，只听出他的声音不寻常。幸子为了不让悦子受惊，嘴里不说，心里早就觉得这幢房子也许有倒塌的危险，每当屋架剧烈地摇晃时，就觉得这下子真的要倒塌了，吓得直冒冷汗。听到辉雄这样一讲，她二话没说，马上叫声“雪妹、小悦，我们下楼去！”自己带头，三个人跟着辉雄走到半楼梯，一阵风刮得屋子直摇晃，以为这下子屋子准要倒塌了。她的印象是咯吱咯吱作响的、又薄又软的杉木板做成的扶梯，夹在像风帆那样鼓起的两道板壁中间，眼看就要稀里哗啦地倒塌下来。柱子和墙壁间的缝隙在扩大，风沙从缝隙里吹进来。幸子觉得她的身体仿佛受到墙壁的夹击，跌跌撞撞地跑下楼，差点儿把辉雄撞倒。呆在楼上的时候，呼呼的风声，让满天飞舞的树叶、树枝、白铁皮以及招牌之类东西的声音搅混，听不清楚。来到楼下，哪儿都在喊“可怕！可怕！”秀雄以下的四个孩子都聚集在姐夫和姐姐睡的那间六铺席的屋子里，坐在父母身边一动都不动。等到幸子们来到那间屋子坐定，芳雄和正雄叫了声“姨妈”，都来揪住幸子的臂膀不放。悦子无奈，只能抱住雪子。大姐抱着梅子，两手覆在她身上，衣袖却被秀雄抓在手里(秀雄害怕的样子很奇怪，风停止的时候，他使劲揪住他妈妈的衣袖，竖起耳朵倾听，等到远处传来猛烈的呼啸声，他急忙放下妈妈的衣袖，用他那低沉嘶哑的声音说：“吓死人，”两手塞住耳孔，睁大着眼睛，低头对着席子)。四个大人和七个孩子就这样蹲在一间屋子里，那模样无异于恐怖的群像。姐夫辰雄除外，鹤子、幸子、雪子三人都一言不发地做好了精神准备——要是屋子倒塌下来，就同归于尽。真的，要是那次台风刮得再久一些、再猛烈一些，那栋屋子准定倒塌。为什么这样说呢？幸子刚才跑下楼的时候，一半出于自己的恐怖，曾作出这样的猜测。事实上每逢台风呼呼地刮来时，这栋房子的墙壁和柱子的裂缝足有一两寸宽，这是她来到这间六铺席的屋子里以后亲眼看见的。屋子里只靠一支电棒照明，在幽暗的手电光中，裂缝看去仿佛有五寸到一尺那么宽。说一两寸宽，其实一点儿也不夸大。那裂缝并非一直开着，风停止的时候，裂缝就合拢了，风一刮起来又裂开了。每刮一次风，裂缝就增大一次。幸子还记得丹后峰山那次地震时，大阪上本町那栋住宅摇晃得也很厉害，可是地震时间短，台风时间长，墙壁让台风刮得裂开了又合拢，合拢了又裂开，这还是第一次的经验。

大家吓得都在发抖时，辰雄还竭力不动声色，可是他看到墙壁开裂的形状，似乎也不安起来，就说："也许只有我们这幢房子这样摇晃，邻近几家的房子盖得都比较好，不见得会有这样的事……"辉雄接着就说："小泉先生家一定平安无事，他家的房子既牢固又是平房……爸爸，我们还是去小泉先生家避避风头吧。呆在这房子里，要是倒塌下来，可不倒楣了吗？""倒塌大概还不至于，不过去他家躲避一下也许安全一些。可是把睡着的人叫醒，不是很不好吗？……"辰雄踌躇莫决。鹤子就说："现在是什么时候，还讲这种话。这样大的台风，小泉先生全家一定都起来了。"这时，大家你一句我一句地说："去躲避一下吧，去躲避一下吧。"小泉家和这里只隔一道墙。从这里的便门走出几步路，就是邻家的后门。房主是退休官吏，老夫妇俩和一个儿子一块儿过活。他们家儿子读书的那个中学就是辉雄这回转学的中学，两人同在一个学校读书，每常得到他们的照顾。辰雄和辉雄曾两三次去他家做客。那时，女佣的屋子里阿春和阿久在偷偷地商量什么，随后她们走了出来，阿春开口说："既然这样，我和阿久去小泉先生家看看情况，也许碰巧能求得他们的同意。"小泉先生的家究竟在什么地方，阿春全然不知道，可是她自信有把握干这类事，只要阿久领她到小泉家，她自会竭力恳求人家，这就是阿春打的主意。"好的，就这样办吧，喂！阿久，等风停了下来我们就去试试吧。"她说。阿春不等他们同意不同意，自作主张这样干，鹤子和幸子提醒她“受了伤可不行，小心不要让风刮跑了”，她充耳不闻，催促阿久一同走出后门，不久就回来说：“人家说‘毫无问题，请光临好了’，大家快去避一避吧。辉雄少爷讲得对，这样大的风，他们的屋子纹风不动，安全得简直叫人难以相信。”阿春说完就把她的背朝向悦子说：“小姐，我背你去，路上难走得很，春倌两次让风刮得后退，只好爬着去。各种各样的东西漫天飞舞，为了不被打伤，头上必须兜个坐垫什么的。”于是辰雄就说：“那么你们去吧，我留在这里看家。”他坐着不动。因此辉雄、哲雄、幸子、雪子、悦子和阿春先去避难。鹤子由于留丈夫一人看家不放心，正不知道如何是好时，阿春独自一个回来了，她对正雄说：“少爷，我们去吧。”一下子把正雄背走了。不久她又回来要把芳雄背走，弄得鹤子坐立不安，她抱起梅子，叫阿久抱了芳雄也去邻家避难。这段时间里阿春的活动简直惊人，第二次回来时，不知哪家的晒台被风刮得向夹道倒塌，差点儿没把她压在下面。她看到阿久背着芳雄，就对秀雄说：“秀雄少爷，你来。”鹤子说：“这孩子大了，不用背了。”她也不听，背起怯生生的秀雄就走。

就这样，连阿久也逃到小泉先生家来了。又过了半小时光景，辰雄不知打了什么主意，一脸不高兴的样子从便门走进小泉先生家，说：“鄙人也来府上打搅了。”后来有一阵子风又刮得大起来，屋子外边依然狂风怒号。不过来到小泉家一看，柱子和墙壁直挺挺的，根本不用担心屋子会倒塌，建筑的好坏，在安全感方面竟然有这么大的区别，真叫人不可思议。莳冈全家就这样一直呆到第二天早晨四点钟，等风势逐渐减杀后才回到那栋可厌的烂房子里，还始终带着点儿怕怕缩缩的心情。

十七

台风过后，第二天早晨一片碧空，顿时满眼秋意。昨天夜里那个可怕的回忆，像梦魇那般深印在幸子的头脑里，怎么也忘不了。特别是看到吓破了胆的悦子那副神经过敏的样子，觉得一分钟也不能犹豫了，上午就赶紧给大阪会计师事务所挂了一个电话，请贞之助给联系筑地滨屋的客房。而且只要有可能，今天就打算住到那里去。傍晚时候，滨屋来电说："刚才接到你家老爷从大阪打来的电话，房间已经准备好了。"幸子接到电话，就对鹤子说："姐姐，晚饭我们到旅馆里去吃了，想把春倌留在你这里三四天，请姐姐也来旅馆玩儿。"三言两语告别了鹤子到筑地去了。

雪子和阿春把她们母女俩送到旅馆，大家决定一起去银座散步，就在那里吃顿西餐。旅馆里的老板娘给她们出主意说："既然这样，不妨去尾张町的罗马西餐馆试试。"于是她们去到那里，连阿春也陪着吃了一顿晚饭，回家时又在夜市上吃了些冷饮，在服部街角幸子和雪子、阿春分了手。幸子带着悦子走回旅馆时，已经是九点过后了。把丈夫留在家里，母女俩住旅馆的事情，幸子生平还是第一次，随着夜阑人静，昨天晚上的恐怖情景又袭上心头，因此就吃了几片安眠药，取出随身携带的白兰地喝了一两口，可是怎么也不能入睡，一直到清晨的电车声音响了，连个盹也没打成。悦子似乎也是这样，她只管嚷嚷"睡不着，睡不着"，焦躁了一夜。她撒娇说："妈妈，我明天就回家，不用杉浦博士诊断了，这样下去，神经衰弱只会越发厉害，莫如早点回去和露宓姐姐碰碰头……"可是到了早晨，她呼呼地打着鼾睡熟了。到了七点钟左右，幸子觉得怎么也睡不着，她怕闹醒悦子，悄悄地起身，要了几份晨报，来到可以望见筑地川的走廊里，坐在藤椅子上看报。

当时亚洲和欧洲有两件大事吸引全世界的视听——一件是日本军攻占汉口，另一件是捷克的苏台德问题，幸子非常关心它们的演变趋势，眼巴巴地等着读晨报。可是来东京后，读不到《大阪朝日新闻》和《大阪每日新闻》，只能读到不熟悉的当地报纸，那些报道读起来印象不深，产生不了亲切感，读了一会儿就腻味了，迷迷糊糊地对着河岸两旁马路上的景色出神。少女时代曾跟随父亲住过的采女町那家旅馆就在河的对面，就是那条可以望见歌舞伎剧场屋顶的横胡同里，所以她对这一带地方并不陌生，反倒有些怀旧之情，不比道玄坂那里。可是那个时候还没有东京剧场和演舞场那类建筑，沿河一带的景色现在也完全改变了。再说父亲带她来东京，总在三月份的休假期里，九月上旬从来没有来过。尽管在这样一条大街的中央，吹到身上的风凉飕飕的，使人深深体会到已经是秋天了。要是在大阪神户这些地方，决不会有这样的感觉。东京毕竟是寒冷的地方，所以秋天来得也早，或者是台风过后一时的现象，热天还要再来一次呢？抑或旅途中的风比故乡的风更能沁人肌肤呢？……总之，要让杉浦博士给悦子看上病，还得等四五天，这四五天工夫怎样度过呢？其实幸子以为一到九月菊五郎就将登台上演，趁此机会正好带悦子去看他的演出。悦子爱好跳舞，一定喜欢看他的戏。再说，等悦子长大成人时，歌舞伎的传统戏说不定已经衰亡，所以一定要趁现在这个时候让悦子去见识见识。幸子想起年轻时父亲每到歌舞伎上演的季节就带自己去看雁治郎的戏。可是翻开报纸来看，九月份哪里都不上演第一流歌舞伎的戏。因此，每天晚上除了去银座散散步而外，没有什么特别想去看的东西。这样一想，幸子马上变得归心似箭，并非因为悦子说了什么，而是想把看病推到下次办，恨不得当天就动身回去。偶然来一次东京，只住了个把星期，对关西就这样留恋，住在道玄坂那个家里的雪子，为了想回到芦屋去而哭鼻子的那种心情，就完全可以体谅了。

十点钟左右，阿春打来一个电话，说："这里的太太说要来旅馆看您，我陪同她来。老爷来了家信，我送来。另外要不要别的东西？"幸子说："没有什么东西要你送来。你可对我姐姐说，让她快点来这里一同吃午饭。"说完就把电话挂断了。她打算把悦子交给阿春，她想姐妹俩难得在一块儿从从容容地吃顿饭，到底去哪儿好，考虑的结果，想起大姐爱吃鳗鱼，以前几次来东京，父亲经常带她去蔛蒻岛的一家叫大黑屋的鳗鱼店，这家店铺现在不知道还有没有，向旅馆一打听，老板娘说："小满津倒听说过，大黑屋现在还有没有，就不大清楚了。"她翻开电话簿一查，就说："果然有这家铺子。"于是幸子请她预订餐室，等大姐一到，便吩咐阿春陪同悦子去三越百货公司走走，自己和鹤子一同去了大黑屋。

鹤子对幸子说，她是趁雪子好容易把梅子哄上楼，才急急忙忙打扮一下出来的，这时雪子妹妹一定对付不了梅子了，不过既然逃了出来，今天得好好舒服一下。她浏览了一下餐厅外围河流的景色，接着说："这儿像大阪啦，东京居然有这样的地方！"

"可不是活像大阪吗？少女时代每次到东京，爸爸总带我上这里来。"

"地名蛎蒻岛，难道这里是岛屿吗？"

"这就不知道了。的确过去这里没有临河的餐厅，不过地点还是老地点。"

幸子说完，也对拉窗外看了一眼。以前和父亲来这里，河岸两旁只有一面是街，现在沿河都盖了房子，大黑屋分处在马路的两旁，酒菜都从马路对面送到沿河的餐厅来。现在这个餐厅，景色的确比以前好，也更近似大阪。所以这样讲，因为餐厅盖在和河道成直角的拐弯处的石崖上，拐角处另外又有两条河流像十字那样汇集在一起，坐在拉窗里看到的景色，叫人感到仿佛是坐在四座桥附近的牡蛎船上一样。这里的十字河交叉流注，虽则没有架起四座桥，却也架了三座桥。早在江户时代就有的这一带的市面，大地震前很像大阪的长堀，旧式的市街有一种共同的宁静感；可惜如今这里的住宅、桥梁以至柏油马路都换成了新的，来来往往的人也不多，总觉得有点新开辟的市区的气味。

"汽水要吗？"

"嗯，这……"幸子望着大姐的脸问，"怎么样，姐姐？"

"汽水也好，是中午嘛。"

"啤酒也可以吧。"

"要不我们两人对半分着喝……"

幸子知道四姐妹里这位姐姐的酒量最大。大姐很爱喝酒，有时想喝酒想得厉害，她最爱喝日本酒，啤酒也相当爱喝。

"姐姐近来舒舒服服地喝酒的机会不多吧？"

"也不见得。每天晚上得陪你姐夫喝上一两杯，还经常有客人来。”

“客人是谁?”

“麻布的大伯来了，一定喝酒。呆在这样简陋的屋子里，孩子们又吵闹，他还说喝得很过瘾。”

“姐姐忙坏了吧?”

“不过孩子们都一桌子吃，我只要敬敬酒，所以一点也不费事。菜肴又不用我一一吩咐，阿久做得蛮好。”

“真的，那孩子变得很顶用了。”

“初来这里的时候，和我一样，哭哭啼啼的不愿呆在东京，口口声声‘送我回大阪去吧，送我回大阪去吧’，可是近来不再讲这话了。反正必须把她留在这里直到她出嫁为止。”

“她和阿春谁的年纪大?”

“阿春几岁了?”

“二十了。”

“两个人也许同年吧。阿春这个孩子你可不能放她走，一定要留住她。”

“那孩子十五岁来我家，跨年头有六年了。叫她去别的地方，她无论如何也不去。不过，说实话，人不可以貌相，她并不值得你那样称赞。”

“我也听到雪子妹妹讲了，可是瞧她前天晚上那个干劲还了得。那么大的台风，我家阿久张皇失措，和阿春比差得远了。你姐夫看到阿春那种干劲都大吃一惊，说什么这孩子真了不得。”

“是呀，在那种时候这孩子确实很亲切、厚道而且机灵，上次山洪暴发时她也是这样的。”

大姐要的中串鳗鱼和幸子要的筏子鳗鱼送上桌子之前，幸子一直在搬阿春的缺点作为下酒菜。

别人称赞自己的贴身婢女，做主人的本来面子十足，心里决不会不高兴，何况宣扬人家的缺点并没有什么好处，所以每当人家称赞阿春时，幸子总是听听，不置可否。再说像阿春这样获得外界好评的女佣也不多见。因为阿春善于交际，干什么都很机灵，气量又大，自己的东西不用说，即使是主人的东西，谁要，她就给谁。所以出出进进的小商人以及做手艺的口口声声“阿春姐、阿春姐”地抬捧她。连悦子的班主任老师以及幸子的那些太太朋友们都特地托人带口信来称赞阿春“实在是个好样的女佣”，往往弄得幸子哑口无言。幸子的心情只有阿春的继母最明白，她经常从尼崎来芦屋问候幸子，说什么“不管别人讲些啥，您府上能把这样一个添麻烦而又难对付的孩子用作使女，我们一辈子也感恩不尽。我为这孩子到今天不知哭过多少次，所以太太您的为难处境我完全理解”。还说：“万一府上不用她，这样的人哪家都不会要，所以即使麻烦府上，也希望将就使用着。至于工资，不给都可以，只求您狠狠地教训她。那孩子丝毫不能给她好颜色看，只配一天到晚加以训斥。”阿春的继母就是这样对幸子一再恳托，然后回去的。当初洗衣店的老板领着十五岁的阿春来到这里，恳求录用她时，幸子见她长得眉清目秀，有意试用一下，可是不到一个月，渐渐地就发觉自己用了一个够呛的姑娘。她继母所说的“难对付的人”决不是什么谦虚话。特别叫全家人感到为难是这个少女的腌臜。当初试用时已经看到她手足又黑又脏，不久才发现那不是由于她的境遇使然，而是她特别厌恶洗澡和洗衣服，是由于她懒惰的性格造成的。幸子为了改变她这种坏习惯，不知警告过她多少次，可是只要一不注意，又不成了。别的女佣干完一天的工作，都赶紧去洗澡，唯有她一到晚上就在女佣的屋子里打盹儿，连睡衣也不换就睡着了。自己的衬衣衬裤都懒得洗，穿了许多天的脏衣服还满不在乎地穿在身上。为了使她身体清洁，旁边一定要有人强迫剥去她的衣服，把她推进浴池，或者经常检查她的衣箱，取出塞在里面的衬衣和内裙，当面督促她洗干净，不这样就不成，教导亲生女儿还没有这样费劲。因此，直接受害者的同辈女佣首先叫苦连天，幸子还在其次。她们都说：“自从春倌来到这里以后，女佣屋子的壁橱里全是脏东西，龌龊不堪。她自己无论如何不洗，我们打算代她洗，取出那些脏东西一看，其中还有太太的内衣，这可把我们吓坏了。她自己懒得不肯洗衣服，把太太的内衣都穿上了。”有的说：“走近她身边，有一股臭气，谁都受不了。不仅身上臭，因为她经常买零食吃或者随便抓东西吃，大概把胃吃坏了，口臭得叫人掩鼻，晚上睡在一起尤其受不了。”有的说：“她身上的虱子终于爬到我身上来了。”这类诉苦的话永远听不完，幸子因此让她本人懂得这是她自作自受，几次打发她回尼崎，可是她父母又轮流来赔礼道歉，硬是把她留下，他们自己却回去了。据说尼崎的家里她还有一个弟弟一个妹妹。她是前娘留下的遗孤，天资不高，在学校里的成绩远远赶不上她的弟弟妹妹，做父亲的顾虑着后妻，做继母的怕得罪丈夫，因此阿春呆在家里，风波永远不断。由于这种情况，她的父母向幸子磕头作揖，恳求把她留用到出嫁的时候为止。她的继母还老对幸子发牢骚说：“邻居特别夸奖那孩子，连她的弟弟妹妹也站在她一边，动不动让人误会只有我这个做后娘的虐待她。要是我说那孩子性格上有这样那样的缺点，连她父亲都不相信，在背地里庇护她，真是遗憾。只有您太太一定明白我的心。”经她继母这样一讲，幸子反倒同情她继母的为难立场了。

“反正她那个邋遢劲，看她穿衣服的样子就知道了。别的女佣都笑她，说春倌穿衣服连××都不遮盖。可是到现在她还是那样，一点儿也不改。生性如此，怎么斥责都不中用。”

“不过面貌生得很清秀呀。”

“她光爱护自己那张脸，背着人涂脂抹粉。我们用的润肤膏和口红，她私下都拿着用。”

“这孩子真滑稽。”

“你家的阿久不用你吩咐，能别出心裁地做菜。阿春在我家工作了六年，要是我不这样那样地指导，她从来没有做出一个像样的菜。中午我空着肚子回到家里，问她做了什么菜没有，她总是回答还没有做。”

“原来如此。听她说起话来倒像很聪明似的。”

“人倒并不蠢，可是她只爱和人家应酬，不爱干零零碎碎的家务事。打扫屋子每天都得干，可是我们如不监视，她马上就丢开手。早晨要是不催促她，她就决不起身，晚上照旧和衣而睡……”

这样地谈谈说说，幸子又想起许多别的事情，因此逢场作戏地又继续谈下去。——阿春嘴馋得很，偷吃东西是她最拿手的，一盆糖焖栗子从厨房送到餐室，少了一两粒是司空见惯的；她在厨房里的时候，嘴巴里经常含着东西，一旦突然被叫唤，吓得她直翻白眼，慌忙背转身子答应；晚上叫她按摩，搓揉不到一刻钟，先是靠在幸子身上打盹儿，渐渐的老着脸皮放平两腿横下身来，最后是倒在幸子被褥上舒舒畅畅地睡着了。开着煤气炉睡觉，忘了关电熨斗而烧焦衣服，三番两次几乎酿成火灾，到这种时候决心打发她回老家，可是又被她的父母乖乖地劝解住了。差她出去办点事，她到处磨洋工，费的时间特别多。

“真的，这种人要是现在嫁了出去，不知将会怎样。”

“你说的也对，不过一旦结婚生了孩子，就不会这样了。得啦，不讲这些了，留着她使唤吧。不是也有讨人喜欢的地方吗？”

“你看！她呆在我身边已经六年，差不多和自己的女儿一样了。自私的地方固然也有，却没有后娘抚育下那种乖僻性格，她直爽、忠厚，尽管叫人觉得棘手，对她可又恨不起来。这孩子毕竟有人缘。”

十八

离开大黑屋回到滨屋的房间里，大姐一直谈到傍晚才回去。由于阿春曾背过大姐的几个儿子避风灾，因此她十分倾心阿春，提出让阿春陪同阿久去日光玩一次，作为酬谢。大姐说：“其实是阿久当初要求回大阪时，我曾答应让她去日光玩儿一次，作为留她在东京的条件。因为没有适当的同伴，一直拖到现在没去成。正好这次机会来了，可以让阿春陪同她去。我自己也没有去过日光，不过听说坐上从浅草开出的东武电车，一下车就有去日光的公共汽车，游览东照宫、华严瀑布以及中禅寺湖，当天就可以回来。你姐夫也说一定叫她们去，费用由我们出。”

幸子觉得这似乎太便宜阿春了，不过想到如果不让阿春去，阿久也去不成，她太吃亏；再说阿春私下似乎已经听到了这个消息，本人正得意洋洋，要是不让她去，似乎有点儿对不起她，于是就听任大姐的安排。第三天早晨，大姐来电话说："昨天晚上对她们说让她们去日光，两人高兴得一夜没睡，今天一清早就出发了。万一当天回不来，也给了她们足够的旅费。不过预计今天晚上七八点钟就可以回来了。雪子妹妹说随后她要去你那里。"幸子心想雪子要是来的话，三个人就一同去参观美术院和二科会①。她刚把电话挂断，旅馆里的女佣就把一封快信塞进门缝，悦子一脸惊异的脸色接过信，翻看了一下信背，不声不响地把那封信放在她母亲凭靠着的桌子上。幸子拿到手一看，长方形的西式信封上写着"滨屋旅馆莳冈幸子女士亲展"，显然不是丈夫的笔迹。她心里奇怪除了自己丈夫而外，又有谁会写信到东京这个旅馆来，再看信封背面的发信人，原来是"大阪市天王寺区茶臼山町二十三号奥畑启三郎"。

她避开悦子的视线，急忙拆开信封，取出正反两面都写得满满的三页洋信笺，由于纸质较硬，展开一折四的信笺时，沙沙的声音就像有声电影里发出来的。

信的内容完全出乎幸子意料之外，她所读到的全文如下：

谨启者：请原谅我突然给您写这样一封信。尽管预料到姐姐看到这信会大吃一惊，可是我仍然不能错过这个机会。

我一直想写信给您，可是又怕中途被细姑娘扣留，所以耽搁了下来。今天难得有机会去夙川看细姑娘，知道姐姐去东京后和悦子姑娘母女俩下榻于筑地的滨屋旅馆。那个旅馆我的朋友去东京时就住在那里，所以我知道它的地址。想到这封信准会到达您的手里，也顾不上什么礼貌，急急忙忙就执笔了。

尽可能想写得简短些，先讲讲自己的怀疑吧。因为目前只不过是我个人的怀疑，就是最近细姑娘和板仓的关系似乎有些暧昧。——不用说，这当然是指精神上的，至于更进一步的关系，

① "二科会"是一美术团体。自1914年起，每年秋季举办美术展览会。

为了细姑娘的名誉起见，我连想也不愿想；不过，我推测他们两人中间至少在精神上已经有恋爱的苗头了。

我最初意识到这事，还是水灾以后。想起当时的情况来，觉得那时板仓赶去搭救细姑娘，非常奇怪。在那种场合板仓为什么抛开自己的家和妹妹，冒着生命危险去救细姑娘，难道只不过是关心细姑娘吗？依我说，那时他早已知道细姑娘去西服学院以及和玉置院长关系搞得挺好等等，这些在我都不好理解。难道不正说明他以前就经常出入西服学院，和细姑娘在那个地方聚首或者取得联络吗？关于这些事我已经做了调查研究，而且掌握了证据，这里暂时不提，必要时自当奉告。姐姐自己也不妨另外从别的方面加以调查。我想说不定还会发现许多意外的问题。

自从我有了这种疑心以后，也曾质问过细姑娘和板仓，但他们两人都坚决不承认有这样的事实。可是，奇怪的是从我提出质问以后，细姑娘回避和我见面，也很少去夙川。打电话到府上，接电话的总是阿春，说什么细姑娘不在家，也不知是真是假。板仓呢，总是老生常谈那两句话："水灾以来和细姑娘只见过一两次面，今后一定注意不再叫您起疑心。"尽管他这样说，我这里早就设法在调查。自从那次水灾以来，他几乎每天到府上去。还和细姑娘一起去游泳。我靠某种方法能探听到全部事实，他想隐瞒也隐瞒不了。说不定他会使府上的人把他看成是我派他去充当细姑娘和我的通讯员的，可是我从来没有叫他干过这样的事情。假如说他有必要和细姑娘见面，也只是在接洽拍照这件事上。可是最近我禁止他给细姑娘拍那些布娃娃照片，所以那种事也早已不存在了。可是，近来他越发经常去府上串门，而细姑娘又绝足不去夙川。这在姐姐贤伉俪监督之下，固然不会有问题，不幸的是这次您和悦子姑娘连阿春都去了东京，姐夫白天又不在家，这种场合将会发生什么样的问题，简直不堪设想（您肯定不知道，当您外出的这段时间里，板仓每天都到府上去）。细姑娘为人坚强，我想不至于出什么问题，可是板仓这个人是完全靠不住的。他在美国吃、喝、嫖、赌，什么样的事情都干得出来。就像您所知道的那样，只要有门路，任何家庭他都能闯进去纠缠不清，这是他的拿手好戏。至于向人借钱或玩弄妇女更是大家所公认的。早在做学徒工时我就认识他，他的一切我都知道得很清楚。

关于和细姑娘结婚的问题，我还有许多事情想请求您帮助，不过这些且等以后再说。目前首先得解决怎样使板仓不再接近细姑娘。即使细姑娘打算毁约不和我结婚(细姑娘自己说她并没有这个意思)，可是一旦要是传出她和板仓那样的人搞恋爱的风声，细姑娘将会身败名裂。我想细姑娘是名门闺秀，决不至于当真把板仓那种人作为对象。可是板仓是我首先介绍给细姑娘的，因此我觉得我有责任向您这位监护人说清楚自己的疑念，好让您提防。

我想姐姐一定有您自己的想法和对策，不过，在这件事情上如果用得着我的话，只要一通知，我随时都将奉访。

最后千万请求姐姐对于我写这样一封信给你的事保守秘密。如果这事让细姑娘知道了，只能招致更坏的结果，决不会使事态好转。

为了想让姐姐还在滨屋时收到这封信，所以急急忙忙动笔，写得乱七八糟，说不定您看都看不明白，务请谅察原委。想到什么就写什么，毫无层次，写法实在蠢笨。信里说不定还有不适当的词句，万望宽恕。

莳冈仁姐　妆次

奥畑启三郎敬上

九月三日灯下

幸子两肘支在桌上，两手捧着那封信翻来覆去地检阅其中的某些处所。为了躲避悦子那探索的眼光，看完马上把信塞进信封，一折为二，塞进腰带，走到廊檐下，在藤椅上坐定。

由于这一击来得过于突然，她要是不先镇静一下，让心脏的悸动平静下来，那就什么事都不能考虑。还有这封信的内容究竟可靠到什么程度……诚然，让奥畑那样一讲，一家子的人看来都太忠厚了。对于板仓这样一个青年太宽容了。他什么事情也没有，却经常来串门，全家都不怀疑他，听任他为所欲为，完全可以说是麻痹大意。不过，推究起原因来，一家人根本没有想到这个青年是抱着这样一个目的而来的。

全家不知道这个青年的姓氏，也不知道他的品质，只知道他是奥畑商店的学徒出身。说句良心话，头脑里最初就存在着这个青年和我们是两个阶级的人。这个青年自己也说他要娶阿春做老婆，不可能想象他会对细姑娘怀有这样的野心。难道娶阿春做老婆那句话只是他的一种手段吗？纵使这个青年真有那样的野心，细姑娘也决不会同意。至少在读到奥畑这封信的今天，还不相信细姑娘会有这样的事。尽管细姑娘过去犯过错误，但也不至于抛弃自尊心，自暴自弃到这种程度。虽说门庭衰落，细姑娘毕竟是莳冈家的姑娘嘛（幸子想到这里，不由得掉下了眼泪）。奥畑虽说没志气，可是细姑娘和他搞恋爱，那是有可能的，而且也是容许的。万万没想到会和那个青年出花样。……细姑娘对于那个青年的态度以及说话的方式方法，显然没有把对方当作同一阶级的人看待，对方不是也自甘处身于仆从的地位吗？……

既然如此，这封信的内容难道就一点儿根据也没有吗？信上说经过调查研究，握有真凭实据，可是证据一个也没有摆出来，难道只不过是奥畑捕风捉影的猜测吗？难道是为了避免产生那样的差错，故意小题大做提出这种警告来的吗？奥畑用什么方法探听到这类事实是无从知道的，可是细姑娘单独和板仓去游泳的“事实”却从来没有过。尽管自己信任细姑娘，可也决不会不加管教。单独和板仓去游泳的是悦子。细姑娘去的时候总和全家一块儿去，她和板仓单独在一起的时候极少。平常一家人并非为了监视他们两个，只因板仓说话有趣，他一来，全家都聚集在他周围，从来没有发现他们两人中间有什么形迹可疑的举动。很可能是奥畑根据一些不负责任的道听途说凭空描绘出来的幻影。

幸子尽量往这方面想，以期抹杀一切，可是，不能否认当初她读到这封信的时候心里不由得一动。老实说，幸子认定像板仓这种人完全属于另一个阶级，不可能和莳冈家的小姐有什么瓜葛。既然如此的话，信上所写的那些东西难道全然没有设想过吗？那也未必。至少幸子已隐隐约约地觉得板仓对妙子的献身效劳以及经常来串门，骨子里说不定抱有什么目的。她还为妙子设身处地想过，一个少女遭到灭顶之灾的时候，让一个青年救了她性命，她的感动会有多么大，对那个救命恩人的感谢会有多么深，这是可想而知的。只是由于抱着“身份不一样”的先入之见，对于感恩思想尽管有所觉察，又似乎不值一提而没有深入追究，毋宁说这是回避深入追究更确切些。这次的信是自己视而不见或者怕见的东西，冷不防由奥畑不客气地端到幸子鼻子底下，因此格外使她狼狈。

幸子本来就归心似箭了，现在手里捏着这样一封信，就更加觉得在东京一天都呆不住了。她脑子里往来起伏的都是下面这些问题：一回家首先弄清事实真相，不过要调查这件事，用什么方法好？盘问两个当事人的时候，怎样开口才能不使他们激动？这件事情要不要和丈夫商量呢？不，这件事必须由自己负责到底，不让丈夫和雪子知道，暗地里查明真相；倘若不幸是事实，也要不损害当事人，神不知鬼不觉地使他们断绝关系，这才是上策。还有，最迫切的问题是在自己回家之前，要使板仓不去芦屋，用什么办法好？为什么说这是最迫切的问题呢，因为信里“当您外出的这段时间里，板仓每天都到府上去”这两句话特别叫幸子为难。他们两个人中间如果真的有什么恋爱的苗头，现在正是发芽的绝好机会。“您和悦子姑娘连阿春都去了东京，姐夫白天又不在家，这种场合将会发生什么样的问题，简直不堪设想”。这几句话尤其使幸子心慌意乱。真是，自己粗心大意到怎样一种程度呀！家里只留下妙子一人，自己带了雪子、悦子甚至阿春来到东京，这个主意是谁想出来的呢？还不是自己吗？自己简直是特地为他们两个准备了恋爱的温床。有了这样的好机会，即使没有苗头也会发芽。假如因此出了漏子，该责怪的不是他们两个，而是自己。无论怎样，这件事一分钟也耽搁不得，连考虑问题的时间都怕出乱子。

幸子焦急得无可奈何。陪同悦子回去还得等一两天，这一两天里怎样防止出事呢？最省事的方法是直接打个电话给丈夫，请他阻止妙子在这几天里和板仓见面，不过这仍然不妙，总想不让丈夫知道这件事。另外还有一个办法，万不得已时只对雪子实说，请她今天晚上就动身回去监视他们。这个方法比让丈夫知道这件事轻松得多，但是能避免这样做还是避免为妙。因为雪子尽管能谅解这件事，不过她刚刚回到涩谷，找什么借口再叫她赶回关西去呢？在这种场合最自然的办法莫过于叫阿春先回去，对阿春当然不用实说，她尽管防止不了板仓的访问，却能起牵制他们两个人接近的作用。

可是幸子想到阿春的嘴最快，因此对最后的方案也犹豫不决。叫阿春回去插在妙子和板仓中间，他们两个要是不出什么花样固然好，如果一旦让阿春发现他们有暧昧行为，谁都保证不了那个爱饶舌的家伙不到处去宣扬。即使不是这样，阿春对于这类事情本来就比较关心，她自然而然地会悟出为什么叫她提前回去的原因。幸子还担心她会被妙子收买。阿春这人的性格是一团和气、八面玲珑，对于这方面的诱惑很容易上钩，遇到甜嘴蜜舌的板仓那类人，一下子就被笼络住了。想到这里，幸子觉得这件事情不能委托别人去办。只有自己早点回去，今明两天悦子求医这件事一结束，无论乘多么晚的夜车，当天就得动身回去，除此而外，没有别的办法。

这时，幸子看到雪子打着一把遮阳伞，从歌舞伎座①那顶桥穿过河岸大马路向旅馆走来，幸子慢慢走进寝室，为了察看一下自己的脸色，走到隔壁那间屋子的镜台前坐下，拿起粉扑子在脸颊上抹了两三下。忽然想起似的轻轻地——轻到不让悦子听见——拧开身旁的化妆皮包的扣子，取出一瓶袖珍白兰地酒，揭开瓶盖杯，倒出三分之一杯酒喝了。

十九

幸子早已没有参观展览会的兴趣了，不过要是去参观一下那些东西

---

①剧院名。专门上演传统歌剧。

的话，说不定能暂时忘忧，因此姐妹两个下午带着悦子去了上野美术馆。参观了两个展览会后，已经有些累了，由于悦子想去动物园，所以又拖了疲软的双足匆匆在动物园里转了一圈，回到旅馆已经是傍晚六点多了。本来打算在外面什么地方吃顿晚饭，又觉得莫如早点回旅馆歇息，所以连雪子也一同回到旅馆，大家洗了澡以后，在屋子里吃了晚饭。这时户外一声“我回来了”，阿春带着一张流汗流得通红的脸，身上一件明石绸和服弄得皱皱巴巴的从外边走了进来。她和阿久今天去日光玩儿了一整天，回来的时候和阿久一道在雷门乘坐地铁，想起必须到旅馆里看看太太，谢谢太太让她去日光旅游的好意，因此在尾张町独自先下车来旅馆的。她解释一番后，取出日光羊羹三匣，风景明信片一套，说是送给小姐的。

“这些纪念品你特意买了来，家里没有必要，莫如拿到涩谷去送送人。”

“是，是。涩谷的礼物也买来了，阿久先拿回去了。”

“这真是……太多了呀。”

“华严的瀑布去看了吗？春倌。”悦子一面翻看风景明信片一面问。

“去看了。从东照宫到华严瀑布，直到中禅寺湖，靠太太的福，哪儿都去参观了。”

大家围绕着旅游日光谈了一阵，阿春说她看到了富士山，这句话引起了问题。

“怎么，你看到了富士山？”

“是的。”

“在哪里看到的？”

“在东武电车上看到的。”

“东武电车上能看到富士山吗？”

“真的吗，阿春？会不会是类似富士山的别的什么山呢？”

“不，的确是富士山。乘客们都说：‘看到富士山了，看到富士山了，’这大概不会错。”

“是吗？那是在什么地方看到的呢？”

幸子今天早晨起就担心着悦子看病这件事，因此便吩咐阿春利用桌上的电话机给杉浦博士家打了一个电话。接电话的人回答说博士刚从外地回家，明天（六日）早晨如去他家，就给诊察。本来说杉浦博士五日回家，估计至少得推迟两三天，不料竟然能如期回京。既然这样的话，就叫阿春通知旅馆的账房买三张明天晚上的卧铺火车票，最好是连号的。雪子惊讶地问：“二姐明天就回去吗？”

幸子说：“要是明天上午能看成病，时间虽说仓促一些，下午买买东西，非乘夜车回去不可。我倒没有什么特别急于要办的事，不过悦子的学校已经开学了，不能老呆在东京闲着，我想还是早些回家好。所以明天上午你和阿春都得来，我们去杉浦博士家看完病就回旅馆，下午一同出去买东西。本来应该再去涩谷辞行，可是时间太紧迫，抽不出工夫去，姐夫和姐姐面前就请你代我致意吧。”说完就吃晚饭，饭后打发她们回去了。

第二天是又忙又乱的一天。早上先去本乡西片町杉浦博士宅接受诊察，诊察完了去本乡药局配方取药，然后在东京大学门口雇了一辆出租汽车回滨屋旅馆，雪子和阿春早已等候在那里了。雪子首先问起看病的结果，幸子说：“杉浦博士的见解大体上和辻博士差不多。不过杉浦博士说：‘像这种神经质的少年、少女几乎多是些在学习上优秀的天才型，因此像悦子小姐那样的孩子如果教导得法，在某些方面说不定能超出一般人的水平，所以用不着太担心。主要是应该找出孩子在哪一方面有突出的才能，然后培养她在该方面集中精力学习。’还说：‘治疗方法以饮食疗法为主。’博士给开了方子，他的处方和辻博士的处方大不一样。”

下午四个人跑了池端的道明绳索店、日本桥的三越百货公司、山本海苔店、尾张町的襟圆绸缎庄、平野屋绸缎庄以及西银座的阿波屋。由于残暑回潮，尽管有风，但是日头很毒，不得不在三越百货公司七楼、日耳曼面包房、科隆点心店那些处所歇歇脚，喝点冷饮止渴。买来的东西让阿春拿着，包包裹裹多得掩蔽了她整个身体，只露出一个头。她还像昨夜那样满头大汗，跟在她们三人后面走着。幸子姐妹和悦子各人手里也都提着一两件东西。她们重新来到尾张町，最后在服部商店的地下室又买了几样东西。那时已经是晚饭时候了，罗马尼亚西餐馆她们已经去过一次，因此换个地方去了数寄屋桥旁的新大观西餐馆。这样做的原因一则是节省时间，再则是雪子爱吃西餐。今夜一别，又要半年三个月见不到面，趁此机会一块儿吃顿西餐，喝杯啤酒当作临别纪念。吃完晚饭，她们急急忙忙回到旅馆里收拾行李，赶到东京火车站，和赶来送行的大姐在候车室里讲了五分钟话，就登上八点半开的夜间快车的卧车。鹤子和雪子跟到月台上，悦子走下车和雪子说话，鹤子趁机走近幸子站立的地方，低声说："雪子妹妹的亲事后来没有再提吗？"

"后来没有再提过，我想不久还会有吧。"

"年内如果再没有结果，明年就是她的灾难年呀。"

"我也是这样想的，所以四面八方都在托人……"

"阿姨再见！"悦子走上车厢门外的地板，举起手中那粉红色的乔其纱手绢。"下次什么时候来？阿姨。"

"这可不知道什么时候能再去了……"

"早点来呀！"

"嗯。"

"一定早点来呀，阿姨。一定早点来吧，好吗？"

卧铺票是上铺一张，下铺两张，幸子让悦子和阿春面对面睡下铺，自己睡上铺。她一爬上铺位，连衣服也不脱就躺倒了。反正卧铺狭窄得只够横下一个身体，明知睡不着，所以也不打算勉强入睡。可是迷迷糊糊一闭上眼睛，刚才大姐和雪子送她上车时含泪注视着她的那两张面容，永远浮现在她的眼睛里。一想起来，从上月二十七号动身直到今天，在东京已经呆了十一天，哪次旅行也没有像这次旅行这样慌张不安。最初几天住在大姐家，孩子们吵闹得不行，结果还遭到台风的威胁，狼狈不堪地避难到滨屋，还没有定下心来，又接到奥畑那封炸弹似的来信。唯一比较舒畅的一天是陪同大姐去大黑屋吃鳗鱼。不过悦子能得到杉浦博士的诊察，总算完成了来京的首要任务。可是，来东京一次，连戏都没有看一场。昨天到今天这两天里，风尘仆仆地在东京街头东奔西走、大办采购，真是眼花缭乱、应接不暇的两天。要不是在旅行，无论怎么也不可能在这样短短的两天里跑那么多的地方，光是这样一想就叫她格外疲劳。她仿佛被人从高处扔了出来似的，不是卧着而是被打倒在地上的一种感觉。不仅睡不着觉，而且越来越清醒。喝点儿白兰地说不定能迷迷糊糊地打个瞌睡，可是连起身拿酒瓶的气力都没有。她睡不着觉，脑子里只想着回去后等着她处理的那桩棘手的事件，——昨天以来留待解决的那个问题成了各种各样的怀念和忧虑，此起彼伏。那封信上写的确是事实吗？……如果是事实，又该怎样处置呢？……悦子不会觉得有些奇怪吗？……她会不会把奥畑来信这件事告诉雪子？……

二十

悦子回家后只休息了一天就上学去了。幸子这两三天来一天比一天疲乏，有时叫人做做按摩，有时睡个午觉，无聊的时候，一个人坐在露台的椅子上看院子里的景色。

这院子反映着女主人的爱好——春花胜过秋色。除了假山背后有几株芙蓉开在那里以及和舒尔茨家接境处有一丛白荻花临风摇曳而外，这时没有特别引人注目的点缀。夏天枝叶繁茂的檀香和刺桐懒洋洋地舒展着它们的枝丫，草坪像深绿色的地毯那样铺展在那里，景色和十天前幸子动身去东京时没有什么大变化。只是阳光稍稍减弱了一些，微微流动的凉爽的空气中，不知从哪里飘来一阵桂花香，使人觉得秋天毕竟悄悄地来到身边了。覆盖在露台上的芦棚，这几天里也得拆除了，幸子这样想着，对于这个看惯了的家里的院子，这两三天来她越看越爱。的确，偶尔出门旅行一趟是需要的，尽管离家仅十天，也许是不习惯于出门吧，仿佛已经一个月不在家里了，一旦回到家里，油然产生一种回到自己家里的无比欢欣。她还想起雪子在这里的时候，往往独自一人依依不舍、像想念什么似的在这院子里东站站西立立的情景。这样看来，不仅雪子爱关西，自己毕竟也是地道的关西人，可以想象对于关西的风土爱得多么深刻了。虽然这是一个没有什么特别风景值得一提的普通庭院，但是站在这里闻着饱含松树芳香的空气，远眺六甲方向的层峦，仰视澄鲜的晴空，会觉得再也没有别的地方能比阪神一带住得更宁静安逸了。东京那种嘈杂不安、尘埃扑面的都市，多么可厌呀。“东京和这里相比，连碰到身上来的空气都不一样”，雪子这句口头禅确实很有道理。幸子觉得自己能够不移居到那种地方去，比大姐和雪子幸福多了。沉浸在这样的感想中成了幸子的无上享受。

“春倌，你运气好，日光都去游览了。可是，我觉得东京这块地方一无可取，还是自己家里最好。”

妙子这一程打算重新开始暑期中搁下的做布娃娃的工作，幸子去东京的那几天她避不出门，幸子回家的第二天她就每天去夙川了。她对幸子说：“西服学院不知哪天开学，山村作师傅又去世了，眼下除了做布娃娃而外没有别的可干，趁此机会想学学一直想学而没有学的法语。”幸子就说：“那就把塚本太太请到家里来吧。自从雪子停止学习后，我也长久不学了。现在细姑娘要学法语，我可以奉陪。”妙子笑了笑回答说：“我是从头学起，我们两人不宜一块儿学习，而且法国人束修太贵。”

妙子不在家时，板仓也来过一次。声称听说太太回家了，特来问候。他和幸子在露台上坐谈了三十分钟，又到厨房里去看阿春，听她讲游览日光的情形，然后回去了。

其实，幸子一面在恢复旅途的疲劳，一面在等待着适当的机会。奇怪的是她从东京带回来留待解决的许多疑念，一天天地淡薄下去。在滨屋旅馆读信时的惊恐，以及直到第二天还深藏在心底的忧虑、睡进卧车铺位后像梦魇那样使自己苦恼了一夜的那些问题——当时那么迫不及待、觉得一天也搁置不得的那些问题，回到家里迎来了明朗的早晨那一瞬间，那种紧张竟莫名其妙地渐渐松懈起来，觉得用不着那样慌乱了。

一句话，事情如果是涉及雪子的品行，不管是谁说了什么样的话，幸子根本不会理睬，一定会斥之为无风生浪的恶意中伤。她对妙子就不是这样了，这个妹妹过去一度曾引起风波，她的性格和自己以及雪子不一样，露骨地说，有些地方不能对她完全信任。正因为如此，才被那封信弄得狼狈不堪。可是回到家里以后，看不出妙子的态度和以前有什么两样，对着她那张满面春风的脸，觉得这个妹妹不见得会做出那种亏心事，这一想法占了上风，甚至觉得当初自己那种周章狼狈有点可笑。回想起来，在东京的那段时间里，说不定自己也害了悦子那样的神经衰弱症。事实上像自己这样的人如果长期呆在东京那种焦躁不安的空气里，神经准会出毛病。当时的那种心绪不宁毕竟是病态，现在的判断才是正确的。

回家一星期后的某一天，幸子找一个机会对妙子说出了这件事情，当时幸子的心情已经轻松多了。

那天妙子比平常早回家，她走进楼上自己的卧室，取出刚刚从夙川工作地点带回家的一件作品，那是一个身穿黑底白碎花和服、脚上拖着一双木屐、蹲在石灯笼下的中年妇女形象的布娃娃。作品的标题是“虫声”，表达出一个中年妇女入神地倾听虫鸣的情景。这是妙子以前老早就精心设计的作品。妙子把它放在桌子上，仔细地端详着。

“哎呀！做得真好哇……”幸子走进屋子说。

“做得不错吧，这个布娃娃。”

“做得真好，是近来的杰作啊……不做妙龄女子而做一个中年妇女，那才表达出一种凄凉滋味，设想真妙！”幸子还评论了两三个地方。歇了一会儿，又说：“细姑娘，其实我在东京时收到了一封奇怪的信。”

“谁给你的？”妙子若无其事地问，她的眼睛仍然没有离开布娃娃。

“是启哥儿给我的。”幸子说。

“嗯。”听到幸子这样一说，妙子才回过头来向着她。

“就是这个。”幸子从胸口取出那封信，说：“细姑娘，你猜信里写的是什么？”

“大体上知道。不是板仓的事情吗？”

“是呀。你读一下试试。”

这时，妙子面不改色，从容不迫，态度很沉着。旁边的人看不出她葫芦里卖的是什么药。只见她把三页信纸摊开在桌上，一页一页地看下去，一根眉毛都没动。

“无聊！前些日子他就恐吓我说要把这信里讲的一切告诉二姐。”

“对我来说，这简直是晴天霹雳，吓了我一大跳。”

“这种事情你不用睬他好了。”

“信上尽管写着这事要对细姑娘保密，可是我想这样的事情和谁商量都比不上直接和你打交道来得迅速，我要问你，当真有这样的事吗？”

“启哥儿自己朝三暮四，反倒疑心别人！”

“不过，细姑娘，你对板仓是怎么想的？”

“那样的人根本不值一提。不过我有我的看法，不是启所说的那个意思。我很感谢板仓，他是救命恩人，不应该亏待他嘛。”

“这个我理解。我想准是这样的。”

据妙子说，奥畑怀疑板仓，信上说是“从水灾那时起”，其实奥畑老早就怀疑了。奥畑在妙子面前不说什么，可是在板仓面前老挖苦他，这是最近才知道的。板仓最初以为那不过是由于奥畑看到他能自由来我家串门，奥畑却没有那种自由，因而心里不痛快，吃起醋来，像小孩子那样发脾气。板仓也不和他计较什么。可是水灾以后，奥畑的话越来越刺耳了，甚至对妙子也不断怀疑起来。他对妙子还这样讲：“这些话只是向你打听，板仓是不知道的，所以你不要对他说。”其实奥畑自尊心很强，这类事情他不见得会对板仓讲。因此关于这方面的事情妙子避免和板仓商量。板仓受到奥畑的责备，也不对妙子说。就因为这件事，妙子和奥畑争吵过一次，奥畑打电话来，她偏不接，还故意不给奥畑见面的机会。由于奥畑的担心很认真，妙子有点可怜他起来，最近，也就是信上写的本月三日那天才和他见了一次面（平常妙子和奥畑会面，总是妙子去松涛公寓来回的途中约定在某个地方。奥畑信上也说“今天在夙川相会了”，可是在什么地点、怎样相会，就没有详细说明。幸子问起时，妙子就说在那边松林里一头散步一头谈，谈完话就分手了）。见面时奥畑说他可以举出许多证据，就把那封信上写的那些东西举出来质问妙子，要求妙子和板仓绝交。妙子说和自己的救命恩人没有绝交的道理，因此拒绝了奥畑这个要求，只答应以后尽量避免和板仓见面，叫他少去芦屋访问，不再让板仓拍摄布娃娃的宣传照片等等。为了履行这个诺言，必须和板仓说明理由，于是妙子根据自己的意见，把情况对板仓讲了。一谈起来，才知板仓也被堵住了嘴，许下同样的诺言。由于这样一个情况，妙子和奥畑言定以后，也就是从这个月的三日起，自己一次也没见过板仓，板仓也没有来芦屋访问过。只是二姐回家后，他觉得突然绝迹访问，很不自然，所以前几天来问候了，不过也特地挑自己不在家里的时候来的。妙子讲的就是这些话。

可是，妙子这方面纵使有了交待，板仓对妙子又是怎样想的呢？奥畑怀疑妙子即使没有什么理由，怀疑板仓是有道理的。让奥畑说起来，对于板仓的救助，妙子根本用不着感恩。为什么那样说呢？板仓那种英雄行为，一开始就是有目的的。那个狡猾的家伙如果不存心想获得极大的报酬，决不肯冒那样的危险。出事那天早晨，他一清早就穿好衣服，在那一带地方转来转去，这件事本身就证明他的行动完全是有计划的。对于那么一个不自量的野心家，有什么可感谢的呢。第一，他存心夺取旧东家的情人，就是忘恩负义。奥畑就是这样讲的。可是板仓却竭力否认，他说：“启少爷的话完全是误解。我去救细姑娘，因为她是启少爷的对象。正因为我忘不了过去老东家的恩情，我才舍命尽忠的。让启少爷那样一讲，实在无法忍受。我还有点常识，细姑娘肯不肯嫁给像我这样的人，我是清楚的。”既然这样，妙子对他们两个人的辩白又是怎样判断的呢？据妙子说，对于板仓的真意，她其实也觉察到一些，板仓也机灵，他的真情实意决不露到脸上来。他冒了那样大的风险救我，大概不光是对旧东家的报恩或尽忠，不知道他本人是否意识到，要说他是对启尽忠，莫如说是对我尽忠。不过即使是对我尽忠，那也没有关系，只要他不超过一定限度，我也开一眼闭一眼，只当不知道算了。像他这样一个勤勤恳恳、叫干什么就干什么的宝贝疙瘩，能利用就尽量利用上，对方也以能被利用为光荣，让他这样想好了。妙子就是抱定这个主意和板仓交往的。她说："启哥儿气量小，爱吃醋，我不愿受到无谓的误解，所以和板仓商定今后尽量少来往，但并不是绝交。启哥儿现在不再怀疑，安下心来了。今后大概不会再写那样的信给二姐了。"又说："像板仓那种人，爱把我怎样想就由他怎样想去，滑稽的是启哥儿。"

"要是有细姑娘那样的心胸，就不成问题了，启哥儿大概还做不到这点。"

妙子近来在幸子面前什么都不回避，她从腰带里掏出一只白鳖甲烟盒子，从中取出一支新近进口的高价金嘴香烟，用打火机点上吸了起来。她把她那特有的厚嘴唇张得圆圆的，吐出一圈一圈的白烟，思考了一会儿，侧转脸朝对幸子说："二姐，你考虑过出国这件事没有？"

"嗯。这件事考虑倒是考虑了。"

"你在东京没有提起这事吗？"

"和大姐谈了许多事情，这件事已经挂在嘴边了，可是想到它要牵涉到钱的问题，必须特别巧妙地提出来才成，所以这次什么都没有说。要说就请你姐夫去说吧。"

"姐夫对这件事是怎样讲的？"

"你姐夫说只要细姑娘意志坚定，态度认真，他也可以去说说。不过他又说他担心欧洲可能要爆发战争。"

"战争会爆发吗？"

"究竟怎样还不知道，他说莫如观望一下形势再决定去不去。"

"自然是这样，不过玉置先生已经决定不久就要动身。她说如果去的话，带我一道去。"

其实，幸子也想既然这样一个局面，让妙子出国倒是个好办法，不仅解决了板仓的问题，还可以暂时避开奥畑。不过，报上讲得明明白白，欧洲风云迫在眉睫，把一个妹妹单身送去国外，委实放心不下，长房也决不会同意，所以又踌躇莫决。现在听到有玉置院长陪她一道去，就有重新考虑的余地了。据妙子说，玉置院长也不打算长期呆在法国。她第一次留法，已经是好久以前的事情了，有机会她总想再去一次，调查研究最新的时尚。恰好那时山洪淹没了西服学院，学校非重盖不可。因此她想利用这段时间再去一次法国，大体上半年回国。她说："妙子小姐本来应该在法国学上一两年，要是你一个人留在法国有所顾虑，那么和我一起回国也不妨。即使只去半年，也有半年的收获，我再帮你活动活动，弄上一个头衔大概没有什么问题。目前计划明年正月动身，七八月份回国。时间极短，战事不见得会在这半年内爆发。即使爆发战争，那就听天由命，那种时候我们两个人在一起，胆子也壮得多。再说德国和英国我都有朋友，万一发生战争，也不愁没有避难的地方。"妙子认为这样好的机会不可多得，她想即使冒点风险也愿意随同她去。

"因为板仓这件事，这下子启哥儿也会赞成我出国了。"妙子说。

"我也同意你去，不知道你姐夫会说什么。总之，商量起来看吧。"

"拜托你请姐夫务必赞成，并且说服长房。"

"明年正月去的话，也不用这样急呀。"

"越快越好。只是姐夫下次什么时候去东京呢？"

"年内大概还得去一两次吧。你先去学法语吧。"幸子说。

二十一

舒尔茨太太决定下月十五日带罗茜玛丽和弗利兹乘坐柯立芝总统号去马尼拉。罗茜玛丽由于悦子去东京的时间拖得意外地长，她每天到悦子家缠住妙子和女佣们，追问悦子姐姐回来没有，为什么不快点回来。悦子一回家，玛丽利用剩下的七八天工夫天天盼望着悦子放学后和她一起玩儿。

悦子一放学，把书包扔在会客室，就跑到往常那个铁丝网的篱笆下，夹着一些德国话叫“露宓姐姐，你来！”

这时罗茜玛丽走出屋子，跳过篱笆来到这边的院子里，赤着脚在草地上跳绳。弗利兹、幸子和妙子有时也参加。

“一、二、三、四……”从一到三十，悦子能用德语数数。还有像“快！快！”“露宓姐姐，请！”“还不成！”以及其他一些德语单词她都会讲。

一天，罗茜玛丽在树木繁茂的两家毗连的地方用日语叫道：“悦子姐姐，再见！”

悦子就用德语回答：“再见！”

“到了汉堡，一定来信呀。”

“悦子姐姐也别忘了给我来信！”

“噢，一定给你写信，一定！……请代我向彼得哥哥问好。”

“悦子姐姐……”

“露宓姐姐，弗利兹弟弟……”

两下的呼应声刚停，突然又听到罗茜玛丽和弗利兹用德语合唱起来：

“祖国至上。”

幸子走到露台上一看，罗茜玛丽和她的小弟弟爬在刺桐树恰到好处的高度，立在树枝上挥舞着手绢，悦子在树下应和，合演着一出开船的景状。

“哎呀！”幸子马上跑到刺桐树下，叫声“露宓妹妹！弗利兹弟弟！……”仿佛自己也立在码头上似的挥舞着手绢。

“伯母，再见！”

“再见！祝露宓小姐一路平安！一定再来日本呀。”

“伯母，悦子姐姐，来汉堡玩儿呀。”

“对，我们要去的。……等悦子长大了一定去。祝露宓小姐身体健康……”幸子这样说的时候，明知是和孩子们游戏，却不由得眼眶发热起来。

舒尔茨太太对于孩子们的教育既严格又有规则，平常罗茜玛丽到悦子家来玩儿，到了一定时间，她就在篱笆那边叫喊“露宓——”。可是在这离回国不足十天的期间里，她似乎特别体谅孩子们惜别的心情，不像平常那样到了一定的时间就叫罗茜玛丽回去。所以一到天黑，她们两人又像平常那样在会客室里摆弄光身的布娃娃，给它们穿上形形色色的衣服。最后把那只“铃”也捉了来，把布娃娃穿的衣裳穿在猫身上。有时她们两人轮流弹钢琴，罗茜玛丽老说：“悦子姐姐，请你再给我一个。”其实她那句话是“请你再给我弹一曲”的意思。

舒尔茨上次匆忙动身，扔下的行李要他太太整理，许多家财道具要她处理，剩下的一切杂务都要她一个人收拾。她每天操劳忙碌的样子，从幸子家的楼上都看得见。说起来，自从这家德国人搬来做了邻居以后，幸子这方面并非存心窥探什么，早晚站在二楼的廊檐上俯视院子里，自然而然地就可以看到邻家的后门。舒尔茨太太和阿妈们的操作以及厨房里的情形都看得一清二楚。灶间里的器物任何时候都摆得井井有条，看了真叫人惊叹。以烧菜的炉子和炊事桌为中心，周围是烧开水的铝壶和带把手的炒勺之类的东西，由小到大摆成一列，都放在一定的地方，每件炊具都擦得锃亮锃亮像武器一样。洗刷、扫地、烧洗澡水、开饭等等都有一定的时间，每天像点卯那样准确。幸子家里的人只要看到邻居在做什么，连钟表都不用看。阿妈是两个年轻的日本人。提起她们，一度曾和幸子家发生过纠葛。事情出在前次用的两个阿妈身上，在幸子她们眼里，那两个阿妈的确是不辞辛劳、埋头干活的老实人。可是，在她们眼里，舒尔茨太太用人太苛刻，也许她们对女主人早就不满意了。她们老说什么：“我家太太自己带头安排家务，哪个时间做哪件事，一分钟也不浪费。我们刚做完一件事，随即又做另一件事。我们的工资比日本人家里的女佣多得多，在家务方面我们又学到许多有益的东西。可是整天一分钟也休息不了，我家太太作为一个主妇确实了不起，值得我们佩服，但是在她手下工作，实在吃不消。”

舒尔茨家墙外一带的清扫工作原是天天派定那两个阿妈做的，有一天，幸子家的勤杂工阿秋扫完自己墙外那片地，捎带也给对方的墙外扫了。阿秋觉得平常每次都是邻家的阿妈扫这边墙外的地，过意不去，偶尔也给人家的墙外扫一次还个礼。这事让舒尔茨太太看见了，她大不以为然，认为她们自己担当的工作叫人家的女佣干，多么不检点，于是把阿妈们训斥了一顿。阿妈们不服，认为不是她们怠工，也不是她们请阿秋扫，是阿秋好意给扫的，而且也只有今天早晨一次。如果不该这样做的话，下次不让阿秋扫好了。由于舒尔茨太太不懂她们的话，怎么说也不原谅她们，因此她们提出辞职。舒尔茨太太就说："好吧，请你们走吧。"事情因此弄僵了。幸子从阿秋那里听到这个消息，想去打圆场。可是阿妈们反倒强硬起来，说："不，谢谢您。这事和您没有关系，请您什么也不要说。其实不光是今天这件事，我们平常干死干活，这里的太太一点都不重视，开口闭口总说：'你们脑袋瓜不灵。'不用说，我们自然是赶不上那位太太的头脑灵敏，不过，究竟我们如何忠诚老实而且顶用，等他雇了别的佣工来试试，总有明白的一天。那位太太如果自觉认错，那就算了；否则的话，正是我们离开这里的好机会。"舒尔茨太太终于没有挽留她们，那两个阿妈就同时走了。不久雇上了现在那两个阿妈，不过上次那两个阿妈的愤慨毕竟是有道理的，无论在智力上或者工作效能上，上次那两个人都是出类拔萃的。舒尔茨太太后来才对幸子吐露："上次放走那两个人，是我错了。"从这件事上可以看出舒尔茨太太的当家本领。尽管这样，她的为人并非恪守规律、一味严格，也还有慈爱、多情的一面。比如那次山洪暴发，附近派出所逃来两三个浑身泥浆的避难者，她一听到这消息，马上给他们一些衬衫和贴身衣裤。还热心动员阿妈们说："你们要是有什么单衫，也不妨送些给他们。"她惦念着丈夫和孩子们的安全，甚至还担心悦子的安危，在她那铁青的脸上流着眼泪。傍晚，她的丈夫和孩子们平安回到家里时，她发疯似的欢呼着跑出来迎接，从这些地方也就看得出她的为人了。幸子到今天还清楚地记得穿过檀香树叶看到她兴奋得紧紧拥抱她丈夫的情景。真叫人佩服她的热情。一般都说德国妇女了不起，可是不见得个个都有舒尔茨太太那样好，像她那样出色的人毕竟不多。有这样的人做邻居，是自己的福气，可是两下的交往毕竟不够。一般西洋人家都不大愿意和日本邻居交往，舒尔茨家在这方面却很会应酬，搬家当时就送来一只金字塔蛋糕作为进见的礼物，自己就应该开诚相见，两下更亲密地交往，不光是在孩子们的交游上，自己也可以请舒尔茨太太教一些做菜和做点心的方法，幸子这样一想，就觉得错过了机会。

舒尔茨太太既然是这样一种性格，除了幸子一家而外，还有不少依依惜别的邻居。在她家出出进进的商人中间，由于买到了她家特别廉价出让的电冰箱和缝纫机而欢天喜地。舒尔茨太太把家里不必要的家具什物廉价让给了朋友和有来往的人，没人要的东西全部卖给了家具店，只剩下一只旅行筐，内中放了些吃饭用的东西。

“这屋子里已经空无所有了，我们上船以前，就用旅行筐里那些刀叉吃饭。”舒尔茨太太笑笑说。

附近人家听到她回国后打算盖一间日式屋子作纪念，屋子里将摆饰日本的纪念品，因此他们每家都送了字画或古董给她。幸子也把祖父母留传下来的外面绣了源氏车的缎子包袱送给了她。悦子送给罗茜玛丽一帧着色照片，那上面拍的是悦子前次的舞姿，还有当时她身上穿的那件桃红绫子绉绸上绣了花笠的舞衣。

上船的前夜，罗茜玛丽得到她妈妈的特许，住在悦子的卧室里。那个晚上她们两人简直闹翻了天。悦子把自己睡的那张床让给罗茜玛丽睡，她睡在雪子睡的草垫子上，可是两个人谁都不想睡。贞之助被她们两个的叫喊声以及在走廊里啪嗒啪嗒的脚步声闹得眼睛都闭不上，诉苦说：“闹得太厉害了，”就用被子蒙住脑袋。可是后来她们越闹越厉害。最后他蓦地抬起头，拉开床头灯说：“喂！已经两点钟啦。”

“怎么？已经那样晚了！”幸子也吃了一惊。

“兴奋过度了不成，舒尔茨太太要发火的。”

“只有今夜一夜了，由她们闹去吧。舒尔茨太太今夜也只好睁一眼闭一眼了。”

这时听到一声叫“鬼……”卧室外边忽然响起了脚步声。

“爸爸！”悦子在拉门外边喊，“爸爸！德语的鬼怎样讲？”

“悦子她爹，德语的鬼怎样讲，您知道就教教她吧。”

“Gespenster！”贞之助不知哪年学过的德语，到现在还记得，连自己都觉得奇怪，但终于高声说了出来。

“德国话的鬼叫 Gespenster。”

“Gespenster，”悦子学了一遍，就说：“露宓姐姐，你瞧，Gespenster……”

“啊！我也成了 Gespenster 了……”

此后闹得就更厉害了。

“鬼……”

“Gespenster！”

她们两个你一句我一句地呼应着在楼上到处奔跑，罗茜玛丽一马当先，终于闯进了贞之助夫妇的卧室。两人头上都兜着衬衣，装成“无常”的模样。嘴里你一个“鬼”，我一个“Gespenster”，一边讲一边哈哈大笑，她们绕床转了两三圈，又到走廊里去了。直到清晨三点钟，才回到她们的卧室里。可是两人到底兴奋过度，怎么也睡不着觉。罗茜玛丽忽然想起家来，吵着要回到她妈妈那里去，因此贞之助夫妇俩轮流起身安慰她，到天亮时才好容易哄她入睡。

开船那天，悦子随同她妈妈和妙子捧了一束鲜花去码头送行。邮船的启程时间是在晚上七点过后，孩子们送行的比较少。罗茜玛丽的德国女朋友只有一个名叫茵姑的少女，悦子在舒尔茨家的茶会上曾经见过她多次，她背地里被称为“豆角儿”。日本女孩子就只悦子一个。舒尔茨太太全家三口，白天就上了船。悦子她们提早吃了晚饭才出发，从阪神电车三宫站坐上出租汽车赶去，一过海关，就看到那艘悬挂着五彩电炬的柯立芝总统号犹如不夜城似的矗立在码头旁边。幸子她们立即寻到舒尔茨太太所在的船舱。船舱里的天花板、窗帘以及床铺一律是白里带绿的颜色，床上堆满花束，鲜艳夺目。

舒尔茨太太叫罗茜玛丽领悦子去参观邮船内部，罗茜玛丽带着悦子去各处游览。悦子想到再过十四五分钟船就要开了，心里焦急得不行，只记得那条船特别漂亮、豪华，上上下下她走了不知多少次扶梯。等她回到船舱里一看，舒尔茨太太一边和妈妈道别，一边在淌眼泪，她妈妈也哭了。直到响起了铜锣声，幸子母女和妙子才走下船。

船离开码头后，身上只穿一件白色罩衫的妙子在海边的夜风中缩着肩膀说："啊！多美呀！简直像一个移动的百货公司。"此后很长一段时间里，只看得见舒尔茨太太和她的两个孩子站在甲板的彩灯光中，身影越来越小，最后连谁是谁都分辨不清时，还听到罗茜玛丽使劲地呼喊悦子的声音从暗黑的海面上传过来。

二十二

一九三八年九月三十日于马尼拉

亲爱的莳冈夫人：

这个月在日本是台风挺多的月份，我一心惦记着你们各位的安康。过去几个月里你们已经遭受了许多灾难，但愿你们不再遭受风灾。前次山洪留下来的那些岩石和砂土小丘，大概已经从国道以及芦屋附近搬掉了吧。交通也恢复常态，人们又重新安居乐业了吧。以前我家住的那幢房子大概已经出租，你们又有了好邻居了吧。我经常想念我们住过的那幢房子里可爱的庭园，以及我的孩子们骑着自行车游玩的那些幽静的街道。他们确实度过了愉快的岁月。孩子们在府上还看到了多少有趣的演出，我再次感谢你对孩子们的种种亲切关怀。他们经常在一起讲到府上的各位，甚至有时对您和悦子小姐产生一种乡愁。彼得从邮船上来信说起令妹和悦子小姐带他们游览了东京，享受了无比愉快的数小时。令妹真是做了一件好事，感谢得很。他们已经平安抵达汉堡，前几天我收到了他们的来电。现在他们寄居在我妹妹那里。我妹妹有三个孩子，彼得成了她家的第四个孩子。

我们在当地是个大家族，共有八个孩子，而我却是笼子里唯一的一只母鸡。孩子们经常打架，不过一般还是和睦地在一起玩儿。罗茜玛丽年纪最大，也懂得一些事了。我们每天下午骑自行车去逛漂亮的步行街，在那里吃了冰激凌。

祝各位身体安好，请您代我向您的先生、令妹以及可爱的悦子小姐致候。欧洲一切状况重新稳定以后，盼望诸位来德国访问。目前欧洲到处都是刀光剑影，可是哪个国家的老百姓都不喜欢战争，战争也许最后能避免。捷克的问题，我深信希特勒会处理的。

祝您健康。请不要忘掉我对您的敬爱。

希露达敬上

又，和这封信同时寄出一包菲律宾的刺绣小品，但愿您能中意。

舒尔茨太太的这封信，幸子是在十月十日前后收到的。附白里提到的那个小包邮件，两三天后也收到了，内中是十分精巧的手织桌布。幸子本想随即复信，但是写了又没有人翻译，丈夫嫌麻烦，推辞说请她原谅。她也找不到适当的人选，终于懒散地拖延了下来。一天傍晚她去芦屋川堤上散步，中途遇见一位曾由舒尔茨太太介绍过的德国人亨宁格的日本太太，忽然想起那封信来，和那位日本太太一谈，对方满口应承说："这点小事不算什么，自己虽然译不好，我女儿能写德文和英文，让她译一下就行了。"幸子考虑到是写给远隔重洋的外国朋友的信，一时捉摸不透，又拖延了一程。终于有一天她自己写了一封信，又让悦子也写了一封信，送到亨宁格太太那里去了。

不久，纽约寄来一个给悦子的包裹，打开一看，原来是彼得回国时路过美国，守信买了一双皮鞋送给悦子的。可是这双皮鞋太小，尽管彼得动身前一再量过悦子的脚寸，不知怎的悦子却穿不进去。因为这双皮鞋是用上等漆皮制成的出客穿的高级皮鞋，悦子怎么也不死心，一遍又一遍地试穿，穿是穿进去了，可是紧得实在受不了。

"真可惜呀，要是大一些倒不要紧……"

"彼得哥哥大概搞错了吧。说不定是尺寸过于符合脚样了。"

"小悦的脚也许比前些日子大了。给孩子们买鞋非得买大一些不成，只怨当时没提醒他一句。要是他妈妈陪同他去买，就会注意到这个问题了。”

“真遗憾！”

“别再穿了，一次两次地穿它做啥。”

幸子看到悦子还在试穿那双皮鞋，一头笑，一头制止她。不过对于人家特地送来的礼物不知怎样回答才好，结果连道谢信也没写一封。

那一阵，妙子说她想把各方面定做的布娃娃在出国前全部做出来，所以天天去夙川松涛公寓，一天也不休息。同时，她还到西洋画家别所猪之助的太太那里去学法语，那位太太在巴黎呆过六年，是玉置院长给介绍的。妙子每周去三次，学费才十元，特别便宜。因此妙子白天总不在家。悦子放学回家后，走到以前舒尔茨家那幢空房子前的铁丝网那里，对着邻家杂草丛生的庭院依依观望。她过去由于邻近有了合适的朋友，所以不大和学校里的同班同学在一块儿玩，和她们逐渐疏远起来。现在罗茜玛丽一走，她就寂寞不堪，开始在物色新朋友了，可是一下子又不容易找到性情脾气相投的人。她常说那幢空房子以后会不会有像露宓姐姐那样的人住进来。可是那幢房子是专为租给外国人盖造的，日本人不来租借，西洋人因为目前全世界有大乱的兆头，很多人都像舒尔茨那样全家离开东亚回国了，一时那幢房子不见得会有人来住。幸子也无聊得只能练练写字，或者教阿春弹弹古琴。有一次她在写给雪子的信里开首就说：“觉得寂寞的不光是悦子，不知怎的，今年的秋天连我也感触较深。从前总爱春天，今年开始感到秋天的凄凉寂寞里也别有一番情趣，这也许是年龄的关系吧……”

原来从今年春天雪子那次相亲开始，六月里举办了一次舞蹈会，接着就是大水灾、妙子的遭难、山村作师傅的逝世、舒尔茨全家的回国、自己带悦子她们去东京、关东大台风、奥畑来信卷起的阴云……到现在事件一个接一个，层出不穷。回到家里以后，一下子安静了下来，就好比中间裂开一个窟窿，闲得没事可做那样的。再就是幸子深深觉得自己的生活无论内心或外表都是和两个妹妹紧密结合在一起的。幸而她家生活美满，夫妇间融洽无间，悦子尽管是个费手脚的孩子，毕竟是独生女，一家三口，本来可以风平浪静地过日子。可是，到如今家庭生活中不断产生的许多变化，都是两个妹妹引起来的。尽管这样，幸子并不讨厌有这样两个妹妹，恰恰相反，她倒喜欢她们经常给这个家庭添加色彩，造成有声有色的热烈气氛。为什么这样说呢？因为已故父亲身上那种爽朗浮华的性格，她比谁都继承得多。她最讨厌家里冷冷清清，而愿意家里永远充满春天的气息，热热闹闹地过日子。所以，两个妹妹不喜欢长房而愿意较长期地住在这里。尽管她决不在姐夫、姐姐跟前主动怂恿她们这样做，可是内心深处是欢迎的。她觉得像长房那样孩子一大堆，叫两个妹妹住到那里去，远不如让她们住在房子大、人口少的自己家里来得自在。不过在这件事情上贞之助对长房毕竟有所顾虑，可是他了解妻的这种性格，所以爽快地接受两位小姨住在家里。由于这样一些原因，幸子和两个妹妹的关系，就不能用普通的姐妹关系来衡量。有时连她自己都感到吃惊，怎么自己操心贞之助和悦子的时间反倒比不上操心雪子和妙子的时间多呢。说老实话，这两个妹妹对于她来说，可爱的程度决不比悦子差，而且又可以说是最知心的朋友。这时她独自一人在家，才首次发现自己没有什么朋友，除了官样文章的应酬交际而外，太太们中间的来往也极少，这实在奇怪得很。可是再一想，正因为有了两个妹妹，就没有必要再交什么朋友了。所以现在也像悦子失去了罗茜玛丽那样，顿时觉得寂寞起来。

贞之助在一旁早就看出妻那无精打采的样子，他一面翻看报纸上十月底的演出节目栏，一面说："喂！下个月菊五郎要来大阪了。我们去看他第五天的演出怎么样？听说这次要上演镜狮子啦，不知细姑娘能不能来。"

妙子推说十一月上旬特别忙，她打算改天去。所以到了那天，他们夫妇俩带悦子去了。幸子九月份在东京没有看成歌舞伎，这次满足了她两个月前的愿望，同时也遂了让悦子看一次菊五郎演戏的心愿。那天晚上演完镜狮子后幕间休息，幸子离席去了休息室，悦子没有发觉妈妈忽然淌眼泪。可是贞之助却发现了。妻那多愁善感的性格他是知道的，奇怪的是看戏怎么又看出眼泪来了呢。

“怎么回事呀？……”贞之助悄悄地把她拉到屋角，只见她还在簌簌地掉泪。

“您难道忘了？……那次小产不是三月份的今天吗？要是不出事，到今天正好十个月了……”幸子一面说，一面举起手指拂拭挂在睫毛上的泪珠。

二十三

玉置院长正月动身赴法，现在十一月上旬已过，妙子焦急得不行，转弯抹角地问幸子，贞之助姐夫哪天去东京。贞之助平常大抵每两个月要去东京一次办点事，不巧最近没有这样的机会。看过镜狮子几天之后，才预定去东京两三天。

贞之助去东京，一向都很仓促，他是在动身前一天的下午，为了别的事情从大阪的事务所给幸子打电话时对她讲的。幸子为了让贞之助给妙子做说客，究竟该请他说些什么话，有必要仔细研究一番，因此她打电话去夙川松涛公寓叫妙子马上回家。因为妙子想去法国学成一个独立的西服成衣匠，其中还有一个隐情。那就是学成以后，如果将来和奥畑结婚，有朝一日说不定要由妙子来养活奥畑。基于这样一种设想，从逻辑上说，首先就应该解决这个前提条件，请求长房认可她和奥畑结婚。这样一来，事情就麻烦了，目前短短的一两个月中是根本赶不上趟了。转达意见的贞之助也许不愿承担这个重任。从妙子这方面说，她当前的目的只要能出国，不愿把事件搞复杂，所以关于结婚的问题这时最好不要提。那么传话的人又怎样开口呢？幸子认为不妨这样讲：本人过去因恋爱问题见过报，并非因此闹乖僻，而是担心今后不可能嫁到高门大户去，所以愿意成为一个职业妇女。话虽这样讲，假如有良缘，本人也愿意出嫁。不过有了一技之长，条件更为有利。留学回国时如果弄到一个头衔，人家就会刮目相看，不再认为是不良少女，这就无异于恢复了名誉，所以切盼姐夫、姐姐允许。那笔钱要是给了，今后即使结婚，也不要嫁妆费了。以上主要是幸子提出来的方案，妙子也同意，她说只要二姐觉得哪种提法合适，就那样提出请求好了。

那天晚上幸子请求丈夫完成这一使命时，又凭她个人的意见加了几点说明。那就是她认为最好让妙子和板仓以及奥畑尽可能离得远些，所以她也热心盼望妙子出国，虽说这和妙子想出国不属于同一理由。关于妙子和板仓的事情幸子从来没有对谁说过，连她丈夫也不知道，所以她只拜托丈夫把奥畑的问题附带提出来向长房说明一下。就是最近奥畑为了结婚问题曾来过芦屋一两次，请求谅解。幸子和他见面后，他表面上尽管装出很诚恳的样子，可是总觉得缺少过去那种纯洁的气质。据贞之助私底下的调查，他经常出入于花柳界和酒吧间，从各方面都看不出这个青年有多大的前途，诸如此类的事情可以对长房说明一下。目前妙子的心情是想把做西服的技术学到手，这个方向是对的，可否请长房成全她这个愿望让她出国。妙子已经二十八岁了，决不至于再闹十年前的那种乱子了；不过既然犯过一次错误，最好还是让她和奥畑暂时离得远些，不让那个青年接近她，那样比较安全。幸子希望贞之助从这方面进言。幸子的想法是钱的问题可以要求长房拿出妙子名下的嫁妆费，用不着长房掏腰包；可是一切都消极保守的长房，不见得会干脆应承一个女孩子出国去留学，所以贞之助不妨带几分威胁的口气警告长房，如果再闹一次出奔事件，那可了不得。贞之助为此特地在东京多呆了一天，挑选三日下午两点钟左右去了涩谷。因为他觉得大姐比襟兄容易进言。大姐听完贞之助的一番话，就说：

“来意完全明白了，我提不出什么主张，要征求辰雄的意见，然后写信告诉幸子妹妹。要是细姑娘等得急，这封信一定马上就写。两个妹妹的事情每次让您也操心，实在抱歉。”

事情当然不是一下子就能得到答复的，所以贞之助带了大姐这几句话就回来了。幸子知道大姐慢条斯理的脾气，姐夫决定一件事情也很费工夫，料定不会马上就有答复，一等等了十多天，依然音信全无，终于十一月下旬都已经到来了。幸子对丈夫说：“您写封信去催促一下怎么样？”贞之助却打退堂鼓说：“我已经开了头，以后的事情就不管了。”幸子又追问：“细姑娘的事情究竟怎么办？要是出国的话，明年正月就得动身呀。”依然得不到答复。因此幸子对细姑娘说：“既然这样，你自己跑一趟东京好，事情解决得快。”于是妙子决定去东京，打算两三天内动身。到了十一月三十日那天，好容易才收到下面这样一封信。

幸子妹妹：

好久没有通信，你好吧？听贞之助妹夫说悦侄的神经衰弱已经痊愈，这就放心了。年关已近，我来东京将迎来第二个新年了。一想到可怕的冬天即将来临，便不寒而栗。据麻布的嫂子说，必须经过三年才会习惯东京的寒冷，嫂子迁居东京时，就连续三年害感冒。从这一点上说，你住在芦屋这样的地方委实幸福。

关于细姑娘的事情，上次有劳贞之助妹夫百忙中特地过访，一一见告，十分感谢。两个妹妹的事情总麻烦你们操心，实在过意不去。本来早就应该答复，由于孩子们每天要人照料，静不下心来写信，所以耽误了下来。还有，尽管你们特地来征求意见，但你姐夫的意见却和你们相反，使我很难下笔，因而拖了一天又一天，实在对不起得很，请你原谅。

你姐夫反对的理由，一句话，就是细姑娘根本不用为那次登报事件而永远觉得抬不起头来。八九年以前的事情，早已一笔勾销了。为此而担心找不到婿家，想做职业妇女，细姑娘也太乖僻了。自己人说这样的话也许有些可笑，不过无论从哪方面讲，容貌也罢，教养也罢，才能也罢，保证细姑娘能成为一个出色的新娘，千万不要再抱那种乖僻的想法。由于这个原因，叫我们现在就把存款拿出来是办不到的，因为这里并没有用细姑娘的名义存过什么钱，除了留有一部分钱为细姑娘将来举行结婚典礼时花用而外，不问情由，要花就得拿出来的钱这里可是没有。你姐夫绝对不赞成细姑娘去做职业妇女，希望细姑娘抱定宗旨将来嫁个好人家，做一位贤妻良母。如果搞副业的话，还是做布娃娃的好，做西服并不合适。

至于启哥儿那方面，目前说不上赞成不赞成，可以完全当作没有那么一回事。本来细姑娘已经成人，我们也不能像以前那样严格要求。有你们在一旁监督，平时的来往交际，不妨睁一眼闭一眼。倒是她想当职业妇女的企图，得好好加以警惕。

实在对不起贞之助妹夫特地为这事奔走，不过情况既然是这样，就请幸子妹妹对细姑娘好好说一下吧。细姑娘之所以这样举棋不定，归根到底是结婚晚了，想到这点，雪子妹妹的亲事就更应该赶快解决。真的，但愿雪子妹妹早点有个着落；不过今年终于又没有攀成亲事而虚度过去了。

想写的东西很多，今天就写到这里吧。

请代问贞之助妹夫、悦侄和细姑娘好。

鹤子　十一月二十八日

“您对这封信怎么看？”那天晚上幸子在告知妙子以前先让贞之助看了那封信。

“关于钱的问题，细姑娘脑子里想的和长房讲的有点儿驴唇不对马嘴啦，不是吗？”

“问题就在这里了。”

“你到底听到是怎样讲的？”

“给你这样一追问，到底谁说的是真情，连我都糊涂了。以前确实听说过姐夫保管着爸爸交给他的一部分钱……”

“不对，这样重要的事情，早就应该告诉细姑娘，免得引起误会。”

“关于启哥儿的事情您是怎样讲的？……他近来远不如从前规矩的情况，您交待清楚没有？”

“嗯。我所知道的都讲了，可是看到大姐不大愿意提这方面的事，所以没有深入细谈，只说目前还是尽可能不让他们多往来为妙。我们当然不能说不赞成他们两个人结婚。大姐要是问起，我是打算说的，可是一讲到这方面的事，她就回避了……”

“信上尽管说启哥儿的问题只当作没有那么一回事，不过我觉得姐姐他们实际上是希望细姑娘和启结婚，不是吗？”

“大概是吧，我也有这样的感觉。”

“既然这样的话，倒是应该先提出结婚的问题也许比较合适呢？”

“怎么办呢，即使先提出结婚的问题，他们又会说结了婚不是更不用出国了吗？”

“这倒也是。”

“总之，这种麻烦的事情让细姑娘自己去打交道好了。我可不干啦。”贞之助说。

幸子最初不想把姐夫、姐姐的意见原封不动地立即对妙子讲，因为比起雪子来，妙子对长房的恶感更深。可是贞之助认为这种事情用不着隐瞒，所以第二天她就把那封信给妙子看了。结果不出所料，引起了妙子的反感。妙子认为自己已经不是小孩子，立身处世的方针不会听凭姐夫、姐姐的指示。自己的事情谁都没有自己知道得那样清楚，做一个职业妇女有什么不好呢？到现在姐夫、姐姐还摆脱不了门第、排场那些老脑筋，认为家里出了一个西服女裁缝，是天大的丢脸，这完全是一种偏见，是遭人嗤笑的落后思想。既然这样的话，我自己去和他们堂堂正正地摆摆道理，讲讲自己的信念，戳穿他们那种错误的想法。说到钱的问题，妙子尤其气愤，她认为大姐不应该听任姐夫信口开河。过去尽管攻击姐夫，却从来没有责怪过姐姐，可是这回妙子攻击的矛头就专指向大姐了。诚然，也许长房并没有用妙子的名义存过什么钱，可是富永姑母曾经说过有一笔钱存放在姐夫手里，将来应当给妙子，大姐也曾经讲过一次。现在却说出这种不明不白的话，简直岂有此理。长房孩子多，生活费用大，姐夫不知什么时候竟然变了心。可是大姐能无动于衷地听凭他那样胡说吗！

长房既然这样，我也做好了思想准备，一定要给点颜色他们看看，把那笔钱争取到手。妙子一面哭，一面大发雷霆，幸子费了老大的劲才劝解下来。

“也许是你二姐夫说话笨拙，造成误会，你不要尽往坏的方面想。你说的话我都理解，可是也要为我们设身处地想想。马上去东京谈判当然可以，不过，说起话来可不可以温和一些呢？如果你对长房采取吵架的方式，我们就为难了。我们站在你一边，不是为了让你去和长房吵架……”这般那般的幸子说尽了一切好话。妙子当时由于气愤之极，不过借此发泄了一下感情，到底没有勇气去和长房吵翻。两三天后，她又一点点镇静下来，恢复了平常的沉着态度，而且以后绝口不再提起那方面的话。幸子一方面松了一口气，一方面还是有些不放心。到了十二月中旬的一天下午，妙子突然提早回家。

“我不去学法语了。”她对幸子说。

“是吗？”幸子不痛不痒地应了一声。

“法国也不去了。”

“是吗？……你好容易下了决心，可是长房既然那样讲，还是不去的好。”

“无论长房说些什么都与我不相干，玉置先生不去了。”

“怎么，她为什么不去呢？”

“西服学院正月就开学，因此没有时间去法国了。”

玉置院长去法国的前提条件是利用西服学院翻修校舍的那段时间。可是后来调查了受灾的状况，方才知道先前的校舍完全没有用了，非彻底重新盖造不可。但是由于时局关系，工人和建筑材料都不凑手，经济上、时间上都有困难。正在多方设法的时候，碰巧阪急电车六甲方面有一幢便宜的洋房要出售，而且不用改建就可以利用来作校舍，于是就买了下来。房子买到手以后，马上就想重新办学。再则院长的丈夫担心欧洲局势不稳，劝她放弃出国计划。她丈夫多半也是因为最近从欧洲回国的一位大使馆武官告诉他，从九月末慕尼黑会议以来，德国和英法的关系表面上虽然很太平，其实双方并没有达到真正的谅解，英国由于对战事没有做好准备，为了让德国麻痹大意，才暂时妥协一下罢了。德国也看出英国的意图，将计就计钻空子，所以不久的将来战争一定要爆发的。由于以上的种种原因，玉置院长就放弃了她的出国计划。既然院长不出国，妙子自然也只能放弃原来的计划。不过，做西服裁缝一事，不管长房说什么，她始终不放弃。西服学院正月开学，她就去学习。由于最近这件事，妙子更加痛感有自立的必要，长房每月给的津贴，早一天彻底拒绝好一天。从这一点上说，也更加需要把技术学到手。

“你这样做自然没有什么，不过，你要是不放弃学习做西服，我们对长房就不好开口了。”

“二姐装作不知道好了。”

“这样行吗?”

“因为我现在表面上还在做布娃娃，所以你可以对长房讲：‘做西服一事眼下似乎停止了’。”

“长房知道了可不好办。”

幸子觉得妙子在急于自立谋生，以及不惜闹翻也准备向长房索取那笔存款这两件事上似乎暗藏着某种危险思想，弄到最后自己夹在中间要吃苦头，因而那天妙子无论说什么，她一味地说“不好办”。

二十四

妙子想获得职业妇女的实力和资格的真正理由究竟在哪里?如果真像她自己说的那样，现在还想和奥畑结婚的话，那就驴唇不对马嘴了。她借口和启那种没志气的人结婚，得准备有朝一日万一需要由她来养活丈夫。可是奥畑明摆着是什么也不缺的小老板身份，吃不上饭的事情那才真的是“万一”。借口这种不成理由的理由而去学习做西服，梦想出国，十分不自然。她应该全心全意盼望和自己所爱的人早日建立新家庭，才是正理。妙子从小早熟老练，遇事也小心谨慎，为了结婚，她得为将来一辈子的事情做好准备工作，这是可以理解的。不过，不知怎么的，总觉得有些叫人不能释然的地方。想到这里，幸子觉得妙子的真心说不定像自己以前猜想的那样，已经嫌弃奥畑，要想和他大大方方地解除婚约，出国是第一步，做职业妇女是和奥畑解约后的处世手段。这种猜疑在幸子心里又浓重起来。

关于细姑娘和板仓那件事情，其实还有可疑的地方。自从上次来访以后，板仓绝脚没有来第二次，两下似乎也没有什么电话和书信往来。不过妙子白天总不在家，所以不能断定他们不在别的地方联系。那以后板仓绝脚不来芦屋，反倒使人觉得有些不正常，怀疑他们两个暗地里可能有来往。虽说这是幸子毫无根据的一种漠然的猜疑，不过越到后来这种猜疑越厉害，甚至觉得他们必然会是那样。因为在幸子看来，妙子的外貌——从人品、表情、体态以至说话的腔调——今年春天以来渐渐地起了变化，这是使幸子产生这种怀疑的理由之一。为什么这样讲呢?原来四姐妹中，唯独妙子一人平常进退举措毫不含糊，往好里说，就是有一种现代风格。可是这一倾向最近发生了奇妙的变化，不时表露出毫不检点的不好的言语举动。她会毫不在乎地在人前袒露自己的肉体，经常在女佣们面前松松垮垮地披上一件浴衣，在电风扇前吹风，就像大杂院里的老板娘那副模样。坐的时候侧着身体，有时甚至敞着下身盘腿而坐。她不遵守长幼有序的习惯，吃东西经常抢在姐姐们前面，走路抢在前面走，席位抢在上首坐。家里来了客人或者姐妹几个一道外出时，往往弄得幸子提心吊胆的。今年四月里去南禅寺瓢亭时，妙子独自抢在前面走进餐室，坐在雪子上首，开饭的时候，她第一个动筷子。因此后来幸子悄悄地对雪子说："再也不愿和细姑娘一块儿上馆子吃饭了。"夏天去北野剧场时，雪子沏了茶送到每个人前面，妙子在一旁看着不插手，默默地只管喝她的茶。像这种不礼貌的行为，以前虽则也曾发生过，不过近来更加显眼了。前一阵晚上，幸子无意间走过厨房前的过道，那里的拉门半开着，烧洗澡水的灶门通向浴室的那个便门，敞开着五六寸，从门缝中可以看到在里面洗澡的妙子的上半身。

"喂！春倌，把浴室那个门关上。"幸子吩咐说。

阿春正要去关门时，妙子在浴桶里高叫："不成呀，不成呀，门不能关。"

“哎呀，这儿要开着吗？”阿春说。

“就是。我为了收听广播才故意把它开着的。”

让妙子这样一讲，才觉察到会客室里的收音机正在广播新的音乐节目。她把会客室到浴室的所有窗门都打开一些，自己泡在浴桶里边洗澡边听音乐。还有一次是今年八月里，有一天小槌屋绸缎庄的小老板送定制的衣服来，正在餐室里安排午后茶点的幸子，派妙子去会客室应接一下，自己在隔壁屋子里听他们两个的谈话。

“姑娘发胖了，穿了单衣，屁股那部分衣裤会被人割破的[①]。”小槌屋绸缎庄的小老板这样一讲，妙子随即回答：“不会被割破的，但是后面会跟上一串儿的。”

“准是这样吧。”小老板边说边呵呵地发笑。

他们的对话，幸子听得恶心起来。她早就发现妙子的措词越来越下流，可没想到她居然会讲出那样的话来。小槌屋的小老板平常对于老主顾家的太太、小姐从来不是这样讲话的，可以设想妙子不知在什么地方有机会和对方毫无隔阂地交谈过了。在幸子她们接触不到的场合，妙子大概经常用这种有失身份的话和人家交谈。妙子既做布娃娃，又学舞蹈，还学做西服，活动范围本来就广泛。四姐妹中，她接触社会各阶层的机会比谁都多，下情自然也了解得深，尽管姐妹行中数她最小，却最通达人情世故，因而往往借此有点儿自高自大，把幸子、雪子两个姐姐当作不懂事的闺房小姐对待。对于她那种作风，幸子她们以前总把它看做滑稽举动，一笑置之。可是现在竟然变成这种样子，就觉得再也不能放任不管了。幸子的性情脾气不像长房的大姐那样保守，主观上也不愿墨守旧思想，可是自己的同胞姐妹中竟然出了一个如此谈吐的姑娘，心里委实不愉快。而且觉得妙子的这种倾向暗示着她背后一定有人给予特定的感化。想到这点，就觉得板仓平常开玩笑的方式、看问题的方法

---

①三十年代，日本东京、大阪的报纸常有报道，说一些流氓阿飞在拥挤的公共汽车上，割破妇女的衣裙，使她们出丑，以满足自己的变态心理。此句指的就是这种现象。

以及言语举动上的不良之处，和妙子的言语举动有一脉相通的地方。

不过，从另一面来看，四姐妹中妙子之所以成为这样一个奇特的人，也有一定的理由，不应该责怪她本人。为什么呢？四姐妹中数她最小，唯独她没有享受到亡父全盛时代的恩惠。她们的母亲在妙子上小学的时候就死了，妙子脑袋瓜儿里连她母亲的脸容都模模糊糊的了。父亲是个浮华奢侈的人，对于几个女儿铺张浪费，无所不用其极。可是唯独妙子没有受到什么使她铭心刻骨的恩泽。在年龄上雪子尽管比她大不了几岁，可是雪子对父亲却留下许多记忆，她经常说什么那时爸爸为她那样做了，或者这样做了。妙子由于年龄太小，父亲即使为她做了点什么，她也没有真正记住。要是她能继续学习舞蹈就好了，可惜在她母亲死了一两年之后就停止了学习。她只记得父亲老说“妙子这丫头最腌臜，一张脸漆黑一团”。父亲晚年的时候，妙子还在上女中，她脸上不施脂粉，穿的衣服也分辨不出是男是女，的确是个脏里脏气的小姑娘。那时她只想快点毕业，像两个姐姐那样打扮成妙龄少女外出游玩，到那时自己也能穿上漂亮的衣裳了。她这个愿望没有达到，父亲就死了，同时莳冈家的荣华也告终了。不久以后，她和奥畑就出了那桩“新闻事件”。

所以让雪子讲起来，那桩事情也是由于妙子获得父母的爱太少，双亲死后，和姐夫又合不来，家庭生活不如意，加之少女多愁善感的心理才变成那样的，不能归罪于任何人，只能归罪于环境。她说：“就拿学校里的学习成绩来说，细姑娘不比我们差，数学是全班最优秀的。”不过，那桩恋爱事件在妙子的经历上打下了烙印，的确使她的性格更加乖僻了。即使在今天，她也没有获得长房的姐夫像对待雪子那样的待遇。姐夫很久以前就把她当作莳冈家的异己分子而加以歧视，尽管姐夫和雪子也相处不好，可是对雪子还表示亲爱之情；却把妙子看作是一个吃闲饭的。这种差别对待不知不觉之间甚至明显地表现在每月的零用钱和服饰等方面。雪子无论什么时候出嫁，箱子里已经装满了嫁衣，可是对于妙子却从来没有给她置备过什么高贵的嫁衣。妙子现在比较值钱的一些衣服大抵都是她自己挣钱买来的，否则就是她二姐买给她的。不过长房说妙子能赚钱，有她自己的收入，如果和雪子同样待遇，反而不公平。妙子自己也说她不愁没钱花，给雪姐好了。事实上妙子现在加在长房肩头的负担，也许还不到雪子的一半。妙子每月尽管能挣一大笔钱，还可有点储蓄，可是她身上要穿最新式的西服，其他装饰品也极尽华贵，幸子往往佩服她怎么能够把生活安排得这样巧妙(幸子私下也曾疑心她颈上挂的项链和手上戴的戒指有的说不定是奥畑贵金属商店的陈列窗里的)。四姐妹中，深刻体会到金钱之可贵的，也许要数妙子为最。在这一点上，生长于父亲全盛时代的幸子最不中用。家道中落时期的辛酸凄惨，对妙子影响最深。

幸子想到这个与众不同的妹妹说不定迟早还要闹点花样出来，自己被卷在中间十分尴尬，要是办得到的话，最好让长房领了去。妙子本人当然不愿意，估计长房现在也不会同意把她领走。实际上，长房这次照说应该表个态："听到这样的消息，不放心把妙子留在你们那里，叫她来我们身边加以看管吧。"可是长房始终不表这个态。过去长房的姐夫还顾点面子，不愿意两个小姨老住二房家，今天就不是这样了。这件事显然牵涉到经济问题，在长房的眼睛里，妙子现在差不多已经是半独立的人了，每月贴她几个零用钱也就算了。幸子看出这个内情，心里有点儿可怜妙子，虽然事情有些麻烦，却也不能就此撒手不管。因此，有必要把平素积在心里的疑问当面向她问个清楚。

过了新年正月初七，妙子有意不报告幸子，又开始去西服学院学习了。幸子早已看出了苗头，一天早晨，妙子正要外出，幸子问她："玉置院长那个学校已经开学了吗?"

"嗯。"妙子答应一声，走到门口，准备穿皮鞋。

"细姑娘，我有几句话要问你……"幸子把她叫进会客室，对坐在火炉旁边。

"一件是学做西服的事，其实另外还有几件事情必须问你。因此，我今天要毫不客气地说出自己心里的话，希望你也开诚布公，把真情告诉我。"

"……"妙子把她那抹了胭脂、显得容光焕发的脸颊对着炉火，屏息守视着熊熊燃烧的劈柴。

“那么，先从启哥儿开头吧，你现在真的还想和他结婚吗？”

最初无论幸子怎样问，妙子始终闷声不响地沉思着。随后，幸子想尽方法盘问前些日子对她所抱的怀疑，妙子就眼泪汪汪起来。突然间她拿出一方手绢掩着脸，哽咽地宣布：“我上了启的当！二姐有一次不是说启似乎有了相好的艺伎吗？”

“嗯，嗯，那是你姐夫从南地妓院里听来的。”

“确实有那桩事……”

随后，妙子逐一回答了幸子的问题，作了如下的坦白。

今年五月幸子告诉她这个消息时，表面上她一口否认那不过是谣传，其实那时已经有问题了。奥畑逛妓院以前就开始了，他对妙子说：“那是因为我们两人的结婚得不到认可，借此解忧罢了，望你宽恕。我只是叫了一些艺伎在一块儿闹闹酒，绝对没有失去童贞，这一点请你相信我。”妙子谅解他这种程度的放荡。为什么这样说呢？以前也曾提到他们一家一族无论是兄弟辈或者叔伯辈都是一些浪子，妙子自己的爸爸也耽于声色，这是妙子从小亲眼见到而且熟知的，所以像启那点儿放荡也是无可奈何的，只要他能保住童贞，妙子不想说什么不近情理的话。哪里知道奥畑那种全属欺人之谈的弥天大谎，无意之中一桩桩、一件件都被戳穿了。所谓一桩桩、一件件，指的是除了宗右卫门町的艺伎之外，他还和某舞女发生了肉体关系，而且生了孩子。奥畑知道自己这些行径被妙子戳穿以后，便用一切花言巧语向妙子赔罪，说什么搞舞女是老早的事，现在已经断绝关系，孩子也不知道究竟是谁的，他是背黑锅的，不过父子关系已完全断绝了，只有宗右卫门那件事确实是他的过错，今后誓必断绝关系。当时他的态度非常傲慢，撒谎骗人在他似乎无所谓，仿佛是个不知人间有羞耻的人，所以无论怎样都信他不过。他还拿出和舞女母子脱离关系的赡养费证书给妙子看，这大概不假。至于艺伎一层，尽管他说已经断绝关系，因为没有凭证，不知是真是假。此外有无其他别的男女关系，根本无从知道。尽管如此，他还口口声声地说要和细姑娘结婚的殷切愿望始终未变，自己献给细姑娘的爱情不能和那些男女关系相提并论。可是妙子觉得自己竟成了他一时取乐的玩物，说实话，也就是在那个时候，妙子开始厌恶奥畑了。只是由于受不了几个姐姐以及社会上人们的指摘："看到了没有？听信了那种家伙的话，不是受骗了吗？"所以未能轻易下决心与奥畑解约，而想暂时离开他，自己可以充分反省反省。正如幸子看出的那样，出国是她想到的一个手段，志愿做西服是她预想将来要独立谋生的准备工作。

由于以上种种原因，她正在为和奥畑结婚一事暗自焦虑的时候，发生了那次山洪事件。山洪暴发以前，板仓这个人在妙子眼里至多不过是个忠实的奴仆而已，可是山洪事件以后，妙子对板仓的看法起了一百八十度的变化。"我说这样的话，二姐和雪姐也许会以为我这个人特别好奇，那是因为你们自己没有亲身遭到灭顶之灾，不能体会到万无生理而获救的人的感激心情。"妙子说。"启诽谤板仓那天的行动别有用心，即使别有用心也无妨，人家毕竟冒了那样大的险，不惜牺牲自己的性命来救人。诽谤他的启那时又干了点什么呢？不用说牺牲性命了，不是任何表示亲切情意的举动都没有吗？"妙子对奥畑彻底灰心就是从那时开始的。为什么这样说，幸子是知道的。那天，奥畑直到阪神电车恢复通车后才来芦屋探访，他口称担心细姑娘的安危而去察看一下情况再来，结果只走到田中就徘徊不进，因为那儿已经有点儿洪水。最后他到板仓家，听到细姑娘平安回家，他就此不再来芦屋而回了大阪。那天晚上他出现在板仓家时，头上戴的是巴拿马草帽，身上穿的是潇洒的藏青西服，一手拿了梣木手杖，一手提着德国康泰司照相机，在那种场合他这副模样很可能遭到人家一顿毒打。他没有渡过田中那片淹水的地段，也许是怕弄湿他那条笔挺的西装裤子。这和贞之助、板仓、庄吉那些人为了搭救妙子浑身滚了泥巴一比较，不是相差太大了吗？妙子知道奥畑爱修饰门面，并没有要求他滚上一身泥巴，可是像他那种行为不是连普通一般人的情义都没有吗？如果奥畑具有庆幸妙子平安回家的真情，自然应该再来一次芦屋，亲眼看到妙子的容颜然后回去。而且他自己还对幸子说过随后要来的，幸子也预料他回大阪前还会来一次，并且盼望他来。难道只要证实细姑娘的确平安，情理上就算完事了吗？在这种节骨眼上就可以看出一个人的真正价值。如果奥畑仅仅是个花钱能手、乱搞男女关系、没有志气的人，妙子也许还能认为那是前世注定而将就忍受。可是现在看到他为了未来的配偶连一条西装裤子都不愿弄脏，这种轻薄的行径委实使妙子太失望了。

二十五

妙子坦白到这里，脸颊上一直挂着泪痕，还不时擤鼻涕，不过比较沉着，说的话条理井然，周到详尽。可是后来讲到她和板仓的交往时，话就渐渐地少了，一定要费去幸子许多口舌，她才回答一个是或者不是。因此，有许多地方幸子只能凭想象弥补她的答话，下面的情节，其中有的就是幸子加进去的补充和解释。

讲到板仓这个人，在妙子眼里各方面都和奥畑正好相反，所以妙子对板仓的感情与日俱增。妙子平常尽管讥笑长房，但她头脑里毕竟还有家世、门第的观念，要把板仓这样的人作为对象，自己的立场未免可笑，往往产生一种自制的念头。不过那种反抗自己头脑里旧观念的心情起着更强烈的作用。妙子的个性本来很强，在任何情况下都能保持冷静，即使爱上了板仓也不至于盲目。特别是和奥畑交往时上了当，这次考虑到久远的后果，计算了得失利弊，反复商量之后，认定只有和板仓结婚才能使自己幸福。幸子对于板仓和妙子的关系其实做过各种各样的猜测，可是万万没有想到妙子竟然决心要和板仓结婚，当她听到妙子的坦白时，简直大吃一惊。妙子却完全了解板仓是学徒出身，没有受过什么教育；是冈山佃农的儿子；而且，这个青年具有美国移民的共同缺点——粗野；妙子就是了解了这些缺点、深思熟虑后下这个决心的。用她自己的话来说，板仓固然是那样一个人，可是和奥畑这样的少爷比起来，人格上要高出几等。不管怎样，他有一个坚强无比的肉体，紧要关头他有赴汤蹈火的勇气，还有养活自己和他妹妹的技能，这是他的最大优点，和那种靠父母兄长养活，一味奢侈浪费的人不同。他身无分文去美国社会混，没有得到任何人的资助，全靠自己努力苦学，掌握了一门技术，而且还是相当费脑子的艺术摄影。他能在那方面有独立的本领，尽管没有受过正规教育，却有一般的理智和感觉，按照妙子一己的鉴定，他的学术头脑至少比那位具有关西大学毕业头衔的奥畑高明。因此，她丝毫不再受家世、祖传财产以及徒有头衔的学历等等的诱惑，这些东西对她来说已毫无价值，只要看一看奥畑的例子就完全明白了。她宁可采取实利主义，做自己丈夫的人首先要身强力壮，其次要有固定职业，要真心实意地爱自己，而且为此甘愿献出他的生命，只要符合以上三个条件，其他一概不计较。板仓不仅具备上述三个条件，更可取的是他乡下有三个哥哥，他没有供养父母兄弟的责任（现在住在他家的妹妹是从乡下叫出来帮助他料理家务和照料买卖的，一有婿家，就得送她回去）。总之，板仓是十足的光棍一条，婚后可以无所顾忌地恩爱过日子，对于妙子来说，这比作任何世家大族的阔太太都安逸舒适。

敏感的板仓早就看出妙子的这种心情，他以心传心，在言语举动上曾露骨地表示过，可是妙子一向没有对他明确说出自己的心意。直到去年七月上旬，幸子去东京，留下妙子看家那段时间里，让奥畑觉察到他们中间有问题，两人的交际才不得不有所收敛。就在他们商量对策的当儿，妙子才首次说出了她的心里话。所以从后果上看，奥畑的干涉反倒促使了他们两人的接近。板仓听到妙子的表白不单是恋爱而是求婚的时候，吃惊得犹如怀疑他自己听错了话，也许那是他故意装出来的一本正经的样子，要不然就是由于他根本没有料到事态居然会发展到那种程度。他当时就说："我做梦都没有想到这样的事，太突然了，不知回答些什么才好，让我考虑两三天吧。"可是，在这样的说辞之下，他又说："对于我来说，这真是太感谢了，还有什么好不好的呢。不过为了将来不后悔，细姑娘还是仔细考虑考虑怎么样？"又说："要是结了婚，奥畑家我自然不能再去，细姑娘也要被长房和二房抛弃吧？此外我们还将受到社会各方面的迫害，我固然有勇气斗争下去，细姑娘能受得了吗？”他还说：“人家一定会指责我巧妙地勾引上了莳冈家的小姐，结了一个不伦不类的婚，即使不去计较社会上这种非议，启少爷要是这样想，那就最最受不了。”接着他又变个语调说：“不过启少爷的误解怎么也是消除不了的，他爱怎样想就由他怎样想吧。奥畑家确实是我的东家，不过我的主人是上代的老太爷和现在的老爷（启三郎的哥哥）以及家老太太（启三郎的母亲）。启少爷不过是老东家的少爷，我没有直接受到他什么恩惠。再说看问题有一定的角度，我如果和细姑娘结婚，启少爷会气愤，可是家老太太和老爷说不定还要感谢我为他们做了一件好事。为什么那样说呢？家老太太和老爷很可能到现今还不赞成细姑娘和启少爷结婚。启少爷自己不承认这一点，可是据我看就是这样的。”就这样地尽管他一再表示拿不定主意，结果还是拖拖拉拉地应承了妙子的请求。

他们两人商定关于私订终身一事对谁都不能讲，要严守秘密；先决问题是和奥畑解除婚约，这也不可采取性急手段，最好慢慢对他讲，可能的话，让他自觉死了那条心；最适当的方法是妙子必须出国；两人不妨再过两三年结婚，那时说不定会受到各方面的经济压迫，现在就该作好对抗的准备；准备工作之一就是妙子专心学好做西服的技术。以上几点他们都打算实行，可是不久一下子傻了眼，因为妙子的出国计划由于长房的反对和玉置院长改变预定计划而吹了。妙子先前认为奥畑追求她是为了和板仓赌气，自己要是呆在日本，就没法和奥畑断绝关系，要是能去巴黎躲避一年半载，写封信劝奥畑不要再想念她，奥畑最后是会死心的。现在她去不成法国，奥畑更要曲解是板仓阻止她去，因而格外缠住妙子不放。再说妙子如果远在法国，一年半载不和板仓见面，还受得了。现在两人近在咫尺，另一方面奥畑还经常缠牢她，如果不和板仓见面，日子就没法过。因此两个人的想法逐渐倾向于既然去不成法国，照目前的样子拖下去，瞒不过奥畑和社会上的耳目，莫如抱定宗旨不惜和各方面摩擦，提早结婚。只是目前双方在经济上都没有做好充分准备，他们自己不惜遭受任何社会制裁倒也罢了，只愁飞沫溅到雪子身上，影响到雪子的婚姻更难解决，实在对不起她，所以必须等雪了的亲事有了着落再说，这就是他们迟迟不决的实情。

“那么……细姑娘和板仓只是口头上订约，除此以外什么也没有了吗？”

“嗯……”

“确实是这样吗？”

“嗯……没有干什么不端的事。”

“既然如此，能不能再好好考虑一下结婚的问题呢？”

“……”

“哎！细姑娘……要是你干出这种事来，我还有什么脸去见长房和社会上的人……”

幸子眼前仿佛裂开了一个地洞。妙子这时反倒坦然自若，幸子激动过度，连说话的声音都颤抖了。

二十六

此后的两三天里，每天在丈夫和悦子出去以后，幸子就把妙子叫了来，探询她的决心程度。妙子已横下了一条心，全无改变的模样。幸子试着劝她说：“和奥畑断绝关系，不管长房怎样，我们是赞成的，必要时可请你二姐夫插一下手，让他去回绝奥畑，叫他今后不要再来纠缠。学做西装这件事，目前当然不便公开表示赞成，不过开一眼、闭一眼装作没看见是可以的。将来你想做一个职业妇女，我们也不反对。存在长房手里的那笔钱，马上想取出来有困难，不过将来如果有充分理由动用它，找个适当机会，我们可以给你关说关说，把那笔钱交给你。唯独和板仓结婚这件事，还望你能放弃这个念头。”可是妙子的口气是：“我们本来打算立即结婚，为了雪姐的关系在等待着，请你谅解这是我们最大的让步，但愿雪姐的婚姻问题能早日解决。”幸子又劝她说：“姑且不计较身份和阶级，对于板仓这个人，我怎么也信不过。他出身学徒，后来成了照相馆老板，和启那种公子哥儿不一样，正因为如此，说得不好听些，我觉得他有那种老油子的狡猾。论到聪明程度，细姑娘虽则那样说，从我们接触到的看，他爱把无聊的东西当作了不得而加以吹嘘，头脑非常简单、低级，至于趣味以及教养等，简直无从谈起。这样看来，他那点儿摄影技术只要有些职业才能和技巧，不就成了吗？细姑娘现在看不到他的缺点，真需要好好考虑一番。据我看，生活水平完全不相同的人结了婚，没有白头偕老的。说实在话，像你这样一个有判断力的人，怎么会找那样一个低三下四的人做丈夫，我无论如何都弄不懂。嫁了那样的人，马上就会揭不开锅盖，明摆着要后悔的。对我来说，像他那种飞扬浮躁、咋咋呼呼的人，有趣倒是有趣，可是只要相处一两个钟头，就受不住了。”尽管幸子这样劝她，妙子却说：“青年时代做过学徒、去美国当移民、走惯江湖的人，可能多少有些老油子的味道，这是境遇使然，无可奈何的事；可是人却特别纯洁正直，内心并不那么狡狯刻薄。他爱自吹自擂那些无聊的东西，由此而遭到人家的厌恶，这是事实。可是，从另一角度看，那不正说明他那天真烂漫的孩子气吗？什么教养不足啦，程度低下啦，也许是这样，不过这些都是我熟知的，您就不用管，由它去好了。我不在乎那些懂得高尚趣味或者理论的人，咋咋呼呼的人也无妨，比自己低级的人反倒容易对付，用不着操什么心。尽管二姐这样讲，板仓却把娶我做他的媳妇当作莫大的荣誉，不仅他本人如此，田中那边家里的妹妹以及他乡下的父母和兄嫂们都说，要是有那样人家的姑娘来做媳妇，全家都有面子，高兴得都掉眼泪了。我去田中他家时，板仓抓住他妹妹说：‘按照你们的身份，哪配在这里和细姑娘平起平坐地说话呢。要是在以前的话，得在外屋匍匐着身体禀报哩。’他们兄妹俩都很尊敬我。”说到后来，妙子简直有点儿津津乐道她的恋爱经过了。幸子听到这些话，一个洋洋得意地吹嘘自己将娶莳冈家细姑娘做老婆的板仓的形象就出现在她眼前，本来讲好暂时守秘密，可是他现在却把这件事拿到他家乡去宣传，想到这点，幸子格外不愉快。

尽管这样，由于妙子承认以前那次登报事件连累了雪子，所以这次在雪姐的婚事未解决以前，决不轻举妄动。这样一来，事情就不至于一下子面临不可收拾的局面，因而使幸子稍稍放心一些。目前如果对妙子施加压力，幸子担心反倒会激起她的反抗。雪子的婚事估计最快也要半年之后才会解决，在这段时间里，耐心地劝说妙子，对她做工作，慢慢地加以开导，使她改变心境，这就是幸子所打的主意。目前暂时只能依从妙子的意思，尽可能不违拗她，除此以外没有别的办法。可是这样一来，又觉得雪子的处境太可怜了。设身处地为雪子着想，她一定不愿意妙子为她而等待着不结婚，叫她感恩。为什么这样说呢？雪子错过婚期，虽则还有别的原因，可是一想到登报事件溅到她身上的飞沫，根本用不着感妙子的恩。尤其是雪子自己一点也不急于结婚，不怨恨妙子和奥畑那次恋爱事件波及自己的婚期，她大概会说自己的命运决不至于受那种无足轻重的事件的影响，细姑娘用不着顾虑，先结婚好了。妙子这方面也决没有要雪子感恩的念头，不过她对于雪子的婚事迟迟得不到解决，确实也等得有些不耐烦了。就拿当初那次登报事件来说，如果那时雪子已经订婚，或者马上就要订婚，妙子即使幼稚，肯定不至于采取那种非常手段。总之，她们姐妹几个很友好，决不至于争吵起来。不过，冷静地加以观察，雪子和妙子中间确实存在着相当严峻的利害关系。

幸子从去年九月被奥畑那封信吓破胆以后，直到今天从来没有对谁讲过妙子和板仓的事。可是这样下去，如果把这件事情再藏在自己一个人的心里，就觉得包袱背得太沉重了。今天看来，为了妙子的利益，幸子一直自以为能理解她的同情者，支持她做布娃娃，为她租下夙川的公寓，默认她和奥畑的来往，每次出了什么问题，总由她出面和长房交涉，加以袒护。可是现在一切都仿佛是恩将仇报，对于妙子这种做法，不由得幸子不生气。不过另一方面毕竟是幸子站在中间掌舵，因此事态才到此为止，没有扩大化；不是这样的话，她觉得也许要更加恶化，而且说不定已经闹出什么大笑话来。但这只是她个人的想法，社会上以及长房的大姐和姐夫不见得会那样认为。幸子最担心的是每次给雪子说亲，信用调查所就要来调查家庭情况，那时妙子的经历就会让外界周知无遗。说实话，关于妙子的行为——她和奥畑以及板仓是怎样一种关系，具体经过幸子一点也不知道，不难想象他们中间说不定干了许多见不得人的丑事，从而引起人家的误解。本来任何人都看得出莳冈家的雪子是纯洁的，即使受调查，也没有什么可让人家说长道短的弱点，只有这个性情古怪的妹妹妙子，容易引人注目。调查者不调查雪子本人，反倒调查疑问很多的妙子。她的实际情况家里的人不清楚，往往加以袒护，想不到外界却知道得很清楚。这样看来，尽管幸子多方面托人为雪子做媒，从去年春天以来，再也没有谁来说亲，也许因为妙子的名声太坏，这回又影响到雪子的亲事。如果真是这样的话，为了雪子的前途，再也不能对妙子放任不管了。再说妙子的坏名声如果仅仅让人家背地里悄悄传说，倒也罢了；要是一旦传到长房的耳朵里，幸子势必独受谴责，这实在忍受不了。贞之助和雪子也会责怪她，既然发生了那样的大事情，为什么不开诚布公和他们商量。幸子还想到要使妙子回心转意，单靠自己一个人的力量，把握不大，如果有贞之助、雪子和自己三个人轮流开导妙子，也许能见效。

“嗯，……那到底是什么时候的事儿？”

新年过后二十日的一天傍晚，贞之助正在书房里翻看新出版的杂志，幸子似乎有什么事似的走进屋子坐定，莫名其妙地抬起她的头，随后就搬出了那桩事儿。

“据说是去年我到东京去的那段时间里两下私订终身的。那时因为我和小悦、阿春都不在家，板仓好像每天都到咱们家里来……”

“你这样说不是连我都有责任吗？”

“不是说您也有责任，难道您一点儿都没有觉察出来吗？”

“我一点儿也没有觉察出来。……不过，听你这样讲，洪水泛滥以前他们两个似乎已经很对劲了。”

“可是那个人对谁都是这样，不光是对细姑娘呀。”

“你说的也对。”

“水灾以前又怎样？”

“那时他对细姑娘真是无微不至，那么亲切周到的人委实少有，真叫人佩服。感动得细姑娘心花怒放了。”

“尽管这样，为什么像细姑娘这种人却不明白板仓的低级呢，真正稀奇。我给她指了出来，她还生我的气，这样那样地称赞板仓的优点，为他辩护，简直无聊透了。……细姑娘毕竟是千金小姐出身，为人厚道，让人家乖乖地笼络住了。”

“不，细姑娘是充分考虑过的。好比说人虽则低级，只要那个人身体强壮，能吃苦耐劳，为人可靠就成，实利主义嘛。”

“她自己也说她采取实利主义。”

“实利主义不也是一种主张吗？”

“您怎么这样讲呀，难道您觉得妙子可以和板仓那种人结婚？”

“不是这样讲，我的意思是谁问我细姑娘和奥畑结婚好还是和板仓结婚好，我认为板仓比奥畑强。”

“我和您的看法相反。”

夫妇两个讨论的结果，不料意见大不一样。幸子不满奥畑，最初是受贞之助的影响，眼下对奥畑确实没有好感。可是和板仓一比较，反倒有几分可怜奥畑起来。他是公子哥儿出身的浪子，没有志气也是事实，一眼就可以看出是个轻薄的恶少。可是他毕竟和妙子是青梅竹马，又是出身于船场的世家，和妙子属于同一类型，从这一点上说，好歹是一个圈子里的人。如果让他和妙子正式结婚，不管将来会发生什么样的困难，目前面子上总还过得去。如果妙子和板仓自由结婚，显然会招致社会上的嘲笑。因此，如果孤立地考虑和奥畑结婚，那就决不是一桩值得庆幸的事，可是现在出了一个板仓的问题，为了防止妙子和板仓结婚，那就宁可选择奥畑了。这就是幸子的见解。贞之助在这方面比较进步，他认为除了门第而外，奥畑没有一样比板仓强。作为结婚的条件来说，诚如细姑娘所主张的那样，爱情、健康和工作能力这三者比什么都重要。板仓在这三方面既然都合格，还有什么必要斤斤计较门第和教养之类的东西呢。贞之助并不是特别中意板仓，只不过和奥畑比较起来，宁可选择板仓罢了。他知道长房决不会同意这桩亲事，自己也不愿主动为他们去和长房交涉。照他说起来，无论在性格上或过去的经历上，细姑娘都不适宜用传统的方法结婚，细姑娘这个人天生是要自己找个相爱的对象自由结婚的。而且对细姑娘来说，自由结婚比通常形式的结婚更为有利。细姑娘本人非常清楚这一点，所以她才那样主张的，我们大可不必多此一举去加以干涉。如果是雪子妹妹的话，就不能让她去经受社会上的惊涛骇浪，我们必须照料到底，按一定的手续给她找个好的配偶，这就不得不计较血统财产等等了。细姑娘就不同了，即使没有人理睬她，她好歹也能独立营生。不过贞之助的态度始终是消极的，他对幸子说："你征求我的意见，我只能这样回答。可是这些话只是对你讲，决不能把我这些想法告诉长房或细姑娘，要是对他们讲了就麻烦了。对于这件事我彻头彻尾是个局外人。"

"这是为什么？"幸子质问说。

"总觉得细姑娘的性格复杂得很，有些地方我不了解……"贞之助吞吞吐吐地说。

"这倒也是。……就拿我来说，为了细姑娘的利益，不惜遭受人家的误解站在她一边帮助她，可是她却出卖了我……"

"说是这么说，她那独特的性格倒也蛮有意思。"

"……既然那样，早点对我讲明不就好了吗，想到她那作弄人的本领，我这次真生气……真生气……"

幸子哭的时候变成了一副淘气孩子的脸，贞之助看到妻那涨红的脸上流着气愤的眼泪，想起她幼年时候姐妹淘里争吵时总是那么一副表情，觉得特别可恋。

二十七

幸子经常想到在东京过着寂寞生活的雪子。她的性格和妙子不一样，妙子不理会别人的为难处境和意见，自己爱怎样干就怎样干。雪子和她相反，完全缺少主动性。去年九月幸子在东京火车站和大姐分手时，大姐再三拜托她为雪子物色对象。今年是雪子的灾难年，本想争取在去年年内给雪子定下亲，这件事落了空。又想在今年春分以前办成这桩事情，可是春分离现在也只有一星期了。假如像自己猜测的那样，妙子的臭名声妨碍了雪子的亲事，那么自己也有一半责任，幸子这样一想，就觉得更加对不起雪子。想到雪子最了解自己近来对妙子的不满，幸子早就打算把雪子叫来，请她当顾问，可是又担心妙子的新恋爱事件公开以后，对雪子造成心理影响，因而隐忍着没有叫她来。可是考虑到长此隐瞒下去，如果让雪子从旁知道了这件事，就更加尴尬。再说幸了本来打算让贞之助相帮出个主意，现在让贞之助那样一讲，可供商量的人就只剩下一个雪子了，因此幸子想编个借口把雪子叫到自己身边来。凑巧来月下旬要在大阪三越百货公司八楼大会堂举办一个追悼已故山村作师傅的舞会。

山村流舞会
——追悼山村作师傅——

日　　期：昭和十四年二月二十一日(下午一点钟开始)。
地　　点：高丽桥三越百货公司八楼大会堂。
演出节目：手炉(供奠)；菜叶；黑发；研钵；八岛；江户土产；铁轮；雪；芋头；江鸥；八景；茶舞；因缘月；拿吊桶(顺序有参差)。演员姓名及节目表当天奉送。
会　　费：免收(没有招待券的来宾恕不接待)。
报 名 期：二月十九日，限会员及其家人。到会者请用往返明信片报名。复信的明信片充作招待券。
主 办 者：山村作门下乡土会。
赞 助 者：“大阪”同人会。

刚到二月，幸子就把乡土会印的这张请帖装在信封里寄给长房的大姐和雪子。给大姐的信写得很简单："别后想让雪子妹妹再来一次芦屋，期望不久的将来能有机会，可是去年终于没有谁来说亲，今年也已到了春分节。亲事方面没有什么消息，只是长久没有见到雪子妹妹，雪子妹妹大概也在想念我们，所以你要是方便的话，可否让她暂时来芦屋呆一阵呢？正好有一张山村舞会的请帖，同信附上。细姑娘也参加这次演出，她说无论如何盼望雪子姐姐能来看她表演的节目……"给雪子的信写得比较详细，内容是："这次的舞会名义上是为了追怀已故的山村作师傅，不过鉴于时局关系，今后举办这种舞会将越来越困难，趁现在这个机会来看一下如何？细姑娘从上次那个舞会以来一直没有练舞，这次突然举办这样一个舞会，最初她谢绝参加，后来想到今后舞蹈的机会很少，而且又是祭奠亡师的，所以就应承了下来。你如果放弃这次机会，今后也许再也看不到细姑娘的舞蹈了。由于上述情况，细姑娘没有时间准备新节目，只能匆匆忙忙地把去年演出的'雪'舞重新练习一下。上次那套舞衣这回不能穿，只能用去年我在小槌屋染制的那件碎花衣，那件衣服正合适做舞衣，就让她穿了。辅导细姑娘练舞的人名叫作以年，她是亡师的高足，现在她在大阪新町主持一个传习所。细姑娘每天忙着去新町练舞，回到家里让我给她伴奏，重新复习一遍，另外还要埋头做布娃娃，照常继续不断地活跃着。我每天要给细姑娘伴奏，也忙得很，用三弦伴奏'雪'舞没有把握，改用古琴伴奏。这样地忙乱，也不能埋怨细姑娘，可是近来老为她操心，信上不便多说，你要是来了，有许多事情要讲给你听。悦子说去年你没有参加舞会，今年无论如何希望你能来看看。"两封信寄出以后，鹤子和雪子都没有答复。因此幸子他们谈论着雪子说不定又像上次那样突然到来。纪元节那天傍晚，妙子说今天要穿好衣裳，曳着衣裾跳一次试试，她正在会客室练习的时候，悦子第一个听到门铃响，她一面奔出去一面说："啊！是阿姨。"

"您来啦。大家都在这里。"跟在悦子身后的阿春打开会客室的门说。

雪子走进屋子一看，里面只剩下一张长沙发，桌子和圈椅都搬去了，地毯卷成一堆放在一旁，妙子手里拿着一把伞立在屋子中央，头上梳了一个压扁的岛田髻，扎了一条粉红发带，身上穿的是幸子信里讲的那件衣裳——紫葡萄色底子上印着沾雪的腊梅和山茶花。幸子坐在屋角，座垫铺在壁龛的地板上，一张漆有泥金光琳菊的六尺长的古琴横放在她膝上。

“我说节目似乎已经开始啦……”雪子先向坐在长沙发上的贞之助微微点头致意，贞之助穿着大岛绸的夹袍，长棉毛裤露在夹袍外面。“老远就听到琴声了呀……”

“因为你信也不复，正在想该怎么办哩。”幸子那双套了象牙指甲的手按在琴弦上，抬头望着半年不见的雪子走进来，这个腼腆而爱好热闹的妹妹由于旅途劳顿，脸色有点儿苍白，可是进门看到屋子里的这副光景，她的眼睛马上笑眯眯的了。

“阿姨乘‘燕’号特快来的吧？”悦子问。

雪子没有回答她，问妙子说：“你那个岛田髻是假发吧？”

“嗯，今天好容易才做成的。”

“细姑娘戴上这个很合适呀。”

“这假发我也老想梳个髻把它戴上，这是我和细姑娘共同设计的。”

“雪姐中意的话，也给你一个。”

“结婚的时候戴吧。”

“真滑稽，我的头能用假发吗。”

幸子和雪子开玩笑，雪子笑着回答。原来她的头发长得很密，看去不觉得，可是特别容纳不了假发。

“雪子妹妹来得真巧。”贞之助说。“今天细姑娘做成了假发，所以她说要穿上舞衣跳一次试试。再就是二十一日是星期二，我去得成去不成都说不定，所以今天想看她跳一次正式的‘雪’舞。”

“悦子二十一日也去不成，遗憾得很。”

“真的，为什么不在星期天举办呢？”

“也许是为了时局的关系，不愿太招摇惹眼吧。”

“那么，二姐……”妙子打开伞，右手直挺挺地拿着伞柄说：“刚才那个处所请你再弹一遍吧。”

“不要推托了，从头再跳一次吧。”贞之助这样一讲，悦子接上去说：“是呀，细阿姨，请你从头再跳一次给阿姨看看吧。”

“连跳两遍，我要倒下来的。”

“得啦，只当是练习，从头再跳一次吧。”幸子也说，“……坐在地板上，我冷得吃不消呀。”

“太太，生个手炉来吧。”阿春说，“……把它放在腰部大概就不冷了。”

“那就生个手炉来吧。”

“趁此机会让我休息一会儿也好。”妙子把伞放在壁龛里，拎起衣襟，一步一步地走近长沙发，坐在贞之助旁边，然后说：“对不起，给我一支烟吧。”她向贞之助讨得一支德国香烟，点上火吸了起来。

“我也去洗个脸再来。”说完雪子也上卫生间去了。

“遇到这种情况，雪子妹妹永远是笑嘻嘻的。”幸子说，“悦子她爹，今天雪子妹妹来了，细姑娘又接连舞了几遍，今晚您得请一次客呀。”

“要我出赏钱吗？”

“是呀，这点儿义务总该尽吧。今晚就打算让你请客，所以家里什么也没有准备。”

“反正我有的吃了。”

“细姑娘，你爱吃啥？吃‘与兵’的四喜饭呢还是东方饭店的烤肉？”

“我什么都爱吃，你问问雪姐吧。”

“去东京久了，大概想吃新鲜的鲷鱼吧。”

“那么给雪子妹妹带瓶白葡萄酒去‘与兵’吧。”贞之助说。

“既然出赏钱，那就得拼命舞了。”

看到阿春拿来了手炉，妙子把沾了口红的烟头扔进烟灰缸，随手拎起衣襟。

二十八

这个月贞之助为了给某公司清算账目，工作很忙。他虽然说过二十一日也许去不了，可是那天上午他从事务所打电话给幸子说他很想再看一次细姑娘的“雪”舞，希望在这个节目开始以前打个电话通知他。下午两点半钟幸子打电话给他说这个时候去正好，他刚要赴会，客人来了，谈了半小时话。阿春又打来一个电话说：“不赶快去，就看不上‘雪’舞了。”于是他赶紧送走了客人，从位于两地交界处今桥的会计事务所去会场只不过几步路，所以他帽子也不戴就挤进电梯，走出电梯穿过电车道，赶到对面的三越百货公司，来到八楼大会堂的会场一看，妙子已经在台上了。幸子曾说当天的会除了乡土会会员而外，大半是“大阪”同人会会员以及该会出版的机关杂志的读者们，一般不招待外宾，到会的人不至于太多。可是由于这次舞会在当时极为难得，找关系弄招待券的人很多，座位几乎全都满了，还有大批人立在后面观看。贞之助没有时间找座位，只能立在后面从人群中张望着。他忽然发现离他五六尺远近有个男的站在观众背后，把一架莱卡照相机对准舞台，面孔压在取景镜上，那个人就是板仓。贞之助吃了一惊，不等对方发现自己，连忙远远地避到屋角，不时窥探一下。只见板仓竖起他的大衣领子遮住自己的脸，决不从照相机前抬头，一个接一个地在拍摄妙子的舞姿。为了不让大家发现，他故意穿上一件大衣。可是他那件大衣似乎还是当初洛杉矶的货色，是电影演员们爱穿的那种华丽的样式，所以反倒引人注目。

妙子的“雪”舞去年已经演出过一次，所以这次上演不致出差错。不过一年来放松了练习，只是在一个月以前决定举办这次舞会时才开始练。再说乡土会过去仅仅利用神杉家那个日本式客厅的音响舞台或者芦屋幸子家那个西式客厅举办舞会，这次在设有观众席的正式舞台演出，还是破天荒第一次，总觉得有点儿力量不够，会场过大，那也是无可奈何的。妙子本人早就担心到这点，所以想借助伴奏使舞蹈生色，今天她特地请幸子的琴师菊冈检校的女儿来给她弹三弦。她自己也决没有兴奋或者怯场。贞之助从旁观察，妙子一点也没有失去沉着冷静的秉性，舞蹈态度始终从容不迫，决不像只练了一个月舞就首次登上这种盛大场面的人。别的看客不知道作何感想，对于贞之助来说，妙子那种目空一切、毁誉褒贬仿佛都不放在她心上的大胆舞姿，甚至觉得有点儿面目可憎了。可是一想到她今年已经是二十九岁的大姑娘，要是艺伎的话，已经可说是老伎了，那点儿胆量也就不足为怪了。这样讲来，他觉得去年舞蹈会上的妙子，平常看去只不过十八九岁，唯独在当天的舞台上却显出了她实际的年龄。这样看来，日本德川时代的那种服装，一般会使女性看老。不过这种情况也只限于妙子，因为她平素爱穿活泼的西装，对比之下，古典的和服使人看老，另外也许是由于她舞蹈时显示的那种从容不迫的舞台胆量的关系。

台上的“雪”舞刚结束，贞之助就看到板仓急急忙忙夹了一只莱卡照相机迅速向回廊走去。板仓的人影刚在门口消失，观众席里一个绅士飞快冲了出去，仿佛要追赶那华丽大衣的后影似的一下子把他的身体撞在同一个门上，随即推开门出去了。这一瞬间的动作把贞之助看呆了，可是他觉察到刚刚那个绅士是奥畑，他立刻跟着走向回廊。

“……为什么拍细姑娘的照？……不是讲好了不拍的吗？”

奥畑本想大声斥责，顾虑到周围的情势，克制着嗓门质问。板仓一脸不自在，低垂着头乖乖地听着，一副被斥责的样子。

“照相机给我……”

说完这句话，奥畑就像便衣侦探搜查行人那样，在板仓身上摸索，解开他的大衣纽子，伸手插进他的上衣口袋，迅速取出那只莱卡照相机，正要塞进他自己的口袋，不知又想起了什么，复又把它拿了出来，哆嗦着他的手指拉出镜头，啪嗒一声把机子使劲摔在水泥地上，别转头跑开了。转瞬之间的一幕，等到在场的人注意到，已不见奥畑的人影。只见板仓拾起那只照相机，垂头丧气地走开了。当时板仓一直站在那里，脸朝下，在老东家的少爷面前连头都不敢抬，眼对着那只躺在地上的平时看得比自己的性命还宝贵的莱卡照相机，他一动不动地忍耐着，没施展他那自恃的体力和腕力。

贞之助去了一次后台，和大家打了个招呼，慰劳妙子一番，随即回到事务所去了。那时他什么也没有讲，当天深夜等悦子和小姨们就寝以后，他就把白天看到的一幕讲给幸子听了。他说在他看来，不知是板仓主动还是受到细姑娘的委托，那天板仓的目的是拍摄“雪”的舞台实况，他算定时间，悄悄掩进会场，目的达到后，想急忙离开那里，被一直等候在观众席里的奥畑截留了下来。奥畑什么时候进入会场，可不知道，大概他料到板仓可能到来，心神不安地东张西望，很快就发现了板仓。“雪”舞登场那段时间里，贞之助从远处察看板仓的动静，奥畑同时也从某个角落里监视着板仓。板仓正要退场的时候，奥畑趁机把他抓住了。从当时的情景判断，前后经过大致就是这样。不过，他们两人是不是都没有注意到贞之助从旁看到了回廊里的那幕短剧，或者注意到了这事，由于害臊而装作没有看见，那就不清楚了。据幸子说，她自己其实也担心奥畑今天可能来看戏，要是在会场里他跑过来打招呼，那就麻烦了。她曾问过细姑娘，细姑娘说今天这个会没有通知启哥儿，他大概不知道这件事。再说除了星期天以外，他平常每天下午得去店里上班两三个小时，不可能到处乱跑。可是幸子觉得今天这个舞会曾在报纸文娱栏里刊登过两三行消息，说不定启已经读到了。要是读到了这消息，他当然会想到细姑娘将演出节目，说不定从什么地方弄上一张招待券来看的。幸子时时注意到观众席，可是在“雪”舞开演以前，确实没有发现奥畑。特别是雪子一直呆在观众席，很少去后台，奥畑要是到来的话，她看到了一定会通风报信的，她没有来通风报信，可见奥畑大概是和贞之助同时进入会场的。不然的话，就是他别有用心，躲在一个不让人发现的地方偷偷观看。还有板仓的到来，细姑娘知道不知道，不得而知，幸子和雪子是不知道的。至于那一出武戏就更不知道了。

“幸而后台谁都不知道这事，要是知道了，真太不成体统了！”

“总之，由于板仓的屈服，所以事情没有闹大。不过两个男人为了细姑娘在大庭广众面前打架，也太说不过去了。这种事情趁它还没有宣扬开，该想个办法解决一下为妙。”

“既然这样讲，就请您分点忧吧。”

“分忧是可以的，不过不是我出场的戏呀。板仓那件事雪子妹妹不知道吗？”

“这次我把她叫来，本想和她商量商量，请她给我出个主意。不过那件事我还没有和她讲。”

其实幸子是想等这次舞会后把妙子和板仓的事告诉雪子的。夫妇之间作了以上的谈话两三天后的一个早晨，妙子对幸子说：“想给上次的舞姿拍个照留作纪念，要借你那件衣裳再用一次。”于是她准备好衣裳包，放进衣箱，还把假发匣和上次用的那顶伞一并放进汽车开走了，家里只剩下幸子和雪子姐妹俩。

“细姑娘拿了这些东西，一定是到板仓那里拍照去了。”从这句话说开了头，幸子把去年九月在东京收到奥畑那封警告信时自己的吃惊，直到最近这次舞会中在回廊里演出的那幕武戏扼要地讲给雪子听了。

“那样说来，那只莱卡照相机摔坏了吗？”雪子听完幸子的诉说，先问了这样一句。

“那可不知道。你姐夫说照相机摔在水泥地上，至少镜头要出毛病的。”

“底片大概也没用了，得重拍吧？”

“很可能是那样。”幸子看出雪子非常平静地听她叙述妙子和板仓的关系，接着就说：“我觉得这回才真正被细姑娘出卖了，我越想越生气。说来话长，不光是我，你也一次又一次地吃尽了她的苦头。”

“我倒没什么……”

“哪里。自从那次登报事件以来，她给我们带来多少麻烦呀。……我这样说也许你不高兴，细姑娘这桩事情给你的亲事平添多少周折呀……尽管我们平常站在她一边庇护她，她却什么都瞒着我们，一句话也不和我们商量，和板仓那样一个人私订了终身……”

“这事你和姐夫讲过吗？”

“嗯，因为没法装在我一个人的肚子里呀。”

“那么他怎样讲呢？”

“他说对于这件事有他自己的看法，不过他不愿过问这事，他要做局外人。”

“为什么？”

“他说他不了解细姑娘的性格。……换句话说，他信不过细姑娘，所以不愿介入这件事……不过，这话不能随便说出去，你姐夫的真正想法是细姑娘这种人用不着人家帮助，可以扔在一边不用去管她，她愿意和板仓结婚，就由她去好了，她爱怎么办就由她怎么办，因为她这个人是能独立生活的，而且适宜那样做。他的想法和我完全不一样，所以我们两人谈不拢。”

“我和细姑娘好好谈一下怎么样？”

“无论怎样请你和她好好谈一次吧。除非我们两人轮番劝她改变主意，没有别的法子可想了。她本来也说要等你结了婚再办……”

“要是好歹有个对象，细姑娘先结婚也毫无关系。”

“板仓这样的对象也太极端了吧。”

“细姑娘毕竟有点儿低级趣味，不是吗？”

“也许是吧。”

“像板仓这样的妹婿，我也受不了。”

幸子早就料到雪子一定和自己抱有同样的看法，本来百事谨慎的雪子，现在居然说出这样态度鲜明的话，可见雪子比自己更反对这件事。板仓和奥畑一比较，甘愿挑选奥畑，在这一点上她们姐妹俩是一致的，所以雪子说：“我无论如何要好好劝细姑娘和启哥儿结婚。”

二十九

雪子回来以后，芦屋家中又渐渐恢复到以前那种热闹的气象了。雪子平常说话不多，屋子里寂静得有人没人都不知道，家里添了这样一个人，照说不会变得特别热闹，可是现在居然变了样，可见她的性格虽然娴静，却也有明朗的一面。又因为姐妹三人同住在一宅，只此家里就又有了生气，三个人缺了一个，就失去了和谐。再说长期没人居住的原舒尔茨家居住的那栋宅子，新搬进一户人家，每天晚上厨房的玻璃窗里总有灯光。听说宅主是瑞士人，在名古屋一家公司当顾问，经常不在家。家里有个年轻太太，外表有点像西洋人，面貌看去像菲律宾人或中国人，用了个阿妈供使唤。因为他家没有孩子，平常总是静得鸦雀无声，不像舒尔茨他们在的时候那样热闹。尽管如此，篱笆对面原来荒废得像闹鬼的凶宅那栋洋房，现在住进了人，到底和以前大不一样了。悦子本来盼望邻居再来一个像罗茜玛丽那样的姑娘，这下子失望了。不过她早已交了几个同班同学的朋友，毕竟都是少女，遇到什么茶会或者过生日的时候，她们就组成一个小圈子互相邀请。妙子依然很忙，整天呆在外面的时候多，在家的时候少。三天里只有一天在家中吃晚饭。贞之助看出她大概是有意不在家里吃晚饭的，她厌烦呆在家里听幸子和雪子苦口婆心的劝说。贞之助还私下担心这次妙子和她的两个姐姐在感情上说不定会疏远，特别是和雪子的关系将会怎样。一天傍晚他下班回到家里，没有见到幸子，拉开浴室对面那间六铺席屋子的纸门找寻，只见雪子坐在檐下，竖起膝盖让妙子给她剪脚趾甲。

“幸子呢？”他动问了一声。

“二姐去桑山先生家了，马上就会回来吧。”妙子回答说。

雪子趁妙子答话时偷偷地把剪下的脚趾甲放进衣裾，坐正一下身子。妙子蹲着身体把散在地上的闪闪发亮的脚趾甲的碎屑一片一片拾到手掌里，贞之助只瞥了一眼，随即把纸门拉上。就在这一瞬间，姐妹俩的融洽情景给他留下一个深刻的印象，使他重新认识到她们姐妹之间意见尽管不一致，但失和的事情决不会发生。

进入三月不久，一天夜里贞之助已经就寝，忽然觉得妻的眼泪流到了他脸上，因而惊醒了。黑暗中听到妻低微的呜咽声。

“怎么啦？”他问。

“是今晚呀……悦子她爹……今晚正好是一周年的忌辰呀……”幸子一面回答，一面更加抽抽噎噎地哭起来。

贞之助吮吸着妻脸上纷纷掉落的眼泪。临睡前她还高高兴兴的，半夜里突然说出这种话来，把他吓坏了。不错，经她这样一提，去年阵场夫妇给雪子做媒，正好是这个月份的事情，今天晚上说不定就是流产一周年的日子。这件事贞之助已经完全忘掉了，可是幸子心里到现在还深藏着悲痛，这也不能怪她。不过老像这样的突然发作，太叫人纳闷。去年去京都岚山赏樱花，秋天在大阪歌舞伎剧场看镜狮子，他在渡月桥上和剧场回廊里都看到妻忽然掉泪，一会儿又若无其事地改变了心情。这次也像前两次那样，第二天早晨，幸子脸上又像全然忘了昨天夜里哭鼻子的事了。

基里连科的妹妹卡德丽娜搭乘豪华邮船夏恩霍斯特号去德国，也是三月份的事。前年贞之助等被邀请去夙川他们家里做客，照说应该回请他们一次，可是一直拖到今天也没有还礼。除了在电车里经常碰头而外，两下没有什么往来，只是经常从妙子那里听到那位老奶奶和基里连科兄妹以及渥伦斯基等的消息。后来卡德丽娜似乎不再热衷于做布娃娃了，不过她也不是完全放弃此道，过了一程她忽然来到妙子的工作室，拿出她的新作品请妙子批评指教，两三年来她在技术上有较大的进步。可是不知从什么时候开始，她交上一个名叫鲁道尔夫的德国“相好”，两下相处得很投机，对于做布娃娃也就不像以前那样热心了，妙子认为那是由于交了新朋友的缘故。鲁道尔夫是德国某公司神户分号的年轻职员，妙子在元町街上曾由卡德丽娜介绍和他相识，后来经常遇见他们在一块儿散步。鲁道尔夫具有一副德国式的脸容，虽然说不上是美男子，可是人很朴实刚强，个儿很高，长得魁梧健壮。这次卡德丽娜决心去德国，据说是因为她和鲁道尔夫相识后爱上了德国，鲁道尔夫有个姐姐在德国，由他从中斡旋，介绍卡德丽娜到他姐姐那里去。不过卡德丽娜的最终目的是去英国，那里住着她和前夫生的一个女儿。她去柏林是因为旅费和别的一些关系，只能先到欧洲大陆，把那里当作一块踏脚石的。

“嗯，这样说来，‘卤豆腐’也一同去吗？”

“卤豆腐”是妙子开玩笑送给鲁道尔夫的绰号，现在连幸子他们也都这样称呼那个不相识的人了。

“‘卤豆腐’仍然呆在日本。卡德丽娜让他写了一封介绍信给他姐姐，她拿了这封信单独去德国。”

“那么卡德丽娜到英国领回自己的女儿后，是不是再回到柏林等候‘卤豆腐’回德国呢？”

“那个……我想大概不见得会等他。”

“那么，她和‘卤豆腐’就此分手了吗？”

“大概是这样吧。”

“那可真干脆呀！”

“真的，兴许就是那么一回事。”当晚的餐桌上贞之助也插口说。“……他们本来就不是恋爱，只是玩玩罢了。”

“他们那些人独身呆在日本，相互之间要是不交个朋友，不是很别扭吗？”

“她搭乘的那条船哪天开？”

“后天正午开。”

“悦子她爹，后天您有工夫吗？”幸子说。“……后天您也去送送行吧……她们请了客，我们没有还礼，很不应该。”

“终于白吃了人家一顿就拉倒啦。”

“是呀，还是送送她吧。悦子要上学，其余的人都打算去。”

“阿姨也去吗？”悦子这样一问，雪子耸耸肩膀笑着说：“我也去看看夏恩霍斯特号。”

卡德丽娜启程那天，贞之助上午去事务所办了一小时公，坐电车直接去神户码头。刚好赶上开船的时间，未及和卡德丽娜从容谈话。送行的人有老奶奶、哥哥基里连科、渥伦斯基、幸子三姐妹，另外还有一个人，妙子偷偷地指着他对两个姐姐说，那个人就是鲁道尔夫。此外还有两三个不相识的日本人和外国人。船开出后，贞之助他们和基里连科一行边谈边走出码头，在海岸马路上分手时，已经看不见鲁道尔夫和其他几个人了。

“不知道那位老太太多大年纪了，一点儿都不见老。”老奶奶迈着像鹿那样轻快的脚步走着，贞之助望着她那看去特别年轻的背影说。

“老奶奶还有机会和卡德丽娜见面吗？”幸子问。

“……看去尽管挺健，可岁数不饶人呀。”

“可是分手时她一滴眼泪也没淌呀。”雪子说。

“真的。反倒是我们这些人掉了眼泪，真难为情。”

“单身一人去到眼看就要爆发战争的欧洲，这样的女儿固然了不起，能放她去的老奶奶也了不起。本来像他们那些吃过大革命苦头的人，对于妻离子散说不定分外不当一回事。”

“想到卡德丽娜生在旧俄，长在上海，流浪到日本，这回又要从德国渡海去英国了。”

“厌恶英国的老奶奶这回可能又要不高兴了。”

“老奶奶对我说：‘我和卡德丽娜经常吵架，卡德丽娜走了，我不悲伤，我高兴。’”

许久没听到妙子的学舌，现在听来和老奶奶的口调一对照，所有的人在大街上都笑倒了。

三十

“卡德丽娜不是比上次见面的时候更加容光焕发了吗？刚才我看到她这样美丽，简直叫人惊叹不止。”

贞之助他们从滨海马路徒步到生田前①，走进今晨预定了席位的“与兵”的店堂，和幸子、雪子、妙子依次坐定，一面还在议论着卡德丽娜。

“也不见得像你说的那样美吧，那是化妆的关系呀。再说她今天又打扮得特别漂亮。”

---

①地名。

“自从和‘卤豆腐’交上朋友，她改变了化妆的方法，面部的神情意态完全改观了。”妙子接下去说。“她本人非常有自信地对我讲：‘妙子小姐，你瞧着吧，我到了欧洲，一定找个财主结婚。’”

“那么，她这次去德国没有带多少钱吧。”

“她在上海当过护士，所以她说要是没钱用，就去当护士。看来她身上一定只有几个零用钱了。”

“她今天毕竟和‘卤豆腐’一刀两断了吧。”

“大概是吧。”

“为了表示最后的一番心意，写信给他姐姐让安排远客的住宿，‘卤豆腐’还真不错呀。他向甲板上的卡德丽娜招了两三下手，转身就走，离开码头比咱们还早。”

“真的，日本人情侣是干不出这两下子的。”

“日本人要是学他的样，就变成‘醋豆腐’[①]了。”贞之助这句俏皮话，幸子她们似乎没有听懂。

“你这句话的出典似乎在法国小说里。”

“不是费伦兹·莫纳[②]的小说吗？”贞之助说。

狭窄的店堂里十几张坐椅成一直角排列着。顾客除了贞之助他们四人而外，有一个像是附近股票行的老板带了两三个店员也在场。另一头还有两个花街的艺伎由一个老大姐带头坐在那里。这样就把屋子挤得满满的了。尽管这样，拉门还不时被川流不息的过客打开，他们探身进来察看坐满了人的店堂，有的甚至恳求加个座位。这家铺子的老板和常见的四喜饭馆的老板属同一类型，都以待客简慢作为招牌。即使是老主顾，如果不预先订座，他也是板着脸回说“有没有座位，进来看一下就知道了”，粗暴地拒绝了他们。由于这样的缘故，陌生客人除非碰到特别有利的机会，否则走不进他的店堂。即使是预先定了座位的老主顾，如果迟到十五分钟或二十分钟，也会吃闭门羹，或者叫他去附近散

---

① 日本人把一知半解、不懂装懂的人喻为“醋豆腐”。

② 费伦兹·莫纳(1878—1952)，匈牙利剧作家、小说家。

步一小时再来。这里的老板据说是明治时代闻名东京两国的已故与兵卫的徒弟，“与兵”这一店号由此而得。不过他做的四喜饭和以前两国的与兵卫做的不一样。尽管这个老板是在东京学的手艺，可是他生长在神户，做出来的四喜饭偏重京阪风味。比如他不用东京式的黄醋，却用白醋。酱油用大豆做的关西酱油，这种酱油东京人绝对不用。大虾、乌贼、鲍鱼等四喜饭，他劝人撒上点儿盐吃。只要是从近在眼前的濑户内海打上来的鱼，什么都可以用来捏四喜饭团。据他说，无论什么鱼都可以做四喜饭，从前与兵卫的老板也是这个主张，在这一点上他继承了东京与兵卫的衣钵。他用海鳗鲡、河豚、赤鱼、海鰤、牡蛎、生海栗、比目鱼的裙边、赤贝的肠子、生鲸鱼片等捏饭团，而后是香菌、松菌、竹笋以及柿子。他不怎么用金枪鱼。斑鰶、干贝、玛珂贝，以及炒鸡蛋这类东西在他店里根本看不到。原料很多是经过烹调的，大虾和鲍鱼一定用活的，拿到眼前还在跳动，当面给做成饭团。有时不用山嵛菜而用鲜紫苏、秦椒以及山椒煮的小鱼虾掺在饭里端出来。

妙子和这里的掌柜早就熟识了，说不定还是最早发现“与兵”的顾客之一。由于她总在外边吃饭，所以对于神户元町到三宫一带的小饭馆十分熟悉。当初这家铺子还没有搬到这里以前，在交易所对面的一个小胡同里营业，屋子比现在还小得多，那时已经被她发现了，就介绍给贞之助和幸子他们。让妙子说起来，这里的掌柜活像《新青年》里侦探小说插图中的人物。那是个身躯矮小、头像巨大的木槌般的畸形儿。贞之助他们以前就常常听到妙子对于他的描写，他回绝顾客时的生硬语调，拿起菜刀时兴奋的表情，他的眼神和手势等等都由妙子绘声绘色地详细说明过了。等他们去到那里一看，本人确实像妙子模仿的那样可笑。掌柜的先依次排好顾客的座位，让顾客选定爱吃什么，可是实际上还是听凭他爱怎样做就怎样做。第一道如果是做鲷鱼，就按人数取出鲜鱼做成鱼片，依次分配给所有的人。第二道做对虾，第三道做比目鱼，分门别类地拿出来供客。当他摆出第二道四喜饭时，如果顾客还没有吃完第一道四喜饭，他就不高兴，会催促说：“分给的四喜饭团只吃了两三个，还剩着哩。”他用的原料虽则每天不同，不过他那里最拿手的还是鲷鱼和对虾，这两样东西什么时候去都能吃到，所以第一道饭团他永远爱做鲷鱼。有些不知趣的顾客动问有没有金枪鱼，这种顾客在他那里决不会受欢迎。遇到掌柜的不高兴时，会端出山萮菜做的饭团，把对方吓个一跳，甚至使人簌簌地淌眼泪，他自己却在一边暗笑，这就是他的作风。

幸子特别爱吃鲷鱼，妙子介绍她来“与兵”后，她自然一下子就迷上了这家饭团店，成了这里的常客。其实雪子也和幸子一样爱吃这种饭团。说得夸大些，把雪子从东京吸引到关西来的许多因素之中，“与兵”的四喜饭团也算得上其中之一。雪子人虽住在东京，心却老飞到关西的上空来。她首先想念的当然是芦屋的家，可是头脑的某个旮旯里往往浮现出“与兵”的情景，掌柜的那副尊容以及在他那把菜刀下活蹦活跳的明石鲷鱼和大对虾。雪子本来爱吃西菜，不是特别爱好饭团，可是在东京住了两三个月，天天只吃红彤彤的生鱼片，就会想起明石鲷鱼的滋味来。奇怪的是那切开的洁白鲜美的鱼肉颜色会发出螺钿那样的闪光，仿佛和阪急沿线明媚的景色以及芦屋家中姐姐和侄女的脸容融成一体，呈现在她的眼前。贞之助夫妇看出这家铺子的饭团是雪子在关西的享受之一，所以当她在关西的时候，总要请她来“与兵”吃一两顿饭。吃饭时贞之助坐在幸子和雪子的中间，不时偷偷地给妻和两个小姨斟酒。

“好吃，真好吃……”妙子早就赞不绝口地在吃，雪子顾虑到周围的人，弯着腰饮贞之助斟给她的酒。

“姐夫，”她叫了一声，“这样好吃的东西请那些人来吃一次多好。”

“真的。”幸子也说。“把基里连科和老奶奶都请来好了。”

“我也想到过，突然来了那么多的人，是个问题，还有他们那些人不知道吃不吃这类东西……”

“您说什么呀，”妙子说，“西洋人爱吃四喜饭的很多哩，掌柜的，不是吗？”

“是呀，他们爱吃。”掌柜的正伸开五个湿淋淋的大手指压住刀板上乱蹦的大虾，他回答说，“我们这里经常来西洋人。”

“悦子她爹，舒尔茨太太不是吃过什锦饭团吗？”

“可是那次的什锦饭团没有生鱼片呀。”

“生鱼片他们老吃。当然，也有不吃的东西，金枪鱼就不大吃。”

“哟！为什么呢？”股票行老板插嘴了。

“不知道为什么，鲟鱼、松鱼那类东西他们就不吃。”

“喂，姐姐，那位鲁兹先生……”那个年轻的艺伎满口神户方言对老伎低声说，“只吃肥的鱼片，瘦鱼片一点儿也不吃。”

“嗯，嗯。”老伎手掩着嘴，用牙签剔着牙齿，对年轻艺伎点点头说，“西洋人害怕瘦鱼片，所以不大吃它。”

股票行老板附和了一句“确是这样”。随后贞之助也说：“作为西洋人来说，白米饭上盖了一撮红彤彤的生鱼片，确实有点可怕。”

“我说细姑娘……”幸子看了一眼坐在雪子旁边的妙子，“要是让基里连科家那位老奶奶吃了这里的四喜饭团，她会说什么呢？”

“不成，不成，她不会到这里来。”妙子很想模仿老奶奶说话，忍着没有那样做。

“今天你们几位是去船上的吧？”掌柜的一面说，一面剁开虾肉放在饭团上，再切成五六分宽的块儿，两份饭团，一份放在妙子和雪子面前，一份放在贞之助和幸子面前。一只去了虾头的大对虾做成一份四喜饭团，要是一个人吃，别的饭团就吃不下了，所以贞之助他们才两人合吃一份的。

“嗯，是来送行的，同时见识见识夏恩霍斯特号。”

贞之助倾倒食盐瓶，把掺和着味精的碎屑撒在跳动着的虾肉上，沿着刀缝取起一段放进嘴里。

“尽管说是豪华船，德国船和美国船大不相同。”幸子这样一讲，妙子就说：“真的，和前回那艘柯立芝总统号大不一样。上次那艘美国邮船透体通明，一片白色，可是德国船油漆得灰溜溜的，像条军舰。”

“姑娘，请快吃呀。”掌柜的老脾气又发作了，他看到雪子只管守视着摆在她面前的饭团不动筷，就催她快吃。

“雪子妹妹，你在干啥？”

“这虾还在动呀……”

雪子来到“与兵”进餐，最怕必须和别的顾客吃得一样快。这家店铺的拿手好戏——切成片段的虾肉还在嗦嗦颤动的所谓“活蹦活跳的四喜饭”，雪子对它的爱好不亚于鲷鱼，可是当它还在跳动的时候，毕竟有些害怕，要看到它完全不动时才吃。

“它的价值就在能动呀。”

“快吃吧！快吃吧！吃下去不会兴妖作怪的。”

“大虾即使变鬼也不可怕。”股票行老板打趣说。

“大虾没什么可怕，食用蛙可真可怕，是吧？雪子妹妹。”

“哦，有这回事吗？”

“嗯，您不知道。上次住在涩谷时，姐夫请我和雪子妹妹去道玄坂吃火锅鸡。鸡倒没什么，最后一道菜是活杀食用蛙，宰蛙时它嘎的叫了一声，吓得我们两人的脸色都变了。当天夜里雪子妹妹耳朵里整夜只听到嘎嘎的蛙叫声。”

“啊，不要再提了。”雪子说，然后仔细察看一遍虾肉，弄清“活蹦活跳的四喜饭”不再跳动时才举起筷子。

三十一

四月中旬的一个星期六和星期天，贞之助和三姐妹还有悦子五个人，照例去京都赏花。在回家的电车里悦子突然发高烧。原来一星期前悦子不知怎的就嚷嚷累得很，在京都时也没精神。那天晚上回到家里一量体温，将近四十度，急忙请栉田医生来诊察。医生说有猩红热的嫌疑，明天再来好好诊查，说完就回去了。到了第二天，除了嘴的四周而外，悦子满面通红，毫无疑问，患了猩红热。医生说猩红热的特征就是除了嘴唇一圈而外，面孔就像猩猩一样。他建议送隔离医院住院治疗。悦子最讨厌住医院，猩红热虽说是传染病，但是这个病绝对不传染成人，一个家庭里接二连三生猩红热的病例极少。所以家中只要有一间隔离病室，没有人走出走进，就在家里治疗也可以。幸好贞之助那间书房是和上房分隔的，尽管贞之助抱怨他的书房被没收很不方便，可是幸子强迫他同意把书房充当病室，暂时把书房搬到上房去。由于四五年前幸子患流感时曾用过那屋子，那是由六铺席和三铺席盖成的一栋侧屋，完全孤立于正屋之外，从正屋去那里可以穿木屐，但是有煤气和电热设备，更合适的是幸子生病时安装了水管，简简单单做顿饭也行。所以就把书桌、小型文卷箱和部分书架搬到二楼贞之助夫妇那间八铺席的卧室里，不需要的东西放进仓库和壁柜，空出屋子让悦子和护士搬了进去，首先和正屋隔开了。不过做得还是不够彻底，病人和护士的伙食得由上房送去，所以必须有个联络员。这事交给管碗盏、干粗活的女佣做是危险的，目前最适当的人选还数阿春，再说她不怕传染，比谁都勇敢，所以高高兴兴地承担了这个差使。可是干了两三天以后，她本人虽则不怕传染，在病室里出出进进也不消毒，和病人接触过的手什么都抓，这样一来，无异于到处散布病菌。第一个抱怨的就是雪子。结果换下了阿春，由雪子担当那个任务。因为雪子干惯了这类工作，而且特别细心谨慎，她不是一味怕传染，护理上确实无微不至。病房里碗筷之类的东西，她完全不假手于女佣们，从做饭烧菜、送吃的喝的，以至洗洗刷刷，都由她一人包办。连续发高烧的一星期中间，她几乎整夜不睡觉，和女护士轮流给病人每两小时换一次冰囊。

悦子的病情经过良好，一星期后，烧也慢慢地退了。不过这病症要到全身的红色小疙瘩收干，疮痂落掉，周身脱去一层皮才算痊愈，这一过程需要四五十天。雪子本来打算赏过樱花后就回东京，这样一来就走不掉了。她写信去东京说明缘由，要求把她的换季衣服寄来，自己专心致志护理病号。尽管担负了这种苦差使，对她来说，在芦屋生活还是比回东京愉快。她不让别人轻易来隔离病室，甚至对幸子也吹毛求疵地说什么二姐的体质容易感染疾病，不叫她到病房里来。幸子身边虽说有个生病的孩子，自己却一点都不用操心，每天过着清闲的日子。因此雪子就对她说：“小悦已经不碍事了，二姐去看一次歌舞伎座吧。”那是因为这个月菊五郎又来大阪演出道成寺，幸子爱看菊五郎扮演的旦角，特别是爱看道成寺，她本来打定主意无论如何不放弃这个月的机会，偏偏遇上这件不凑巧的事，弄得她很悲观，雪子这句话正好道破了她的心事。不过，做母亲的人在孩子生病的时候去看戏，似乎太无忧无虑了。为了缅怀一下舞台上的菊五郎，她只能借助于放道成寺的唱片勉强过过瘾。她对妙子说："我是去不成了，细姑娘去看吧。"所以妙子似乎偷偷地独自去看了一次道成寺。

病室里的悦子一天比一天见好，她也觉得无聊起来，每天放唱片听。有一天，迁居在以前舒尔茨住的那栋房子里的瑞士人抗议说，能不能稍稍回避一下。那个瑞士人很难说话，一个月以前就因为狗叫得他睡不着觉而提意见要求设法解决。他提意见不是直接提，而是通过房东佐藤家代提。佐藤住在幸子家近旁，中间只隔一户人家。佐藤家的女佣送来一张瑞士人写的便条，上面写着两三行英文，狗叫那次的便条是这样写的：

亲爱的佐藤先生：

实在对不起，关于邻家那条狗得麻烦您一下。那条狗夜里吠叫，叫得我每晚睡不好觉。可否请您转告邻居，提醒他们注意一下。

这次的便条内容是：

亲爱的佐藤先生：

实在对不起，关于邻居开留声机的事得麻烦您一下。近来邻居每天上午和晚上放唱片，非常讨厌，骚扰得我很为难。可否请您转告邻居，劝他们想个办法。非常感谢。

佐藤家的女佣每次都是一脸过意不去的样子笑着说："卜修先生提出这样的意见，好歹送上供参考。"她放下便条就走了。狗叫那桩事是约翰尼半夜里叫了一两个晚上，过后就听其自然了。这次却不能放置不管。因为悦子那个病室原来是贞之助的书房，那栋侧屋的围墙不是铁丝网而是另立的板墙，外界全然看不见屋子里的情形，距离邻家却最近。过去舒尔茨一家住在这里的时候，贞之助往往被彼得和罗茜玛丽他们的喧闹声闹得很头痛。现在悦子开留声机，当然要使难讲话的瑞士人卜修动肝火了。这里顺便再交待一下卜修的情况，前面已经提到他在名古屋似乎有工作，从他一次一次的提抗议来看，显然他经常来芦屋逗留。不过他究竟是怎样一个人，莳冈家谁都没有看到过。舒尔茨家在的时候，主人舒尔茨以及他的太太和孩子们总在阳台上露脸，或者出现在后花园里。卜修住进那栋房子后，他的太太还时常出现一下，卜修本人却从来没有露过脸。有时他似乎也搬张椅子悄悄地坐到阳台上来，可是现在阳台的铁栏杆里边围了一道四五尺高的木板，刚好挡住坐在椅子里的人的脑袋。总之，卜修这个人深恐被人家发现，显然是个大怪物。据佐藤家的女佣说，他病得很重，是个神经质，每夜睡不着觉。不知是否因为这个缘故，有一次一个便衣侦探来到莳冈家，对家里的人说："那个自称为瑞士人的外国人来历不明，行动可疑，请你们留意一下，万一见到可疑的举动，请立刻报告警察。"叮嘱一番就回去了。宅主既然国籍不明，终年旅行在外，配偶又像中国人的混血儿，自然要让便衣侦探投以猜疑的眼光了。那个便衣侦探还说，他家中那个看去像中国人混血儿的妇女不是卜修的正式妻房，像是同居的姘妇。她也国籍不明。日本人看她像中国人，可是她自己不承认是中国人，而说是南洋人，但又不说明是南洋的何处。她曾邀请幸子去过她家，幸子到她屋子里一看，一屋子都是中国式的红木家具，事实上毕竟是中国人，隐瞒着不讲罢了。有一点是很明显的，这个女人是兼有东洋的魅力和西洋的匀称那样一种妖妇型的。不久以前美国的电影明星安娜·梅·温就是法国人和中国人的混血儿，她们两个很有点儿相像，是投合某种欧洲人脾胃的异国情趣的美人。她的丈夫经常外出旅行，她呆在家里没事可干，因此派阿妈来邀请幸子去她家玩儿。有时在路上遇见，她也当面邀请过。可是幸子由于听了便衣侦探的话，怕受牵连，所以尽可能避免接近她。

阿春对于邻居提抗议这件事很生气，她说："我家小姐生病开留声机听，完全可以嘛。那个西洋人难道不懂得邻居该和衷共济吗？"贞之助制止她说："卜修先生是个怪物，没办法。再说从早到晚地开留声机，今天这种时势下也是不应该的。"所以从此以后悦子每天就打扑克。可是雪子对于打扑克又提出了抗议，为的是进入康复期的猩红热患者，会掉落许多疮痂，那时最容易传染病菌，悦子现在正是康复期，所以必须高度警惕。打扑克容易把病菌传染给旁人。悦子平常打扑克的伙伴是女护士水户姐和阿春。水户姐这个名字是悦子叫出来的，因为她很像大船制片厂的女明星水户光子。这个护士一度曾患过猩红热，所以她有免疫力。阿春声称自己即使传染上猩红热，也一点都不怕，病人吃剩的鲷鱼生鱼片，别的女佣碰都不碰，唯独她趁机大吃特吃。起初雪子还严格叫她们不要接近悦子，可是一则由于悦子不耐寂寞，经常把她们叫去，再则由于水户姐说不用那样仔细提防，根本不会传染，到后来雪子的斥责干脆不抵用了，她们最近整天呆在病室里陪同悦子打扑克。不仅打扑克，有时阿春和水户姐两个人变本加厉，捉住悦子的手和脚，给她剥疮痂取乐。"小姐，您看！这样剥能剥下许多呢。"一面说一面揭起疮痂的边缘把它扯下，身上的疮痂都被她们剥干净了。阿春把疮痂都拾在手里，回到正屋的厨房间，拿给打杂的女佣们看。"你们看！小姐身上剥下这么多的疮痂哩。"弄得女佣们个个恶心。后来习以为常，大家也就不怕了。

五月上旬，正当悦子的病一天天好起来的时候，妙子忽然心血来潮，提出要去东京。理由是她无论如何得亲自去和长房的姐夫直接谈判一次，以解决那笔钱的问题，否则她安不下心来。出国计划她已放弃，也不是为了马上结婚。她需要钱用，为的是有个小计划要实行，如果能给她钱，她想早日拿到手。要是姐夫一定不给，她就不得不另想办法。不过这件事当然不能给二姐和雪姐添麻烦，她打算独自去和平协商，两个姐姐只管放心。再就是这事本来不一定要在这个月里办，只因雪姐呆在芦屋，这段时间里涩谷大概可以容她住宿，所以她才想趁此机会去东京的。涩谷房子小，孩子们又多又闹，那样一个环境，她不想久住，事情一办完立刻就回来。想看的东西只不过是几出戏，前些日子刚看过道成寺，这个月看不看无所谓。幸子问她和谁协商，计划中想办的事是什么，妙子因为近来老碰两个姐姐的钉子，不肯爽爽快快地对幸子说真话，只说协商对手打算先找鹤子大姐，如果谈不出结果，不惜直接和姐夫打交道。至于她的“计划”究竟是什么，她不愿意讲。不过从她那半吞半吐的言词中，幸子听出她似乎得到了玉置院长的支援，打算开办一个小型的女式西装店，为此需用一笔资金。尽管这样说，幸子觉得妙子的要求恐怕不会被接受。因为从姐夫这方面说，除非是经过他同意的正式结婚，否则他不会拿出钱来，现在这一借口他始终没有改变，何况妙子想做职业妇女更是他所极端反对的，所以像这样一个计划会遭到反对是可以肯定的。可是，这样说来难道一点儿指望都没有了吗？倒也不见得，其中也有一线可能性，就是妙子找个机会和姐夫直接打交道。为什么这样讲呢？因为姐夫生来胆小，年轻时受到幸子她们几个小姨的欺侮，背地里他尽管嘴硬，要是当着面打交道，他的腰杆子就挺不起来了。只要对他略施压力，他就会屈服。妙子要是稍稍恐吓他一下，也许会得出什么样的结果。说不定妙子就是看准了他这个弱点才抱着一线希望去东京的。姐夫将东躲西闪，不让妙子揪到。可是妙子也不是好惹的，说不定下决心等多久也要抓住他。

幸子猜测妙子突然提出在这个时候去东京，是她看穿当时幸子和雪子都不能陪她一起去，才特地选中这样一个时机的。这样一想，幸子又担心起来了。妙子嘴上尽管说和平协商，看情况说不定打算不惜与长房断绝关系，也要和姐夫直接谈判。因此幸子、雪子和她一块儿去的话，就麻烦了。说是这么说，幸子觉得事情还不至于闹得那样厉害，不过有时迫于情势，也可能越出常规。如果弄出那样的结果，姐夫说不定会误解是幸子为了让他吃点苦头而叫妙子单独去东京的。妙子为了这样一件事情去东京，幸子不陪同她去，固然显出幸子尽量想不牵涉进这桩事，不过也可以看作是幸子存心叫姐夫陷于困境而作壁上观的。即使姐夫这样误解可以忍受，要是连姐姐也认为幸子妹妹不仅不阻止细姑娘，反而让她来东京无理取闹，从而怀恨在心的话，幸子就简直无地自容了。既然这样，如果她现在把悦子交托给雪子，自己将计就计陪同妙子去东京的话，那么必然要卷进兄妹两个围绕着金钱问题的一场争吵，更为难的是到那时她究竟该站在哪一边好，连她自己都拿不定主意。让雪子讲起来，细姑娘开西装店的计划，背后肯定有板仓参预，往坏的方面猜测，那仅仅是向长房要钱的一种借口，只要钱拿到手，计划不知又将如何改变。别看细姑娘这人那样精明干练，另一面却意外地忠厚老实，说不定什么都听从板仓的，被他利用。她如果不和板仓断绝关系，钱还是不给她为妙。雪子的话固然不失为一种看法，可是在幸子看来，妙子那么兴高采烈策划的事情，如果从旁破坏，于心不忍。对于妙子不听从她们的忠告，一心想贯彻她和板仓的婚约，幸子自然不高兴，可是想到年纪轻轻的一个女孩子，不靠谁照顾，赤手空拳想打出一个天下来，这样一个有志气的妹妹，自己就不愿站在姐夫的一边欺侮弱者。不管那笔钱怎样花，总之可拿来充作独立谋生的资本，而且妙子也确实有能力运用它。如果姐大那里有那样一笔钱，幸子真想叫姐夫拿出来给她。可是，如果幸子自己陪同妙子去东京的话，不管愿意不愿意，势必要夹在长房和妙子中间，左右为难。还很容易听信大姐的劝说，不得不违心地站到长房一边去。幸子不愿那样做，可是要叫她明确站在妙子一边为妙子伸张正义，对姐夫、姐姐施加压力，她更没有那种胆量，这是实情。

三十二

雪子本来就反对让妙子独自一人去东京，她说："不管怎样，二姐没有不陪同前去的道理。小悦的病已经全好了，看家有我担当，二姐放心去好了，不用急着回来，尽管从从容容多住些日子。"可是妙子听到幸子将陪同她去，就显出一副尴尬的脸色。不过幸子对她说："我怕长房有意见才陪你去的，决不是存心妨碍你，细姑娘尽管自由行动，爱找谁打交道就找谁。姐夫和姐姐也许会叫我参加协商，那不是我的本意，所以打算尽量避开，实在推脱不了的时候，可能去一下，但是将站在第三者的公正立场上，不做不利于细姑娘的事。”东京方面幸子也预先写了信给大姐，大致交待了妙子这次去京的目的，信里说：“我将陪同她去，可是细姑娘似乎不愿我介入此事，我自己也不想牵连进去，所以请您直接和细姑娘谈吧。”

幸子这次仍然住在筑地的滨屋旅馆。妙子为了避免让人误解她伙同幸子一道来京寻衅，她采取的战术是泡在涩谷长房家里直到事情解决为止。她们乘坐鸥号特快离开大阪，到达东京那天傍晚，幸子先带妙子去滨屋，然后打电话给大姐说：“本来打算马上送细姑娘去涩谷，不过今天我累得去不了啦，细姑娘又不认识路，可否请你派辉雄侄来接接她？”大姐回答说：“那么我去接细姑娘吧。现在还不到吃晚饭的时候，我想找个地方三人一块儿吃顿晚饭，去银座那边好吗？”妙子表示既然去银座，她想去远近闻名的新大观西餐馆或罗马西餐馆。决定去后者以后，大姐在电话里反倒问幸子说：“罗马西餐馆在哪里？我没去过呀。数寄屋桥停车站下车后，怎样走呀？”

幸子和妙子姐妹两个洗完澡，去到罗马西餐馆，大姐早已先到，订了座等候在那里了。她说：“今天得由我请客。”平常在这种场合由于幸子手头宽裕，总是幸子付账，可是今晚大姐特别殷勤，对妙子说了许多慰劳的话。她说：“我们并没有忘掉细姑娘，只因为房子太小，光雪子妹妹一人都安置不好。本想过些日子请细姑娘也来东京，不过怎么也腾不出手。”说了一大套道歉的话。姐妹三个每人喝了一大杯德国啤酒，吃完晚饭走出西餐馆，在初夏的银座街头向新桥方面荡了一会儿马路，幸子把她们两人送到新桥电车站才分手。

在妙子完成她的协商的两三天内，幸子不打算去长房，她得独自设法消磨这段时间。她有几个中学同窗好友嫁在东京，她打算去看她们。第二天早晨她正在屋子里看报，妙子来了电话，问她这时可不可以到旅馆里来。幸子问有什么事情商量，妙子回答说不商量什么，是闲得无聊。又问她谈判进行得怎样，她说今天早晨把情况对大姐讲了一遍，大姐说这星期姐夫很忙，这件事情要拖到下星期谈。这几天闲得无聊，想到你那里去玩儿。幸子告诉她今天下午约好去青山看朋友，傍晚以前不在旅馆，五六点钟方才回去。电话就此挂断了。青山那里的朋友坚留幸子吃晚饭，过了七点钟她才回到旅馆，妙子正好同时到来。妙子说今天下午她等候辉雄放学回家，让辉雄领着她去逛了明治神宫，五点钟左右他们两人到旅馆里来了一次，可是幸子怎么也不回来，左等右等，等得他们肚子都饿了。旅馆里的老板娘问他们要不要开晚饭，妙子想起昨晚德国啤酒的滋味，就请辉雄去罗马西餐馆吃了一顿，刚刚在尾张町送走了辉雄。看样子她似乎决心要幸子留她在滨屋过夜了。再细细地一问，才知道妙子在涩谷受到姐夫和姐姐的郑重款待，今天早晨姐夫临外出时还对她说："细姑娘难得来京，这次多住几天再回去。屋子小，很委屈，幸好雪子妹妹不在，还可以勉强凑合一下。不巧的是我这一程比较忙，五六天后就空闲了，可以陪你去什么地方玩玩。中午还有一小时午休，今天中午你如果来丸之内，可以奉陪吃午饭。"又说："今天在丸大厦售票处给你们买歌舞伎座的戏票，两三天内请你和鹤子、幸子妹妹一同去看戏。"他那高兴的样子有点令人作呕，觉得他从来没有像今天这样亲切地和自己说过话。她等姐夫和孩子们一走，马上抓住大姐详详细细谈了一小时来京的目的。大姐从头到尾不厌其烦地听着，最后大姐说："不知道你姐夫是什么意见，商量起来看吧。不瞒你说，你姐夫那个银行将和别的银行合并，这几天他正忙得不可开交，有时深更半夜才回家，所以请你稍稍等一下，下星期大概可以和你谈这件事了，你只管悠闲自在地玩儿吧。细姑娘也很久不来东京了，让辉雄陪你去各处逛逛怎样？幸子妹妹一人呆在旅馆里也很寂寞，你可以去筑地看看她。"可是事情究竟怎样，现在还不知道，不过暂时只能相信大姐的话等着。昨天火车经过沼津时，妙子看到富士山大部分被云遮没，开玩笑说兆头不好，所以这次来京的目的能否达到，她现在没有自信。不仅如此，她还提高警惕，决不让长房的姐夫、姐姐笼络。不过难得被他们夫妇俩一抬捧，似乎挺不错的样子。尽管她说："嘴上说得那么甜，如果欺骗我，我可不买账。"看去还是很高兴的样子。

幸子昨夜一个人孤零零地睡在滨屋，虽则是客中，究竟很寂寞，整夜都没睡好觉，还想到要连续孤寂五六个晚上。今天夜里虽则是临时性的，多年没有并枕的两姐妹却睡在十铺席的大卧室里了。回想起来，从船场时代到二八妙龄，她们姐妹几个一直住在一个屋子里，这个习惯一直持续到幸子和贞之助结婚的前夜。更早以前的事情不知道，自从幸子中学时代起，只有鹤子单独住一间屋子，幸子以下三姐妹一直同住在二楼六铺席的屋子里，从来没有单独和妙子两人住在一起过，一般总是中间夹着一个雪子。由于屋子小，有时三人睡在两个被窝里，雪子的睡相好，大热天她依然端端正正地把薄棉睡衣盖到胸口，睡相一点儿不乱。现在她和妙子同睡在旅馆里，想起从前姐妹们同睡一屋子的情景，眼前就出现一个瘦骨一把的雪子端端正正地睡在她和妙子中间。第二天早晨才睁开眼睛，她们就像闺女时代那样在被窝里谈起天真话来。

“细姑娘，今天干点啥呢？”

“干点啥呢？”

“细姑娘不想去什么地方看看吗？”

“人家口口声声东京东京的，想参观的地方却也不多。”

“对我们来说，毕竟还是大阪和京都好。……昨晚在罗马西餐馆吃了啥？”

“昨夜的菜和上次不一样。有小牛排。”

“辉雄侄高兴了吧？”

“我和辉雄吃饭时，对面来了辉雄学校里的同学，是他们的父母带来的。”

“嗯。”

“辉雄让他朋友看到后，脸变得通红，连声说糟糕。问他为什么，他说和细姨在一块儿，即使告诉人家是姨母，人家也不信……”

“那倒是真的。”

“首先餐馆里的侍者摆出一副古怪的脸问：‘两位是一块儿的吧？’我让他们给我来杯啤酒，倒把他们吓得一跳，只管好奇地打量着我，把我看成是小孩子。”

“细姑娘穿上这件西服，看去连辉雄的姐姐都不像，人家准把你当作女阿飞。”

正午前不久涩谷有电话来通知明天的戏票买到了，可是今天一整天的时间将怎样消磨呢？为此姐妹俩下午去银座喝茶，在尾张町雇了一辆汽车，从靖国神社去永田町、三宅坂兜了一个圈子，然后开到日比谷电影院。当汽车穿过日比谷十字路口时，妙子望着马路上的人说：“东京特别时兴箭形花纹布呀。从日耳曼点心铺到日本剧院前就有七个人穿这种衣服。”

“细姑娘数过了吗？”

“喂！您瞧，那里一个，那里又是一个。”

妙子不知在想什么，过了一会儿又说：“中学生两手插在口袋里走路，多危险。”

“记不起是什么地方了，关西有个中学校的制服裤子不让做口袋，确实是好事。”

幸子知道这个妹妹小姑娘时代就爱讲老话，觉得她现在的确到了讲老话的岁数了。于是随声附和说：“真的。”

三十三

第二天在歌舞伎剧场最后一出“结巴子又平”开幕前几分钟，舞台那边的扩音机里不断报出许多姓名——“本所绿町某某先生”，“青山南町某某先生”，一会儿又蹦出“西宫的某某先生”，“下关的某某先生”等等，末了还来个“菲律宾的某某先生”，正在使幸子她们感佩毕竟是歌舞伎座，不仅招徕了日本全国的人，连南洋的观众也来了，这时妙子突然制止说：“别讲话！”她竖起耳朵倾听着。扩音机里果然叫出“芦屋的莳冈太太”，连叫了两遍，第三次改成：“兵库县芦屋的莳冈太太”。“什么事呀，细姑娘出去看一下吧。”被幸子差遣出去的妙子一会儿回来了，拿起她座位上的手提包和花边披肩，叫声二姐，把幸子领到回廊里。幸子问她什么事，她说："滨屋的女佣现在在外面。"

妙子报告的内容是这样的：戏院里说外边有人求见莳冈太太，她到正面入场处一看，滨屋的女佣正站在扶梯旁边，用大阪话对她说："刚才芦屋府上来了电话，想转告这件事，几次打电话到歌舞伎座，都占线打不通，所以老板娘叫我来了……"妙子问她芦屋电话的内容，她说："电话是老板娘接的，不是我接的。据说是病人的病情非常严重。不过病人不是你家小姐。……前些日子听说你家小姐害过猩红热。病人不是那位小姐，是在五官科住院的那位，细姑娘最清楚这件事，电话里一再叮嘱我们千万不能搞错。……老板娘在电话里回答说太太和细姑娘都到歌舞伎座看戏去了，我们马上去转告，决不延误。还问有没有别的事情。对方说至少让细姑娘今晚单独乘夜车回去，如果有时间，要我们这里打个电话给家里。"

"那么病人是板仓了？"

幸子在来京的火车里就隐约听到妙子说起板仓动了耳朵手术。当时据妙子说，四五天以前板仓由于中耳炎流脓多了，天天去神户中山区矶贝五官科医院看病，前天并发了乳嘴突起炎，说是必须动手术，昨天住进那个医院动了手术，幸而经过良好，本人非常精神，叫妙子不用管他，只管去东京。妙子因为已经准备停当，而且板仓平常身体健壮，宰都宰不死的那样一个小伙子，用不着担心他，所以才动身的。板仓的病情似乎发生了急剧变化。据旅馆女佣说，打电话的似乎是另一位细姑娘，可能是板仓的妹妹或别人从医院里打电话给家里，雪子接到电话立刻就通知东京的吧。乳嘴突起炎本来只要动个手术，用不着担心，可是手术如果动迟了，往往感染到大脑，也可能致死。总之，那个小伙子特地让雪子打电话来通知，病情看来一定不妙了。

"细姑娘，你打算怎么办？"

"我现在马上回滨屋，动身回去。"妙子脸色不变，说话时还像平常那样泰然自若。

"那么我怎么办？"

"二姐只管看到终场，不能把大姐一人撂在这里。"

“我对大姐怎样讲呢？”

“随便讲点什么好了。”

“板仓的事情这次你对大姐讲了没有？”

“没有。”妙子走到门口，披上乳白色披肩说，“……不过您告诉大姐也无妨。”说完这句话就下楼去了。

幸子回到座位上，“结巴子又平”这出戏已经开幕，大姐专心注视着舞台，一句话也不说，这却方便了幸子。等到演完散场，观众你推我挤地走出正面门时，大姐才问：“细姑娘呢？”

“刚才有个朋友来找她，她们一同出去了。”幸子姑且这样回答，把大姐送到银座大马路，在尾张町分了手，回到旅馆里。老板娘告诉幸子说：“细姑娘比她早一步动身走了。”又说：“由于接到那样一个电话，我们好歹买上一张今晚的卧车票准备着。细姑娘从歌舞伎座一回来，就说今夜乘这班卧车走，匆匆忙忙动身了。临走以前还给芦屋府上打了电话，详细情形没有和我们讲，据说光靠电话弄不明白。大概病人动手术时感染了病菌，非常痛苦。细姑娘让我们转告您，她乘坐这班车直达三宫，明天早晨从火车站直接去医院。还有她的一个小皮包放在涩谷，您回去时请把它带回。”看样子这位老板娘已经约略觉察出病人和妙子的关系。幸子放心不下，打了一个紧急电话去芦屋把雪子叫了出来。不知怎的，全然听不清楚雪子在电话里讲些什么。倒不是由于长途电话听不清，而是雪子的嗓门低，她虽则拼命叫喊，可还是一场空，声音细微得实在听不确切。所以大家一向都讨厌和雪子打电话，雪子自己也怕打电话，平常总叫别人接，可是今天事关板仓，既不能叫阿春接，也不能请贞之助代接，无可奈何只能由她自己接。幸子觉得雪子只讲了几句话马上就变成蚊子叫的声音，“喂！喂！”的喊声比说话的时间占得还要长。好不容易才听出几句话。大意是今天下午四点钟左右，家里接到一个自称为“板仓的妹妹”打来的电话，说板仓因动耳朵手术住院，最初经过良好，昨夜病情突然起了变化。雪子问她剧变是不是病菌侵入大脑，答说最初还以为是脑部感染，其实不是脑部，而是脚部。问她脚上怎样，答称究竟怎样还不清楚，只是痛苦万分，一碰到脚部，痛得直跳，一迭声叫痛，身子乱折腾，哼声不绝。他本人只是叫痛，没有要求细姑娘回去。看到他痛得那副模样，觉得事情非同小可，似乎已经不是五官科所能治好的，想另外找医生诊断，可是又不能自作主张，想来想去，想不出办法，才打这个电话的。幸子又问以后的情况，雪子回答说细姑娘刚才来电告知今夜动身，因此把这消息通知了对方，那时对方说病情越来越恶化，患者像疯子那样痛苦得乱折腾，已经给家乡打了电报，明天早晨患者父母可能到来。幸子就说妙子已经走了，她走后自己一人留在东京没意思，打算明天动身回去，临挂断电话时问了一下悦子的情况，雪了告诉她悦子太精神了，不肯老老实实呆在病室里，只想飞到外面去，拿她没办法，疮痂几乎全掉了，只剩脚心里一点儿了。

幸子想到自己也匆匆忙忙动身回去，对大姐不知怎样表示才好，想来想去，想不出这种场合有什么自圆其说的借口，因此打定主意即使将被大姐猜疑也没办法。第二天早晨打电话给她，告诉她昨夜妙子有急事回关西了，自己今天也回去，想再碰一次头，去涩谷看她，征求她的意见。鹤子回答说："我去旅馆看你吧。"不多久她拿着妙子的皮包来到了滨屋。姐妹几个数鹤子最稳重，几个妹妹常说她"神经迟钝"。正因为这样，她根本不问妙子的急事是什么，由于这个小妹提出那样一个麻烦问题，现在不等答复就一走了事，自己反倒暗暗松了一口气似的，这从她的外表上就可以看得出。她嘴里尽管说今天我马上回家，却和幸子两人在旅馆里吃了中午饭。

"细姑娘近来和启哥儿还来往吗？"她忽然这样问。

"嗯，似乎偶尔也来往。"

"启哥儿在外，听说另有朋友啦。"

"这事你从哪儿听来的？"

"前些日子有人来调查我们的底细，为了想娶雪子妹妹。不过那桩婚事后来吹了，没有对雪子妹妹讲。"

关于妙子的消息，大姐说就是那桩婚事的介绍人为了表示好意才对我们讲的，详情他也不清楚，据说细姑娘近来和一个身份低于启哥儿的青年搞得火热，几乎满城风雨，问我们知道不知道这件事。他说这也仅仅是个传闻，只不过提醒我们一下罢了。当时那桩婚事没有成功，雪子妹妹自然白璧无瑕，会不会是细姑娘那个风传在兴妖作怪呢。鹤子又说，她信任幸子和妙子，那个风传是否确实，那个青年究竟是怎样一个人，她都不想打听。可是说实话，她和大姐夫现在只希望细姑娘能和启哥儿结婚，只要雪子的婚事一有着落，就想和对方商谈。所以这次关于钱的问题，像以前信里讲过的那样，不打算给细姑娘。不过看到细姑娘那种劲头，弄得不好，说不定又要和姐夫吵翻，因此推说等好好考虑以后再答复，想到莫如让她心平气和地先回去，这几天正在考虑用什么方法说服她，为此而挠头。从鹤子的语气里，听出她确实因此而松了一口气。

“真的，细姑娘要是能和启哥儿结合，那就最理想了。我和雪子妹妹都这样想，经常在劝她哩。”幸子这话听去像辩解，鹤子不接下文，吃饭时只管讲她自己想讲的话。她说了一声“叨扰”，放下筷子，打点一下随身什物说：“那么我就回去了。今天晚上也许不能来送你了。”说完连休息都不休息就走了。

三十四

第二天幸子回到家里，雪子向她作了报告，现在把雪子的话约略记述如下。

前天傍晚，女佣报说板仓老板的妹妹给雪子姑娘打来了电话。那时雪子不知道板仓住院，也不认识他的妹妹，还以为是打给妙子的电话，女佣搞错了。可是女佣说没错，电话是打给雪子姑娘的。雪子去接时，对方先恳切道歉，然后说她知道细姑娘到东京去了，实情是她哥哥现在如此这般等等情况。耳朵的手术是妙子动身前一天做的，那天妙子去看他的时候，他精神很好。到了夜里，开始他说他的脚发痒，给他搔了搔。第二天早晨痒变成了痛，而且越来越痛。这种状态持续了三天，病人只管叫痛，而不见好。尽管这样，医院院长说手术刀疤完全愈合了，不理睬患者的申诉。每天上午来换一次纱布，换过纱布急急忙忙就走了，至今已整整两天，把这样痛苦的一个病人放置不管。护士们都说这个手术是院长先生动坏了，病人真可怜。板仓病情恶化后，他妹妹锁上田中照相馆的门，一直在医院里陪床。可是，这样一来就希望有个人商量商量，想到万一出了事，自己的责任不轻，所以觉得除非让妙子马上回来之外没有别的办法，这才给芦屋打了电话(电话似乎是在别的地方打的，不是在医院里打的)。她在电话里还带着哭声说："我自作主张打了这样一个电话，说不定将来我哥哥要责备我。"不难想象，雪子还像平时那样只让对方说话，自己只"是、是"地答应着。不过她从妙子那里了解到这个二十一二岁的农村姑娘不习惯都市生活，现在是为她哥哥的病情着急，下了极大决心才鼓起勇气打这样一个电话来的，这从对方的声音和语调上也听得出，因此雪子答应立刻通知东京，而且随即采取这样一个措施。昨天从三宫车站直接去医院的妙子，傍晚时回家一次，在家里呆了一小时又走了。据妙子说平常忍耐性那样强、从来不诉苦的板仓，竟然那样不争气地连声叫痛，看着都发毛。今天早晨妙子走进病房时，他妹妹走近病床对她哥哥说："细姑娘回来了。"患者痛苦地望着妙子，只管叫痛。大概是忍耐疼痛要花浑身的气力，顾不到别的什么了。患者就这样昼夜叫痛，哼声不绝，觉也不能睡，饭也不吃。尽管这样，看去并不红肿，也没有灌脓，所以无从知道是哪里痛。患部似乎在左腿膝盖到脚趾尖，翻个身也极痛，轻轻地碰一下也极痛，那时一定高声怪叫。雪子问耳朵的手术和脚痛有什么关系，到底是什么原因，妙子也不能回答。医院院长不仅不说明原因，遇到患者叫痛时还连忙躲开，离得远远的。从护士的谈话和外行人的见解推测起来，说不定是动手术时细菌感染了，病毒又感染到脚上去了。板仓的父母和嫂子今天早晨从乡下赶到，几个人在病房外面的回廊里商量起来。矶贝院长不能置之不问，下午请来某外科医院的院长会诊，他们两人在诊室里商议了好一会儿。某外科医院院长刚走，又来了另一位外科医生，他给病人看完病，和矶贝院长悄悄地计议一番就走了。向护士一打听，据说这里的院长自已毫无办法，把神户最有名的一位外科医生请了来，认为必须锯掉一条大腿，可是现在已经迟了，这下矶贝院长更加慌张起来，又请来一位外科医生。那个医生也束手无策地回去了。妙子从旁补充说今天早晨她看到病人的状态，听到板仓的妹妹关于病情经过的报告，觉得一分钟也不能耽搁下去。这种场合不能顾虑院长什么的，应该立刻请个有信誉的医生来会诊，好好对付。可是从农村来的老年人行动迟缓，白白地聚集在一块儿计议怎么办，作不出决断。这样空费时间，将招致无法挽救的结果，这是很明显的。自己今天和那些人第一次见面，说话不宜过分，即使提出一点意见，对方也只敷衍一两句，没有行动，叫人着急。

以上是昨天傍晚的情形，今天早晨六点钟左右妙子又回家一次，休息了两小时才走。那时雪子问她板仓的病情，她说昨天深夜院长又请来一个叫铃木的外科医生，他答应动手术，可是结果如何他不能保证。不过板仓的父母仍然下不了决心。特别是他的母亲认为既然病已无可挽救，那就不用动手术锯腿，干那种惨不忍睹的事情，莫如让患者留个全尸死去。板仓的妹妹却认为即使希望不大，也应该全力以赴，很明显，他妹妹的意见是正确的。可是老头儿老太太怎么也想不通。不过妙子认为这个手术动也罢，不动也罢，反正为时已晚，她说她自己已经绝望了。还有个专门照料板仓的护士，对院长似乎抱有反感，动不动讲院长的坏话，可信程度到底有几分，当然不知道，她说这个院长是个酒葫芦，又上了年纪，患有酒精中毒，手指发抖，所以动手术往往失败，过去也曾有一两次让患者吃过这样的苦头。后来妙子把这件事情的经过讲给栉田医生听时，栉田认为动耳朵手术引起感染，细菌侵入四肢，这种事情即使第一流专家万分注意地亲自动手，也往往难以避免。医生不是神仙，不能要求他万无一失。问题在手术以后万一发生感染嫌疑，患者身上什么地方稍微觉得有些疼痛，如果不及时请外科医生处理，就有耽误时机的危险，那种场合，真是分秒必争。所以矶贝院长手术失败倒可以原谅，患者叫痛叫了三天而置之不顾，那简直是玩忽职守，可说是缺乏治好病人的诚意，又不亲切。如果患者的双亲不是一物不知的乡下佬，大概不会和他善罢甘休的，这样的事情居然没有闹大而轻易了结，可说是矶贝院长的幸运。同时板仓竟然不知道矶贝是那样一个靠不住的医生，去他那个医院求治，只能说是本人的不幸。

不过这已经是后话了。

幸子听完雪子讲给她听的大概情形，还追问当时雪子是在哪个屋子里接电话的；电话内容阿春和另外几个女佣知道不知道；贞之助知道不知道等等。雪子告诉她第一次电话她和阿春都在侧屋里，电话是接到侧屋里来的，悦子、水户姐和阿春都听到了。水户姐和阿春怪模怪样地只默默地听着，可是悦子却不厌其烦地追问板仓怎样了，细姨为什么要来，真没办法。这事已经让阿春听到，她大概会讲给别的女佣听，在这种场合也是无可奈何的，可是让水户姐听了去就觉得很不妙，因此第二次电话就到正屋里打了。打电话的事情以及采取的措施都报告了贞之助姐夫，并且得到了他的同意。贞之助姐夫背地里还很担心，今天早晨临出门前还向妙子打听详细情况，劝告一定要动外科手术。

“我也打算去看望一下病人哩……”

“这……打个电话问问贞之助姐夫看他怎么说……”

“总之，我得先睡一下。”

幸子在夜车上没睡，为取得补偿，暂时去二楼八铺席那间屋子躺了一会儿。可是她心里有事，怎样也睡不着，因此不再睡觉，下楼洗脸，吩咐厨房里早做午饭，然后给贞之助打电话。“板仓生病，细姑娘赶回来固然事出无奈，我要是也去看他，结果将变成公开承认他们两个的关系，又觉得不妥。可是水灾时他搭救了细姑娘，现在知道他病危而不去看他，要是他死了，自己良心上将受苛责。再说板仓大概已经无望了，像他那样健壮的体格，可是总觉得他的相貌有点儿薄命。”幸子这样一讲，贞之助就说：“不知怎的，我也这样想，你去探望一下也可以……”可是他又说：“不过奥畑会不会也去探望病人呢？如果他也去的话，你还是不去为妙。”最后的结论是只要不碰到奥畑，不妨去探望一下，但是不能呆久，要随即回家，回家时最好把细姑娘也带回，不能让她老呆在那里。随后幸子又打电话给妙子，问她会不会碰上启哥儿。据妙子说，现在除了患者的父母姐妹而外，没有谁来过，也没有通知任何人。即使病情恶化，也没有通知奥畑的必要。特别是启如果到来，病人说不定会兴奋，所以她反对通知奥畑。本来她想打电话给幸子，希望她去一下。因为究竟要不要把病人转移到外科去，到现在意见分歧，还没有作出决定，她和板仓的妹妹竭力主张交给外科，可是板仓的父母拿不定主意，踌躇不决。她希望幸子能去从旁参赞一下，会大有帮助。

幸子就说那么我吃完饭马上就去。她把电话挂断后，和雪子两人提早吃了午饭。两个人边吃边商议安排水户姐的问题，觉得这时不能让她到处宣传妙子的事情，她现在几乎什么事也不用干，只陪着悦子玩儿，莫如今天就让她回去。雪子说水户姐本人都说她想请假回去。因此幸子就和雪子说："虽则仓促了一些，你可对她讲，请她在这里等着我回家，吃了晚饭再回去。"幸子交待一番后，十二点钟雇了一辆汽车直奔医院。

去到那里一看，地点在中山那边电车路往山上去约半里地的狭窄的坡路半中间，是一栋两层楼的简陋医院，楼上只有两三个日本式屋子的病房。板仓那个病房是六铺席的，窗外接近邻家的晒台，那里晾着许多衣被，病房里很闷。已经是穿单斜纹哔叽的季节，四五个人挤在一屋子，有的席地而坐，有的坐在椅子上，屋子里空气不流通，有一股闷热的汗臭。病人面对着墙，弓着背躺在靠右壁的一张铁床上。幸子走进屋子时就听到病人又低又快的呼痛声，几乎一秒钟都不停。这时妙子给她介绍病人的父母、嫂子和妹妹，等到介绍完毕，妙子伏在病床旁边低声说："米哥，二姐来看你了。"

"痛！痛！痛！"病人依旧背朝外，凝视着墙上一个处所叫痛。幸子站在妙子背后，畏畏缩缩地瞅着。病人右侧在上，横躺在那里，脸并不怎么瘦，血色不像意料中那样坏。毛毯褪在腰部，上身只穿一件水纱布睡衣。敞开的胸部以及袖子卷着的粗壮胳膊和往常没有什么异样，只不过耳朵上有个十字形绷带，一条从颅顶骨裹到面颊，一条从前额裹到脑后。

"米哥，二姐来看你了。"妙子又说了一遍。

妙子叫板仓"米哥"，幸子还是第一次听到。妙子在芦屋家里说到他时，总叫板仓。幸子和雪子甚至悦子背地里都对他直呼其名。他原来的名字叫“板仓勇作”。“米哥”这个称呼大概是由于他在奥畑商店当学徒时叫“米吉”而得名的。

“板仓老板，”幸子叫了一声，“你真倒楣呀！像你这样健壮的人都这样叫痛……”说着她就用手绢擤鼻子。

“哥哥，芦屋的太太来了。”妹妹走近他说。

“不用这样称呼，”幸子制止她。“痛的地方不是说在左脚吗？”

“是呀。因为右耳动了手术，不能侧在右面睡，所以痛的地方压在下面了。”

“那多别扭呀！”

“因此痛得格外厉害。”

病人肌理粗糙的额上淌满忍痛的油汗。一只苍蝇飞到他头上，妙子一边答话，一边赶苍蝇。病人突然停止叫痛，说了一声“尿”。

“妈妈！哥哥要尿尿。”妹妹这样一讲，靠在那边墙上的老太太立起身来，稍稍弯下腰说声对不起，从病床下面取出报纸包好的尿壶，塞进病人的毛毯。

“又要受罪了，”老太太刚说出这几个字，病人发狂似的大叫“痛！痛！痛！”那声音和先前说胡话似的叫痛完全不一样。

“痛也没法子呀，耐着点儿吧。”

“痛！痛！碰不得呀，碰……”

“耐着点儿吧，不这样尿不出呀。”

幸子奇怪板仓什么地方被压痛了而发出这样不争气的声音，她左一遍右一遍地仔细端详病人的举止。病人花了两三分钟的时间才把左脚的位置移动了一尺，身体稍稍朝向上面。姿势改变停当，沉默了一会儿，调整一下呼吸，等到平静下来时，尿就撒好了。这时他张大了嘴以从未见过的怯懦的眼光扫视周围人的脸。

“大概想吃什么东西了吧。”幸子问他的母亲。

“他一点东西都不吃。”

“光喝柠檬水，靠它才能排尿。”

幸子看到病人那只疼痛的脚露在毛毯外面。实际上那只脚不像有什么变异，只不过血管稍稍有些肿胀发青，这也许还是幸子的心理作用。病人为了回到他原先的姿势，嚷嚷得比先前更加厉害了。这回叫痛的时候还插进“哎呀，我要死，让我死吧……”“快宰了我吧，宰了我吧！”这类台词。

板仓的父亲为人很老实，话也说得很少，一副提心吊胆的眼神，是个遇事拿不出自己主见的老好人。板仓的母亲看去比他父亲能干得多。兴许是睡眠不足，或者哭泣或者眼睛有毛病吧，她的眼睑浮肿下垂，老像闭着似的，外貌像个表情迟钝呆板的老太婆。幸子最初就发现病人的饮食起居完全由他的母亲在照料。病人也在跟她撒娇，凡是她说的话，无论什么他都默默地听着。据妙子说，病人没有立即交给外科，实际上就是由于老太婆没有点头。幸子到来后，一边是板仓的父母，一边是妙子和板仓的妹妹，他们分成两组，时时在屋角或者病房外面的走廊里悄悄商议。介在他们中间给双方调解的嫂子，一会儿被这边叫了去，一会儿又被那边叫了去。老头儿老太太说话声音极低，幸子听不清。老太太常常慨叹地说些什么，老头儿深为感动地倾听着。这时妙子和板仓的妹妹抓住嫂子只管唠唠叨叨地陈述如果不采取外科手术而让病人白白死去，那将是父母姐妹的过失，恳求她设法劝妈妈同意。嫂嫂让她们两人一劝说，觉得很有道理，就走去和妈妈讲了许多话。妈妈坚持死也要落个全尸。嫂嫂不顾一切硬请求，老妈妈反攻说你们一定要干这种残忍的事，你们能保证治好他的病吗？弄得嫂嫂只能退回，去宽慰妹妹说：“妈妈怎么也不听我的劝说，给老太太讲道理也讲不通。”这下妹妹自己走到她母亲那里，带着哭声指责老太太的顽固说：“妈妈只考虑到眼前的难受，说什么可怜呀，惨不忍睹呀，没有真正尽到做父母的责任。无论是否能得救，为了将来不追悔，我们的责任是采取一切可能的办法试试。”总之，像上面这样的事一遍又一遍地在重演着。

“二姐……”最后妙子把幸子拉到回廊一端说：“……乡下人怎么那样慢条斯理的不着急，真叫人吃惊。”

“不过做妈妈的那样的态度也很自然吧。”

“反正时机已经错过，我不再存什么希望了。可是板仓的妹妹托我请求二姐去和她母亲说一下试试，她母亲对家里人很顽固，在大人物面前态度就不一样了，无论对方说什么，她总唯唯诺诺地照办。”

“我是大人物吗？”

实际上幸子觉得旁人不必要的多嘴要是造成不良后果，那位老太太说不定会怀恨一辈子，而且事情明摆着十之八九不会成功，所以对于这种事她很不愿牵连进去。

“……你姑且等着吧，尽管你那样说，最后她会知道必须听从大家的意见。她那样发牢骚，只不过是宽宽自己的心罢了……”

对于幸子来说，这次她来探病，在情理上已经说得过去了，现在她只想把妙子带回家，可是找不到适当的时机，有点为难。

正好那时一个护士上楼来了，要走进病房，她一眼看到妙子在回廊里，就说：“院长想和家属见一面，哪位能去？”

妙子进房去传达这事时，嫂嫂和妹妹蹲在床头，老夫妇俩守在病人脚边。最初两位老人还你推我让，迟疑莫决，随后两人一起去了。过了一刻钟回来时，父亲不安地坐在席子上叹气，母亲一面哭，一面走近父亲在他耳边嘟囔着。不知院长和他们到底说了些什么，后来问起当时的情景，才知道院长非常巧妙地说服老两口子，对他们说要是病人就这样地死在他医院里，他很为难，无论如何必须去动外科手术。他的理由是“对于令郎耳朵的治疗自己已尽了最大努力，消毒也很彻底，没有什么失误。如此看来，令郎脚上的毛病和耳朵全属两码事。你们可以看到令郎耳朵上的毛病完全好了，已经用不着住在我这里了。我这里还有别的住院病号，考虑到他的安全，因此昨天晚上征得铃木医师的同意，为令郎动手术。由于家长们下不了决心，白白浪费了宝贵的时间。我觉得目前说不定已经失去时机，要是再拖拖沓沓闹出什么乱子来，我们医院不负这个责任”。院长这番话简直把他自己的失误一笔勾销了，几乎把一切都推在双亲迟疑不决因而坐失良机，为他自己筑起一道推卸责任的防壁。两位老人唯唯诺诺地听完院长那番话，说声“一切拜托”，就退了出来。母亲回到病房后，一味埋怨这回上了院长花言巧语的当，仿佛全是老头儿的罪过。不过幸子看出老母也因为过分悲痛，才发了许多牢骚，可是最后还是让了步，听天由命把病人交给外科。

铃木医院在上筒井六丁目旧阪急电车终点附近。好不容易安排停当把病人抬出矶贝医院时，天已经快黑了。当时矶贝院长的作风极不友好，事情刚一决定，他的态度就仿佛赶走了一个累赘似的，自己完全避不出面，连招呼都不出来打一个。抬病人的工作全部是由铃木医院派来的医护人员担当的。在这几小时中间，两位老人和女儿、媳妇聚在一起专门商量锯腿这件事，不知病人知道不知道。他完全变成一个世外的、一味呼痛呻吟不绝的怪物。他的父母、嫂嫂和妹子也把他们的儿子、小叔和哥哥当作这样一个奇特的存在，根本不再征求他的意见，给他说明原委。他们最担心的倒是把他从病房搬上救护车时，这个怪物会怎样厉声叫喊。因为那里的走廊和普通住宅的走廊完全一样，只有三尺宽，楼梯也狭窄，没有平台，像螺旋那样弯曲着。从楼上抬到楼下，显然会对他造成莫大痛苦，这从他小便时那样叫唤一事看得出来。病人的父母姐妹害怕听到他那种叫喊，有过于怜惜他的心情。幸子在一旁看不入眼，问护士可否请她想个办法。铃木医师代答说："不，那倒不用担心，可以注射一针止痛剂再抬出去。"大家这才放心了。注射后病人实际上比较安静，由医生、护士和母亲随同抬了出去。

三十五

幸子趁板仓的父母、嫂嫂和妹妹收拾病房、支付住院费的时候把妙子叫到一旁，对她说："我这就回去，细姑娘和我一块儿回去好吗？你姐夫也叫我尽可能和你一道回去呢。"动员妙子和自己一块儿回家。可是妙子说她要看到手术结束后才回去。幸子没法，只能先送他们四人去铃木医院，然后便车回芦屋。当汽车停在医院门口，她看着妙子下车时，又把她叫住说："这种时候细姑娘自然愿意和他们在一起，不过看来病人和他父母、嫂嫂、妹妹似乎都对我们有所顾虑，不怎么需要细姑娘在场，所以我觉得你能脱身还是早脱身为妙——这当然要看临时的情况决定。总之，我们最担心的是不要让外界误会病人和细姑娘已经是许婚的关系，这层希望你在任何场合都不能忘掉。无论做什么都要顾到莳冈家的名声，特别是不要影响到雪子的前途。”几乎是过分唠叨地叮嘱了一番。幸子的想法是细姑娘要是真的和板仓结婚，那就无法可想；现在板仓要是死了，他们中间的婚约最好不要让外人知道。幸子是尽可能婉转地讲的，妙子大概也领会到她的言外之意了。

幸子近来最挠头的问题——自己的同胞妹妹将成为一个来历不明、连姓氏血统都不清楚的学徒出身的青年之妻，现在意外地以一种自然的方式而获得有利于己的解决，一想起来，她实在高兴，那心情想克制也克制不了。再想到自己内心深处潜伏着希望人家死去的念头，委实不愉快而且觉得太卑鄙，可是这毕竟是事实。不过，现在抱同样心情的不只是她一人，雪子不用说，连贞之助都可能有这样的想法，如果启知道了这个变故，第一个雀跃高兴的说不定就是他。

“怎么这样迟回来呀。”已经下班回家的贞之助，在会客室里等候妻子似乎等得久了，看到幸子一回来就这样问。“中午出去，现在才回来，实在太久了。我正要给医院打电话呢。”

“那是因为我想带细姑娘一道回家，等来等去等得晚了……”

“细姑娘也回来了吗？”

“没有回来。她说她要呆在那里等动完手术，我觉得那也是应该的……”

“决定动手术吗？”

“是的。我去以后，动不动手术还商量了好半天，最后才决定下来，现在病人已送到铃木医院去了。”

“动了手术能好吗？”

“这个……大概希望不大。”

“真滑稽，脚上究竟怎样？”

“那就不知道了。”

“生的是什么病？病名问过没有？”

“一问病名，矶贝院长就偷偷地溜走了。铃木院长对矶贝似乎有顾虑，不肯明白告诉我们。可能是败血症或者坏血症吧。”

因为护士水户姐打点好行装等候在那里，幸子和她碰了头，酬谢她四十天的辛劳，打发她走了。随后和丈夫及雪子围坐下来吃晚饭。正在吃饭的时候，铃木医院来了电话，幸子起身去接。贞之助他们在餐室里听到似乎在和妙子说话，电话打了很久，听去妙子所谈的内容大体上是这样：手术动过了，目前保持稳定状态；可是也许要输血，除了两个老人而外，其余的人都检查了血型；病人和他妹妹是 A 型，妙子是 O 型；暂时由妹妹一人输血就行，不过还想再有一两个输血的人；妙子是 O 型，具备输血的条件，可是病人的家属不见得会要求她输血；这就发生了一件别扭的事情。妹妹提议把板仓病危的事实通知板仓以前奥畑商店的两三个老同事，他们不久就来了。妙子不愿见到那些人，再说这事如果让启知道了，他可能和那些人一道来，为了避免和启见面，妙子打算回家一次。那几个店员是板仓当学徒时的老朋友，妹妹是从需要输血者的角度提出这一建议的。妙子因为累得够呛，希望家里雇辆汽车去医院接她，她一回家想先洗个澡再吃饭，要求家里准备一下。

“这样说来，”幸子刚回到餐桌，贞之助压低嗓门说：“板仓的父母姐妹到底知道不知道细姑娘和启哥儿的关系？”

“父母大概不知道这事。要是知道了，他们决不会准许他们的儿子娶细姑娘做媳妇了。”

“是的，一定不知道。”雪子插嘴说。“板仓不会把细姑娘和启的关系告诉他父母的。”

“这事也许只有他妹妹知道……”

“刚才所说的奥畑商店那些店员会不会经常在田中的板仓家出出进进？”

“不知道。从来没听说有那样一些老朋友嘛。”

“要是有那样一些朋友，细姑娘和板仓的关系肯定已经让外界周知了。”

“真的。启哥儿所说‘我已设法调查得什么都知道了’那句话，指的大概就是那些人了。”

接妙子的汽车马上就开出去了，可是过了一个多小时妙子才回来。一问之下，才知道车子开出去的时候半路上爆破了轮胎，她在医院里等得很久。这中间奥畑商店的店员们到来了，估计决不会来的启也来了，偏偏都碰上了头（妙子说启当时不在店里，大概是店员打电话告诉他的）。妙子竭力避免和启接近，启也看到这是在医院抢救病号，所以也比较谨慎。只是在妙子回家时，启走到她身边悄悄地说，细姑娘多呆一会儿也不妨事吧，以表示他的关切。不过，他那句话也可以看作是一种挖苦。当店员们主动要求检验血型时，启也要求检验他的血型，不知道他打的是什么主意。不过妙子觉得启本来就是这种轻佻脾气，说不定是随随便便说出那样一句话罢了。妙子验血，是因为嫂嫂、妹妹都检查了，自己不检查说不过去，可是板仓的父母和嫂嫂、妹妹还一再劝她不必检查。

“腿部从哪儿截断的？”妙子刚洗完澡穿了一件睡衣开始吃晚饭，贞之助夫妇和雪子又围坐在她身边继续谈论这件事，幸子第一个这样问。

“从这儿截断的。”妙子从桌子底下伸出她的脚，手掌放在睡衣上比划着切除的部位，又连忙缩回。

“细姑娘看到了吗？”

“看到一点儿。”

“动手术的时候你在场吗？”

“我在手术室隔壁等候着。因为那里是玻璃门窗，看得见动手术。”

“即使看得见，细姑娘的胆子也真不小。”

“本来不打算看，心里一着急，又想看了，就瞥了几眼。板仓的心脏鼓动得厉害，胸部一下子鼓了起来，一下子又瘪了下去，全身麻醉大概就是这样的吧。要是二姐，就连这副模样也看不下去。”

“不讲这个了！”

“看到那种状态我还满不在乎的，不过终于看到了不堪入目的东西……”

“别讲！还不住嘴！”

“牛肉丸子我们暂时……”

“细姑娘，不准讲！”雪子申斥了。

“可是病名却搞清楚了。”妙子对贞之助说。“叫什么脱疽。铃木院长在矶贝医院不肯对我们讲，来到他自己的医院里就给我们讲了。”

“嗯，脱疽症会那么痛吗？还是由于搞耳朵搞出来的事吧？”

“究竟怎么一回事，那就不知道了。”

后来才知道铃木医院的院长在同行中声名不佳。本来经过当地的两位第一流外科医师认为无望而拒绝动手术的患者，他只提出不能保证成功这样一个附带条件才接受住院，稍加研究就会觉得有点儿奇怪，在这种地方也可以看出这个院长声名不佳的原因来。那天晚上妙子没有注意到这个问题，不过，偌大一幢房子，住院患者除板仓而外似乎没有第二个人，幽静得门可罗雀，妙子也觉得是个十分不走运的医院。还有那幢房子以前似乎是外国人的住宅，后来才改建成医院的，给人一种明治时代的旧式洋房的印象，回廊里的脚步声在高悬的天花板下发出回音，屋子空荡荡的像个凶宅，事实上妙子一走进去就觉得阴森逼人，有点儿不寒而栗。病人手术完毕移入病室，从麻醉中苏醒，抬头看到枕头旁边的妙子，发出一声悲叹说：“唉！我成了瘸子了。”尽管这样，住进矶贝医院后一直哼声不绝的病人，这时才初次说出一句正常的话。不仅如此，从这句话可以看出当他还是一味叫喊的怪物时，也完全意识到他自己处在什么样的状态，而且知道他身边的人在议论些什么。妙子看到病人不再呼痛、比先前轻松得多的样子，也安下心来。她还想到虽然失去一条腿，也许就此得救，想象到将来康复以后拄着一根松木杖走路的模样。其实仅仅在这两三个小时中间病人才获得了这点儿安泰。奥畑商店的店员和启赶来，正好是这个时候。妙子大体看到了病情，正好趁机走开。再说板仓的妹妹知道妙子和启以及她哥哥三人中间的纠纷，所以她也在设法让妙子走开。当妹妹送妙子走到门口时，妙子叮嘱她一有急变随时通知，还对接她回家的司机说："看样子今夜说不定还得麻烦你摸个黑。"

尽管连声叫累，妙子还和贞之助夫妇以及雪子讲了上面那些话才就寝。第二天清晨四点钟，正如她预期的那样被医院里打来的电话叫醒，再次去了医院。天刚亮时，幸子在半醒半睡中听到大门外发动机的声音，估计大概是细姑娘出门去了，她自己又迷迷糊糊地沉入梦境。不知又过了多久，拉门被打开寸把宽，阿春在门外说："太太，刚才细姑娘打来电话，说板仓老板去世了，特地给报个信。"

"现在几点钟？"

"大概六点半钟左右吧。"

幸子还想睡一会儿，可是怎么也睡不着了。贞之助也听到了这个消息。只有住在侧屋里的雪子和悦子，八点钟起身后才从阿春那里听到这个消息。

正午时妙子回到家里，又讲了许多情况。板仓的病状后来再一次恶化，他妹妹和店员们轮流输了血，但是终于无效；病人脚部的疼痛停止后，病毒从脚部转移到胸部和头部，病人在极度苦闷中死去；妙子从来没见过这样痛苦的死；病人到死一直保持着清醒的意识，和守在他枕旁的父母、嫂嫂、妹妹以及朋友们一一告别，感谢启和妙子生前对他的恩德，并且祝他们将来幸福；对于莳冈一家——老爷、太太、雪子姑娘、悦子小姐以至春倌都一一称名问候；通夜守在病人身边的奥畑商店的店员们因为有工作，都立即离开医院回去了，只有启和死者的亲属一同把尸体送到田中的家里；妙子也跟着去了，现在才回来，可是启还留在那里，死者亲属口口声声"少爷少爷"的，他似乎在给予什么照料。今天晚上和明天晚上守夜，后天在田中家里举行辞灵仪式。尽管妙子由于看护患者、睡眠不足，脸庞显得消瘦，可是她的表情、动作依然很沉着，连眼泪也没有掉一滴。

第二天晚上的守夜，妙子只去了一小时。她本想多尽点儿力，可是从前天晚上起，这两天启尽在那里，看得出他想找个机会和她说话，妙子有意回避不和他接触。贞之助说："辞灵仪式我们该去参加，不去不好。”可是他想到目前首先要考虑两个小姨将来的利益，会场上可能遇见各式各样的人，特别是那种场合如果碰到奥畑一家的人就很没趣，因此他自己就没有去，只让幸子一人不按照规定的时刻去吊了丧。妙子参加了辞灵仪式，可是没有去火葬场。她回到家里说没料到竟有那么多的人去参加辞灵仪式，有些人的到场简直使人大吃一惊，板仓什么时候居然结交了那样的人物呢，连妙子都觉得出乎意外。那天启又发挥出他那轻佻的举动，和店员们一同排列在棺旁。遗骨据说将送回故乡的佛寺落葬。死者家人关闭田中那里的照相馆回乡时，没有去莳冈家辞行，大概顾虑到不宜过于深入交往吧。做五七时，妙子一个人悄悄地去到死者故乡，肃静地上了故人的坟，连死者的父母兄弟家她都没有去就回家了。这事幸子也有点儿知道。

水户姐走了以后，雪子和悦子两人住在侧屋里寂寞，晚上叫阿春住到那里去做伴，不过也只去了两夜。板仓辞灵仪式的前一天就拆去床铺，回到正房居住了。侧屋用甲醛水消过毒，重新做了贞之助的书斋。

正当一桩桩的事件接踵而起时，五月下旬的一天，一封信从西伯利亚寄到了莳冈家，那是舒尔茨太太从马尼拉回到汉堡后寄来的英文信。现在把它抄在下面。

亲爱的莳冈夫人：

您给我的十分殷勤的来信没有早日答复，非常抱歉。不过，当我滞留在马尼拉以及渡海回国时，实在一点儿工夫也没有。我妹妹因为生病，现在还在德国，她的许多行李全部得由我代为收拾，而且还得带她的三个孩子，连我自己的两个孩子，得照管五个孩子。从热那亚到不莱梅港，我几乎一分钟也没有休息。我丈夫已到达不莱梅，我们都平安回国，非常高兴。我丈夫很健康，彼得也很好，他和我的亲戚朋友都到汉堡车站迎接我们了。我还没有见到我的老父和另外几个姐妹。我们打算先找个房子住下，这可非常费事。我们看了许多房子，最后找到一家比较满意的，现在正在置备家具，两星期后大概一切都就绪了。我们寄出的大件行李至今尚未收到，十天后大概可以收到吧。彼得和弗利兹现在还住在朋友家里。彼得在学校里有许多工作，让我代他向诸位问好。五月份我们的朋友有回日本去的，那时将托他们带些小玩意儿给悦子小姐，请收下来作为我们中间友情的小小纪念吧。你们将来总有一天要来德国。能让诸位看到汉堡这将是我的骄傲。因为那是一个非常出色的都市呀。

罗茜玛丽给悦子小姐写了信。悦子小姐呀，您也写封信来吧。不用担心写错英语，我也有许多写错的地方。房东佐藤先生那栋出租住宅现在谁住进去了？我经常想念那栋可爱的住宅哩。请代我问佐藤先生好，问您全家好。悦子小姐收到彼得从纽约寄去的皮鞋了吗？希望您没有为此而纳税。

希露达·舒尔茨谨上

一九三九年五月二日于汉堡

以上是舒尔茨太太那封信的全文。另外她又把罗茜玛丽写给悦子的德文信译成一页英文，附在这封信里。内容如下：

亲爱的悦子姐姐：

好久不通消息，现在给你写这封信。我认识一位住在冯·波斯丹夫人家里的日本人，他是横滨正金银行的工作人员。他现在和他太太带了三个孩子来到这里。他们姓今井。从马尼拉到德国的旅行非常有趣。我们仅仅在埃及苏伊士运河遭到一次沙漠里的台风。我们的表兄弟们在热那亚下的船。他们的母亲伴同他们坐火车回德国的。我们一直坐船到不莱梅港。

我们住的旅馆的寝室窗外有一只乌鸦在做窝。它先下了蛋，现在得孵化它。有一天我守在那里看着，小鸟的父亲衔了一只苍蝇飞来了，打算把那苍蝇给小鸟的母亲，可是小鸟的母亲却飞走了。父亲非常聪明，把死苍蝇扔在巢里飞开了。小鸟的母亲马上飞了回来，把苍蝇吃了。然后又蹲在蛋上了。

我们马上就有新家了。我们的地址是阿费尔贝克街十四号，一楼左侧。

亲爱的悦子姐姐，请您马上来信。祝全家好。

罗茜玛丽

一九三九年五月二日星期二

昨天我们见到彼得，他让我们问诸位好。

下　卷

一

雪子从纪元节那天来到关西，这次一住就是四个月——二月到五月，本人似乎一点不想回去，仿佛已经在芦屋扎下了根子。可是进入六月不久，东京的大姐稀有地来信通知一桩亲事。所谓“稀有”，这里有两个意思。一是从前年三月阵场夫人介绍那个野村以后，这回实际上是两年三个月来第一次的说亲。再就是这几年来雪子的亲事向例由幸子先同意，然后通知东京。长房由于姐夫从前吃过一次苦头，所以他们不再主动为雪子的亲事操心；可是这次却是姐夫首先提议让大姐通知幸子，只此一点也说得上是稀有了。不过读了大姐给幸子的那封信，有些处所觉得不大可靠，说不上是一门求之不得的亲事。实情是这样：姐夫有个姐姐嫁在大垣[①]的大地主菅野家，菅野和名古屋的世家泽崎是世交。泽崎的上代当过贵族院议员，在当地名望很高。这次由菅野家那位姐姐牵线，男家希望和雪子相一次亲。按说在辰雄的哥哥姐姐当中，嫁在菅野家的那位姐姐和幸子姐妹几个最熟悉。大概是幸子二十岁那年，她和辰雄、鹤子、雪子、妙子一起去长良川放鱼鹰，归途曾经路过菅野家住了一宿。两三年后，原班人马又应邀去他家采过一次蘑菇。幸子还记得那次汽车从大垣开出以后，在乡间公路上竟然跑了二三十分钟。在十分荒凉的村落县道旁边拐进常绿灌木围成的小路，小路尽头就是菅野家院宅的大门。附近只有五六家贫困的农户。从关原战役以来，菅野家就拥有一所大庄园，家庙的堂宇和正房前后并列，中间只隔开一个花园。长满苍苔的池子和假山石那边，就是后院的菜圃。秋天去的那次，园里栗树上长满了栗子，小女佣还爬到树上去给他们打栗子吃。菜肴主要是自己种的蔬菜，可是鲜美异常，特别是酱汤里的芋子和炖藕尤其好吃。姐夫的大姐现在已经寡居，女主人平常清闲无事，听到幸子下肩的妹妹雪子至今还没有结婚，就说要给找个良缘，这事以前也曾听说过，这次的亲事大概就是这位爱做媒的遗孀发起的。不过泽崎到底是怎样一个人，他是在什么情况下说出要和雪子相亲的，鹤子那封信在这方面写得很简单。只说菅野姐姐来信说要让泽崎先生和雪子小姐见见面，无论怎样希望把雪子小姐送到大垣来。泽崎是拥有数千万元家产的有钱人，和今天的莳冈家天差地别，不般配得有点儿滑稽。不过对方死了太太，这次是续弦，对于莳冈的家世以及雪子妹妹的性格、容貌似乎已派专人到大阪神户作了仔细的调查，然后才提出相亲的，所以不见得全然无望。总之，菅野姐姐那里既然来信这样讲了，我们不能辜负她那番好意，不然的话，你姐夫就下不了台。按照菅野的意思，目前只要把雪子妹妹送去就成，至于对方的详细情况，随后再通知。所以尽管不明底细，还望你别发牢骚，把雪子妹妹送去见一次面。再说雪子妹妹在你那里也呆得很久了，我想让她回来一趟，只要趁她回东京时顺便在大垣停留一下，你看好不好呢？菅野姐姐并没指定让谁陪同前去，你姐夫说他没空，我倒是可以从东京去的，不过最好还是请你陪同前去，比较合适。……反正不拘泥什么形式，让两下见一次面就行，所以很对不起，可否请你带雪子妹妹去大垣，只当作轻松愉快地去游玩一趟。

大姐的来信说得这样轻松，可是幸子首先想到的是雪子不一定能答应去。她接到这信以后，就悄悄地先给贞之助看。贞之助也觉得这一举动太轻率，有点儿脱离常识，不像大姐往常的行为。诚然，提起名古屋的泽崎，大阪一带也闻名已久，不是什么来历不明的人。可是那个提出想和雪子见一面的人，究竟是怎样一个人物，女方毫不调查研究，听凭人家一句话就把雪子送上门去，未免要招致轻率的指责。而且正因为对方是那样一个高贵的有钱人，就格外显出女家的没有见识。即使不这样干，雪子也早就说过以前每相一次亲回绝一次，所以今后如果再相亲，事前必须充分调查。这事长房的大姐按说应该知道得很清楚。第二天贞之助下班回到家里，说这桩亲事有点蹊跷。原来那天他打听了两三个自己脑子里有印象的人，把泽崎家现在的户主的情况能打听的都打听到了。户主泽崎毕业于早稻田大学商科，今年四十四五岁，两三年前死去了华族出身的妻房，他和亡妻有两三个孩子。当贵族院议员的是户主的

① 地名。

父亲。资产状况现在也很不错，无论如何在名古屋一带是屈指可数的富豪。可是关于本人的人品和性格等细节问题，谁都没有给贞之助明确的答复。不管怎么说，一个能和华族结婚的百万富豪，虽则是续弦，居然肯找没落的莳冈家的姑娘做配偶，这事总叫人难以理解。如果真是这样的话，说不定对方有某种缺憾，以致不可能找到门当户对的配偶。但是，菅野遗孀也不见得存心想把雪子介绍到那种人家去。因此想到可能又是一个专挑长相的，指定要找一个纯日本式女子，像过去的深闺小姐那样的人物。正当对方重金派人物色的时候，偶然听到有雪子这样一个人，出于一时的好奇心他才提出见一面试试的。又或者听到人家夸称雪子在芦屋姐姐家里经常代替她的姐姐照料甥女，甥女对姨母比对自己的母亲还亲，就认为这样的人会喜欢前妻的子女，只要和孩子们相处得好，别的可以一概不计较。也许就是出于这样一个意外纯真的动机而看中了雪子，除此而外大概不会有别的原因了。上述两个原因之中，起作用的说不定还是第一个原因。他听到人家说莳冈家那位姑娘的容貌如何如何，产生了一种好奇心，觉得见一次面于己无损，半开玩笑地提出这个请求。长房竟然不问底细，就想让雪子同意相亲，看来大概是辰雄对他的姐姐只能唯命是从，不能拒绝。辰雄是种田家的幼子后入赘莳冈家的，对于他老家的兄长们到现在还俯首帖耳，抬不起头来。嫁到菅野家的那个姐姐又是长姐，在辰雄心目中无异于母亲或者婶子，姐姐说出来的话对他简直就像一道命令。鹤子信里说估计雪子妹妹不一定会同意这件亲事，希望幸子妹妹说服她曲意顺从。亲事成不成还在其次，如果不动员雪子妹妹去一次，你姐夫就下不了台。附笔还提到这次的亲事虽觉得有点过于异想天开，没有什么希望，不过缘分这东西往往不能那么说死。我们不妨接受菅野家的好意，这对雪子妹妹来说不会有什么损失。

鹤子这封信刚到，菅野遗孀的信紧接着也来了。内容如下："去信通知辰雄，方知雪子小姐到你们那里去了。为了少走弯路，觉得莫如直接和你接洽。大致的情况鹤子小姐大概都告诉你了，不过用不着把相亲这件事看得太严重。主要是好久没有和大家见面，盼望幸子小姐带雪子小姐、妙子小姐以及从来没有见过面的悦子姑娘一道来玩儿。乡下和十几年前没有什么大变化，可是捉萤火虫的季节就要到来了。我们这里虽则不是赏萤的胜地，但是再过一星期，附近庄稼地里那条无名小河边上，夜里有许多萤火虫飞来飞去，景色十分动人。捉萤火虫和采蘑菇、赏枫叶不一样，肯定会叫你们一开眼界。萤火虫的季节不长，从现在起的一星期里正好是捉萤火虫的时候，过期就不行了。再说天时的情况也有关系，连续大晴天不成，雨天也不成，最好是头天下雨，第二天去捉萤。所以我们把日期安排在下星期六和星期天，你们星期六傍晚以前光临怎么样？趁你们在这里的时候，将抽时间安排雪子小姐和泽崎先生见一次面。目前虽说还不知道究竟如何会面，但估计泽崎先生能来访问，在舍间见面。见面时间也不会太久，有半小时到一小时就够了。说是这么说，到那天泽崎先生也许来不了，那也没什么，主要是邀请你们来捉萤火虫。”

上面这样一封信大概是东京方面授意菅野遗孀直接写来促驾的。幸子猜测鹤子信上尽管说“太异想天开，没什么希望”，可是姐夫、姐姐心里却不是那样想的，很可能真的在盼望梦境的实现。不过幸子近来对于雪子的亲事也很气馁，没有勇气不屑一顾地排斥这桩亲事。四五年前也曾发生过一次十分相像的情况，男家也是豪门巨族，提出要求和雪子相亲。赶紧一调查，才知道对方家庭里有乱伦事件，弄得大家都傻了眼。所以贞之助怀疑这次会不会又像上次那样。他发牢骚说事情固然出于菅野遗孀的好意，不过未免有点儿捉弄人，她不按部就班经过必要手续，突然之间提出叫双方会面，让人家去她那里，不是很失礼吗？他的口气虽则很激愤，可是无论怎样说，这桩亲事是两年三个月来第一次的亲事。幸子想到两三年前求婚者纷至沓来，现在一下子变得门可罗雀，原因就在于拘泥过去的排场格式，总想非分高攀，因此来一个拒绝一个。还有妙子的坏名声也影响到雪子。想起这些，她觉得自己也该负一半责任，良心受到责备。菅野遗孀的建议正好是在这时提出的。幸子本来悲观地认为社会上的同情已经完全丧失，今后怕谁都不会找上门来说亲了，此番的亲事，尽管希望极小，很靠不住，要是迎头给顶回去，担心又将招致人家的反感。如果应承了下来，即使不成功，也可借此吸引第二、第三桩亲事。要是拒绝了这桩亲事，说不定今后一个时期内不再会有谁来说亲，更何况今年又是雪子的灾难年。尽管幸子觉得姐夫、姐姐的如意算盘打得太可笑，但是也不一定要自贬身份，把这桩亲事当作“梦想”。虽然丈夫提醒她还是警惕为妙，可是她倒想问他真的需要警惕吗？泽崎究竟是怎样一个富豪虽则不清楚，但毕竟是续弦，而且前妻还留下两三个孩子，雪子和那样一个人结合，难道就不般配到滑稽可笑的程度吗？论起莳冈家，也是世代名门呀。贞之助让她这样一讲，也无言可对。要是这样贬低女方，不仅对不起已故的岳父，对雪子也于心不忍。

夫妇俩整整考虑了一个晚上，得出的结论是完全听凭雪子自己决定，雪子怎样说就怎样办。第二天幸子把两封信的内容扼要地对雪子一讲，转弯抹角地探听她的志向，不料雪子毫无厌恶的模样。还和往常那样既不说去，也不说不去，不明确表态。可是幸子从她那“嗯”“啊”的低微的答应声中，无意之间有所体会。觉得这个一向自命清高的妹妹心里毕竟感到焦躁，不像过去那样对相亲挑剔得厉害，说不定心境已经起了变化。还有，为了给雪子说明这桩亲事，幸子竭力做到不说伤害她的自尊心的话，所以这桩亲事在雪子看来没有什么不适合或者滑稽的，更不用说会想到是半开玩笑的恶作剧了。要是在往常的话，听到对方有前妻留下的孩子，总要盘问孩子们的学习成绩好不好，岁数有多大等等的问题，可是这次就不那样计较这些，说什么反正要回东京，要是大家把她送到大垣，捉萤火虫倒蛮好。听到她这种口气，贞之助就说：“雪子妹妹毕竟想嫁到有钱人家去啦。”幸子因此写了一封信给菅野遗孀，信上说：“承蒙您好意招待，我们决定去拜访，盼望多多照拂。雪子本人也说乐意和对方见面。同行的有雪子、妙子、悦子和我一共四个人。不过请您原谅我说话放肆，悦子久病方愈，还没有去上学，为了便于她继续上学，预定本星期六和星期天这个日期可否提前一天改为星期五和星期六。相亲一事，请不要让悦子知道，只让她知道完全是去捕萤的，这层务必请您谅解。”要求提前一天的原因是雪子回去时从大垣直达东京，幸子她们三人想送她到蒲郡。星期五住在菅野家，星期六就住到常磐馆去了。打算星期天下午两下在蒲郡分道扬镳，当天就可以到家，下星期一就可以让悦子上学去了。

二

夏天乘火车，幸子很想穿西服，可是考虑到相亲这件事，只能耐着暑热系上一条筒状博多腰带。看到妙子身上穿了像悦子穿的那种儿童服装似的简易西服，她很羡慕。雪子由于时局关系，不愿打扮得叫同车乘客注目，所以想把衣裳另外装进皮包带去。可是由于双方联系得不周全，到达目的地的时候说不定对方已经等候在那里，那就还是打扮一下去的好，在穿着上因此格外用了一番心。动身时贞之助和她们一起乘国营电车到达大阪，雪子坐在他对面，贞之助目不转睛地端详她的风姿，就像才发现似的凑着幸子耳朵感叹说："真年轻呀！"实际上谁也不会把雪子看成是三十三岁的人。长脸盘儿，眉目间带几分忧郁，可是一经浓妆艳抹，确实耐看得很。她身上那件金线乔其纱和服，袖子有二尺多宽，里面衬了一件淡雅的紫色内衣，那上面的图案是疏疏落落的特大竹篮孔上印有一撮一撮的胡枝子和瞿麦，还有波浪。这件衣裳在她所有的衣裳里特别符合她的气质，这次相亲的事情决定后，特地给东京挂了电话，交客车作为快件捎来的。

"真年轻吧，"幸子学舌说，"像雪子妹妹这个年纪，按说谁也不会再穿那么鲜艳的衣裳了。"

雪子大概觉察到他们夫妇俩在谈论她的"年轻"，所以只管低着头。美中不足的是她眼眶上的那个阴影近来始终没有褪。还是去年八月份彼得回国，她和悦子去横滨送行的前夕，幸子发现她眼眶上那个褐色斑又复隐隐约约地显露了出来，以后一直没有完全消失。斑痕浅的时候，不知道的人根本看不出来，不注意这件事的人只看出有一个很淡的痕迹。而且以前是周期性的，大致月经前后颜色深，近来却变得全无规律，没法预测什么时候深，什么时候浅，和经期根本没有什么关系了。贞之助也担心着这件事，他说要是打针有效，不妨让她打针试试。幸子也经常说可以找个专家治一下。可是两年前在大阪就诊时，医生说打针得连续打多次才有疗效，只要一结婚这病就好了，所以用不着打什么针。平常看惯了也不觉得是什么大缺点，只有自己家里的人为它担心，外人谁都不把它当作一回事。特别是雪子本人从来不为此烦恼，因此就听其自然了。可是偏巧像今天这样浓妆艳抹的时候，那块褐色斑在白粉下特别明显，迎着阳光打横里看去，就像体温计上的水银柱那样清楚。今天早晨雪子在化妆室打扮的时候，贞之助就注意到这点了，现在坐在电车里看去，那块褐色斑确实比什么时候都清楚，无论怎样偏心也不能瞒过人家的眼睛。幸子嘴上不说，可是心里明白她丈夫在想什么。他们夫妇俩对于这次的相亲本来就不起劲，由于雪子脸上这个缺点就使他们的心情格外暗淡，可是又尽量避免表露到脸上来，相互之间只能心领神会。

悦子似乎早已看出今天去大垣不光是捉萤火虫，在大阪换上火车后，她就问："妈妈为什么不穿西服？"

"我倒真想穿西服，不过不穿和服觉得有点儿不礼貌。"

"噢。"她应了一声，可是脸上还是一副不理解的表情。"怎么不礼貌呢？妈妈。"

"这还用问吗？乡下的老年人对这类事情挑剔得厉害嘛。"

"今天大概还有别的什么名堂吧？"

"什么名堂？今天不就是去捉萤火虫吗？"

"可是捉萤火虫妈妈和阿姨用得着打扮得这样漂亮吗？"

"小悦，说起捉萤火虫……"妙子出来打圆场了。"你瞧，图画上不是老这样画吗？千金小姐领着一群丫环，穿了长袖和服，这样的……"她边说边做手势给悦子看，"手里拿着团扇，在水池子边或者小桥上追赶萤火虫。不是吗？捉萤火虫就得穿上花花绿绿的绸子和服，迈着优雅的步伐，否则就没有捉萤火虫的气氛。"

“这么说，细姨你呢？”

“你细姨没有适合夏天穿的出客和服。今天你阿姨就是千金小姐，我就是摩登丫环。”

妙子两三天前才去冈山烧过三七，看去那桩不幸事件在她心里并没有留下特别的创伤，现在她又精神起来了。她时而讲个故事逗悦子和两个姐姐发笑，时而像变戏法那样把小盒子里的糖点心和雪片糕一样样取出来悄悄地送进嘴或者分给大家吃。

“阿姨你瞧，看见三上山了。”

京都以东的地方悦子很少来，这回是第二次。她入迷地观看着近江一带的景色，同时回想起去年九月随同雪子进京时，雪子指点她看的濑田大桥、三上山以及安土佐和山的旧城址。当火车开出能登川车站不多久，只听到咕隆一声响，不知在一个什么地方停了下来。乘客们都从窗口探出头去看，只见火车停在庄稼地中央的路基上动弹不得，那儿的路轨稍稍有点儿弯曲，可是到底出了什么乱子，乍一看谁都不知道。有一两个职工从机车上走下来，察看车厢底部。大家问他们出了什么事故，他们含糊地答应一声就走开了。不知道他们是不明真相呢，还是明知停车原因而不对旅客讲。总以为火车停上十分钟八分钟就可以开了，哪里知道说什么也不开，后面开来的列车只能停下来。列车上的乘务员们也走下车察看一番，有的还跑到能登川车站去。

“怎么回事呀？妈妈。”

“我也不知道是怎么回事。”

“压了什么了吧？”

“看样子不像。”

“该快点开车呀。”

“火车停在这种地方，活见鬼！”

火车刚停时，幸子首先想到的是压死了人，她大吃一惊。不过幸好没有压死人。要是在偏僻乡村的支线上或者在私营铁道线上，也许经常停车，可是在国营铁道的主要干线上，火车无缘无故一停就停了半小时以上，对于缺少旅行经验的幸子来说，这就有点儿莫名其妙了。而且谁都看得出并没有发生什么明显的事故，火车是一点点慢下来的，最后自然而然地轰隆一声停住了。这简直有点儿滑稽可笑，仿佛火车也在捉弄今天的相亲似的。因为平常每逢雪子说亲或者相亲的日子，多半要碰上不吉利的或者奇怪的事，所以幸子早已为此担心，但愿不要出什么乱子。今天幸而顺顺当当地坐上了火车，正在庆幸太平无事而松了一口气的时候，终于又出了这种事。想到这里，幸子自己都觉得自己的脸色不由得阴沉起来。

“用不着那样着急，火车停下来喘口气，咱们趁这工夫吃顿饭吧。”妙子半开玩笑说，“像这样停着车，我们正好可以从从容容地品味品味哩。”

“是呀是呀，趁现在吃掉吧。”幸子也鼓励说，“这样的天气，不快快吃掉就要变味儿了。”

当她这样说的时候，妙子早就立起身来把行李架上的提篮和包裹拿下来了。

“细姑娘，鸡蛋卷怕变味了吧？”

“鸡肉三明治更靠不住，还是先吃它吧。”

“细姑娘的胃口真好，你的嘴不是一直没闲过吗？”从雪子这句话的口气听出她一点儿也没有体会到姐姐和妹妹对她的亲事讳莫如深的关怀。又过了十五六分钟，开来一辆机车接引原先停下的那列车，好不容易才轰隆轰隆地开走了。

三

她们姐妹几个上次应邀来采蘑菇，是幸子闺女时代最后一年的秋天，当时她和贞之助已经订婚，两三个月后就举行了婚礼，所以是大正十四年的事。十四年前，幸子二十三岁，雪子十九岁，妙子十五岁。菅野老人那时还健在，他这人说起话来乡音特别浓重。当地人爱把“愿意”说成“哆呀”，把“牌”说成“碑”，可笑得叫人受不了。每次听到他发出那种土音，姐妹三个你看我，我看你，互相示意，拼命隐忍；直到他把“祖先的位牌”说成“祖先的位碑”时，她们终于发出哄堂大笑，弄得辰雄姐夫啼笑皆非，这事到现在她们还记得。地方武士菅野的姓名还出现在描写关原战役的军事小说里，辰雄为有这样一门亲戚而感到十分自豪，一有机会就拉鹤子和小姨们来到大垣，洋洋得意地带她们去游附近的古战场和不破关的遗址。第一次来的时候正赶上盛夏，大家坐在一辆破汽车里，在尘土飞扬的燠热的乡间小道上东兜西转，弄得大家精疲力竭。第二次来的时候又被带领到同样的地方，大家都意兴索然，无可奈何。别人不得而知，一向以“老大阪”自豪的幸子，从小就爱好丰太阁和淀君①，对于关原战役根本没有什么兴趣。

第二次来的时候，正好侧屋客厅新盖成，菅野家招待她们，兼有宣告新居落成的意思。已故的菅野老人说这栋屋子是为了睡午觉、下围棋和留宿客人修盖的，所以用“烂柯亭”命名。那栋房子总共有两间，一间是八铺席的，另外还有一个六铺席的套间，有一条之字形的长廊通向正屋。只有这栋屋子多少采用了一些茶室规格，盖得比较雅致，但是并不纤巧单薄，有些处所还保留着地方武士住宅那落落大方的味道，不由得叫人产生一种快感。这次她们又被让进“烂柯亭”，走到里面一看，也许是因为积累了十几年的时代光泽吧，这屋子比以前更加和谐宁静了。

“哎呀，欢迎诸位光临！”

客人正在八铺席的那间屋子里小憩，放眼观看院子里的新绿，菅野遗孀带领着她的儿媳和孙儿们走进来招呼客人。幸子和她的儿媳还是第一次见面。儿媳的丈夫在大垣的银行里工作，她抱着一个刚生下不久的吃奶的婴儿，身后紧跟着一个六岁左右的怕羞的男孩子。她婆婆给幸子他们一一介绍说媳妇名叫常子，六岁的孙儿名惣助，刚生的孙女名胜子，主客双方叙了一阵契阔。这中间，雪子姐妹几个“长得年轻”，成

---

①指丰臣秀吉及其侧室淀君。

了谈话的中心。菅野遗孀先前听到汽车的停车声音就走到大门口去迎接，看到第一个下车的妙子时，她猜想大概是那位悦子小姑娘了。她的眼睛固然有几分不便。随后雪子、幸子一个个走下车来，她又错认为是妙子和雪子，怀疑幸子小姐怎么没有来，而且奇怪怎么又多出一位小姑娘，始终没有明白自己错认了人。直到走进“烂柯亭”，面对四位客人重新叙旧时，才逐渐醒悟过来。她的儿媳妇常子也凑趣说：“虽说是初次见面，可是闻名已久，连诸位的年龄也都知道，不过当你们下汽车的时候就完全分辨不出谁是谁了。恕我放肆，听说雪子表姑比我大一两岁……”她婆婆马上接下去说：“常子三十一岁了。”她这位儿媳妇是前几年嫁过来的，已经生了两个孩子，在年龄上当然看老，不过她今天似乎也粗粗打扮了一番，可是和雪子一比，她的年龄看去反倒要大上十岁八岁。她婆婆又说：“论年轻，妙子小姐实在年轻得很，第一次来大垣的时候，只比这位(指着悦子)稍大一点。第二次来是大正十四年，那时也不过十五六岁吧。”她一面眨巴着眼睛一面继续说：“面对着今天的妙子小姐，简直不相信从那以后一别已经十几年了，真觉得有些不可思议。最初我误认妙子小姐为悦子姑娘，这固然是我一时疏忽，不过现在仔细端详起来，妙子小姐也不比前次大多少，至多看大一两岁。不论怎样看，也只像十七八岁的大姑娘。”老太太说着说着，就像在怀疑她自己的眼睛似的。

下午吃点心，端来了大碗凉面。吃完点心，女主人单独邀请幸子到上房的一间屋子里，两人对坐着商量。幸子才听女主人讲了七八分钟话，已经非常后悔今天不应该来赴约了。幸子最最感到意外的是男方的人品操行女主人一无所知，而人品操行却是幸子所最关心的问题。不仅如此，女主人和泽崎一面不识，据她说，泽崎和菅野两家过去都是封建藩士，双方道义之交甚密。已故的菅野老人生前和泽崎父子两代都很有交情。老人去世以后，她的儿子和泽崎家就不大来往了。两家上代的交情她不大清楚，在她的记忆中泽崎本人从来没有来过她家，所以这次的婚事并没有和他直接商量，双方的通信还是从这件婚事开始的，以前也从来没有通过信。不过双方既然是世交，共同的亲戚朋友来来往往的不少，听说泽崎两三年前死去了妻子，近来正在物色继室，而且已经提过两三家亲事，可一处也没有成功。泽崎本人年纪已过四十，前妻还留下几个孩子，可是他却想娶个少女做继室，而且最好是二十来岁的人。女主人听到这些消息以后，想起亲戚中有一位雪子小姐，年龄虽则不符合要求，却不妨提出来试试，因此她才写信去说合的。照规矩本来应该请个大媒，可是这样办的话，又得考虑人选问题，马马虎虎的媒人是不行的。为了找合适的媒人而踌躇，徒然浪费时间，还不如速战速决，尽管觉得有些突兀，她还是亲自写了一封信给泽崎，告诉他亲戚中有这样一位姑娘，问他愿意不愿意见一次面。信寄出后一直没有回音，以为对方大概无意于这门亲事了。又过了两个月，前些日子的那封复信来了。对方大概是根据我写给他的信利用两个月的时间背地里进行调查研究的。

女主人作了以上说明后，取出一封信让幸子看，说这就是泽崎先生的复信。信上这样写着：

> 烂柯亭先生在世之日，备承高谊。尊夫人则至今未获识荆，殊为失礼。月前拜奉惠书，盛情厚意不知所对。本应早日奉复，又以俗务羁身，致稽时日，殊深歉疚。既蒙垂爱介绍，自当与令亲谋面。鄙人周末（星期六及星期日）多暇，如能于二三日前通知，定当随时晋谒。又，细节请电话联系亦可。

信写得极短，是用文言写在简形卷纸上的。字体和文体都很一般化，平凡二字足以尽之。幸子读后茫然失措，哑口无言。泽崎和菅野既然都是世家大族，就应该比普通人更尊重这种场合的传统习惯；像现在这种做法，究竟算是怎么一回事呢？特别是菅野家这位遗孀事前不和莳冈家商量，凭她一己的主见写信给一个素不相识的人来她家相亲，哪像一个上了年纪的人干的事，简直是胡搞。幸子以前不知道这个老太太性格中有这样鲁莽的一面，也许是年纪大了，这种作风格外突出吧。原来她脸上有一副傲岸的相貌，显然是个直性子的人，难怪长房的姐夫特别畏敬他这个姐姐。还有泽崎氏的应邀前来，也可以说是缺乏常识的举动。不过他这一行为不妨解释作本人不愿失礼于菅野家。

幸子竭力隐忍着不使自己的脸上露出不满之色，女主人却像辩解似的说：“我是个急性子的人，最讨厌受条条框框的束缚，因此觉得莫如先让双方见见面，有个分晓，其余的事情可以推后办，所以对于男家的情况还什么都没有调查。不过关于泽崎氏的人品和家庭至今还没听到什么特别的坏消息，看来不至于会有什么明显的缺点。要是有什么疑窦，见面时直接问个明白，反倒省事。”尽管这样，她甚至连泽崎的前妻留下的孩子到底是两个还是三个，是男孩还是女孩都没有打听清楚。可是这位女主人对于她自己的计划居然能进展到目前的程度，似乎还满意得很，因而眉飞色舞地说：“所以一接到幸子小姐的复信就马上打电话和对方联系。泽崎先生决定明天上午十一点钟左右来访，我们这里由雪子小姐、幸子小姐和我三个出面相见。家里没有什么东西招待，打算让常子亲手做几个菜，请客人在这里吃顿午饭。至于捉萤火虫今天晚上就去。妙子小姐和悦子姑娘明天早晨由我的孩子陪同去参观关原以及其他古迹，带着饭盒在外面吃饭。他们要是两点钟回来，我们这里的会晤也结束了。”接着她又说：“姻缘这东西是没准定的，其实我只惦念着今年是雪子小姐的灾难年，没想到她看去还那么年轻，早知如此，说成二十四五岁人家都会相信，年龄这一条不是也符合对方的要求了吗？”

幸子这时很想能找个巧妙的借口，推说这次先去捉萤火虫算了，相亲一事请延期举行。说实话，她这次仅凭菅野遗孀一封信就把雪子带到大垣来，都是由于过分信任这位女主人，认为事情既然进展到这一步，她肯定已经做好了充分准备。听了她上面的一番话，幸子觉得不论是菅野家还是泽崎家，都太不把雪子这个人放在眼里了。她这些话要是让雪子本人听到，雪子自然要生气，就连贞之助他们也会格外愤慨。不难想象那个百万富豪泽崎氏的心目中是多么瞧不起女家，连媒人都不要就写封信来要求相亲，甚至可以猜想他应邀前来的态度是很不严肃的。幸子觉得只要贞之助在她身边，就可以提出先调查男家身份，然后请个媒人按照一定格式办事，用这种说给谁听都站得住脚的理由作为挡箭牌，要求推迟相亲。可是幸子毕竟是个女流之辈，面对着正在兴头上的菅野遗孀，不便多嘴多舌，而且还得顾虑东京那位姐夫的处境，这样一来，尽管苦了雪子，终于只能对女主人说声多多拜托，由她去爱怎样办就怎样办，别无他法。

“雪子妹妹，你要是嫌热，就换去身上那件衣服吧。我的衣服也请你给脱掉……”

幸子一回到“烂柯亭”，就使个眼色示意雪子今天不要相亲，自己也着手解腰带。可是无意之间又漏出一声灰心丧气的叹息，还不得不装作是由于天热而发出的。菅野遗孀说的有些不愉快的话她不准备告诉雪子和细姑娘，她一想起那些话就觉得喘不过气来，所以极力想忘掉今天这一天。明天自会刮明天的风，今天只管去捉萤火虫好了。幸子的习性是在这种时候从来就想得开的，总不忘记立刻把心情转变过来。可是看到还蒙在鼓里的雪子，自己心里就不受用。为了排遣心里的闷气，她从皮箱里取出波拉呢单衣和腰带换上，把脱下的衣裳挂在衣架上。

“不能穿那件和服去捉萤火虫吗？”悦子怀疑地问。

“因为我身上出了汗，所以换件衣服。”幸子边答话边把衣架子挂到长衣架上。

四

夜里睡不着觉，可能是由于换了个新地方，但主要还是由于疲劳过度。今天早晨比平时起得早，又冒暑在火车和汽车中摇晃了半天，晚上又和孩子们一起在漆黑的田埂上起劲地来回奔跑，说不定足足走了七八里地。不过捉萤火虫这件事在事后回想起来很值得留恋。幸子只记得在文乐座[①]看过一次捉萤火虫的木偶戏，舞台面是《牵牛花日记》里的

① 文乐座，大阪的木偶戏剧院。

宇治川，木偶深雪和驹泽在楼船上说悄悄话的情景。幸子总觉得捉萤火虫就得像妙子所说的那样穿了印花长袖绸衣服，襟袖飘拂在田野的晚风中，手里拿着团扇来回追扑流萤，那情景才雅致。其实并不是那么回事，那天晚上女主人说："在黑暗的田埂上和草丛中行走，会弄脏衣裳，请换上这个吧。"她给幸子、雪子、妙子以及悦子每人一件花纹合适的细洋布单衣，说不上是为她们今晚捉萤火虫特地准备的呢，还是平常随时准备着的浴衣。妙子笑笑说："真正捉萤火虫就不能像图画里那样了。"因为捉萤火虫天越黑越好，没有必要在衣着上比赛雅致。出门时她们还能模模糊糊地识别人面，等她们到达萤火虫出没的小河边上时，天色一下子暗了下来。说是小河，其实不过是一条比田沟稍稍大一些的普通河道，两岸长满了又高又密的狗尾巴草之类的杂草，遮盖得连河面都看不出，起初还能分辨出百米之外有一顶小桥。据说萤火虫讨厌人声和光，所以不能用手电从远处照射，走近时说话也得悄悄地说。直到他们走到河边，还没见什么动静。有人在暗中悄悄地说："今晚怕不会出来了吧。""哪里，已经出来好多啦，跟我来吧。"大家于是跟着那人钻进河边的草丛。这时正好是四周仅存的一点落日余晖马上就要变成一片漆黑的微妙时刻，萤火虫从两岸的草丛中嗞嗞地飞了出来，划着和狗尾巴草同样低的弧线飞向正中间那条小河……一望无际的河岸两边到处都有萤火虫在乱飞……先前没有发现是由于草长得太高，草丛中飞出来的萤火虫不向天空飞，而是紧贴着水面低低地摇曳。就在天色变得墨黑以前，浓重的夜色从低洼的河面一点点爬上岸来，人们的视觉还迷迷糊糊地分辨得出身旁的杂草在摆动的时候，小河遥远的彼方，缭绕在河岸两旁的几条乍明乍灭、像幽灵般的萤火光带，到现在甚至还出现在梦境里，即使闭上眼睛都历历在目。……真的，那会儿工夫是今天整个晚上印象最深的时刻。只要能领略到这一点，也就实在不虚这次捉萤火虫之行了。捉萤火虫诚然不像赏樱花那样犹如一幅图画，不妨把它说成是思索性的吧。因此它就像童话的世界，有点儿孩子气。……那个世界属于音乐的世界，不宜入画。要是能用古琴或者钢琴谱出那种感受来就好了……

深更半夜，幸子独自这样闭着眼睛躺在被窝里驰想着，想到小河边上那些萤火虫整夜无声无息地明明灭灭、成千上万在空中飞舞的时候，她就被导入一种难以言传的浪漫心境，自己的灵魂仿佛离开了躯体，飞进了萤群，在水面上升降飘浮……当她们追逐萤火虫时，那条小河特别长，一直线地伸向远方，没有尽头。河上架有许多小桥，她们通过小桥不时在两岸间来回奔走……互相提醒着别掉进河里……生怕被眼睛像萤火那样闪烁的蛇咬了。跟随她们一起去的菅野家六岁的男孩惣助熟悉这一带的地形，在伸手不见五指的黑夜中飞快地到处奔跑。孩子的父亲、菅野家的户主耕助这天晚上充当向导，他怕孩了山乱了，不时"惣助、惣助"的高声叫唤。那时，萤火虫多得不计其数，谁都随心所欲地说话。可是一行人都被萤火虫吸引得七零八落，要是相互间不时时呼唤，担心会在暗夜里失散。不知何时，幸子只和雪子两人走在一起了。那时稍稍起了一点儿风，只听到河对岸悦子和妙子断断续续的呼应声。只要是孩子们的玩意儿，三姐妹中数妙子最活泼，身体最灵活，所以这种时候总让她陪着悦子去玩儿。幸子的耳朵里到现在还响着微风从河对岸送过来的呼应声："妈妈——，你在哪儿？""我在这里。""阿姨呢？""阿姨也在这里。""悦子捉到二十只萤火虫了。""不要掉进河里去呀。"

耕助拔起路边的杂草做成扫帚那样的一个草束拿在手里，最初不知道他用来做什么，后来才知道是用来罗致萤火虫的。据耕助说，捉萤火虫最有名的地方是江州的守山一带和岐阜县郊外，当地人一般把他们那里的名产捉了献给权贵们，禁止随便捕捉。大垣不是捕萤胜地，任凭捉多少也没人指责。当夜萤火虫捉得最多的大概是耕助，其次是惣助。父子俩勇敢地走到水边去捕捉。耕助手里那个草束上萤光点点，犹如一把玉帚。因为耕助一直不说回去，不知要走到哪里才折回，所以她们就建议："风大起来了，我们该回去了吧。"话刚出口，就被告知他们正在往回走，不过走的不是来时那条路。尽管如此，走了很久还没有到，可见她们来时不知不觉走了很多的路。突然有人提醒她们说："喂！到家啦。"抬头一看，真的已经回到菅野家的后门口了。各人手中都拿着瓶瓶罐罐，里面盛着几只萤火虫。幸子和雪子把萤火虫藏在袖筒头上攥着。

当天晚上发生的那些事情，像萤火虫那样杂乱无章地在幸子的脑袋瓜里飞舞着。她疑心自己是不是做梦了，睁开眼一看，在她头顶那盏小电灯的灯光照射下，透光板那里悬挂着白天曾见过的那块匾额，上面是奎堂伯[1]写的“烂柯亭”三字，还钤有“御赐鸠杖”的关防。幸子连奎堂是谁都不知道，光是揣度“烂柯亭”那三个字。隔壁那个暗黑的套间里似乎有一个亮晶晶的东西打从斜刺里掠过，她抬头一看，不知从哪里飞进一只萤火虫，被蚊香熏得东逃西闪。先前在院子里放走大部分捉来的萤火虫时，其中有许多飞进了屋子，就寝前关闭木板套窗时，全都被赶到户外去了。那只萤火虫可能是遗留在什么地方的。它轻盈地飞到五六尺高，但已经软弱得没有气力再飞，打从斜刺里掠过那间屋子，落在屋里长衣架上幸子先前挂在那里的衣裳上了。它在友禅花纹上爬着，似乎躲进袖筒里去了。透过青灰色的绉绸，还隐隐约约可以看到它在闪闪发光。蚊香熏多了，幸子就喉痛，所以她起身灭去不施釉的狸形陶器香炉里的线香，顺便捉住那只萤火虫，把它包在手纸里——让它在手里爬有点可怕——从百叶窗缝里放了出去。再一看，先前在树丛里和水池边闪闪发光的许多萤火虫，几乎一只也不见了，大概都逃回那条小河边上去了。院子里又复变得漆黑一片。幸子再次钻进被窝，可是依然睡不好觉，翻来覆去地倾听着其余三个人那似乎睡得很香的恬静的鼻息。在这间八铺席的屋子里，四个人头对头沿着壁龛躺着，这边是幸子和妙子，那边是雪子和悦子。幸子忽然听到谁在轻轻地打呼噜，竖起耳朵再仔细一听，原来是雪子。幸子正在激赏雪子那又细又匀的优美鼾声，不料那被认定已经熟睡的妙子不改睡眠姿势，平静地问：“二姐，你还没睡吗？”

“嗯。……我一点也睡不着。”

---

① 奎堂伯即伯爵清浦奎吾(1850—1942)，政治家。1924 年任首相。晚年被日本天皇赐以鸠杖，以示荣宠。

“我也睡不着。”

“细姑娘，你一直没有睡着吗？”

“是呀。场所一变我就睡不着。”

“雪子妹妹可真能睡。还打呼噜哩。”

“雪姐打呼噜就像猫打呼噜一样。”

“真的，‘铃’就是那样打呼噜的。”

“明天要相亲，还这样满不在乎。”

幸子想起在睡眠问题上妙子比雪子要神经质得多。乍一看似乎正相反，其实人不可以貌相，妙子平常睡觉比一般人容易醒，稍稍有点响动她马上就醒了，雪子却毫不在乎，遇到困乏时，即使坐在火车的椅子里她也能纳头大睡。

“那个人明天来这里吗？”

“是的，上午十一点左右到来，一起吃午饭。”

“我干什么呢？”

“你和小悦由耕助陪同去参观关原。雪子妹妹、我和菅野大姐三个人同他会面。”

“这事你和雪姐讲了吗？”

“方才已经给她稍稍透了点风……”

幸子因为悦子今天一天没有离开她，所以没有机会和雪子谈明天碰头的事。方才捕萤火虫时她们俩走在一起，幸子趁机悄悄地对雪子说：“雪子妹妹，明天中午要会面哩。”雪子只应了一声“嗯”，什么也没有问，只管跟着她姐姐不声不响地在黑暗中走路。幸子也接不上话，就此沉默不语了。诚如妙子说的那样，听了雪子轻松的鼾声，就可以看出她对于明天的会见并不是那么牵肠挂肚的。

“像雪姐那样三番五次经历过来的人，也许已经不把相亲当作一回事了。”

“许是这样吧。不过，多没劲儿的人呀。”

五

“妈妈和你阿姨去过关原多次了，呆在这里等着。细姑娘还是小时候去过一次，她还想去看看，所以今天请细姑娘和小悦做伴一块儿去。”悦子让她妈妈这样一讲，似乎领会到今天毕竟是有什么事情，若是往常，她非撒娇缠住雪子一起去不可，今天却乖乖地答应了。她和耕助、惣助、妙子以及携带饭盒的老仆一行五人坐上接他们的汽车出发了。随后幸子正帮同雪子在“烂柯亭”那间六铺席的套间里穿戴打扮，常子穿过走廊来通知说：“客人到了。”

姐妹两个被带进正房最最里面的客厅。那是一间十二铺席的旧式客厅，屋子里安装着书院式的窗子，黝黑发亮的厚实板壁外面，还有一个专为这客厅设置的花园，透过老枫的嫩叶可以看到对面家庙的屋脊，洗手水钵近旁的石榴树正开着花。从那一带直到洲渚边都是用粘板岩铺的路，沿路长着许许多多木贼。幸子对着眼前的景色看了又看，心想这儿怎么会有这样一个花园和客厅呢。过了一阵，遥远的记忆在她脑子里苏醒了，她渐渐地想起还是二十年前第一次来访时，不就是被迎进这间屋子里的吗？不过当初“烂柯亭”还没有盖造，大姐夫妇和幸子等五个人一起住的大客厅，仿佛就是这个屋子。说也奇怪，别的事情幸子全都忘了，水钵那一带的木贼却记得很清楚。因为走廊前面丛生着很多木贼，像两脚那样的青色细茎飞快地长成一片，蔚为奇观，当时在她脑子里留下的一个深刻印象，到今天还没有磨灭。姐妹两个走进客厅时，客人正在和菅野遗孀叙初次见面的礼，等到女主人给幸子姐妹作了介绍以后，大家才依次就座。泽崎背对正面的壁龛；幸子和雪子背向侧面的纸门，面向院子里的阳光；菅野遗孀坐在末席，和泽崎正面相对。入席以前，泽崎跪向壁龛——那里的铜花瓶里供着未生流①挠枝的蜘蛛抱蛋，像是在仔细观赏立轴上的书法。幸子和雪子趁这一会儿工夫向他背影

---

① 未生流又称美笑流，插花流派之一。

望去。说是四十四五岁，外表看去也就这么个岁数，人长得瘦瘦的，个儿不高，脸色就像得了腺病那样。言谈举止、待人接物都很一般，没有财主派头。他身上那套茶色西服尽管还有个样子，可是边角处已经多少有点儿磨损，那件富士绸的衬衫似乎下过多次水而变得发了黄，条纹丝袜子上的花纹也快要消失了。这样一身衣装和幸子姐妹一比，显得太粗陋了，证明他对于今天的相亲是多么不重视，同时也说明他的生活非常俭朴。

这时泽崎不知读通立轴上那首诗没有，他转身坐到席位上说："星岩[1]这个立轴实在不错！听说府上收藏着许多星岩写的字。"

"呵！呵！"女主人彬彬有礼地笑着。看来用上面那种话奉承这个老太太最最有效，她一下子和颜悦色地说："据说亡夫的祖父曾师事过星岩先生。"

主客双方谈了许多这方面的话，女主人告诉泽崎家里藏有几幅星岩夫人红兰写的扇面和屏风；还有赖山阳[2]的女弟子名重一时的江马细香的墨迹；细香家曾当过大垣藩的侍医，和菅野家似乎有交往，菅野家里还有细香的父亲兰斋的信札。泽崎也搬出了细香和赖山阳的恋爱关系、山阳当时游美浓[3]的轶事，以及《湘梦遗稿》等类事情作为谈助。女主人也随声附和一两句，表示她对于这类消息并不是完全无知。

"先夫曾经给细香画的墨竹题过词，那幅画他一直珍藏着，经常拿出来给客人看，讲述细香的生平，不知不觉间连我也记住了。"

"啊，是嘛……尊翁毕竟是一位兴趣广泛的人。我还陪他下过几次围棋，他经常叫我来'烂柯亭'，我对他说我一定来打搅，见识见识珍藏的书画。"

"今天本来想奉陪您去'烂柯亭'，不巧那里已经住上了人……"女主人这样说着，随便招呼一下直到那时闲得无聊的幸子姐妹们，"为

---

① 即梁川星岩(1789—1858)，江户后期儒者、汉诗人。
② 赖山阳(1780—1832)，江户后期儒者，史学家。
③ 地名。

了留宿莳冈先生家的几位，那里的屋子都用上了。”

“真的，这个客厅也非常好。”幸子好不容易才插上嘴，“可是‘烂柯亭’那边和正屋不衔接，所以非常安静，实在好得很。住在那里，比住任何旅馆的单幢房子都舒适。”

“呵，呵。”女主人又笑了笑，“您说得好。不过要是您合意，尽管多住些日子……先夫晚年爱清静，所以长年呆在‘烂柯亭’里不大外出。”

“请问‘烂柯亭’的‘烂柯’一词到底是什么意思呢？”

“噢，这个问题请泽崎先生讲给您听要比我强……”女主人这句话带着点儿测验的口气。

“这个……”泽崎的脸色突然变了，随即又装出一副无所谓的样子很不愉快地说，“据说晋朝有个名叫王质的樵夫，在山中看童子下围棋，看完一局棋，他的斧把儿都烂掉了，是不是这样？”

“这……”那时泽崎的脸色越发难看了，眉头紧皱着。女主人不再追问下去，只呵呵地一笑。奇怪的是她那笑声听去有点儿不怀好意，顿时变成一个谁也不开口的场面。

“请吧，不过什么也没有准备……”常子这时坐到泽崎的食盘[1]前，拿起青九谷瓷的酒瓶敬酒。

虽说今天是家常便饭，可是食盘里菜肴的搭配可以看出大部分是从大垣菜馆子里叫来的。在这样的大热天，比起小城市的和风菜馆做出来的划一的筵席菜肴来，幸子宁愿吃他家厨房里做出来的新鲜蔬菜。她举起筷子夹了一片生鲷鱼片放到嘴里一试，果然味同败絮。对于鲷鱼特别敏感的幸子，连忙举起一杯酒和着软绵绵的生鱼片一起咽下，久久不再动筷。遍观食盘，能引起她食欲的只有一样盐烤香鱼。从女主人刚才道谢的话里听出这冰镇香鱼是泽崎送来的礼物，然后在这里烤熟了端出来的，和菜馆子里的菜不一样。

“雪子妹妹，你尝尝香鱼吧。”

---

① 日本式的食盘类似我国古典“举案齐眉”中的“案”。

幸子想到由于自己冒冒失失地发问，弄得一座扫兴，总想设法弥补一下。可是泽崎不易亲近，只好和雪子攀话。雪子最初就没有机会说话，一直低着头坐在那里，现在幸子叫她吃香鱼，她只是点点头应了一声“好的”。

“雪子小姐爱吃香鱼吗？”女主人问。

“是的。”雪子又点头应了一声。幸子接着就说：“我很爱吃香鱼，不过妹妹比我更爱吃。”

“啊！这就好了。今天可都是些乡下菜，合口味的怕一样也没有。正在犯愁，多亏泽崎先生送来了香鱼。”

“呆在我们这样的乡下，轻易吃不上这种新鲜的香鱼。”常子插嘴说。“何况还镇了许多冰，真正够您累的了。这样好的香鱼是哪里捉来的呢？”

“是长良川捉来的。”泽崎的心情渐渐开朗了。“昨天晚上打电话托了人，刚才在岐阜站又让人送上火车的。”

“这实在太麻烦您了。”

“我们也托福尝了新。”幸子接下女主人的话说。

谈话从香鱼一点点扯到别处，什么岐阜县境内的名胜古迹啦，日本的莱茵河啦，下吕温泉啦，养老的瀑布啦，昨天晚上的捉萤火虫啦等等，你一言我一语地谈着。不过怎么也不像最初那样有劲，相互之间只是为了避免冷淡没趣，才东拉西扯搬出几句话来凑凑热闹的。幸子因为自己能喝酒，所以觉得这种时候主人方面如果能稍微劝劝酒应酬一番就好了。可是十二铺席的一个大客厅里，四个人稀稀落落地坐着，而且男客只有一个，难怪常子想不到这层了。再说又是夏天的中午，即使劝酒也不宜多喝。菅野遗孀和雪子食盘里的第一杯酒全都冷了，还原封不动地放在那里，幸子的第一杯酒先前和着生鱼片一起喝干了，只留下一个空杯子，可是常子只知道给泽崎斟酒，她仿佛认为不给娘儿们斟酒也无所谓。泽崎呢，不知道是情绪不好还是客气，或者真的不爱喝酒，给他斟三次酒，他才装作接受一次，实际上不过喝了两三杯酒。女主人一再劝泽崎宽坐，他却推说坐得挺舒服，依然端端正正地并着他那穿了西装裤子的双膝跪坐在那里。

“请问您常去大阪神户那些地方吗？”

“是的，神户虽则不大去，大阪一年总要去一两次的。”

幸子无论如何也弄不懂这位号称“百万富翁”的泽崎怎么会应允和雪子相亲，他的动机到底是什么，莫非这个人有什么缺陷。她今天一直从这个角度加以观察，可是到现在为止，从他的言谈举止中都没有发现什么特殊异常的地方。只在人家问到他所不知道的问题时，他的态度有点儿滑稽可笑。不懂就说不懂好了，何必那样不高兴呢。这不就露出他那大少爷出身的本性来了吗？这样一想，发现他眉毛下面鼻梁两旁青筋暴露，显出他肝火很旺。再说，这也许是幸子的心理作用，她觉得泽崎看东西带有女人气息，是消极的，甚至有点儿战战兢兢的味道，仿佛他心里藏着什么不可告人的秘密似的。不过比起以上这些来，幸子老早就觉察到此人对雪子似乎没有多大兴趣。刚才当泽崎正在和女主人谈天时，幸子发现他一次又一次地注视雪子的面貌，仿佛要在雪子脸上找出什么东西似的。他那消极的冷冰冰的眼光此后就一直不再看雪子了。尽管女主人婆媳两个煞费苦心地编出些话来让他们两人交谈，泽崎碍于情面也只和雪子讲上一两句话，马上又转向别人。这固然由于雪子一味唯唯诺诺，鼓不起劲来；但显然是由于雪子不中泽崎的意。猜想起来，主要原因说不定就在雪子左眼眶那块褐色斑上。对于雪子脸上那块隐约可见的褐色斑，幸子的心情从昨天起一直是暗淡的，只巴望它今天能褪得淡一些，岂知到了今天，那块褐色斑比昨天更深了。尽管雪子本人对它照样毫不在乎，今天早晨还要照往常那样多施脂粉，可是呆在她身边帮她打扮的幸子却对她说：“雪子妹妹，你白粉施得太多啦，”一面不露痕迹地抹掉她脸上过多的香粉，把胭脂涂到她眼眶下面，用尽各种方法蒙混，仍然没有什么效果。所以幸子走进这客厅后，一直提心吊胆怕被发觉。从女主人婆媳两个的态度上看不出她们究竟发现了这个问题没有。倒运的是雪子的坐位恰好把她左边的半张面孔朝对着泽崎，初夏院子里耀眼的阳光直射在雪子的脸上。不过雪子自己并不把她那块褐色斑当作弱点，所以一点儿也没有胆怯怕丑的神情，应对举止泰然自若，多少解救了当时那个尴尬的场面，这也是事实。可是幸子却认为雪子脸上那块褐色斑比昨天坐在省线电车里的时候更引人注目，要是让她久坐在那个客厅里委实叫人受不了。

“请恕我十分放肆，上火车的时间到了。”午饭刚吃完，泽崎就急急忙忙立起身来告辞。幸子这才一块大石头落了地。

六

“专程来这么一趟，再住一晚回去怎么样……明天又是星期天，可以让他们陪同几位去玩儿刚才提到过的养老的瀑布。”

幸子辞谢了女主人的挽留，悦子等一回来，马上收拾东西动身，正好赶上预定的三点零九分的上行车。这样，五点半左右就可以到达蒲郡了。尽管是星期六的下午，二等车里却空得很，四个人恰好占了面对面两排座位。刚一坐定，两天来的疲劳全都冒了出来，大家软弱得连说话的气力都没有了。季节快要入梅，天空阴沉沉的，车厢里又湿又闷，幸子和雪子背靠着椅子打起盹来，妙子和悦子打开《朝日周刊》和《星期日每日》和衷共济地读着。过了一会儿，妙子突然嚷了起来：

“小悦，萤火虫跑啦！”她边说边取下挂在窗口的盛萤火虫的罐罐，放在悦子膝上。那罐罐是昨天晚上菅野家的老仆人临时为悦子做的，他用一只去了底的空罐头筒，两头蒙上纱布，当场做出这个盛萤火虫的罐罐。悦子郑重其事地把它拿上火车，可是不知什么时候系纱布的带子松了，一两只萤火虫从缝缝里爬了出来。

“好啦，好啦，我给你系吧。”

马口铁罐头筒滑溜光圆，妙子看到悦子系不好那带子，就拿过来放在自己膝上。只见蒙在纱布里的萤火虫大白天里在阴暗处仍然一闪一闪地发出青光。

“哎呀，小悦，你来看。”妙子把罐头筒又推给悦子，“那是什么，里面的许多东西不像是萤火虫……”

悦子朝罐子里看了一眼，说：“那是蜘蛛呀，细姨。”

“真的是蜘蛛。”

两个人你一言我一语正说着的时候，像米粒般大小的好玩的小蜘蛛一个接一个地跟在萤火虫后面爬了出来。

“哎呀，不好了！不好了！”妙子把罐头筒扔在座位上站了起来，悦子也跟着站了起来，幸子和雪子都给她们吵醒了。

“怎么啦？细姑娘。”

“蜘蛛，蜘蛛……”

一只大得出奇的东西也夹在小蜘蛛中间爬了出来，四个人终于都站了起来。

“细姑娘，扔掉那罐子吧。”

妙子抓起那罐子扔在地板上，一只蝗虫大概受了惊从罐子里飞了出来，在地板上蹦了几下，飞到过道的那一头去了。

“唉，真可惜，那些萤火虫……”悦子瞅着那罐子恨恨地说。

“好啦，我来给你除去那些蜘蛛吧。”坐在斜对面的一个五十岁上下的男旅客，身上穿了和服，看去像是当地人的样子，一直在含笑观看这件事。这时他捡起地板上的罐头说：“请借我一个发卡或者别的什么用一下。”

幸子给了他一个发卡。他利用发卡把罐子里的蜘蛛一个个挑出来扔在地板上，仔细地用木屐踩死。捉蜘蛛时发卡头上带出来一些草，幸好没逃出更多的萤火虫。

“小姐，萤火虫大部分都死啦。”那男的重新系好纱布，左右倒转那罐子察看说：“拿到盥洗室去洒上点儿水吧。”

“小悦，顺便好好洗一下手，碰了萤火虫的手是有毒的。”

“妈妈，萤火虫有股臭味。”悦子嗅了嗅自己的手说，“是一股青草的气味。”

“小姐，死萤火虫不要扔掉，留着可以做药哩。”

“做什么药？”妙子问。

“晒干了收藏起来，遇到烫伤和碰伤，可以和饭粒拌和着敷在受伤处。”

“真有效果吗？”

“我没有试过，听说有效。”

火车好容易才开过尾张一之宫，幸子姐妹几个从来没有坐慢车经过这地带，每到一个无名小站都周到地停车，厌倦得叫人难以忍受，仿佛觉得岐阜到名古屋那段路特别长似的。一会儿工夫，幸子和雪子又打起瞌睡来了。

“名古屋到了，妈妈。……看见城子了，阿姨……”悦子正要叫醒她们，许多乘客拥进了车厢，幸子和雪子睁了一下眼睛。可是火车一开出名古屋，姐妹俩又立即酣然入睡了。火车开到大府附近，天下起了雨，可是她们两姐妹睡得连下雨都不知道。妙子立起身来关上玻璃窗，这里那里的窗子一下子都关上了。车厢里格外闷热，大部分乘客都前仰后合地打起盹来。这时，幸子一行的斜对面、过道那边的前四排上坐着一位陆军军官，背对着她们在唱舒伯特的小夜曲。

暗夜的歌声
抑郁忧伤
宁静沉寂
寥廓空旷……

那军官规规矩矩地坐在席位上一动不动地唱着。幸子姐妹俩刚醒，起初弄不清谁在唱歌，密不通风的车厢里只有歌声在荡漾，听去仿佛是什么地方在开留声机。由幸子姐妹们这边看去，只看见那个人穿着军服的背影和侧脸的一部分，显然还是个二十来岁的小伙子，唱起歌来还有些羞答答的。幸子一行在大垣上车时就看见这个军官坐在车上了，不过只看到他的背影，没看到他的脸。先前闹萤火虫风波时，乘客们的目光都集中到她们身上，那个军官不可能没见到她们。他大概是为了排遣无聊和驱除睡魔而唱歌的，他对自己的歌喉似乎抱有自信，又觉得背后有漂亮女人在听他唱，所以唱得有几分不自然。一曲唱完，更加难为情地低下了头。可是过了一会儿，他又唱起舒伯特的《野玫瑰》来。

纯洁无瑕的野玫瑰
色泽娇艳逗人爱
少年见它开了花
百看不厌永盼睐……

这些歌是德国电影《未完成交响曲》中的插曲，幸子姐妹们都很熟悉。她们并不想唱却自然而然地跟着那军官哼哼起来，随后声音越来越大，开始和军官的歌声合了拍。她们从背后看到军官的脸一直红到脖子根了。突然间他的歌声越来越高亢，兴奋得有些颤抖了。军官的座位和幸子们的座位中间有一段距离，在这种场合反倒有利，因为双方可以尽情合唱。不久合唱完毕，车厢里又回到原先的沉寂。军官也不再唱什么了，又羞怯地低下了他的头。火车到达冈崎站，他悄悄地立起身来像逃跑似的溜下了车。

“那位军官一次也没让我们看到他的脸。”妙子说。

幸子一行还是第一次游蒲郡。这次所以想来，完全出于贞之助曾推荐那里有个一流的旅馆常磐馆。贞之助每月要去名古屋一两次，他老说一定要带她们去玩儿，悦子一定喜欢那个地方。他一再许下诺言说这次准去，这次准去，可是每次都吹了。今天她们去蒲郡，就是贞之助想出来的主意。贞之助说：“原来打算去名古屋时顺便去玩一下，可是老因为事忙，没有时间陪同你们去。现在趁这个机会你们自己去也好。不过这次时间紧迫了一点，但是从星期六傍晚到星期天下午也还能玩上半天。”贞之助不仅这样说，还为她们打电话给常磐馆联系好房间。幸子自从去年不用丈夫陪同去了一次东京以后，已经有了独自旅行的经验，不像以前那样胆小了。当她得知这次能去蒲郡，她就像小孩子那样高高兴兴地动身了。等到她们来到常磐馆一看，她不能不再次感谢她丈夫为她们安排的旅程。为什么这样讲呢？因为今天相亲的事后印象太坏，如果就这样和雪子在大垣火车站上分手，将一辈子留下没法形容的恶劣心情。对幸子来说，她个人的不愉快倒也罢了，让雪子碰了这样一个钉子，再让她孤影悄然地回东京，委实于心不忍，多亏自己的丈夫想出这样一个好主意。今天在菅野家那桩事情幸子自己固然竭力不去想它，最可喜的是她看到雪子似乎充分享受了这一夜的旅馆生活——悦子和妙子也是这样，她这才如释重负。更幸运的是第二天早晨雨停止了，变成一个晴朗的星期天。而且正如贞之助预料的那样，这个旅馆的各种设备、娱乐场所以及海边的景色等等，都使悦子高兴非凡。尤其难得的是幸子看到雪子心情舒畅，仿佛已经把昨天的相亲丢在脑后似的，确实值得庆幸。只此一点，幸子觉得就不虚蒲郡之行了。因此她们一切都能按计划进行，下午两点多钟来到蒲郡火车站，幸子等乘下行车，雪子乘上行车，两班车相距不过十四五分钟，她们就在站台东西分袂了。

上行车后开，雪子送走幸子、妙子和悦子后又等了一会儿，才坐上往东开的慢车。雪子不是没有想到远距离旅行坐慢车的闷损无聊，可是不坐慢车就得托旅馆买快车票，在丰桥换车也很麻烦，所以决定坐直达东京的慢车。上车以后，她取出塞在提包里的法朗士①的短篇小说集打开读着，可是心情总觉得不舒畅，书读不进脑子，不久就抛开书本靠着车窗呆呆地看着窗外。她知道自己心情沉重是由于两三天来肉体上的劳累以及适才和大家尽情消遣作乐的反应。另外还因为想到今后又必须在东京熬上几个月，心里憋得实在难受。特别是这次在芦屋呆的时间长了，以为从此可以不再回东京了；再加旅途中在一个不熟识的车站上忽然变成单身一人，就格外觉得寂寞。刚才临分手时悦子还开玩笑似的说："阿姨今天别去东京了，送我回去吧。"尽管当时自己仅仅轻描淡写地应了她一声"我马上还要来的"，可是说实话，现在她却一本正经地考虑什么时候能再回芦屋的问题了。

二等车厢里比昨天还空，雪子一个人占了四个人的坐位，盘膝坐在

---

①法朗士(1844—1924)，法国诗人、小说家、文艺评论家。1921年的诺贝尔文学奖获得者。

席位上，背靠着座椅想假睡一下，可是她左肩疼痛得转不了头，不能像昨天那样安眠，稍稍打了个盹，马上又惊醒了。就这样似睡非睡地过了三四十分钟，火车开过辨天岛的时候，她就完全醒了。其实在此以前不多久，雪子发现她对面四五排处有个男的面对着她坐在那里直盯着她的睡态，因此她才惊醒的。那个男人见她放下腿穿上草屐，安静地坐端正身体，就把眼光移向窗外。可是不一会儿又像有什么事放不下心似的，回过头来一个劲儿瞟雪子。雪子对那个人无礼的眼光最初只觉得不愉快，后来才想到他死瞅着自己似乎另有原因。就在这当儿，她觉得那个人的脸似乎曾经在什么地方见过。那人大概四十岁上下，身穿灰色白条纹西装，翻领衬衫，黑黑的脸，头发服服帖帖地向两边分梳，长得又瘦又矮，总觉得是个乡下绅士，一把阳伞夹在两腿中间，两只手叠放在伞柄上，先是下巴颏支在手背上，现在身体又向后靠着，头顶的棚架上放着一顶雪白的巴拿马帽子。这个人究竟是谁呢，雪子无论怎样也想不起来。每当对方的眼光射向这边时，这边就躲开，这边的眼光射向对方时，对方也躲开。双方都在相互打量察看着。雪子想起那个男人刚才是在丰桥站上车的，却想不出丰桥一带有什么熟人。突然间她想到此人莫非是三枝，还是十多年前大姐夫说合让他们相过一次亲的。当初说亲时，三枝是丰桥市的富豪，这个男人十之八九大概就是当初那个三枝了。那时雪子看不中他，觉得他的相貌十足的乡下绅士气息，一点儿也不英俊。尽管大姐夫热心撮合，但她仍然坚持己见，干脆拒绝。十余年后的今天又邂逅相遇，他还是那副乡下佬的面貌。这个人并不特别丑陋，不过第一次见到时他的脸就看老，比起十年前，现在并不老多少，只是比以前更乡气罢了。正由于他的这一特征，雪子在过去多次相亲所见过的许多“面孔”中还能模糊地记得他那张脸。当雪子认出是他的时候，对方似乎也稍稍觉察到这一点了，一下子局促不安地把他的脸别转过去。尽管这样，他还将信将疑似的趁雪子不注意的时候一再悄悄地偷看她。这个人如果确实是三枝的话，当时除了相亲那次以外，他还到上本町老家访问过一两次，和雪子见了面，醉心于雪子的容貌并热烈地求过婚。所以即使雪子忘了这件事，对方却不会忘掉雪子。那男子大概不是为了雪子的衰老而生疑，说不定他正在诧异雪子怎么这样年轻，年轻得和十余年前相亲时没有多大变化，到今天还打扮得和大姑娘一样。但愿对方死死地瞅着自己的原因是后者而不是前者，不过让人家目不转睛地看着到底不愉快。

雪子想到十余年来自己接连相了许多次亲，就在昨天还相了一次亲，今天是相亲后回家去，这事要是让那个人知道的话……想到这里她不由得哆嗦起来。而且不巧的是今天和前天不一样，身上穿的是不大鲜艳夺目的印花和服，脸部的化妆也极粗糙，她知道自己在乘火车旅行时面容比别人更加憔悴。她几次想起身去打扮一下，可是在这种场合她不甘示弱，她不愿意经过那男子跟前去盥洗室，连从手提包里悄悄地取出化妆盒都不愿意。她看出对方不是去东京，因为他也坐在这辆慢车上，不过不知道他将在什么地方下车，她老为此事担心。火车快要到达藤枝站时，对方站起身来取下行李架上的巴拿马帽子戴上，临下车时还毫无顾忌地瞥了雪子一眼。

可是那个男的下车以后，雪子困倦的脑子里却连续不断地浮现出那次和他相亲的经过。他们那次相亲大概是昭和二年吧。不，也许是昭和三年……那时自己刚二十岁出头，那次相亲大概是雪子的第一次相亲。不过，自己为什么不喜欢那个男子呢？大姐夫那时十分卖力，说什么“三枝家是丰桥市屈指可数的有钱人家，本人又是财产继承人，雪子妹妹照说不至于不满”。什么“对于目前的莳冈家来说，这桩亲事委实是过分高攀了”。又是什么“已经进行到这个程度，要是雪子妹妹再不同意，我的脸就没处搁了”。这样那样的想尽办法劝说。可是不管大姐夫怎样劝，她一口咬定说不同意，原因是那个人长得笨头笨脑的缺少秀气。其实这不是唯一的理由。不仅长相难看，据说那个人中学时因病没有升学，实际上是中学里的学习成绩不佳。了解到这点以后，雪子就更加不同意这门亲事了。再说她觉得即使成了有钱人家的太太，要闷居在丰桥这种小城市里一辈子，也太寂寞了。这个理由获得她二姐的极大同情，她甚至提出比雪子更强硬的抗议说：“把她嫁到那样的死乡下去，雪子妹妹太可怜了。”不过，无论是二姐也好，雪子自己也好，当时确实是存心在和大姐夫作对。那时父亲刚去世不久，一向低头服小的大姐夫一下子威风起来，对此姐妹俩都很反感。正好在这样的时候，大姐夫却想利用兄长的权力逼婚，天真地认为只要施加一下压力就会使雪子乖乖地就范。他这一举动不仅惹恼了雪子，连幸子和妙子都动了火，三姐妹因此团结一致和姐夫作对。姐夫最生气的是无论他怎样征求雪子的意见，雪子从来不明白表示拒婚，只给他一个模棱两可的回答，直到姐夫骑虎难下时，她才断然拒绝。姐夫指责她，她推说年轻姑娘得顾点体统，对这类事情在别人面前不能明确答复，到底本人肯不肯出嫁，从言谈举止上也是可以看得出的。其实她早已知道这门亲事是姐夫银行里的上司牵的线，为了让姐夫更加进退两难，她才故意拖延答复的。总之，自己和那个男的毕竟没有缘分，不过他的倒楣却倒在被利用来充当家庭纠纷的工具上。从此以后，雪子再也没有把那个男的放在心里，没有听到什么关于他的消息。现在大概早已和谁结了婚，成为两三个孩子的爸爸了。也可能已经继承了三枝家的户主地位，成为百万财富的主人了。雪子想到这里，觉得如果自己成了那个乡下绅士的妻子，决不会幸福，这倒并不是她的逞强。如果那个人的生活就是成年坐在慢悠悠的火车里来回奔走于东海道线的偏僻车站之间，自己一辈子跟着他过那样的生活，还有什么幸福可言呢？她认为幸而自己没有嫁给那个人。

那天晚上十点多钟她回到道玄坂的家里。在火车上邂逅遇见三枝的事她没有对姐夫、姐姐讲。

七

幸子那天在回家的火车上也不禁思绪万千。占据在她头脑里的不是前天晚上的捉萤火虫，也不是昨天晚上到今天上午蒲郡之游的乐趣，而是刚才在火车站上分手时雪子形单影只地立在月台上悄然送行的模样，以及她憔悴的脸上那块和昨天一样引人注目的褐色斑，这两个印象久久地留在幸子头脑里不消失。再就是这次不愉快的相亲的印象又复回到她的脑子里。幸子自己都不记得她究竟参加过多少次雪子的相亲，包括这次简单的相亲在内，十年中大概不下五六次了，可是从来也没有像这次相亲那样觉得女家丢人的。以前几次相亲，女家总觉得自己这方面条件优越，带着一种自信和自尊心去应付；对方只是一味请求女家俯允。总是女家声称“不同意”而使对方“落选”。可是这次一起步，女家就屈从了男家。最初来信时就应该拒绝而没有拒绝，先让了步。及至听到菅野遗孀的说明，自己那时应该断然拒绝而又让了步。虽说这些都是为了顾全菅野遗孀和姐夫的面子，可是相亲席上自己那种战战兢兢畏缩气馁的心情又是怎么回事呢？过去历次相亲，幸子总认为自己这个妹妹带到哪里去也不丢脸，心情上有几分在人前夸耀的味道。可是昨天每当泽崎的眼光射向雪子时，自己心里不是始终在打鼓吗？想来想去，昨天自己这方面是“应考生”，泽崎是“主考官”，一想到这点，幸子就觉得她和雪子受到了从来没有受到过的耻辱。不仅如此，现在得肯定妹妹的容貌有缺点，尽管是微不足道的缺点，但毕竟是缺点。这个想法沉重地压在幸子心头而摆脱不了。尽管不指望这次的相亲会有好结果，可是今后又怎么办呢？如此看来，医治褐色斑倒成了首要的先决问题了。可是那块褐色斑能顺利消褪吗？会不会因为这块褐色斑而使雪子的亲事变得更加棘手呢？不过昨天相亲时那块褐色斑的颜色格外深，还有光线、位置和角度等等条件特别不利。可是有一点必须肯定，就是从今以后再也不能像以前那样采取优越态度相亲了。即使下次再遇到相亲的机会，自己说不定又得像昨天那样提心吊胆地把妹妹摆在对方的凝视之下了。

妙子也看出幸子的异常郁闷不光是由于疲劳，像是在沉思什么问题。她趁悦子起身去给萤火虫洒水的时候悄悄地问道：“昨天情况怎样？”

幸子连话都懒得说，过了一两分钟才像想起了什么似的蹦出一句“昨天是十分草草收场的”。

“这回到底怎样？”

“怎么说呢……反正来的时候火车不是抛锚了吗！”幸子说完又沉默起来，妙子也不再追问下去。那天晚上回到家里后，幸子把昨天相亲的情况向她丈夫报告了一个大概，至于所碰到的许多不愉快的事情，就没有详细讲，因为如果讲出来，徒然引起他们夫妇再一次的不愉快，实在受不了。尽管贞之助说：“既然人家一定拒婚，莫如咱们先主动拒绝对方；对于那样的男家，我们不应该让他看不起。”他这话也只是说说而已，这种事情对菅野家和长房是做不出来的。何况任凭怎么说，幸子心中还隐藏着“万一”的侥幸心理。可是，还没有等到贞之助夫妇想出什么对策，菅野遗孀的信接踵而至。那封信的内容如下：

莳冈幸子夫人妆次：

谨启者，数日前台驾远道光临寒舍，因地处乡僻，招待不周，失礼之处，幸勿见罪是幸。今秋仍望诸位光临采菇，翘企以待。

顷接泽崎氏来信，今附奉以供夫人过目。枉驾相过，劳而无功；皆妾力薄，至造成如此结果。道歉无方，万乞恕罪。

再者，过日犬子曾托名古屋友好探询消息，昨得回音，据云即使对方切望缔姻，尚不知尊处是否有意。似此情况，此次亲事殊不足惜矣。唯劳夫人及诸位旅途奔波，歉疚无似。最后请代向雪子小姐多多问好。

菅野安谨上

六月十三日

下面是同封寄来的泽崎的信。

菅野安夫人侍史：

谨启者，时值梅雨阴沉之季，恭维阖府吉祥如意，慰符遐颂。

前日辱承照拂，并蒙欢待，深致谢忱。

莳冈女士一端，后经协议，·因佥谓无缘，故希转达此旨。有鉴于府上情况，特匆匆奉复。

备承关爱，谨再次深深致谢。

泽崎熙拜手

六月十二日

这样两封特别不自然的信，从种种意义上说，必然再次使贞之助夫妇不愉快。首先，这是第一次被相亲的对方宣告“不合格”——第一次被人家打上“失败者”的烙印。尽管他们事先有精神准备，可是泽崎和菅野遗孀那两封信的写法以及对于相亲的一些做法都使他们夫妇俩非常不愉快。现在说这样的话虽则已毫无用处，不过泽崎这封信的写法首先就叫人看了不舒服。信是用钢笔写在一张格子纸上的(前天幸子在遗孀家里看到的那封信是用毛笔写在卷筒纸上的)，仿佛只要填满一纸凑数而已。信里说什么“后经协议”，其实十日那天他已经打定主意回去的。大概是因为当场不便拒绝，才客气地拖后两天写这封信的。还有这封信既然不是直接写给女方的，那么又何必用那样不自然的口气写呢，难道不能写一封稍稍使菅野遗孀看了能接受的拒婚信吗？只说“无缘”，又不说明什么理由，路远迢迢地把人家叫了去，不仅太不像话，而且这对菅野家不是也很失礼吗？再说，信里所称“因佥谓无缘”的“佥谓”，又何所指呢？从上文的“后经协议”那句话看，大概是和家里的人以及亲戚商议的结果，因为大家都说没有缘分的意思吧。实在佩服，这种地方难道就是百万富翁的见识吗？总之，“因佥谓无缘”那句弥天大谎，看了实在叫人不愉快。菅野遗孀把这样一封信同封寄了来，到底又是什么意思呢？泽崎氏的信无论写些什么，眼不见，心不烦。她根本用不着把不是写给女家的信特地同封寄来让人家看。菅野遗孀对于泽崎那封信的写法也许不觉得什么。可是作为一个上了年纪的遗孀来说，就该把这封信悄悄藏起，另外编个不损害女方感情的借口，来通知这桩亲事不成立才对。现在假惺惺地说什么“即使对方切望缔姻，尚不知尊处是否有意。似此情况，此次亲事殊不足惜矣”，能起到什么安慰作用呢！总之，贞之助夫妇得出这样一个结论：菅野遗孀这个人确实是来头不小的土豪夫人，头脑却非常简单，十分不理解都市人的细微心情。没有搞清楚这点而请她做媒，根本就不对。这样一来，责任自然要归到长房的姐夫身上了。在贞之助夫妇看来，遗孀这人姑且不论，这桩亲事是长房的姐夫提出来的，他们相信的是姐夫，所以才同意去相亲。遗孀的作风姐夫应该完全知道，他既然插手这桩婚事，照说事前他就应该调查研究一下，摸清到底有多少可能性。大姐信上说无视菅野家的好意，姐夫就很为难，所以亲事成不成还在其次，只希望雪子妹妹去和对方见一次面。既然这样的话，姐夫就该为雪子想想，预先去信菅野遗孀征询一下是不是已经作了调查研究，这点儿关怀姐夫照说应该有的吧。光传达一下对方的要求，那不是太虎头蛇尾了吗？到头来这次相亲只叫贞之助、幸子、雪子白白讨个没趣，别的什么也没捞到，他们三个人的行动仿佛只是为了顾全姐夫的脸面而已。贞之助觉得他自己和幸子倒也罢了，暗地里担心姐夫和雪子的关系会不会因此而恶化。还算好，这两封信碰巧寄到幸子手里，没有寄到长房去。幸子听了她丈夫的意见，故意拖了半个月才给她姐姐写了封信，信末说："菅野家的大姐来信了，那桩亲事进行得似乎不怎么顺利。"并且还加了一笔："希望姐姐婉转告知雪子妹妹，要是不便开口，不说也行。"

八

又过了半个多月，到了七月上旬，贞之助因事去东京两三天。回到家里告诉幸子说："那次相亲以后，雪子妹妹的近况怎样，我总有点放心不下，趁有半天的空工夫，我去了涩谷一次。没见到姐夫，大姐和雪子妹妹都很好。雪子妹妹说要给我做冰糕，上厨房去了。我趁机和大姐聊了一会儿天，可是压根儿没提起上次相亲的事情。本来我想了解一下菅野遗孀有没有来信把对方为什么不中意雪子妹妹的真实情况告诉长房，究竟是没有来信呢还是来了信而隐瞒着不说，看样子大姐尽量避免提起这件事，却只管翻来覆去地说今年是母亲二十三周年的死忌，再下个月大家都得去大阪。她又说雪子妹妹不像大家所担心的那样，她生活得挺好，大概是看到马上又可以去关西的缘故吧。”

“大姐说：‘母亲死忌的正日是九月二十五日，打算提前一天于二十四日星期日那天在善庆寺做佛事，所以辰雄和我星期六就得去大阪。六个孩子都带去太麻烦，到底带谁去还没决定，看来只能把辉雄等几个上学的孩子都留下，正雄和梅子没法不带去。可是让谁看家呢？照说雪子妹妹能留下看家最合适，但又没法阻止她参加母亲的死忌佛事。这样一来，看家一事只能交给阿久，此外就无人可托。好在只有两三天工夫，大概没问题。可是一行六个人住到哪里去呢？六个人住到一个地方去，又怕麻烦人家，只能分成两处歇宿，我可能去二妹那里挤一下。’”贞之助说完又补上一句，“还有两个月哩，大姐现在就操起心来了。”

其实，最近幸子本来就想写封信去打听一下今年母亲二十三周年死忌准备怎样办。因为前次昭和十二年十二月父亲十三周年死忌时辰雄没有来大阪，只在道玄坂附近一座和善庆寺同属净土宗的寺院里草草举办了一次佛事。原来那年秋天长房刚刚搬到东京，正忙于安家，再让他们大批人马立即来大阪做佛事，确实够呛。所以姐夫知会大阪亲友说：“这次亡父忌辰将在东京举办佛事，诸亲友如趁便来京参加，非常感谢，但不敢劳驾专程赴会，届时希各自去善庆寺献香为幸。”同时每家还分发春庆漆香盘一只。幸子看出姐夫这样做也多少有他的理由，不过他的真心是为了省钱，因为如果在大阪做佛事就必须办得体面，他担心会浪费很多钱。父亲生前喜欢捧艺人，所以在他三周年忌辰时还有很多演员和艺伎参加，当时在心斋桥播半摆的开斋宴会上，还有春团治演出的相声余兴，排场盛极一时，不禁叫人联想到莳冈家过去的荣华。辰雄由于吃了那次铺张浪费的苦头，所以等到昭和六年七周年忌辰时，请帖只发给至亲好友，可是到会的人仍然很多——有的是没忘记忌辰，有的是听别人传说的。原来打算一切从简，不在酒楼设宴而在寺院里吃便饭，可是这计划行不通，结果还是在播半办了酒席。有的人为此而高兴，说："死者是喜欢摆阔的人，为亡父做佛事多花几个钱，是对死者的孝顺。"不过辰雄当时就说："凡事都得合乎身份，莳冈家今非昔比，以后做佛事得更加俭约才对。父亲在九泉之下也会体谅我现在境况不宽裕。"这般那般的说了一大堆理由，因此十三周年忌辰就故意没有在大阪做佛事。亲戚中有些老人指责辰雄这种做法，说什么"从东京跑一趟大阪给父亲做佛事又算得了什么，听说长房近来变得特别俭约了，可是这非比其他的事情，即使多花几个钱，不也是应该的吗？"像这样的非难很多，鹤子夹在中间很为难。那时辰雄辩解说，等十七周年忌辰去大阪补补数就行。由于有过这样的先例，幸子惦念着今年母亲的佛事不知怎样办，如果还在东京举行，亲戚们说闲话还在其次，自己姐妹们都要不满意了。

辰雄姐夫根本没有见过母亲，自然说不上有什么感情。可是幸子想念她母亲又不同于想念她父亲，她对母亲有一种特殊的感情。大正十四年十二月，五十四岁就患脑溢血死亡的父亲，也不妨说是短命吧；可是母亲却是在大正六年才只三十七岁的盛年去世的。一想起来，自己今年正好是母亲逝世那年的年龄，长房的大姐则比当时的母亲大两岁。在幸子的记忆中，母亲比现在的大姐和她自己还要美丽清秀得多。不过，这和母亲去世时周围的状况以及病情等等有很大关系。当时幸子还是一个十五岁的少女，在她眼睛里，母亲长得比实际还要清秀。一般肺病患者在病势恶化时，多半脸容憔悴，又丑又瘦。母亲生的尽管是肺病，可是直到她临终的时候都没有失去某种妩媚。脸色没有变黑，只是白得像透明的一样；身体虽然消瘦，手和脚直到最后都是光润的。母亲的病是她生下妙子后不久才得的。起初在滨寺疗养，后来搬到须磨去疗养，最后因为在海边疗养反而不好，于是又在箕面租了一栋小房子住下。母亲晚年时，只允许幸子每个月探视她一两次，而且还叫她尽快离去。所以幸子即使回到家里，海边寂寞的波涛声和松风声与母亲的面容合成一片，永远萦回在她的脑子里。由于这样的缘故，她把母亲理想化了，母亲的形象就成了她思慕的对象。等到迁居箕面以后，母亲知道自己已不久于人世，便允许她们比以前多探视她几次。临终那天清晨打来了电话，幸子等赶到那里不多久，母亲就咽了气。前几天起，秋雨一直下个不停。那天潇潇的秋雨打在病室板墙的玻璃窗上，一片迷离。窗外是个小小的庭院，那里可以一直通到溪河边。庭院到河岸那段路上的荻花快要凋谢，又受到秋雨猛打。那天早晨溪水上涨，村子里的人都骚动不安，担心山洪暴发。比雨声还猛烈、可怕的急流声，把耳朵都震聋了。河里的石头互相冲击时发出来的巨响，震得房屋都摇晃。幸子姐妹们侍候在母亲的枕旁，担心着怎样对付溪水的上涨。就在这样的气氛中，母亲像消失的露水那样死去了。幸子她们看到母亲宁静安详的遗容，竟忘掉了恐惧，生出一种纯洁的感情。悲痛固然悲痛，不过那是超越个人关系、惋惜美好事物离开尘世的一种悲痛，是一种伴有音乐妙味的悲痛。尽管幸子姐妹早就有思想准备，知道母亲熬不过今秋，但是如果母亲的遗容不是那么美好，当时的悲痛怕更难忍受，而且将长久留下一个暗淡的回忆。

父亲很早就是个放荡不羁的人，听说他二十九岁才结婚，当时要算是晚婚了。母亲那时二十岁，比父亲小九岁。据亲属中的长辈说，婚后夫妇和睦，那样一个过惯放荡生活的人，一时居然绝足花丛。父亲性格豪放，挥霍无度。母亲出身于京都商家，容貌和进退举止都符合“京美人”的标准，双方的性情正好相反。相反相成，是十分理想的配偶，旁人见了也都说是令人羡慕的一对夫妇。不过这些都是幸子们记忆中所没有的遥远的往事，她所记得的父亲却是一位抛开家室，成年在外面游荡的父亲。母亲这位商家主妇心满意足地侍候着这样一位丈夫而毫无怨言。后来母亲离家转地疗养，从此以后父亲的玩乐更加肆无忌惮，发展到一掷千金的挥霍方式。父亲冶游的地点，京都多于大阪，幸子记得自己小时候常让父亲带到京都祇园的娼楼去征歌选舞，因此认识了几个父亲熟识的艺伎。现在回想起来，父亲毕竟是喜欢京美人那类女子的。再说，同是姐妹，幸子喜欢雪子较甚于妙子，理由尽管不少，其中最主要的还是四姐妹中雪子最像母亲，四个人中间，幸子和妙子像父亲，鹤子和雪子像母亲，这在前面已经交代过了。鹤子身材高大，是硕人型，面容给人以京都女子的印象，可是缺少母亲那种弱不禁风的优美体态。

母亲是明治时代的女子，身高不到五尺，手脚纤细可爱，娇嫩优雅的手指活像精巧的工艺品。四姐妹中妙子个儿最矮，可是母亲比妙子还矮。雪子比妙子高五六分，所以相形之下，雪子的身材比母亲高大得多。尽管这样说，母亲的性情、容貌中的优点，雪子身上继承得最多。甚至连母亲身上散发的一种幽香，在雪子身上也可以微微闻到一些。

关于做佛事这桩事情，幸子只是从她丈夫那里间接听来一些消息，七八两个月中，没有收到大姐和雪子的片言只字，直到九月中旬才收到长房寄来的正式通知。可是使她感到有点意外的是父亲十七周年死忌的佛事，这次将提前两年和母亲二十三周年死忌的佛事同时举办。这消息贞之助也是第一次听到。大姐当初在东京对他讲的时候，确实只提到母亲的二十三周年死忌，没有听她说起父亲的十七周年死忌。姑且不提大姐，姐夫当时大概已经有这种打算了。双亲任何一方的死忌提前合并举办的例子往往是有的，并不能一概加以指责。姐夫是为了往年岳父的佛事办得潦草而挨了批评，因此他自己也说应该把十七周年的死忌办得像样些作为弥补。不过今昔时势不同，在现在这样的时局下，只能凑合着办，这也是说得过去的。既然这样的话，就该预先和那些爱说长道短的亲戚商量一番，取得他们的谅解。现在事到临头，冷不防这样决定了，来个通知，不是有欠稳妥吗？通知的内容很简单，原文如下："兹定于九月二十四日（星期日）举办先父十七周年、先母二十三周年忌辰的佛事，请于当天上午十时光临下寺町善庆寺为盼。"接到这个通知后又过了几天，大姐才打电话来说明详情。她说："前些日子贞之助妹夫来东京时，还没有打算这样办。不过你姐夫老早就说目下正在鼓吹国民精神总动员，不是浪费金钱大做佛事的时候，所以他建议把父亲的忌辰提前一块儿办。不过说是那么说，直到前一阵还不打算真正那样办，通知书也只写出母亲的忌辰。可是欧洲战争爆发后，你姐夫的想法改变了，他说日本说不定要大难临头，日华事变以来打了三年仗还没有结果，弄得不好，也可能卷入世界大战的旋涡中，我们今后必须更加紧缩开支，这才突然决定把双亲的忌辰合并起来办的。由于这次不是大规模招待亲友，所以通知书不是印刷而是一张张用手写的，既然计划中途改变，就请银行里的年轻小伙子突击改写了寄出，因此来不及和亲戚们商量；不过我想这次大概不会像上次那样遭到人家指责了。我这次也主动赞成你姐夫这样做。”大姐辩解说明一番之后，又说：“我和雪子妹妹决定带正雄和梅子乘坐二十二日的‘燕’号特快动身，住在你那里。你姐夫和辉雄星期六晚上动身，星期天早晨到达大阪，当天晚上坐夜车赶回东京，不用打搅任何人了。我离开大阪已经两年了，也不知什么时候能再来，东京有阿久看家，可以放心得下，所以我想在你那里住上四五天，不过最晚二十六日也得回去。”幸子问她当天的午饭怎么办时，大姐回答说：“午饭决定借用寺院的客厅，从高津的八百丹饭店叫菜，一切都在电话里吩咐庄吉了，由他经手去办，估计不会出什么漏子，不过还得请你向寺院和八百丹饭店再叮嘱一下。人数估计有三十四五位，饭菜定四十人的，每人给准备一两合酒。烫酒准备请善庆寺的女掌柜[①]和姑娘来帮忙，但是席面上的招待必须由我们自己来担当。”

大姐极少打电话来，一旦打来，就讲个没完，要连续打上两三次[②]。她说本想让雪子妹妹和细姑娘也来参加，可是考虑到她们两个人还都是未出阁的闺女，实在不合适。她还和幸子商量了应该带些什么礼物送给亲戚。

“那么，后天再见吧。”最后是由幸子这方面适可而止地挂断了电话。

九

幸子想到大姐电话里最后说的那句话：“本来打算让雪子和妙子也去参加做佛事，可是两个妹妹到现在还没有婆家，让她们在人前抛头露

---

① 日本的和尚可以娶妻生子。

② 当时日本打长途电话每次限定五分钟。

面，做姐姐的实在受不了。”幸子觉得不仅大姐有这样的想法，要是往坏处猜测的话，说不定这也是姐夫懒得做佛事的原因之一。在姐夫、姐姐来说，他们只巴望着能在今年母亲的忌辰以前至少把雪子一人的亲事定下来。雪子今年已经三十三岁，到现在还让人家“姑娘、姑娘”地叫着。年纪比她小的堂房妹妹们大都已出阁做了太太，内中还有带了孩子来参加佛事的，唯独雪子到现在还没有找到合适的婆家。昭和六年父亲七周年忌辰时，雪子那时已二十五岁，对于她的年轻，大家都惊叹“一点也看不出有那么大的岁数”，这话姐夫、姐姐听了很刺耳。时至今日，这种刺耳的话将会更多。雪子的年轻同那个时候相比固然没有多大变化，亲戚中的姑娘们虽则一个个都有了婆家，可是她自己并不觉得不如她们。正因为如此，人们对她就倍加怜悯，觉得这样一位白璧无瑕的“姑娘”永远独守空房，实在荒谬绝伦，已故的爹娘在九泉之下又将怎样悲叹呀，弄到最后就会把责任完全推到长房身上。这样一来，幸子这方面也势必感到自己应当负起一半责任，姐夫、姐姐的苦衷在她就体会得更真切。不过说实话，她现在操心的还不光是单独一个雪子，而是另外一件事情，她听到分手两年的姐姐又要来大阪，正在惶惑不安。原来妙子个人的命运又发生了变化。

板仓刚死那阵子，妙子就像完全泄了气那样的，对什么都不感兴趣。可是事隔不久，一两星期后她又振作起来了。在她来说，即使和一切社会势力的压迫对抗到底，也要促使其实现的这场恋爱，终于突然夭折，一时间她似乎有点儿茫然失措。可是她生性不是那种想不开的人，不知什么时候她又打起精神到西服学院学习去了。内心如何姑且不管，外表上却马上恢复了平素那个活跃的妙子。幸子对此很佩服，她对贞之助说：“那样一个细姑娘，总以为这次吃足苦头了，可是她却并没有示弱，实在了不得；毕竟细姑娘是个什么都干得出的人，不是我们这种人能学得像的。”

大概是七月中旬吧，有一天幸子带同桑山夫人去神户与兵四喜饭铺吃午饭，饭铺里的人告诉她，妙子刚才打电话预约当天晚上六点钟的两客饭。妙子那天一清早就离家的，不知道她是从什么地方打的电话，也琢磨不透她和谁一道。“与兵”的小伙计还说细姑娘最近来过两次，都是和一位男客一道来的。幸子不由得吃了一惊，很想盘问一下那个男人的体态，只是由于当着桑山夫人的面，不好意思，只能含糊答应一声敷衍过去。其实她真想弄清楚那个男的究竟是谁，却又害怕戳穿西洋镜。因此，那天走出饭铺和桑山夫人分手后，她独自一人去新市场看了一场以前她曾经看过一次的法国电影《望乡》。五点半电影散场走出电影院时，她想如果这个时候去“与兵”左近守候，也许正好能遇见妙子同那个男的去吃饭；尽管这样想，她还是打消了这个念头，径直回家了。此后又过了一个月，到了八月中旬，菊五郎来神户演出，贞之助、幸子、悦子和阿春四人曾去松竹剧场看戏(妙子那时常爱单独行动，即使幸子有时约她一道去看戏或看电影，她总推说自己也要去看，不过这次不去了)，四个人在多闻大街八丁目的电车轨道上跨下出租汽车，通过新市场的十字路口走向聚乐馆时，贞之助和悦子先走了过去，幸子和阿春却撞上红灯停了下来。这时一辆汽车从楠公前驶来，转瞬之间驶过她们两人眼前，车子里坐的正是奥畑和妙子。盛夏的大白天里，看得很真切。不过车子里的两个人正在谈话，似乎没有注意到幸子和阿春主仆俩。

“春倌，这件事不许对老爷和悦子讲！”幸子说完马上闭了嘴。阿春看到幸子的脸色一下子变了，她自己也非常认真地应了一声“是”，只管低着头走路。幸子为了镇静一下心跳，一面盯着走在百米以前的贞之助和悦子的背影，一面故意放慢了脚步。遇到这种时候，幸子往往指尖会发凉，她不知不觉地握住阿春的手，如果沉默不语，反倒憋得慌。

“春倌，细姑娘的事情你也知道点儿吧？……近来她似乎在家里一会儿也呆不住的样子……”

“是。”阿春又答应了一声。

“没关系，知道什么你就讲吧。……刚才那个人打电话到家里来过没有？”

“电话的事情我不知道，不过……”阿春踌躇一会儿以后又补充说，“前几天我在西宫曾碰到过他两三次。”

“是刚才那个人吗？”

“是的。……还有细姑娘……”

幸子当时没有再问下去。第一场野崎村演完后幕间休息时，幸子和阿春起身去解手，在走廊里幸子又追问这件事。据阿春说，上月下旬住在尼崎的她的父亲因做痔疮手术住进了西宫一家痔科医院，当时她请了两星期假去陪床。这段时间里为了送饭什么的，差不多每天得在尼崎和医院之间来回一次。医院在西宫惠比须神社附近，所以她从国道札场到尼崎那段路总是乘坐公共汽车。就在那条来回的公路上，她碰到奥畑三次。第一次是她刚要上车，奥畑从车子里下来，两人擦肩而过。第二次和第三次都是在公共汽车站候车的时候遇见的。奥畑乘的车和阿春乘的车方向正好相反，他只坐开往神户的车，开往野田的车他一次也没坐过。阿春候车得由南向北穿过国道，到靠山那边的汽车站去，奥畑候车却得穿过山边汽车站后那个“孟坡”，由北朝南越过公路，站在滨海那个汽车站上(阿春用了“孟坡”这个旧方言。这个词儿现在只通用于部分关西人中间，它指的是较短的隧道，相当于今天一般人说的旱桥。据说这个词儿发源于荷兰语“孟布”，有人能正确发这个音，可是京都大阪地方的人都发阿春那样的土音。阪神国道西宫市札场附近的北面，省线电车和火车的高架路基都是东西向的。路基下面开一个比旱桥还小的孔道，人们刚好能直立着身体通行，钻过孔道就来到公共汽车站了)。阿春第一次碰到奥畑的时候，不知该不该和他打招呼，正在迟疑莫决，奥畑却笑嘻嘻地向她摘下帽子，阿春终于朝他鞠了一躬。第二次是双方在各自的汽车站上候车候得久了，汽车一直不来，站在马路对面的奥畑不知想些什么，竟满不在乎地越过马路走到阿春身旁招呼说：“春倌，又碰见你啦，你来这里有什么事情吧？”阿春一一据实告诉了他，两人站在那里谈了一会儿话。奥畑独自笑嘻嘻地说：“原来如此，到附近医院陪床来了。那么下次请到我家里去玩吧。我家离这儿不远，就在旱桥那边。”他边说边指着“孟坡”进口处。“你知道一棵松吧，我家就在一棵松近旁，一去就知道了，准定来玩呀。”他似乎还想说什么，这时开往野田的公共汽车来了，阿春说声“对不起”，就上车了(说这种话的时候阿春有个习惯，爱模仿对方的口气把当时两个人的会话细大无遗地表达出来)。阿春碰见奥畑就只三次,每次都在傍晚五点钟左右,三次都只见到他一个人。另外在同一公共汽车站上碰见过一次妙子,时间也在下午五点左右,阿春站在那里等车,妙子从背后走来拍拍她的肩膀叫了一声“春倌”,阿春不留神滑出一句“哎呀,您到哪儿去啦?”连忙把嘴闭上。因为妙子是从她背后突然出现的,所以她猜想准是从那个“孟坡”钻过来的。接着妙子问她:“春倌,你什么时候回去?你父亲身体怎样?”随后又笑嘻嘻地说,“听说你遇见启哥儿啦。”阿春突然让她这样一讲,慌张得答不上话来,妙子却说了一句“你快快回家吧!”穿过马路,坐上开往神户的公共汽车走了。后来她是不是从那里一直回家还是又到神户的其他地方去,那就说不上了。

在剧场走廊上就只谈了这些。可是幸子总觉得阿春似乎还知道些别的东西。第三天早晨,那天是悦子练钢琴的日子,等妙子出去以后,幸子派阿照陪同悦子去练琴,把阿春叫到会客室里盘问后来的情形。阿春先申辩一句“其他的事情就不知道了”,可是又说了以下一些话。

“我一向以为那位先生住在大阪,当他说出他住在西宫一棵松近旁时,倒觉得有些意外。有一天,我钻过‘孟坡’去一棵松察看,他的家果然在那里。那是一栋红瓦白墙的文化住宅式的洋楼,屋子前面围了一道低低的冬青篱笆,门上挂着只写‘奥畑’这个姓的门牌。门牌崭新,看得出是最近才搬去的。我是傍晚六点半过后去的,天色已经很暗,二楼的窗子全敞开着,白花边窗帘里的灯光雪亮,屋子里正开着留声机。我停步察看了一会儿,听到屋子里除那位先生以外,的确还有一位女子的声音在讲话。可是被唱片的声音搅得听不清在讲什么。(阿春这时还说:“对了,对了,那张唱片就是丹妮儿·丹柳演出的《晓归》中的主题歌。”)我去那里看房子只此一次。本来打算有时间再去一次,进一步了解一下情况,可是两三天后父亲出院了,我也回芦屋了,终于没有机会再去。这件事情该不该报告太太,我一直拿不定主意。为什么这样说呢?因为这些话都是那位先生和细姑娘在电车站上当面对我讲的,他们并没有嘱咐我保密,看来太太说不定已经知道了,如果真是这样的话,觉得不讲反倒不好。可是又觉得最好还是不要多嘴多舌,所以一直没有对太太讲。细姑娘最近也许经常去那里，必要时我可以去听听邻居的反映，更详细了解一下情况。”

幸子那天看见他们两个坐在汽车里，事出突然，不免吃了一惊。可是事后平心静气地想一想，板仓事件以来尽管妙子瞧不起奥畑，但他们并没有完全断绝关系；何况现在板仓已死，他们两个偶然一起逛逛大街，根本不值得那样大惊小怪。只是有一次，大概是板仓死后十天左右吧，幸子看到报纸上登载一则奥畑母亲去世的讣告，就对妙子说：“启哥儿的母亲去世啦，”从旁偷偷地察看妙子的脸色。妙子毫无兴趣地应了一声“嗯”，什么也没有说。幸子又问：“生病生得很久了吧？”妙子来了一个“这……”幸子接着又问：“最近你们一次也没有见面吗？”妙子还是鼻孔里挤出一个“嗯”作为回答。从此以后，幸子看出妙子十分讨厌提到奥畑的事情，她在幸子面前甚至连“启哥儿”的“启”字都不愿提。尽管这样，幸子还是没有从妙子嘴里听到她已和奥畑完全断绝关系的消息。再说，幸子认为妙子早晚一定会搞上第二个板仓之类的货色，幸子一直在担心这件事。如果再让妙子搞上一个不三不四的对象，那就远不如让她和奥畑重修旧好来得自然，面子上也光彩，任何方面都符合要求。不过仅凭阿春一席话就断定他们两个已经重修旧好那也未免为时过早，但是并非没有这样的可能。妙子知道自己和奥畑的恋爱得到了长房和幸子等的谅解，纵使事实是这样，也没有隐瞒的必要。不过一时曾那样厌恶的奥畑又复言归于好，这事要由她自己来坦白，未免叫她难为情。幸子估计说不定妙子是想借阿春的嘴通风报信，让幸子等早点知道这件事，比较妥当。几天之后的一个早晨，当餐室里只剩下幸子和妙子两个人的时候，幸子装出若无其事的样子说：“那天我们去看菊五郎演出时，细姑娘坐汽车经过新市场了吧？”

“是的。”妙子点头答应。

“也去‘与兵’了吗？”

“嗯。”

“启哥儿为什么住到西宫去呢？”

“被他哥哥撵了出来，不让住在大阪家里了。”

“为什么呢？”

“我也说不清楚究竟是为什么。”

“他母亲不是刚去世吗？”

“嗯，和这个似乎也有些关系。”

尽管被动，妙子也点点滴滴讲出了一些东西：西宫的房子是四十五块钱一月的房金租下来的，奥畑和他的老乳母两个住在一起。

“细姑娘，你什么时候又和启哥儿来往的呢？”

“板仓七七那天碰见他的……”

板仓死后做七，妙子每次必到。上个月上旬，她一清早去冈山做七七，上完坟打算坐火车回家，走到车站，奥畑等候在车站正面的进口处。他对妙子说：“我知道你要来上坟，所以在这里等你。”事出无奈，只能和他一起从冈山同车回到三宫。板仓死后，一时完全断绝了的交往又复恢复了。不过她辩解说她并没有改变对启的看法，尽管启花言巧语说什么母亲一死才懂得世态炎凉，被逐出家门后才憬然有悟，可是自己并不听信他那类话。只是看到启孤零零地被放逐，谁都不理睬他，自己对他不能那样薄情，所以才和他来往的。现在自己对启的心情不是什么恋爱而是怜悯。

十

关于这方面的事情妙子讲得很少，看得出她不愿让人家寻根究底地盘问，所以从此以后幸子也绝口不再提这方面的话。可是既然摸清了这种情况，许多事情就得用另外一副眼光去对待了。比如前一阵子她多次深更半夜才回家，究竟她是在什么地方消磨了那样长的时间，不知去向；她吃住都在家里，可是却不像家里的一个成员，这些都足以说明问题。还有妙子近来回家后经常不入浴，不过从她那光艳照人的脸色看，总像是在外面洗过澡才回家的。妙子这个人在服饰上一向舍得花钱，可是自从她和板仓结识以后就认识到储蓄的必要，变得吝啬了，哪怕烫一次头发也尽可能去价钱公道的美容院。可是她最近在化妆的方式方法以至衣裳饰物各方面都特别讲究而且奢侈起来。幸子发觉这两个月中间她的手表、戒指、手提包、烟盒以及打火机等全都换了新的。妙子平常出出进进拿在手里的那只板仓生前爱用的莱卡照相机——不久前在三越百货公司八楼被奥畑摔在地上的那只有来历的照相机，经过死者生前修好后一直还在使用——板仓死后，住在冈山的家属做过他的五七，送来给妙子作为纪念品的，现在也换上一只崭新的铬钢莱卡了。幸子起初还把这些事实简单地解释为大概由于死了爱人，妙子的人生观一下子变了，她抛弃了积攒钱财的想法，大手大脚地乱花了起来，其实似乎不光是那样。布娃娃的制作她已长久弃置不顾了，听她说不久以前连夙川的工作室也让给了她的徒弟，西服学院似乎也难得去了。对于这些事情幸子暂时只能藏在她一个人的肚子里，远远从旁观察。可是想到妙子像现在这样公然和奥畑来往，两个人大摇大摆地在外面游逛，有朝一日准会让贞之助撞见。丈夫本来就非常不满意奥畑，要是知道了这件事，准会有意见，所以，有一天她就把这些情况向他和盘托出了。贞之助果然老大不高兴，绷着脸听了这些消息。两三天后的一个早晨，幸子走进他的书斋，贞之助请她坐下，告诉她说："我从某个地方打听到奥畑被驱逐的缘由了。前几天听你说到他被驱逐，觉得奇怪，于是设法调查了一下。据说，是启哥儿串通了奥畑商店的店员偷走自己店里的东西，而且不是一次，以前也偷过一两次了。不过那时总由他母亲出面向他哥哥讨饶，才被容忍下来。可是此番因为是重犯，而且母亲又不在了，他哥哥就大发雷霆说要控告他，经过旁人给他求情，等到他母亲五七的丧事一过，就把他逐出家门，事情才算了结。"

贞之助又说："到底细姑娘知道不知道这件事，我弄不清楚。现在既然真相大白，无论长房也好，你也好，不是有必要改变改变你们想让细姑娘嫁给启哥儿的那种想法吗？特别是像姐夫那样的人，听到这种事情以后准会改变他的想法的。过去姐夫和你们这些人对于细姑娘和启哥儿的交往开一眼闭一眼，内心里甚至还赞成他们那样干，这是由于你们巴不得他们两个能结婚的缘故。只要你们放弃这种想法，就会觉得听任他们两个这样来往下去是非常不合适的。即使你和大姐、雪子妹妹三人都认为宁可让妙子嫁给启哥儿，也比嫁给一个莫名其妙的人强，姐夫也一定不会同意的。除非启哥儿被饶恕重返家门，他和细姑娘的关系获得奥畑家的承认而正式结婚，否则姐夫决不会应允。因此像现在这样听凭他们两个交往下去，对任何一方面都没有好处。再说过去启哥儿在家里有他母亲和哥哥注意监督他，还比较好些。如今被驱逐出来，租了一栋小房子在外面住，更加自由自在，为所欲为，这反倒更糟。他被家里驱逐出来的时候，可能拿到了一点生活费，本人也许自以为得计，不考虑后果，有多少钱就花多少钱吧。细姑娘会不会或多或少也花了他几个钱呢？细姑娘说，她对启哥儿的心情不是恋爱，这个我不愿意妄加猜测。不过从另一角度看起来，这不能理解为单纯的怜悯，还可以解释得更坏。听凭细姑娘干出这种事情而不加管束，将来有一天他们两个糊里糊涂的闹起同居来，将怎么办？退一步说，即使不闹同居，细姑娘要是每天泡在他那个西宫的家里，这件事情如果让启的哥哥听到了，又会把我们身做什么样的人呢？细姑娘被说成是阿飞，固然无可奈何，连我们这些监护人不是也要遭到人家的疑忌吗？我过去对细姑娘的行动一直采取旁观态度，这次也不打算主动干涉。不过细姑娘如果不停止她现在这样的交游，我想姑且先告知长房，获得姐夫、姐姐的认可，或者至少能得到他们的默许。不然的话，这次我们对长房的确没法交待。”

贞之助头头是道地说了以上这番话，其实是因为他近来开始打高尔夫球，经常在茨木的俱乐部和奥畑的长兄碰头，那种时候就很尴尬。

“不过，你认为长房会默许吗？”

“我看不大可能。”

“那么怎么办呢？”

“也许得让细姑娘和对方断绝交往。”

“真能断绝交往就好了，如果背着我们偷偷地来往怎么办？”

“细姑娘如果是我的亲妹妹或者亲女儿，不听教导就干脆把她撵走……”

“那样干的话，她不更要跑到启哥儿那边去了吗？”幸子的眼眶早已湿润了。诚然，如果家里也抛弃妙子，禁止妙子出出进进的话，对社会、对奥畑家固然都交代得过去，可是幸子想这难道不是甘愿招致一个丈夫所最厌恶的结果吗？让她丈夫说起来，“细姑娘是个二十九岁的、有独立能力的人，咱们老想按照自己的主意指使她，那是错误的。不妨把她撵出去试一下，看她怎么样。要是她因此而和奥畑同居，那也没办法。这种地方咱们要是再操心，那个心就操不完了。”可是在幸子看来，就这样给妙子打上“逐出家门”的烙印，想想都可怜。过去无论遇到什么事情幸子总在长房面前袒护她，现在为了这点儿事就把她抛弃，这样行吗？丈夫也未免把这个妹妹看得太坏了。细姑娘毕竟是大家闺秀呀，本质上还是个忠厚老实的人。幸子可怜她幼年失母，尽管自己力不从心，却一直代替母亲疼爱着她，现在决不能在给母亲做佛事的时候把她逐出家门。

“我并没有说非把她逐出家门不可呀。”贞之助看到幸子眼里含着眼泪，有点儿慌了手脚。“刚刚我只是说如果细姑娘是我亲妹妹的话……那完全是一种假设呀。”

“悦子他爹，这件事你就完全交给我吧。……等大姐来的时候，我只悄悄地对她透点风，让她一个人知道就行了。”

不过幸子的本意是真的要不要告诉大姐还得到时候看情况决定。总之，在二十四日的佛事顺利结束以前，她是不准备把这件事告诉大姐的。大姐一行二十二日晚上来芦屋，当天晚上幸子只对雪子一人讲了，想听听她的意见。雪子说：“重修旧好是大好事。用不着把启哥儿被逐出家门看得那么严重，即使拿了点东西，也是他自己家里的，和骗取人家的东西不一样。像启哥儿这样的人，是做得出这种事情来的。他被驱逐说不定只是一时的惩罚，过些时候可能会被饶恕了。所以只要他们不招摇过市，暗地里来往，我们就开一眼闭一眼算了。只是这件事不能对大姐讲，要是告诉了她，她一定要对姐夫讲的。”

幸子觉得老和长房的做法抬杠不妥，可是对于这次的佛事又不满意，因此她打算为了弥补做佛事的缺憾，也为了慰劳久别重逢的大姐，在善庆寺佛事集会以后，亲姐妹几个小聚一番。所以她准备在做完佛事的第三天，也就是二十六日正午，设席在父母生前都有关系的播半，连贞之助也不邀请，四姐妹之外，只邀请一位富永姑母和她的女儿染子。又请来了菊冈检校和她的女儿德子演出余兴。德子伴奏，妙子跳“手炉”舞；检校的三弦，幸子的古琴，两人合奏“残月”。所以半个月以前幸子就急急忙忙在家里练古琴，妙子上大阪的作稻师傅那里练舞。大姐二十二日一到芦屋，二十三日清早就起身，光带了梅子上街买东西，探亲问友，晚上不知在哪家吃了晚饭才回来。二十四日当天，大姐、正雄、梅子、贞之助夫妇、悦子、雪子、妙子八个人在阿春陪同下，八点半就离开了家。妇女们都穿了印着家徽的礼服，大姐是黑纺绸的，幸子以下三姐妹都是紫色绉绸，颜色的深浅略有不同，阿春是紫黑色捻线绸的。电车行驶在路上，基里连科在夙川车站上了车。他下身穿了一条短裤、露出毛茸茸的大腿。一上车他就睁大眼睛注视着车厢里的那副光景，走到贞之助一行前面，一手抓住棚顶的吊环，躬身问道：“诸位上哪儿去？今天全家都出动啦。”

“今天是我岳母的死忌，大家去佛寺烧香。”

“啊，令岳母什么时候去世的？”

“去世已二十三年了。”妙子说。

“基里连科先生，卡德丽娜小姐来信了没有？”幸子问道。

“真的，我倒忘了。卡德丽娜前几天的信上还问诸位好呢。她现在在英国。”

“已经不在柏林了吗？”

“柏林她没呆多久，马上就到英国去了，而且见到了她的女儿。”

“那太好了。她在英国干啥？”

“她在伦敦一家保险公司工作，做公司经理的秘书。”

“这么说，她和她女儿生活在一起了吗？”贞之助问道。

“不，还没有。她正在为领回自己的女儿打官司呢。”

“是嘛，这可真是……”

“您下次去信时请代我们向她问好。”

“不过现在因为正在打仗，去一次信要很久才能收到。”

“老太太很担心她吧？”妙子说，“伦敦马上就要遭到空袭啦。”

“可是，用不着担心她，我妹妹胆子大着哩。”基里连科也用大阪方言对答。

佛事以后的宴会，对于那些以前参加过在播半举办的盛筵的人来说，未免觉得寒碜。不过在善庆寺的三大间穿堂里，有四十来个人入席就餐，也并不那么冷清。除了亲戚之外，到会的还有经常来往的木匠师傅塚田、看管上本町老宅的音老头的儿子庄吉，另外还来了两三个船场时代的伙计。席面上的酬酢本来应该由鹤子姐妹几个承担，却让表姐妹们、阿春以及庄吉的妻代她们做了，四姐妹几乎没有动什么手。幸子面对着院子里长得高大的花儿快要凋谢的红红白白的荻花，不禁想起了母亲临终时箕面那个院子里的情景。男客们多半在议论欧洲战争，女客们照例要对“雪子姑娘”和细姑娘的年轻夸奖一番，只是做得恰如其分，以免刺激辰雄，不让他听着难受。其中只有一个姓户祭的老店员喝醉了酒坐在屋角里，拉开他那嘶哑的嗓子毫无顾忌地追问：“听说雪子姑娘还没有出阁，为了啥呀？”弄得一屋子都冷了场。

“反正我们已经耽误下来了，”妙子说话的口气异常镇静，“所以准备慢慢儿的找个理想人物哩。”

“不过，那不是太慢了些吗？”

“笨蛋！你不知道有这么一句老话吗？‘打现在起也还不迟’。”

妇女们暗笑的声音此起彼伏。雪子也忍俊不禁地听着。辰雄只装作没听见。

这时脱掉了国防服上衣只剩下一件衬衫的塚田从对面招呼说：“户祭君，户祭君。听说你最近做股票生意发了财啦，有这回事吧？”塚田的一张脸长得墨黑，说话时金牙闪闪发光。

“哪有这样的事。不过我今后可要捞它一大把。”

“有啥好消息吗？”

“我这个月要去华北。不瞒你说，我妹妹在天津的跳舞厅做舞女，被军部看中，当了间谍了。”

“真了不得。”

“现在她又成了支那浪人[①]的太太，很有势力。给家里寄钱，一寄就是一两千元。”

“咳！我怎么没有这样一位妹妹呀。”

“我妹妹最近叫我不要呆头呆脑在内地混，让我去天津，那里赚大钱的事多得很。”

“也把我带上吧，我这木匠随时都可以不干。”

“只要能赚钱，我什么都干，即使当妓院老板也没关系。”

“是呀是呀，没有这点儿勇气那还成！”塚田说完又对阿春说：“春倌，给我斟杯酒呀。”他拉住阿春又开始喝起来。这个木匠师傅在芦屋家中被赏酒喝的时候，总是阿春给他斟酒，弄得他醉醺醺的向阿春求爱说：“喂，春倌，做我的老婆吧，你要是应承了，我马上叫家里那个让位。不是和你说笑，是真的呀。”阿春很和气地款待他，经常拿他取乐，引得大家捧腹大笑。不过今天阿春酒也喝得多了，她看准火候，说了声“让我去取热酒来”，一溜烟地逃到厨房那边去了。

“春倌，春倌。”塚田边喊边追上来，阿春只当没听见，走出厨房，藏到后院杂草丛里去了。她从黑缎子腰带中间取出粉盒，在红彤彤的脸上重新扑上香粉。然后悄悄地向周围看了看，拿准确实没有人，才打开那只常来芦屋做买卖的杂货店老板背地里送给她的珐琅烟盒，取出一支光牌香烟，匆匆忙忙吸了半支，随即掐灭了火放进烟盒，然后再回到厨房。

十一

大姐说她二十六日无论怎样得动身，所以中午她应邀去播半聚餐

① 即流浪在中国的日本无业游民。含贬义。

后，没有再回芦屋，只在心斋桥一带逛了一小时左右马路，领略一下大阪繁华市区的气氛，然后由幸子等送她直接去梅田火车站。

“大姐今后一时不会再来了吧。”

“还是幸子妹妹来东京吧。”大姐从三等车厢里探出头来说，还解释自己带了孩子即使买卧铺也睡不成，二等和三等一个样。其实她是为了节省车费。“这个月菊五郎不演出，下个月就有他的戏了。”

“菊五郎上个月来神户松竹戏院，我们都去看了。可是没有看到他在东京大阪演出的那些节目。只演了一出‘保名’，连‘延寿大夫’都没演。”

“听说下个月他演‘长良川放鱼鹰’那出戏的时候，要在戏台上用真鱼鹰哩。”

“这倒是新鲜剧目。我最爱看的还是他的舞蹈。”

“提到舞蹈，富永姑母极口称赞细姑娘，说什么那样好的舞蹈世上少有。”

“雪子姨妈不上车吗？”正雄一口东京腔调问道。

“……”雪子站在幸子身后变成了送行的人，她笑嘻嘻地似乎嘴里说了些什么；可是开车的铃声响了，谁也没有听清楚她说的话。幸子一开始就猜透了她的心事，她这次随同大姐西下，早就准备留在这儿不走。大姐也没有叫她回去，本人也没有解释什么，自然而然地就这样决定了下来。

妙子的事情，幸子听了雪子的意见，丝毫没有告诉大姐。妙子看到她二姐绝口不再提起这方面的事，似乎理解为对自己有利，所以后来随着时间的推移，她越发露骨地往西宫跑。白天如此倒也罢了，可是她往往十天八天都不回家吃晚饭，这种时候贞之助的脸色就很不高兴，幸子为此暗地里捏着一把汗。遇到这样的晚上，丈夫、她自己以及雪子嘴上尽量避免提起“细姑娘”，那是由于彼此都心照不宣，所以格外觉得别扭。还有大家都担心这件事情对悦子的影响。尽管她母亲和雪子告诉她细姑娘回家很晚是由于她近来工作很忙，可悦子显然不相信。所以，她吃晚饭的时候也不再说起妙子，尽管谁都没有教她这样做。幸子经常提醒妙子，叫她留点神，至少不要在贞之助和悦子面前做得太刺眼，妙子只是“嗯、嗯”的随口应几声，有两三天回家早了些，可是马上又故态依然。

一天晚上，贞之助终于忍耐不住了，他对幸子说：“细姑娘的事情你前几天对大姐说了吗？”

“我想和她说，但是没有机会……”

“怎么呢？”丈夫从来没有用这种责备的口气说过话。

“是这么回事，我跟雪子妹妹商量，她劝我还是不要对大姐说为是……”

“雪子妹妹为什么这样讲？”

“因为雪子妹妹同情启哥儿，所以她认为不用追究细节。”

“同情也得看是什么样的事。这样做，你知道对雪子妹妹本人的亲事破坏性有多大呀。”贞之助满脸不高兴地说，说完就一声不响了。幸子也弄不清丈夫在打什么主意。到了十月中旬，丈夫又到东京去了两三天，幸子因此问道：“悦子他爹，你去涩谷了吗？”

“嗯，那件事我对大姐说了。”丈夫还告诉她大姐只说要好好想一想，暂时提不出什么意见。幸子也就没有深入追究下去。到了这个月的月底，不料大姐突然来了这样一封信。

幸子妹妹：

上个月一家三口承蒙照顾，又蒙设席播半，盛宴款待，使我深深体会到故乡的温暖，愉快得很。

回京后碌碌终日，感谢信都没有写。今天迫不得已给你写这样一封不愉快的信，可是这事又不得不让你知道，所以无可奈何才执笔。

就是有关细姑娘的问题，前些日子贞之助妹夫告以详情，听后真大吃一惊。贞之助妹夫说要把事情的颠末一一讲清，从板仓这人说起，直到最近启哥儿被家庭驱逐为止都讲给我听了，我越听越觉得全是意外之事。过去关于细姑娘的坏名声，也曾迷迷糊糊地听到一些，不过总以为细姑娘不至于那样放荡不羁，何况还有幸子妹妹在她身边监督，决不会让她为非作歹的，岂知那是我想错了。正因为我不愿让细姑娘成为阿飞，才这样那样的为她操心。可是每当我要进行干涉时，你不是总要插进来庇护她吗？我为亲骨肉中出了这样一个妹妹而感到羞耻，同时也是家门最大的不名誉。听说雪子妹妹也站在细姑娘一边，认为没有必要把这事对我们讲。无论雪子妹妹也好，细姑娘也好，一味糟蹋你姐夫的体面，根本不回长房，这次又复干出这样的事情，她们究竟安的是什么心呢？我只能认为你们三人为了给姐夫制造麻烦，故意在使坏。这一切许是由于我们有缺点。……信笔写来，也许太过火了，只是有话又不能不说，冒犯之处，请你宽恕。

至于怎样处置细姑娘的问题，说实话，我们本来认为最好还是让她和启哥儿结婚，可是既然知道了现在这种情况，结婚一事就不再考虑了。退一两步说，将来启哥儿要是能被饶恕回家，重新考虑他们结合的可能性固然是有的。不过目前绝对不允许细姑娘经常去那个被驱逐在外的启哥儿的家。为细姑娘着想，要是她将来一定要和启哥儿结婚，现在更应该和启哥儿断绝交往，不然的话，只能给奥畑家一个不愉快的印象。因此你姐夫认为即使细姑娘答应和启哥儿断绝交往，她的话也不能轻信，所以要她暂时住到东京来。妹妹知道我这里屋子小，生活水平也赶不上你那里，来这里是委屈了她，不过现在不是说这种话的时候，请你给她讲明道理，务必送她来东京。你姐夫说："过去因为屋子小没有让她来而坏了事。这次希望雪子妹妹也一起回来，屋子小，大家挤着住好了。"

请幸子妹妹这次再也不要给细姑娘好颜色看了。要是细姑娘无论怎样都不愿来东京，你那里也不能收留她。这是你姐夫的意见，我也赞成这样做。你姐夫说："这次希望幸子妹妹也站在我们一边，采取果断措施。反正我们已经下定决心，这次决不再磨磨蹭蹭。究竟送细姑娘来东京、还是宣布和莳冈家断绝关系，望在本月内决定，告诉长房。”不过这不用说，断绝关系不是我们所希望的，所以请你和雪子妹妹好好说服细姑娘，使问题得到圆满的解决。

我们等着你的回音。

鹤子

十月二十五日

“雪子妹妹，大姐写来这样一封信，你看吧。”幸子眼圈红红的，把大姐的来信先让雪子看。“姐姐难得写这种语气强硬的信，连你也被埋怨上了。”

“这信准是姐夫教她写的。”

“尽管是姐夫教她写的，大姐也真做得出呀。”

“信里说什么‘一味糟蹋你姐夫的体面，根本不回长房’，这种事情早已是明日黄花了。姐夫搬到东京以后，从来就没有真心想把我们接回去住。”

“只差没说出：‘雪子妹妹倒也罢了，细姑娘要是来了，那就麻烦啦’这两句话而已。”

“首先，那么小的屋子能接我们回去住吗？”

“从这封信看，似乎细姑娘成为阿飞完全是我的责任。不过我是这样想的，细姑娘决不是那种能听从长房摆布的人，有我居中监督，至少不至于过分越轨。尽管大姐这样说，要是没有我掌舵的话，到现在也许越轨得更严重，说不定真成了阿飞了。我有我的打算，既要顾全长房，又要顾全细姑娘，为了不让双方丢脸而煞费苦心的了。”

“大姐他们倒想得简单，以为如果妹妹行为不端，撵了出去就算完事，有这样轻巧的事吗？”

“可是怎么办呢。我看细姑娘是决不肯到东京去的。”

“这种事情根本不用去问她。”

“那怎么办呢？”

“暂时搁置一下怎么样？”

“这次可不行，因为你贞之助姐夫似乎也支持长房。”

幸子因此提出不管怎样先和细姑娘谈一下试试，雪子也要参加。第二天早晨，就在二楼妙子的卧室里，姐妹三个关上房门谈了起来。

“我说细姑娘，哪怕不住多久，你暂时去东京一下怎么样？”

让幸子这样一讲，妙子就像小孩子那样只管摇着头说：“不，不，我宁死也不和长房一块儿过。”

“那么我怎样回答大姐呢？”

“随你怎样说好了。”

“不过这次连你贞之助姐夫都站在长房一边，打马虎眼是混不过去的呀。”

“既然这样的话，我一个人暂时去住公寓好了。”

“细姑娘，你不会上启哥儿那里去吗？”

“来往是来往，住在一块儿我可不干。”

“为什么？”

这一问问得妙子答不出话来了，最后她解释说怕被人家误解。她所说的误解似乎是这个意思：自己仅仅是可怜启哥儿，遗憾的是人家也许以为我在爱他。她那种话在幸子等看来，不过是打肿脸充胖子而已。可是在这种时候暂时由她去过一阵独身生活，尽管同样是脱离家庭，面子上总还说得过去。

“你的话算数吧，细姑娘。准定去住公寓吗？”幸子仿佛一块石头落了地似的说，“那样的话，就暂时委屈你去住一下公寓吧。”

“如果住公寓，我可以经常去看你。”雪子这样一讲，幸子也说：“真的，细姑娘，不讲你也明白，本来不是什么了不得的问题，你就说因为某种关系住公寓，对谁都不要说是脱离家庭。只要不让你贞之助姐夫和悦子看见，要来你白天只管来。我们也经常让春倌去看你。”

说着说着，幸子和雪子两人的眼睛里都含了眼泪，唯独妙子还是一副无动于衷的冷静面容，只问了一句：“行李怎么办？”

“西服柜那类显眼的东西不搬走不妥当，有些贵重的东西只管留下好了。你打算住哪里的公寓呢？”

“我还没考虑好。”

“松涛公寓怎么样？”

“我不想住在夙川。我这就走，今天就把它定下来。”

两个姐姐离开后，妙子独自支起手臂坐在窗前，仰望着晚秋的晴空。不知不觉间两行热泪在她双颊上簌簌地掉落下来。

十二

妙子迁居的那个公寓叫甲麓庄，位于国道公共汽车本山村停车站北面。据阿春说那是一家开业不久的新公寓，孤零零地盖在田野里，一切设备还不齐全，比较简陋。三天以后，幸子和雪子一道去神户，想邀妙子同进午餐，打电话到公寓一问，回说不在。再问阿春，阿春说除非一清早给她打电话，别的时候她多半不在家。尽管如此，幸子还一心盼望她两三天内能来。可是等了几天，妙子还是不来，连电话都没打一个。

不知贞之助是真的相信妻和雪子已经和妙子“断绝关系”了呢，还是对于她们中间背地里有联系而无可奈何，总之，自从妙子被撵走以后，他表面上似乎大致满意了。在悦子面前大家只说细姑娘这次租下甲麓庄公寓作为工作室，所以吃住都在那里。悦子尽管怀疑，但是只能承认下来。过去幸子和雪子经常见不到妙子，所以她们两个不觉得现在和以前有多大区别。实际上家庭里仿佛扑通一下子裂开了一个窟窿，其实这种感觉早就有了，并非由于这次的事件。只是家里出了一个见不得人的妹妹，她们一想起这事就愁闷。为了解愁，她们姐妹俩几乎每隔两天就相偕去神户看电影，有时甚至一天看两场电影，而且不问新旧。一个月来，算算她们看过的影片就有《阿里巴巴进城》、《早春》、《美丽的青春》、《布鲁格剧场》、《少年之街》和《苏伊士》等等。她们走在街上还留心着会不会碰到妙子，可是始终没有碰见。因为长久没有音信，一天早晨便派阿春去探视，阿春回来说：“去的时候细姑娘还没起床，可精神挺好。我说太太和雪子姑娘都很惦念她，请她来一次。”她笑着说：“过两天就去，请她们不用担心。”到了十二月的某个星期，盼望已久的法国电影《没有铁窗的监狱》上演了，姐妹俩赶去看了这部影片，当天幸子就得了重感冒，只好暂时停止外出。

悦子的那个学校十二月二十四日开始放假，二十三日上午妙子回来了，离家几乎快两个月了。她把过新年穿的衣服装满一皮包，谈了一小时话，临走时说：“过了初七再来拜年。”可是一直等到正月十五上午她才来，喝了小豆粥，那天比较从容一些，呆到下午她才回去。幸子年底得了感冒后，因为怕着凉，一直呆在家里没有出去。雪子尽管爱看电影，独自一人也不愿去电影院。她虽说年纪已经不小，可特别怕见生人，出外买点东西都得拉个伴儿。幸子为了让她学习书法和茶道，自己得陪同她到书法老师和茶道师傅家里去。可是总这样也不妥，所以三次里总有一次让她单独一个人去。还有从去年以来，为了那件不得不实行的事——消除她脸上那块褐色斑，每隔一天她得去打一次针。根据大阪医科大学皮肤科的意见，她隔天去栉田医师那里打一次女性荷尔蒙和维生素C针剂。还有悦子每星期学习两次钢琴，回家后由雪子辅导复习。雪子近来的工作，就是这几件。

幸子一个人在家的时候，老守着钢琴消磨时光。钢琴要是弹腻了，就到楼上那间八铺席的屋子里练字，或者把阿春叫来教她弹古琴。阿春是前年秋天开始学古琴的，幸子当时只教她一些大阪七八岁小姑娘开始学琴时的歌曲，例如《女儿节上供奉珍藏的公主》以及《四季的花》等等，高兴的时候就教教她，现在已经学到《黑发》和《万岁》了。阿春不愿上中学，却甘心当女佣，看来她爱好技艺。只要说今天教她弹琴，她就赶紧拾掇好家务事。《雪》和《黑发》的身段还是妙子教她的，舞蹈方法她也大致领会了。这次幸子教她《鹤唳》，内中有这样一句歌词：

“……撒谎呢、咚锵，还是真心……”

这个处所她始终领会不好，琴弹到这里，没有唱出“撒谎呢”就弹完了。两三天中间一直让她练这个地方，连悦子都能记住，学着哼唱了。

“春倌，我的仇报成啦。”悦子说。平常她练钢琴时有些曲调怎么也弹不好，阿春可对不起早已哼哼上了。悦子对此很恼火，所以才有这样一句话。

这个月的月底妙子又来了一次。那天早晨快到中午时，幸子一个人正在会客室里听广播，妙子走了进来，开口就问：“雪姐呢？”自己拉了一把椅子靠近火炉坐了下来。

“刚才到栉田医生那里去了。”

“是去打针吗？”

“嗯……”幸子本来在收听应时菜肴的做法，不知什么时候变成谣曲了。因此就说：“细姑娘，关了收音机吧。”

“喂，你瞧！”妙子下巴指向靠在她姐姐脚边的那只猫“铃”。

“铃”才进屋子不久，闭着眼睛趴在火炉前昏昏打盹儿，看去泰然自若得很。给妙子这样一讲，幸子注意到每逢谣曲里鼓声一响，猫耳朵就耸动一下，它本身似乎什么也不知道，只有它那耳朵对鼓声反射性地动着。

“怎么回事呀，这只耳朵……”

“真奇怪！”

两个人好奇地定睛看着猫耳朵跟随鼓声耸动的情景。谣曲播完，妙子才立起身把收音机关掉。

“针打得怎么样，有点儿效果吗？”

“怎么说呢……这种东西非耐心长打不会好。”

“那要打多少次才好呢？”

“没讲打多少次，只说要耐着性子坚持打下去。”

“难道一定要结过婚以后才会好吗？”

“也不一定，栉田医生说能好。”

“我看光打针不见得会像抹掉那样把它彻底除去。”妙子话头一转说，“告诉你，卡德丽娜结婚了。”

“哦！她给你来信了？”

“昨天在元町碰到了基里连科，他在我背后叫妙子小姐、妙子小姐，追上来告诉我说卡德丽娜结婚了。两三天前来的信。”

“跟谁结的婚？”

“就是她当秘书的那家保险公司的经理。”

“到底让她抓住啦！”

“她给基里连科那封信里还附了一张经理住宅的照片，信里说他们就住在那栋房子里，她丈夫说要把她妈妈和哥哥接去住在一起，叫他们快去英国，旅费随时可以寄来。从照片上看，那栋房子真不小，是一所像城堡那样的豪华大宅邸。”

“真让她抓住一位大人物啦。准是个走路都摇摇晃晃的老大爷吧。”

“哪里，才三十五岁，还是第一次结婚的人。”

“真的吗？”

“卡德丽娜说过：‘我到欧洲一定找个有钱的人结婚，你们瞧着吧。’这下子终于让她达到目的了。”

“她是什么时候离开日本的？不是一年都不到吗？”

“是呀，她是去年三月底走的。”

“这样说来，十个月还不到呀。”

“去英国也不过半年光景吧。”

“半年就能找到那样一个对象，真了不得，美人儿毕竟占便宜。”

“像卡德丽娜这样的美人有的是。难道英国那个地方不出美人吗？”

“基里连科和那位老奶奶去英国吗？”

“大概不去吧。老奶奶说：‘像咱们这种生活困难的人去到那里，只会给女儿丢脸。呆在日本，谁都不知道我们的底细。’”

“哦，西洋人也有这样的心情哩。”

“对了，对了。卡德丽娜还和她前夫说好，要领回他们所生的女儿啦……”

妙子回家没有别的什么事情，无非是扯扯卡德丽娜的消息罢了。幸子告诉她雪子马上回来，劝她吃了午饭走。她似乎和奥畑约好在什么地方碰头，所以说下次再来吧，坐了三十分钟就走了。

妙子走后，幸子对着炉火，又独自沉思起来：诚然，卡德丽娜的结婚，妙子确实有特地前来报告的价值。年轻有钱的经理爱上一个新雇用的女秘书，而且终于娶她为妻，这种事情总以为只出现在电影的情节中，现实社会里决不会有，可是毕竟不是这样。一如细姑娘所说，卡德丽娜并非国色天香，也没有什么了不起的本领，却能交上这样的好运，这种事情在西洋难道可以大把抓吗？无论如何，一个住在大宅邸里的保险公司经理，三十五岁的未婚绅士，居然和一个雇用了才半年、既无亲戚朋友，又不明其出身血统的走江湖的女性结婚，不管那女的多么漂亮，按照日本人的常识来说，怎样也是不可想象的。……听说英国人很保守，难道他们在婚姻问题上就那么开明吗？卡德丽娜宣称她要和大财主结婚让人家看，幸子认为这不过是涉世未深的年轻姑娘的梦想，随便听她讲讲罢了。可是她这种打算却意外地认真，大概她确信只要有自己这份美貌，就可以达到目的而离开日本的吧。把一个亡命的白俄姑娘和大阪的大家闺秀拿来比较，也许不恰当，可是毕竟有卡德丽娜这样的人，自己姐妹们为什么那样不争气呢？四姐妹中一向天不怕地不怕被称为“变种”的妙子，遇到紧要关头对于外界还多少有些顾虑，到现在还未能和自己心爱的人结合。比妙子还小的卡德丽娜却能抛开她妈妈、哥哥和家庭，迈步登上世界舞台，凭她的闯劲开辟自己的生活道路。并不是卡德丽娜那番作为值得羡慕，比较起来，雪子妹妹比她强得多，她上面有两个姐姐两个姐夫给她撑腰，可是，到现在还没有找到一个如意的郎君，不是太窝囊废了吗？像雪子妹妹这种老实人，决不想教她学卡德丽娜，就是教她学，她也学不上，她的真正价值也就在这种地方。不过负有保护之责的长房和我们夫妇，面对这位白俄姑娘，不是无地自容了吗？要是卡德丽娜取笑说：“你们这些人跟在后面干了点什么呀？”我们不是毫无办法吗？

幸子想起去年在大阪火车站上送别时，大姐一面叹气，一面悄悄地凑在她耳边讲的那句话：“我现在的心情是只要有人愿意娶雪子妹妹，无论是谁都欢迎。即使结了婚而离异，也宁可让她结一次婚。”这时大门的门铃响了，雪子似乎要进会客室来。幸子把烘红了的脸俯向炎炎的火苗，偷偷地拭去眼眶里的泪水。

十三

发生这类事情以后两三个星期，一天幸子去井谷的美容院理发——幸子和雪子一直都去那里理发，井谷也一直把雪子的亲事放在自己心上。井谷开口问：“太太认识大阪的丹生夫人吗？”幸子说：“井谷老板娘怎么认识她的呢？”井谷说：“我是最近才认识她的。原来前几天在庆祝某人出征的欢送会上经人介绍，一谈起来，才知道她是您的朋友。我们谈到了府上各位。丹生太太说，她和您是好朋友，最近两下走岔了路，长久不碰头了。有一次她们两三个人到芦屋府上拜访，碰巧你生了黄疸病躺在床上，这是好久以前的事了，已经三四年了。”井谷这样一讲，幸子想起确实有这样一件事。有一次，丹生夫人同下妻夫人和另外一位刚从美国回来的、衣着入时、洋气十足、说起话来怪腔怪调的东京太太——连姓名都忘掉了，来芦屋访问，幸子扶病接见，一反平时的作风怠慢了她们，草草打发她们走了。丹生夫人也许因此生了气，从此以后一直没来芦屋。

“啊，是了是了，那次我非常开罪丹生太太，她对我很有意见吧？”

“哪里，她反倒问起雪子小姐的近况来了。她说那位妹妹不知怎么样，要是还没有许婚的话，她倒有个理想人物呢。还说因为提到了雪子小姐，才偶然想起这件事情的。要是那个人的话，包管雪子小姐会满意。”井谷一点点扯到那方面去了。

“我和丹生夫人还是第一次见面，何况又不了解她所谓的‘理想人物’究竟是怎样一个人，不过我认为她既然是太太的好朋友，不妨信任，所以当时就请求她无论如何帮雪子小姐出把力。听说那位先生是医学博士，原配夫人去世了，只留下一个十三四岁的女儿，没有别的累赘，本行虽说是医生，可是现在全然不行医，却当上修道町某制药公司的董事。我所听到的就这点儿情况。这门亲事看样子不会太差，所以我对丹生夫人说：'要是用得着我，我可以尽力，对方就拜托您去说合吧。莳冈太太自然不会再提出以前的那种苛刻条件，不过我看还是从速进行为妙，'因此当场就说定下来。丹生夫人说：'那么让我先去问问对方的意思怎样。'我阻止说：'情况固然要摸清，不过我们无妨安排他们先碰一次头。'丹生夫人说：'那也好，对方大概不会有异议。即使有异议，我也能硬拉他来。所以他那里没有什么问题。莳冈小姐那里就由你负责去办。找个简单的餐馆大家在一起吃顿饭，地点在大阪，时间在两三天内。确定以后再打电话联系吧。'我也向她保证说：'好，那真太好了，莳冈太太也一定会高兴的。'临分手时她还一再叮嘱说她一定等候您这里的好消息，估计这几天里她会来电话，到那时我再到府上去看您。"

幸子那天只听井谷讲了个大概就回家了。她想丹生夫人和井谷都是急性子的人，而且富于干劲，这件事大概不会没有下文。果然，三天后的上午十点钟左右，井谷来了电话。她说："关于上次谈的那件事，刚才丹生夫人打电话来说，今天下午六点钟要我陪同雪子小姐去岛内的日本餐馆'吉兆'，只算随随便便应邀去吃一顿晚餐，心情无须紧张，您看怎么样？还有，丹生夫人认为最好让雪子小姐一个人来，要是需要人陪的话，就请您先生陪，您就不用来了。因为太太像开屏的孔雀，您一来，雪子小姐的美好印象就被冲淡了。对此我也有同感，请您听从她的意见办吧。在电话里说这样的话很失礼，不过这事前几天大体上已经奉告，并且希望得到您的应承，现在又因为急等着办……"听对方的口气，似乎马上要等候答复的样子。幸子回答说："请等一两个小时吧。"说完先把电话挂断，和雪子商量："雪子妹妹觉得怎么样？当天通知相亲，这种性急的事情连我都合不来。可是自从上次那桩亲事以来，一直把雪子妹妹放在心上的井谷老板娘的亲切为人，是值得感谢的。再说丹生太太和我也不是一日之交，她深知我家的情况，我想决不会介绍那种低三下四的人。”雪子就说，“不过仅凭前几天那番话，总觉得靠不大住，不妨直接打个电话给丹生太太，问问对方的详细情况。”幸子于是打了一个电话给丹生夫人，细细探问了对方的情况。

据丹生夫人说，那人叫桥寺福三郎，静冈县人。两个哥哥都是医学博士。他曾留学德国。家住大阪天王寺区乌边，房子是租的，现在父女俩一起生活，家里雇了一个老妈子使唤。女儿在夕阳丘女中读书，相貌像她已故的母亲，既漂亮又天真。桥寺兄弟几个都很出色，在故乡又是名门世家，所以大概多少能分到一些财产。本人又是东亚制药公司的董事，收入一定很可观，生活看去很阔绰。本人风度翩翩，仪表堂堂，简直可以说是个美男子。这样听起来，条件意外地好。问起年龄，说是大概有四十五六岁。问到他女儿的岁数，说是大概在读女中二年级。再问小姑娘有没有兄弟姐妹，就对答不上了，甚至连男方有没有父母都回答不出。仔细追问下去，原来丹生夫人和他已故的太太只不过是趣味相同的朋友，她们是在蜡染讲习会上相识的。丹生夫人告诉幸子说她不大去桥寺家，所以和桥寺福三郎只见过四次面，在桥寺夫人生前见过他一次，死后入殓及周年忌辰见过他两次，昨天去他家说亲，才是第四次见面。她劝桥寺不要老闷闷不乐地一味想着已故的太太，那没有用。她叫桥寺跟她走，她给介绍一个非常漂亮的小姐。桥寺说那就一切拜托，请多多照拂。所以无论如何莳冈小姐也必须答应。丹生夫人平常对关西人说大阪话，对东京人说东京话，近来却光说东京话，上次见面也是如此，今天更像是一位滔滔不绝的东京人。

“丹生姐，您可真有两下子！”幸子也受了她的影响，说起东京话来，“听说你不许我陪同前去。”“那是井谷老板娘说的，我只是表示同意罢了，话是井谷老板娘说出来的，如果你要生气，就请你生她的气吧。”丹生夫人接着又说，“对了，对了，前些日子我遇见阵场先生的太太了。谈起你们时，据说她也曾做过媒。”幸子听到她这句话，吃了一惊，连忙问道：“阵场太太讲什么来了？”“哎，她……”丹生夫人踌躇一会儿说，“她说媒是做了，可是被干脆拒绝了。”“阵场夫人一定生气了吧？”“也许是吧。可是没有缘分，生气有啥用。这样的事情要生气的话，还能做媒吗？我决不说这种蠢话，双方见见面，不中意的话，可以干脆拒绝，用不着客气。所以不用多虑，轻松愉快地来就是了。……总之，请你和雪子小姐说，希望她务必来见见面。面也不见就拒绝，那我真的要生气了……”说完她又加了一个尾巴：“反正我已经预定了酒席，到时候我会邀请桥寺去预定地点赴约。您也不用再给我回电，估计雪子小姐会光临，我恭候着……”

说今天就今天，这种霹雳火爆的相亲要是应邀前去，幸子觉得未免太轻率了。可是只要不拘泥这点，让雪子今天去赴约也并不妨事。雪子平时不愿单独行动，由贞之助代替幸子陪同出席的先例也曾有过，只要贞之助方便，这事也好解决。问题就在无论如何不愿这样轻易应邀前去，尽管最后还是要接受丹生夫人的建议，今天这个当口却想托故推迟两三天。一句话，总觉得要摆摆架子拿大一些。不过另一方面丹生夫人既然那样热心介绍，如果不老老实实接受她的好意，又怕会损伤她的感情。刚刚在电话里还听到她讲阵场夫人生了气，那句话一下子触动了幸子的心事，所以她今天格外胆怯。前年春天拒绝野村这个人的求婚时，借口长房不同意，还以为拒绝得非常婉转，哪里知道仍然大大开罪了介绍人。站在阵场夫人的立场上，生气也许是理所当然的，就连幸子本人还暗暗有些内疚。这次听到这样的消息，更加吃惊。不过丹生夫人为什么又突然提起这件事呢？丹生夫人平常固然话多，可是突然搬出一个不相干的人的事情，把无须告诉幸子的话讲给她听，这难道是单纯的饶舌，会不会还带有某种威吓的意味……

“怎么办呢？雪子妹妹。”

“……”

“去一下试试怎么样？”

“二姐去吗？”

“我倒是很想陪同你去，不过人家既然那样说，我也只能回避了。和井谷老板娘两人同去，你不愿意吗？”

“两个人去……”

“那就让你贞之助姐夫陪同你去吧……”幸子一面观察雪子的脸色一面说。“只要他有空，就会陪你去的。打个电话去问一下好吗？”

“嗯。”

看到雪子点头同意，幸子立刻给大阪的会计师事务所挂了个加急电话。

十四

贞之助听到井谷和雪子分头出发，五点半钟在事务所汇合，他在电话里就一再强调说：“那样也可以，不过井谷一定要准时到来，雪子妹妹也不要迟到，最好比井谷早来半小时。”可是过了五点一刻还不见雪子到来，他有点儿坐立不安了。因为妻和雪子平常老不遵守时间，自己固然司空见惯，但是如果让急性子的井谷等候的话，自己也会焦急得受不了。尽管估计雪子已经出发，为了慎重起见，他又给芦屋挂了一个电话。电话还没接通，事务所的门开了，井谷和雪子一前一后进来了。

“哎呀，你们两位一块儿来太好了，我正在挂电话呢……”

“其实是我去府上邀请小姐同来的，”井谷说。“时间已经不早了，马上就走怎么样？汽车在等着呢。”

关于今天这个约会的来龙去脉，贞之助只是在刚才的电话里听幸子讲了个大概。丹生夫人这个人，名字是知道的，到底见过面没有，就记不清楚了，所以他仿佛是被拉进五里雾中那般。因此一路上在汽车里就打听今天要见的是什么样的人，和井谷是什么关系。井谷说她也弄不清楚，详细情况得问丹生夫人。“那么丹生夫人和您又是什么关系呢？”“我们是最近认识的，今天是第二次见面。”贞之助听了这样的回答，更加迷糊了。来到指定的餐馆“吉兆”一看，那位夫人和桥寺其人早已先到了。井谷走进餐室招呼说："您好。等了很久了吧？"对一个今天才第二次见面的朋友，说话的口气的确够亲密的了。

"哪里，我们也是刚到。"丹生夫人也随便地回答，"可是真叫我佩服，你们不早不迟，正六点到达。"

"我一向遵守时间，今天因为怕小姐有问题，所以顺便去邀请她一同来的。"

"这个餐馆你们是一下子就找到的吗？"

"是的，因为莳冈先生知道这个地方。"

"啊！久违久违！我们曾见过一次的。"贞之助一面招呼一面想起这位夫人在家中会客室里曾经介绍过了，"很久没有问候，您好吧。内人总承蒙您照顾。"

"岂敢岂敢。我也好久没有见到您夫人了。还是那次您夫人生黄疸病躺在床上的时候去府上拜访过一次。"

"噢，那已经是三四年前的事了。"

"可不是吗。当时我和另外两个朋友闯到府上，硬把您夫人从床上拉起，说不定她把我们当成女绑匪了吧。"

"真是女绑匪。"身穿棕色西服、并膝站在那里等候着介绍的桥寺，向丹生夫人使了个眼色微笑着说，"我是桥寺，初次见面……"他首先向贞之助作了自我介绍。"这位太太真的是女绑匪。她不管三七二十一，非让我跟她来不可，今天我就是这样糊里糊涂地被拉出来的……"

"吓！桥寺先生，哪像个男子汉呀。既然来到这里，就不该说这种话。"

"说得对。"井谷也帮腔了。"这种辩解说它做啥。男子汉大丈夫要有魄力。你这样说首先是对我们失礼。"

"唉呀，真对不起。"桥寺挠挠头说。"今天该受欺侮了。"

"这是什么话！哪里是欺侮你，不全是为你着想吗？像桥寺先生那样一天到晚尽对着已故太太的相片看，身体要受害的。你该出来见见世面，要知道社会上有的是不比你夫人差的美人。"

贞之助惴惴不安地察看雪子的脸色，她似乎已经习惯于这种场面了，只在一旁笑嘻嘻地听着。

“好了，好了，别斗嘴了，请入席吧。桥寺先生坐在那边，这个地方是我坐的。”

“怎么办呢，两位女绑匪在座，不依从的话就要遭殃了。”

桥寺多半也像贞之助他们那样是被硬拉出来的。他本人并不曾打定主意要马上再结一次婚，而是突然让一位并不特别亲密的丹生夫人抓住，连考虑的时间都不给，就被牵着耳朵拉来的，所以他只管说什么“怎么办”、“太意外了”，可是他那为难的样子颇为和蔼可亲，没有使对方产生反感。贞之助和他谈了一阵后，发现这个人特别圆滑，是一位在社交方面久经锻炼的人物。他拿出来的名片上印着医学博士、东亚制药公司常务董事的头衔。他自己也说：“不当医生，做起医药公司的掌柜来了。”正因为这样，他待人接物和善机灵，完全是实业家类型的，看不出什么医生的派头。年龄听说是四十五六岁，可是脸面、手腕以及手指都白白胖胖的，是一个五官端正、丰颊的美男子。不过由于长得肥胖，所以一点没有轻佻的样子，是一位和他的年龄相称的有威信的绅士。历次相亲所遇见的候选人中，这个人的风度可算得上是第一流的了。他的酒量虽说赶不上贞之助，不过多少也能喝几杯，只要给他斟上，他决不推辞。所以像今天这种交情不深的聚会，本来很容易冷场，不过由于两个女绑匪的勇敢以及这个男人的善于应酬，席上居然谈笑风生。

“不怕诸位见笑，这个餐馆我从来没有来过，今天的菜肴可丰盛啦！”贞之助的酒已经上了脸，红光满面地说，“眼下酒菜日益缺少，这家餐馆平常难道总有那么多的佳肴吗？”

“哪里，不是这样的。”桥寺说，“今天是因为看在丹生夫人的面子上给特别做出来的佳肴。”

“不见得吧。不过我丈夫捧这家餐馆，所以比较可以任意点几个菜。再说这家餐馆叫‘吉兆’，今天为了图个吉利，才选中这里的。”

“刚才太太读作‘吉兆’，其实字虽写成‘吉兆’，发音大概是

‘吉求’。”贞之助说，“这个词儿我想关东人大概不知道。大阪有一种叫做‘吉求’的东西，井谷老板娘知道不知道？”

“这……我不知道。”

“‘吉求’？……”桥寺也歪着脑袋说，“我也没有听说过。”

“我可知道。”丹生夫人说。“所谓‘吉求’，不就是正月初十祭财神那天，西宫和今宫庙会上出售的系在竹竿上的纸金币、账簿以及钱匣子那类东西吗？”

“是呀，就是那东西。”

“啊，是了，像招财进宝树那样的东西吧？”

“对，就是那种东西。‘祭财神出售的东西有……’”丹生夫人边说边哼哼起祭财神歌来了。“……‘包装袋加上小碗和钱夹子，纸金币加上钱盒和高帽子……’”她还屈指数着说，“把这些东西一一扣在竹竿上。在大阪，这种东西写作‘吉兆’，但方言读作‘吉求’。是这样吧，莳冈先生？”

“哎，是的。可是没想到太太知道‘吉求’这个读音，真是意外。”

“人不可貌相。别看我这个样子，我可是生在大阪的呀。”

“嗨，太太您？”

“所以那点儿知识我还是有的。不过现在的大阪人不知道还用不用那种旧式的读法。这家餐馆里的人好像也都念作‘吉兆’啦。”

“我还想请教一个问题，刚才您唱的祭财神歌里的葩煎袋是什么东西？”

“葩煎袋？不就是包装袋吗？‘包装袋加上小碗和钱夹子’……”

“不对，应该是葩煎袋。”

“有葩煎袋那种东西吗？”

“莫非是装葩煎的袋子？”桥寺插嘴说。“所谓葩煎，就是江米花，最初我不知道汉字怎样写，大概是炒江米时发出噼噼啪啪的爆裂声，所以才称作葩煎的吧。关东方面过三月节时用它做炒豆……”

“桥寺先生知道得真清楚。”

大家谈了一阵关东和关西在风俗、语言方面的区别，生在大阪，长在东京，又回到大阪的丹生夫人，自喻为“两栖动物”，在这方面比谁都内行，她可以得心应手地用东京话对付井谷，用大阪话对付贞之助。随后，曾在美国研究了一年美容术的井谷，搬出了她的“海外见闻”。桥寺也谈了他在德国参观拜尔制药公司的情况。他说那家公司规模极大，盖在工厂里的电影院大得犹如道顿堀的松竹座。谈到适当的时候，井谷尽量把话头拉回，动问桥寺的女儿和他家乡的情况，不知不觉又回到再婚的问题。

“令嫒对于这件事说什么来啦？”

“没听到我女儿说什么。主要是我自己还没有打定主意……”

“所以您该决定下来呀。反正您决不会不再娶吧。”

“是呀，娶是要娶，只是不知怎的……这……怎么说呢……在心情上我至今还不打算立即组织一个新家庭。”

“这是什么道理呢？”

“说不上有什么道理，只是迷迷糊糊的下不了这个决心罢了。要是有太太这样一个人在旁边推动推动的话，也许最后会娶上一个吧。”

“那么，一切就听凭我们来办啦。”

“不，您那么说也麻烦……”

“瞧，桥寺先生真是条鲶鱼！快快组织一个新家庭吧，已故的太太在九泉之下也会高兴啦。”

“我也并非那样惦念着亡妻呀。”

“我说丹生太太，桥寺先生这种人平常总要别人端正好碗筷请他吃，否则他就不举筷，所以我们不用理会他，只管快快给他安排妥当就是。”

“真是个好办法。到那时绝对不准他再推三阻四了。”

贞之助和雪子只能含笑看着桥寺被两个女绑匪你一言我一语捉弄得一团糟的样子。今天的聚会全然没有相亲的思想准备，正如丹生夫人说的那样，是以一种“轻松愉快”的心情来参加一次晚餐罢了。不过，把一个本来不想结婚的人硬拉到这里，当着贞之助和雪子的面进行这样的谈判，不是女绑匪确实干不出这种勾当来。贞之助觉得他和雪子处在这种地位十分尴尬，不过更奇怪的是不知什么时候雪子练出了这样的胆量，对着眼前的光景并不怎么手足无措，反倒笑嘻嘻地看着。当时她这种平平静静满面笑容的态度，自然比畏畏缩缩的表情易于应付那种场面。不过如果换了以前的雪子，早已存身不住，羞得满面通红，噙着眼泪，或者离席而去了。不管年纪多大，她始终没有丧失处女的纯真，可是由于一次又一次的相亲，说不定她的脸皮也变得厚了，胆子也大了。即使不是这样，想到她已经三十四岁，这种表现也就很自然了。平常贞之助被她年轻的外貌以及称身适体的小姐式的服装瞒过了眼睛，直到今天竟然没有注意到她的这种变化。

这些姑且不谈，现在要问桥寺打的是什么主意。即使说他是听了丹生夫人将给他介绍如此这般一位小姐，抱了见一次面无损于己的想法才来到这里，如果真像他宣称的那样“还没想到要结婚”的话，他来做什么呢？从表面上看，他不是也有点儿“跃跃欲试”吗？刚才他一再表示的窘状，其实有几分装腔作势，他内心里打的主意说不定是雪子假如符合他的要求，娶她也不妨。他的到来，并非完全出于开玩笑。不过，正如丹生夫人所说，他这人待人接物过于圆滑，捉摸不透，今天晚上雪子这位姑娘给了他什么印象，从他外表上不容易看出来。雪子以外的四个人今晚都畅所欲言了，唯独雪子一开始就被女绑匪的言行吓破了胆，所以始终没有参加他们的谈话。尽管人家不时给她造成和桥寺交谈的机会，她还是故态依然地吝于启齿。桥寺为了应付女绑匪也弄得手忙脚乱，对雪子只客客气气地招呼了两三次。由于这样的关系，根本看不透对方是什么心境。贞之助直到分手时还弄不清楚双方是不是只此一会，或者下次还要见面，所以临别的应酬话也只能适可而止。

归途井谷和他们同坐阪急电车，一路上她凑在贞之助耳边反复地解释说：“这门亲事包在丹生夫人和我身上，一定办成功给你看。桥寺先生既然出席了今晚的会餐，那就再也由不得他做主了。我从旁观察，他内心里很中意雪子小姐呐。”

十五

当天晚上贞之助和幸子谈了自己对桥寺的印象。据他看桥寺这人够打一百分，确实是个理想的对象。不过目前本人正在考虑再婚问题，不像丹生夫人和井谷所说的那样已经考虑成熟，所以暂时不得不等一下。倘若冒冒失失听信了她们两个人的话，说不定又要上当。自从去年以来，夫妇俩在雪子的婚姻问题上变得胆小起来，所以昨天的情况只谈了这些。

第二天傍晚井谷来了。她说今天上午丹生夫人很快打来了电话，问起昨晚对那个人的印象如何，雪子小姐是怎样想的。幸子由于听了丈夫的话，就回答说："对方似乎很不错，不过要是不打听清楚那位先生的想法……"井谷马上说："不，这个不用您担心。丹生太太上午的电话里提到对方和她说：'那位小姐的性格似乎内向而阴郁，不知道是不是这样。我喜欢雍容华贵而又开朗的人。'因此我对她说：'初次见到雪子小姐的人都有这样的感觉，可是她决不是那种人，请你好好和桥寺先生说明一下。说实话，雪子小姐的性格也许有些内向，可是一点也不阴郁。由于她性情幽娴恬静，乍一看就像是有点阴郁，可是和她逐渐接近以后，——这样说也许不礼貌，将会出乎意外地发现她的兴趣以及其他方面都意外地欧化、时髦而且开朗。所以我觉得那位小姐正好是桥寺先生理想中的雍容华贵的人物。如果不相信的话，不妨交往一下试试。首先雪子小姐在音乐方面爱弹钢琴，吃东西爱好西菜，平时爱看西方电影，外文学的是英语和法语，只此几点不就可以看出她是一位开明的小姐了吗？至于穿衣裳喜欢和服，那是因为她穿那种花花绿绿的长袖子友禅绸衣最合身，这也可以证明她的性格有华丽的一面，双方交往以后，这些情况立刻就会明白的。大家闺秀第一次见面就滔滔不绝地健谈，这种人一般都不是什么好样的。'我多次延长通话时间，无保留地和丹生夫人谈了雪子小姐的情况。"井谷说完又提出一个要求说："不过雪子小姐也不可过于老实，那会招致误解，自己吃亏。下次见面谈话不妨稍稍大胆些，那样才好。不久我们还要把对方拉出来，那时请雪子小姐做好思想准备，务必给人家一个开朗的印象。”她说完就回去了。

幸子暗地里一直担心着雪子眼眶上的那块阴影，幸而这次不那么明显，总算松了一口气。可是这次果真有苗头吗？井谷的话也只能听信一半。可是第二天下午三点钟左右，井谷来电话说：“我现在人在大阪，一小时后和丹生太太陪同桥寺先生去拜访你们。”

“到家里来吗？”幸子急忙问。

“是的。他今天时间不充裕，只有二三十分钟的应酬工夫，别处又没有适当的会面地方。再加他说他想看看府上的情形。”井谷说。

“到我们家里来，这可……”幸子有点儿吞吞吐吐。

“不，今天是意料之外的事，真的只呆上二三十分钟，所以请您不用张罗什么。桥寺先生好不容易动了心，不能因变更计划而闹别扭，请你一定这样办吧。”井谷全然不理睬幸子的为难，简直是高压式的口气。

幸子摸不透雪子的心思，回头问道：“怎么办？雪子妹妹。小悦让阿春送到神户去好了……”

“不用这样吧。她们两个似乎已经觉察出来了。”雪子回答得从来没有这样爽利过。因此幸子又回头对井谷说：“您既然这样讲，那么我就恭候光临了。”终于应承了下来。随后又立即打了一个电话给丈夫，让贞之助尽可能在那个时候赶回家。

贞之助在客人到来以前就回家了。他告诉幸子：“井谷也给自己打来电话说：‘桥寺先生渴望体味一下家庭气氛，所以他今天请求让他和府上各位见个面。’不料雪子妹妹居然满口应承在家里和他见面，雪子妹妹这一心境变化比什么都叫我高兴。”说着说着，三位客人到来了，就把他们请进会客室。井谷独自来到走廊上，叫出幸子，问道：“细姑娘今天不在家吗？”幸子心里一怔，回答说：“偏巧她今天出去了。”“那就请悦子姑娘也来见见面吧。本来想把桥寺先生的姑娘也带来，只是因为今天太匆忙，下次一定带她来，正好和悦子姑娘交个朋友。两位小姑娘先交上朋友，再好也没有了。那样一来，桥寺先生就更加动心了，我想事情就一定更好办。”贞之助也说：“雪子妹妹难得像今天这样大方，莫如让悦子也出来见见面，听听她的意见。”于是就由贞之助夫妇和雪子、悦子四人接待来客。

桥寺那天仍然一副身不由己的态度，表示他是被丹生夫人和井谷硬拉来的，碰上她们两位就毫无办法。他说：“这样突然登门造访觉得很失礼，不过我是被女绑匪硬拉来的，并非出于本心。”他还一再解释说：“像我这样一个挣工资的小职员，没有资格娶府上的小姐，身份实在太悬殊了。”弄不明白他的话究竟是什么用意。

雪子不像以前那样一脸不高兴，不过生来的害羞一下子改不了。尽管井谷预先作了劝告，也看不出她那天有什么特别巴结的样子，对答照样不是那么爽爽快快。贞之助注意到这点，让她取出贴有每年在京都赏樱花所拍摄的相片册子让客人看，讲解说明主要由幸子担当，雪子和悦子只不过偶尔谦虚地从旁补充几句。幸子想到这时如果妙子在家，适当地搬出几句笑话，准会让满座的气氛活跃起来。贞之助和雪子、悦子说不定也抱有与幸子相同的心情。客人原说只坐上二三十分钟，可是磨磨蹭蹭的早已超过了一小时。这时桥寺看了一下手表，说声应该告辞了，就站起身来，丹生夫人和井谷也都站了起来。幸子挽留两位女客说：“你们两位不是还可以坐一会儿吗？”不过她知道井谷是个忙人，于是就对丹生夫人说：“丹生姐，您好久不来了，别走了，就是没有什么可以招待您。”

“那么我就不走吧。晚饭请我吃什么好菜？”

“哪里有什么好菜，不过茶泡饭罢了……”

“茶泡饭也好呀。”丹生夫人终于单独留了下来。

雪子和悦子回避着没有一桌子吃饭，只剩贞之助夫妇和丹生夫人三人专门谈论这件事。幸子今天是第一次和桥寺见面，对他的印象似乎也很好，夫妇两个不约而同地称赞桥寺的人品，一致认为尽管还没有征询雪子的意见，不过从某些地方可以看出她对于桥寺这样的人大概并不讨厌。丹生夫人又告诉他们，她后来对桥寺的收入、家世以及性格方面调查打听的结果。他们听了，越发巴望这门亲事能成功。无奈在他们夫妇俩眼里，桥寺那方面并不那么积极，所以总觉得放心不下。可是丹生夫人却说："桥寺的装腔作势，都是因为我们从旁催逼得太紧，他才做出那个样子以掩饰他的难为情的，骨子里他对雪子小姐是十分有意的。不过说实话，他和他前妻是恋爱结婚，所以到现在还多少有些碍着亡妻的面子，对死者的遗孤的想法似乎也有顾虑。因此即使再婚，他也要装出是被动的，让人家劝说着，不得已才结婚的。实际上是他自己下不了决心，却希望人家在他背后推他入彀。如果真正不想结婚，决不会让人家把他拉出来两次。就拿今天来说，他嘴上尽管讲'见过一次面就闯到人家家里去，太没有常识'，可毕竟还是来了，这还不够说明他对雪子小姐有意吗？"她的话听来确实是那么回事。丹生夫人还说："桥寺似乎很重视他女儿的想法，如果是他女儿中意的人，他立刻会照办。所以下次要安排他女儿和雪子小姐见见面，那时务必叫府上的悦子小姐也出席，尽可能促使她们交好朋友。"丹生夫人说完这番话就回去了。

丹生夫人走后，幸子对贞之助说："一向给雪子妹妹做媒的人来过不少，可是无论如何要数这次最好。咱们所希望的条件对方全都具备，地位、身份以及生活水平既不太好，也不太坏，正好合适。要是错过了这次机会，恐怕再也找不到这样的对象了。丹生夫人既然说对方故意采取被动态度，希望女方做工作加以推动，我们就积极些好不好呢？"她说这话的目的是希望贞之助出个好主意。贞之助也赞成采取积极态度，可是究竟怎么办好呢？他说："不管怎么说，关键人物雪子妹妹的态度消极，在这种时候真正毫无办法。实际上像今天晚上只要她稍稍随和一些，也就好办得多。"他只说让他再考虑考虑，却并没有想出什么高招儿来。

第二天贞之助上班后，想起道修町离他那儿不远，要是有适当的借口，自己可以到桥寺那个制药公司去访问他，把这桩亲事说定下来。转念昨天席上谈到药物问题时，幸子诉苦说："家里平常从不间断德国进口的维生素 B 和磺胺，近来由于受到战争的影响，经常短缺氮磺胺的片剂和针剂，为难得很。"桥寺就说："我们公司里生产的普莱米尔磺胺药片，请您一定试服一下，它不同于一般国产品，绝对没有副作用，功效也不比进口货差。还有维生素B，本公司也生产，不妨请您试试。我马上打包裹给您寄来。”

“请您不用邮寄，我每天去大阪，可以自己上您的公司去取。”

“请您一定来，我等候您，要是事先通个电话，那就更好。”

贞之助回想起昨晚主客之间有过这样一段交谈，当时自己并非真打算去他那里取药，可是如果今天去他那里访问，托称内人希望尽快获得您昨天说的那种药，也自然得很，并非滑稽可笑。贞之助想出这个主意后，那天就提早下班，从堺市那条路向西走百米左右，在道修町大街北边就是那制药公司了。周围都是些盖造得像仓库那样的旧式老店，只有这家公司是一幢现代化的钢筋混凝土建筑，一眼就看出来了。从公司里走出来的桥寺，不用贞之助开口，寒暄过后随即叫来一个学徒工，吩咐把某几种药各几盒包扎妥当送来。然后对贞之助说：“这里连一个接待您的屋子都没有，我奉陪您去什么地方坐一会儿吧。请稍稍等一下。”说完他转身走进里面，对两三个店员吩咐了一些事，连大衣和帽子也不拿就出来了。贞之助只在店头等了五分钟，可是从桥寺对店员讲话的样子以及店员对他的态度来判断，觉得他虽说是董事，却像是这个铺子的头号人物。他递给贞之助一个药包，说“需用时请随时再来”，却不肯收受药钱。弄得贞之助不知怎么办才好，只能姑且说：“百忙中来打搅，真对不起，就此告辞吧。”“哪儿的话，没什么可忙的。我陪您去那边坐坐。”贞之助想，也许他有什么话要讲，这种机会不应该错过，因此就跟着他走。估计他大概要领自己去附近的茶室，谁知他却走进一条小胡同，登上一家民房式的小饭馆的二楼。贞之助自以为很熟悉大阪的街道，却不知市区中有这样一条小胡同和这样一家小馆子。楼上只有一间客座，屋外四周都是人家的屋顶，以及东一幢西一幢的高层大厦，犹如置身在船场的正中心似的。这家饭馆大概是道修町的商人们、特别是药厂老板和掌柜接待客人吃顿便饭、谈谈话的地方。桥寺解释说：“在这样的地方招待你，非常抱歉。只是由于饭后回去还有一点儿事情要办。”贞之助没想到桥寺会请他吃饭，让他这样一讲，反倒弄得他局促不安起来了。

这家馆子的菜肴并不特别可口，只做出五个精致的菜，酒也只上了两三壶。饭本来就吃得早了些，贞之助看出桥寺很忙，所以他很快就放下了筷。饭吃完后，初春的天空还留有落日余晖，两人对坐还不到两小时。桥寺没有讲什么贞之助私下期待的“话”，完全是礼仪上的应酬，随便闲扯了一阵而已。只在回答贞之助的问题时，他说：“我本来是专攻内科的，在德国专门研究胃镜的用法。回国后由于偶然的机缘踏进了这家公司。由于种种原因不得不放弃专业而改行做西药买卖。这家公司现在另有一位经理，不过他根本不来上班，实际工作几乎完全由我负责。每当去外地推销新药时，对方往往不知道我是医生，在说明新药疗效时，对方才领会出来，弄得狼狈不堪，这是很可笑的。”尽管贞之助提出一些问题问他，他对莳冈家和雪子的事情却一字不提，所以贞之助也难以扯到那方面去。直到水果端上桌子，贞之助才鼓起勇气说出小姨外表看看沉默寡言，其实她的性格决不阴郁，而且他是在谈到别的事情时捎带插进一两句，以免被误认为在为自己的小姨申辩。

十六

第二天丹生夫人给幸子打来电话说：“听说您先生昨天访问了桥寺先生，这样直接交往很好，希望你们就按这种步调积极搞好关系。过去你们一切都委托别人，那样做不好，而且还被人家说成高高在上什么的。现在我们既然给架好了桥，今后就全靠你们自己积极努力了。我们的任务已经完成，井谷老板娘和我今后都可以退出舞台了。我认为事情一定会顺利进展，不妨加把劲试试。希望早日听到好消息。”最后还说了一句“祝贺你们”。可是照幸子夫妇的看法，事情还远远没有进展到值得让人恭喜的地步。丹生夫人的电话刚打完，栉田医生来串门，说是出诊回来，路过府上顺便进来的。还说托他调查的事情已经知道了。原来幸子早先托他调查桥寺的情况，因为她觉得桥寺和栉田尽管毕业年份不同，但他们都是大阪大学出身，所以就请栉田调查一下。栉田是个大忙人，所以他说声失礼，连大衣也不脱，走进会客室站着讲了个大概。他从大衣口袋里掏出一张纸，递给幸子说："余外的事情都写在纸上了，请您看吧。"说完就告辞走了。那张纸上的报告写得非常全面，是栉田医生的同学好友写的。他和桥寺很亲密，不仅把桥寺本人和他家乡的情况写得详详细细，连桥寺女儿的柔顺性格以及她中学里的好名声也都写得使人一目了然，无异于给贞之助历次打听来的许多事实作了旁证。栉田医生临别时也说："这个人我也极力推荐。"

贞之助对妻也说："雪子妹妹这次真的要交好运了。这门亲事必须设法促成。"尽管有点儿脱离常识，他下决心用卷纸写了一封五六尺长的长信给桥寺。主要内容如下：

以尺牍奉陈此事，自知非礼，但关于妻妹问题，深盼足下能垂听下情，并予以考虑。日前晋谒，未及倾吐微忱，坐失机宜，故特冒昧上书。

所陈非他，妻妹年逾而立，至今尚未结婚，其原因何在？足下或将疑其品德有亏，或将疑其身抱残疾，实则决无此事。妻妹之晚婚，皆因其周围亲属虽非名门，然仍拘于格式门第，屡拒良缘。此情丹生氏及井谷氏谅已奉告，盖全部属实，更无他故。因一再愚昧拒婚，招致外界反感，登门求婚者终至绝迹，此情决非虚假。足下如仍将信将疑，则盼深入调查以释疑念。雪子之不幸，责任全在其家属，本人则白璧无瑕，问心无愧。如此直陈，有类袒护舍亲，但雪子本人之脑力、学力、性行及才艺皆可列入优等。尤使鄙人感佩者，乃其爱护稚幼之深情。小女今年十一岁，依恋其姨胜于其母。凡学校课业、钢琴练习皆由其姨辅导，患病时则由其姨精心护理。顾念及此，小女之依恋其姨胜于其母，盖亦理所当然。凡此种种，亦望调查是否属实。再者，足下所虑舍亲性格阴郁一层，前已略陈，决非事实，望释锦注为幸。鄙人胆敢相告，舍亲如能成为尊夫人，决不至有负足下期望。最低限度能使令嫒幸福，此则可以深信无疑者也。鄙人如此揄扬舍亲，或将招致足下反感。但此实出于迫切希望足下能娶彼为妻有以致之。此札有背常规，非礼之极，诸希海涵。

贞之助这封信是特地用郑重的文言文写的。他学生时代对作文颇有自信，觉得用艰涩的文言文曲陈原委并非难事；但又恐写过了头，产生相反的作用。既不能过分自夸，又不应过于自谦，为了做到不卑不亢，他在掌握分寸上下了一番工夫。第一次由于措词过于强硬而改写，第二次因措词过于软弱又重写，直到第三次改写后才付邮。可是信才寄出，他又马上后悔不该寄这封信。因为如果对方无意结婚，决不会由于读了这封信而回心转意；如果他本来有意结婚，收到了这样一封信，反倒可能引起厌恶，最明智的做法说不定还是听其自然。

贞之助并没有盼望对方复信，可是过了两三天还毫无动静，他就坐立不安起来。到了第二个星期天的上午，他有意不告诉幸子外出的目标，只说出去散散步就离开了家。他坐上阪急电车来到梅田，下车后坐上一辆出租汽车，终于吩咐司机“到乌辻”。因为临出门时他记下了桥寺的地址，他只打算不露痕迹地经过他家门口，看看他住的是什么样的房子，并不想访问他。他估计大约是这一带地方时，就在十字路口下了车，挨家挨户审视门上的名牌。开春以来，这天首次和煦得像个春天，走在路上，腿脚自然而然地轻快带劲，贞之助不由得觉得是个好兆头。桥寺的住宅是一栋较新的出租房子，坐北朝南，阳光充足。听说这房子是租借的，可是盖得并不寒碜，看去有点儿像妾宅那样的二层楼房，围墙是木板的，里面还栽着松树。同样的房子有三四幢，桥寺的住宅是其中之一。一个死了老婆的中年绅士和他的女儿两人住在这种房子里，也够宽敞了。贞之助在门口伫立了一会儿，透过朝阳光里的松针，看到楼上半开的玻璃拉门里的栏杆，他的心情改变了，觉得既然已经来到这里，何不进去看看，于是信步迈进大门，按了一下门口的电铃。

一位五十岁左右的女佣出来应门，把客人领上二楼。刚走到半楼梯，楼下传来一声“啊哟”，贞之助回头一看，桥寺身披睡衣，外面罩了一件漂亮的锦袍，立在扶梯口招呼他。

“对不起，我马上来，请您稍等一下。……今天早晨睡懒觉了……”

“请便！请便！……不用着急……恕我突然登门打搅。”

贞之助看到桥寺轻松愉快地鞠了一躬，进了楼下里屋时，首先就放下了心。贞之助一直担心着桥寺收到他那封信后不知是什么反应，没见到他以前，总放心不下。从他刚才应对的态度来看，至少可以肯定他并没有因为那封信而不愉快。贞之助趁等候主人的时候，从从容容地环视了一遍屋子。这间八铺席的屋子是楼上的前厅，大概就是他家的会客室了。设有什锦架的六尺宽的壁龛里没有鲜花，可是其他摆设像立轴、小陈设品、匾额、对折屏风、花梨木桌子、桌上的成套卷烟盘等等，都按规格拾掇得很整齐，毫不俗气，纸槅扇和草垫也干干净净的，不像一个平凡的鳏夫家庭。这些地方一则可以看出主人的爱好，同时也使人联想到他亡妻的品格。刚才贞之助在大门前仰视这房子阳光充足，走进房子一看，里面比想象的更加明亮。白底子上点缀着云母泡桐花纹的纸槅扇，充分反射了屋外的光线，屋子里没有一个阴暗的角落，整个屋子光明澄澈，贞之助吐出来的烟在空中聚成一个清晰的圆圈。先前他把名片交给应门的女佣时，还羞羞涩涩有点儿畏缩不前，现在却认为幸亏做个不速之客，能看出主人脸上的神色，只此已经是莫大的收获。

“让您久等了。”十分钟后桥寺走上楼来，他身上已经换了一套褶缝笔挺的藏青色西服。“请这里坐，这里暖和。”他边说边让客人坐到临街靠近板墙那面的藤椅子上。贞之助不想让对方认为他是来听回音的，所以见过面就打算立即告辞。可是坐在从玻璃窗外射进来的太阳光里，和一贯善于周旋应付的主人攀谈，终于错过告辞的机会，一扯就扯了个把钟头。谈话内容全是闲聊，贞之助偶然提到前天给他写了一封很不礼貌的信，他却若无其事地回答说：“哪里，非常感谢您给我的那封亲切郑重的信。”说完又复不着边际地闲谈起来。这时贞之助发觉时间已经不早，准备起身告辞。主人劝他再坐一会儿，说今天他要请他女儿去朝日会馆看电影，要是贞之助有空，想邀他一块儿去。贞之助本来就想见见他的女儿，即使间接见到一面也好，现在有机会直接见面，他岂肯放过，于是只能回答“原来是这样，那么一块儿走吧”。

那个时期，出租汽车在街上已经越来越不容易雇到，不知桥寺给哪个汽车行打了电话，叫来一辆派克车。车子开到中之岛朝日大厦拐角处，桥寺说：“怎么样，我可以送您去阪急电车站，不过要是您方便的话，就在这里下车如何？”那时正好是午饭时候，贞之助看出他想邀自己去“阿拉斯加”进餐，觉得上次吃了他一顿，今天再去叨扰人家，于心不安。可是他很想借此机会和桥寺的女儿亲近一番，以逐渐加深两下的交情，这也是求之不得的事情。因此不管三七二十一就答应了。于是他们又围着西餐桌子边吃边谈了一个小时。这次因为加进了他的女儿，谈的尽是些电影、歌舞伎剧、美国演员和日本演员以及女子中学等更加无聊的东西。他的女儿今年十四岁，比悦子大三岁，说起话来比悦子沉着老练得多。这说不定和她的相貌也有关系，因为她身上穿的是女子中学的制服，脸上不施脂粉，面部轮廓已经不像个少女，长面庞、高鼻梁、嘴角端庄、活像个成年人。而且一点也不像桥寺，从这点看来，她大概像她的母亲了。她母亲自然也相当美，眼前对着这样一个女儿，可以推想到桥寺是如何眷念他已故的妻子了。

结账的时候，贞之助说：“今天的账请让我付吧。”桥寺不答应，说：“这怎么成，是我邀您来的嘛。”贞之助趁机就说：“今天我就叨扰。那么请您也去我们那里玩儿一趟，可以奉陪您去神户走走，下星期天盼望您和令嫒一定来。”逼着桥寺应承了下来，然后在五楼电梯口分了手。贞之助终于带回家一个无上的纪念品——下星期天的约会。

十七

那天幸子听到丈夫回来给她讲了这么个好消息，还故意取笑他说：

"您的脸皮也变厚了。"其实她内心里却高兴得很。要是在过去,她不仅不会高兴,还会生气责备她丈夫怎么那样没有见识。没想到她丈夫居然能在雪子的婚姻问题上改变态度,干出那样厚脸皮的事情,简直出乎她的意料之外。因此她就无须对她丈夫再做什么工作,只是等候下个星期天的到来了。这中间,丹生夫人打来一次电话说:"听说你先生和桥寺小姐也见了面,事情越发有希望了,可喜可贺。还听说这个星期天你们准备招待桥寺父女,请诸位好好款待他们吧。尤其希望雪子小姐努力改变最初给予人家的'阴郁'印象,这事最值得忧虑,所以我特地附带说一声。"由此看来,桥寺把这几天的经过一一向丹生夫人报告了,可见他对这门亲事决不是漠不关心。

到了约定的那个星期天,桥寺父女上午十点钟来到芦屋,在家里玩儿了一两个小时,然后宾主六人坐了出租汽车开往神户,来到花隈的菊水餐馆。关于当天的就餐地点曾提出好几个方案,例如中国菜馆、东方饭店的西餐厅,还有日本式中国菜的"宝家"等等。但是如果从游览神户这一观点出发,那就该数菊水餐馆为第一。午饭是两点钟开始的,吃到四点钟才结束。回家时从元町散步到三宫町,还在"尤海姆"稍稍休息了一会儿,把桥寺父女送上阪急电车,然后四个人又到阪急会馆看了一场美国电影《秃鹰》。这一天只是双方家属碰碰头,不可能一下子就融洽无间。

第二天下午,雪子一个人在楼上练字,阿春上楼来说"有电话"。

"打给谁的?"

"说是请雪子姑娘接电话。"

"谁打来的?"

"桥寺先生打来的。"

听阿春这样一讲,雪子慌了。她放下笔站起来,可是并不想立即去接电话,而是涨红着脸在楼梯口打转转。

"二姐呢?"

"像是出去了……"

"去哪里了?"

“说不定去发信了。刚走不久，要不要去把她叫回来？”

“快去！快去叫回来！”

“是。”阿春急忙飞奔出去。

幸子平常为了活动活动身体，总是自己发信，发完信在大堤上散步。阿春在第一个拐角处就发现了她。

“太太！雪子姑娘叫您。”

幸子看到阿春上气不接下气的样子，奇怪地问道：“什么事呀？”

“桥寺先生来电话了。”

“桥寺先生的电话？”因为事情来得突兀，幸子也吃了一惊。“是打给我的吗？”

“不是。是打给雪子姑娘的。她让我来叫太太回去。”

“雪子妹妹没有接电话吗？”

“这个我可不知道了。我出来的时候她还在楼梯头上打转转……”

“为什么自己不去接呢，雪子妹妹这个人真滑稽。”

幸子觉得事情不妙。雪子不爱打电话在家里是出了名的，谁都不给她打电话。即使有了她的电话，也总是由旁人代接，不是什么了不得的大事，她自己不接。过去一向是这样的，可是今天非同往常。今天是桥寺打来的电话，他有什么事情当然不知道，可是他是指名要雪子接电话的，首先雪子本人不应该不去接。如果幸子代她去接，反倒莫名其妙了。何况她又不是十七八岁的大姑娘，她那怕羞害臊的性情脾气也只有姐妹几个知道，外界是不了解的。要是桥寺不认为那是受到了侮辱，固然是万幸。不过雪子磨蹭到最后会不会去接那个电话呢？叫人家等了好半天，还像往常那样吞吞吐吐地对答——打电话时特别是这样，那就只会坏事。要是那样的话，不接也许比接了还好。雪子的个性特别倔强，她也许坚决不去接，在等着幸子的援手。不过，即使幸子现在马上赶回去，电话也许已经挂断，即使没有挂断，幸子代她接电话时又拿什么话来赔礼道歉呢？总之，今天这电话雪子必须亲自去接，而且必须马上去接。不知怎的，幸子似乎有这样一个预感，这门亲事会不会由于这个小小的原因而功败垂成呢。像桥寺那样一位机灵和气的人，不见得会因打电话这件小事而提抗议毁约吧。不过，当时如果自己在家的话，无论怎样也会立刻叫雪子去接电话，偏巧在她离家的五六分钟之间来了这样一个电话，她越想越觉得别扭。

幸子急急忙忙赶回家，走进装有电话的厨房一看，电话已经挂断，雪子也不在那里了。

“雪子妹妹呢？”幸子看见做粗活的阿秋正在和面做下午的点心，开口就问她。

“雪子姑娘刚才来过了。……也许在楼上吧。”

“雪子妹妹来接电话没有？”

“是的，来接电话了。”

“马上来接的吗？”

“不，她等太太等了一会儿，可是太太没有回来，所以她自己接的。”

“话讲了好久吗？”

“不过一会儿工夫……一分钟的光景吧。”

“什么时候挂断的？”

“刚刚挂断的。”

幸子上楼一看，雪子一个人靠在练字的桌子上，手里拿了一本字帖，低着头在观摩。

“桥寺先生打电话来有什么事？”

“今天下午四点半他在阪急电车梅田站等我，问我能不能去。”

“嗯，是约你去散步吧？”

“他问我能不能和他一起去心斋桥溜达溜达，在什么地方吃顿饭……”

“你是怎样回答他的？”

“……”

“你说去没有？”

“没有。”雪子一面咽口水一面含糊答应。

“为什么？”

“……”

“陪他去散散步吃顿饭有什么不好呢？”

要雪子单独和一个正在说亲中而且仅仅见过两三次面的男子一块儿上街散步，这是她平常绝对不会应承的。幸子是她亲姐姐，最了解雪子的这种性格，所以一开始就知道她不会应承桥寺的要求，而且根据雪子的生性这也是很自然的。尽管这样，幸子还是非常生气。雪子不愿意和一个不知底细的男子上大街、下馆子，对于幸子即使无所谓，但是怎么对得起贞之助呢？无论贞之助也罢，幸子也罢，为了雪子这桩亲事，这次真的是拉下了脸皮，干出许多低首下心委曲求全的事。雪子如果能想到这点，本人至少也应该积极一些才对吧。更何况桥寺打了这样一个电话来，足以说明对方也作出了最大的努力，现在遭到冷淡对待，怎不叫他万分沮丧呢？

“那么，你拒绝他了吗？”

“我只推说有点儿不方便……”

即使拒绝人家，如果能找个合情合理的借口婉转辞谢，倒也罢了。可是那种玩意儿又不是雪子所长，她准是笨嘴笨舌、极不自然地应付过去的。想到这里，幸子眼睛里不由得充满了悔恨的泪水。对着面前的雪子，她更加气上加气，所以她不耐烦地转身下楼去，穿过露台走到院子里。

幸子知道补救这个过失的最好方法是马上让雪子打电话给对方，向对方赔礼道歉，让她今天下午去大阪赴约。可是这样的事任凭你磨破嘴皮子，雪子也决不会答应一声“噢”，如果强迫她那样做的话，徒然招致双方更加不愉快，结果只能吵得不欢而散。即使幸子代替雪子打电话给对方，巧妙地编个借口说明今天确实因事不能赴约的理由，真有把握能讲得叫人家信服吗？要是对方问：“明天怎么样？”又拿什么话来回答呢？雪子不愿意这么做不限于今天。除非相互之间接近到知心达意的程度，否则她是决不会同意那种约会的。既然这样的话，今天这件事情暂且到此为止，明天等幸子去找丹生夫人，把雪子的性格向她详细解释解释，说明雪子决不是故意疏远桥寺，也不是不愿意和他一块儿散步，只是因为一向娇养惯了，小姐脾气十足，碰到那样的事就手忙脚乱、畏缩不前，这也正是雪子纯洁的地方。幸子觉得这些情况要是能由丹生夫人转告桥寺，说不定能得到桥寺的谅解。

正当幸子在院子里一面踱步，一面想主意的时候，厨房里似乎又响起了电话的铃声。阿春跑上露台，朝着院子里高叫："太太的电话。是丹生先生的太太打来的。"

幸子心里一怔，连忙跑到厨房里，可是一转念，又把电话转到了书斋。

"啊，幸子姐。刚才桥寺先生来电话了，他非常气愤哩。"丹生夫人的话声显出事情非同小可。她说着一口清脆的东京话，语调由于兴奋而格外利落。她说："不知道桥寺先生为什么发那样大的火，他开口就说：'我不喜欢那种不爽气的小姐。你们都说那个人鲜艳璀璨，她什么地方鲜艳璀璨来了？这门亲事我断然拒绝，请你们马上通知对方吧。'问他为什么生那样大的气，他说：'本想和雪子小姐两人从从容容地谈一谈，所以约她今天下午一块儿出去散散步。最初是女佣来接的电话，我对女佣说雪子小姐如果在家，请她来接电话。女佣回答一声在家，就走开了。不知为什么雪子小姐迟迟不出来，等了许久总算出来了。问她今天下午方便不方便，她一味嗯、嗯的支吾其词，也不知究竟是答应还是不答应，追问到最后才逼出"不大方便"一句话，声音低得听也听不清，而且说了那句话以后，就不再说别的了。我也动了肝火，当下就啪嗒一声把电话挂断了。'桥寺先生说完还加上一句'那位小姐到底把人家当什么看待，不是太瞧不起人了吗？'气得他大发雷霆。"丹生夫人一口气说到这里，又补上一句"由于这样一个原因，遗憾得很，请你把这桩亲事看做吹了吧"。

"真的，真的，太对不起您了。……要是我在家，决不至于让雪子做出这种失礼的事来，偏巧赶上我外出了一会儿……"

"可是……即使你不在，雪子小姐不是在家吗？"

"是呀，是呀，确实是这样。……真的太抱歉了……闹成这个局面，您大概再也不能给调解了吧？"

“那还用说。”

幸子当时真恨无地洞可钻，她一面驴唇不对马嘴地应答，一面听着人家讲话。

“好啦，幸子姐，在电话里说这样的话，很对不起，现在即使去看您，也无济于事，所以我就不去了，请勿见怪。”说完她像要挂电话了。

幸子赶快说：“实在对不起，实在对不起。……我改天再到府上道歉……您生气是完全应该的……”连她自己都不知道说的是什么了。

“算了，幸子姐。不用说这种话了。您要来访问，更使我受宠若惊了！”她差点儿没有说“听着都恶心”。正当幸子提心吊胆不知怎样回答时，对方一声“再见”，把电话挂断了。

幸子放下听筒，两手托着下巴靠在丈夫这张有桌上电话的矮桌子上，席地坐了好半天。心想不久丈夫回家后势必把这件事情告诉他，转念一想今天就不讲了，等明天心情平静下来再告诉他也不迟。不难想象丈夫听到这消息将会多么灰心失望，更糟的是但愿丈夫不至于因此而厌恶雪子。丈夫从来不喜欢妙子而同情雪子，可是由于发生了今天这样的事情，两个妹妹会不会同时遭到他嫌弃呢？妙子因为有个靠山，还无所谓。雪子现在要是遭到贞之助的抛弃，如何是好呢？过去幸子对妙子有什么难以忍受的事，可以向雪子诉说；对雪子有什么不满，可以向妙子诉说，所以平常不觉得怎么委屈。可是今天这种时候妙子不在家，幸子就觉得非常寂寞，非常不方便。

“妈妈。”悦子打开书斋的拉门，站在门槛上诧异地瞅着她母亲的脸。悦子刚放学回来，发现家里出奇地寂静，以为家里大概出了什么事了。

“妈妈，你在干什么？”她边说边走进屋子，站在她母亲背后再次端详她母亲的脸。

“哎，你在干什么呀？妈妈……妈妈……”

“你阿姨呢？”

“阿姨在楼上看书。……喂，妈妈，你怎么啦？”

“没什么。……你找阿姨去吧。”

“妈妈也去。”悦子拉了妈妈的手要走。

“嗯，去吧。”幸子改变想法站了起来，和悦子一同来到正屋，让悦子上楼，自己走进会客室，坐到钢琴前，打开琴盖。

一小时后贞之助回来了。这中间幸子一直在弹钢琴，当她听到门铃响时，就走到门口去迎接。贞之助夹着公文包走向书斋，她紧跟着也走了进去。

“我说，费了您那么大的劲，可是这桩亲事却完蛋了……”幸子本来拿不定主意到底今天讲还是明天讲，可是一看到丈夫的脸她马上就憋不住气了。丈夫的脸色虽说一下子改变了，可是只轻轻地叹了一口气，并没有露骨地表现出他的不愉快，一直平心静气地听幸子说完事情的经过。幸子看到她丈夫不动声色，就更加悔恨她从来没有这样激烈地责备雪子，她说：“叫我们为她这样操心，还算人吗！”

真的，现在说这种话也已经来不及了，不过桥寺其实是有意结婚的。他嘴上尽管不明确表态，可是内心里肯定对雪子有意。正因为这样，他今天才打电话约雪子出去散步的。明白了这一点，就更加悔恨今天为这个电话所犯的错误，恨不得捶胸顿足地哭一场，可是哭又有什么用呢？机会永远不会再来了。为什么自己当时不在家呢？要是自己在家，虽则不能使雪子应约前去，至少能让她作出一个普普通通的对答。那样的话，这桩亲事也许就会顺利进展，不久的将来说不定就能订婚。这样想也不见得就是白日做梦吧。只要平平稳稳去做，十之八九能得出这样一个结果的。不料就在自己离家的五六分钟里，却来了那个电话！一个人的命运难道取决于这样偶然的一件小事！……幸子越想越不甘心，仿佛那时自己不在家倒成了自己的过失那样悔恨无穷。电话早不来，晚不来，偏偏在那五六分钟之间打来了，她甚至觉得这只能认为是雪子的不幸。

“这样一想，自己尽管生气，又觉得雪子妹妹实在有点儿可怜。”

“不过这是雪子妹妹的性格所造成的悲剧，当初电话打来的时候，你即使在场，结果不是也一样吗？”

贞之助反倒只能站在抚慰自己妻子的立场上说了这样的话：

“当时即使你在场，雪子妹妹也不见得能妥善对答。再说，要是不爽爽快快地答应人家的要求，同意一块儿去散步，总免不了要招致对方的不满。既然这样的话，今天这种失败就得归罪于雪子妹妹的性格，和你在场不在场没多大关系。今天即使妥善应付了过去，今后同样的事情也会一遍一遍地发生。所以归根到底这桩亲事摆脱不了告吹的命运。除非雪子妹妹脱胎换骨，否则永远将遭到同样的结局，这也许是她的宿命。”

“照您这样讲的话，雪子妹妹不是一辈子都嫁不出去了吗？”

“不是这个意思，我是说像雪子妹妹那样消极保守，连电话都打不好的一个女性，也自有其独特的长处。世上也许有那样的男子，不把她那种性格一律看成是因循消极、落后于时代，而认为是一种温柔、高尚的品质。不能认识到她那种优点的男子，就没有资格做雪子妹妹的丈夫。”

幸子听丈夫这样一讲，自己反倒受到了安慰，就更觉得对不起丈夫，一面又尽量多想想雪子的可怜，渐渐地把自己一肚子怒气压制住了。可是当她回到正屋，走进会客室看到雪子坐在沙发上，若无其事地把那只“铃”抱在膝上逗着玩儿的那副模样，幸子的忿懑不平之气不禁又发作了。她涨红着脸抑制住愤怒，叫了一声雪子妹妹，扔给她这样两句话：“刚才丹生太太打来电话说桥寺先生大发雷霆，亲事因此吹了。”

“嗯。”雪子依然漠不关心地应了一声，也许带几分掩饰难为情吧，她把手伸到咕噜咕噜叫着的“铃”的脖子底下去逗乐。

“不仅桥寺先生，连丹生太太，你姐夫贞之助和我都生气啦。”幸子本想一口气倾吐出这些话，但是终于隐忍着咽到自己肚子里去了。可是，这个妹妹果真会认识到今天的失策是“失策”吗？要是真能认识到的话，当着姐夫的面认个错，说声“对不起”也好呀。不过想到这个人那时即使心里知道自己错了，也决不肯当面认错，又觉得她面目可憎起来。

十八

桥寺发怒的缘由，第二天由于井谷来访，详详细细给幸子讲了经过情形而更加明瞭了。

井谷是这样说的："听说昨天桥寺给丹生夫人打了电话，他也打电话给我了。像他那样一个温厚的长者，居然发那么大的火，连我都被他埋怨了一顿，说什么那位小姐不是太目中无人了吗？因此我觉得这事非同小可，马上赶到大阪，去见了桥寺和丹生夫人。仔细一打听，才知道事出有因，桥寺发怒是理所当然的。事情不仅是昨天的一件，前天就露出苗头来了。前天桥寺父女不是应邀来府上玩儿，在'菊水'聚餐的吗？饭后在元町散步时，桥寺和雪子小姐两人偶然走在一块儿，那是因为他们两个人被出征军人送别会的长行列阻拦着，和大家分隔开了。桥寺那时注意到某杂货店的陈列窗，他对雪子小姐说：'我想买双袜子，请您陪我去挑选一下怎么样？'雪子小姐只答应了一声'好'，羞涩不安地几次三番仿佛求救似的回头去望分隔在五十米外的太太小姐们，露出一副为难的样子站在那里不动。桥寺因此忿忿地独自走进铺子买了他需要的东西。这是一二十分钟之间发生的事情，旁人都不知道。可是桥寺当时已经很不愉快。不过那时他尽量往好的一面解释，以为这可能是小姐的一种脾气，并非嫌恶自己，这样一解释，他的心情才好转过来。但是这件事他毕竟放心不下，想再找个机会试试雪子小姐是不是讨厌自己。碰巧昨天风和日暖，公司里又休假，因此他给雪子小姐打了那个电话。可是结果正如您知道的那样，桥寺再次丢了脸。

"桥寺说：'前天那桩事情我还以为对方怕羞，可是一次不算，第二次又遭到同样的对待，那就只能认为对方极端厌恶我了。她那态度可以说是坚决拒绝的表示，就差没有说"你还不明白我讨厌你吗？"罢了。不然的话，至少可以说几句婉转周到的谢词吧。看来那位小姐是故意破坏她周围的亲友千方百计要促成的这门亲事。'他还说：'我深知丹生夫人、井谷女士以及莳冈小姐兄嫂的好意，可是由于当事人的那种

态度，他们的好意我想接受也接受不了呀。这门亲事我觉得不是我主动拒绝人家，而是人家拒绝我的。'

"昨天我和他们两人碰头时，丹生夫人气得比桥寺还厉害。她说：'我觉得雪子小姐对男性的态度实在不像话，难怪人家说她"阴郁"。我曾忠告过她应当竭力给人家一个开朗的印象，可是她始终听不进我的忠告。雪子小姐这种性格我不奇怪，奇怪的是幸子姐为什么要让她妹妹采取那样的态度。现在即使是贵族小姐或皇家公主，也不应该采取这种态度，我不知幸子姐把她的妹妹当成什么样的人看待了。'"井谷说话的口气十分严厉，几乎有点儿借丹生夫人的嘴发泄她自己的不满。任凭她说什么，幸子都无话可答。不过井谷是男人脾气，想说的话说完以后，她心里似乎痛快了，随后就毫无隔阂地谈了一阵子家常。她看到幸子垂头丧气的样子，反而劝慰说："您不用这样悲观失望，不管丹生夫人怎样，以后我还是要给雪子小姐做媒的。"作为谈助，她又提到雪子眼皮上的那块褐色斑，说："桥寺和雪子小姐见了三次面，始终没有注意到她脸上那块东西，据说还是他的姑娘回家告诉他：'那个人的脸上有块褐色斑哩。'桥寺回答说：'是吗？我一点都不知道呀。'如此看来，那块褐色斑根本不用您再担心了，有时简直一点儿问题也没有。"

前天在神户元町发生的那桩惹恼桥寺的事情，幸子始终没有告诉贞之助。因为讲了也无济于事，恐怕反倒会使她丈夫对雪子的感情进一步恶化。贞之助还是贞之助，他后来瞒着妻子，凭一己之见给桥寺写了下面这样一封信。

情势既然演变成这样，本来再也没有什么可说的了；尽管出于无可奈何，可是我不得不向您解释清楚，否则就交待不过去。您也许以为我们夫妇没有好好摸清妹妹的心意而擅自许婚，其实我们那个妹妹不仅没有厌恶您，而且我们可以保证她是同意这桩亲事的。您一定会说既然这样，前几天她那种消极暧昧的态度和电话中的对答又将如何解释呢？那是因为她秉性畏惧异性和怕羞，不能作为厌恶您的证据。任何人都觉得年过三十的女子不该那样糊涂，可是洞悉她底细的骨肉之亲就不奇怪这些，认为在那种场合她永远是那个样子，现在已经比以前好得多，不那么怕生人了。尽管这样，我们知道这种说法对外是通不过的。特别是前几天那个电话，真不知如何向您道歉才好。记得我曾经对您说过，她的性格并不阴郁，内心反倒有璀璨的一面，到现在我也深信我的话没有讲错。可是，一个女子到了像她那种年龄，连应酬话都讲不好，不管怎么说，也是没有能耐到极点了，您的生气是百分之百应该的，只此一层，她就没有资格做您的妻子，对这样一个人加以拒绝，乃是势所必然。尽管遗憾，我不得不确认她的落选是理所应得，不能厚着脸皮再恳求您考虑什么了。总之，妹妹成为这样一个落后于时代的女性，完全是家庭教育不好的结果，这和她幼年失母，青年丧父的境遇也有关系。不过，我们也应该负一半责任。只是我们不知不觉地袒护了她，对她的评价也许过高了一些，但是决没有为了想勉强高攀而对您说假话，只此一点务望谅解。

我祝愿您得到理想的配偶，雪子也获得良缘，大家都把这件不愉快的事情忘掉，但愿这样的一天早早到来。到那时希望我们仍照常往来。正在庆幸好不容易交上了您这样一位朋友，如果因为这样一件微不足道的小事而不能继续交往，那损失就太大了。

这封信寄出以后，桥寺马上寄来一封郑重的复信。内容如下。

接到您诚恳的来信，惶恐得很。您说令妹落后于时代，这是您谦虚。不论令妹岁数多大，却始终保持着少女的纯真，不染流俗风气，这是极可贵的品质。做这种女性的丈夫的人必须高度评价她的纯真，有义务重视、爱护这种可贵的品质而不使其受损。要做到这点，必须对她的性格深刻了解，并且无微不至地加以体贴。像我这样的乡巴佬完全不具备这种资格。从这点出发，我认为我们的结合对双方都不会幸福，因此才谢绝了这门亲事的。要是您把拒婚当作是对令妹的恶意批评，那就非常遗憾了。还有，最近一段时间里承蒙您全家对我的热情接待，不胜感激。府上那种家庭和睦的情景，真是举世无双，值得大家羡慕。我觉得正因为有这样一个和气蔼蔼的家庭，才培养得出令妹那种珠玉般的性格。

来信和贞之助一样，是用毛笔写在卷纸上的。虽说不是文言文，可也写得十分周到得体，无懈可击。

另外，那天在神户散步时，幸子曾领桥寺的女儿去元町的服饰品商店，为她挑选了一件罩衫，还让绣上姓名。亲事告吹后不几天，罩衫上的姓名绣好了，幸子觉得不送给人家反倒不自然，就托井谷转送了去。半个月后的一天，幸子去井谷的美容院，井谷递给幸子一个纸盒，说："这是桥寺先生送给太太的，放在我这里几天了。"幸子回家打开盒子一看，是京都襟万商店制作的凸纹薄绸背心，幸子穿着正合身，大概是桥寺托丹生夫人代他备办的吧。看来这准是前些日子那件罩衫的回礼了。从这件小事上也可以看出桥寺为人的周到了。

雪子又是怎样的心情呢？表面上看去，她既没有垂头丧气的样子，也没有感到对不起贞之助和幸子。姐夫、姐姐的好意她是明白的，不过拿她的个性来说，她在这件事情上已经尽了最大的努力，过此就不是她所能做到的了，要是这样还谈不拢这门亲事，那就没有什么可惜的了。这说不定多少带点儿逞强和虚张声势——她的一举一动表现出她就是这样想的。幸子到头来还是失去了对雪子露骨地发泄不满的机会，最后还是慢慢地又和好了。尽管这样，幸子总觉得有点儿东西闷在心里，不能释然，只想等妙子回家讲给她听。偏偏这一阵子妙子有二十多天没有回来，还是三月上旬那个"命中注定的电话"打来后的第二天，她一清早回到家里呆了一会儿。幸子告诉她"这次又吹了"。她听到这个消息，非常失望地回去了。以后一直没有见到她的面。说实话，在这一段时间里，每逢丹生夫人和井谷问起妙子，幸子总警惕着她们是不是故意装作不知道而来打听消息，因此总给她们一个模棱两可的回答。因为幸子无论如何也不愿让旁人知道妙子和她分居了，那不过是为了万一将来她和奥畑的关系闹出了问题，可以对外宣布那个妹妹已经和家庭脱离关系了。可是现在一切心计都化为泡影，幸子就急于想和妙子见见面了。一天早晨，姐妹两个在餐室里谈天，幸子说："不知道细姑娘近来怎么样，打个电话去问问吧。"可是送悦子上学的阿春老不回家，等了三个小时她才回来。她悄悄地向餐室里觑了觑，看到里面只有幸子和雪子两个人，才蹑手蹑脚地走到两人身边低声说：

"细姑娘生病了。"

"嗄，什么病？"

"像是肠炎或赤痢。"

"来电话了吗？"

"是的。"

"你去过了吗？"

"去过了。"

"细姑娘躺在公寓里吗？"雪子问。

"不是。"阿春低下头不声响了。

实际上今天一清早阿春就被叫醒，说春倌有电话。她去一听，是奥畑的声音。奥畑对她说："细姑娘昨天来我这里，夜里十点钟左右突然生病，高烧达四十度，还发冷发抖。她要回公寓，我留她住在我这里了。可是病情越来越恶化，昨天请附近的医生来给她诊察，最初弄不清是什么病，医生怀疑是流感要不然就是伤寒。半夜里开始拉肚子，而且拉得非常厉害，腹部绞痛。医生说大概是大肠炎或者赤痢。如果确诊是赤痢，那就必须住院。不过无论怎样都得有人护理，所以不能让她回公寓，暂时只能留在我这里进行治疗。这事我只能私下先通知你。病人虽则痛苦，可是目前还不用特别担心，不妨继续留在我这里治疗。如果有什么急剧变化再通知你，不过我想决不会有那样的事情。"阿春认为反正自己得跑一趟，等看到情况以后再说。所以今天早晨她把悦子送去上学后，归途绕道去了西宫。到那里一看，情况比想象的严重得多。据说昨夜一夜中间就拉了二三十次。因为拉得太频繁了，病人不能躺下，只能起身抓住椅子蹲在马桶上。据说医生曾忠告患者不能采取那个姿势，必须安静地躺在床上，身体下面放个搪瓷便盆。阿春去后，和奥畑两个苦苦劝说妙子，好不容易才说服妙子躺下了。不过阿春在那里的时候，妙子就拉了许多次。可是因为肚子绞痛，每次都拉得很少，正由于这样就更加难受。热度仍然很高，不久以前还有三十九度。究竟是肠炎还是赤痢，仍然没有搞清楚。据说已经请大阪大学化验病菌了，一两天内就可以得出结果了。阿春对妙子说："请栉田医生来诊治好不好呢？"病人回答她说："病倒在这里，怎么可以让栉田大夫知道呢，还是算了吧。你回去不要把病情告诉我二姐，不要让她担心。"阿春当时没有说回家后是否报告太太，只说"回头再来看您"，就先回来了。

"没有护士吧？"

"没有。说是拖久了就得请护士……"

"现在谁在照顾病人呢？"

"冰是少爷(阿春第一次这样称呼奥畑)砸的，便盆消毒和擦屁股由我干。"

"你不在那里时，谁干呢？"

"这……大概是那位老奶奶干吧。听说她是少爷的乳母，人倒是很好的。"

"那个老奶奶还管做饭吧？"

"是的。"

"如果是赤痢的话，叫那种人洗便盆，不是太危险了吗？"

"怎么办呢？……我去看看吧。"雪子说。

"先等一下，看情形如何再说。"幸子说。"如果确定是赤痢，那就得设法解决。如果是简单的肠炎，两三天就会痊愈的，所以现在不用那么着急。眼前只能派阿春去照料，没有别的办法。在贞之助和悦子面前就说阿春家里有急事，请了两三天假回去了。"

"他们请的是什么样的医生呢？"

"是怎样一位医生，我还没见过。听说是附近一位不熟识的医生，以前从来没有请他看过病。"

“要是请栉田大夫给诊治就好了。”雪子说。

“这是真的。”幸子说。“要是在公寓里就好了。在启哥儿那里就不方便，还是不请栉田去为妙。”

幸子看出妙子实际上出乎意外地软弱，她嘴上尽管逞强叫阿春不要对二姐讲，内心里恰恰相反。在这种时候妙子一定会深刻体会到家庭的温暖，两个姐姐不在她身边会使她感到那么心慌意乱。

十九

阿春一会儿工夫就收拾好东西，提前吃了午饭，说声两三天后回来，就匆匆走了。临走前幸子把她叫进会客室，再三叮嘱她必须克服平时偷懒的脾气，和病人接触后必须消毒，不可疏忽；病人大小便时必须在便盆里滴几滴来苏尔消毒水。还叫她经常报告病情，每天上午至少给家里打一次电话，奥畑那里没有电话，可以借用附近商店里的电话，但是最好不要去商店借用，而利用公用电话。给家里打电话要趁贞之助和悦子不在家的时候打。

阿春是下午走的，幸子姐妹估计当天不会有电话来，所以格外牵挂妙子的病情，眼巴巴地等候第二天的到来。直到第二天上午十点钟以后，阿春的电话才来。幸子把电话转到丈夫的书房里，由于距离远，半中间又一再中断，费了好大的劲才听到几句。总的来看，病人的情况大体和昨天差不多，只是肚子拉得比昨天还厉害，一小时要拉十来次，热度也没有下降的迹象。幸子就问：“原来怀疑是赤痢，究竟像不像？”

“这还没有弄清楚。”

“大便检查的结果怎么样？”

“听说大阪大学方面还没有回音。”

“拉的是什么样的大便，带不带血？”

“像是有点儿血。除此以外，尽是鼻涕那样黏糊糊的白色黏液。”

“你这电话是从哪里打来的？”

“我打的是公用电话。可是附近没有公用电话，得走远路打，非常不方便，而且还有两三个人排在我前头，所以电话打迟了。一会儿打算再打一次，要是今天打不成的话，那就明天早晨打。”阿春说完就把电话挂了。

“大便带血，那不是赤痢吗？”站在一旁听着的雪子说。

“是呀。……我也这样想。”

“大肠炎患者的大便里能带血吗？”

“不可能吧。”

“一小时内拉十次，准是赤痢了。”

“会不会是医生靠不住呢……”

幸子认为十之八九是赤痢，而且做好了思想准备，渐渐地在考虑该做些什么事情。可是那天期待着的第二个电话却始终没有打来，一直等到第二天上午十一点多钟还杳无音信，阿春究竟在干什么呢，急得幸子、雪子姐妹两个如坐针毡。快到中午时，阿春突然从厨房门口走了进来。

“怎么样了？”两人见到阿春绷紧的面容，一声不响地把她拉进会客室问道。

“看来毕竟是赤痢了。”

其实大便化验的结果还没有搞出来。医生昨晚和今晨都来看过了，说像是赤痢，必须采取措施，国道附近的木村医院有隔离病房，他可以介绍去那里住院。刚要决定去住院时，一个经常来卖菜的商人碰巧来到厨房，无意中对阿春说了一句那个医院还是别去为妙。因此到附近去一打听，才知那家医院的名声果然很不好。院长是个聋子，不能听诊，诊断经常失误。尽管是大阪大学出身，但学生时代成绩就不好，博士论文都是同班同学代写的。那位同班同学现在也在这一带开业，据说他也承认那博士论文是他代写的。阿春把这情况告诉了奥畑，奥畑也不放心起来，就去打听其他医院，可是除了这个医院而外，附近没有其他医院有隔离病房。因此他对医生说：“就当作大肠炎在家里治疗不行吗？”医生不赞成，回说：“那可是传染病呀！”可是奥畑不理会那一套，说什么生了点赤痢，何必要去住医院，在自己家里不是也能治好吗，因此决定在家里治疗，医生那里可以设法使之同意。他和阿春商量要不要听听芦屋姐姐的意见。阿春回答他说：“那就回去征求一下意见吧。”她想电话里说不清楚问题，因此才急急忙忙赶回来的。

问她医生是怎样一个人，答说医生姓斋藤，也是大阪大学出身，看去比栉田医生小两三岁。他父亲那一代就在这条街上开业，老先生还活着，父子两个名声都不错。据阿春的观察，他还赶不上栉田医师那样麻利。诊断也过分慎重，不轻易下结论。这次诊断的延误，这也是原因之一。另外的一个原因是作为赤痢来说，热度过高，而且第一天没有大便，拉肚子是发病后二十四小时才开始的，也就是前天晚上才开始的。由于这样的原因，就怀疑得的是伤寒，一切处理都耽误了时间，所以病情更加恶化。

“到底是在什么地方传染的呢？吃了什么腐败的东西了吧？”

“是的，听说吃了青花鱼做的四喜饭。”

“在哪里吃的？”

“听说是发病那天傍晚，她和少爷去神户溜达，在喜助饭庄吃的。”

“这家饭庄从来没听说过哩。雪子妹妹，你呢？”

“没听说过。”

“据说这家饭庄在福原娼妓区里。……那里的四喜饭据说特别可口，打算去尝试一下。所以他们在新市场看完电影回来就去那里了。”

“启少爷一点也没事吗？”

“是的。听说少爷不爱吃青花鱼，所以他没有吃。只细姑娘一人吃了，所以她说一定是吃了青花鱼的缘故。……不过据说吃得并不多……并且鱼也没有腐败，的确是新鲜的活鱼。”

“青花鱼真可怕，新鲜鱼吃了也会中毒。”

“据说背脊上发黑的那部分最危险，细姑娘吃了两三片。”

“我和雪子妹妹从来不吃青花鱼，只有细姑娘吃。”

“总的来说，细姑娘太爱在外面乱吃东西了。”

“你这话一点都不错。老早以前她就很少在家里吃晚饭，总是到东到西乱吃馆子，所以才闹出这个病来的。”

妙子生病以后启哥儿的态度又怎么样呢？表面上若无其事，内心里会不会觉得收留这样一个传染病人而为难呢？最初还以为是轻微的肠炎，一旦发觉不是这种病时，就会觉得无法对付而希望尽快让芦屋接回去吧。幸子姐妹想到前年闹水灾时他的行为，就担心会不会发生这样的事。可是据阿春的观察，还没有那种迹象。上次闹洪水时，由于他平时爱漂亮，所以不愿弄湿他的裤子。对于传染病他似乎并不那么害怕。也许是因为上次闹洪水时自己的所作所为成了妙子厌弃他的根源之一，今番才竭力表示他的忠诚的吧。“留在我这里治疗吧”这句话似乎不光是口惠。他很仔细周到，往往提醒阿春和护士该做点什么，有时还亲自帮助换冰袋、消毒便盆。

“我这就跟春倌一起去看看，我是不怕传染的。”雪子说。“得了赤痢也不见得会死，启哥儿既然那样说，又没有其他适当地方可以安置病人，就让细姑娘住在那里也没什么不好。可是护理工作我们不能撒手不管，完全推给人家。长房和贞之助姐夫可能有意见，咱们却不能做这种事。反正我自作主张去看护细姑娘，不会有什么问题。栉田医师要是能去，自然比较放心，原先那位医生和护士就靠不住了。今天起我就住到那里去，换回春倌让她负责联系吧。靠打电话说不清楚问题，反倒增加忧虑。启哥儿又是单身汉，免不了缺这缺那的，往往需要春倌一天跑几个来回。”雪子说完就换好衣服，简单地扒了几口茶泡饭，为了不让她姐姐为难，没有征求幸子的同意就走了。其实幸子的心情完全和雪子一样，所以根本不想阻止她。

从学校里回家的悦子问起阿姨在哪里时，幸子还若无其事地回答她说，阿姨打完针顺便去神户买东西了。可是傍晚丈夫回家时，不说实话无论怎样不行了，于是幸子就把两三天来发生的事情以及雪子擅自离家的经过毫不隐瞒地全都说了出来。丈夫一脸不高兴地默默听着，到最后也不说是好是坏，大概除了默认而外也没有别的办法吧。

吃晚饭时，悦子又问阿姨在哪里，幸子稍稍给她泄露点儿事实说阿姨去照料生病的细姨了。悦子就接二连三寻根究底地追问："细姨躺在哪里？""生的是什么病？"幸子斥责她说："细姨躺在公寓里，因为单身一人不方便，所以你阿姨才去陪伴她的。细姨并没有生什么大病，用不着小孩子担什么心。"她这才不吭声了。但是她是不是真的相信母亲讲的话呢？贞之助和幸子故意和她说些别的事情来蒙混，她无精打采地含糊答应几声，一边吃饭，一边偷偷地翻眼察看父母的脸色。这孩子自从去年年底以来没见过妙子，幸子虽然告诉她细姨很忙，可是她却从阿春那里打听到了大概情况；而且让她多少知道点实情，做母亲的也方便。以后的两三天里，悦子只见阿春出出进进的，一次也没看到雪子回家，她就越来越不放心，追紧阿春打听妙子的病情，最后揪住她母亲说："为什么不把细姨接回家呢？快去接回来吧！"她那气势汹汹的样子简直把幸子吓呆了。

"小悦，细姨有妈和你阿姨照看，你只管放心好了。小孩子不用多管这种闲事。"幸子安抚她说。

"让细姨睡在那种地方，不是太可怜了吗！细姨会病死的。"悦子异常激动地叫喊。

事实上妙子的病情经过很不顺利，而且越来越糟。雪子寸步不离地侍候在她身边，护理方面自然不会出差错。可是据阿春带回来的消息看，病人的体气一天比一天衰弱。一星期后，化验的结果出来了，大便里不仅有赤痢菌，而且还是赤痢菌中最为恶性的志贺菌[①]。而且不知道是什么原因，患者的体温一天之内反复升降好几次。体温高的时候达三十九点六度至四十度，伴有严重怕冷和发抖。拉痢时下腹疼痛难忍，所以得给她吃止泻药。吃药后肚子不泻了，可是浑身发抖，热度上升。反过来让患者吃泻药时，热度就下降，可是腹痛得厉害。拉出来的东西全像水那样。这两天病人一点儿精神也没有，医生也说心脏一点点变得衰弱了。所以雪子焦急得坐立不安，她问医生："这样下去能治好吗？看

①1893 年志贺洁发现的痢疾杆菌。

样子似乎不像单纯的赤痢，会不会夹着别的病呢？该不该注射林格氏针剂或者维他康复呢？”医生说，“还用不着打。”不给妙子打。雪子却认为要是栉田大夫的话，这种时候肯定会大打特打那些针药的。一问护士，才知道斋藤老先生最讨厌打针，儿子受了他的影响，除非万不得已时，不给患者打针。据阿春说：“雪子姑娘认为事情闹成这样，也顾不得什么面子不面子了，索性请栉田医生去诊治得啦，不过她还希望太太亲自去看一下情况。”阿春还加上一句：“这五六天工夫，细姑娘瘦得不成样子了。太太如果看见她，真的会吓一跳的。”

幸子一则因为怕传染病，再则对丈夫有所顾虑，所以一直拿不定主意，现在听了阿春的报告，便再也安不下心来了，决定瞒着她丈夫，趁上午由阿春做伴去看一次妙子。临出门时想到给栉田大夫打了个电话，告诉他妙子在西宫一位熟人家里病倒了，由于某种原因，只能让她暂时住在那里。请的是附近一位斋藤医生，病状的经过情况大致是如此这般，扼要地介绍后征求他的意见。栉田医师说这种时候必须大量注射林格氏针剂和维他康复，如果放任不管，患者只会更加衰弱，必须对医生说千万不可再耽误下去，必须马上动手。幸子就说看情况还得请先生去会诊一下。栉田回答说斋藤医生是熟人，只要事先获得他的谅解，我随时可以出诊。栉田说起话来还像平常那样爽利。幸子挂断了电话，坐上等候在门口的汽车，沿国道向东驶去。车子开过业平桥几百米，只见山下一家大邸宅的院墙里的樱花树已经开出了鲜艳的花。

“哎呀！多好看呀……”阿春脱口而出。

“是啊，这家人家的樱花每年都是开得最早的。”幸子一边这样说着，一边观望着在阳光照射下升腾起一片游丝的水泥路面。这一阵子由于妙子生病，弄得幸子心绪不宁，不知不觉间，季节已经进入四月，再过十天就是赏樱花的时令了。可是今年还能像往常那样姐妹三个一起去京都赏花吗？要是去得成的话，不知该多高兴呢！妙子即使痊愈了，又怎么能马上出门呢？嵯峨、岚山和平安神宫的樱花是看不上了，御室的晚樱不知道能不能赶上。说起来，悦子犯猩红热也是去年四月，那是在赏樱花后从京都回到家里才发病的。京都是去了，可是由于悦子一生病，菊五郎的“道成寺”就没有看成。今年四月菊五郎也来大阪了，演出的节目是《藤娘》，本来是非去看不可的，会不会又要错过机会呢?

幸子心里思忖着这类事情，车子在夙川大堤上奔驰，六甲山隐隐约约地浮现在天际。

二十

病房据说在楼上，幸子一走进门口的洋灰地，奥畑和雪子听到汽车停止的声音，早就到楼下来迎了。

奥畑和幸子一见面，就使了个眼色说：“客套话免了吧，有紧要事情得先商量哩……”把幸子请进楼下里间那个屋子。

其实斋藤医生来出诊后刚走，奥畑送他出门时，他微微歪着头说：“病情确实不大妙，患者心力很衰弱。目前虽说还没有明确的征兆，可能是我过虑，不过从触诊觉察出患者的肝脏似乎有些肿大，说不定犯了肝脓肿。”问他到底是什么病，他说：“就是肝脏化脓病。热度升降得那么厉害，怕冷怕得发抖，看来不仅是赤痢，准是并发肝脓肿了。不过凭我一己之见，还难于作出结论，最好能请大阪大学的专家来会诊一次，才能放心，不知意下如何？”再追问下去，他说：“这种病是肝脏感染了其他脓肿的细菌，大抵都是由于赤痢细菌的侵入。化脓的肿块如果只有一处还好治，要是多发性的，也就是肝脏内到处都是脓头子的话，那就相当麻烦了。脓和肠子粘连的地方如果破裂，那倒好办，如果是肋膜、气管和腹膜破裂，多半就没救了。”斋藤医生虽则没有明说，可是听他的口气几乎是确定无疑的了。

“还是让我先看看病人再说。”

幸子听完奥畑和雪子的轮流汇报，急急忙忙来到楼上。病室是一间六铺席的朝南屋子，屋外还有个小小的阳台，房间是西式的。房子里虽说铺了地席，可是没有壁龛，连天花板也一律是白垩，除了一边有壁橱外，基本上像西式屋子。至于屋子里的陈设，屋角有个三角橱，上面摆着类似西洋古董的烛台。烛台上粘满斑斓的蜡泪。还有两三件从旧货市场买来的破烂货以及妙子好久以前做的法国洋娃娃，洋娃娃身上的衣服颜色都褪了。墙上只挂着小出楢重①一帧小小的玻璃画。屋子本来就很俗气，病人盖的那条厚实的羽绒被又特别漂亮——胭脂色底子上带有白格子大花纹，从阳台那边的双层玻璃拉门射进来的太阳光恰好照在整条被子上，光彩夺目，给人一种鲜花怒放的感觉。病人这时据说热度稍退，向右侧身躺着，两只眼睛死死盯着房门，似乎在盼望幸子的到来。幸子先前听了阿春的报告，早已有了先入之见，深恐两人的眼光相接触时，最初那个冲击自己经受不了。可是毕竟预先有了思想准备，尽管病人变得与以前大不相同，不过瘦得还不像私下想象的那样厉害。只是本来的圆脸变成了长脸，浅黑的皮肤变得更黑，只有那双眼睛变得格外大了。

除了上面的情况而外，还有更引起幸子注意的事。那就是病人长期不洗澡，全身腌臜固然不用说，身上似乎另有一种不洁的气味。说起来这是一向品行不端的结果，往常可以靠巧妙的化妆掩饰过去，可是在这种身体病弱的时候，她的脸上、脖子上以及手腕上处处都勾画出一种阴暗的甚至可说是淫猥的阴影来。幸子的感受虽则并不那么明确，不过她觉得病人的两条胳膊软弱无力地瘫放在床上的样子，不只是疾病折磨得她那样憔悴，而是几年来放荡不羁的生活使得她精疲力竭，躺在那里活像一个倒毙在旅途中的患者。像妙子这个年龄的女子要是长期卧病，本来会像十三四岁的少女那样动人怜悯地缩成一团，有时甚至显示出纯净圣洁的风貌。妙子却恰恰相反，完全失去了她平时那种青春焕发的神态，暴露出她的实际年龄来了，不，莫如说比她的实际年龄还要老得多。最奇怪的是她那种现代姑娘的风姿全然不见了，却表现出一种在娼楼饭馆当女招待的体态；而且那娼楼也不是什么高级娼楼，是私窝子之类的。姐妹中这个妹妹的气质本来就最糟，可是她身上毕竟还保留着一

---

①小出楢重(1885—1931)，西洋画家，能写随笔。

些大家闺秀的气派，尽管这样说，她那张松弛的脸上阴沉暗淡的肤色有点像感染上花柳病毒的人的肤色，使人联想到那些下流女人的皮肤。另一方面，对比她身上盖的那条华丽的羽绒被，病人的复杂的不健康就更加显眼了。提起这事来，似乎只有雪子平常早已觉察出妙子身上的那种“不健康”，而且暗暗地加以提防。比如妙子洗过澡以后，雪子决不在那个澡盆入浴。幸子穿过的衣服，即使是衬衫短裤，雪子都毫不在乎地借着穿，妙子的那类东西雪子绝对不借。妙子是否觉察到这些，不得而知，幸子不仅已经看出了一些苗头，而且还记得雪子那样做，是在她风闻奥畑患有慢性淋病以后才开始的。说实话，幸子从来没有相信妙子当口头禅那样说的她和板仓、奥畑只是“清清白白的交际”，没有发生过肉体关系。但是幸子也竭力避免深入追究其中的问题。雪子虽则一声不响，可是她老早就对妙子表示无言的谴责和蔑视了。

“细姑娘，怎么样？听说你瘦得不成样子，我看没那么严重。”幸子尽量用往常那种口气说话。“今天拉了几次啦？”

“早晨到现在已经拉了三次了。”妙子照例毫无表情，可是清晰地低声回答。“……不过肚子只是绞痛，什么也拉不出。”

“这个病的特征就是这样，不就是所谓的里急后重吗？”

妙子“嗯”的应了一声说：“今后再也不吃青花鱼四喜饭了。”这才微微露出一丝笑意。

“真的，今后再也不能吃青花鱼了。”幸子说完又一本正经地说，“细姑娘，你不用担心。不过斋藤医生说最好还是小心谨慎些，为了慎重起见，他希望我们再找一位医生来和他商量着办事，所以我想请栉田大夫来给你看看。”

幸子突然说出这话，是因为考虑到妙子不知道自己病重，如果三个人背着她偷偷地商量什么以致刺激病人的神经，还莫如直接痛快地对她明讲。斋藤医生虽然提议请大阪大学的高明医生出诊，可是弄得不好怕会招致病人的疑心；所以莫如先把栉田医师请来，听听他的意见，然后再作决定也不迟。幸子说话时，妙子一直把她那呆滞的目光茫然地投在她面前的草垫上听着。幸子于是催促说：“喂，细姑娘，这样行吗？”

“我不想让栉田大夫到这种地方来。”妙子不知想到了什么，忽然坚决地说。她的眼睛里不知什么时候已经充满了泪水。

“……要是让栉田大夫知道我在这样的地方，实在难为情……”

护士很机灵，立起身来悄悄地出去了。幸子、雪子和奥畑三人吃惊地望着病人脸颊上簌簌地淌着的眼泪。

“这样吧，这事让我慢慢地劝说细姑娘吧……”奥畑坐在幸子姐妹俩对面，中间隔着病人，他身上穿着法兰绒睡衣，外面裹了一件青灰色的绸寝袍，一面狼狈不堪地说，一面向幸子这边投来诉苦般的一瞥。

“行啦，细姑娘，你不愿意就不请栉田。……这种事情你就别放在心上了……”

幸子知道最重要的是不要让病人兴奋，所以这样安慰她。尽管如此，幸子觉得事情不好办了，为什么妙子突然说出这样的话来呢？奥畑似乎知道其中的原委，幸子却猜不出她的用意。

幸子那天是瞒着丈夫出来的，而且又快到午饭时间了，所以她在病室里呆了个把小时，看到病人平静了下来，就决定暂时先回家。归途她打算从机场附近坐电车或者公共汽车，所以抄近路穿过那个“盂坡”步行到公路上。雪子送她到半路，叫阿春稍后一点跟随着，她和姐姐并肩走。

“其实昨天夜里还发生了一件怪事呢。”雪子报告她姐姐说，事情是这样的：“昨天半夜两点钟左右，我和护士两人睡在病室对面那间屋子里（夜里一般都是雪子和护士轮流在病室里守候，昨夜病人的情况似乎略有好转，十二点以后睡得很安稳，因此启哥儿说：‘今夜我来接替，你们好好休息一下吧。’我们听了他的话，回到邻室睡下了。启哥儿大概和衣睡在病人身边的）。听到病室里有哼哼声，不知道是病人叫痛还是梦魇。尽管有启哥儿在陪床，我还是急忙起身去察看，当我刚把病室的门打开一半，就听到启哥儿接二连三地叫‘细姑娘、细姑娘’的声音，中间还夹杂着细姑娘的一声‘米哥’。细姑娘只叫了一声，大概就从梦中惊醒了。不过她那一声确实是叫的‘米哥’。我估计细姑娘已经清醒，就悄悄关上房门，回到自己屋子里睡觉。病室那边后来也声息全无，当时我认为大概没有什么问题了，我一放下心，几天来的疲劳便扑上身来，随后似睡非睡地打了两三个小时的盹儿。四点钟后天刚亮，细姑娘的腹痛和拉痢又开始了，她痛苦得厉害，一个人侍候不了，启哥儿就来叫醒我。此后我一直没有睡。今天早晨我才想起，细姑娘那声‘米哥’准是叫板仓。昨天夜里她梦见了死者，才发魇叫喊了。说起来板仓正是去年五月死的，转眼快到他一周年死忌了。细姑娘因为他死得太惨，格外萦心，到现在每个月还要到冈山乡下去上坟，也就是这个缘故。恰恰就在板仓周年死忌的当口，她自己却害了重病，而且还躺倒在死者的情敌启哥儿家里，这怎么不叫她伤脑筋呢？细姑娘这个人城府很深，旁人不容易看出她心里在想什么。不过，这些天来她准定没有忘掉板仓的惨死，所以才做了与此有关的梦。不过这完全是自己的猜想，不知道猜得对不对。不管怎么说，细姑娘本人今天早晨肉体上痛苦得太厉害，已经顾不到精神上的苦痛了，等到肉体上的痛苦平息以后，她也颓唐困顿到了极点。至于启哥儿，比细姑娘更要面子，表面上一点也看不出他有什么变化。不过，连我都这样想，启哥儿肯定不会淡然置之吧。”雪子又说。“刚才细姑娘突然说出那样的话，毕竟是有道理的。这当然完全是我的猜测，正由于细姑娘昨夜让板仓的亡灵魇了，她才顾虑到她是住在启哥儿家里。她大概在想只要住在启哥儿家里，自己这场病就好不了，只能一点点恶化下去，最后不免一死。所以她先前那句话并不是避忌栉田医师，而是表示她不愿住在这个地方，可能的话，她希望住到别的地方去。”

“不错，说不定她就是这个意思。”

“本来还可以再仔细问问她，可是启哥儿对她寸步不离……”

“我倒忽然想起一件事来了，……如果给细姑娘换地方的话，你看蒲原医院怎么样？……要是去那里的话，只要把情况说明一下，我想他们那里准会接受的。”

“嗯，嗯……可是蒲原大夫能治赤痢吗？”

“这样办好了，只要他那里借给病房，我们可以请栉田大夫去出诊。”

蒲原医院在阪神御影町，是一家外科医院。那里的院长蒲原博士，读大学时就是船场的店铺和上本町的常客，和莳冈家的四姐妹从小熟识。那是因为当时被誉为高材生的蒲原拿不出学费，她们已故的父亲听到这个消息，经人介绍向他伸出了援助之手。后来蒲原留学德国以及回国后开办现在这个医院，她们的父亲都资助了一部分费用。蒲原这人是带有专家风度的外科医生，他在动手术方面有高度自信，正因为这样，他办的医院一下子兴隆起来，不到几年就全部还清了莳冈家给他的助学金。以后遇到莳冈家的家属以及船场店铺里的店员们去他那里求治，收费总是特别少，说什么也不肯多收。这自然是他在报答穷学生时代所受的恩情。原来他出生于上总的木更津，是一位关东人气质的热血汉，具有一种与众不同的讲义气、重感情的性格。所以要是把情况对他讲明，托他设法用某种名义给妙子安排一个床位，照他素常的脾气看，显然不至于拒绝。不过他那里是外科医院，治疗还必须麻烦栉田医师出诊。好在蒲原和栉田是同学，而且他们两个还是好朋友。

雪子送幸子到“孟坡”的南口，临分手时幸子嘱咐她这样几件事：“回家后我打算打电话给蒲原医师和栉田医师试试；病情既然那么严重，如果像斋藤医师说的那样，必须预防万一，不管病人自己愿意不愿意，再也不能让她呆在启哥儿家里了；在这段时间里不能麻痹大意，你必须马上强行说服斋藤医师赶快给病人打林格氏针和维他康复；如果你说服不了医生，得让启哥儿去和他交涉。”

幸子回家后，给蒲原医师打了个电话，不出所料，对方果然马上应承了，还说：“准备了一个特别病房，请随时送来好了。”可是栉田医师的电话却不好打，因为他是大忙人，老打不通，后来挨家逐户把电话打到患者家里，好不容易才联系上。等到获得他的同意，已经是傍晚六点多钟了。幸子本想把事情办得快些，可是为此必须分头洽商，再说贞之助嘴上不说，心里也很担心这件事，至少有必要把事情的经过对贞之助讲明，让他负担住院费用，打算明天上午把病人送进医院。所以这一决定直到七点多钟才通知西宫方面。阿春午夜十二点钟回到家里，传达了雪子的话，还谈到后来发生的许多事情。

首先是关于病人的状况。幸子离开西宫不久，病人诉说怕冷，开始索索地发抖，体温一时升到四十度以上。到了晚上还有三十八度左右。至于林格氏针，奥畑出去打电话给斋藤医师，一再催促，才逼得对方同意试试。可是来到病家的不是往常那位年轻医师，而是那位老医师。他诊察过后，稍稍考虑了一下说："还用不着打林格氏针。"吩咐护士停止打针准备，急急忙忙把注射器收进提包回去了。雪子看到这样的情况，越发觉得有换医生的必要，等到病人稍稍安静一些后，她又对妙子提出无论如何还应该请栉田医师的主张，再次征求妙子的意见。可是还像预料中的那样，妙子没有讲什么理由，只说："不愿意老卧病在这里，医院也行，甲麓庄公寓也行，想转移个地方。换了地方以后，就请栉田大夫来治疗。只是不愿意他到这里来。"因为奥畑守在她身边屏息听着，妙子说话有顾虑，不过大致就是上面那个意思。奥畑听到病人说这些话，心里非常焦急，再三劝她改变主意，他说："细姑娘别这样说，住在我这里好了，何必那么多心呢。"可是病人仿佛完全没有听见一样，只管和雪子说话。终于急得奥畑满脸青筋，提高嗓门说："细姑娘，你为什么讨厌我这个地方呢？"雪子面对这个情景，觉察到他们中间似乎闹了别扭，那根源很可能就是昨天夜里妙子的那句梦话。但是雪子不提那件事，她看到奥畑要对病人发作，就安慰他说："非常感谢您的好意，可是我们不便把一个生病的妹妹长期放在您这里，芦屋的姐姐也是这个主张。"还给他解释蒲原医院的住院手续已经办好了，这才勉强说服了奥畑。

二十一

第二天上午，妙子让八点钟开来的一辆救护车接走时，也发生了小小的争执。奥畑一再强调说："细姑娘一直是我在照料，我有责任把她平安送进医院，所以务必让我陪同前去。"幸子和雪子轮番劝阻他说：

“您讲得很有道理，不过今天的事您就交给我们好了。我们并不是从今以后不让您和细姑娘见面，可是您和细姑娘的关系还没有得到公认，病人似乎也很担心对外界的影响，所以请您暂时把细姑娘交给我们，自己先回避一下。病情如果有什么突然变化自然不用说，即使没有变化，只要您打电话来，我们会每天把病情告诉您的。”姐妹俩几乎是打躬作揖般地才把他说服。为了使他同意芦屋的电话得在上午打给幸子或阿春，不要直接打到医院里去，都累得她们满头是汗。幸子又对斋藤医师解释了情况，感谢他这一时期的劳累。斋藤医师很谅解，主动提出他自己护送病人去蒲原医院，负责把病人交给等候在那里的栉田医师。

雪子和斋藤医师陪同病人先去医院，幸子和阿春留下做善后工作。她们两人打扫了楼上那间当作病室用的六铺席的屋子，给护士和“老奶奶”每人一些小费，然后雇了一辆夙川的出租汽车，比病人的救护车迟一小时到达目的地。幸子每当亲人住院时总要产生一种说不出的难受感觉，会不会一去不复返呢？这种不祥的预感她以前有过经验，深恐同样的心情今天又将袭来。车子开上公路时，只见沿途一片春光比昨天浓重许多，六甲的群山隐藏在深沉的云霞中，家家户户到处都开遍了白木兰和连翘花。要是在平时，这该是多么心旷神怡的景色，可是现在她却没法摆脱沉重的心情。因为她发现病人的样子昨天和今天大不一样。说实话，斋藤医师尽管说必须预防万一，可是直到昨天她还半信半疑，认为不见得会死，那不过是医生唬人罢了。可是照今天上午的样子看，说不定真有那种可能。幸子首先注意到病人今天的眼睛发直。虽说病人素常的表情也并不特别丰富，可是今天上午她面色呆滞，似乎全然失去了知觉，眼睛睁得特别大，直盯盯地凝视着空中的一个地方。那副样子，怎么说也像死期将临的人的脸相，叫人看了害怕。昨天病人还有精神流着眼泪讲话，可是今天她面对着奥畑和幸子姐妹在走廊里争执时，就像完全与已无关似的干瞪着她的两只眼睛。

蒲原院长在昨天的电话里说，给病人准备了特别病房。妙子却被送进一栋高价建造的纯日本式的单幢住宅。住宅和医院中间有走廊相通，本来是作为院长住宅盖造的。去年蒲原买到了住吉村观音林某实业家的私邸，离医院只有两里多路，他迁居到那里去以后，这所住宅就充当他平时休息的地方。这次作为超级特别病房收留妙子，是因为这里符合隔离的要求。病房设在原先当作会客室带回廊的那间八铺席和四铺席半相衔接的屋子里。为了方便陪床的人，连厨房和浴室都让任意使用。幸子昨天向护士会申请派遣去年护理悦子生猩红热的那位水户姐，机会凑巧，护士会作出安排，水户姐今天上午就来了。可是那位大红人栉田医师却还是老作风，尽管幸子和他约定了时间，幸子到达医院后还不见他到来。打电话到处打听，又催促了两三次，真是费尽了周折。这中间斋藤大夫尽管不时看他的手表，可一点也没有露出厌倦的神色，老老实实地一直等到栉田医师来接手以后才回去。两位医生用德语交谈的内容，旁人没法探知其究竟。栉田诊断的结果和斋藤完全不一样，他认为肝脏并不肿大，所以决不是什么肝脓肿，至于体温的升降和怕冷发抖，那是恶性赤痢可能发生的症状，不是什么反常的现象，大体上病情还是向好的方面发展的，只是患者十分衰弱。他当场就吩咐水户姐注射林格氏针和维他康复，随后再注射偶氮磺胺。他临走时还若无其事地说："明天我再来，您用不着那么担心。"可是幸子到底不放心，一直送他到门口，眼泪汪汪地望着他说："大夫，真的不妨事吗？"他很有把握地连声回答"不妨事，不妨事"。幸子再问："不用请大阪大学的医师来会诊了吧？""那是斋藤君提出来的，他也有些过分小心谨慎了。如果有这种必要，我会对您讲的，目前您只管交给我就行啦。""在我们外行人看起来，昨天还不是这个样子，不知怎么的，今天连面相都变了……患者那副面孔不是和死期将临的人相像吗？""这是您的过虑。一旦身体衰弱，谁都是这个样子。"栉田医师根本不理会幸子那一套。

幸子送走栉田医师后，自己也想回一次家，她先和蒲原医师打过招呼，然后回到芦屋。贞之助、悦子和阿春都不在家，她独自一人坐在寂静的西式会客室里出神，不由得又转念到那不祥的事情上。对幸子来说，常年给她们姐妹几个看病的栉田医师既然那样讲，而且他的诊断从来没有出过差错，照说就应该相信他的话。和斋藤医师的意见比较起来，她宁愿尊重栉田医师的意见，巴不得他的诊断是对的。可是唯独这次她看到病人今天上午的气色，似乎只有同胞骨肉才会有那样一种预感。因此她觉得现在不妨先根据她的预感把情况通知她大姐一下，正是为了写这样一封麻烦的信她才回来的。这封信得把妙子被逐离家庭，直到最近得知她生病不得不接她回来的经过都写出来，而且执笔时还得对情节多少加以润饰，这工作足足需要花费两三个小时，因此她有点儿懒于执笔。直到午饭过后，她好容易才躲上楼去关起门来写信。姐妹四个里数幸子的字写得最漂亮，她善于写“假名”，文才又好，写封信根本不算一回事，不像长房的大姐那样要打草稿。她爱用毛笔写在卷筒纸上，字迹丰腴硕大，一笔不苟。可是今天却不像往常那样一挥而就了，改动了两三遍才写出下面这样一封信。

大姐尊前：

许久没有问候，今年的好季节又到来了。六甲山每天云蒸霞蔚，大阪、神户之间现在正是最美好的时节。每年一到这时候，家里我总呆不住。

好长时间没有给您写信，你们都好吗？我们这里全家粗安。

又是一件不愉快的事，本来懒得动笔，可是还得告诉你。细姑娘害了恶性痢疾，目前病情非常严重。

关于细姑娘的事，以前我们曾经通过信，尽管觉得她可怜，还是让她离开我这里，从此以后不许她再来，这事上次已经报告你了。不过细姑娘并没有像我们猜想的那样和启哥儿同居，她在本山村甲麓庄公寓过着独身生活，这在当时也告诉过你了。以后她一个人怎样生活，我们虽然挂念她，但也没有去过问这件事，她也没有来过信。只有阿春偷偷地去看过她几次，据说她现在还住在那个公寓里，尽管私下和启哥儿有来往，不过从来没有住到他家去过。听到这些消息后，我们也多少放心一些。不料上个月月底启哥儿突然给阿春打来电话，说细姑娘病了。真糟糕，她是在启哥儿家玩的时候发病的，不能让她走动，只能让她睡在那里。最初连什么病都不清楚，总以为没有什么了不得，因此就没有理会这件事，后来才渐渐弄清楚她害的是赤痢。不过既然已经和她断绝关系，她又病倒在启哥儿家里，究竟应该不应该接她回来，我们拿不定主意。可是阿春却很担心，她说赤痢还是恶性的，医生是附近请来的，不十分可靠，治疗很不周到。病人发高烧又拉肚子，每天痛苦得厉害，身体非常衰弱，瘦得像另外一个人了。尽管听到这样的消息，我还是没有理睬。可是雪子妹妹瞒着我赶去照料她，住在她那里。这样一来，我再也不能袖手旁观了，去到那里一看，简直大吃一惊。据医生说，可能并发了肝脓肿，果真是那样的话，那就没救了，他一个人没把握，要求请一位专家来会诊。细姑娘见到我，只管哭鼻子，说什么也不愿住在启家，要求另外给她换个地方，听她的口气，似乎不愿死在启哥儿家。雪子妹妹猜想细姑娘也许因为板仓摄影师的周年死忌快要到来，怕他的幽灵作祟。据说细姑娘最近曾经梦魇到板仓了。这事也许是可能的。还有细姑娘可能考虑到她如果死在启哥儿家，大姐和我们这些人都要为难。总之，一向逞强的细姑娘居然变得这样怯弱，真是不寻常的事。她的面容从昨天起呈现出一副死相，眼睛发直，脸上的肌肉绷得一动不动，看了使人毛骨悚然。因此我觉得应该体谅病人的心情，决定马上把她接出来，禁止启哥儿再和她来往，今天已经用救护车送她到蒲原医院去了。因为有隔离病房的医院都住满了人，只能和蒲原大夫说明原因，对外不公开地送她去那里住了院。现在给细姑娘治病的是栉田医生，这个人大姐也认识。

情况大致就是这样。这次的处置实在是万不得已，姐夫姑且不提，我想姐姐是会谅解的。贞之助也觉得这次是事出无奈，暗地里也在为此担心，不过到现在他自己还没有去看过病人。可是事情也许不至于发展到那个地步，万一病危的话，我再给您打电报。请您也做好思想准备，不要以为完全没有那种可能性。不过栉田大夫认为细姑娘的病不像是肝脓肿，目前的病状还不太危险，大体上是可望痊愈的。但是我要说句不中听的话，唯独这次栉田大夫的诊断可能错了，无论从细姑娘的病状来看，还是从她的脸相上看，都禁不住叫我生出一种不祥的预感，但愿我的预感是错误的。

乱七八糟地写了一大堆，姑且先把至今为止的情况向您汇报。我马上还要去医院。由于出了这个乱子，别的事情都放下了。雪子妹妹更比我辛苦，为了护理病人，她这阵子几乎整夜都不睡觉，这种时候真是全靠有了她啊！

就写到这里吧，下次再给您信。

妹幸子上

四月四日

虽然她担心可能会吓坏单纯善良的姐姐，不过为了尽可能唤起姐姐对妙子的怜悯，结果还是有意对病情作了几分夸大。尽管如此，所写的基本上还是她自己的真实感受，并没弄虚作假。她写完这封信，趁悦子还没回家，马上又急急忙忙地回到医院里去了。

二十二

病人住进医院两三天后，眼看一点点好起来了。说也奇怪，那天病人那种可怕的死相仅仅是一天的现象，入院第二天，露在病人脸上的不祥的阴影就消失得一干二净了。幸子仿佛从一个离奇的噩梦中醒来似的，不由得想起了前几天栉田医师那句强有力的话：“不妨事，不妨事”，再次佩服他诊断的正确。此外她也想到东京的大姐看了她的信，不知会怎样焦虑，于是赶快再给她寄去了第二封信。姐姐看到这第二封信大概非常高兴吧，她一反向来那种慢条斯理的作风，只隔了一天就寄来下面那样一封快信。

幸子妹妹左右：

前几天拜读了你那封完全出乎意外的来信，弄得我手足无措，不知如何是好，每天都在为这件事伤脑筋，连信都没有复。刚才接到你的第二封来信，真是一块石头落了地，大大的放心了。妙子本人自然高兴，对我们来说，也没有比这更可喜的事了。

其实现在可以对你讲了，前几天看到你第一封来信时，我总以为细姑娘多半没救了。她这个人历来为所欲为，叫人为她操碎了心。这番生病不妨说是咎由自取。说来虽然可怜，可是现在她即使死了，也无可奈何。不过她如果真的死了，那么谁去收她的尸呢？又从哪儿出殡呢？你姐夫恐怕不愿干这种事。要是从你那里出殡，就更加不合情理。那么难道能从蒲原医院出殡吗？决不能这样办吧。我一想到这些就痛心。……想想细姑娘这个人不知要把我们连累到何等地步。

幸而她的病好了起来，我们总算得救了。这也是全靠幸子妹妹和雪子妹妹尽心竭力护理的结果。细姑娘本人能明白两个姐姐的苦心吗？要是她能明白的话，会不会趁此机会了结她和启哥儿的关系，重新建立新的生活呢？能这样就好了。

我知道蒲原大夫和栉田大夫这次帮了大忙，无奈不能以我的名义向他们致谢，请你体谅你姐姐的苦衷。

鹤子

四月六日

幸子收到这封信的当天，为了让雪子看信，特地跑了一趟医院。

“我收到这样一封信，你就在这里看吧。”幸子离开医院时，趁雪子送她出病房的机会，从手提包里悄悄取出那封信，让雪子站在门口看。

雪子看完信，只漏出一句“宛然一大姐”，就回病房去了。也不知道她那句话究竟是什么意思。不过幸子对于那封信没有多大好感。说得直率点，大姐这封信无意之间暴露出她对妙子已经毫无手足之情，她所汲汲希求的莫如说只是如何能使她一家不遭受妙子惹起的灾祸的连累。这当然无可厚非，可是这样说来，妙子也怪可怜的。不错，这次的病固然不妨说是她“咎由自取”，只是这个妹妹从少女时代起就甘愿过那种波澜重叠的生活，一度几乎被洪水淹死，以后她不惜抛弃名誉地位而热恋的对象又害病死去，的确，只有她一人经历了她那些太平无事的姐姐们做梦都没有想到的许多灾难，也可以说她至今已经吃尽了苦头。幸子想到如果是自己或者雪子，这样的苦难无论如何也受不了，越想越觉得这个妹妹的冒险生涯值得自己佩服。可是大姐接到她第一次报告时的那副狼狈的光景，以及收到她第二次报告后一下子心安理得的样子都跃现在她眼前，不禁觉得这样一位姐姐可笑得很。

妙子住院的第二天上午，奥畑打电话到芦屋，幸子把病人从今晨起迅速好转以及栉田大夫的诊断情况详细地对他讲了，还告诉他已经看到了康复的曙光。以后的两三天里他再也没有打来电话。到了第四天的傍晚，幸子从午后守到三点钟离开医院回家了，那时雪子和水户姐守在病人枕边，阿春在套间里用电炉熬米汤，这栋日本式住宅的看门老头儿来通报说：“有位像是府上的人来了，他没有说姓名，可能是府上的老爷来了。”“哎呀，难道是贞之助姐夫吗？我想他不会来呀。”雪子说着看了一眼阿春。这时院子里响起了皮鞋声，从胡枝子篱笆那边突然出现一个身穿漂亮的绛紫色双排纽扣上衣，鼻子上架了一副深色金丝边眼镜（不是视力差，而是不知从什么时候起为了漂亮而时常戴的有色眼镜），手里拄了一根白蜡木手杖的人。这幢日本式房子和医院各自有个大门，可是这情况初来的人不知道，都得从医院大门央人带路。不知奥畑怎么会知道这里有门的。他找到这里，趁老头儿通报的当儿，未经允许就从门口来到院子里（后来才知道奥畑一见到老头儿就问：“莳冈妙子的病房是这里吗？”老头儿两次动问他的姓名，他不讲，只回答：“你说是我，对方就知道了。”最初阿春非常奇怪他怎么会发觉这栋单幢房子是妙子的病房，怎么知道从门口穿过院子到达病房的途径。他大概不是向人打听的，而是自己耐心察访的。自从出了板仓那件事情以后，他在侦察妙子的行动上抱有极大兴趣。这次妙子住院，大概他也经常在医院四周来回察看)。这个院子沿着回廊从东向南成一直角延伸，奥畑披拂着盛开的珍珠梅来到里间那个八铺席外的走廊，从那里正好看到屋子里病人的脸。奥畑的手伸进稍稍开着的玻璃拉门，把它打开，取下他那有色眼镜，笑嘻嘻地对妙子说："正好有事来到附近。"水户姐看到一个不相识的男人闯了进来，吃了一惊。雪子那时正在喝红茶看报，为了安抚水户姐，她若无其事地走到回廊上招呼奥畑，看到奥畑手足无措地站在踏脚石上，她连忙从屋子里取出一个坐垫放在回廊上，请他坐下，目的是不让他走进屋子。奥畑似乎想和雪子攀谈，雪子却随即避进套间，取下阿春炖在电炉上熬米汤的砂锅，换上水壶。等水开后沏上茶。她本想让阿春送茶给奥畑，又觉得善于应酬的阿春要是让奥畑抓住就很麻烦，于是她对阿春说："春倌，你回去吧，留下的事情我来做。"说完她亲自把茶端了出去，马上又躲进了套间。

这天是个阴沉温暖的养花天，病房的拉门敞开着，病人看到奥畑出现在她眼前，并且坐在回廊上，可是依然用毫无表情的宁静的目光注视着客人。奥畑看到雪子躲避他，似乎有些不好意思。过了一会儿，他掏出烟盒取出一支烟点上。烟灰渐渐多起来，他想把烟灰扔在地上，又迟疑莫决地只管向病房中张望，漫无目的地说："对不起，有烟灰缸吗？"水户姐机灵，把手边的红茶杯的托盘给他送了去。

"细姑娘，看上去你好得多了。"奥畑边说边把一条腿直挺挺地伸到门限上，脚后跟压着敞开的玻璃拉门的门框，仿佛要让妙子充分看到他那新买的皮鞋似的。"今天我才敢说，细姑娘前一阵真险呀。"

"嗯，这个我知道。"妙子回答的声音有点气力了。"差点儿就去见阎王啰。"

"什么时候能离开病床呢？今年的赏樱花大概完蛋了吧。"

"赏樱花还在其次，我倒想看看菊五郎。"

"有那份精神就没事了。"奥畑又望着水户姐的脸说，"怎么样，这个月里能下床走动吗？"

"怎么说呢……"水户姐只应了一声，没再理他。

“昨天晚上我和菊五郎在坂口楼同席了。”

“是谁请菊五郎的？”

“是柴本君请的客。”

“那个人专门捧菊五郎六世。”

“前些日子柴本就说要请菊五郎六世吃饭，让我作陪，可是菊五郎六世这家伙架子真大呀。”

奥畑这个人生性急躁，注意力不能集中，没有耐性钻研一件事。平常最多看看电影，很少看戏，因为嫌戏沉闷，可是他却爱结交演员。以前他手头宽裕时，经常请那些人去歌楼舞榭打茶围吃馆子，所以和水谷八重子、夏川静江、花柳章太郎那些人都搞得很熟。每当那些人来大阪时，他难得在台下看演出，老爱到后台去访问他们。对于菊五郎六世，他也并非爱好他的技艺，而是无缘无故地想结识名角儿，所以他总想请人家给他介绍一下。

由于妙子问长问短地问个不停，奥畑就洋洋得意地给她讲述昨晚坂口楼酒席上的许多情况，还模仿菊五郎六世说话的腔调和开玩笑的样子给她看，大概他就是为了在病人面前表白这件事而来看她的。伴同雪子守在套间里的阿春最爱听那类事情，尽管雪子一再催她快快回家，她每次口头上“是、是”地答应，暗地里还是竖起耳朵在听着。直到雪子再一次催她说：“春倌，已经五点钟了。”她才无可奈何地立起身来。她一般都是每天下午来到医院，帮忙做饭洗衣服，到吃晚饭的时候回芦屋。回家的路上阿春心里思忖着：奥畑少爷那样胡扯，要扯到什么时候为止呢。他本来不该到医院里来，要是太太知道了这事，会大吃一惊吧。如果他不适可而止地回去，雪子姑娘怎么办呢？“原来说好不能这样的，请你走吧”，这种话雪子姑娘怎么也说不出口吧。……阿春想着想着，已经走到新国道的柳川车站。她正打算像往常那样在这里乘电车，只见一辆空的出租汽车从神户那边开来，里面的司机她认识是芦屋川的。站在马路这边的阿春向他喊道：“回芦屋川吗，让我搭个车吧。”把车子叫到她身边，还让人家特地绕道把她送到家门拐角处。她喘着气走进厨房，看见阿秋在烙鸡蛋饼，开口就问：“太太在哪里？老爷还没回家吧？真糟糕，奥畑少爷到医院里去了。”她边走边煞有介事地说。从过道张望那间西式会客室，发现正好幸子一人躺在长沙发上，她走上前去轻声说：“太太，奥畑少爷刚才去医院啦。”

“什么？”幸子坐起身，她的脸色一下子变了。阿春小题大做的口气叫她吃了一惊。

“他是什么时候去的？”

“先刻太太一回家，他马上就来了。”

“现在还在那里吗？”

“直到我离开医院时他还在。”

“他有什么事没有？”

“他说他在附近有点事情，顺便去探望细姑娘的。他不等传达，冷不防从院子里闯了进去。……雪子姑娘躲进套间，他在和细姑娘聊天。”

“细姑娘没发火吗？”

“没有，似乎还很高兴和他攀谈……”

幸子暂时让阿春留在会客室，她自己去丈夫书斋里给雪子打电话（雪子讨厌打电话，最初让水户姐代她接，幸子对水户姐说：“对不起，请你叫雪子妹妹来接吧。”雪子这才勉强亲自来接电话）。一问起来，才知奥畑还没有离开医院。雪子告诉她：“最初他坐在走廊上，后来天渐渐地黑下来而且又寒冷，他未经邀请擅自走进屋子里，关上玻璃拉门，坐在病人床头谈个没完没了。不知道细姑娘又是什么道理，竟然毫无倦容地和他扯着。我只得躲到套间里去，可是又不能一直这样，就走进病房在一旁看着他们两人聊天。为了打发他回去，先前就给他换上一次茶，天黑也没给他打开电灯，尽管我施尽各种手段，他却视若无睹地只管闲扯下去。”幸子就说：“那个人就是有这种厚颜无耻的特点，要是你不说他，今后他说不定经常要来。如果他再赖着不走的话，让我去医院吧。”雪子说：“已经是晚饭时候了，他也知道二姐在给我打电话，大概他不久就会回去的吧，你这时也不用特地来一趟了。”幸子顾虑到丈夫快要回来，又怕悦子纠缠不休地问她这个时候出去做什么，所以就对雪子说："好吧，那就听凭你办吧，你得婉言打发他回去呀。"电话虽然挂了，可是她知道雪子决不会对奥畑说什么的。所以她一个晚上始终惦念着后来的情况不知怎么样，直到很晚都没有机会再打电话。十一点钟左右，她正要跟随丈夫上楼就寝，阿春悄悄地走到她身边，凑近她耳朵说："从那以后，听说又过了一小时才回去的。"

"你打电话问了吗？"

"是的，刚才我去打公用电话了。"

二十三

第二天幸子去医院里一问，才知道昨天晚上奥畑后来又在那里泡了许久而不想回去，雪子再次躲进套间，一直没有露面。可是屋子里真的渐渐地黑了下来，没办法才开了电灯。又因为病人的晚饭时间已过，就让水户姐把米汤送进病房。奥畑依然无动于衷地问病人有没有食欲；什么时候才能喝粥；甚至说他自己也饿了，能不能为他从外面叫点什么东西来吃吃；这一带地方哪家馆子的菜最可口。弄到后来连水户姐也逃进套间，病房里只留下他和病人两个人。后来他大概真的饿了，于是对着套间说："我这就告辞，打搅了半天，很对不起。"然后又从回廊走下院子回去了。就在他向套间里的人告辞时，雪子只探头和他招呼了一下，故意没有出来送他。他在医院里大概泡了两小时——从四点到六点。不过雪子不明白细姑娘到底为什么不愿说"请你回去吧"这样一句话，要是她肯这样说，不就好了吗？那样一个人突然闯进院子，神气十足地夸夸其谈(雪子早就讲过，二姐在场不在场，奥畑的态度大不一样，昨天他尤其肆无忌惮)，连水户姐都觉得非常奇怪，他也应该知道我们这些人的处境有多为难。细姑娘是有资格叫他回去的，而且她不是应该催他回去吗？以上这些情况都是雪子背地里对幸子诉说的，她不敢当面埋怨妙子。

幸子想到照这个样子奥畑两三天内有可能再来，觉得有必要趁现在主动去找他，请他今后不要再到医院里来。要是这样的话，无论如何应该去他家知会一下。因为上个月月底斋藤医师的出诊费大概是奥畑支付的，妙子呆在他家十天的药费以及看护人员的一切费用也给他添了许多麻烦。细算起来，接送医生的汽车费、司机的小费以及每天买冰的钱，他也垫付了不少。这些情义其实到现在都没有清偿。现在即使送钱给他，他也不见得肯收。……可是斋藤医师那笔治疗费至少得让他收下，其余部分只能送东西了。幸子估计不出到底花了人家多少钱，应该买些什么东西送给人家，于是她问妙子："细姑娘，到底送什么东西好呢？"妙子回答说："这类事情我会好好处理的，你别管了。这次的费用无论是奥畑垫付的那部分或者住院那部分都应该由我支付，不过因为我躺在病床上不能提取存款，暂时只能由启哥儿和二姐给垫着，等我病愈起床后，全部都要偿还，请二姐不用操那份心了。"可是当她背着妙子征求雪子的意见时，雪子说："尽管细姑娘那样说，可是将近半年的公寓生活，她的存款多半也已经让她花光了。她嘴巴上尽管说得漂亮，钱恐怕是还不出了。无论是钱或者礼物，我看早日还清为妙。"她还附带说："说不定二姐现在还把启哥儿当成大财主，可是前一阵我住在他家时，从各方面发现他家经济情况意外拮据。比如饭菜俭朴得叫人吃惊，晚餐桌上除了一个汤以外，就只有一盆大杂烩，不论是启哥儿、护士还是我都吃同样的东西。阿春有时看不惯，往往从西宫市场上买了些炸鱼虾、鱼糕以及红烧牛肉罐头等带回来，这种时候启哥儿也坐下一起吃。又如给斋藤医师的汽车司机的小费，一般都是我留心着给的，弄到后来，几乎总是由我付小费而启哥儿只装不知道。不过启哥儿是个男人，对于这类小事情不妨装作漫不经心，可是对于那位管家老妈妈我觉得必须提高警惕。那个人对启哥儿忠心耿耿，性格也温和，侍候细姑娘也非常亲切，可是另一方面家里的一切开支都由她一把抓，一分两分钱的东西都管得很紧，不让浪费。据我看来，那位老妈妈表面上非常和蔼可亲，内心里对我们一家、特别是对细姑娘没有什么好感。并不是她对我有什么不敬的表示，而是我有这样的直觉罢了。如果你想更详细地了解这方面的情况，可以去问阿春，因为她和那位老妈妈经常打交道，你去问她，一定会知道某些情况的。由于有那样一位老妈妈在他家里，所以就更不要欠他一个钱。”

幸子听雪子这样一讲，渐渐地不放心了。她一回家就把阿春叫了来问道：“奥畑家那个老妈妈是用什么眼光看我们的？你从她那里听到什么没有？要是听到什么，你都说出来吧。”阿春翻着白眼，表情非常严肃地思忖着，叮问道：“讲出来不妨事吗？”然后提心吊胆地说出了下面这样的事。

“其实，这件事最初就觉得应该报告太太，”阿春先来个开场白。她上个月下旬在奥畑家出出进进的时候，已经和那个老妈妈混得很熟。不过当妙子病倒在她家时，她们两人事情都很多，没工夫好好谈话。直到妙子住院后的第二天上午，阿春去她家收拾剩下的零星东西时，奥畑正好不在，屋子里只有老妈妈一人，她劝阿春喝杯茶再走，阿春就留下和她攀谈了好一会儿。那时老妈妈一再称赞幸子和雪子说：“你家细姑娘有两个好姐姐，多福气呀。我家的小主人就相反，他本人自然也有缺点，可是老夫人去世后，他的兄弟抛弃了他。这样一来，社会上的人都不再和他来往，实在太可怜了。现在只能靠你家的细姑娘一个人了。但愿细姑娘肯做他的太太就好了。千万请你也出把力促成这桩姻缘吧。”她含着眼泪恳求阿春。接着她又像难以启齿地说：“这十年来，小主人为了细姑娘不惜牺牲一切。”后来她非常婉转地透露了奥畑被他长兄驱逐，禁止其出入家门，原因就在妙子身上。老妈妈的谈话中最使阿春感到意外的是近几年来，妙子的生活费用大部分依靠奥畑的接济，特别是去年秋天她住进甲麓庄公寓直到现在这段时间里，几乎每天一清早——也就是说早餐以前——就来到奥畑家里，三顿饭都在西宫吃，直到深夜只是为了睡觉才回公寓。所以尽管说是独自开伙仓，实际无异于奥畑家的食客，甚至连她的脏衣服都拿到奥畑家让老妈妈洗，或者为她送到洗衣店去洗。他们两人在外面的各种娱乐费用，不知道究竟由谁负担，可是奥畑钱包里经常存放着的一两百块钱，只要和妙子出去一趟回家，一个晚上就变得空空的了。由此看来，游乐费大概是他请的客。

至于妙子每个月从自己的存款中所用去的钱，至多不过支付甲麓庄那点儿房租罢了。尽管她这样说，阿春总有点不大相信的样子。老妈妈因此从屋子里取出一年来的各种账单和收据说：“因为讲到这方面的事情，顺便让你看看。”她还根据这些单据说明妙子在她家寄食以来每月的开支和以前的开支相差多么悬殊。果然像她说的那样，煤气费、电费、汽车费以至蔬菜店、鱼店等等一应开支，从去年十一月份以后突然急剧增长，由此可以想象妙子在她家是怎样挥霍无度的了。不仅如此，翻开百货店、化妆品店和服饰品店的账单一看，妙子买的东西占了一大半。阿春无意中发现其中有去年十二月妙子在神户东亚路的隆兴妇女西服店定制的驼绒大衣，以及今年三月份在同一商店定制的天鹅绒晚礼服的账单。驼绒料子底面织出两种颜色，面子是茶褐色，里子是非常艳丽的红颜色，那料子既轻软又厚实。当时妙子得意地在两个姐姐和阿春面前夸耀说：“这件大衣花了三百五十块钱，只得变卖了两三件自己再也不能穿的花花绿绿的和服才付了那笔账。”阿春还记得那时妙子已经脱离芦屋过着独立生活，怎么可以那样大手大脚地花钱，现在看到账单才知道实际上是奥畑为她定做的，那就想得通了。

老妈妈说：“讲这些给你听，决不是想说细姑娘的坏话，只是想告诉你我家小主人为了讨好细姑娘，是怎样尽心竭力罢了。说来惭愧，小主人虽则是奥畑家的少爷，可是他排行第三，没有资格随随便便花钱。家老夫人在世的时候，还有点办法，可是现在来路完全断绝，去年他被驱逐时，从长房老爷(长兄)手里拿到的那点儿赡养费就是他唯一的财源，那笔老本坐吃山空，勉强维持到今天。为了讨好细姑娘，小主人有了今天不顾明天那样的乱花钱，那点儿赡养费也花不多久了。小主人也许还以为等到山穷水尽的时候他自有办法，既然这样就该回心转意重新做人，不这样做，就不能获得亲戚们的同情。我也为这事担心，劝他不能像现在这样天天闲荡，得赶快去找工作做，即使一月百把块钱的工资也不妨。可是他一心扑在细姑娘身上，别的事情一概不管。我这才想到除非细姑娘能做他的太太，否则就没法使他走上正路。这件事本来是十年前的悬案，当时家老夫人不同意，我也不赞成，可是现在想起来，这桩亲事毕竟还是应承了好，如果那时应承下来，小主人也不致走错路，这时就会有个幸福的家庭，认认真真地工作了。”她又说：“还有老家的老爷不知为什么对细姑娘那么看不入眼，到现在还不愿小主人和细姑娘结婚。不过现在反正已经断绝了兄弟关系，用不着再有什么顾虑，干脆结婚算了，不见得老家的老爷会永远反对到底，说不定反倒能开辟出一条新路。实际上现在的难关不在于老家的反对，毋宁说是在细姑娘这方面。为什么呢？因为据我看来，细姑娘现在完全变了心，她似乎再也不打算和小主人结婚了。”

“我这样说，仿佛又在责备细姑娘似的，其实决不是这个意思。”老妈妈三番四次辩白着说下去。“莳冈先生府上是怎样看待我们小主人的呢？他是个不谙世情的公子哥儿，论缺点可以抓一大把。可是他对细姑娘的纯真感情到今天始终没有改变，这点我可以保证。不过他十七八岁时就在妓院厮混，品行不端，和细姑娘分隔的那段时间里他吃、喝、嫖、赌，什么都干，这是由于心爱的人不能厮守在一起，因而自暴自弃的。他那种心情照说应该获得体谅。可是比起我家的小主人来，细姑娘是个特别聪明的小姐，主意打得也坚定，还有一手别的女子模仿不了的绝技，对于我家小主人那种没志气的人也许已经失望，这也是很自然的。不过想到他们十年来非同一般的交情，总希望细姑娘能稍稍可怜一下我家小主人对她的死心眼儿，不要轻易地把他抛掉。再说细姑娘如果怎么样也不愿嫁小主人的话，米吉事件的当时就该干脆拒绝，小主人也许就死了他那条心。可是那时细姑娘态度暧昧，和米吉像要结婚又不结婚，对小主人像有爱情又没有爱情，因此我家小主人就被拖累了。米吉死后直到今天，细姑娘还是同样的态度，既不拒绝，又不公然同居，原因究竟在哪里呢？那样的话，不是没法叫人不说细姑娘只想在经济上利用小主人吗？”

老妈妈这些话阿春有点儿理解不了，她就说：“您是这么说，可是关于板仓老板那件事我们听到的是细姑娘本想和他结婚，由于你家小主人从中作梗，所以未能如愿以偿。还有一层，就是她要等待雪子姑娘的亲事定下来之后再结婚。”老妈妈马上就说：“雪子姑娘的亲事不用说，自然该等待，可是要说我家小主人从中作梗，那是可笑的。即使在那个时候，细姑娘还瞒着我家小主人和米吉约会，另一面又瞒着米吉和我家小主人约会，而且始终是细姑娘打电话给小主人，这个我是知道的。总之，细姑娘巧妙地操纵着他们两个人。她本心也许喜欢米吉，可是由于某种需要却尽可能长期和小主人保持着关系，我是这样想的。”她只是没有说妙子那时已经出于贪财的目的在勾引奥畑而已。阿春就说：“不过，老妈妈你也知道细姑娘那时还在做布娃娃，那方面的收入完全可以维持生活，而且还有存款，没有‘必要’仰赖你们小主人。”老妈妈说：“细姑娘自然那样讲，你和你家太太以及雪子姑娘大概都信以为真了。可是只要思索一下就会明白，尽管细姑娘在做布娃娃，仅凭她一双手而且还是小姐们半供娱乐的业余工作挣来的那点儿收入，在衣食住各方面那样穷奢极侈并且还有储蓄，这样的事情真能做到吗？听说细姑娘有一个漂亮的工作室，甚至还有西洋人的徒弟，还让米吉把她的作品拍成照片，宣传得有声有色，所以府上各位都偏袒着细姑娘，过高估计了她的实力，这也是很自然的。可是我估计她挣不到那么多的钱，至于她的储蓄，因为没有见到她的存折，所以不好说什么。不过即使有存款，大概也很有限吧。假如不是这样，存款很多，那么说不定她是为了积攒钱财从我家小主人那里勒索去的。”老妈妈甚至说：“依我看，指使细姑娘干出这一手的，说不定就是米吉捣的鬼。米吉只巴望细姑娘尽量获得我家小主人的资助，越是那样他的负担越轻，所以他尽管知道细姑娘暗地里在和小主人约会，却开一眼闭一眼只装作没看见。”

阿春听到的件件都是意料之外的事，她不由得多少给妙子辩护几句。可是老妈妈掌握着真凭实据，只要阿春一开口，她就举出许多具体例子驳倒阿春。有些例子由于情节过于严重，阿春实在没有勇气如实对幸子汇报，只说：“全是些太不成体统的事情，没法讲出来。”这里只把她泄露的一两桩事情记述一下。妙子手里有几颗宝石，那几颗宝石是什么样的宝石，老妈妈知道得一清二楚（自从中日战争开始以后，人们都回避戴戒指，妙子就把那些宝石藏在宝石匣里，看得比自己的性命还重。她不带到公寓去，托幸子为她保管着）。那是因为那些宝石都是奥畑商店里的商品，奥畑偷偷拿出来给妙子的。每次事情被发觉，总是家老夫人出面给儿子擦屁股，这样的事老妈妈亲眼看到多次。据她说，奥畑有时直接把宝石给细姑娘，有时换成钱给她。有时妙子私下拿到别处去变卖的宝石，又辗转回到奥畑商店。不过，奥畑从他哥哥店里偷出来的商品并没有全部给妙子，他自己也变卖了一部分零花了。但是老妈妈认为其中大部分确实交给了妙子。妙子不仅知情而收下，有时还死乞白赖地指定要某个戒指（戒指以外当然还有手表、别针以及项链那些东西）。总之，老妈妈在他家做了几十年奶妈，把奥畑从婴儿奶到人，他们家里的事情连细节她都很清楚，要像这样一一举例说明的话，那就没个完了。可是正如老妈妈自己说的那样，她不是憎恨妙子，只是为了证明奥畑是怎样为细姑娘献身而已。"府上各位不明白真实情况，把我家小主人看得很坏，反对他和细姑娘结婚，所以我才把这些情况讲给你听的。如果诸位能考虑一下我家小主人被家庭驱逐的原因究竟在哪里，我想府上的人该不至于再说不许他们结婚了吧。"她还说："对细姑娘我不能说长道短，既然我家小主人对她那样倾心，那么对我来说也是一位该尊重的人。因此我希望大家同心协力劝细姑娘回心转意，和我家小主人结合。听说细姑娘近来又有了相好的，因此她似乎更加想甩掉我家小主人，要是果真有这事，说不定她是看到我家小主人钱快花光了，才准备抛弃他的吧。"

老妈妈的话越来越出乎意外，阿春吃了一惊，说："我今天第一次听到细姑娘'又有了相好'，这句话是谁告诉你的？"老妈妈说："我也拿不出真凭实据，可是最近我家小主人和细姑娘争风吃醋时，我经常听到小主人嘴里漏出'三好'这个名字，而且对他很不满。那个人似乎是神户人，不知道他住在哪里，干的是什么工作。只是老听到小主人说什么'酒吧领班'啦，'那个酒吧领班'这类话，'酒吧领班'究竟是什么呀？"阿春说她估计那个三好大概在神户一家酒店当酒吧领班，除此以外老妈妈什么也不知道了，所以阿春也没有寻根究底。不过谈到这件事情以后，阿春又从老妈妈那里得知妙子最近喝酒喝得很厉害。平常妙子在幸子等人面前至多只喝一两合，可是据老妈妈说她在西宫奥畑家喝酒时，日本酒能喝七八合，三角瓶的威士忌她可以满不在乎地喝掉三分之一瓶，酒量洪大，很少出乖露丑。可是有时不知在哪里喝得烂醉如泥，由奥畑搀扶着回来，不过最近喝醉的次数越来越多了。

二十四

阿春的话，不用说，幸子是费了极大的耐性才听到这个地方的。在阿春说话时，幸子觉得自己的脸红了许多次，有时一下子想掩住自己的耳朵，不由得想举手制止她："春倌，别讲啦！"而且如果再问下去，这种叫人脸红的事还会有很多。

"行啦，你去那边吧。"谈话好容易告一段落时，她把阿春撵出屋子，趁势伏在桌子上等候受冲击的心情平静下来。

……果真是这样吗！……平常所担心的毕竟是真的吗！……谁都是袒护自己人的，在老妈妈眼睛里，启哥儿自然是个纯洁的青年，可是实际上他对细姑娘决不是那么真心爱护的。自己的丈夫和细姑娘对他的观察大致是对的，他是个无恶不作的轻薄儿。但是不能因此就推翻老妈妈说细姑娘是吸血鬼的指责。正如老妈妈过高评价启哥儿那样，我们对细姑娘在许多方面也评价过高了。……幸子每常看到妙子手上戴了光耀炫目的宝石戒指时，不禁会产生一种令人不快的疑念。……可是妙子总夸称俨然是凭自己的劳动买来的，看到她那副得意的样子，怀疑她的念头顿时消失了。再说妙子当时毕竟还有自己的工作室，正在做着布娃娃。她那些标价很高的作品还很畅销，这是幸子亲眼看到的。举办个人展览会的时候，幸子还去帮着核对账目和计算，所以势必相信她说的话。以后妙子渐渐地不搞布娃娃转而做西服，做布娃娃的收入自然没有了。可是她还为准备出国以及开办西服店储蓄了一笔钱，据她说生活上没有什么困难。不过幸子看出她坐吃山空，担心她把那点儿存款花光，因此为了让她挣几个零用钱而叫她给悦子缝衣服，还给她介绍邻居熟人家里的西服订货，有了这方面的收入，生活问题总算解决了。所以尽管幸子有时怀疑妙子的生活内情，但总是由于想到这些理由而否定了自己心里的那些疑念。……同胞姐妹的力量都不借助，别人的支援就更不愿依靠，妙子说要凭自己的本领赤手空拳打天下，幸子完全听信了她的话。……这难道不是偏听偏信吗？……而且妙子始终在指责批评奥畑，把他说成经济上一点能力也没有的人。不仅他不能照料自己，将来还要自己供养他。启哥儿的钱一分一厘她都不想要，自己的钱也尽量不让启哥儿沾边，她以前不就说过这种话吗？那种漂亮话难道都是为了欺骗社会和几个姐姐而施展的花招吗？……

与其责备妙子，倒不如说该责备的是她的姐姐们——被她随心所欲地捉弄的、不谙世情的、老实得傻头傻脑的姐姐们。现在幸子不得不承认老妈妈的那句话——一个小姐干业余工作那点儿收入不可能那样穷奢极侈，是完全正确的。在幸子来说，当初她也曾一再思考过同样的问题，可是始终回避深入研究它。在这一点上如果被人指责说不是老实而是耍滑头，那也没办法。只是无论如何也不愿把自己的同胞妹妹当作是那样一个坏女人——这正是犯错误的根源。不过社会上的人、特别是奥畑老家那些人以及老妈妈他们恐怕不会那样体谅幸子他们的这种心情，一想到这里，幸子的脸不禁又红了。本来在她听到奥畑的母亲和长兄坚决反对奥畑和妙子结婚时，她私下还觉得很不愉快。可是到了今天，就不得不承认他们的反对是有理由的了。在他们眼睛里，不仅妙子是个吸血鬼，连妙子的家庭也是不健全的。他们不理解妙子的姐夫、姐姐们是何居心，竟放任妙子干出那样的事情来。他们一定是那样想的。幸子想到这里，只能承认辰雄宣布和妙子断绝关系的处置毕竟是正确的。她又想起贞之助怎么都不愿干预妙子的问题，当她追问丈夫是什么理由时，他说细姑娘性格复杂，猜不透她的心思。大概他早已看到妙子那不可告人的阴暗面了。而且他毕竟有所顾虑，用婉转口气晓谕这桩事情的。既然这样的话，更具体地提醒幸子得防一手就好了。

幸子那天终于没有去西宫，推说头有点儿昏沉，服下一些匹拉米董镇静剂，闷在二楼的屋子里，就像挫败的公鸡一样，连丈夫和悦子都不愿见，挨过了一天。第二天早晨送走丈夫后，她又到楼上寝室里躺下了。自从妙子住院以来，她几乎每天去医院看一次，那天下午她想去看看妙子，可是不知怎的妙子这个人仿佛突然之间变成了另外一个人——和自己离得远远的、叫人望而生畏的一种存在，连见面都有点可怕了。到了下午两点钟，阿春上楼来说："太太今天去医院吗？刚才雪子姑娘打电话来了，问有没有《吕贝卡》这部小说，有的话叫我给她带去。""今天我不去了，《吕贝卡》在六铺席那间屋子的书架上，你给她送去吧。"幸子依旧躺在床上。突然她又想起了什么似的叫住阿春，说："细姑娘已经不用照料了，你让雪子姑娘回来休息一下吧。"吩咐完毕才打发她走。

雪子从上个月月底赶到奥畑家，后来又陪同妙子到医院里，到今天已经十多天了，一直没有回家。阿春给她传达幸子的话，当晚她就回到家里，全家在一起进的餐。幸子傍晚时也起身了，她尽量装出若无其事的样子来到餐室。贞之助为了慰劳雪子，特地从他日渐匮乏的贮藏中拿出一瓶法国勃艮第白葡萄酒，亲自拭去瓶上的尘灰，嘣的一下拔开瓶塞，开口就问："雪子妹妹，细姑娘已经好了吧？"

"是的，已经没事了。不过身体很衰弱，要想复元大概很不容易……"

"瘦得那么厉害吗？"

"是呀。原来的圆脸变成了长脸，两个颧骨都凸出来了。"

"我想去看看细姨……"悦子说，"不能去吗？爸爸。"

"嗯……"贞之助稍稍皱了一下眉头，不过马上又满面春风地说，"去也可以，只是你细姨生的是传染病……没有医生的许可是去不了的。"

像今天这样贞之助在悦子面前提起妙子，而且他的口气也不是绝对禁止悦子去看她，大概他今天情绪特别好。他这种态度完全出乎意外，在幸子她们看来，他似乎有点想改变对待妙子的态度。

"医生是请的栉田大夫吧。"贞之助又问雪子说。

"是的。……不过最近他说不妨事了，干脆就不来了。反正他是个红医生，只要他认为病人稍稍好一些，总是那样的态度。”

“雪子妹妹以后可以不去了吧？”

“就是，可以不用去了。”幸子说。“因为有水户姐在护理，阿春每天还去帮忙。”

“爸爸，哪天去看菊五郎？”悦子问。

“哪天都行，不就是为了等你阿姨回来吗？”

“那么，这个星期六怎么样？”

“不过，得先去看樱花吧。因为菊五郎要在这里上演一个月哩。”

“那么一定去看樱花吧，爸爸。”

“嗯，嗯，错过这个星期六和星期天，樱花就看不上了。”

“妈妈和阿姨也一定去吧。”

“嗯……”幸子觉得唯独今年看花缺少了妙子，显得冷清清的，如果贞之助同意的话，她想索性等到月底病人痊愈后，大家一起去御室看晚樱。可是她毕竟没有这样讲出来。

“喂，妈妈，你在想什么？……难道你不愿意去赏樱花吗？”

“即使再等待下去，细姑娘恐怕怎么样也去不成了吧。”贞之助看出妻的心情。“到那时如果赶得上看复瓣樱，大家再去看一次好了。”

“细姑娘要到这个月月底才能勉勉强强在屋子里走动走动。”雪子说。

和兴致勃勃的贞之助、悦子一对比，雪子很快就觉察出幸子始终提不起劲儿来。第二天早晨他们父女两个一出门，雪子就问她姐姐说：“你难道去了启哥儿家吗？”

“没有去。”幸子说。“关于这事我有话和你讲。”她一把拉着雪子走上楼，关紧八铺席的屋子的纸门，把昨夜听阿春讲的话全部告诉了雪子。

“喂，雪子妹妹，你认为怎样，老妈妈讲的那些事情是真的吗？”

“二姐是怎样想的呢？”

“我想大概是真的了。”

“我也这样想。”

“都是我不好……我太相信细姑娘了……”

“不过，相信她不是应该的吗？”雪子看到幸子哭了，她自己也含了一泡眼泪说，“……二姐有什么错呢……”

“我对长房的姐夫、姐姐还有什么话好分辩呢……”

“你对贞之助姐夫讲了吗？”

“什么都没有讲。……那么丢脸的事能对他讲吗？”

“贞之助姐夫也许在考虑宽大对待细姑娘吧？”

“昨晚的情形似乎是这样的。”

“即使谁都不告诉他，贞之助姐夫大概也已经觉察出细姑娘在外面干的是啥名堂了。他注意到那样一个人要是撵在外面放任不管，必定更加丢尽我们的脸面。”

“难得贞之助姐夫回心转意，细姑娘能改过就好了。”

“她从小就是那样一个人。”

“给她提提意见不成吗？”

“细姑娘这人怕不成。……到现在为止，不是已经给她提过许多次意见了吗？”

“到底还是像老妈妈讲的那样，为了双方的利益，还是让细姑娘和启哥儿结婚为妙。”

“除此而外，我想再也没有别的办法能挽救他们了……”

“细姑娘难道那么厌恶启哥儿吗？”

幸子和雪子都对三好这个酒吧领班放心不下，甚至提到这个名字就不愉快，所以姐妹两个谈话时对于这样一个人格外视若无睹。

“我也弄不明白细姑娘究竟讨厌不讨厌启哥儿。上次她那么不愿住在他家里，可是前天却不肯催他回家，和他没完没了地闲扯着……”

“在我们面前故意装作讨厌他，她的本心也许未必是那样。”

“要是那样就好了。……会不会是心里尽管希望他回去，可是在情义上却说不出口呢？”

雪子那天又到医院去了一次，拿了《吕贝卡》立即回家了。以后的两三天内有时读读这部小说，有时去神户看看电影，专心休息。到了第二个星期的星期六，听从了贞之助的建议，悦子、雪子和他们夫妇俩一行四人去京都住了一夜，好歹完成了一年一度的赏樱花的例行公事。今年由于时局关系，赏花酗酒的人少了，反而有利于看花。平安神宫垂枝红樱花的艳丽，从来没有像今年这样细细欣赏过。游人一个个都静悄悄的，谁都没有在服饰上争奇斗艳，而且连脚步声都故意放轻了，只管在樱花树下徘徊不去，那情景的确酿出一种风雅的赏花气氛。

赏花后又过了两三天，幸子派阿春代表她去西宫奥畑家，先把妙子生病以来他垫付的钱还清。

二十五

过了几天，奥畑果然又到医院里来了。那天除了水户姐而外，阿春也在场。“怎么办呢?”阿春打电话来问幸子。“不要像上次那样怠慢他，请他进来，心情舒畅地款待他。”幸子吩咐说。到了傍晚，阿春又来电话报告：“刚才回去了，今天聊了三个小时。”隔了两天，奥畑又在同一时间到来了，那天过了六点钟他还不回去，阿春自作主张到国道上的菱富饭店叫了菜，还要了一小壶酒招待客人。他吃得高兴非凡，到九点钟还在闲聊。好容易等到他走后，妙子很不高兴地说：“春倌，何必那样又是菜又是酒地招待他呢。他那种人只要对他稍稍和颜悦色一点，他就得意忘形了。”可是阿春心里想：刚才你自己不是满面春风地接待他的吗，为什么反倒批评我呢? 真叫人弄不懂了。

正如妙子所预料的那样，奥畑尝到了意外的甜头后，过了两三天又来了，晚饭又是吃的菱富的菜肴，到了十点钟还不回去，最后提出要在医院里过夜。阿春打电话征得幸子的同意，就让他挤在八铺席的病房里，把原先雪子用的被褥铺在水户姐的被褥旁边。那一夜阿春也特地住在那个套间里，用上了现成的坐垫和毛毯。第二天早晨阿春因为隔夜挨了妙子的斥责，便推说：“要是有面包就好了，偏巧都吃光了。”故意只端出一杯红茶和一些水果，奥畑悠然自得地吃完走了。几天之后，妙子出院回到甲麓庄公寓。可是暂时还需要静养一段时间，所以当时阿春每天得从芦屋去她那里忙着给她做饭、干杂活，早出晚归，得照料她一整天。这样那样忙着的时候，所有的樱花不论单瓣还是复瓣都衰谢了。菊五郎演完戏也离开了大阪。到了五月下旬，妙子才正式可以外出走动。幸好那时贞之助的态度软了，尽管没有公然说出“可以”，但是他的意向很明显，不再反对妙子出出进进了。所以整个六月份妙子几乎每天要来芦屋吃饭，充分摄取营养，争取早日恢复健康。

在这一段时间里，欧洲战争有了惊天动地的发展。五月份德军进攻荷兰、比利时和卢森堡，发生了敦刻尔克悲剧①。六月份法国投降，在孔比涅森林签订了停战协定。那样一来，舒尔茨全家不知怎么样了。舒尔茨夫人原说希特勒办事圆滑，战争多半打不起来，可是她这个预言全部落空了。面对这样一个世界大动乱的局面，舒尔茨夫人现在又作何感想呢？她的大儿子彼得，也已经到了参加希特勒青少年队的年龄了吧。说不定连他的父亲舒尔茨都应征入伍了。不过他们那些人，包括舒尔茨夫人和罗茜玛丽，都在为祖国的辉煌战果而陶醉，大概不会计较家庭的一时寂寞吧。幸子她们经常在说起这些事。至于和欧洲大陆隔绝的英国，说不定迟早将成为德军空袭的对象，话题因此又扯到住在伦敦郊外的卡德丽娜身上。人的命运真是难以逆料，不久以前还住在玩具般的小屋子里的一个白俄姑娘，突然间跑到英国变成一位大公司经理的夫人，住在宫殿般的大邸宅里，过着令人艳羡的荣华生活。可是转眼之间，一场百年难遇的灾难就要降临在全体英国人民的头上。德军对英国的空袭特别是对伦敦郊区的空袭猛烈已极，卡德丽娜住的那所豪华的邸宅很可能一旦化为灰烬。住宅遭殃倒也罢了，弄得不好，饭都可能吃不上，衣服都没有穿。猜想起来，说不定所有的英国人都在惶惶不可终日地担

---

①指1940年5月27日至6月4日，英法联军三十万被希特勒党卫军击败，英远征军抛弃大量军需物资从法国的敦刻尔克横渡英吉利海峡撤退，大小舰艇被击沉数百艘。

心敌人不知什么时候开始空袭吧。现在看来，卡德丽娜说不定在向往着遥远的日本的天空吧。她思念住在夙川那个小屋子里的母亲和哥哥，会不会在后悔自己不该离开那个家呢？……

“细姑娘，给卡德丽娜写封信去试试怎么样？”

“嗯，下次碰见了基里连科，要打听一下他妹妹的地址。”

“舒尔茨太太那里也想写封信，可不知有没有人给译成德文。”

“再去请海宁格太太翻译不成吗？”

姐妹两个有了这样一番谈话之后不久，幸子打算再去请求以前曾经帮过一次忙的海宁格夫人给翻译，于是就给一年半不通音讯的舒尔茨夫人写了一封长信。信的内容大致如下：我们作为友好国的国民、对于德国的辉煌战绩不胜庆贺；每次读到报纸上有关欧战的消息，就想起你们全家的安危，作了许多猜测；我们这里都很好，只是日本和中国的纷争始终没有解决，担心它有可能逐渐导致一场正规的战争；回想起当初我们朝夕过从的睦邻时代，转瞬之间世上就发生了惊人的巨变，不由得叫人生出一种怀旧的心情，盼望着和平共处的睦邻时代哪天重复到来。你们因为曾经遭受到那次可怕的洪水之灾，说不定对日本抱有不好的印象，可是那种灾难在任何国家都极少发生，希望你们不要因为吃了那次亏而存有戒心，和平恢复后请再来日本。我们也非常希望今生能去一次欧洲，说不定哪天能到汉堡去访问你们。特别是想把小女培养成钢琴人材，如果情况许可的话，将来想送她去德国进修音乐。又附笔说明另外寄出一个邮包，里面是送给罗茜玛丽的绸子衣料和扇子。

幸子第二天拿了信稿去拜访海宁格夫人，托她译成德文。又过了几天，她有事去大阪，顺便到心斋桥那边的“美浓屋”买了舞扇和绸料子。

六月上旬的星期六和星期日两天，贞之助请雪子看家，还把悦子也交给了她，自己和幸子去奈良观赏新绿。这是因为从去年到今年的一年里，两个妹妹身上的事情此起彼伏，幸子的脑神经应接不暇。他一则是为了慰劳一下妻子，再则是因为他们长久没有两个人单独在一起了，这次他想尝尝真正不受外界干扰的夫妇生活。因此，星期六晚上住在奈良旅馆，第二天从春日神社游了三月堂、大佛殿等故都的西部。中午时分，幸子的耳根内侧红肿起来，觉得有些痒，鬓发一碰到那里，格外忍受不了那种类似于荨麻疹的痒。今天上午他们穿行在春日山长满新叶的树丛中的时候，贞之助用莱卡照相机给她拍了五六张在树下取景的照片，说不定是在那时让蚊子什么的咬了。幸子觉得在初夏季节爬山，头上应该罩些什么以防虫子，后悔没有带条头巾来。晚上回旅馆时，去药房买“卡鲁普利尼门特”，药房里的人说没有这种药，只得买了止痒水，可是一点效果也没有。到了夜里，痒得更厉害，一夜没睡好觉。第二天上午离开旅馆之前，派人去药房买了氧化锌橄榄油涂在患处才出门。夫妇俩在上本町分手，贞之助直接去大阪事务所，幸子独自回芦屋。直到那天傍晚，她才觉得耳根不再痒了。贞之助向例在下班时刻回到家里，不知他心里想些什么，要求幸子让他看看耳朵，他把幸子拉到露台上明亮的地方，仔细观察她的患部，然后说：“嗯，你那个不是蚊子咬的，是臭虫咬的。”幸子就问：“怎么？在哪里让臭虫咬的呢？”“奈良旅馆的床上咬的，今天早晨我这里也痒，你瞧！”他边说边卷起袖子让幸子看他的两只手臂，“这的确是臭虫咬过的痕迹，你耳朵上也有这样两个痕迹哩。”幸子拿起双重镜子一照，果真有两处疤痕。

“真的是臭虫咬的。那个旅馆对旅客一点儿都不亲切，服务态度也糟得很，再加上臭虫，还成个什么旅馆呀！”幸子想到难得有这样两天的行乐，却让臭虫闹得意兴索然，她恨奈良旅馆恨得没个完，生气也没有用处。

贞之助就说：“那么我们再旅行一次补补数吧。”可是六七两个月没有机会，直到八月下旬他因公去东京，就建议在东海道沿线找个适当的地方玩一下。正好幸子早就盼望游富士的五湖了，于是就决定了下来。贞之助先去东京，幸子晚两天动身，约定在“滨屋”会合，从新宿出发去目的地，归途绕道御殿场。幸子离开大阪的时候，听从丈夫的意见坐了三等车的下铺。因为丈夫对她说：“夏天最好坐三等卧铺，车厢里没有密不通风的窗帘，风飕飕地吹进来，比二等车凉快得多。”那天白天有防空演习，幸子有生以来第一次被撵下车传递消防水桶，因为劳累过度，坐在车上只管打瞌睡，还做着防空演习的梦。梦见的仿佛是芦屋家里的厨房，又像是特别时髦的美国式厨房，里面铺了瓷砖，喷了白漆，到处雪白锃亮，还摆满了洁净的瓷器和玻璃器皿。空袭警报一声响，那些东西突然自发地乒乒乓乓破裂了，闪闪发光的碎片散满了一屋子。因此她对雪子、悦子和阿春说那里危险，叫她们跟随自己逃到餐室。可是餐具架上那些咖啡杯、啤酒杯、玻璃酒杯、葡萄酒和威士忌的酒瓶又都乒乒乓乓破裂了，她说这里也危险，于是逃上二楼。可是二楼屋子里所有的电灯泡也乒乒乓乓破裂了。最后她领着全家人逃进只有木器家具的屋子，好不容易喘上一口气的时候，梦就醒了。……这样的梦做了一遍又一遍，终于天亮了。不知是谁凌晨开了一下窗子，一粒煤灰掉进幸子的右眼，怎么样也取不出，只管流眼泪。九点钟到了滨屋旅馆，可是贞之助一清早就出去办事了。为了弥补昨夜的睡眠不足，幸子让侍役摊开铺盖躺了一会儿。可是由于眼眶里有煤灰，眨巴眼睛时就疼痛，每次总要流泪，洗眼或点眼药水都没有效果，只得请掌柜的带她去找附近的眼科医生，把眼睛里的煤灰去掉，在右眼扎上一个眼罩。医生对她说，“今天一天不要取下眼罩，明天再来一次。”贞之助中午回来，看到妻的右眼扎了眼罩，就问是怎么回事。幸子说：“叨您的光，碰了个大钉子，今后永远不再乘三等卧车了。”

“从奈良那次起，咱们的旧婚旅行老不顺利。”贞之助笑着说。“我还得出去有点事，今天把事情办完，打算明天一清早就出发。你那个眼罩要戴多久呀？”

“眼罩只戴今天一天，可是医生说要是不保重，怕损坏眼珠子，所以让我明天再去一次。如果清晨出发的话，医生那里怎么办呢？”

“眼睛里进点灰尘没什么大不了。医生为了赚钱，总有点夸大其词。这点儿小毛病马上就会好的。”贞之助说完又出去了。

幸子想到趁丈夫不在可以给涩谷的大姐打个电话，她告诉大姐，她随同贞之助出差来到东京，打算在这里停留一天，因为眼睛出了点小毛病，戴了眼罩呆在旅馆里很气闷，放肆请姐姐来旅馆谈谈。大姐回说她很想见面谈谈，可是有事分身不开，问起妙子后来的情况。幸子告诉她，妙子现在的身体确实已经恢复正常；严格把她驱逐在外，似乎不妥，虽然没有公开认可，目下已允许她来家了；详情电话里不便讲，不久还会来东京看大姐；说完就把电话挂断了。幸子觉得一个人呆在旅馆里实在太无聊，等到太阳偏西，街上有了阴凉地方，就去银座那边散步。看到街头悬着《历史是晚上制造的》那张已经看过一遍的旧电影的广告牌，她一时心血来潮，走进电影院又看了一遍。也许是由于只用一只眼睛看吧，查理·鲍威的脸不清楚，他那双带有魅力的眼睛不像平素那样美了，幸子看到半中间就摘下了眼罩。她的眼睛不知不觉之间已经全好了，眼泪也不淌了。晚上她对丈夫说："真像你说的那样，眼睛已经全好了。做医生的总是那样夸大其词，多拖一天好一天。"

以后的两天中间，他们夫妇俩住在河口湖畔的富士观光旅馆，充分补偿了那次奈良旧婚旅行的失败。两人逃出暑热的东京，深深地呼吸着富士山麓秋天的凉爽空气，时时在湖畔马路上逍遥徜徉，或者躺在二楼床上欣赏窗外的山容，单单这样就已经十分心满意足了。像幸子这种生长在京阪地区难得来关东的人，对于富士山的好奇心类似于外国人对富士山的憧憬。那种心情不是东京人所能想象的。她特地挑上这个旅馆，当然是因为被"富士观光"这个名称所吸引，来到这里一看，富士山正好对着旅馆的大门，近在咫尺，几乎压到眉头上了。像这样来到富士山近旁，和它朝夕相亲，尽情地欣赏它那时刻变化的容貌，幸子有生以来还是第一次。

这家旅馆是用白木盖造的宫殿式建筑，在这一点上它和奈良旅馆无异，只是其他方面就完全不一样了。奈良旅馆用的建筑材料虽然也是白木，可是年代久远，脏里脏气的给人一种阴暗的感觉。观光旅馆就完全不一样了，墙壁和柱子到处都是崭新的，看了叫人心旷神怡。这是由于旅馆新盖不久，另外也由于山上空气无比澄鲜。他们到来以后的第二天下午，幸子吃完午饭仰卧在床上，直盯盯地凝视着天花板。就在那样躺着的时候，从一边的窗口可以看到富士山的山顶，另一边的窗口可以看到环抱湖水的起伏的冈峦。她不禁凭空想起自己从未到过的日内瓦湖畔的景色，脑子里跃现出拜伦的诗篇《锡雍的囚徒》。自己仿佛来到了遥远的异国，不是因为眼前的水光山色异样，而是由于空气触及肌肤时的感觉不一样。她觉得自己犹如置身在澄清的湖底，呼吸着周围的空气，仿佛喝了汽水那样的一种心情。天空中飘过一片片的浮云，被遮蔽了的太阳时而露出脸来，那时屋子里的粉墙亮得耀眼，似乎连脑袋都晶莹透澈了。这家旅馆直到最近还住满了避暑的游客，八月二十日以后才一下子变得稀少了。目前旅客不多，宽敞的旅馆空荡荡的，寂静得杳无声息。置身在这种宁静的环境中，对着室内时明时暗的光线，幸子甚至忘掉了“时间”的存在。

“悦子他爹！……”

丈夫大概也沉浸在和她同样的意境里，他横躺在旁边那张床上，体味着四周的寂静，默默地长久地凝视着天花板，这时才起身走到面对富士山的窗前。

“悦子他爹……有趣得很哩……你来看这个……”

贞之助回头看时，幸子探起半个身子坐在床上，正在看枕边桌子上那个暖瓶的镀镍外壳。

“喂，你到这里来看呀。……反映在暖瓶外壳上的这个屋子，简直像广大的宫殿。”

“噢……怎么啦，怎么啦？”

暖瓶晶光锃亮的外壳起着哈哈镜的作用，室内明亮的一切、甚至极小的东西都玲珑地反映在上面。那些东西一个个呈现着异常屈曲的姿态。寝室显得无比高大，坐在床上的幸子变得无比渺小，看去像在老远老远的地方似的。

“你来看看暖瓶上我的模样呀……”幸子一面说一面摇摇头举举手，哈哈镜里的幸子也摇摇头举举手。她在暖瓶上的人影犹如栖身在水晶球里的妖精、龙宫里的神女或者王宫里的妃子。

贞之助觉得多年没有看到妻子这种天真烂漫的举动了。夫妇俩在无言中仿佛又回到十几年前新婚旅行时的那种气氛。那时住的是宫下的富士屋旅馆，第二天驱车游了芦湖，说不定由于环境的类似才使他们又回到了过去那个世界中去的。

那天晚上幸子在丈夫耳边悄悄地说："今后我们经常这样旅行吧。"贞之助对此毫无异议。夫妇俩絮絮谈了些体己话，末了也讲到女儿和妹妹们的现实问题。幸子不想错过丈夫心情舒畅的好机会，希望他能和妙子见上一面。贞之助马上应承说："这个我也明白，过去我对细姑娘太苛刻了，对她那样的人如果严过了头，反而使她变得更坏，结果使我们更加为难。今后还是和雪子妹妹同样对待为妙。"

二十六

旧婚旅行那个晚上的谈话实现了，一进入九月，贞之助和妙子就见了面——他们已经半年多没有见面了。前一阵子妙子虽然已被允许来芦屋，可是总回避着贞之助。这天晚上才正式让她同席，贞之助夫妇、悦子、雪子和妙子五人融融洽洽地坐在同一桌上进餐。幸子和雪子因为不久以前阿春告诉了她们从奥畑的奶妈那里听来的话，所以，她们心里对于妙子还有些疙瘩，不能释然于怀，可是她们决定忘掉那些不愉快的事情。那类事情既没有告诉贞之助，也不准备提出来质问妙子，毋宁说是她们觉得自己也该负一半责任，今后应该尽量用手足之情来感化这个变种的妹妹。姐妹两个并没有预先商量过，可是她们自然而然地抱着同样的心情，所以餐室里的空气十分融洽，许久以来家里那种消沉的气氛竟有一阳来复的感觉，大人们喝酒都比平常喝得多了些。

"细姨今晚住在这里吧。"悦子说。接着贞之助他们也劝妙子不要回公寓，所以妙子终于留了下来。悦子兴高采烈地说："细姨今晚睡在我屋子里，同阿姨和我三人一起睡。"这种时候悦子一兴奋，便忘乎所以地喧嚣起来。

妙子那时也完全恢复了她以前那种女性的魅力。当她生病时，幸子见到她极度疲惫不堪——面目黧黑，仿佛染上了花柳病那样的血色，皮肤一下子都松弛了，觉得她短时期内再也不能恢复到原先那个精神充沛的样子了。可是没有多久她又变成一个生气勃勃的、双颊丰润的现代姑娘。不过贞之助考虑到长房的体面，认为暂时还是不住在一块儿的好，所以妙子依旧住在甲麓庄，每天大概总有半天呆在芦屋。她以前住的楼上那个六铺席的屋子仍然留给她使用，所以她近来经常守在那间屋子里，在光照好的窗子下埋头踩缝纫机。那些活儿都是幸子从外面给她拉来的订货。她本来爱好做西服，一干起来就非常热心地干下去，连晚饭都匆匆忙忙扒了几口又上楼去了。幸子的本意是力争不让妙子在金钱上再去麻烦奥畑，尽管不明说，她还是经常给妙子拉些订货让她干。可是看到妙子那样拼命地干活，又有些可怜她了。她想这个妹妹的性格的确有热爱工作的一面，她生性活泼，不愿坐着不动，她要是误入歧途，那就会越走越深；可是如果教导得法，她就会向好的方向发展。她有才能，两只手长得灵巧，什么事情她都能在短时期内掌握。让她学舞蹈，她舞得很好；让她做布娃娃，她做得很出色；让她缝西服，她又那样拼命地干。……年纪还不到三十岁的一个女子，居然具备那么多的技能！

“细姑娘，精力真充沛呀！”夜里八九点钟幸子听到楼上的缝纫机还在响，就上楼来说，“悦子会睡不着的，早点歇手吧。劲儿使过了头，肩膀会痛的。”

“嗯……不过我想在今天把它赶出来。”

“明天再干吧。不用这样拼命干呀。”

“呵呵呵。”妙子笑着说，“我想挣几个钱用。”

“细姑娘，你要钱花就跟我讲吧。……那几个零用钱我总拿得出的呀。”

自从她丈夫最近和某军需公司搞上关系后，幸子手头也充裕了，家庭开支比以前更加宽裕。雪子的生活费用几乎完全不需要长房补贴，都由二房负担了。而且丈夫还说，既然雪子的生活由二房支付，妙子也该给她生活费。所以幸子碰上机会就这样说的。可是总觉得妙子是随便听听罢了，决不想依赖幸子的好意，看去似乎有一种讨厌求人资助的骄矜神气。

至于她和奥畑后来的交往，幸子和雪子都不清楚。尽管她每天总要来芦屋，不过有时傍晚来了，夜里回去，有时上午来了，下午突然又走了，哪天都是这样，还有半天的时间她大概是在别的什么地方消磨的。在那个时间里，她是不是和启哥儿约会呢？或许又和别的什么人约会呢？两个姐姐暗暗担心着，但又不便直接问她。两个姐姐的本意和奥畑的奶妈一样，事到如今，只希望她和启哥儿结成夫妇。但是她们都知道开门见山地催逼不是上策，只巴望不久的将来妙子的心境能改变过来。正在这个时候，十月初的某一天，妙子带回来一个消息说奥畑也许要到满洲去。

"嗨！到满洲去？"幸子和雪子齐声问道。

"确实有些滑稽。"

妙子笑着说。她自己也不大清楚这件事，实际上这次"满洲国"的官吏来日本招募二三十名"满洲国"皇帝的随从人员。说是随从人员，并非礼宾、侍从那类高级官吏，只不过是皇帝身边随从侍候的类似听差那样的人，不计较他们的才能和学问。只要身世清白的资产阶级子弟、容貌端正、懂得礼貌规矩、注意修边幅的人就合格了。一句话，只要是文雅的公子哥儿，即使是低能儿也无妨。对于启哥儿来说，简直是一份正合适的差事。因此启哥儿的兄长们都说，既然有这样的工作，无论怎样也该应募去满洲，在皇帝身边做随员，名声响亮，工作又不难，对启三郎最合适也没有了。如果启三郎愿意去的话，在送别会上就收回逐出家门的成命。

"这倒真是一桩好差事。……不过启哥儿下了决心没有呢？"

"大概还没有下那个决心。周围的人都在劝他，可是他本人无论如何也不说要去。"

"那是可以理解的，因为让人家看起来，一个船场出身的少爷，竟然流落到满洲去了……"

"可是启哥儿现在非常穷困，穷得连西宫那个家都住不成了。尽管如此，大阪方面又没有人雇用他，太失身份的事情他又不愿干，像满洲那样好的差事哪里去找第二个呢。"

“你的话没错儿。那种差事不是谁都干得了的。只有启哥儿才能胜任。”

“就是嘛。薪水听说相当高，所以我也极力劝他去。不长期干也行，只要干上一两年，兄长也高兴了，社会信誉也有了，无论如何也该努力一把。”

“一个人去有点寂寞吧，老妈妈能不能跟他去呢？”

“她说想跟他一道去，可是她有儿子和孙子，似乎去不了遥远的满洲。”

“细姑娘跟他一块儿去嘛。”雪子说。“为了让启哥儿重新做人，这点儿牺牲不是也应该的吗？”

“嗯……”妙子一下子显出不高兴的样子。

“即使半年也好，暂时跟他去那里安个家，只要细姑娘开个口，说不定他就想去了。因为是帮助一个人嘛，我想细姑娘也不至于不愿意吧。”

“真的，细姑娘就帮助他一下怎么样？”幸子也说。

“这样的话，启哥儿的长兄也会感谢你的。”

“我认为现在是和启哥儿分手的好机会。”妙子压低了嗓音，可是说得很坚决。“如果跟着他去满洲的话，那就永远了结不清和他的关系了。让他一个人去满洲最好。因此我才竭力劝他去，可是启哥儿就因为这个关系，无论怎样也不肯去。”

“喂，细姑娘，”幸子说，“我们并不是在情分上一定要逼着你和启哥儿结婚。刚才你雪姐不是也讲了吗，目前你暂且陪同他一块儿去生活一年半载，看到他认认真真地干活以后，你如果不愿再跟他在一起，独自回来不就成了吗？”

“连满洲那么远的地方都跟着去了，不是更加分不了手了吗？”

“不过你可以和他好好讲明道理，如果他还是不能谅解的话，那时你就一走了之算了。”

“我要是那样做的话，他肯定会丢掉差事，抛弃一切来追踪我的。”

“那也有可能。不过考虑到你们过去的情分，我觉得即使分手，你也应该为他效劳一番，不这样就说不过去。”

“我没有必要为启哥儿跑一趟满洲，我不欠他什么情。”

幸子觉得再说下去，双方就要争吵起来，所以她没有再往下说。

“你能说不欠人家的情分吗？”雪子开口了。“细姑娘和启哥儿多年来的关系，不是尽人皆知的吗？”

“我早就想断绝这种关系了。可是对方却死乞白赖地和我纠缠，哪里有什么情分，有的只是麻烦。”

“细姑娘，你在经济上不是给启哥儿添了许多麻烦吗？我这样说也许不中听，在金钱方面你不是也有求于他吗？”

“笑话！绝对没有这样的事。”

“是真的吗？”

“我要他的钱做什么，我能挣钱养活自己，还在邮局里存着钱，雪姐不是知道吗？”

“尽管细姑娘这样说，社会上的人却不是这样看。就是我也一次都没见到过细姑娘的存折或零用账。究竟你有多少收入，实际情况一点都不知道……”

“首先把启哥儿看得有那么大的能耐就是错误。相反，我还觉得他将来不得不靠我供养哩。”

“既然这样，我来问你……”雪子尽量不朝妙子那边看，两手玩弄着桌子上的一只插了菊花的小花瓶，继续说她的话，可是态度却很镇静，丝毫也不兴奋，声音也一如往常，拿着小花瓶的纤细的手指一点儿也不颤抖。“去年冬天细姑娘在‘隆兴’定做的那件驼绒大衣，不是启哥儿给你定做的吗？”

“那时我不是已经说过吗？那件大衣花了三百五十块钱，我变卖了一件蔷薇色的外褂和另外两件织锦花和服才买下来的。”

“可是启哥儿的奶妈说那件大衣是启哥儿给你付的账，连‘隆兴’的收据都拿出来给我们看了。”

“……”

“还有那件天鹅绒晚礼服据说也是他给你买的。”

“那种人的话希望你不要相信。”

“我也不愿相信她的话，可是老妈妈是根据她手里那些账单说出来的呀。细姑娘如果说她是撒谎，你能拿出什么驳斥她的账目给我们看看吗？”

妙子还像平时那样泰然自若，脸色一点都不变，可是让雪子那样一讲，她不声不响地只管瞅着雪子的脸。

“据老妈妈说这种情形不是现在开始，多年以前就是这样了。不光是西服，那时细姑娘手上的戒指、化妆包以及别针那类东西全都是启哥儿给的，她一件件都记得很清楚。她还说启哥儿被逐出家门，原因就是他为细姑娘偷了店里的宝石。”

“……”

“细姑娘既然这样想和启哥儿断绝关系，不是早就可以和他一刀两断吗？就说板仓那个时候吧，不是个好机会吗？”

“那个时候你们不是不赞成我和启哥儿断绝关系吗？”

“因为那时我们希望你和启哥儿结婚，所以不赞成你和他断绝关系。要是我们早知道你一面和板仓私订终身，一面又在经济上利用启哥儿，我们也会改变主意的。”

幸子对于雪子的话深表赞同，觉得有必要把这样几句话讲给妙子听听。不过她自己毕竟没有胆量揭穿那些事情，她一面默默地听着，一面佩服雪子居然能给妙子指出这些事情来。幸子又想起五六年前，她亲眼看到雪子有一次也像今天这样揪住辰雄姐夫猛攻，一个沉默腼腆的人不知怎样居然会出奇地厉害，雪子那次完全不像平素那个唯唯诺诺的人，她理路整然地质问辰雄，问得他张口结舌，无言可对。

“诚然，启哥儿也许没有什么本领，可是叫他那样一个没有本领的人去偷店里的东西，现在还能说没有情义这种话吗？……不过，有件事情必须交待清楚，细姑娘不要误会。老妈妈并不恨细姑娘。由于启哥儿为了细姑娘干出了那样的事情，所以她说无论如何希望细姑娘能成为她家小主人的太太。……我们知道了这样的情况以后，当然也希望你和启哥儿结合。”

“……”

“能利用时就利用人家一下，一旦失去利用的价值时，就说人家是低能的公子哥儿，有了好差事就叫他独自一人去满洲，细姑娘亏你能说得出这种话来！”

不知道妙子是无可答辩呢，还是认为即使辩解也无用，任凭雪子怎样讲，妙子一句话也不回答。雪子却絮絮叨叨地讲个没完。雪子的口气始终平静如常，可是妙子的眼睛里不知什么时候已暗暗地在淌眼泪了。尽管这样，她还照样毫无表情，仿佛并没有觉得自己脸上在淌眼泪。过了一会儿，她突然站起身来冲出屋子，砰的一声粗暴地关上房门，把整个屋子都震动了。随后又听到外面的大门砰然发出一声巨响。

二十七

这回少有的争吵发生在快要吃午饭以前，贞之助和悦子都不知道，阿春也正好因事外出了；而且自始至终双方都没有大声嚷嚷，只是关在餐室里用平常说话的声音交锋，所以连厨房里的女佣们都没有注意到。可是刚才那声砰然巨响却非同小可，吓得阿秋跑到走廊里来了。走廊里一个人也没有，她把餐室的门推开一道缝儿往里面瞧时，才发现刚才还在那里的妙子不见了，幸子和雪子正从餐具柜的抽屉里拿出桌布，收拾小花瓶。

“有什么事？”幸子问。

“没有什么事……”阿秋慌忙回答，正想缩回她的头。

“细姑娘刚才回去了，午饭只有太太和我两个人吃。”雪子吩咐说。

“像今天这种程度的话有机会早该和她讲了。”后来雪子对她姐姐仅仅说了这样一句话，这件事在她就像已经被忘掉了似的，所以那天上午发生的一幕悦子和贞之助完全没有觉察出来。只是第二天妙子一整天都没有来芦屋，悦子和阿春觉得奇怪，悦子就说：“细姨今天怎么啦？是不是感冒了？”

“细姑娘今天大概难得缺席吧。”幸子若无其事地说，不过她心里却在暗暗担心她从此以后说不定就不再来了。可是第三天上午妙子仿佛什么事都没有发生那样满不在乎地又来了。而且毫无抵触地和雪子交谈，雪子也高高兴兴地应酬她。提起奥畑时，妙子说：“看去他大概不去满洲了。”雪子只应了一声“是吗”，以后就谁都不再提起这件事了。

又过了几天，幸子和雪子在元町街头偶然碰见了井谷，听到一件意外的事情——井谷不久要把她的美容院出让给人家，自己再度赴美研究最新式的美容术。朋友中间有人劝她说，目前正是世界大乱的时候，担心日美之间可能发生冲突，莫如稍等一段时间去。可是井谷说只管等着没用，日美冲突的可能性不会因此消失，即使发生冲突，也不是马上就会爆发，她打算抢在冲突发生之前快去快回。最近出国护照很难办，她因为有特殊的门路，已经把护照办妥了，预定去美国半年至一年。短短的一年半载，照说用不着出让美容院，不过她近年来一直想去东京发展，所以趁现在这个机会离开神户，回国后就在东京开业。她这个计划幸子姐妹并不是第一次听说，去年她那位因中风长期卧病的丈夫去世的时候已经听说过了。举办了丈夫的周年死忌后，现在无非是决心实行她的计划罢了。所以她大刀阔斧办妥一切，准备马上离开神户。美容院的继承人选已经决定，出让手续也办好了，连坐船的舱位都似乎预定了。她说：“这件事情要是在朋友们中间传开后，肯定要举行欢送会什么的，可是由于时局关系，我想就免了。而且由于行色匆匆，实在没有时间领受诸位的好意。恕我放肆，还希望朋友们原谅我不挨家逐户去辞行。”

那天晚上，幸子就和贞之助商量说：“不管井谷本人怎样说，她那个美容院在神户是相当有名的，她又是知名人士，说不定总有人发起要给她开欢送会。特别是她为雪子做了几次媒，即使人家不举行欢送会，我们也得单独为她设席送行。”第二天早晨随即收到了她的铅印告别通知书，那上面写着坚决辞谢一切送别会，而且还写着明天夜车动身去东京，启碇前住在帝国饭店，已经没有时间应酬任何招待了。因此幸子决定一两天内姐妹三个拿着礼物去送行，此外再也没有别的办法了。由于礼物难挑，当天没有去成，第二天早晨贞之助上班后，幸子和雪子正在商量究竟送什么样的礼物时，井谷来了。

“哎呀，您这样忙还光临。今天我们三人正打算去拜访呢。”

“不敢当，请免了吧。三位即使打算去，店铺已经出让了，冈本的住宅也让给我弟弟和弟媳妇了，他们今天就搬去住，屋子里弄得乱七八糟，不成样子……所以我亲自来辞行。时间实在紧迫，哪里都去不了，唯独您这里要是不来，就放不下心，并且还有一件事情想奉告……”

“总之，请里面坐吧。”

井谷看了一下手表说：“那么就打扰一二十分钟吧。”她边说边走进了会客室。

“我在美国不会呆多久，马上就要回来的。可是神户今后就不会再来了。一想起来，真有点依依不舍。特别是府上几位，恕我放肆说这样的话，无论是太太、雪子小姐还是细姑娘，都是我最最心爱的人……”井谷说起话来还是那样快，一个人滔滔不绝地想在十几分钟内把她想说的要点毫无遗漏地都说出来，“莳冈家的三位看去似乎相像，可是个性判然不同，各有各的特点，无例外地都是好姐妹。老实说，神户这个地方并不值得久恋，可是一直打算长期交往下去的莳冈太太几位的友情，今后不能再像以前那样亲密，真是莫大的遗憾。今天能够见到两位，我很高兴，可惜没有见到细姑娘。”“细姑娘马上就来，打个电话去吧。”幸子正要站起来，井谷欠身说：“不用打电话了，尽管遗憾，还是请代我向细姑娘问好吧。”接着又说：“在神户已经不能相见了，不过离启程还有十天，要是方便的话，三位能不能来东京一叙呢？”这句话一出口，她马上又解释说，“并非要三位去东京送行，其实我想在东京给你们介绍一位朋友。”

井谷说到这里停顿了一下，随后又说出以下一番话。“本来我还有点儿踌躇，在这样忙乱的时刻，该不该当着雪子小姐的面把这样的话讲出来。可是一想到自己离开神户时最大的一件心事就是未能尽力促成雪子小姐的亲事而要就此分手。真的，决不是我说奉承话，世上难得找到像雪子小姐这样的一位好姑娘，家里有那样好的姐妹，我总觉得自己没有尽到应尽的责任，所以到了这个时候还一心想把雪子小姐的亲事尽可能搞出一个眉目来，了却这件心事，然后出国。

“关于这事，我想提出一个建议请府上考虑。对方的姓名你们大概知道，就是明治维新时期的华族功臣御牧子爵。为国事奔走的是上一代的御牧广实，现在的户主是广实的儿子广亲。这人的年龄已经很大，曾在政界活跃过一个时期，属于贵族院研究会一派。现在他在祖先之地京都的别墅里过着隐居生活。我偶然认识了他的庶出小儿子御牧实。这人出身于学习院，据说曾在东大理学院肄业，中途退学去法国，在巴黎学过一阵子绘画，研究过法国菜，还搞过许多别的东西，可是都没有搞长久，后来就去了美国。进了一个并不怎样有名的州立大学学习航空，总算在那个学校毕了业。毕业后他仍然没有回日本，在美国到处流浪，还去过墨西哥和南美。中间有一段时期收不到国内的汇款，他迫于生计，当过旅馆里的厨师和侍役。此外又回头画过油画，搞过建筑设计，凭着他生来的灵气和见异思迁的性格，真可以说什么样的活他都干过了。倒是他的航空专业，一出校门就被他完全丢开了。八九年前他回到祖国，也没有固定职业，只是闲荡着。几年前有个朋友盖房子，当时他偶尔凭兴趣给他朋友搞了一个建筑设计，博得了意外的好评，因此渐渐有人赏识他这方面的才能。他本人因此也来了劲儿，在西银座某大厦的一角设了个事务所，一本正经地搞起建筑师业务来了。不过御牧的设计洋溢着西洋的现代趣味，豪华而又费钱，因战事影响，订货越来越少，工作几乎完全停顿下来，不到两年工夫，那个事务所关门大吉，事实上他现在又没事干了。本人的经历大致就是这样。这次并不是他本人想娶媳妇，而是他周围的朋友在为他操心，觉得非让御牧成家立业不可。据我所知，他今年四十五岁，由于在国外呆得久了，回国后也习惯于无拘无束的独身生活，不想成家，所以到今天还没有妻房或者类似妻房那样的人。不用说，在国外自然曾经沧海，回国以后也曾在新桥赤坂花天酒地过了一阵放荡生活，不过这种情况到去年为止，现在他似乎连涉足花丛的经济能力都没有了。为什么这样说呢，他年轻时从子爵父亲那里分到一笔财产，那笔钱维持了他半生的放荡生活。他这个人只会浪费，不懂积攒，所以大部分财产都被他花光，似乎已没有几个钱了。他想做建筑师，尽管晚了一点，毕竟是想借此自立谋生，要不是碰上这样的时局，也许会搞得挺顺利，不幸的是目下遭受了挫折。不过他这人属于常见的那种贵族子弟的类型，善于交际，说话风趣，兴趣广泛，自命为艺术家，是个天生的乐天派，所以本人丝毫也不为那类事情所烦恼。这次之所以要让他娶媳妇，也是因为本人实在太颟顸，旁人为他焦虑，觉得这样下去不成，应该设法使他有个家。”

据井谷说，她认识御牧，还是她女儿光代给介绍的。光代去年毕业于女子大学，当上了《女性日本》杂志的记者。那个杂志社的社长国岛权藏非常器重御牧，那是因为国岛在赤坂南町盖造的那所住宅是御牧设计的，盖成后国岛非常中意。从此以后御牧常去他家，国岛夫人也很宠他。还有御牧在西银座开设建筑事务所时，和《女性日本》社近在咫尺，所以他天天去那里玩儿，和该社社员搞得都挺熟，和井谷的女儿特别友好，开口闭口总是“阿光、阿光”的。那是因为井谷的女儿也受到国岛夫妇的宠爱，几乎把她当作家里人看待了。井谷有一次去东京，光代领她去赤坂南町拜访社长，刚巧御牧也在场，第一次见面他就说说笑笑逗人高兴，所以两下马上就亲密起来。本来井谷在东京并没有什么公事要办，只因为女儿获得了国岛的赏识，去年曾三次去东京国岛家问候，内中两次碰上了御牧。据光代说，国岛夫妇喜欢赌博，往往通宵玩纸牌、打桥牌或者麻将，御牧和光代就被拉去充当陪客。井谷一面说做母亲的称赞自己的女儿未免可笑，可是一面又说她的女儿性格很洒脱，颇有博弈的才能，不像二十多岁的人。而且好胜心强，有忍耐功夫，即使一两个晚上不睡觉，白天也照样上班，不觉得什么，干得比别人更有劲儿，说不定这就是社长夫妇所以看中她的原因。这次井谷为了准备赴美，曾经去过两三次东京，请求国岛为她设法办理出国护照以及其他别的事情，又和御牧见过几次面。而且最近在国岛家里常有当着御牧的面大谈让他娶媳妇的事情。国岛夫妇是最热心的发起人。国岛还认识御牧的父亲，只要御牧肯和适当的人选结婚，国岛准备去说服他的父亲多少再分给他一笔钱，让新婚夫妇得以维持当前的生活。于是国岛抓住偶尔碰在一起的井谷说："你有没有合适的人？要是有的话，务必请你给介绍。"

井谷一口气讲到这里，看了一下手表说："时间不多了，让我赶快说吧。当时我听到这话，马上就想到这正是莳冈太太家雪子姑娘的理想姻缘。可惜时机不巧，假如我还呆在日本的话，当场就会应承说：'的确有位好小姐，我准定介绍，'马上就做月下老人。无奈行色匆匆，想说而没有说出口。回到神户后，心里老惦记着这事，总觉得好姻缘错过可惜，得设法成全，因此才把对方的情况奉告以供参考。刚才已经说了，对方今年四十五岁，比您先生还年轻一两岁。面容像长期生活在外国的人，头发已经秃了，棕色皮肤，说不上是美男子，可是外貌很神气，可以看出毕竟是名门出身。体格健壮，似乎胖了一点。他常夸称从来没有生过病，任何劳累都挺得住，身体确实很健康。其次，最重要的是资产问题，学生时代分的家，他拿到了几十万元，可是到今天可以说几乎一个钱都不剩了。听说后来又向他父亲央求过几次，有一两次也弄到几个钱，不用说那些钱也被他花光了。有钱的时候尽量挥霍，一夜过来又变得囊空如洗，所以他父亲说：'那个东西无论给他多少钱也无济于事，在金钱上完全信不过他。'国岛也说：'年纪到了四十五岁还过着游手好闲的光棍生活，实在太不应该了。难怪他的子爵父亲和社会上都不信任他。所以首先得为他成个家。不管一个月挣多少钱，要有个固定职业，凭自己的力量有个固定的收入。这样的话，子爵也放心了，多少总要贴他几个钱。不过那是经常性的补贴，真的'多少贴几个'也就行了，用不着给得太多。依我看，御牧这人要是让他设计一幢精巧、潇洒的住宅，的确能发挥出他那优秀的天分，我觉得将来他完全可以成为一个出色的住宅建筑设计家，而且我也打算竭尽绵薄帮助他。只是目前时机不好，生活有困难，但这也是一时的现象，无须悲观。所以我要去说服子爵，叫他答应办以下三件事：一、拿出一笔结婚费用；二、购买新婚夫妇的住宅；三、今后两三年中给予生活津贴。我估计多半是会成功的。情况大致就是这样，也许您多少还有些不满意的地方，不过对方毕竟是第一次结婚，虽说是庶子，到底是名门出身，身上继承着藤原氏[①]的血统，亲戚全是些知名人士，而且没有要他供养的负担。我还漏说一件事，他的生母也就是子爵的侧室，一生下他就死了，据说他对生母一点印象也没有。他本人趣味很广，通晓法国和美国的语言风俗，这些都是他的长处，我认为也符合府上的要求，不知道究竟怎么样？我和御牧相识不久，你们这里还可以好好调查一下。不过从历次的交往看出他待人和蔼可亲，没有显著的缺点。只是酒量极大，我曾亲眼看见他喝得醉醺醺的两三次，他喝醉了酒变得特别有趣，尽引大家发笑。……因此我觉得如果错过了这门亲事实在太可惜，所以怎么也不死心，一直在考虑能代我做月下老人的人选。说是说月下老人，其实对方是一个善于交际的人，费不了什么事。只要首先作了介绍，以后有国岛夫妇从中撮合，看到双方有意，自然会妥为安排的。还有我的女儿光代也可为之奔走，别看她年纪小，却是个爱卖弄小聪明的傲气姑娘，所以适宜做这类事情，叫她当个联络员大概还能胜任。”

井谷说到这里又看了一下手表，立起身来说：“糟了糟了。本来只打算打扰一刻钟的……真是对不起了。”说着又继续说：“该讲的话都奉告了，以后怎样，请您考虑着办吧。又，国岛社长要在东京设宴送别，不知道您的想法怎样，如果有意的话，太太和雪子小姐能不能作为神户方面的代表出席那个宴会？最好姐妹三位都去，连细姑娘也去。那样的话，就请御牧先生也出席，我可以当面介绍。至于事情的成败是以后的事，这回你们只算是去东京送我，和对方见一次面如何？您现在不用答复，等我到达东京后也许明天就打电话来听您的回音。欢送会的日期到那时再奉告。”话音刚落，她就飞也似的跑了。

---

① 日本姓氏之一，天儿屋根命的后裔，中臣氏所出。

二十八

刚才由于井谷太匆忙，幸子竟忘了问她今夜乘坐哪班火车动身，于是往她家里打了一个电话。本人不在，代她接电话的人说："送行听说一律辞谢了。"连开车时间都不讲。因此傍晚幸子看准井谷在家时又给她打了一个电话，告诉她无论如何希望再见一面，因为还想和她谈一下刚才那件事，这才获得了九点半钟从三宫乘夜间快车出发的答复。动身时间知道后，三姐妹、贞之助和悦子全家都去送行。姐妹三个像这样都打扮得花枝招展地跟随着贞之助外出，从去年为已故双亲做佛事以来，这种场面已经好久没见到了。

"细姨今天怎么不穿西服呢？"姐妹几个全都穿着停当，一起进晚餐时，悦子看到妙子难得穿了一身绿底子起大朵白茶花的纯棉外褂，就直盯盯地瞅着问。她面对着母亲和两个姨妈光艳照人的风姿，觉得有点像每年赏樱花时那样兴奋。

"怎么样，小悦，我穿和服合适吗？"

"细姨还是穿西装好。"

"穿和服似乎太胖了些。"幸子说。

妙子近来常常穿和服。她的小腿有曲线美，穿西服时会使人对她产生一种少女的好感，穿了和服，小腿的长处就被掩盖，莫名其妙地变得又矮又胖了。原因之一是病后食欲旺盛，吸收了过多的营养，反而比生病以前胖了。不过据她自己说，她原来两腿温暖，自从那场大病以后，不知是什么原因，一穿西服，腿就冷得受不了。

"日本女子年轻时不管多么时髦，到了一定年龄就不怎样爱穿西服了。像细姑娘这样的，已经是老太婆的明证吧。"贞之助说。"比如井谷老板娘那类人，曾经留学过美国，以她的职业来说也应该穿西服，可是她不是经常穿和服吗？"

"真的，井谷老板娘总是穿和服。不过她确实是个老太婆了。"幸子说。"只是刚才那桩事情今晚怎样和她讲呢？"

“这件事我是这样想的。今天晚上不要过多地谈到婚姻问题，只算是要去东京参加井谷老板娘的送别会就成了。即使根本没有攀亲这件事，不是也得去东京送行吗？”

“真是这样，一点不错。”

“照说我也应该去，偏巧这一阵子有事去不成。你和雪子妹妹两人去好了。如果细姑娘能去那就更好。”

“也让我去吧。”妙子说。“正好天气又暖和，一则去送行，顺便还可以逛逛久别的东京。今年的赏樱花我没赶上，这回要不捞一把的话……”

妙子和井谷老板娘的情分没有幸子和雪子那样深。尽管她也是井谷美容院的常客，只因那个美容院收费昂贵，所以妙子有时也去别的铺子理发。只有雪子常常麻烦她做媒，妙子在这方面从来没有欠过她的情。不过她对于井谷那干脆爽快的性情脾气以及豪迈任侠的男子汉作风一直深怀好感。特别是去年她被逐出莳冈家以后，不知怎的她觉得有点儿无地容身似的，过去一直很亲密的朋友一下子都开始用奇异的眼光对待她，觉得很不是味道。唯独井谷的态度一如既往，对她还像以前那样亲热。尽管井谷是最容易散播那类丑闻的美容院老板，妙子的种种丑闻以及其中的内情她也许早已洞悉无遗，然而她仿佛根本不理会妙子那些阴暗面，只肯定她好的一面。妙子平常就很感激井谷那种宽宏大量的态度，今朝她居然特地来辞行，还说“想和细姑娘见见面”，甚至希望她一道去东京，她听到了这样的消息，禁不住产生一种感激不尽的念头。对妙子来说，每当有人为雪子提亲时，自己往往被当作见不得人的障碍物。现在井谷居然站在她的一面说话，仿佛暗中在为她辩解莳冈家有这样一个妹妹并不丢丑，倒应该承认妙子的特长，正正当当地把她推荐出去，叫人家知道莳冈家还有这样一个妹妹。对于井谷这番苦心，妙子觉得自己无论如何也必须参加这次东京之行。

“那么细姑娘也去吧。这种饯行宴会，多去些人凑凑热闹才好。”

“可是，关键是雪子妹妹……”幸子回头看着笑嘻嘻的雪子说，

“却不怎么想去。”

“为什么？”

“她说：‘三个人都去了，家里只剩下悦子一个人了……’”

“可是你要知道雪子妹妹是非去不可的呀。反正不过两三天工夫，悦子会乖乖地呆在家里的。”

“阿姨，你去吧。”悦子的口气仿佛像大人那样，她近来慢慢地懂事起来了。“我会好好看家的，有春倌陪我，一点不寂寞。”

“可是雪子妹妹去东京还有一个条件啦。”

“嗨，什么条件？”

雪子只是笑笑不说什么。幸子就说：“雪子妹妹说：‘不去东京吧，觉得对不起井谷老板娘；可是去了东京，结果说不定会独自一人留在涩谷，所以不愿意去。’”

“可不是吗。”

“不去涩谷不就行了吗？”妙子说。可是贞之助反对说：“那可不行，还得去露露脸，否则以后让长房知道就麻烦了。”

“就是由于这个原因，雪子妹妹希望我和涩谷方面讲妥下次有机会再从从容容去涩谷，这次就一道回芦屋，如果我能作出保证，她说她就去东京。”

“雪姐这样厌恶东京，这次的亲事看来希望不大。”

“我也觉得准定不行。”悦子接口说，“阿姨要出嫁是无可奈何的，可是我想最好不要嫁到东京去。”

“小悦，你懂得这种事情吗？”

“要是嫁到东京那样的地方去，阿姨太可怜了，是不是呢，阿姨？”

“得啦，你住口吧。”幸子制止了悦子。“我是这样想的，那位御牧先生是公卿的后代，论血统是京都人，只是现在住在东京过着公寓生活罢了，说不定有朝一日能住到关西来。”

“嗯，这种可能性说不定是有的。如果我们给他在大阪一带找个职业，他也许就能住在关西了。首先，他身上至少有京都人的血，这是不会错的。”

“尽管说是关西人，京都人和大阪人在气质上有很大的区别。京都的女子是好的，男子就不怎么样了。”

“喂，喂，你那样挑剔可不成呀。”

“不过那个人说不定是东京出生的，又在法国和美国呆了那么久，也许和普通的京都人不一样。”

“东京这个地方我不喜欢，至于东京的人说不定还是好的。”雪子说。

贞之助建议送井谷的纪念品可以留待欢送会后再决定，今天晚上姑且先送一束花。为了买花，吃完晚饭五个人提前去神户，在元町买了花。在月台上献花的任务交给了悦子。候车处本来应该有许多人去凑热闹，不过由于故意隐瞒了开车时刻，所以场面比较冷清。尽管这样，送行的人还是有二三十个，为首的是井谷的两个弟弟——大阪的开业医生村上医学博士和国分商店店员房次郎，以及他们的妻子。特地盛装赶来送行的莳冈家三姐妹，顾虑到周围的气氛，连大衣都没有脱。幸子走到井谷身边说：“今天上午劳驾光临，非常感谢。和我先生一商量，对于您临动身出国之前还那样惦记着舍妹的亲切情意，我们感激得不知该用什么话表示才好。后来又听了您那番介绍，我们更加感激。即使没有那桩亲事，我们三人也是应该出席欢送会的。”幸子说完，贞之助又再三再四称谢。

“啊！我真高兴。你们全家都来了。”井谷十分欢喜地说。“那么我准定在东京等候三位了。详情明天一定打电话告诉你们。”火车开动后，她在窗口道谢时，还一再那样说。

第二天晚上，井谷果真从帝国饭店打来了电话。告诉幸子欢送会决定大后天下午五点钟举行，地点在帝国饭店内，出席人数总共九个，井谷母女、国岛权藏夫妇和他们的小姐、御牧先生以及你们三位神户方面的代表。井谷还问：“来东京后你们住在什么地方？因为长房在东京，我猜想你们大概要住到那里去。可是为了联络方便，索性住在帝国饭店怎样？从这个月到下个月，东京将举行两千六百年祭，当地所有的旅馆都住满了人。凑巧国岛先生的亲戚预订了帝国饭店的一个房间，他愿意让给你们住，他自己住到国岛先生家里去。”经她这样一讲，幸子马上想到这次妙子也一起去，雪子又提出了那样的条件，所以如果可能的话，最好不让长房知道这件事。于是幸子回答说：“既然这样，恕我放肆，务必请那位先生把他预定的房间让给我们吧。我们大抵乘明天的夜车或者后天的早车动身，照说应该留在东京等到开船那天去横滨送您上船，可是三个人不能长时间离家，事出无奈，参加了欢送会之后我们就打算告辞。旅馆只住明天、后天两夜就行，可是还想看一次歌舞伎，所以也许要多住一夜。”井谷马上说：“那么我给你们买歌舞伎的戏票吧。说不定我们还能奉陪看歌舞伎哩。”

第二天恰好买到了从大阪开出的夜车卧铺票，三姐妹因此整整忙了一天准备行装。幸子和雪子本想赶在今天去烫头发，但是井谷的美容院停业了，不知去哪家好，只盼妙子来领她们去她所熟识的店铺。姐妹两个还抱怨细姑娘今朝来迟了，一个上午就这样过去了。可是在这方面挺善于安排的细姑娘，到了下午两点钟，独自一人烫好了头发来了。

“怎么啦，我们还等着你来领我们一起去烫发呢！”

“在东京烫发多好，帝国饭店里就有美容院。”妙子满不在乎地说。

“真的该去东京烫。”

于是姐妹几个讨论了一阵该带哪些替换衣裳，把大小两个皮箱和一只手提皮包都装得满满的，等到吃完晚饭，装束停当，时间已经紧巴巴的了。

二十九

“抱歉得很，您是莳冈太太吗？”

第二天早晨，姐妹三个一走下东京站的月台，一个穿西装的矮个子姑娘急急忙忙走上前来，像要搂住幸子似的招呼说：“我是光代……”

“喔，井谷老板娘的……”

“好久不见您啦。家母本该来接您的，实在因为事忙抽不开身，所以叫我代替她来接的。”光代看到三个人手里的东西，说声“叫个搬运夫来吧”，马上啪嗒啪嗒地跑去找来一个搬运夫。

“啊，这两位就是雪子小姐和细姑娘吧，我是光代。真的多年不见面了。家母承蒙你们经常照顾，这次三位又特地一起赶了来，实在不敢当。昨天晚上家母提起这事，可高兴哩……”

大件行李交给搬运夫后，还剩下包袱、化妆皮包等几件零星东西，光代就说：“这些东西我来拿吧。不，不，还是让我拿，让我拿。”她边说边从三人手中硬把那些东西抢了过去，敏捷地穿过拥挤的人群，抢在头里走出去了。

这个姑娘还是在神户县立第一高级女子中学读书的时候幸子们见过她一两次，所以并不怎样熟悉。和以前比较起来，现在已经出落得一表人才了，要不是她自报姓名，都认不出是她了。她母亲井谷虽然瘦削，可是身材较高。这个姑娘以前就矮小，现在也一点没长高。以前是黑黑的圆脸，胖笃笃的身材，现在皮肤虽说变得白净了，脸和身子反而缩小了，手长得像十三四岁孩子的手，她的身材比三姐妹中最矮的妙子还矮五六分。和服外面罩着大衣的妙子，矮虽矮却很丰满。光代却像她母亲说的那样爱卖弄小聪明而且瘦弱。说起话来和井谷异常相像，口若悬河滔滔不绝的那副腔调，犹如一个早熟的孩子。年龄比雪子小十多岁的光代，口口声声“雪子小姐、雪子小姐”地称呼雪子，弄得雪子既不好意思，又不愉快。

“光代小姐也一定很忙，让你来接我们，真是不敢当。”

“哪里，请别客气。不过，说实在话，这个月正遇上两千六百年祭，要举办各种庆祝活动，我们杂志社也很忙。正在这时，母亲还让我给她干些杂差……”

“前些日子已经举行过阅舰式了吧。”

“阅舰式的第二天，大政翼赞会[①]举行成立典礼，接着靖国神社的大祭也开始了，二十一日还举行阅兵式，这个月东京可热闹哩。旅馆什么的都超额住满了人。……啊，对了对了，由于这样的原因，向旅馆订房间的客人纷至沓来。你们住的房间虽早已预订了，可是不怎么好。”

“行，行，什么样的房间都行。”

“房间狭小倒也罢了，里面只有两张单人床，那就没法对付，经过交涉，好不容易把一张单人床换成了双人床。”

一路上光代在汽车里说着这类话，还解释说由于这种情况，原来准备买的今天的歌舞伎戏票就没有买到。不仅如此，连十天以后的戏票用普通方法都很难到手，靠杂志社的关系总算弄到了后天的票。到那时妈妈和我也陪同前去，大概还邀请了前天妈妈提到的御牧先生，不过六个座位怕不在一起。

“这样一个狭小的房间！……而且这边没有太阳光，真不合适。请委屈一下吧……”

光代把她们三人送进屋子，放下手中的东西，立即离去，当她走到房门口时又说：“家母现在出去了，不久就回来，她说一回旅馆就来拜访。……我这就去杂志社，随后再来看各位。有什么东西需要我在银座代买吗？要是有的话，请随时打电话给我好了……”说着就用她那指甲涂了蔻丹的小手从提包里取出一张名片，“这里是我的电话号码。”

幸子一直担心着头发还没有烫，想趁今天烫好它。可是昨晚坐了一夜火车，她和雪子都累了，觉得还是休息一下好。而且井谷不久就要来，这时也不能倒头大睡，只能解下腰带稍稍休息一下。她自己倒无所谓，所担心的是雪子。雪子脸上那块褐色斑也许因为不断打针而见效了，虽则没有完全消失，近来却比以前淡得多了。不过雪子的经期快要到来，再加火车上一夜的劳顿，因此她脸色有点灰暗。幸子看到她这副模样，联想起这种时候褐色斑总特别显眼，所以觉得这种时候决不能让她过于劳累。

---

① 日本第二次近卫内阁创设的推进新体制运动的中枢机关。

“怎么样，雪子妹妹？我们明天去烫头发吧，今天太累啦。”

“今天去烫也没关系。”

“欢送会是下午五点开始，所以明天不是没有时间。今天就歇息吧。还是去银座走走吧，还得买许多东西呢……”

“让我躺一下吧。”妙子一走进这间屋子，毫不客气地占据了一张最舒适的沙发，精疲力竭地横靠在上面。当姐姐们讲话的时候，她又脱下外褂，解开腰带，换上浴衣，赶快倒卧在双人床上。如果在以前遇到这种场合，即使稍稍有些疲倦，也决不表露到脸上来，她会抛下两个姐姐兴致勃勃地出去玩儿。可是近来她渐渐失去了以前那个活泼劲儿，动不动就随地伸出两条腿，或者枕着手臂卧倒，或者唉声叹气，生来那种恶劣的举止变得更加恶劣。说不定那是健康还没有真正恢复吧，不过身体反而更加肥胖了，无论做什么事情都仿佛很吃力的样子。

“雪子妹妹也稍稍躺一下吧。”幸子说。

“嗯。”雪子一边答应，一边走近妙子先前占据的那张沙发。沙发上还搭着妙子抛在那里的外褂，雪子轻轻把它拿开，腰带都不解，端端正正地坐了下去。这个屋子里只有两张床，到晚上只能由她和妙子睡在双人床上。说是说双人床，却比正式的双人床狭小，她暂时不想爬上床去挤妙子，另一方面她考虑到应该让幸子在单人床上休息。可是她一坐下去就迷迷糊糊地睡着了。

幸子大概看出了雪子的心意，于是就爬上空着的单人床。可是只有独自坐在沙发上的雪子睡着了，幸子和妙子都睡不着。

“细姑娘，我们趁现在洗个澡吧。”

幸子和妙子轮流洗了澡，又把睡着的雪子也叫醒，让她洗了澡，然后同去餐厅进午餐。可是期待着的井谷始终不来，因此，姐妹三个下午就去银座购买悬而未决而且非买不可的送行礼物。她们在银座街头的商品陈列窗前东瞧瞧西看看、左思右想的结果，觉得送东西给出国朋友，时髦货不中用，反倒要送外国人所喜欢的日本土特产。无意间在服部商店的地下室里看到一只螺钿匣子，决定买下作为幸子送的礼物。在御木本商店又看到一只镶嵌珍珠的玳瑁别针，买下作为雪子和妙子合送的礼物。三个人就这样已经累得够呛，在高龙巴茶室休息了一下，还想买点东西，妙子先站起身说："还是回去吧，回去吧。"所以四点半钟就回到了帝国饭店。走进屋子一看，桌上摆了一瓶兰花，旁边还有井谷的一张名片，上面写着："归后请即通知，等着你们来一同喝茶。"

"又是喝茶，刚才不是喝过了吗！"妙子又占据了那张沙发，仿佛抬都抬不动她似的。另外的两个也很想休息一会儿，躺在床头松松劲。还不到十分钟，电话铃响了。

"是井谷老板娘打来的。"幸了拿起听筒，果然是井谷打电话来催她们去喝茶。

"今天上午出去了，非常对不起。我刚刚回来，已经吩咐准备下茶点，请诸位到休息室来吧。"

"好的，好的，我们正想给您打电话哩。……好的，好的，我们马上就来。"

"我就免了吧，二姐和雪姐应邀前去好了。"妙子说。

"那就对不起井谷老板娘了，细姑娘也去吧。我们也很累呀。"幸子硬拉着懒得动弹的妙子，三人一同来到休息室。

三十

井谷客套一番之后说："售票处的某先生刚才来通知说后天的戏票已经买到了。你们三位座位相连，另外两张连号的，我和光代坐，御牧先生只能单独坐了。"

品茶时从戏票问题扼要地穿插谈了些御牧的情况。幸子们只当作闲谈，从中知道井谷不仅和国岛以及御牧谈到了雪子，还把寄存在她手里的雪子的相亲照片给他们看了。他们对照片的评价很高，昨天晚上在国岛家里还专门谈论了照片上的人不像三十几岁的人。御牧说用不着见人，光看照片就满意了。只要莳冈家不反对，他已经做好娶雪子的准备了。井谷不愿做花言巧语的媒婆，所以把她所知道的莳冈的家庭情况毫不隐瞒地都交待了，例如涩谷长房和芦屋二房的关系，大姐夫辰雄和雪子、妙子两个小姨意见不合等等。不过御牧听了她那些话毫不介意，并没有改变他想结婚的决心。也许因为他以前有过放荡的经验，对于这类事情很能理解，或者由于他抱着一种超然物外的态度，根本不计较那类事情。

雪子和妙子觉察到谈话内容一点点深入到那方面去了，她们俩喝完茶随即离席回房。井谷看到她们走得远了，马上望着雪子的背影压低嗓门说："其实我连雪子小姐脸上有褐色斑也讲了，我觉得这比以后让人家发现要好，所以什么都预先交待清楚了。"

"您这样什么都讲清楚好得很，我们反倒轻松了。……不过雪子后来一直在打针，像您刚才看见的那样，斑痕已经不大明显了，而且结婚以后会完全消褪，这层也希望说明一下。"

"是的，是的，这个我也讲了。御牧先生说：'原来是这样，结婚以后守着褐色斑逐渐消失，倒是一种享受。'"

"哎呀！"

"还有细姑娘的问题，我不知道太太您是怎样想的。纵使社会上那些流言飞语都是事实，我觉得也用不着那样担心。谁家都会有个把特殊的人，有那样的人并不见得不好。御牧先生说：'妹妹好不好没关系，因为我娶的不是妹妹。'"

"哎呀，像他这样通情达理的人实在少有呀。"

"他到底是风月场中的过来人，自有他大彻大悟的地方。他说：'妹妹的事情和我全然无关，毫不隐瞒地把她的一切告诉我自然很好，如果您不愿讲，那就不用讲给我听了。'"井谷看到幸子很放心的样子，接着就问："不过雪子小姐的心情究竟如何呢？"

"是呀，这……实在还没有问她哩。"

说实话，幸子只是在听到井谷刚刚这番话以后才对这门亲事有意的。这次她们来东京的目的主要是出席欢送会，亲事问题脑子里虽则并非没有，但毕竟是次要的。幸子所抱的态度不过是见面以后看情况再作决定。这种态度不很积极，她所以抱这样一种态度，因为她对积极主动存有戒心，深恐积极过度的结果只是一场空欢喜。这就是到现在她还没有征求雪子意见的原因。目前各种条件都比较良好，这门亲事的为难之处就在必须嫁到东京来——这层前几天已经提到过了。雪子迟疑不决，肯定也是因为这个问题。不过更坦率地说，时至今日，决不会让雪子那样任性，何况她也并没有那样说。倒是幸子本身有点儿舍不得这个妹妹嫁到东京，要是可能的话，想让她卜居在京都、大阪、神户这一带，这是幸子私下所抱的愿望。因此她问井谷："御牧先生将来住在哪里？您说他的父亲要给他买房子，买在什么地方呢？我这样说不是拿住房作为条件，难道他必须住在东京吗？如果在关西找到了工作，能不能住到关西来呢？这几个问题想打听一下作为参考。"井谷说："好的，好的。这件事情没有动问过，我马上去问吧。"说完她又反问说："我想大概是在东京，难道雪子小姐不愿住在东京吗？""不，不，没有什么……"幸子慌了手脚，"我不是这个意思……"连忙打马虎眼。

"那么回头再说吧……晚饭以后光代说不定和御牧先生一同到我这里来，届时希望你们也来我这里玩儿。"说完两下就分手了。

八点刚过，井谷的电话果然来了。"各位都累了吧。可是客人现在已经来了，无论如何请三位都过来……"

幸子打开衣箱，取出几个衣包，摊开在两张床上，先帮雪子换了衣服，然后自己和妙子也换了服装。换衣服的时候井谷又打了一次电话来催促。

"请，请，请里面坐……"刚一敲门，光代走出来开门说，"屋子里搞得这样乱七八糟，真对不起。"

确实是这样，五六个大大小小的皮箱、各式各样装西服的纸箱、各方面送来的礼物包以及各种旅途备用品堆满了一屋子。御牧看到三姐妹走进屋子，急忙从椅子上站起，经过介绍后，他没有坐回椅子。

"我坐这里好了，你们请这里坐。"说着他自己就坐到暖气管上去了。屋子里只有四张形状各不相同的椅子，三姐妹和井谷各占一张，光代就坐在床头上。

“怎么样？井谷太太。客人也都到了。”看去御牧似乎在继续说什么东西，“观众来了这许多，务必请你穿给我们看看。”

“怎么也不能让御牧先生看到。”

“尽管你这样讲，反正我要送你上船，即使你不愿意，也会让我看到的。”

“不过开船时我也打算穿和服。”

“嗨，你在船上也一直穿和服吗？”

“大概不会一直穿，可是我想尽量不穿西服。”

“这个主意可不高明。那你为什么做那些西服呢？”御牧又回头对幸子姐妹说，“啊，想请问一件事情哩，刚才我们在谈论井谷太太的西服问题，三位看到井谷太太穿过西服没有？”

“没有。”幸子回答说，“从来没有见过。所以我们也说不知道她穿了西服究竟是什么样子。”

“东京的朋友都这样说。连阿光都说没有见她妈妈穿过西服。所以一定要请她穿一次让我们看看的。”然后御牧又转向井谷说，“怎么样，井谷太太？趁大家都在这里的时候，不是有必要试穿一次让我们见识见识吗？”

“瞧您说的！这个时候难道叫我在诸位面前光着身子不成？”

“哪里，哪里，您换衣服的时候我们可以到走廊里去的。”

“穿不穿西服无所谓，御牧先生。”光代出来帮腔了，“你可不能那样欺侮我妈妈呀。”

“说起来，细姑娘近来也常常穿和服哩。”井谷好不容易脱了身。

“真狡猾，枪花让您掉去啦。”

“是呀，近来细姑娘穿和服的时候多了。”

“人家说这是我渐渐变成老太婆的证据。”妙子一口地道的大阪话接在幸子后面说。

“我这样说也许没有礼貌，”光代从头到脚打量着妙子身上那套绚烂璀璨的装束说，“我觉得细姑娘穿西服一定比穿和服好，不过决不是说穿和服不合适……”

“光代小姐，恕我打断你的话，这位小姐我知道是妙子小姐，你为什么称她‘细姑娘’呢？”

“哎呀！御牧先生还算是京都人呢，连‘细姑娘’都不懂吗？”

“‘细姑娘’这个称呼似乎只在大阪通用。京都就不大讲。”幸子说。

“来点这个怎么样？”井谷拿出一盒似乎是人家送的巧克力点心敬客。可是大家都吃饱了饭，谁都没伸手，粗茶却喝了不少。光代建议她妈妈招待一下御牧先生，叫旅馆送瓶威士忌酒到房里来。御牧一点儿不客气，吩咐侍役说：“服务员，把它放在这里。”叫侍役把一大瓶三角形威士忌放在他身边。他一面一点一点喝着酒，一面聊天。谈话由井谷巧妙地引向正题，圆滑周到地进行着。一开始井谷问：“御牧先生将来的家非得安在东京不可吗？”由此引起他谈出许多自身的境遇以及将来的计划。

“刚才光代小姐说我是京都人，其实御牧一家从祖父那一代已经迁居东京小石川本宅，我是东京出生的。父亲那一代还纯粹是京都人，可是我母亲是深川人，所以我身上既有京都人的血，也有东京人的血。我年轻时对京都没有什么兴趣，毋宁说只向往着欧美的生活。近来对祖先发祥之地才一点点产生了一种乡愁。说起来，我父亲上了岁数以后也怀念起京都来了，终于抛弃了小石川本宅来到嵯峨隐居。想到这层，我觉得命运这个东西真是有的。从趣味上说也表现出这样的倾向，现在我一点点体会出日本古代建筑的妙处来了，将来时机一到，我打算再做建筑师。在此以前，我尽全力研究日本固有的建筑，大量应用到今后的设计中去。我反复考虑，说不定要在京阪地区找个职业，暂时定居下来，因为这样更有利于研究。不仅如此，将来我想盖造的住宅式样，比较起东京来，可能和阪神地方的环境更加调和。说得夸大一点，我甚至觉得自己的前途系于关西了。”随后御牧问到如果在京都安家的话，应该选择什么地方。幸子发表了自己的意见，又问他父亲的别墅在嵯峨哪里，她认为在京都安家无过于嵯峨一带以及南禅寺、冈崎、鹿角那些地方，除此以外没有别的选择。谈谈说说，不觉已经夜深。这中间御牧把一大瓶威士忌喝了三分之一，还泰然自若；不过随着醉意的加深，他变得滑稽起来，不时说几句俏皮话，引得大家发笑。特别是他和光代两人似乎是老搭档，他们大肆辛辣的舌战，旁边的人简直像在听相声。听得幸子姐妹都忘了白天的疲劳，几乎睡意全消了。

“哎呀，糟啦。电车快没有啦。”御牧慌忙站起身来，接着光代也站了起来说：“我们一块儿走。”他们走的时候已经快十一点了。

那天晚上幸子姐妹都睡得很晚，一直睡到第二天早晨九点半以后才起身。幸子等不及餐厅开饭，就在房间里简单地吃了点面包，催着雪子去资生堂美容院。因为昨天晚上光代告诉她们，这个旅馆的地下室里虽然也有美容院，可是资生堂的电烫用的是新方法，那里使用一种叫做左托司的药水，无须把电烫器罩在头上，省了许多麻烦。所以光代劝她们去资生堂理发。她们到资生堂美容院一看，早就有十二三个人等候在那里了，看情形不知要等几小时才能轮上她们。如果是在神户井谷那家美容院里的话，这种时候就可以凭面子编几句任性话混在头里烫，可是在这里就不能施展那一手了。在接待室等候时，周围全是些不相识的地道的东京太太和小姐，向幸子她们攀话的人一个也没有。两姐妹压低着嗓门说上方话时还担心被人家听了去，怕怕缩缩的样子犹如置身于敌方境内。一面只能悄悄地倾听周围絮絮叨叨说个不停的东京话。

“今天人多得了不得呀。”有一个人说。

“自然咯，今天是大安日，结婚的人很多，哪家美容院都是生意兴隆呀。”另外一个人搭腔。

幸子这时才领会到今天原来是大安日，井谷所以选中今天举行欢送会，说不定也是为了给雪子取个好兆头。就在这样的时候，顾客还川流不息地涌进来，拿出那手欺人的老方法说声“对不起，我是预先约好时间的”，混到前面去两三个人。幸子姐妹是十二点钟以前来的，马上就是两点钟，她担心今晚五点钟开的欢送会很可能赶不上了。幸子忍着一肚子怒气暗自决心今后再也不来资生堂了，一面焦急地等待着。上午临出门前她只吃了几片面包，这时饿得她够呛。特别是雪子平常总说自己胃小，每次吃得很少，所以比一般人饿得快，往往引起脑贫血症。幸子知道她有这个毛病，担心她电烫时能不能忍受得住，所以一直在察看她闷声不响而又怕冷的样子。好容易两点钟过后才轮上了号，就让雪子先烫，幸子烫完发已经是四点五十分左右了。临走时听到“莳冈太太有电话”的通知，去电话间一听，原来是妙子等得心焦了，从旅馆里打来的。“二姐，头发还没烫好吗？快五点钟啦。”“嗯，知道了，刚刚烫完，马上就回来。”终于在电话里说出一口大阪话，姐妹两个急急忙忙跑出了资生堂。

“雪子妹妹，你好好记住，碰到什么大安日，千万不能去陌生的美容院。”幸子气愤地说。

那天晚上幸子赶去赴宴时，在宴会厅的走廊上竟然碰到五个刚刚在资生堂遇见的妇女穿了礼服走过那里。在欢送会的会场上幸子向井谷道歉时又搬出同样的台词：“来得太迟了，真对不起。……大安日这类日子，陌生的美容院去不得，这可不能忘了。”

三十一

她们逗留在东京的最后一天——第三天的上午到下午这半天中间，照例非常忙碌。

幸子原来的计划是那天专门留下来看戏，第二天上午去道玄坂，下午购买纪念品，晚上乘夜车回去。这计划首先遭到妙子的反对，说什么来东京时已经吃足了夜车的苦头，至今还睡眠不足，所以希望早点回去在自己的卧室里美美地睡个觉。雪子也赞成她的意见。这次旅行固然大家都累了，可是她们的本意是想缩短去长房家的时间。总之，她们想乘明天早晨的“燕”号快车动身，今天上午买好东西，下午去歌舞伎座看戏之前，让汽车停在道玄坂门口，抽出五六分钟到长房家去一次。两个妹妹的这种心情，幸子也不是不理解。妙子厌恶长房固然不用说，雪子也一年多没有回长房了。去年十月长房通知妙子让她来东京，要是不来东京，就和莳冈家断绝关系，叫妙子自己选择走哪条路时，其实对雪子也说了大致相同的话。不过没有把她逼到进退两难的地步，只是隐隐约约透出点儿话声罢了。雪子也不明白长房的通知究竟当真到什么程度，所以就完全没有去理睬它。从那以后，对于如何处置雪子的问题，长房一直没有再来信催促。这可能是由于姐夫应付不了如何处置雪子的问题，为了避免刺激她而暂时对她采取放任的态度；不然就是雪子抗命不来东京，正中姐夫的心意，可以像对待妙子那样不声不响地和雪子断绝关系，两者必居其一。反正这次要是去长房家，大姐可能说出一些和这件事情有关的话来，所以不仅雪子本人不愿意去，连幸子也懒得去道玄坂。老实说，前月幸子环游富士五湖路过东京时，只和大姐通了一个电话，眼睛出了点小毛病固然是原因之一，另外就是怕大姐转达姐夫要雪子回东京的旨意，雪子如果不答应，松板夹骆驼，自己被夹在中间不好办。不仅如此，和以上这些事情无关，幸子又有幸子疏远长房大姐的原因。那就是今年四月里她写信给大姐报告妙子的病状时，大姐复了她一信。她读了那封复信以后，对大姐就一直抱有反感。由于以上种种原因，这次她本想根本不露面，悄悄地回家。可是一则贞之助说这事让长房知道了不妥；再则想到这次雪子的亲事如果成功的话，有必要趁现在这个机会多少给长房透点儿风。那是因为直到前天幸子对于这次的亲事还不抱多大的希望。可是前天晚上初次遇见了御牧，昨夜的送别会上经过介绍又认识了这门亲事的媒人国岛夫妇，从而知道了那些人的人品以及由他们酿造出来的气氛究竟是怎样一种东西。先前藏在幸子心里的那种防止深入的警戒心一下子缓和了。在幸子的印象中，昨天晚上的宴会是一次不施展花招的自然的相亲，结果对双方都很圆满。最使幸子高兴的是御牧和国岛对待妙子都很体贴，他们相继敞开胸襟和她交谈。这可以身做对方不把妙子的事当作女家的缺点，暗地里在安慰女家。而且对方的应付方法非常自然，一点不带做作的味道。所以妙子也能老老实实地开诚相见，不惜一再表演她拿手好戏的俏皮话和鹦鹉学舌，以博取满座的笑声。幸子也看出妙子甘心充当丑角在宴会上周旋的那种做法，完全是出于她的一片友爱之情，所以幸子自己不由得眼头都发热了。妙子的那番苦心，雪子似乎也觉察到了，所以那个晚上她也高高兴兴、有说有笑地参加了宴会，这在她是很难得的。御牧在席上一再声明他打算在京都或者大阪安家。幸子觉得要是雪子真能由这样一些人介绍而嫁给御牧，家安在关西或者关东就都不是问题了。

因此今天上午幸子估计姐夫已经上班，就打了一个电话到涩谷，告诉姐姐这回井谷出国，她们姐妹三个来东京送别，预定明天乘坐特别快车回去。可是今天下午还得陪同井谷去看歌舞伎，所以只能在看戏以前抽出一点时间去看姐姐。幸子又向她姐姐透露井谷在欢送会上给雪子介绍了一门亲事，不过现在时机尚未成熟等等。她们姐妹三个一上午在银座东兜西转，在尾张町十字路口来回走了三四趟，在"滨作"吃了午饭，然后在西银座阿波屋鞋店前坐上一辆出租汽车驶向道玄坂，车上只坐着幸子和雪子两人。原来妙子那天口口声声说劳累叫疲倦，跟着两个姐姐到银座溜马路，在"滨作"吃饭时，把座垫儿当枕头躺了一会儿。当两个姐姐坐上汽车时，她说："我不想去了，长房已经把我撵走，我去了大姐不好招呼我，我自己也不想去她那里。"幸子就劝她说："你说的也是。不过单单你一人不去很别扭。姐夫姑且不提，大姐是不会计较什么撵走不撵走的。你去看她，她也一定在思念你。尤其是你害了那场大病以后，她更加想见到你的面孔，这是可以想象的。所以你不要那样讲，还是和我们一块儿去吧。""我懒得去了。我在什么地方喝杯咖啡，先去歌舞伎座了。"妙子还是不肯去。幸子也就不再勉强，和雪子坐上汽车走了。

汽车开到道玄坂，司机不肯停车等待，他说："请您原谅，车子不能等待。"幸子就对司机说："最多等十五分钟或二十分钟，等车的钱照给。"几乎是打躬作揖地恳求司机把汽车停在大门口。姐妹俩走进楼上八铺席的屋子，和大姐面对面坐定，一边观看屋子里一如既往的陈设：一张红漆八腿桌，赖春水的横额，泥金棚架以及架上的座钟。家中除了一个六岁的梅子而外，其余几个孩子都上学去了，所以家里也不像以前那样吵闹了。

"我说让汽车开走怎么样？"

“回去时附近能叫到汽车吗？”

“以前只要走到道玄坂，路过的空车子多得很……不过乘地铁也很方便呀，从尾张町到戏院走不了几步呀。”

“下次来多呆些时候吧……反正最近还要来的。”

“这个月歌舞伎上演的是什么戏呢？”鹤子突然问起这样的事。

“‘茨木’、‘菊圃’还有别的一些节目。”

雪子趁梅子要下楼时说：“小梅，我们下楼去。”便牵着她的手下楼去了。

“细姑娘怎么样？”鹤子看到只剩她们两人时就说。

“细姑娘刚才还和我们在一起，不过她说她还是回避一下好……”

“干吗要那样？……来了不就好了。”

“我也这样说呀。……其实这两三天忙个不停，她似乎累得够呛，不管怎么说，她的身体到底还没有全好。”

幸子和大姐面对面地坐到一起后，觉得几个月来对大姐抱有的轻微反感逐渐消失了。天各一方的时候，光钻牛角尖，就产生一种不愉快的心情。可是现在对坐在一起，觉得大姐还是以前的大姐，什么都没有变。刚才当她问起歌舞伎杂剧的时候，幸子觉得姐妹四个偶然聚在一块儿，看戏时单单不邀请她，把她排除在外，真有点使坏心眼儿似的，很对不起她。大姐对此又作何感想呢？依照她不斤斤计较小节的性格来说，但愿她对这件事情不生气就好了。不过，不管她年纪多大，少女的纯洁心始终未失，听到有戏看，她总想一起去看的吧。再说，一向被长房珍藏的大部分动产，近来由于股票跌价，几乎跌得一钱不值，所以家计大概越发困难了。要不是遇到现在这样的机会，她根本别想去看一次戏。幸子这样一想，为了宽慰一下姐姐，只能言过其实地谈谈雪子的亲事，说什么男家已经决心娶雪子，只要女家答应，事情一定成功的。这次大概可以让姐夫、姐姐高兴高兴了。改天贞之助和男方碰头以后，还打算来京和你们商量。又说：“今天的歌舞伎座御牧先生和井谷母女都一起去看。”说完幸子起身告辞，“那么我下次再来吧。”姐姐跟在幸子后面下楼，一面说：“雪子妹妹也应该心情开朗地应酬人家几句，否则不成呀。”

“这次她不像平常那样一句话也不说，而是圆滑地有说有笑了。她这样做的话，我看这门亲事有希望成功。”

“无论如何也希望它成功。明年她不是三十五岁了吗？”

“再见。下次再来吧。”在楼下守候着的雪子，和姐姐招呼了一声，像逃跑似的抢在幸子之前走到户外去了。

“再见，问细姑娘好。”姐姐送到马路上，靠近汽车说，“井谷老板娘出国，我不去送行怕不好吧？”

“不去也没有关系，因为你和她不相识。”

“可是知道她在东京，不去和她见一面怕不成吧？……船哪天开呀？”

“听说二十三日启程。因为她讨厌摆阔，所以谢绝一切送行。”

“去旅馆看她一次怎么样？”

“我想用不着了吧。”

司机发动引擎时，幸子和姐姐隔着车窗说话，忽然发现姐姐一面说着话一面在淌眼泪。她奇怪谈到井谷时姐姐怎么会流泪，可是直到汽车开出，姐姐的眼泪一直没有停止。

“姐姐哭啦。”车子开过道玄坂时，雪子说。

“怎么搞的，真奇怪，怎么会为井谷老板娘哭呢。”

“一定是为了别的事情。井谷老板娘的事只不过是一种掩饰罢了。”

“不知是不是想我们邀请她去看戏呢？”

“就是，她想看戏。”

幸子这才完全明白姐姐是因为看不到戏而想哭的那种幼稚心理最初自觉惭愧而忍耐着，后来实在忍耐不住就哭起来了。

“姐姐说要我回去没有？”

“幸好没有说。大概一心想着看戏的事了。”

“是吗？”雪子大放其心地说。

戏院里的坐位因为分成三个摊子，所以相互之间没法加深联系。尽管如此，他们还一起上了餐厅，御牧还特地利用五分钟十分钟的幕间休息邀请她们去走廊上散步。御牧对时髦东西兴趣很广，可是对歌舞伎却一无所知，正如他自己坦白的那样，他一点不懂旧剧。光代笑他连长呗和清元[①]都分辨不了。

井谷听到幸子姐妹明天上午要乘特别快车回去，就说："今晚终于要分手了。我非常高兴能给你们留下这份上好的纪念品，还有许多要协商决定的事情，改天让光代去芦屋和您联系吧。"

戏散场后，御牧提议走一段路。于是六个人联袂向尾张町走去。井谷和幸子稍稍落在后面，井谷简单扼要地对幸子说："像您见到的那样，御牧先生完全醉心于雪子小姐了。昨天晚上国岛夫妇见到小姐以后，比御牧先生更加中意。因此御牧先生下个月准定西下，先到芦屋拜访你们，打算和您先生见见面。要是能获得府上的非正式同意，就要请国岛先生去和御牧先生的子爵父亲商量。"

之后六个人又在高龙巴茶室休息了一会儿。御牧和光代向幸子姐妹说："那么明天上午我们来送你们。"双方在西银座分了手。余下的四个人步行回到旅馆。

井谷送姐妹三人回到屋子后又聊了一会儿，说声晚安就走了。幸子先洗澡，接着是雪子洗。幸子走出浴室，看见妙子背靠着沙发躺在铺了报纸的地毯上，身上穿的还是看戏时的衣裳，连褂子都没脱。看出她大概是由于跟着大家一路走回旅馆累得支持不住了，可是又觉得她那种精疲力竭的样子不同寻常，就对她说："细姑娘，你身体还没有痊愈，可是别的地方是不是还有毛病？回去以后得请栉田大夫看一次啦。"

"嗯。"她答应了一声之后，又费力地说，"不请医生看，我也知道。"

"那么究竟什么地方不舒服呢？"

幸子这样一讲，妙子把她的脸靠在沙发把手上，用她的茫然失神的眼光注视着幸子说："我可能已经有三四个月的身孕了。"口气还像平

---

①配合三弦、笛子唱的歌曲叫"长呗"。以三弦伴奏的说唱曲艺叫"清元"。

常那样镇静。

“什么？……”

幸子一下子气都透不出来了，睁大着眼睛瞅着妙子的脸。过了一会儿好不容易才说出下面这句话。

“……是启哥儿的孩子吗？”

“是三好的。二姐从老妈妈那里听说过这个人吧。”

“就是那个酒吧领班吗？”

妙子不声不响地点点头说：“没有请医生看过，不过我想准是怀孕了。”

“细姑娘想把孩子生下来吗？”

“不能说是想生。……如果不生下来，启哥儿是不会死心的。”

眼看着幸子的手指、脚尖都惨白得毫无血色——这是她平常遭受极大惊吓时的老毛病，幸子意识到自己的身体在剧烈地发抖，觉得当务之急是首先使心跳平静下来，因此她不再和妙子说话。她摇摇晃晃地挨到墙根，关掉屋顶的照明灯，打开床头的台灯，钻进了被窝。雪子洗完澡出来时，她闭着眼睛装作睡着了。随后妙子似乎慢腾腾地爬起来走到浴室里去了。

三十二

不知情的雪子第一个睡熟，不久妙子似乎也熟睡了。唯独幸子连个盹儿也没打，不时拿毛毯角儿拭去夺眶而出的眼泪，她前前后后思量了一整夜。手提包里有安眠药片，还有白兰地，可是她知道这些东西对于今天晚上这种兴奋状态毫无用处，所以也不想服用。

不知是什么缘故，她每次来东京总碰上这样的倒楣事，难道自己生性和东京不合吗？前年秋天——从新婚旅行到现在时隔九年来到东京，就因为启哥儿揭发细姑娘和板仓搞恋爱的一封信把她吓破了胆，也像今晚这样兴奋得一夜没睡好。去年初夏第二次来东京时，虽说和自己没有直接关系，正在歌舞伎座一道看戏的妙子却因板仓病危而被叫了出去。即使没有这些事情，一提起雪子的亲事就经常会碰到一些不吉利的预兆。这次相亲地点偏偏又碰巧在东京，不由得觉得兆头不妙，在东京说不定又要出什么乱子。俗话说“有两次就会有三次”，幸子头脑里是有这样的预感的。可是今年八月第三次来东京时很太平，时隔多年又和丈夫作了一次愉快的旅行，结果很美满。所以她尽量往好处想，认为和“东京之行”分不开的恶因缘从此以后再也不会有了。而且说句老实话，对于这次的亲事最初就抱有一种反正不会成功的自暴自弃的想法，所以不必迷信预兆的好不好。……可是现在看起来，东京毕竟是个鬼门关。而且这次由于妙子的怀孕，雪子的亲事因此要遭到挫折而告吹。……遇到这样好的姻缘，偏偏选上东京作为舞台，毕竟是雪子命运不济……幸子这样一想，更觉得雪子的可怜，妙子的可恨。一怜一恨的两种心情逼得她热泪纵横。

咳！又一次……真的又一次被这个妹妹出卖了。……而且这次又能怪谁呢？应该责怪的不正是站在监督地位上的自己吗？……她说“三四个月”，那不正好是她大病初愈的六月份前后发生的吗？要是这样的话，中间该有一段时间患恶心呕吐的症状被她隐瞒过去了。这样的事竟然视而不见，疏忽过去，难道不是我们自己的粗心大意吗？就拿这两三天来说，这个妹妹连筷子都怕动，稍稍做点小事就喊累，仿佛无处安放她自己的身子那般。面对着这副情景，居然连做梦都没想到她怀了孕，自己真迟钝到何等程度呢？……这样说来，她最近不穿西服而穿和服也是有原因的了……在细姑娘这种人的眼睛里，我们一定是被看成天下第一大傻瓜了。可是，她这样做对得起她自己的良心吗？……听细姑娘刚才的口气，她怀孕并非一时冲动，而是预先和三好那个人商量好，有计划地怀孕的。那是把它作为既成事实，不管启哥儿愿意不愿意，迫使他不得不和自己断绝关系，同时也使我们承认她和三好的结合，才选中怀孕这一手段的。……在细姑娘来说，这也许是个绝招儿。站在细姑娘方面着想，好也罢，坏也罢，除此而外大概别无良策了。……可是，能允许她做这样的事吗？对于自己和丈夫以及雪子妹妹为了庇护她而违抗了长房的严厉命令，百般牺牲自己的那种好心意，细姑娘一概置之度外，难道她一定要把我们逼到不能在人前出头露面的绝境才痛快吗？……我们夫妇俩在人前丢尽脸面倒也罢了，难道她要把雪子妹妹的前途也彻底断送吗？……这个妹妹究竟为什么非叫我们姐妹再三受苦不可呢？……今年春天大病时，雪子妹妹是怎样尽心竭力看护她的呢？她难道不明白完全是靠雪子妹妹的献身精神才捡到那条命的吗？我还以为昨天宴会上细姑娘的尽力周旋，是为了报答今春雪子妹妹看护之恩的，哪里知道这是过高地估计她了。昨天晚上她那种欢闹，只不过是一种醉态罢了。……这个妹妹除了她自己而外是什么都不放在她心上的……幸子生气是由于妙子的厚颜无耻和冷酷无情的做法。妙子看穿幸子将为她的举动生气，贞之助也将再次不愉快，雪子将遭到难以逆料的灾难，这一切她都估计到了，但最后仍然认为采取她那套绝招儿对她自己有利。弃车保帅的手段从妙子这类人的人生观来说固然出于不得已，可是她为什么一定要选择在决定雪子命运的关键时刻干这种事呢？换个别的时候使出这一手难道不行吗？妙子的怀孕和雪子的相亲在时间上的不谋而合，本是偶然现象，决非预谋。不过她平素一再声称“我的亲事要等雪姐结婚以后再说”，“我一定留神不连累雪姐”之类的话，如果那是出自她的本意，至少也该等到雪子的终身大事决定以后，再施展出任何手段也不迟吧？好吧，这些就不用说它了。……可是，既然已经知道自己怀了三四个月的身孕，为什么还要跟随着来东京而不回避呢？在她看来，自己是莳冈家的三姐妹之一，长久未能在人前露脸，现在能在公开场合露脸，自然很高兴，同时还感谢井谷给了她这个机会，终于连自己容易疲倦的状态都忘了。哪里，她并不是忘了自己怀孕的特点，而是认为即使稍稍勉强一些也没什么大不了，凭她生来的厚脸皮，恬不知耻地跟了来的。……后来实在难受得忍耐不住了，而且自以为抓到了好时机，她才把实情讲出来的……还有连骨肉至亲都没料到的事，遇到目光锐利的人，三四个月的身孕到眼就可以觉察出来的，而她竟在众目睽睽之下若无其事地赴宴看戏，岂不是泼天大胆？首先，目下正是她不能随便坐车的时期，长时间在火车上摇晃，一旦有个闪失又将怎么办？她本人即使无所谓，幸子她们又将多么手足无措、丢人现眼呢？光想到这些，幸子的心就冷了半截。弄得不好，昨夜的宴会上说不定已让人家发现，我们已经在不知不觉中丢尽脸面了……

说千道万，木已成舟的事已无可挽回，这次我又做了一次傻瓜也无所谓。可是既然事情一直瞒着我，即使要坦白，难道不能挑个适当的时机坦白吗？为什么偏偏挑选旅途中杂乱无章的一室里，当我疲倦已极想睡而一点心理准备也没有的时候，骤然来个措手不及呢？夸张点说，把这样一件天翻地覆的事告诉我，不是太残忍了吗？幸而我没有晕过去，可是她这一举动不是太绝情绝义、太无心肝了吗？这件事和别的事情不一样，想瞒也瞒不了，迟早必须坦白。早坦白当然比迟坦白好。可是像今晚这样自己毫无思想准备，而且深更半夜三人住在一屋子，想哭不能哭，想发火又不能发火，想逃不能逃的时候，怎么可以把这样的事情告诉我呢？……对于一个长年累月照顾自己的姐姐，居然干出这种事情来，这难道是做妹妹的道理？……只要她还有点儿同情心，旅行中说什么也该忍耐下来，等我回到家中，估计我精神和肉体都恢复正常后，再慢慢坦白才是。……我对于现在的细姑娘不抱任何奢望，只要求她至少能做到这一点，难道这还过分吗？……

幸子思前想后，不知不觉听到头班电车开出的声音，窗帘缝里一点点明亮起来。脑神经虽则疲惫已极，可是眼睛反倒更明亮，幸子还在继续考虑那个问题。……马上就会被人家发现的，非得立即设法处置不可，究竟该怎么办呢？……谁都不让知道，把这件事偷偷地蒙混过关，固然也是个办法。不过，从妙子刚才的口气听，这一办法她似乎不会同意。……这时如果责备妙子的胡作非为，叫她承认错误，为了顾全莳冈家的名誉，开拓雪子的好运，说服她牺牲肚子里的婴孩，而且不管她同意不同意，强迫她去打胎，也未始不是个办法。可是像幸子这种懦弱的人，是决不会指使妙子做出这种事情来的。再说在两三年以前，任何医生都很容易接受这种手术。可是近来的社会形势对于这种事情越来越严格，所以今天即使妙子答应做人工流产，也不是轻易就能做到的。既然这样的话，另外能做得到的办法就只有暂时让她躲藏在一个见不到熟人的地方，让她在那里分娩。在这段时间里绝对禁止她和那个男的来往，一切费用由我们负担，受我们监督。另一方面加速进行雪子这次的亲事，直到举办结婚典礼。不过要实行这样一个计划，就得对丈夫说明缘由，借助他的力量，自己一个人是办不了这件事的。幸子这样一想，心情马上郁闷起来。尽管丈夫十分信任、爱护自己，可自己怎么有脸把同胞妹妹的屡次行为不端对丈夫讲呢。在丈夫来说，雪子和妙子不过是妻妹，他的立场根本和长房的姐夫不同，不需要对她们特别照顾。可是他照顾两个小姨胜过亲哥哥，这毕竟是因为他爱妻心切才那样做的，说这话也许有点儿自夸，可是幸子内心是暗暗高兴而且感激丈夫的。尽管这样，丈夫对待妙子往往不加礼遇，家庭里在别的事情上从来都是和衷共济的，没有一点儿风波，可是由于妙子的事偶然也会发生意见冲突。做妻子的为此不止一次感到对不起自己的丈夫。幸而最近丈夫的心境渐渐好转，允许妙子公开到家里走动了。加上这次回去又带回雪子亲事有望的好消息，想让他高兴一下。正在这种时候，又怎能把这种讨厌的事情讲给他听呢！丈夫的为人是不会让自己的妻和雪子为妙子的事而受委屈，因此如果他听到妻的报告，说不定反而会安慰她。可是受到丈夫安慰的幸子毕竟是痛苦的。她很明白尽管丈夫嘴上说没有什么关系，可内心里还是忍受着不愉快的，正因为这样，幸子就觉得更加对不起他。

不过归根到底仍然只能依靠丈夫的谅解和侠义心。从任何方面看，幸子最最担心的是雪子这次的好运最后说不定又将因为妙子的怀孕而断送掉。雪子的亲事最初总很顺利，一到紧要关头就发生挫折而告吹。这次即使能把妙子送到遥远的温泉地，也不一定能遮掩住人家的耳目，真相不久就会让御牧那方面察觉到。简而言之，今后两家来往频繁，互相邀请碰头的机会多了，如果从此以后妙子不再露面，不管你怎样推托掩饰，人家总要怀疑的。……还有奥畑会不会出其不意地出来妨碍呢？他恨的虽说只是妙子，恨不到幸子和雪子头上，可是说不定他由于自己被欺侮而不顾一切敌视整个莳冈家，采取报复手段；偶然听到雪子攀亲，说不定会采取某种揭露战术让御牧方面知道莳冈家的隐情。想到这层，莫如索性老老实实地公开真相，请求对方谅解反倒妥当。御牧曾经说过他娶的是雪子，妙子的事完全和他不相干，所以如果把事情讲明，反倒比藏头露尾，以后破裂要保险得多，这样也许什么事都没有了。……不，不，御牧本人对于妙子的任何丑行也许并不介意，可是他周围那些人——他的子爵父亲以及国岛夫妇能不皱眉吗？特别是子爵以及子爵家那些亲戚能容许御牧和出了那样淫乱姑娘的家庭攀亲吗？……啊！毕竟这次……这门亲事又不行了。……雪子妹妹实在可怜。

幸子唉声叹气，翻了一下身。当她睁开眼睛时，屋子里不知什么时候已经完全亮了。旁边那张床上，雪子和妙子还像她们小时候那样背对背地睡在那里。面向幸子这边安安稳稳地睡着的雪子，不知在做什么样的梦，幸子对着雪子那张白净的睡脸目不转睛地只管看着。

三十三

幸子她们从东京回家的当天晚上，贞之助就从妻口中听到妙子怀孕了。幸子一见到丈夫，她心里的那件事情就一分钟都藏不住了（那天上午在旅馆里趁妙子不在的两三分钟时间里，幸子已把这事告诉了雪子）。晚饭前她招呼丈夫一同上了楼，先报告雪子相亲的经过，然后一狠心讲出了妙子的事情。

“好不容易捎回一个好消息，想让你高兴一下，……却又闹出这样的事来叫你操心……”

贞之助劝慰哭泣的幸子说：“正好遇上雪子妹妹相亲，困难是有的，可是这门亲事不见得会因此而告吹，让我设法收拾吧。你不用这样着急，一切交给我好了。我得考虑两三天。”那天他只讲了这几句。几天以后，他把幸子让进书斋，提出以下一个方案征求幸子的意见。

首先，妙子怀孕三四个月这件事大概不会有错，可是还得请产科医生确诊一下，预先弄清楚分娩的时期。至于转移场所的问题，有马温泉一带还是比较方便的。幸好妙子现在还住在公寓里，今后绝对不能让她再来家中，可以在晚上坐汽车去有马。谁陪同她去的问题比较困难，派阿春同去的话，得再三叮嘱她。住在有马旅馆里的时候，不用说必须隐瞒莳冈这个姓，装作某地的一位夫人来温泉旅馆疗养的，一直住到临产为止。在有马临盆也可以，要是不让人家发现，提早几天住进神户合适的医院临盆也不妨，那要看当时的情况再决定。实行这一方案必须取得妙子以及三好这个男子的同意，这事由贞之助出面去说服妙子和三好。贞之助认为事情既然发展到这种程度，妙子和三好迟早必须结婚，对此自己也并不反对。可是目前妙子未经父兄许可而和三好发生关系以至怀孕，这事如果让社会上知道后就会影响另外一件事，所以希望他们两人暂时断绝往来。不过妙子的一切将由贞之助夫妇负责，安排她顺利分娩。将来等到适当的时候，自然要把妙子母子交给三好，而且承认他们的结合，尽力争取长房的谅解。这些都不需要他们长期忍耐，大概只要等到这次雪子的亲事任何一方作出决定之后就差不多了。……大体本着这一宗旨去说服他们两人，暂时把妙子藏起来，绝对不让外界知道她怀孕了。据妙子说，直到今天为止，知道这一事实或者看出苗头的只有他们自己和奥畑，至于贞之助夫妇、雪子以及阿春等女佣知道这件事，那是无可奈何的，不过余外的人绝对不让知道。

还有贞之助知道幸子担心奥畑捣乱，所以他对幸子说他马上去和奥畑交涉。幸子所怕的是如果奥畑不惜抛弃名誉蛮干的话，这种时候什么样的事都干得出，例如动刀子伤人，自己提供新闻材料来中伤莳冈家，这样的事只要他想干，也干得出的。对于幸子这种担心，贞之助付之一笑说："这不过是你杞人忧天，尽管奥畑有恶少作风，但毕竟是上流社会的大少爷出身，不可能干出这种无赖汉的举动来，即使想捣乱，他也没有动刀子的勇气。再说他和妙子的关系双方家庭从来没有承认过，由此看来，他对于这件事根本没有开口说话的权利。何况妙子对他丝毫爱情都没有，现在她肚子里还装进了情人三好的种子，作为奥畑来说，除了干脆撒手而外也没有别的办法。所以只要好好劝说一番，向他道歉说声对不起，叫他死了那条心，因为他无权反抗，说不定能听从劝解。”

贞之助第二天就按照这个方案行动起来。他先去甲麓庄看妙子，对她说明情况。然后去看住在神户凑川某公寓的三好，取得了他的谅解。回到家里，幸子问起三好究竟是怎样一个人时，贞之助回答说：“没料到那个青年给我的印象很不错。只是两下相见不到一小时，不可能仔细观察，可是和板仓比较起来，这个青年在我眼睛里是个一本正经、诚实可靠的人。我没有质问三好什么，可是他自己承认造成这样的结果他该负一半责任，而且诚恳地向我谢罪。听他的口气，他们两个做出那种事来，并非三好挑逗妙子，似乎是妙子勾引他的。”三好一面辩解他那样说未免卑鄙，一面又承认自己意志薄弱的缺点，但是在这件事情上他决没有主动，而是前前后后的情势逼得他犯错误的，所以他恳请贞之助谅察。他说只要问一下细姑娘，就会知道他没有说谎。看来他的话多半是事实。因此在这件事情上他不仅应承了贞之助的要求，而且能体谅、感谢贞之助的心情。还说他深知像他那样的人没有资格做细姑娘的丈夫，可是如果将来能允许他和细姑娘结婚的话，他保证使细姑娘幸福。其实他暗地里感到自己有责任，为了一旦获得允许和细姑娘结婚而稍稍积下了一些钱，结婚以后想独立经营一个小小的酒吧，专门做比较上等的西洋人的买卖。细姑娘将来也会靠做西服立身，夫妻两个共同工作，经济上不至于仰赖府上。贞之助告诉幸子三好就是这样讲的。

第二天妙子就去兵库县船越产科医院，诊断出怀孕不到五个月，产期在来年四月上旬。不知不觉之间妙子的身体已渐渐引人注目起来，因此幸子遵照丈夫的嘱咐，在十月底的某天晚上，由阿春悄悄地伴送妙子去了有马温泉。一路上有意避开熟识的汽车行，在省线本山车站叫了一辆出租汽车。到了神户又换上另一辆车翻山驶抵有马，十分用心周到。幸子又再三嘱咐阿春以下各点：今后五六个月内，妙子将用阿部这个伪姓住在花之坊温泉旅馆；妙子住旅馆时期阿春不得叫“细姑娘”，应该叫“太太”；不得打电话和芦屋联系，要么阿春来芦屋，要么这里派人去；阿春也必须懂得妙子和三好不准来往，妙子的住处不得告诉三好；

万一有什么可疑的来信、电话或者访客，必须加意防备。嘱咐完了，阿春说：“现在我才敢告诉太太，其实在你们去东京以前我们早就知道细姑娘肚子大了。”幸子听到这句话，大吃一惊地问道：“你怎么会知道的呢？”阿春回答说：“阿照第一个觉察出来的。她说：‘怎么搞的，细姑娘那个样子怪得很，会不会是那个呢？’这些话只不过是我们这些人说说，没有对任何人讲过。”

把妙子和阿春打发去有马之后，贞之助有一天回家说他今天去访问奥畑了，以下就是他对幸子讲的话。

奥畑的家以前说是在西宫的一棵松旁边，去到那里一看，他已经不住在那里了。向附近人家一打听，据说本月初他就收拾家私搬到夙川的松涛旅馆去了。又去松涛旅馆查问，据说他在那里只住了一星期光景马上又换了地方，搬到香栌园那边的永乐公寓去了。最后总算查明了他的居处和他见了面。可是事情办得并不十分顺利，不过大体上解决得还不太离谱。贞之助首先开口说：“我们很惭愧，出了妙子这样一个不正派的妹妹，你和她的结识只能说是遭了一场灾难，十分值得同情。”奥畑最初装得非常懂事的样子好让贞之助放心，然后若无其事地问：“细姑娘现在哪里？春倌有没有跟去？”一再想打听妙子的居处。因此我对他说：“请你不必打听这个了，妙子现在的居处连三好都不让知道。”“是吗？”他说着就沉思起来。贞之助又说：“不管妙子将来干什么，你能不能看成与己无关呢？”奥畑听到这句话以后，很不高兴地说：“反正我是死心了，不过府上能允许细姑娘和那样一个人结婚吗？那个人在现在这家酒吧当领班以前，听说曾经当过外国轮船上的酒吧领班，完全是个来历不明的人。板仓身份虽低，可是还知道他的来历。三好这人有什么样的父母兄弟，谁都没听说过。总之，像三好那种当海员的，天晓得他过去有什么样的历史。”“感谢你的忠告，这方面的事我们还得好好考虑。”贞之助不想太拂逆他，“有一件一厢情愿的事很想得到你的谅解，就是妙子固然可恨，但是她的姐姐并没有罪，能不能请你顾全她们以及莳冈家的声誉，对妙子怀孕一事保守秘密呢？万一这事让外界知晓，受害最深的是还没许嫁的雪子。所以能不能请你保证不对别人说呢?”“请你不用担心，我丝毫也不恨细姑娘，更不想使几位姐姐为难。”他尽管有几分勉强，但还是应允了。因此贞之助以为这桩事情已经简简单单告一段落，他很放心地当下就去大阪会计师事务所上班。不多一会儿工夫奥畑来电话说：“关于刚才这件事我也有个请求，想见你一面。要是方便的话，我现在就去找你。”贞之助回答说：“我等着你。”不久奥畑来了，贞之助把他让进会客室。他面对贞之助坐下，踌躇了好一会儿，忽然显出一脸可怜的样子说：“今天上午听到你的话，觉得除了干脆死心而外毫无别的办法。只是十年来的意中人一旦必须分手，但愿你能见谅我说不出的凄凉况味。还有一件事也许你知道，为了细姑娘的缘故，我已被兄长和亲戚抛弃，尽管这样，以前还能租栋小房子过日子。现在就像你看到的那样，只能住在肮脏的公寓里过独身生活了。要是连细姑娘都抛弃我的话，我今天真的成了上天无路入地无门的光棍一条了。”他那腔调简直就像在演戏。接着他又笑嘻嘻地说：“这种事我本来不愿向你开口，实情是最近我连每天的零用钱都发生困难了，尽管难以启齿，不过以前我为细姑娘曾垫付过少量的钱，现在不知能不能还给我?”讲到这里，他的脸毕竟红了，“不，当初并不是要她归还而为她垫钱，如果我现在不困难，决不会提出这样的请求。”贞之助就说：“既然有这样的事，当然应该归还，可是你究竟垫付了多少钱呢?”“到底多少钱，没法说清楚了，问一下细姑娘就会知道的。有两千块钱也就差不多了。”贞之助本想让妙子核实一下，可是转念一想这笔钱作为断绝关系和封口费也不算高，今后反倒不会再有什么牵缠，所以就说：“那么我现在就奉还，”说着马上开了一张支票交给了他，又说：“拜托你的那桩事情——妙子怀孕请绝对保守秘密，希望你谅解。”“那个我知道，你不用担心。”说完他就回去了。这件事情总算得到了解决。

井谷的女儿光代给幸子来信时，正好是他们夫妇俩忙着处理妙子问题的时候。光代信中首先感谢三姐妹路远迢迢去东京参加欢送会，说她母亲已平安启程。御牧先生说十一月中旬将西下，去芦屋拜访，一定要会见贞之助先生，让他鉴定一下人品。国岛先生夫妇特地叫我代他们向您问好。

又过了一个星期，涩谷的鹤子也来了信。平常她轻易不写信，幸子心想大概有什么事了吧，拆开一看，出乎意外地满纸都是些微不足道的琐事。

幸子妹妹左右：

上次久别重逢，本想好好叙叙，只因时间匆促，事与愿违，遗憾得很。那天的歌舞伎非常有趣吧。下次一定要邀我同去呀。

御牧先生那桩亲事后来怎么样了？我想现在和你姐夫讲似乎为时过早，所以一直没有和他说。不过但愿这次能圆满成功。对方是名门子弟，大概用不着调查他的家世。如果需要调查，可来信通知，让我们去办。每次全凭贞之助妹夫和幸子妹妹去办，真正觉得非常对不起。

近来孩子们长大了，无须照管他们，所以我也有时间写信了。因此常常练写毛笔字。你和雪子妹妹现在还去书法老师那里学习吗？我手边没有字帖，为难得很，你们要是有写坏的字帖请寄给我。最好是经过老师朱笔圈点过的。

还有，我想向你们乞讨些东西。你那里要是有用不着的旧衬衣或者贴身衣服，请寄给我好吗？即使是你不再穿的旧衣服，缝缝补补还能穿，哪怕是你想扔掉或者赏给女佣的东西我都要。即使不是你自己的，只要是贴身衣服，雪子妹妹和细姑娘的我也要，连裤衩都给我吧。孩子长大成人了，不须要我照管了，可是钱越来越不够花了，不得不精打细算，省而又省，当个穷家真不易呀。不知哪天才能过上舒心的日子。

今天不知怎的想写信，就给你写了这封信，终于满纸牢骚，就此搁笔吧。我盼望不久的将来你能来东京告诉我们雪子妹妹的好消息。请代向贞之助妹夫、小悦、雪子妹妹问好。

鹤子

十一月五日

幸子读着这封信，脑子里浮现出上次在道玄坂家门前，姐姐隔着汽车窗和自己道别时簌簌流泪的那副面容。姐姐信上虽则说不知怎的想写点东西，所以写了那封信，索取一些东西。其实说不定还是为了上次没有邀请她去看戏，婉转表达她心里的怨恨。姐姐以前来信，总是以大姐的身份对妹妹提意见，幸子觉得当面见到她时，她始终是个慈祥的大姐，可是写信的时候，幸子老是被训斥。那样一个姐姐今天却写来这样一封信，真有点儿不可思议。所以暂时只把她要的东西打个邮包寄了去，没有立即复她的信。

十一月中旬的某一天，海宁格夫人过访，告诉幸子她的女儿弗莉黛尔将随同其父去柏林。夫人不放心她女儿在战争中去欧洲，可是她女儿为了研究舞蹈，怎么也不听母亲的话。丈夫就说既然她那么想去，让她一同去得啦。因此只能允许她去。幸好还有许多同行的人，路上大概不用担心。既然去柏林，她一定会去汉堡看望舒尔茨一家。夫人就问幸子要不要带口信或者别的什么，要是有的话，可以托她女儿捎去。今年六月幸子曾托夫人写了一封德文信，还买了一把舞扇和一段绸衣料寄去汉堡，可是舒尔茨家一直没有回信，幸子正在担心这事，现在可以趁此机会托带些东西去。于是她对海宁格夫人说："那么等令嫒启程以前我把东西送到府上去吧。"就把夫人送走了。过了几天，幸子选中一只珍珠戒指作为送给罗茜玛丽的礼物，另外又给舒尔茨夫人写了封信，一并送到海宁格夫人家里。

那个月二十日左右的一个晚上，像光代来信预告的那样，御牧从嵯峨的子爵邸打来电话说："昨天从东京来到这里，打算呆上两三天。想趁您先生在家时拜见一面。"幸子回答说："只要是晚上，哪天光临都行。""那么明天就奉访。"第二天下午四点多钟，他真的来了。已提早回家的贞之助把他让进会客室，两人单独会谈了三四十分钟，随后带幸子、雪子和悦子去神户东方饭店的烤肉厅吃了晚饭，饭后把他送到阪急电车站才分手，——他乘坐新京阪电车回嵯峨。这次御牧的态度和在东京时毫无两样，面对初次相见的贞之助，还是那样落落大方，充分发挥出他健谈和随和的特点。酒喝得比上次在东京时更多，吃完饭还频频在喝威士忌，不知疲倦地说笑话。所以第一个高兴的是悦子，回家时她让御牧拉着手在大街上走着，仿佛在和亲密的叔伯撒娇似的，还悄悄地在幸子耳边说："阿姨要是招御牧先生做女婿就好了。"幸子问贞之助对御牧作何感想时，他想了一会儿说："见面的印象当然不坏，确实无可挑剔，我也十分中意。不过像这种外表非常和蔼可亲的人，往往有难说话的一面，对老婆爱发脾气，特别是华族子弟中那样的人不少，决不可一开始就倾倒备至。"最后又多少带点警戒的口气说："尽管不需要调查他的身世，可是本人的品行、性格以及长期不结婚的理由我看还是调查一下为妙。"

三十四

御牧是专程为了让贞之助品评人物而来芦屋的，所以他自己一字不提亲事，谈话内容从建筑到绘画，京都的名园和古刹，嵯峨的父亲邸宅里的林泉和风景，父亲广亲从祖父广实那里听来的有关明治天皇和昭宪皇太后的故事，西菜以及西洋酒等等，显示一下谈话内容的丰富就回去了。十几天后，一个星期日的上午，光代事前毫无通知突然到来了。她对幸子说："因公出差来大阪，社长和御牧先生叫我顺便来府上拜访，打听一下'考试'是否及格。"幸子因为贞之助提过意见，因此就说："现在正在调查对方的情况，十二月份贞之助将去东京，届时准备和长房商量后再作答复。""您有哪些地方怀疑呢？近来我们和御牧先生经常接触，缺点和优点一般都很清楚，只要您提出问题来，都可以如实奉告。我觉得这比托人调查快得多，务必请您和我说吧。"还像她母亲那样开门见山地逼上来了。幸子对付不了，只得把贞之助请了出来。由于光代既然是那种态度，所以贞之助也无所顾忌地提出了许多问题。结果是搞清楚了以下这些事：御牧这个人大体上是位洒脱的绅士，别看他外表那样，他可意想不到地感情用事，有时会闹情绪发脾气；子爵家的长子正广是他的异母哥哥，他们兄弟感情特别不好，经常吵架；光代自己没有看到，据说吵得厉害时御牧会打他哥哥；酒品不好，喝醉了就胡闹；不过近来到底上了年纪，烂醉如泥的时候极少，因而也不再胡闹；不过他到底是受过美国式教育的，对妇女很讲礼貌，过去无论醉到什么程度，从来没有动手打过妇女，这点大可放心。他的缺点自然还有，例如他对事物尽管理解很快，兴趣也广，可是性情浮躁，不能埋头钻研一件事；特别喜欢请客吃饭，资助旁人。他是花钱的能手，挣钱的笨蛋，等等。光代连贞之助没提的问题也主动提供了不少。

“听你这样一讲，御牧先生的为人大致清楚了。不过坦率地说，我们所最担心的是婚后的生活问题。我这样说未免失礼，听令堂说御牧先生以前因为继承了一笔财产，在生活上尽情放纵过来了。他本人尽管干过各种行当，可没有一件干出什么成绩，是不是呢？既然这样的话，将来即使有国岛先生撑腰做建筑家，究竟能不能成功，我们还是有点不放心。退一步说，即使他在这方面做出了成绩，但是在日本今天这种形势下，这类建筑师是生存不了的。而且我认为今后三四年内这种状态大概不会改变，那么他将怎样度过这一难关呢？尽管说可以由国岛先生斡旋，从他父亲那里得到应得的生活津贴，可是今后这种状态如果延续五六年甚至十年，也不能永远靠家庭的补助。再说，要是这样的话，他一辈子成了子爵家的累赘，总叫人有点放心不下，所以在这方面能不能想法使我们稍稍放心些呢？说了许多放肆的话，很对不起。其实我们对于这门亲事也很感兴趣，大致决定接受下来。总之，下个月我想去东京拜访国岛先生，听听他对这方面的意见。”贞之助说了这番话以后，光代就说：“诚然诚然，我明白了，你们的担心是理所当然的。不过我不能以一己之见作答，等回去以后把这个意思报告了社长，在将来的生活保障上研究出一个让你们满意的办法吧。那么下个月在东京见面了。”她这样一讲，主人留她吃晚饭，她辞谢说：“因为今晚夜车动身，好意只能心领了。”说着就告辞了。

十二月上旬，幸子串同雪子去京都的清水寺，为妙子祈祷顺产，讨了一张护身符回家。正好三好也把中山寺的一张顺产护身符寄到贞之助的事务所，托转给细姑娘。两张护身符就交给有事回家的阿春带了去。幸子姐妹许久不见妙子，从阿春口中得知妙子每天除了早晨和晚上出去散步而外，整天都老老实实地守在屋子里。散步也尽可能避开大街，挑行人稀少的山路走。在屋子里的时候读读小说，有时做个长久不做的布娃娃，缝制一些婴儿的衣服。谁都没有寄信来，也没有打来可疑的电话。

阿春又提到她今天遇见了基里连科。她说："刚才我从有马坐神有电车回来时，在神户终点站检票口碰见基里连科站在那里。"阿春和他只见过两三次，对方似乎记住了，向她微笑一下。阿春回了一个礼。他开口问："您一个人吗？"阿春答道："是的，我一个人去铃兰台有点事。""莳冈先生家各位都好吗？妙子小姐怎么样？"阿春说："还是老样子，大家都很好。""是吗。许久不见，请代为问好。我现在去有马。"他正要走进检票口，阿春说："卡德丽娜小姐有信来吗？仗打得那样凶，伦敦遭到德军轰炸，卡德丽娜小姐不知怎么样，大家都在担心她呢。""啊，是的，谢谢你们。可是请不用担忧，前几天收到卡德丽娜九月份的来信，信上说她家在伦敦郊外，正好在德国空军的航道上，日日夜夜都有德国轰炸机编队飞过，扔下很多炸弹。她家因为有设备完善的很深的防空洞，洞里电灯通明，跳舞唱片喧阗盈耳，人们一面喝鸡尾酒一面跳舞。还说什么战争这东西够痛快，一点也不可怕。所以请你转告诸位放心。"说着他笑笑走了。

幸子听到卡德丽娜的行踪虽则很感兴趣，可是又担心饶舌的阿春走漏了妙子的消息，于是就问："基里连科先生没有问起细姑娘的事吗？""没有，他什么也没有问……""真的吗？阿春，你什么都没有对他讲吗？"幸子还不放心，叮问她说，"看他的样子像不像知道细姑娘的事情呢？""一点都不像。"阿春毫不含糊地回答。幸子这才放心。但是她仍然再三吩咐阿春："尽管这样，出出进进千万留神，不能叫人看见；单独一人还不要紧，要是和妙子一起外出散步，说不定会让人撞见，所以必须格外小心谨慎。"这才打发她回去了。

十二月二十三日，快近年底时，贞之助有事去东京出差。在此以前，他通过两三处线索调查了御牧的性格操行以及他和子爵父亲还有异母长兄之间的关系，证明光代所讲的与事实相符。但是最重要的有关生活保障这一点，在他访问国岛之后，也没有获得具体的保证。

“总之，我这就去和他父亲商量，结果如何，现在还不能明说，但可以向你保证两点：一是新夫妇的住宅由男家购置；二是今后一段时期内的生活费用由他父亲拿出来。为了不让那笔钱被白白糟蹋，我将代为保管，按月接济若干。以后在生活上也决不致发生困难，这一点能不能请你相信我，交给我办呢？我非常赏识御牧先生建筑设计的才具，只要时势一改变，我一定支援他东山再起。关于这点当然各人的看法不同，我相信现在这样的时代不会太长久，即使再拖上几年，糊口大概不成问题吧。”这就是国岛的话，他仅仅没有说出“尽管力量微薄，有我在啦”这样一句话而已。国岛还领着贞之助参观御牧为他设计的整个住宅，不过贞之助对于建筑是外行，看不出御牧在这方面究竟有多大才能。可是像国岛那样一位社会地位很高的人也对他倾倒到如此程度，而且为他的前途作出担保，除了相信而外更无他法。而且说实话，他的妻幸子对于这门亲事显然比国岛还热心，急切盼望它能成功。尽管贞之助没有听到幸子明说，可是幸子似乎醉心于御牧的人品，内心里毕竟在庆幸能攀上这样一个贵族子弟的姻亲，要是贞之助毁坏了这门亲事回家的话，她的沮丧程度是可想而知的。不仅如此，事实上贞之助自己也产生过这样一种心情：这次的亲事说不定是一向指望能得到的最好的缘分了。因此他对国岛说：“既然这样，就一切听从尊命了。不过按照手续还得征求一下长房的同意。还有，我们知道舍亲本人虽则不至于有异议，但是还得再好好问清她的意向。所以请您宽限几天，等我回去以后，一开年就用书面答复您。这些都不过是形式，大体上您不妨认为事情今天就算定下来了。”贞之助这样一讲，对方就说：“那么，一收到您的答复我马上就转告子爵。”贞之助告辞后立即绕道去道玄坂，把详情告诉了鹤子，要求她尽快把姐夫的意见通知他。

一过新年，正月初三光代又因事来到芦屋。她说：“新年的三天假期里我来阪急冈本的舅父家玩儿，社长托我顺便传几句话。社长昨天因公来大阪，今天上午来京都，住在京城饭店。因此，您如果能把上次所说的回音告诉他，他想趁此机会访问御牧子爵，和子爵说妥，并且请诸位去嵯峨子爵邸一次，不知您意下如何。派我来预先征询一下您方便不方便。要是可能的话，明天请您答复我，以便和京城饭店联系。事情催得这样紧，非常对不起。不过社长说征求长房和本人的同意不过是形式而已，说不定我一到府上，当天就能听到您的答复。因此我就来了。”贞之助原说一开年就答复，不过他总认为那是正月初七以后的事，而且涩谷方面至今还没有来信。当初大姐听到这消息时特别高兴，她说这次雪子妹妹真的能出嫁了吧。妹妹能嫁到那样有名望的人家去，我对辰雄的生身父母家也有面子，辰雄也威风，晚婚也是值得的了，这一切都是贞之助妹夫劳神辛苦的结果。她既然这样讲，事到如今姐夫再也不至于反对了，只是由于年底杂务纷繁所以没有来信，正月里总会有信来的，这道理不问也清楚。所以现在贞之助即使自作主张把亲事决定下来，也没有关系。不过这时如果不正式征求一下雪子的意见就独断独行是危险的，这样做就会被看作轻视她的人格，使她不愉快。所以尽管费事，为了办理这道手续也有必要请对方等候一天。因此他先向光代说明违约迟复的原因，答应今晚一定打电话去东京征询姐夫的意见，请光代明天上午再劳驾一次，明天上午无论如何一定答复，求她再延期一天。不过打电话去东京只是个借口，由于时间充分，当晚要了一个涩谷的长途电话，接电话的是大姐，她说辰雄到麻布长兄家拜年去了。贞之助就问：“姐夫的复信寄出没有？”“年底家务事乱七八糟，似乎没有写信。可是那桩亲事我已经详细和他讲了。”“那么姐夫说些啥呢？他有什么意见没有？”经他这样一问，大姐结结巴巴地说：“那个嘛……他说身份以至门第是没说的了，只是没有固定职业，叫人不放心。我就对他说：‘这门亲事要是再不应承，那真是欲望无止境了。’他也认为我说得对，听口气大体上算是同意了。”贞之助就说：“是吗。其实今天国岛先生派人来我这里了。情况既然如此，那就作为你不反对，我将适当答复对方推进此事，请姐姐谅解。不过再往下去，如果听不到姐夫的直接意见就不好办，所以请您对他说，希望他火速写封信给我。”说完贞之助就挂断了电话。

至于雪子这边，贞之助认为只要表示出尊重其意见，她就会满意的。当天晚上幸子去试探她的态度时，她没有像预期的那样干脆答应，却提问至迟该什么时候答复。幸子告诉她明天上午光代要来听回音时，她非常不满地说："难道贞之助姐夫叫我一夜之间就作出决定吗？"幸子就说："我看到雪子妹妹似乎不厌恶这门亲事，认为你能应承下来。""如果贞之助姐夫和二姐叫我嫁人，我当然准备出嫁。不过一个人的终身大事，哪怕能给我两三天工夫做个心理准备也好呀……"尽管她心中早已有了精神准备，却还是这般说。第二天上午她磨磨蹭蹭地算是同意了，可是还有点埋怨催促得过紧似的说："因为贞之助姐夫叫我一夜工夫就决定呀。"她脸上丝毫没有喜色，更不用提从她嘴里能听到一句半句感谢姐夫、姐姐好心好意为她把亲事办成的话。

三十五

光代四日那天上午来听了答复回去了。隔了一天，六日傍晚她又来了。她说："四日那天我打电话到京诚饭店汇报了这里的回音，当天晚上就打算坐夜车回东京。可是社长说：'这次亲事的月下老是你妈妈，作为她的代表，你必须留下来。'因此他命令我延期两三天回去。今天社长又打电话来说：'和子爵的会谈顺利结束，让我转达。'还有御牧家想和雪子小姐以及诸位见见面，要是方便，希望后天下午三点钟驾临嵯峨。男家有子爵和当天从东京赶来的御牧先生、社长和我，还有一两位住在京都大阪的御牧家的亲戚。不过时间似乎仓促了些，只因社长是忙人，他想把事情一次办成，请勿见怪，还望多多谅解。还有细姑娘和悦子小姐也务必一起去。"幸子告诉她长房不让细姑娘出席这种集会，谢绝了邀请。让悦子向学校请假早回家，一家四人应邀前去。

六日当天，贞之助一家在新京阪电车的桂站换车到达岚山终点站下车，步行穿过中之岛，走到渡月桥下。这一带地方由于他们每年都来赏樱花，所以十分熟悉。这时正当最冷的季节，而且京都的冬天格外寒冷，对着大堰川的水色，真有寒冷彻骨的感觉。沿着河从三轩家向西走，右边就是小督[①]女官的坟墓。再往前去，走过游览船的停泊处，拐向天龙寺南门，就看到一个大门，门上挂着一方“听雨庵”的匾额，那就是御牧家了。这是来之前光代指点他们的，他们很快就找到了，这才知道这地方有这样一个别墅。屋子是茅草盖的平房，并不怎么大，不过客厅正面岚山泉石的风光一览无余，确实美得很。经过国岛介绍和主人方面一一道候完毕后，御牧说：“天气是冷了点，但是没有风，我们走一走怎么样？请各位观看一下庭院，家父会高兴的。”他边说边领着大家走了一圈。“从这里看出去，岚山几乎和院子连接在一块儿了，中间不觉得夹有道路和大堰川。即使是万人空巷的樱花时节，这里还是寂静得犹如远离人世的仙境似的，竟不知外边的喧嚣声从何而来，家父颇以此自傲。园里故意不种一棵樱花，到了四月里，他爱呆在家里平心静气地欣赏对面山顶上的一片红云。今年樱花时节请你们一定顺路来舍下，坐在客厅里打开饭盒，欣赏远山樱，要是这样，真不知家父会如何高兴哩。”

过了一会儿，说是晚饭已经准备停当了，大家先被领进茶席。这个茶席的礼法是园村夫人主持的，她是御牧的妹妹，嫁给大阪的一位富商园村氏。喝完茶到客厅进晚饭时，天色已经黑了。菜肴十分讲究，熟谙京都菜风味的幸子，估计可能是“柿传”那类餐馆送来的。子爵广亲老人衣冠束带，具有公卿血统的风貌，瘦长形的脸，脸色蜡黄犹如象牙，给人一种能乐演员的印象，乍一看丝毫不像他那面孔又黑又圆的儿子。不过仔细端详起来，父子两个的眼神和鼻梁毕竟有些相像。他们父子两人外貌的差距远远比不上性格的差距，儿子御牧实性格爽朗、豁达，父亲广亲阴沉谨严，是个典型的京都人。老人说声对不起，他为了防止伤风，就围上一条灰色绸围巾，背后生起电气暖炉，坐在电热座垫上，安

① 高仓天皇的爱姬。

详地慢条斯理地谈着话。他已七十高龄，身体还比较硬朗，对国岛和贞之助等也很殷勤。最初大家对他还有顾虑，酒兴一发作，一座的不自然的空气消失了。坐在父亲旁边的御牧说："人家都说我们父子一点也不像，诸位觉得怎么样？"他半开玩笑似的一一指出父子之间面貌上的差异，引出此起彼落的笑声。贞之助站到老人面前敬酒，又走到国岛面前，做出一副拜聆高论的样子久久端坐在那里。席上除悦子而外，女客都是和服，只有光代穿的是西装。她似乎有点怕冷，缩着她那穿袜子的双脚坐在那里，今天毕竟也拘谨起来。"阿光，你怎么特别老实起来。"御牧一杯又一杯地给她斟酒。她尽管说："今天你不能太欺侮我呀，"也渐渐地有了些醉意，说起话来又像平常那样没遮拦了。最后御牧拿了酒壶走到幸子和雪子面前说："没有白葡萄酒，实在对不起。不过我知道两位洪量。"就给她们斟上了酒。她们也不推辞，斟了就喝。尤其是雪子，她正襟危坐，喝了不少，还像平常那样不声不响地只管微笑着。不过幸子看出这个妹妹的眼睛里闪耀着往常所没有的一种兴奋的光辉。御牧也注意到呆呆地夹在大人中间的悦子，不时来和她攀上几句话。其实悦子倒也并不窘得无聊，这个神经质的少女这时尽管摆出一副若无其事的样子，暗地里却在仔细观察在场的每个大人的行为举止、言语、表情以及服饰等等。

八点钟左右宴会结束，贞之助一行首先告辞。按照广亲老人的安排，他们回家时用汽车直接送到七条车站。光代就说："那么我也搭车去吧"，她是回到冈本舅舅家去的，也一起乘上了车。御牧说要送他们上火车站，他不听贞之助他们的劝阻就坐上了驾驶座。汽车沿三条大街往东拐到乌丸大街，向南直驶。这时御牧心情十分舒畅，一边抽纸烟一边说说笑笑。悦子不知什么时候起称御牧为伯伯了，她突然叫了一声伯伯，说："伯伯姓御牧，我姓莳冈，两家都有'马基'这两个音[①]。""小东西给我取好兆哩，小悦，你真聪明。"御牧简直高兴极了，"所以小悦和我家到底是有缘分的啦。"这时光代在一旁也凑趣说："真的，

---

① 日语中"牧"和"莳"的发音都是"马基"。

雪子小姐的旅行皮箱和手绢上的英文字头也无须重写了。”她这么一说，说得雪子也笑出声音来了。

第二天国岛从京城饭店打电话来说：“昨夜的聚会很愉快，看到双方满意的样子，我也高兴得很。我今晚和御牧同车回京，订婚和其他别的事情随后由井谷小姐和你们联系。还有昨天晚上广亲子爵告诉我，阪神甲子园有一栋园村先生家的出租房子，可以出让，子爵准备买下来送给新婚夫妇。御牧先生最近决定在大阪或神户找工作，那里离芦屋近，一切都方便。不过目前那栋房子还住着房客，打算和对方交涉让他们立即搬走。”

贞之助担心着涩谷的姐夫到现在还没有来信，长房的态度始终不明朗，说不定是由于姐夫不满雪子抗命不回长房，或者还有其他别的理由。他觉察到这点，有一天他就给辰雄写去下面这样一封信。

这次亲事的详情您大概从大姐那里听到了吧。这桩亲事我并不认为最最美满，但是我觉得我们自己这方面也有不宜要求过高的弱点，所以只能信任国岛先生，适可而止地加以解决。八日那天我们应邀和广亲子爵见了面——这事前几天在电话里预先对大姐讲明的，最近即将订婚。我们夫妇抛开长房自作主张定下这门亲事，我想您也许会不愉快。现在虽说晚了一些，还有一事我必须向您道歉，那就是多年来、特别是去年长房一再叫雪子妹妹回去，至今始终没有实行。这决不是把您的话当作耳边风，其中有许多客观原因，我觉得那是事出无奈。实情是雪子妹妹很不愿意回东京，幸子有几分同情她，除非用十分强硬的手段否则不可能办成这件事。可是不用说，我也有一半责任。尽管力量有限，正因为自己觉得有责任，我才为雪子妹妹的亲事奔走效劳的。实际上对于一个不服从兄长命令的妹妹，做兄长的当然不能再照顾她的生活。今天莫如说只有小弟才有照顾她的义务。如果老兄把这也说成多管闲事，那么我就只能引退。小弟很早就抱着这样的心情行动，所以这次的亲事如蒙允许，那么一切婚事费用都应该由小弟负担。但是，为了不至于发生误解，必须附带声明，我那样说决不意味着雪子妹妹将由我这里嫁出去。不用说这事只不过是我们内部的事情，在任何情况下，雪子妹妹总是作为长房的姑娘嫁出去的。以上各项如蒙俯允，则感谢非常，不知尊意如何？小弟不善辞令，但望见谅其本意，赐予指教，幸甚幸甚。还有，因为时间紧迫，务望火速赐示为盼。

贞之助把信寄了出去。辰雄似乎并无恶意地读了这封信，过了四五天，寄来了如下一封通情达理的回信。

拜读了您恳切的来信，很谅解您的心情。几年来小姨们始终疏远我而亲近您和幸子妹妹，尽管我不想弃之不顾，但毕竟有不周到之处，凡事都麻烦你们两位，实在抱歉得很。迟迟没有答复雪子这次的婚事，别无他意，只因有关这方面的事情一直麻烦你们两位，委实于心不安，甚至都不知道该怎样答复您了。对于雪子不愿回长房，我一次也没有想过您有什么责任，所以也不认为您有义务负责雪子的出嫁。说得过分一点，应该说这都是我的不德有以致之。不过事到如今再来追究谁是谁非，也没有什么意义了。至于这次的亲事不仅对方是名门子弟，又承蒙国岛先生这样一位知名人士从中撮合，而且您又把话说得那么透彻，所以我觉得再也不应该挑剔什么了。今后的事情请您全权办理，订婚以及其他一切完全可以由您决定。关于结婚费用一层，我打算尽自己的力量去做，只是因为近来我手头不宽，又读了您恳切的来信，只要您不把这事当作是您应尽的义务，我说不定还要借重您鼎力帮助。总之，结婚费用一事，日后我们见面时再商量吧。

贞之助读了内容大致如上的来信后，也就放下了心。不过另一方面还有妙子的特殊情况；又担心奥畑口头上尽管答应保密，随着形势的变化，说不定再节外生枝提出别的要求来。所以他想趁没有挂碍时赶快办了亲事，订婚也希望早日办妥。可是据光代以后的消息，国岛夫人那时偏巧因恶性感冒发展成为肺炎，病情相当严重，两家的婚事只能暂时延期。国岛也郑重地来信说明了情况。另外御牧自己又来信报告甲子园的房子已经由子爵家买下来交给了御牧，登记手续也办好了。房客还没有搬走，但不久就要搬出去。等房客搬走后，御牧要来甲子园实地检查那栋房子，到那时希望这边的姐姐和雪子小姐一起去看房子。直到结婚为止，听雨庵将派一个女佣看守那栋房子，结婚以后大概还可以把那个女佣留下使用。

国岛夫人的病情一时陷于危笃状态，后来幸而转危为安，到了二月下旬就离开了病床，之后又去热海转地疗养了两星期。夫人牵记着订婚这件事，据说甚至在病中说胡话时还念念不忘，因此三月中旬光代就来芦屋接洽。首先是订婚和结婚仪式究竟在东京还是在京都举行的问题，国岛的意见是东京小石川区有御牧子爵的邸第，莳冈家的长房也在涩谷区，所以还是应该在东京举行仪式。订婚日期定在三月二十五日，婚礼定在四月中旬举行。贞之助他们对于国岛的意见也没有异议，就打电话把情况通知了涩谷方面。涩谷那边由于孩子们把屋子糟蹋得像猪圈那样肮脏，听到这消息，急忙重新裱糊拉门，换上新垫席，甚至连墙壁都重新粉刷了一遍，忙得团团转。

幸子听到要在东京举行婚礼，总有些不大乐意，可是又提不出反对的理由。到了三月二十三日，贞之助因为事情忙，只得由幸子陪同雪子前去。二十五日订婚典礼一结束，国岛就打电报把这一消息通知了在洛杉矶的井谷。雪子为了辞行就留在涩谷。二十七日上午，幸子独自一人回到了家里。到家正好是上午十点钟左右，贞之助和悦子都出去了，她上楼走进卧室，想舒舒服服地休息一下，忽然看到桌子上摆着两封从西伯利亚转来的外国信，封口已经拆开，旁边还有一张字条，上面是丈夫潦草的字迹：

舒尔茨夫人和海宁格小姐珍贵的信寄到了。悦子急于想知道内容，拆开一看，舒尔茨夫人的信是用德文写的。因此我拿到大阪请熟人翻译了，译文参看另纸。

字条旁边附有七张原稿纸的译文。

三十六

亲爱的莳冈夫人：

早就应该给您写封详细的信了。我们大家都经常想念您和可爱的悦子姑娘。悦子姑娘一定长得挺高大了吧。可是我们执笔的时间几乎一点都没有。我想您大概知道德国现在人手不足，很不容易雇到女佣。从去年五月份以来，我们家里雇了一个女佣，每星期只来三个上午打扫卫生。其余的家务事，例如烧饭、做菜、上街买东西以及修理整顿、缝衣裳等等，都得由当家太太自己操心。做完以上那些家务事，到了晚上才有空闲时间。过去总利用这段时间写信，现在得把这段时间全都花在修补孩子们穿破的袜子上——那种有大大小小窟窿的破袜子积满了一筐。过去穿旧的破东西可以扔掉，现在一切都得节约。为了打赢仗，我们齐心协力竭尽一切实行俭约。听说日本现在生活上也非常俭朴。我们的一个好朋友休假来到这里，把日本发生的各种变化讲给我们听了。这也不妨说是力争上游的新兴民族必须肩负的共同使命吧。尽管世俗有这样一句话："想在向阳之处占一席地，很不容易。"可是我们深信我们是能够占据那一席地的。

去年六月读到您写给我的德文信，特别高兴。衷心感谢您深厚的友情。这次去信，说不定您又得请哪位亲密好友给您译成日文吧，但愿您那位朋友能认出我的笔迹。如果辨认不出的话，下次的信就用打字机打吧。您信上提到的绸子和日本扇子的包裹始终没有收到，非常遗憾。可是，您送给我们罗茜玛丽的漂亮戒指却使她高兴得了不得。那个戒指是您托海宁格小姐带给罗茜玛丽的。海宁格小姐前些日子来信说她现在还不知哪天能来汉堡。我们的一位老朋友前几天在柏林遇见了海宁格小姐，把那只戒指带来了。戒指非常精美，我代罗茜玛丽向您深深致谢。不过目前由我代她收藏起来，不让她戴，要等她长大时再让她戴。我们在日本认识的一位朋友四月份要回日本，我打算请他带点不值钱的装饰品送给悦子姑娘。今后悦子姑娘和罗茜玛丽两个人的身上就都能戴上标志相互友爱的纪念品了。战争如能胜利结束，一切恢复正常的话，那时不知道您能不能来德国。我想悦子姑娘一定愿意了解一下新德国的面貌。要是我们家里能招待贵客来住几天，我们将多么高兴呀。

我想你们都愿意知道我的孩子们的情况。他们都一如既往，健壮得很。彼得十一月份和同班同学去上巴伐利亚了，他似乎很喜欢那个地方。罗茜玛丽十月份开始练钢琴，进步很快。弗利兹的小提琴拉得挺不错，三个孩子中他长得最快，是个很活泼的孩子，学校里人缘也很不错。他读一年级时，还把学习一半当作游戏，近来已经很适应了。最近孩子们在家里也必须帮助我干活，每人都分担一部分家务。傍晚，弗利兹必须擦全家的皮鞋；罗茜玛丽得揩干碗碟，磨餐刀。大家都拼命地干着。彼得今天也寄来一封长信，说他们宿舍里大家也在擦皮鞋、修补自己的衣服和袜子。我觉得这类事情对他们那些年轻人来说确实是很好的锻炼。不过我担心他回家以后，那类事情说不定又要推到母亲身上来。

我丈夫承办一家进口商行，这一阵他在买卖上也熟悉多了。从中国和日本也进口商品，只是战争时期受到了一定的限制。

今年冬天特别长，不过没有去年那样寒冷。这里出太阳的日子很少，从十一月份以来一直是阴天。不久又是早春天气了，想到以前住在日本的时候，气候总是那么温和，心情舒畅得很；所以我们始终向往着日本的气候。

今后如果再能听到您那里的消息，我们将多么高兴呀。请您以后多告诉一些你们那里的情况吧。照片禁止寄国外，遗憾得很。罗茜玛丽日内就会写信给悦子姑娘，平常她学校里的作业很多，必须等到星期天才有时间写信。彼得也会从上巴伐利亚给你们写信，他们那些孩子都热爱大自然的风光，大概很少呆在屋子里，我觉得那也挺不错。因为在汉堡这种大城市里总觉得像是生活在笼子里一样。

最后请代我们、特别是孩子们向悦子姑娘问好。衷心祝愿您和您丈夫安好。再次感谢您对我们的亲切关怀和深情厚谊。

您的希露达·舒尔茨

一九四一年二月九日于汉堡

海宁格小姐那封信是用浅近的英语写的，幸子还能读懂。

亲爱的莳冈夫人：

请原谅我没有早日给您去信。因为忙着找寻居处，实在没有时间写信。不过我们终于住到一位年老的熟人家里去了。我们和他的儿子在日本就很熟识。那位老人今年六十三岁，一个人住在一套大公寓里，觉得非常寂寞，所以要求我们和他住在一起。我们巧遇良机，非常高兴！

我们经历了漫长的但是愉快的航海生活，正月五日到达德国。在俄国境内因检查病疫而禁止自由行动那段时间固然很不愉快，可是俄国人也确实尽了他们最大的努力。食物太坏，我们每天只能得到黑面包、干酪、黄油和一种罗宋菜汤。我们从早到晚只能玩纸牌，下棋。圣诞节前夜点上蜡烛，吃到了平常的那种面包和黄油。您想象不到我是怎样眷恋家中的妈妈和弟弟的！可是六天以后，我们被带到列车所在的地点。父亲和我坐上一张又大又新的双人座席，对面席位上坐的是刚从日本访问回国的纳粹青年团的少年们。我和他们谈了许多趣话，忘却了旅途的遥远。

在柏林当地，我们几乎全然不觉得是在打仗。剧场和咖啡馆都挤满了人，食品充足而且味道可口。事实上我们在旅馆和餐厅吃饭时，经常因为食品过多而吃不完。气候的变化使得我们食欲异常旺盛，所以我必须始终注意不使身体发胖。近来我们接触到的不寻常的光景是街上士兵和将校很多，他们穿了军服的姿态一到眼前就觉得很英俊！

这个月起，我进了俄罗斯芭蕾舞学校。那个学校离家很近，十分钟就走到了。老师名叫古斯乌斯基太太，她是在彼得堡学舞的，为人和蔼可亲。日场的演出经常由她亲自指导，所以我每天上午十一点到十二点半，下午三点到四点半总去那里练习，希望很快能有进步。古斯乌斯基芭蕾舞剧团由年长的高才生们组成，最近刚从罗马尼亚慰问演出回来，马上又要去挪威和波兰演出了。我希望两三年后自己也能参加这个剧团。

最后，您托我带给罗茜玛丽的珍珠戒指终于带到了。我正在犹豫要不要邮寄，又怕中途遗失。两三天前父亲有个朋友从汉堡来看他，于是就把您托带的东西交给了他，请他亲手转交给罗茜玛丽。今天收到舒尔茨夫人的明信片，说精致的戒指已经收到了，罗茜玛丽非常感谢您。现在把明信片附在信里寄上。

这里的天气直到今天都很冷，以后大概可以一点点暖和起来。正月份气温为零下十八度，寒冷程度可想而知了。不过室内有暖气设备，所以还是舒适温暖的。德国的窗子都是双层的，比日本的严实得多，所以冷风吹不进屋子。

练舞的时间到了，就此搁笔吧。希望您来信。

弗莉黛尔·海宁格

一九四一年二月二日于柏林

信里还附有一张风景明信片，那是汉堡的舒尔茨夫人寄给柏林马艾尔峨特街的海宁格小姐报告收到戒指的。

三十七

雪子在涩谷姐夫、姐姐家住到三月底，本来可以一直住到结婚那天，但是她毕竟不想长住下去，宁可早点回芦屋和二姐一家多聚聚，留作临别纪念，所以一到四月她马上就回到芦屋来了。

国岛派人来传话说，结婚典礼决定四月二十九日天长节那天举行，宴席设在帝国饭店。御牧方面子爵因年迈不能出席，由长子正广夫妇代理。御牧家又提出一点希望，就是华而不实的铺张尽管应该避免，但是结婚宴会必须符合子爵家的格式，因此就按照这一宗旨发请帖。当天御牧家东京方面的亲友不用说都要来赴宴，关西方面赴宴的人估计也很多。这样一来，莳冈家的人，首先是大阪的亲戚还有名古屋辰雄老家种田家的许多人，包括大垣菅野家那位遗孀自然都说要来参加婚礼。因此，预料这次将成为近来规模盛大的一次结婚宴会。

正好就在这个时候，甲子园的房子腾出来了。有一天御牧来到芦屋，邀请幸子和雪子一同去验收房子。那幢房子坐落在阪神电车北面数百米的地方，是比较新的平房。夫妇俩雇用一个女佣住这样的房子，大小正合适。特别可意的是还有一个四百平方米左右的庭院。御牧先和幸子姐妹商量怎样布置屋子，衣橱和梳妆台安放在什么地方，然后宣布他的新婚旅行计划：结婚当夜住在帝国饭店，第二天动身去京都，到父亲跟前请安，当天就去奈良，两三天中周游一下大和古都的春景。他还声明这只是他个人的意见，要是雪子姑娘不稀罕去奈良，可以改变计划去箱根、热海。幸子根本无须征求雪子的意见就回答说："请您带我妹妹去奈良吧，关东这一带地方很好。尽管我们离那里不远，可是对于大和的名胜古迹意外生疏，连法隆寺的壁画妹妹都没有见过。"御牧提出在奈良打算住纯日本式的旅馆，幸子尽管吃过奈良日本式旅馆里臭虫的苦头，但还是顺着御牧的心意推荐了日月亭。御牧又告诉她们，他决定去新近在尼崎市郊区建立起工场的东亚飞机制造厂工作，这个工作是国岛先生介绍的。因为他曾在美国大学里专攻过航空学，而且有毕业文凭，所以才具备那个条件。其实他大学毕业以后从来没干过那方面的工作，对于飞机工业可以说完全是外行。由于介绍人是国岛先生，工厂方面出了高工资聘请了他，所以他格外感到不安。但是为了度过眼下这样的时局，也不得不硬着头皮抓牢这个位置。新婚旅行一回来，就得去上班做挣工资的人了。不过自己还想利用空余时间研究关西方面的古代建筑，准备有朝一日重操旧业。

当御牧问到细姑娘近来怎么样时，幸子吃了一惊，装出若无其事的样子回答说："今天她没有在家，不过她挺好。"御牧是否知道妙子的情况不得而知，但他后来再也没有提起妙子，在芦屋呆了半天就回去了。

妙子那时已经足月，由阿春陪同着从有马悄悄地来到神户，住进了船越医院。幸子生怕被人家发现，所以自己决不去医院，甚至连电话也不打一个。入院第二天深夜，阿春偷偷跑回家报告说妙子胎位不正。据医院院长说，去年避地有马之前，诊断出胎位完全正常，从那以后，多半由于坐汽车翻山而使胎位倒过来了。要是早发现还可以及时纠正，现在接近临盆，胎儿已下降到骨盆，怎么也没有办法了。不过院长保证一定让产妇平安分娩，叫家里放心，看来大概不至于会出什么事。阿春报告完毕就回去了。四月上旬预产期已过，仍然没有什么消息。因为是第一次生产，估计免不了要推迟几天。不知不觉间樱花都快凋谢了，贞之助夫妇想到半个月后雪子就要出阁，惋惜春光易逝，应该为她举行点纪念活动。可是今年比去年更不好办，比如说雪子婚礼后当晚要换上的便服，由于和"七七禁令"①相抵触，不能定制新的，只能委托小槌屋搜购一些处理品。本月份开始，大米也实行凭票供应制。还有菊五郎今年也不来大阪了。去年赏樱花都怕人看见，今年自然更是顾虑重重。不过因为那是每年的例行公事，即使简而又简也非去不可，所以十三日星期天就去京都玩了一天，连瓢亭都没有去，只敷衍了事地从平安神宫到嵯峨一带转了一圈。再说今年妙子又没有来，四个人在大泽池畔的樱花树

---

①1940 年 7 月 7 日日本政府颁发的"奢侈品禁止令"。

下小心翼翼地打开饭盒，在漆碗里肃静地喝了一巡冷酒就回家了，究竟看了些什么连自己都不知道。

贞之助一行赏花回家的第二天，原来已经大腹便便的那只“铃”生小猫了。这只十三四岁的老母猫去年怀胎时已无力自己生产，靠注射催生剂才生下小猫的。今年它的胎气在前天晚上就发动了，可是怎么也生不出来，所以在楼下那间六铺席屋子的壁橱里临时给它搭了个窝，请来兽医给它注射，猫仔好不容易才露出一个头来，幸子和雪子两人轮流使劲拉，才把它拉出来的。姐妹俩从祈求妙子顺产的一片心意出发，都不声不响地竭力张罗着使猫顺产。悦子装出上厕所的样子不时下楼从走廊里偷看，幸子斥责她说：“小悦走开，这不是孩子看的。”直到凌晨四点，三只猫仔才顺利生了下来。两人用酒精消毒过血腥的手，脱下玷污的衣裳换上睡衣，正要钻进被窝时，电话铃突然响了。幸子吃了一惊，拿起话筒，果真是阿春的声音。

“怎么样了？已经生了吗？”幸子问。

“没有，还没有生。像是非常难产的样子。已经阵痛了二十小时了。”阿春说，“据院长先生说，因阵痛微弱注射了催产剂，可是目前德国制的进口良药缺货，用的是国产品，所以效果不大。细姑娘哼声不止，身体难受得乱折腾，从昨天起不吃一点东西，尽吐一些古怪的黝黑东西。她哭着说：‘这么难受，性命委实难保，这次死定啦。’院长先生尽管说还不要紧，可是护士说心脏怕支持不住。外行人看来，情况实在非常危险。本来讲好不能打电话，现在只好打了。”

光听阿春的报告，幸子觉得情况还不够清楚。她想如果只是因为弄不到德国制的催生药，而使产妇垂危的话，她觉得总有办法把药弄到手；一般产科医院往往为特殊病号多少秘藏一些进口药品，只要自己亲自去哀求院长，说不定就能让他拿出来。雪子在旁边也说：“到了这步田地，不能再顾虑社会上的物议了。”一再促请幸子去医院看望产妇。随后贞之助也起身了，他赞同雪子的意见，还说他曾对三好当面保证由他负责细姑娘和胎儿的安全，现在既然听到这样的消息，决不能置之不顾。所以他不仅叫幸子马上就去，而且还通知三好立即去医院。

提起神户的船越医院，那里的院长是一位德高望重的熟练专家，社会上素有定评，所以去年幸子推荐给了妙子，但是幸子自己并不认识那位院长。为了预防万一，幸子家里藏有一些现已成为贵重品的西药，她从中挑出可拉明、偶氮磺胺、维生素 B 等针药拿到医院去了。到那里时，三好已经先在病室里了。妙子从去年秋天到现在已经半年不见幸子，一见她进入病室，妙子就含着眼泪说："二姐你来得好……我觉得这次不行啦。"说完又哭了起来。这时她手脚只管乱折腾，嘴里还吐出一些莫名其妙的东西。那东西异常肮脏，全是黏糊糊的块状物。三好听女护士说，那是从嘴里吐出的胎儿的毒素。幸子看时，很像婴儿落地后拉出来的胎粪。她立刻跑进院长室，拿出贞之助的名片，又掏出全部随身带来的针药说："先生，我好不容易才凑出这点儿药品，可是无论怎样也弄不到德国的催生剂。……请您在全神户帮我搜求一下吧。……只要有人有那样的药，任何高价我都愿意出。……"幸子故意提高嗓门像半疯子那样叫喊，终于哀求得好好先生的院长勉强拿出一支进口催生剂说："其实我们医院里还备有一支这样的药，真的只有这一支了。"没想到那支针药刚注射五分钟，妙子马上阵痛发作，和国产品一比较，幸子他们当场看到了德国制品的优越性。随后妙子被送进分娩室，幸子、三好和阿春坐在走廊的长凳上守候着。刚听到妙子哼了两声，就看见院长手里拎着婴儿冲出屋子飞快跑进手术室，半小时中只听到啪嗒啪嗒的拍打声从手术室传出来，但是始终没有听到婴儿的哭声。

妙子从分娩室被送回原来的病房。幸子等三人回到妙子病床周围屏息听着。过了好久还听到啪嗒啪嗒的声音，可以想象院长还在白费劲。一会儿工夫护士走来说："很对不起，婴儿临盆前还好好地活着，分娩时死了。尽管用尽一切办法抢救，连府上带来的可拉明也注射了，遗憾的是始终没有苏醒过来。详细情况院长马上会来说明。我认为至少该把产妇为婴儿准备的毛衫给遗骸穿上。"说完她就接过妙子在有马缝制的婴儿衣出去了。不久院长抱了死婴儿走进屋子，汗流满面地说："实在对不起，我失败了。因为胎儿是横产，所以由我助产。托出胎儿时我失了手，婴儿窒息死了，这是很少有的事。我保证过没问题，可是竟闹出这种失误，真不知怎样道歉才好。”幸子看到院长坦率认错，其实不认错也没什么，他却诚惶诚恐地陈谢，幸子对他的诚恳态度反而产生一种好感。院长一面举起婴儿让大家看，一面说：“生的是位小姐。请看多美的脸蛋呀！决不是我说奉承话，我接生过不知多少次，从来没见过这样美丽的婴儿。要是能活下来，将成为怎样一位美人儿呀！这样一想就更加可惜。”说着他又一再道歉。

婴儿身上穿的是刚才拿去的毛衫，黝黑的头发梳得亮亮的，面色白净，两颊红红的，谁见了都会发出赞叹声。三人依次接过婴儿观看。突然妙子放声大哭，接着幸子、阿春和三好也哭成一片。“活像市松娃娃[①]呢……”幸子说。她凝视着死婴那透明如蜡的妩媚面容，仿佛板仓和奥畑的怨恨在它身上作祟似的，一想到这里，幸子便不寒而栗了。

一星期后妙子出院了。贞之助的意见是只要他们不公开在外面走动，也无妨碍。妙子听从了这个意见，被接到三好那里去了。他们在兵库租下一层楼房，当天起就开始了夫妇生活。四月二十五日晚上，妙子为了和贞之助夫妇以及雪子告别，并收拾一些应用什物，偷偷地来到芦屋。走到楼上她以前住的那个六铺席的屋子一看，里面辉煌灿烂全是雪子的嫁妆，壁龛里大阪亲友以及其他方面送来的礼物堆积如山。妙子虽则比雪子先成家，可是谁都不知道这件事，因此她只能从寄存在这里的许多行李中取出一部分急需要用的东西，独自悄悄地包在蔓草花纹的包袱皮里，和大家谈了三十分钟话就回兵库的家去了。

妙子一出院，阿春就回到了芦屋。她对幸子说，雪子姑娘结了婚，她要请两三天假回老家尼崎。看来她父母要让她去相亲了。

幸子动不动就沉浸在感慨之中，想到人的命运一下子就这样决定了，这个家不久将人去楼空、变得冷冷清清的，把女儿嫁出去的母亲的心情不就是这样吗？雪子则更加消沉，自从决定二十六日夜车由贞之助夫妇陪同她去东京以后，她为日子一天天这样过去而悲不自胜。而且不知是什么道理，几天以前她就闹肚子，一天要拉五六次稀，服了若松和

---

① 陶土烧成的娃娃，以京都出产的最为有名。

阿鲁西林片也不大见效。拉肚子没好，二十六日却到来了。那天上午在大阪冈米定制的假发送到了，她试了一下就把它摆在壁龛里。悦子放学回家忽然发现了它，于是她一边嚷嚷阿姨的头真小，一边把它戴在头上故意走进厨房给人家看，引得女佣们都笑了。委托小槌屋定做的婚礼后穿的便服也在同一天做好送了来。雪子见到那些衣裳还嘟哝着说："如果这些不是婚礼的衣裳就好了。"她忽然想起以前幸子嫁给贞之助的时候，也是没有一点高兴的样子。当妹妹们问幸子时，她回答说有什么可高兴的呢，还写了一首短歌给她们看。

此身行作出岫云，
日暮犹试嫁衣裳。

那天雪子拉肚子始终没有好，坐上火车还在拉。

译文名著精选书目

傲慢与偏见	〔英〕简·奥斯丁 著 王科一 译
简·爱	〔英〕夏洛蒂·勃朗特 著 祝庆英 译
基督山伯爵	〔法〕大仲马 著 韩沪麟 周克希 译
少年维特的烦恼	〔德〕歌德 著 侯浚吉 译
茶花女	〔法〕小仲马 著 王振孙 译
呼啸山庄	〔英〕艾米莉·勃朗特 著 方平 译
悲惨世界	〔法〕雨果 著 郑克鲁 译
堂吉诃德	〔西班牙〕塞万提斯 著 张广森 译
红与黑	〔法〕司汤达 著 郝运 译
雾都孤儿	〔英〕狄更斯 著 荣如德 译
欧叶妮·葛朗台／高老头	〔法〕巴尔扎克 著 王振孙 译
莎士比亚四大悲剧	〔英〕莎士比亚 著 孙大雨 译
泰戈尔抒情诗选	〔印〕泰戈尔 著 吴岩 译
乱世佳人	〔美〕玛格丽特·米切尔 著 陈良廷等 译
鲁滨孙历险记	〔英〕笛福 著 黄杲炘 译
安娜·卡列尼娜	〔俄〕列夫·托尔斯泰 著 高惠群等 译
十日谈	〔意〕薄伽丘 著 方平 王科一 译
福尔摩斯探案精选	〔英〕柯南·道尔 著 梅绍武 屠珍 译
老人与海	〔美〕海明威 著 吴劳等 译
漂亮朋友	〔法〕莫泊桑 著 王振孙 译
巴黎圣母院	〔法〕雨果 著 管震湖 译
双城记	〔英〕狄更斯 著 张玲 张扬 译
最后一片叶子	〔美〕欧·亨利 著 黄源深 译
瓦尔登湖	〔美〕梭罗 著 徐迟 译
一九八四	〔英〕奥威尔 著 董乐山 译
复活	〔俄〕列夫·托尔斯泰 著 安东 南风 译
三个火枪手	〔法〕大仲马 著 郝运 王振孙 译
苔丝	〔英〕哈代 著 郑大民 译
变色龙	〔俄〕契诃夫 著 汝龙 译
钢铁是怎样炼成的	〔俄〕奥斯特洛夫斯基 著 王志冲 译
浮士德	〔德〕歌德 著 钱春绮 译
太阳照常升起	〔美〕海明威 著 赵静男 译
莎士比亚喜剧五种	〔英〕莎士比亚 著 方平 译
理智与情感	〔英〕简·奥斯丁 著 武崇汉 译
罪与罚	〔俄〕陀思妥耶夫斯基 著 岳麟 译
羊脂球	〔法〕莫泊桑 著 郝运 王振孙 译
鼠疫	〔法〕加缪 著 刘方 译
青年艺术家画像	〔爱尔兰〕乔伊斯 著 朱世达 译

我是猫	〔日〕夏目漱石 著 刘振瀛 译
神曲	〔意〕但丁 著 朱维基 译
红字	〔美〕霍桑 著 苏福忠 译
到灯塔去	〔英〕弗吉尼亚·伍尔夫 著 瞿世镜 译
格列佛游记	〔英〕斯威夫特 著 孙予 译
大卫·考坡菲	〔英〕狄更斯 著 张谷若 译
道连·葛雷的画像	〔英〕王尔德 著 荣如德 译
童年／在人间／我的大学	〔俄〕高尔基 著 高惠群等 译
城堡	〔德〕卡夫卡 著 赵蓉恒 译
汤姆·索亚历险记	〔美〕马克·吐温 著 张建平 译
九三年	〔法〕雨果 著 叶尊 译
铁皮鼓	〔德〕格拉斯 著 胡其鼎 译
卡拉马佐夫兄弟	〔俄〕陀思妥耶夫斯基 著 荣如德 译
远大前程	〔英〕狄更斯 著 王科一 译
马丁·伊登	〔美〕杰克·伦敦 著 吴劳 译
名利场	〔英〕萨克雷 著 荣如德 译
嘉莉妹妹	〔美〕德莱塞 著 裘柱常 译
细雪	〔日〕谷崎润一郎 著 储元熹 译
哈克贝里·芬历险记	〔美〕马克·吐温 著 张万里 译
儿子与情人	〔英〕劳伦斯 著 张禹九 译
野性的呼唤	〔美〕杰克·伦敦 著 刘荣跃 译
牛虻	〔英〕伏尼契 著 蔡慧 译
包法利夫人	〔法〕福楼拜 著 周克希 译
达洛卫夫人	〔英〕弗吉尼亚·伍尔夫 著 孙梁 苏美 译
永别了，武器	〔美〕海明威 著 林疑今 译
喧哗与骚动	〔美〕福克纳 著 李文俊 译
猎人笔记	〔俄〕屠格涅夫 著 冯春 译
圣经故事	〔美〕阿瑟·马克斯威尔 著 杨佑方等 译
希腊神话	〔俄〕库恩 编著 朱志顺 译
格林童话	〔德〕格林兄弟 著 施种等 译
月亮和六便士	〔英〕毛姆 著 傅惟慈 译
失乐园	〔英〕弥尔顿 著 刘捷 译
海底两万里	〔法〕儒勒·凡尔纳 著 杨松河 译
丧钟为谁而鸣	〔美〕海明威 著 程中瑞 译
安徒生童话	〔丹麦〕安徒生 著 任溶溶 译
了不起的盖茨比	〔美〕菲茨杰拉德 著 巫宁坤等 译
虹	〔英〕劳伦斯 著 黄雨石 译
摩格街谋杀案	〔美〕爱伦·坡 著 张冲 张琼 译
坎特伯雷故事	〔英〕乔叟 著 黄杲炘 译
战争与和平	〔俄〕列夫·托尔斯泰 著 娄自良 译
八十天环游地球	〔法〕儒勒·凡尔纳 著 任倬群 译
人生的枷锁	〔英〕毛姆 著 张柏然 张增健 倪俊 译